変格ミステリ傑作選【戦前篇】

JN056800

竹本健治（選）

目次

序文　変格探偵小説の発生と展開

谷口基

E・A・ポー「モルグ街の殺人」（一八四一年）を濫觴とし、欧米において発達した「Detective Story」の諸作品が黒岩涙香の翻案によってわが国に移植され、いわゆる「探偵小説」の一大流行を惹起したのは一八九〇年代（明治二十年代）のことである。ブームの劈頭に涙香は「探偵談は初めに犯罪（クライム）を掲げ次に探偵（エンクワヤリ）を掲げ終りに解説（ソリウシヨン）或は白状（コンフエシヨン）を掲ぐ、孰れの探偵談も然あらざるは莫し　否然ある者を探偵小説とす」（「探偵談と疑獄譚と感動小説には判然たる区別あり」『絵入自由新聞』一八八九年九月十九日）と、探偵小説の独自性が、その基本構造にあることを訴えた。謎解き読物の新奇性を前面に押し立てるべく極端に簡略化されたこの公式は、その明快さゆえに無数のエピゴーネンを輩出することとなった。硯友社に集う若手文士など、既成文壇から多数の文学者が「探偵小説退治」（江見水蔭『自己中心明治文壇史』博文館、一九二七年十月）に名乗りを上げ、当初は翻案・翻訳が中心であったこのジャンルに、早くも創作の機運をもたらしたが、形式の踏襲以上の新機軸を打ち出すことに成功した作家は、同時代においてはほぼ皆無であったといわざるをえない。

「小説は現実的と理想的とに論なく、世態人情の眞（トルース）を描破するものならざるべからずとせば、世に行はるゝ探偵小説の如きものゝ小説と自称するは僭なりと謂ひつべし」と断じた島村抱月は、「探偵小説の精髄」を「索究的快楽を主とし、詩的快楽を従とす」と分析、以下のように結論づけた。「されば一たび此の比例を転倒して詩的快楽を主なる地位に立つるに至れば、探偵小説は形骸を遺してその実を失ふものといふべし」（「探偵小説」『早稲田文学』一八九四年八月）。

この辛辣な形式論から読みとるべきものは、新興文学たる探偵小説に向けた文壇からの牽制の意志ばかりではない。犯罪事件に伴う謎の発生、名探偵の登場、紆余曲折の末に明らかになる真相……こうした定型から一歩も踏み出すことができず、挑戦的・実験的試行を欠いた「形骸」こそが、当時の探偵小説のスタンダードであった実情をも看取することができるのだ。従来からある小説類との差異を明確にすべく黒岩涙香が強調した探偵小説のオリジナリティは、皮肉にも国産探偵小説における「索究的快楽」の多様化を阻む桎梏となり、同時に既成文壇の一隅に配さるべき資格を疑問視せしめた。こうして、文学としての豊穣な可能性を示す機会を逸したまま、黎明期の探偵小説ブームは終息を迎えたのである。

しかし涙香が蒔いた種は潰えてしまったわけではない。海外の探偵小説の翻訳、翻案は絶えることなく続き、涙香が好んだガボリオ、ボアゴベらに続いてドイル、フリーマン、ルブランらの傑作群が水田南陽、森鷗外、三津木春影らによって紹介され、また、創作の現場にあっては、探偵小説を名乗らずして犯罪心理、異界への越境、人工美の追求など「猟奇（キューリオスティ）」「耽異（ハンチング）」（佐藤春夫「探偵小説小論」『新青年』一九二四年八月夏期増刊）の文学世界を現出せしめた芥川龍之介、谷崎潤一郎、佐藤春夫らが蠢動をみせはじめていた。そして大正末期から昭和期に至る、繚乱たる探偵小説の黄金時代——戦前日本における第二の探偵小説ブームは、江戸川乱歩の登場（一九二三年）をもって幕を揚げた。

暗号文をめぐる二人の男の知的闘争を描いた「二銭銅貨」（『新青年』一九二三年四月春季増大号）と、殺人に偽装された自殺のトリック崩しに素人探偵が挑む「一枚の切符」（同七月）を皮切りに、暗示・固執・錯覚・錯誤の連鎖から起ち上がる犯罪幻想を試みた「恐ろしき錯誤」（同十一月）と「二癈人」（同一九二四年六月）、名探偵明智小五郎の記念すべき初登場作「D坂の殺人事件」（同一九二五年一月新春増刊号）、倒叙法の傑作「心理試験」（同二月）「屋根裏の散歩者」（同八月夏季増刊号）、そして谷崎潤一郎「途上」（『改造』一九二〇年一月）へのオマージュたるプロバビリティ犯罪の集大成「赤い部屋」（同四月）等々……。一作ごとに斬新の工夫が凝らされた乱歩の作品は、涙香以来の定型を超えて探偵小説の「索究的快楽」を拡充せしめ、本格的な創作探偵小説時代の到来を読者に印象づけたが、ここで特記されるべきは、彼が創出した犯罪および謎のバックグラウンドとなった、異界めいた都市空間の演出と、そこに跋扈する猟奇者たちの造形であり、なおかつ、前掲した傑作群と並行して発表された一連の非正系的テクストの世界観なのだ。すなわち、「白昼夢」（『新青年』一九二五年七月）「踊る一寸法師」（同一九二六年一月）「人でなしの恋」（『サンデー毎日』一九二六年十月）「鏡地獄」（『大衆文藝』同十月）「蟲」（『改造』一九二九年六月〜七月）「押絵と旅する男」（『新青年』一九二九年六月）「目羅博士の不思議な犯罪」（『文藝倶楽部』一九三一年四月）……ここには、謎が論理的に解明されていくことでもたらされる快感は、ない。だが、各テクストに現出する光景は殺人、窃視、カニバリズム、遺体損壊、心中、マインドコントロールなど、犯罪・反社会的行為を網羅する血に塗れたプロットだ。これらに、クラフト＝エビング〝Psychopathia Sexualis〟(『変態性欲心理』黒澤良臣訳、一九一三年九月、大日本文明協会など。初訳は日本法医学会訳『色情狂篇』法医学会、一八九四年五月) の翻訳や谷崎潤一郎の耽美的小説群によって、広く一般に滲透していた「変態心理」の諸相と、幻想怪奇の色彩濃厚な異形の恋愛図や異世界創造への憧憬等をもふくめて、乱歩の創作活動全域には、猟奇者の色眼鏡を通して見た万象世界のイメージ、彼いうところの「探偵趣味」(『早稲田学報』一九二六年九月) が横溢していたのである。

それでは、ひとりの創作家の脳髄が生み出した多様な探偵小説のイメージは、当時の読者に混乱をもたらしていただろうか――否、禁忌・妄想・狂気の臨界を軽々と飛びこえる越境者たちの暗い愉悦や、宇宙を構成する全ての対立概念が交換・顚倒可能となる物語領土の開示に快哉を叫んだ読者は、同時代において決して少数派ではなかった。たとえ、現実的・科学的な推理によって一切の謎が解明されるという、探偵小説のプリミティブな特質が、物語の最後において棄却されていようとも。

一例をあげるならば、乱歩登場の華々しい舞台となった『新青年』では、一九二〇(大正九) 年一月の創刊号から既に「青年、学生小説並に探偵小説及び漫画の募集」を読者に呼びかけていたが、一九二七(昭和二) 年八月号に掲載された「創作探偵小説選評」(横溝正史、渡辺温) には、「江戸川乱歩と小酒井不木との名高い諸作品のテマ」をそのまま模倣するような投稿作品があまりにも多数であったことに対する苦言が呈されている。ここに難じられた事情は、当時の青年たちが「探偵小説」に抱いていたイメージが、乱歩と不木の作風に凝縮していたことを端的に伝えるものだ。犯罪、法医学等に関連した評論、随筆、翻訳で知られていた小酒井不木は、乱歩登場以後、「犬神」(『講談倶楽部』一九二五年八月)「遺伝」(『新青年』同年九月)「手術」(同十月)「痴人の復讐」(同十二月)「肉腫」(同一九二六年三月)「メヂューサの首」(『大衆文藝』一九二六年九月)など、医学的知識を生かしたグロテスクな描写と残酷陰惨なプロットを特徴とする探偵小説を陸続と発表していたのだ。乱歩と不木――このふたりの名は、まさしく大正・昭和に跨がる探偵小説界の双璧として、同時代の愛好者たちの脳裡に刻印されていた観がある。後年いわゆる〈エロ・グロ〉と総称された戦前探偵小説のイメージは、ここを起源としていることはいうまでもない。ゆえに、平林初之輔は彼ら両雄に加えて横溝正史、城昌幸の都合四名を「人工的な、怪奇な、不自然な世界」を追求する「不健全派」と称したのである(「探偵小説壇の諸傾向」『新青年』一九二六年二月新春増刊号)。

中島河太郎の調査に拠れば、「変格探偵小説」という呼称も、「不健全派」の命名と前後して、甲賀三郎によって用いられはじめていたという(「本格と変格」『推理小説展望』東都書房、一九六五年十二月)。ただし、「変格探偵小説」という名称のジャンルや派閥が当時の探偵小説界に厳然と存在していたというわけではない。以下にこの呼称、概念の成立過程を手短に述べておこう。

理化学トリックを用いた「琥珀のパイプ」(『新青年』一九二四年六月)でオーソドックスな探偵小説の妙味をみせた甲賀は、早くから乱歩や不木の一部の作品を評して「廃頽的」「変態的」と指弾し、これらを探偵小説の範疇に入れて論ずることに強い抵抗を示していた（甲賀三郎、大下宇陀児ほか「探偵術座談会」『文藝春秋』一九二七年十二月）。そして、自身が正統と考える探偵小説との差別化をはかるために、率先して彼が用いた呼称が「変格探偵小説」であった。すなわち「変格探偵小説」は「本格探偵小説」の対語として生まれたのであるが、両者は正確には対概念とはなっていない。犯罪事件等に付随する謎を科学的かつ論理的に解明に導くリアリスティックなプロットを遵守した、涙香以来の公式の原理的実践たる「本格探偵小説」に対して、万象世界に遍在する無数・無限の探偵的なるもの（いわゆる「探偵趣味」）を包摂するための名称が「変格探偵小説」であったからだ。「本格探偵小説」こそ探偵小説の王道と唱えた甲賀もまた、「探偵小説講話」（『ぷろふいる』一九三五年一月〜十二月）の第一回（「まへ書」）にて、「変格探偵小説」の特性を以下のように評価していることからも、それは明かであろう。「変格物は要するに探偵趣味を多分に含んでゐればいゝので、取材自由、トリツクの有無は問題にならず、より文学的に表現することが出来る」と。そう、「廃頽的」「変態的」なるものだけが、探偵小説の「変格」を体現していたわけでは、断じてなかったのである。

乱歩登場以後、日中戦争が勃発する一九三七（昭和十二）年頃までにかけて、謎解き・推理を基調とするオーソドックスなミステリをも含めて、犯罪、怪奇幻想、変態心理、エロ、グロ、猟奇、魔境・秘境冒険、SFの先蹤たる科学小説や未来記、映画シナリオ、コントの類に至るまで、いわば既成文学の枠組におさまりきらない奇想の小説群が、「探偵小説」の名の下に集結した。既述した「不健全派」の四人だけではない。大下宇陀児、國枝史郎、水谷準、海野十三、渡辺啓助とその弟・温、瀬下耽、水上呂理、星田三平、米田三星、西尾正、小栗虫太郎、夢野久作、木々高太郎、久生十蘭、蘭郁二郎、橘外男……第二の探偵小説ブーム＝創作探偵小説の黄金時代において、彼ら異能の文学者たちが群生した事実は、探偵小説が従来の小説とは異なる「型」をもって独自性を主張した明治期から大きく変貌を遂げ、自らの定型をも逸脱していく方向に〈変態〉したという事実をもわれわれに教えるものだ。現実を相対化する奇想の導入は、探偵小説を形式主義やリアリズム偏重の傾向から解放し、プロットの多様化に導いただけではなく、科学常識や合理的思考とは基軸をずらした論理、すなわち非論理の論理による「探偵」や「推理」の発見に繋がった。たとえば、震災によって消滅した「十二階」と「古風な双眼鏡」の組み合わせから生じた反近代の魔術をもって異界へ渡った男の物語＝「押絵と旅する男」（江戸川乱歩）の趣向は、天才的な鼓師の血統と能小鼓の妙手が呪われた鼓にまつわる「崇り」の分析・解体・浄化を完遂するまでの探偵行を描いた「あやかしの鼓」（夢野久作、『新青年』一九二六年十月）の世界観と密かに通じ合っているかのようではないか。

「変格」は、正系を主張する「本格」に対して、単に傍流、異端を示し得たにとどまらず、結果的に、ミステリ・ジャンルの間口を拡げ、表現者たちの実験的精神を刺激し、涵養する、肥沃な土壌を同時代文化に提供したのである。それは視点を換えていうならば、探偵小説概念の解体・拡散の予徴でもあり、それゆえに同時期を起点として敗戦後に至るまで、探偵小説の本質や定義を俎上に載せた論争（「馬の角論争」、「文学・非文学論争」など）がいくたびも発生したのである。

さて、こうしたジャンル上の〈変革〉ともみなし得る現象は、なぜ起こったのか。ブームの劈頭に、探偵小説の多様な〈変態〉の実例を示し得た乱歩のテクスト群に絶大な力があったことは繰り返すまでもないが、実のところ、彼のデビュー以前に、探偵小説概念が増殖、解体、再編成されるべき時運は整っていた可能性があるのだ。

まず特記すべきは、「大正期文壇の一角に燃え上がつた（中略）犯罪と怪奇への情熱」（江戸川乱歩「一般文壇と探偵小説」『宝石』一九四七年五月）である。その中心に位置していたのが、佐藤春夫、谷崎潤一郎であり、また泉鏡花、夏目漱石、芥川龍之介、菊池寛、宇野浩二らも「探偵趣味」に富んだ作品を世に送り出し、これら異風の「探偵小説」は、日本に見切りをつけ、海外での創作活動を企図していた若き日の乱歩の魂を国内へと引き戻す強い動因となったのである。

明治末期の文壇を席巻した自然主義文学を相対化すべく、彫心鏤骨の技巧を虚構のロマンに凝らした文学者たちにとって、探偵小説が纏う非日常性と遊戯性はきわめて挑発的な趣向と映ったことは疑えない。ただし、彼らの多くが、その公式をそのまま踏襲することを肯んじなかった――彼らの作品を「異風」と評したゆえんであるが、それゆえに「変格」の特質たる多様性の端緒はここからひらかれたと推測することも可能だろう。上記した文学者たちの作品に刺激されて、自ら筆を執り、探偵作家となった人物は、ひとり乱歩のみではない、という事実も忘れられてはならない。

逆に、探偵小説にあらざる既成文学をも探偵小説として提供する、という企てをもって、ジャンルの勃興を促そうとした動きもまた、時をおかず起こっていた。日本人探偵作家の発掘・育成に力があった『新青年』誌の初代編集長・森下雨村の策略がそれだ。地方在住の青年に向けて、苦学力行や海外雄飛を称揚する教養誌として創刊された同誌は、雨村の発案で読物欄に訳載された海外探偵小説が慮外の好評価を受けたことで、徐々にそのスタイルを変えていくのだが、当初は日本人の専業探偵作家が頭角を現していなかったため、ビアス、モーパッサン、ルヴェル等、海外の文学者たちの奇妙な味の短篇や怪奇幻想譚など、犯罪や推理が不在であれ、「探偵趣味」が濃厚に感じられる作品を選定し、探偵小説特集に組み込むことが少なからずあった。乱歩登場前夜ともいうべき一九二三（大正十二）年一月特別増刊「探偵小説傑作集」のラインナップを検証した鈴木貞美は「探偵なんか登場しなくたって、「怪奇」も「滑稽」も「冒険」もみんなひっくるめて「探偵小説」と銘打って押し出した、というのが実態」（鈴木貞美「「探偵小説」雑誌への道」新青年研究会編『新青年読本』作品社、一九八八年二月）と評する。こうした複数の営為が連動していく軌道の先に、乱歩が生まれ、不木が立ち、「変格」の地平にあまたの奇想家たちが群舞することとなったのである。

しかし、一九三九（昭和十四）年三月、乱歩の大変格「芋虫」（初出題は「悪夢」）、『新青年』一九二九年一月）が「安寧秩序紊乱」および「風俗壊乱」の罪状をもって抹殺された事件を契機に、戦前探偵文壇は崩壊する。乱歩の断筆、隠棲に続いて、創作家、出版社、読者が息を揃えた自粛の季節が訪れ、それは一世を風靡した探偵小説の時代に幕を下ろしたのである。

敗戦後に復活した探偵小説は、徐々にその名を推理小説へとあらためられていく。木々高太郎は当初、「変格」「本格」を広く包摂する新名称として推理小説を提唱したが（「探偵作家抜打座談会」『新青年』一九五〇年四月）、彼の意向とは逆に、推理小説の主流は本格探偵小説的傾向に絞られていく。拡がりすぎた探偵小説概念を再定義すべく、探偵文壇の隠然たる意志が、そこに介在したのだろう。進駐軍とともに上陸したデモクラシーを熱烈歓迎した時勢にあっては、マスコミまでもが挙って、本場アメリカでは「門番から大統領まで」が愛読する「文化のバロメータ」＝探偵小説を称揚していたが、そもそも、そこで評価の対象とされたものは、純粋に謎解きを主眼とするミステリのテクストのみであった。かつて「探偵小説とは難解な秘密が多かれ少なかれ論理的に徐々に解かれて行く経路の面白さを主眼とする文学である」（「鬼の言葉（その三）」『ぷろふいる』一九三五年十一月）と定義した乱歩もまた、「この際探偵作家は世界的観点に立つて、世界の主流をなしている本来の探偵小説に一応立帰れといふことです」（「探偵小説読書案内」『真珠』一九四七年四月二十八日）と、大いに世論を煽っていることは看過できない。だが、カストリ雑誌を彩った新旧の探偵小説に群がった読者たちは、やがて占領解除を境に激増した海外の翻訳探偵小説群に目を奪われ、皮肉にも、奇想を離れ原初の型にもどった日本の探偵小説は、彼らから忘れられていくのである。

そして松本清張の登場と社会派推理小説の台頭によって、本格、変格の隔てなく、戦前以来の探偵小説のいっさいが、「『お化け屋敷』の掛小屋」（松本清張「推理独言」『文学』一九六一年四月）＝リアリズムに背く変格物として排除される不遇の時代が到来する。ゴシック趣味に充たされた夢魔的世界を背景に、古今東西の文化・科学を博捜した超絶的推理が炸裂する小栗虫太郎のテクストを例に引くまでもなく、トリックの構築も極限まで技巧を凝らすならば、たやすくリアリズムの臨界を突破する。天空を志向する想像力の楼閣には限界などあり得ないからだ。だが、ミステリ・ジャンルにおける自然主義の復活ともいうべき危機に際しても、探偵小説における「変格」の可能性に期待する創作者は消滅していなかった。戦後派の異才と呼ばれた山田風太郎は、変格探偵小説への待望論（「変格探偵小説復興論」『エラリイクイーンズミステリマガジン』一九五八年一月）を清張＝社会派全盛期の読書界において高らかに謳いあげた。あたかも戦後文化シーンに押し寄せる次の波濤を感知していたかのように。それは一九六八年、國枝史郎『神洲纐纈城』の復刻（桃源社）ではじまった。その後七〇年代を席巻した「異端文学」ブームにおいて、変格探偵小説の諸傑作が甦生し、幻のテクスト群に耽溺した世代による新しい試みは、八〇年代の「新本格ミステリ」のムーブメントにまで繋がることとなった。それだけではない。爾来、文学ジャンルのみならず、映画、舞台、コミック、アニメーション、ゲーム、配信動画、携帯アプリなど、現代の文化シーンのあらゆる暗がりに、変格探偵小説的世界観は引き継がれ、生き続けている。……現実を凌駕する非日常の愉楽、ロマンと実験精神が横溢したフィクションの領土。それは、われわれ猟奇者の胸裡に隠された魂のふるさとにひとしいのではないだろうか。

趣味の遺伝

夏目漱石

明治三十九年、『吾輩は猫である』連載中の作品である。その『吾輩は〜』の作中等で漱石はたびたび探偵嫌いを仄めかしているが、そのいっぽうでこんなミステリ仕立てのものを書いているのだから油断ならない。選者は初めてこれを読んだとき、漱石さん、何ちゅうヘンテコなことを考えるんだろうと嬉しくなると同時に、夢野久作はこれを読んで「押絵の奇蹟」や『ドグラ・マグラ』の根幹となる「心理遺伝」を思いついたに違いないと興奮した。そしてのちに横溝正史もこの作品を踏襲して「孔雀屛風」を書いたことを知るに至っては、もはやこの重要作をはずすわけにはいかない。（竹本健治）

【底本】『夏目漱石全集（2）』（ちくま文庫・一九八七年）

一

陽気のせいで神も気違になる。「人を屠りて餓えたる犬を救え」と雲の裡より叫ぶ声が、逆しまに日本海を撼かして満洲の果まで響き渡った時、日人と露人ははっと応えて百里に余る一大屠場を朔北の野に開いた。すると渺々たる平原の尽くる下より、眼にあまる獒狗の群が、腥き風を横に截り縦に裂いて、四つ足の銃丸を一度に打ち出したように飛んで来た。狂える神が小躍りして「血を啜れ」と云うを合図に、ぺらぺらと吐く燄の舌は暗き大地を照らして咽喉を越す血潮の湧き返る音が聞えた。今度は黒雲の端を踏み鳴らして「肉を食え」と神が号ぶと「肉を食え！　肉を食え！」と犬共も一度に咆え立てる。やがてめりめりと腕を食い切る、深い口をあけて耳の根まで胴にかぶりつく。一つの脛を啣えて左右から引き合う。ようやくの事肉は大半平げたと思うと、また羃々たる雲を貫ぬいて恐しい神の声がした。「肉の後には骨をしゃぶれ」と云う。すわこそ骨だ。犬の歯は肉よりも骨を噛むに適している。狂う神の作った犬には狂った道具が具わっている。今日の振舞を予期して工夫してくれた歯じゃ。鳴らせ鳴らせと牙を鳴らして骨にかかる。ある者は摧いて髄を吸い、ある者は砕いて地に塗る。歯の立たぬ者は横にこいて牙を磨ぐ。

怖い事だと例の通り空想に耽りながらいつしか新橋へ来た。見ると停車場前の広場はいっぱいの人で凱旋門を通して二間ばかりの路を開いたまま、左右には割り込む事も出来ないほど行列している。何だろう？

行列の中には怪し気な絹帽を阿弥陀に被って、耳の御蔭で目隠しの難を喰い止めているのもある。仙台平を窮屈そうに穿いて七子の紋付を人の着物のようにいじろじろ眺めているのもある。フロック・コートは承知したがズックの白い運動靴をはいて同じく白の手袋をちょっと見たまえと云わぬばかりに振り廻しているのは奇観だ。そうして二十人に一本ずつくらいの割合で手頃な旗を押し立てている。大抵は紫に字を白く染め抜いたものだが、中には白地に黒々と達筆を振ったのも見える。この旗さえ見たらこの群集の意味も大概分るだろうと思って一番近いのを注意して読むと木村六之助君の凱旋を祝す連雀町有志者とあった。ははあ歓迎だと始めて気がついて見ると、先刻の異装紳士も何となく立派に見えるような気がする。のみならず戦争を狂神のせいのように考えたり、軍人を犬に食われに戦地へ行くように想像したのが急に気の毒になって来た。実は待ち合す人があって停車場まで行くのであるが、停車場へ達するには是非共この群集を左右に見て誰も通らない真中をただ一人歩かなくってはならん。よもやこの人々が余の詩想を洞見しはしまいが、たださえ人の注視をわれ一人に集めて往来を練って行くのはきまりが悪るいのに、犬に喰い残された者の家族と聞いたら定めし怒る事であろうと思うと、一層調子が狂うところを何でもない顔をして、急ぎ足に停車場の石段の上まで漕ぎつけたのは少し苦しかった。

場内へ這入って見るとここも歓迎の諸君で容易に思う所へ行けぬ。ようやくの事一等の待合へ来て見ると約束をした人は未だ来ておらぬらしい。暖炉の横に赤い帽子を被った士官が何かしきりに話しながら折々佩剣をがちゃつかせている。その傍に絹帽が二つ並んで、その一つには葉巻の煙りが輪になってたなびいている。向うの隅に白襟の細君が品のよい五十恰好の婦人と、傍きの人には聞えぬほどな低い声で何事か耳語いている。ところへ唐桟の羽織を着て鳥打帽を斜めに戴いた男が来て、入場券は貰えませんか改札場の中はもういっぱいですと注進する。大方出入の者であろう。室の中央に備え付けたテーブルの周囲には待ち草臥れの連中が寄ってたかって新聞や雑誌をひねくっている。真面目に読んでるものは極めて少ないのだから、ひねくっていると云うのが適当だろう。

約束をした人はなかなか来ん。少々退屈になったから、少し外へ出て見ようかと室の戸口をまたぐ途端に、背広を着た髯のある男が擦れ違いながら「もう直です二時四十五分ですから」と云った。時計を見ると二時三十分だ、もう十五分すれば凱旋の将士が見られる。こんな機会は容易にない、ついでだからと云っては失礼かも知れんが実際余のように図書館以外の空気をあまり吸った事のない人間はわざわざ歓迎のために新橋までくる折もあるまい、ちょうど幸だ見て行こうと了見を定めた。

室を出て見ると場内もまた往来のように行列を作って、中にはわざわざ見物に来た西洋人も交っている。西洋人ですらくるくらいなら帝国臣民たる吾輩は無論歓迎しなくてはならん、万歳の一つくらいは義務にも申して行こうとようやくの事で行列の中へ割り込んだ。

「あなたも御親戚を御迎いに御出になったので……」

「ええ。どうも気が急くものですから、つい昼飯を食わずに来て、……もう二時間半ばかり

待ちます」と腹は減ってもなかなか元気である。ところへ三十前後の婦人が来て

「凱旋の兵士はみんな、ここを通りましょうか」と心配そうに聞く。大切の人を見はぐっては一大事ですと云わぬばかりの決心を示している。腹の減った男はすぐ引き受けて

「ええ、みんな通るんです、一人残らず通るんだから、二時間でも三時間でもここにさえ立っていれば間違いっこありません」と答えたのはなかなか自信家と見える。しかし昼飯も食わずに待っていろとまでは云わなかった。

汽車の笛の音を形容して喘息病みの鯨のようだと云った仏蘭西の小説家があるが、なるほど旨い言葉だと思う間もなく、長蛇のごとく蜿蜒くって来た列車は、五百人余の健児を一度にプラットフォームの上に吐き出した。

「ついたようですぜ」と一人が領を延すと

「なあに、ここに立ってさえいれば大丈夫」と腹の減った男は泰然として動ずる景色もない。この男から云うと着いても着かなくても大丈夫なのだろう。それにしても腹の減った割には落ちついたものである。

やがて一二丁向うのプラットフォームの上で万歳！　と云う声が聞える。その声が波動のように順送りに近づいてくる。例の男が「なあに、まだ大丈……」と云い懸けた尻尾を埋めて余の左右に並んだ同勢は一度に万―歳！　と叫んだ。その声の切れるか切れぬうちに一人の将軍が挙手の礼を施しながら余の前を通り過ぎた。色の焦けた、胡麻塩髯の小作りな人である。左右の人は将軍の後を見送りながらまた万歳を唱える。余も――妙な話しだが実は万

歳を唱えた事は生れてから今日に至るまで一度もないのである。万歳を唱えてはならんと誰からも申しつけられた覚は毛頭ない。また万歳を唱えては悪るいと云う主義でも無論ない。しかしその場に臨んでいざ大声を発しようとすると、いけない。小石で気管を塞がれたようでどうしても万歳が咽喉笛へこびりついたぎり動かない。どんなに奮発しても出てくれない。――しかし今日は出してやろうと先刻から決心していた。実は早くその機がくればよいがと待ち構えたくらいである。隣りの先生じゃないが、なあに大丈夫と安心していたのである。喘息病みの鯨が吼えた当時からそら来たなとまで覚悟をしていたくらいだから周囲のものがワーと云うや否や尻馬についてすぐやろうと実は舌の根まで出しかけたのである。出しかけた途端に将軍が通った。将軍の日に焦けた色が見えた。将軍の髯の胡麻塩なのが見えた。その瞬間に出しかけた万歳がぴたりと中止してしまった。なぜ？

なぜか分るものか。なにゆえとかこのゆえとか云うのは事件が過ぎてから冷静な頭脳に復したとき当時を回想して始めて分解し得た智識に過ぎん。なにゆえが分るくらいなら始めから用心をして万歳の逆戻りを防いだはずである。予期出来ん咄嗟の働きに分別が出るものなら人間の歴史は無事なものである。余の万歳は余の支配権以外に超然として止まったと云わねばならぬ。万歳がとまると共に胸の中に名状しがたい波動が込み上げて来て、両眼から二雫ばかり涙が落ちた。

将軍は生れ落ちてから色の黒い男かも知れぬ。しかし遼東の風に吹かれ、奉天の雨に打たれ、沙河の日に射り付けられれば大抵なものは黒くなる。地体黒いものはなお黒くなる。髯もその通りである。出征してから白銀の筋は幾本も殖えたであろう。今日始めて見る我らの眼には、昔の将軍と今の将軍を比較する材料がない。しかし指を折って日夜に待佗びた夫人令嬢が見たならば定めし驚くだろう。戦は人を殺すかさなくば人を老いしむるものである。将軍はすこぶる瘠せていた。これも苦労のためかも知れん。して見ると将軍の身体中で出征前と変らぬのは身の丈くらいなものであろう。余のごときは黄巻青帙の間に起臥して書斎以外にいかなる出来事が起るか知らんでも済む天下の逸民である。平生戦争の事は新聞で読まんでもない、またその状況は詩的に想像せんでもない。しかし想像はどこまでも想像で新聞は横から見ても縦から見ても紙片に過ぎぬ。だからいくら戦争が続いても戦争らしい感じがしない。その気楽な人間がふと停車場に紛れ込んで第一に眼に映じたのが日に焦けた顔と霜に染った髯である。戦争はまのあたりに見えぬけれど戦争の結果——たしかに結果の一片、しかも活動する結果の一片が眸底を掠めて去った時は、この一片に誘われて満洲の大野を蔽う大戦争の光景がありありと脳裏に描出せられた。

　しかもこの戦争の影とも見るべき一片の周囲を繞る者は万歳と云う歓呼の声である。この声がすなわち満洲の野に起った咄喊の反響である。万歳の意義は字のごとく読んで万歳に過ぎんが咄喊となるとだいぶ趣が違う。咄喊はワーと云うだけで万歳のように意味も何もない。しかしその意味のないところに大変な深い情が籠っている。人間の音声には黄色いのも濁ったのも澄んだのも太いのも色々あって、その言語調子もまた分類の出来んくらい区々であるが一日二十四時間のうち二十三時間五十五分までは皆意味のある言葉を使っている。着衣の件、喫飯の件、談判の件、懸引の件、挨拶の件、雑話の件、すべて件と名のつくものは皆口から出る。しまいには件がなければ口から出るものは無いとまで思う。そこへもって来て、件のないのに意味の分らぬ音声を出すのは尋常ではない。出しても用の足りぬ声を使うのは経済主義から云うても功利主義から云っても割に合わぬにきまっている。その割に合わぬ声を不作法に他人様の御聞に入れて何らの理由もないのに罪もない鼓膜に迷惑を懸けるのはよくせきの事でなければならぬ。咄喊はこのよくせきを煎じ詰めて、煮詰めて、缶詰めにした声である。死ぬか生きるか娑婆か地獄かと云う際どい針線の上に立って身震いをするとき自然と横膈膜の底から湧き上がる至誠の声である。助けてくれと云ううちに誠はあろう、殺すぞと叫ぶうちにも誠はない事もあるまい。しかし意味の通ずるだけそれだけ誠の度は少ない。意味の通ずる言葉を使うだけの余裕分別のあるうちは一心不乱の至境に達したとは申されぬ。咄喊にはこんな人間的な分子は交っておらん。ワーと云うのである。このワーには厭味もなければ思慮もない。理もなければ非もない。詐りもなければ懸引もない。徹頭徹尾ワーである。結晶した精神が一度に破裂して上下四囲の空気を震盪さしてワーと鳴る。万歳の助けてくれの殺すぞのとそんなけちな意味を有してはおらぬ。ワーその物が直ちに精神である。霊である。人間である。誠である。しかして人界崇高の感は耳を傾けてこの誠を聴き得たる時に始めて享受し得ると思う。耳を傾けて数十人、数百人、数千数万人の誠を一度に聴き得たる時にこの崇高の感は始めて無上絶大の玄境に入る。――余が将軍を見て流した涼しい涙はこの玄境の反応だろう。

将軍のあとに続いてオリーヴ色の新式の軍服を着けた士官が二三人通る。これは出迎と見えてその表情が将軍とはだいぶ違う。居は気を移すと云う孟子の語は小供の時分から聞いていたが戦争から帰った者と内地に暮らした人とはかほどに顔つきが変って見えるかと思うと一層感慨が深い。どうかもう一遍将軍の顔が見たいものだと延び上ったが駄目だ。ただ場外に群がる数万の市民が有らん限りの鬨を作って停車場の硝子窓が破れるほどに響くのみである。余の左右前後の人々はようやくに列を乱して入口の方へなだれかかる。見たいのは余と同感と見える。余も黒い波に押されて一二間石段の方へ流れたが、それぎり先へは進めぬ。こんな時には余の性分としていつでも損をする。寄席がはねて木戸を出る時、待ち合せて電車に乗る時、人込みに切符を買う時、何でも多人数競争の折には大抵最後に取り残される、この場合にも先例に洩れず首尾よく人後に落ちた。しかも普通の落ち方ではない。遥かこなたの人後だから心細い。葬式の赤飯に手を出し損った時なら何とも思わないが、帝国の運命を決する活動力の断片を見損うのは残念である。どうにかして見てやりたい。広場を包む万歳の声はこの時四方から大濤の岸に崩れるような勢で余の鼓膜に響き渡った。もうたまらない。どうしても見なければならん。

ふと思いついた事がある。去年の春麻布のさる町を通行したら高い練塀のある広い屋敷の内で何か多人数打ち寄って遊んででもいるのか面白そうに笑う声が聞えた。余はこの時どう云う腹工合かちょっとこの邸内を覗いて見たくなった。全く腹工合のせいに相違ない。腹工合でなければ、そんな馬鹿気た了見の起る訳がない。源因はとにかく、見たいものは見たいので源因のいかんに因(よ)って変化出没する訳には行かぬ。しかし今云う通り高い土塀の向う側で笑っているのだから壁に穴のあいておらぬ限りはとうてい思い通り志望を満足する事は何人(なんびと)の手際(てぎわ)でも出来かねる。とうてい見る事が叶(かな)わないと四囲の状況から宣告を下されるとなお見てやりたくなる。愚な話だが余は一目でも邸内を見なければ誓ってこの町を去らずと決心した。しかし案内も乞(こ)わずに人の屋敷内に這入り込むのは盗賊の仕業(しわざ)だ。と云って案内を乞うて這入るのはなおいやだ。この邸内の者共の御世話にならず、しかもわが人格を傷(きずつ)けず正々堂々と見なくては心持ちがわるい。そうするには高い山から見下(みおろ)すか、風船の上から眺(なが)めるよりほかに名案もない。しかし双方共当座の間に合うような手軽なものとは云えぬ。よし、その儀ならこっちにも覚悟がある。高等学校時代で練習した高飛の術を応用して、飛び上がった時にちょっと見てやろう。これは妙策だ、幸い人通りもなし、あったところが自分で自分が飛び上るに文句をつけられる因縁(いんねん)はない。やるべしと云うので、突然双脚に精一杯の力を込めて飛び上がった。すると熟練の結果は恐ろしい者で、かの土塀の上へ首が——首どころではない肩までが思うように出た。この機をはずすととうてい目的は達せられぬと、ちらつく両眼を無理に据(す)えて、ここぞと思うあたりを瞥見(べっけん)すると女が四人でテニスをしていた。余が飛び上がるのを相図に四人が申し合せたようにホホホと癇(かん)の高い声で笑った。おやと思ううちにどたりと元のごとく地面の上に立った。

　これは誰が聞いても滑稽(こっけい)である。冒険の主人公たる当人ですらあまり馬鹿気ているので今日(こんにち)まで何人(なんびと)にも話さなかったくらい自(みずか)ら滑稽と心得ている。しかし滑稽とか真面目(まじめ)とか云うのは相手と場合によって変化する事で、高飛びその物が滑稽とは理由のない言草である。女がテニスをしているところへこっちが飛び上がったから滑稽にもなるが、ロメオがジュリエットを見るために飛び上ったって滑稽にはならない。ロメオくらいなところでは未だ滑稽を脱せぬと云うなら余はなお一歩を進める。この凱旋の将軍、英名嚇々たる偉人を拝見するために飛び上がるのは滑稽ではあるまい。それでも滑稽か知らん？　滑稽だって構うものか。見たいものは、誰が何と云っても見たいのだ。飛び上がろう、それがいい、飛び上がるにしくなしだと、とうとうまた先例によって一蹴を試むる事に決着した。先ず帽子をとって小脇に抱い込む。この前は経験が足りなかったので足が引力作用で地面へ引き着けられた勢に、買いたての中折帽が挨拶もなく宙返りをして、一間ばかり向へ転がった。それをから車を引いて通り掛った車夫が拾って笑いながらえへへと差し出した事を記憶している。こんどはその手は喰わぬ。これなら大丈夫と帽子を確と抑えながら爪先で敷石を弾く心持で暗に姿勢を整える。人後に落ちた仕合せには邪魔になるほど近くに人もおらぬ。しばし衰えた、歓声は盛り返す潮の岩に砕けたようにあたり一面に湧き上がる。ここだと思い切って、両足が胴のなかに飛び込みはしまいかと疑うほど脚力をふるって跳ね上った。

幌を開いたランドウが横向に凱旋門を通り抜けようとする中に――いた――いた。例の黒い顔が湧き返る声に囲まれて過去の紀念のごとく華やかなる群衆の中に点じ出されていた。将軍を迎えた儀仗兵の馬が万歳の声に驚ろいて前足を高くあげて人込の中にそれようとするのが見えた。将軍の馬車の上に紫の旗が一流れ颯となびくのが見えた。新橋へ曲る角の三階の宿屋の窓から藤鼠の着物をきた女が白いハンケチを振るのが見えた。見えたと思うより早く余が足はまた停車場の床の上に着いた。すべてが一瞬間の作用である。ぱっと射る稲妻の飽くまで明るく物を照らした後が常よりは暗く見えるように余は茫然として地に下りた。

将軍の去ったあとは群衆も自から乱れて今までのように静粛ではない。列を作った同勢の一角が崩れると、堅い黒山が一度に動き出して濃い所がだんだん薄くなる。気早な連中はもう引き揚げると見える。ところへ将軍と共に汽車を下りた兵士が三々五々隊を組んで場内から出てくる。服地の色は褪めて、ゲートルの代りには黄な羅紗を畳んでぐるぐると脛へ巻きつけている。いずれもあらん限りの髯を生やして、出来るだけ色を黒くしている。これらも戦争の片破れである。大和魂を鋳固めた製作品である。実業家も入らぬ、新聞屋も入らぬ、芸妓も入らぬ、余のごとき書物と睨めくらをしているものは無論入らぬ。ただこの髯茫々として、むさくるしき事乞食を去る遠からざる紀念物のみはなくて叶わぬ。彼らは日本の精神を代表するのみならず、広く人類一般の精神を代表している。人類の精神は算盤で弾けず、三味線に乗らず、三頁にも書けず、百科全書中にも見当らぬ。ただこの兵士らの色の黒い、みすぼらしいところに髣髴として揺曳している。出山の釈迦はコスメチックを塗ってはおらん。金の指輪も穿めておらん。芥溜から拾い上げた雑巾をつぎ合せたようなもの一枚を羽織っているばかりじゃ。それすら全身を掩うには足らん。胸のあたりは北風の吹き抜けで、肋骨の枚数は自由に読めるくらいだ。この釈迦が尊ければこの兵士も尊といと云わねばならぬ。昔し元寇の役に時宗が仏光国師に謁した時、国師は何と云うた。威を振って驀地に進めと吼えたのみである。このむさくろしき兵士らは仏光国師の熱喝を喫した訳でもなかろうが驀地に進むと云う禅機において時宗と古今その揆を一にしている。彼らは驀地に進み了して曠如と吾家に帰り来りたる英霊漢である。天上を行き天下を行き、行き尽してやまざる底の気魄が吾人の尊敬に価せざる以上は八荒の中に尊敬すべきものは微塵ほどもない。黒い顔！　中には日本に籍があるのかと怪まれるくらい黒いのがいる。——刈り込まざる髯！　棕櫚箒を砧で打ったような髯——この気魄は這裏に磅礴として蟠まり沆瀁として漲っている。

兵士の一隊が出てくるたびに公衆は万歳を唱えてやる。彼らのあるものは例の黒い顔に笑を湛えて嬉し気に通り過ぎる。あるものは傍目もふらずのそのそと行く。歓迎とはいかなる者ぞと不審気に見える顔もたまには見える。またある者は自己の歓迎旗の下に立って揚々と後れて出る同輩を眺めている。あるいは石段を下るや否や迎のものに擁せられて、あまりの不意撃に挨拶さえも忘れて誰彼の容赦なく握手の礼を施している。出征中に満洲で覚えたのであろう。

その中に——これがはからずもこの話をかく動機になったのであるが——年の頃二十八九の軍曹が一人いた。顔は他の先生方と異なるところなく黒い、髯も延びるだけ延ばしておそらくは去年から持ち越したものと思われるが目鼻立ちはほかの連中とは比較にならぬほど立派である。のみならず亡友浩さんと兄弟と見違えるまでよく似ている。実はこの男がただ一人石段を下りて出た時ははっと思って馳け寄ろうとしたくらいであった。しかし浩さんは下士官ではない。志願兵から出身した歩兵中尉である。しかも故歩兵中尉で今では白山の御寺に一年余も厄介になっている。だからいくら浩さんだと思いたくっても思えるはずがない。ただ人情は妙なものでこの軍曹が浩さんの代りに旅順で戦死して、浩さんがこの軍曹の代りに無事で還って来たらさぞ結構であろう。御母さんも定めし喜ばれるであろうと、露見する気づかいがないものだから勝手な事を考えながら眺めていた。軍曹も何か物足らぬと見えてしきりにあたりを見廻している。ほかのもののように足早に新橋の方へ立ち去る景色もない。何を探がしているのだろう、もしや東京のものでなくて様子が分らんのなら教えて遣りたいと思ってなお目を放さずに打ち守っていると、どこをどう潜り抜けたものやら、六十ばかりの婆さんが飛んで出て、いきなり軍曹の袖にぶら下がった。軍曹は中肉ではあるが背は普通よりたしかに二寸は高い。これに反して婆さんは人並はずれて丈が低い上に年のせいで腰が少々曲っているから、抱き着いたとも寄り添うたとも形容は出来ぬ。もし余が脳中にある和漢の字句を傾けて、その中からこのありさまを叙するに最も適当なる詞を探したなら必ずぶら下がるが当選するにきまっている。この時軍曹は紛失物が見当ったと云う風で上から婆さんを見下す。婆さんはやっと迷児を見つけたと云う体で下から軍曹を見上げる。やがて軍曹はあるき出す。婆さんもあるき出す。やはりぶらさがったままである。近辺に立つ見物人は万歳万歳と両人を囃したてる。婆さんは万歳などには毫も耳を借す景色はない。ぶら下がったぎり軍曹の顔を下から見上げたまま吾が子に引き摺られて行く。冷飯草履と鋲を打った兵隊靴が入り乱れ、もつれ合って、うねりくねって新橋の方へ遠かって行く。余は浩さんの事を思い出して悵然と草履と靴の影を見送った。

二

浩さん！　浩さんは去年の十一月旅順で戦死した。二十六日は風の強く吹く日であったそうだ。遼東の大野を吹きめぐって、黒い日を海に吹き落そうとする野分の中に、松樹山の突撃は予定のごとく行われた。時は午後一時である。掩護のために味方の打ち出した大砲が敵塁の左突角に中って五丈ほどの砂煙りを捲き上げたのを相図に、散兵壕から飛び出した兵士の数は幾百か知らぬ。蟻の穴を蹴返したごとくに散り散りに乱れて前面の傾斜を攀じ登る。見渡す山腹は敵の敷いた鉄条網で足を容るる余地もない。ところを梯子を担い土嚢を背負って区々に通り抜ける。工兵の切り開いた二間に足らぬ路は、先を争う者のために奪われて、後より詰めかくる人の勢に波を打つ。こちらから眺めるとただ一筋の黒い河が山を裂いて流れるように見える。その黒い中に敵の弾丸は容赦なく落ちかかって、すべてが消え失せたと思うくらい濃い煙が立ち揚る。怒る野分は横さまに煙りを千切って遥かの空に攫って行く。あとには依然として黒い者が簇然と蠢めいている。この蠢めいているもののうちに浩さんがいる。

火桶を中に浩さんと話をするときには浩さんは大きな男である。色の浅黒い髭の濃い立派な男である。浩さんが口を開いて興に乗った話をするときは、相手の頭の中には浩さんのほか何もない。今日の事も忘れ明日の事も忘れ聴き惚れている自分の事も忘れて浩さんだけになってしまう。浩さんはかように偉大な男である。どこへ出しても浩さんなら大丈夫、人の目に着くにきまっていると思っていた。だから蠢めいているなどと云う下等な動詞は浩さんに対して用いたくない。ないが仕方がない。現に蠢めいている。鍬の先に掘り崩された蟻群の一匹のごとく蠢めいている。杓の水を喰った蜘蛛の子のごとく蠢めいている。いかなる人間もこうなると駄目だ。大いなる山、大いなる空、千里を馳け抜ける野分、八方を包む煙り、鋳鉄の咽喉から吼えて飛ぶ丸――これらの前にはいかなる偉人も偉人として認められぬ。俵に詰めた大豆の一粒のごとく無意味に見える。嗚呼浩さん！　一体どこで何をしているのだ？　早く平生の浩さんになって一番露助を驚かしたらよかろう。

　黒くむらがる者は丸を浴びるたびにぱっと消える。消えたかと思うと吹き散る煙の中に動いている。消えたり動いたりしているうちに、蛇の塀をわたるように頭から尾まで波を打ってしかも全体が全体としてだんだん上へ上へと登って行く、もう敵塁だ。浩さん真先に乗り込まなければいけない。煙の絶間から見ると黒い頭の上に旗らしいものが靡いている。風の強いためか、押し返されるせいか、真直ぐに立ったと思うと寝る。落ちたのかと驚ろくとまた高くあがる。するとまた斜めに仆れかかる。浩さんだ、浩さんだ。浩さんに相違ない。多人数集まって揉みに揉んで騒いでいる中にもし一人でも人の目につくものがあれば浩さんに違ない。自分の妻は天下の美人である。この天下の美人が晴れの席へ出て隣りの奥様と撰ぶところなくいっこう目立たぬのは不平な者だ。己れの子が己れの家庭にのさばっている間は天にも懸替のない若旦那である。この若旦那が制服を着けて学校へ出ると、向うの小間物屋のせがれと席を列べて、しかもその間に少しも懸隔のないように見えるのはちょっと物足らぬ感じがするだろう。余の浩さんにおけるもその通り。浩さんはどこへ出しても平生の浩さんらしくなければ気が済まん。擂鉢の中に攪き廻される里芋のごとく紛然雑然とゴロゴロしていてはどうしても浩さんらしくない。だから、何でも構わん、旗を振ろうが、剣を翳そうが、とにかくこの混乱のうちに少しなりとも人の注意を惹くに足る働をするものを浩さんにしたい。したい段ではない。必ず浩さんにきまっている。どう間違ったって浩さんが碌々として頭角をあらわさないなどと云う不見識な事は予期出来んのである。――それだからあの旗持は浩さんだ。

　黒い塊りが敵塁の下まで来たから、もう塁壁を攀じ上るだろうと思ううち、たちまち長い蛇の頭はぽつりと二三寸切れてなくなった。これは不思議だ。丸を喰って斃れたとも見えない。狙撃を避けるため地に寝たとも見えない。どうしたのだろう。すると頭の切れた蛇がまた二三寸ぷつりと消えてなくなった。これは妙だと眺めていると、順繰に下から押し上る同勢が同じ所へ来るや否やたちまちなくなる。しかも砦の壁には誰一人としてとりついたものがない。塹壕だ。敵塁と我兵の間にはこの邪魔物があって、この邪魔物を越さぬ間は一人も敵に近く事は出来んのである。彼らはえいえいと鉄条網を切り開いた急坂を登りつめた揚句、この壕の端まで来て一も二もなくこの深い溝の中に飛び込んだのである。担っている梯子は壁に懸けるため、背負っている土嚢は壕を埋めるためと見えた。壕はどのくらい埋ったか分らないが、先の方から順々に飛び込んではなくなり、飛び込んではなくなってとうとう浩さんの番に来た。いよいよ浩さんだ。しっかりしなくてはいけない。

高く差し上げた旗が横に靡いて寸断寸断に散るかと思うほど強く風を受けた後、旗竿が急に傾いて折れたなと疑う途端に浩さんの影はたちまち見えなくなった。いよいよ飛び込んだ！　折から二竜山の方面より打ち出した大砲が五六発、大空に鳴る烈風を劈いて一度に山腹に中って山の根を吹き切るばかり轟き渡る。迸しる砂煙は淋しき初冬の日蔭を籠めつくして、見渡す限りに有りとある物を封じ了る。浩さんはどうなったか分らない。気が気でない。あの煙の吹いている底だと見当をつけて一心に見守る。夕立を遠くから望むように密に蔽い重なる濃き者は、烈しき風の捲返してすくい去ろうと焦る中に依然として凝り固って動かぬ。約二分間は眼をいくら擦っても盲目同然どうする事も出来ない。しかしこの煙りが晴れたら――もしこの煙りが散り尽したら、きっと見えるに違ない。浩さんの旗が壕の向側に日を射返して耀き渡って見えるに違ない。否向側を登りつくしてあの高く見える堞の上に翩々と翻っているに違ない。ほかの人ならとにかく浩さんだから、そのくらいの事は必ずあるにきまっている。早く煙が晴れればいい。なぜ晴れんだろう。

占めた。敵塁の右の端の突角の所が朧気に見え出した。中央の厚く築き上げた石壁も見え出した。しかし人影はない。はてな、もうあすこらに旗が動いているはずだが、どうしたのだろう。それでは壁の下の土手の中頃にいるに相違ない。煙は拭うがごとく一掃に上から下まで漸次に晴れ渡る。浩さんはどこにも見えない。これはいけない。田螺のように蠢めいていたほかの連中もどこにも出現せぬ様子だ。いよいよいけない。もう出るか知らん、五秒過ぎた。まだか知らん、十秒立った。五秒は十秒と変じ、十秒は二十、三十と重なっても誰一人の塹壕から向うへ這い上る者はない。ないはずである。塹壕に飛び込んだ者は向へ渡すために飛び込んだのではない。死ぬために飛び込んだのである。彼らの足が壕底に着くや否や穹窖より覘を定めて打ち出す機関砲は、杖を引いて竹垣の側面を走らす時の音がして瞬く間に彼らを射殺した。殺されたものが這い上がれるはずがない。石を置いた沢庵のごとく積み重なって、人の眼に触れぬ坑内に横わる者に、向へ上がれと望むのは、望むものの無理である。横わる者だって上がりたいだろう、上りたければこそ飛び込んだのである。いくら上がりたくても、手足が利かなくては上がれぬ。眼が暗んでは上がれぬ。胴に穴が開いては上がれぬ。血が通わなくなっても、脳味噌が潰れても、肩が飛んでも身体が棒のように鯱張っても上がる事は出来ん。二竜山から打出した砲煙が散じ尽した時に上がれぬばかりではない。寒い日が旅順の海に落ちて、寒い霜が旅順の山に降っても上がる事は出来ん。ステッセルが開城して二十の砲砦がことごとく日本の手に帰しても上る事は出来ん。日露の講和が成就して乃木将軍がめでたく凱旋しても上がる事は出来ん。百年三万六千日乾坤を提げて迎に来ても上がる事はついにできぬ。これがこの塹壕に飛び込んだものの運命である。しかしてまた浩さんの運命である。蠢々として御玉杓子のごとく動いていたものは突然とこの底のない坑のうちに落ちて、浮世の表面から闇の裡に消えてしまった。旗を振ろうが振るまいが、人の目につこうがつくまいがこうなって見ると変りはない。浩さんがしきりに旗を振ったところはよかったが、壕の底では、ほかの兵士と同じように冷たくなって死んでいたそうだ。

　ステッセルは降った。講和は成立した。将軍は凱旋した。兵隊も歓迎された。しかし浩さんはまだ坑から上って来ない。図らず新橋へ行って色の黒い将軍を見、色の黒い軍曹を見、背の低い軍曹の御母さんを見て涙まで流して愉快に感じた。同時に浩さんはなぜ壕から上がって来んのだろうと思った。浩さんにも御母さんがある。この軍曹のそれのように背は低くない、また冷飯草履を穿いた事はあるまいが、もし浩さんが無事に戦地から帰ってきて御母さんが新橋へ出迎えに来られたとすれば、やはりあの婆さんのようにぶら下がるかも知れない。浩さんもプラットフォームの上で物足らぬ顔をして御母さんの群集の中から出てくるのを待つだろう。それを思うと可哀そうなのは坑を出て来ない浩さんよりも、浮世の風にあたっている御母さんだ。塹壕に飛び込むまではとにかく、飛び込んでしまえばそれまでである。娑婆の天気は晴であろうとも曇であろうとも頓着はなかろう。しかし取り残された御母さんはそうは行かぬ。そら雨が降る、垂れ籠めて浩さんの事を思い出す。そら晴れた、表へ出て浩さんの友達に逢う。歓迎で国旗を出す、あれが生きていたらと愚痴っぽくなる。洗湯で年頃の娘が湯を汲んでくれる、あんな嫁がいたらと昔を偲ぶ。これでは生きているのが苦痛である。それも子福者であるなら一人なくなっても、あとに慰めてくれるものもある。しかし親一人子一人の家族が半分欠けたら、瓢箪の中から折れたと同じようなものでしめ括りがつかぬ。軍曹の婆さんではないが年寄りのぶら下がるものがない。御母さんは今に浩一が帰って来たらばと、皺だらけの指を日夜に折り尽してぶら下がる日を待ち焦がれたのである。そのぶら下がる当人は旗を持って思い切りよく塹壕の中へ飛び込んで、今に至るまで上がって来ない。白髪は増したかも知れぬが将軍は歓呼の裡に帰来した。色は黒くなっても軍曹は得意にプラットフォームの上に飛び下りた。白髪になろうと日に焼けようと帰りさえすればぶら下がるに差し支えはない。右の腕を繃帯で釣るして左の足が義足と変化しても帰りさえすれば構わん。構わんと云うのに浩さんは依然として坑から上がって来ない。これでも上がって来ないなら御母さんの方からあとを追いかけて坑の中へ飛び込むより仕方がない。

幸い今日は閑だから浩さんのうちへ行って、久し振りに御母さんを慰めてやろう？　慰めに行くのはいいがあすこへ行くと、行くたびに泣かれるので困る。せんだってなどは一時間半ばかり泣き続けに泣かれて、しまいには大抵な挨拶はし尽して、大に応対に窮したくらいだ。その時御母さんはせめて気立ての優しい嫁でもおりましたら、こんな時には力になりますのにとしきりに嫁々と繰り返して大に余を困らせた。それも一段落告げたからもう善かろうと御免蒙りかけると、あなたに是非見て頂くものがあると云うから、何ですと聴いたら浩一の日記ですと云う。なるほど亡友の日記は面白かろう。元来日記と云うものはその日その日の出来事を書き記すのみならず、また時々刻々の心ゆきを遠慮なく吐き出すものだから、いかに親友の手帳でも断りなしに目を通す訳には行かぬが、御母さんが承諾する――否先方から依頼する以上は無論興味のある仕事に相違ない。だから御母さんに読んでくれと云われたときは大に乗気になってそれは是非見せてちょうだいとまで云おうと思ったが、この上また日記で泣かれるような事があっては大変だ。とうてい余の手際では切り抜ける訳には行かぬ。ことに時刻を限ってある人と面会の約束をした刻限も逼っているから、これは追って改めて上がって緩々拝見を致す事に願いましょうと逃げ出したくらいである。以上の理由で訪問はちと辟易の体である。もっとも日記は読みたくない事もない。泣かれるのも少しなら厭とは云わない。元々木や石で出来上ったと云う訳ではないから人の不幸に対して一滴の同情くらいは優に表し得る男であるがいかんせん性来余り口の製造に念が入っておらんので応対に窮する。御母さんがまああなた聞いて下さいましと啜り上げてくると、何と受けていいか分らない。それを無理矢理に体裁を繕ろって半間に調子を合せようとするとせっかくの慰藉的好意が水泡と変化するのみならず、時には思いも寄らぬ結果を呈出して熱湯とまで沸騰する事がある。これでは慰めに行ったのか怒らせに行ったのか先方でも了解に苦しむだろう。行きさえしなければ薬も盛らん代りに毒も進めぬ訳だから危険はない。訪問はいずれその内として、まず今日は見合せよう。

訪問は見合せる事にしたが、昨日の新橋事件を思い出すと、どうも浩さんの事が気に掛ってならない。何らかの手段で親友を弔ってやらねばならん。悼亡の句などは出来る柄でない。文才があれば平生の交際をそのまま記述して雑誌にでも投書するがこの筆ではそれも駄目と。何かないかな？　うむあるある寺参りだ。浩さんは松樹山の塹壕からまだ上って来ないがその紀念の遺髪は遥かの海を渡って駒込の寂光院に埋葬された。ここへ行って御参りをしてきようと西片町の吾家を出る。

冬の取っ付きである。小春と云えば名前を聞いてさえ熟柿のようないい心持になる。ことに今年はいつになく暖かなので袷羽織に綿入一枚の出で立ちさえ軽々とした快い感じを添える。先の斜めに減った杖を振り廻しながら寂光院と大師流に古い紺青で彫りつけた額を眺めて門を這入ると、精舎は格別なもので門内は蕭条として一塵の痕も留めぬほど掃除が行き届いている。これはうれしい。肌の細かな赤土が泥濘りもせず干乾びもせず、ねっとりとして日の色を含んだ景色ほどありがたいものはない。西片町は学者町か知らないが雅な家は無論の事、落ちついた土の色さえ見られないくらい近頃は住宅が多くなった。学者がそれだけ殖えたのか、あるいは学者がそれだけ不風流なのか、まだ研究して見ないから分らないが、こうやって広々とした境内へ来ると、平生は学者町で満足を表していた眼にも何となく坊主の生活が羨しくなる。門の左右には周囲二尺ほどな赤松が泰然として控えている。大方百年くらい前からかくのごとく控えているのだろう。鷹揚なところが頼母しい。神無月の松の落葉とか昔は称えたものだそうだが葉を振った景色は少しも見えない。ただ蟠った根が奇麗な土の中から瘤だらけの骨を一二寸露わしているばかりだ。老僧か、小坊主か納所かあるいは門番が凝性で大方日に三度くらい掃くのだろう。松を左右に見て半町ほど行くとつき当りが本堂で、その右が庫裏である。本堂の正面にも金泥の額が懸って、鳥の糞か、紙を噛んで叩きつけたのか点々と筆者の神聖を汚がしている。八寸角の欅柱には、のたくった草書の聯が読めるなら読んで見ろと澄してかかっている。なるほど読めない。読めないところをもって見るとよほど名家の書いたものに違いない。ことによると王羲之かも知れない。えらそうで読めない字を見ると余は必ず王羲之にしたくなる。王羲之にしないと古い妙な感じが起らない。

本堂を右手に左へ廻ると墓場である。墓場の入口には化銀杏がある。ただし化の字は余のつけたのではない。聞くところによるとこの界隈で寂光院のばけ銀杏と云えば誰も知らぬ者はないそうだ。しかし何が化けたって、こんなに高くはなりそうもない。三抱もあろうと云う大木だ。例年なら今頃はとくに葉を振って、から坊主になって、野分のなかに唸っているのだが、今年は全く破格な時候なので、高い枝がことごとく美しい葉をつけている。下から仰ぐと目に余る黄金の雲が、穏かな日光を浴びて、ところどころ鼈甲のように輝くからまぼしいくらい見事である。その雲の塊りが風もないのにはらはらと落ちてくる。無論薄い葉の事だから落ちても音はしない、落ちる間もまたすこぶる長い。枝を離れて地に着くまでの間にあるいは日に向いあるいは日に背いて色々な光を放つ。色々に変りはするものの急ぐ景色もなく、至って豊かに、至ってしとやかに降って来る。だから見ていると落つるのではない。空中を揺曳して遊んでいるように思われる。閑静である。――すべてのものの動かぬのが一番閑静だと思うのは間違っている。動かない大面積の中に一点が動くから一点以外の静さが理解できる。しかもその一点が動くと云う感じを過重ならしめぬくらい、否その一点の動く事それ自らが定寂の姿を帯びて、しかも他の部分の静粛なありさまを反思せしむるに足るほどに靡いたなら――その時が一番閑寂の感を与える者だ。銀杏の葉の一陣の風なきに散る風情は正にこれである。限りもない葉が朝、夕を厭わず降ってくるのだから、木の下は、黒い地の見えぬほど扇形の小さい葉で敷きつめられている。さすがの寺僧もここまでは手が届かぬと見えて、当座は掃除の煩を避けたものか、または堆かき落葉を興ある者と眺めて、打ち棄てて置くのか。とにかく美しい。

しばらく化銀杏の下に立って、上を見たり下を見たり佇んでいたが、ようやくの事幹のもとを離れていよいよ墓地の中へ這入り込んだ。この寺は由緒のある寺だそうでところどころに大きな蓮台の上に据えつけられた石塔が見える。右手の方に柵を控えたのには梅花院殿瘠鶴大居士とあるから大方大名か旗本の墓だろう。中には至極簡略で尺たらずのもある。慈雲童子と楷書で彫ってある。小供だから小さい訳だ。このほか石塔も沢山ある、戒名も飽きるほど彫りつけてあるが、申し合わせたように古いのばかりである。近頃になって人間が死ななくなった訳でもあるまい、やはり従前のごとく相応の亡者は、年々御客様となって、あの剝げかかった額の下を潜るに違ない。しかし彼らがひとたび化銀杏の下を通り越すや否や急に古る仏となってしまう。何も銀杏のせいと云う訳でもなかろうが、大方の檀家は寺僧の懇請で、余り広くない墓地の空所を狭めずに、先祖代々の墓の中に新仏を祭り込むからであろう。浩さんも祭り込まれた一人である。

浩さんの墓は古いと云う点においてこの古い卵塔婆内でだいぶ幅の利く方である。墓はいつ頃出来たものか確とは知らぬが、何でも浩さんの御父さんが這入り、御爺さんも這入り、そのまた御爺さんも這入ったとあるからけっして新らしい墓とは申されない。古い代りには形勝の地を占めている。隣り寺を境に一段高くなった土手の上に三坪ほどな平地があって石段を二つ踏んで行き当りの真中にあるのが、御爺さんも御父さんも浩さんも同居して眠っている河上家代々之墓である。極めて分りやすい。化銀杏を通り越して一筋道を北へ二十間歩けばよい。余は馴れた所だから例のごとく例の路をたどって半分ほど来て、ふと何の気なしに眼をあげて自分の詣るべき墓の方を見た。

見ると！　もう来ている。誰だか分らないが後ろ向になってしきりに合掌している様子だ。はてな。誰だろう。誰だか分りようはないが、遠くから見ても男でないだけは分る。恰好から云ってもたしかに女だ。女なら御母さんか知らん。余は無頓着の性質で女の服装などはいっこう不案内だが、御母さんは大抵黒繻子の帯をしめている。ところがこの女の帯は――後から見ると最も人の注意を惹く、女の背中いっぱいに広がっている帯は決して黒っぽいものでもない。光彩陸離たるやたらに奇麗なものだ。若い女だ！　と余は覚えず口の中で叫んだ。こうなると余は少々ばつがわるい。進むべきものか退くべきものかちょっと留って考えて見た。女はそれとも知らないから、しゃがんだまま熱心に河上家代々の墓を礼拝している。どうも近寄りにくい。さればと云って逃げるほど悪事を働いた覚はない。どうしようと迷っていると女はすっくら立ち上がった。後ろは隣りの寺の孟宗藪で寒いほど緑りの色が茂っている。その滴たるばかり深い竹の前にすっくりと立った。背景が北側の日影で、黒い中に女の顔が浮き出したように白く映る。眼の大きな頬の緊った領の長い女である。右の手をぶらりと垂れて、指の先でハンケチの端をつかんでいる。そのハンケチの雪のように白いのが、暗い竹の中に鮮かに見える。顔とハンケチの清く染め抜かれたほかは、あっと思った瞬間に余の眼には何物も映らなかった。

余がこの年になるまでに見た女の数は夥しいものである。往来の中、電車の上、公園の内、音楽会、劇場、縁日、随分見たと云って宜しい。しかしこの時ほど驚ろいた事はない。この時ほど美しいと思った事はない。余は浩さんの事も忘れ、墓詣りに来た事も忘れ、きまりが悪るいと云う事さえ忘れて白い顔と白いハンケチばかり眺めていた。今までは人が後ろにいようとは夢にも知らなかった女も、帰ろうとして歩き出す途端に、茫然として佇ずんでいる余の姿が眼に入ったものと見えて、石段の上にちょっと立ち留まった。下から眺めた余の眼と上から見下す女の視線が五間を隔てて互に行き当った時、女はすぐ下を向いた。すると飽くまで白い頬に裏から朱を溶いて流したような濃い色がむらむらと煮染み出した。見るうちにそれが顔一面に広がって耳の付根まで真赤に見えた。これは気の毒な事をした。化銀杏の方へ逆戻りをしよう。いやそうすればかえって忍び足に後でもつけて来たように思われる。と云って茫然と見とれていてはなお失礼だ。死地に活を求むと云う兵法もあると云う話しだからこれは勢よく前進するにしくはない。墓場へ墓詣りをしに来たのだから別に不思議はあるまい。ただ躊躇するから怪しまれるのだ。と決心して例のステッキを取り直して、つかつかと女の方にある き出した。すると女も俯向いたまま歩を移して石段の下で逃げるように余の袖の傍を擦りぬける。ヘリオトロープらしい香りがぷんとする。香が高いので、小春日に照りつけられた袷羽織の背中からしみ込んだような気がした。女が通り過ぎたあとは、やっと安心して何だか我に帰った風に落ちついたので、元来何者だろうとまた振り向いて見る。すると運悪くまた眼と眼が行き合った。こんどは余は石段の上に立ってステッキを突いている。女は化銀杏の下で、行きかけた体を斜めに捩ってこっちを見上げている。銀杏は風なきになおひらひらと女の髪の上、袖の上、帯の上へ舞いさがる。時刻は一時か一時半頃である。ちょうど去年の冬浩さんが大風の中を旗を持って散兵壕から飛び出した時である。空は研ぎ上げた剣を懸けつらねたごとく澄んでいる。秋の空の冬に変る間際ほど高く見える事はない。羅に似た雲の、微かに飛ぶ影も眸の裡には落ちぬ。羽根があって飛び登ればどこまでも飛び登れるに相違ない。しかしどこまで昇っても昇り尽せはしまいと思われるのがこの空である。無限と云う感じはこんな空を望んだ時に最もよく起る。この無限に遠く、無限に遐かに、無限に静かな空を会釈もなく裂いて、化銀杏が黄金の雲を凝らしている。その隣には寂光院の屋根瓦が同じくこの蒼穹の一部を横に劃して、何十万枚重なったものか黒々と鱗のごとく、暖かき日影を射返している。――古き空、古き銀杏、古き伽藍と古き墳墓が寂寞として存在する間に、美くしい若い女が立っている。非常な対照である。竹藪を後ろに背負って立った時はただ顔の白いのとハンケチの白いのばかり目に着いたが、今度はすらりと着こなした衣の色と、その衣を真中から輪に截った帯の色がいちじるしく目立つ。縞柄だの品物などは余のような無風流漢には残念ながら記述出来んが、色合だけはたしかに華やかな者だ。こんな物寂びた境内に一分たりともいるべき性質のものでない。いるとすればどこからか戸迷をして紛れ込んで来たに相違ない。三越陳列場の断片を切り抜いて落柿舎の物干竿へかけたようなものだ。対照の極とはこれであろう。――女は化銀杏の下から斜めに振り返って余が詣る墓のありかを確かめて行きたいと云う風に見えたが、生憎余の方でも女に不審があるので石段の上から眺め返したから、思い切って本堂の方へ曲った。銀杏はひらひらと降って、黒い地を隠す。

余は女の後姿を見送って不思議な対照だと考えた。昔し住吉の祠で芸者を見た事がある。その時は時雨の中に立ち尽す島田姿が常よりは妍やかに余が瞳を照らした。箱根の大地獄で二八余りの西洋人に遇った事がある。その折は十丈も煮え騰る湯煙りの凄じき光景が、しばらくは和らいで安慰の念を余が頭に与えた。すべての対照は大抵この二つの結果よりほかには何も生ぜぬ者である。在来の鋭どき感じを削って鈍くするか、または新たに視界に現わるる物象を平時よりは明瞭に脳裏に印し去るか、これが普通吾人の予期する対照である。ところが今睹た対象は毫もそんな感じを引き起さなかった。相除の対照でもなければ相乗の対照でもない。古い、淋しい、消極的な心の状態が減じた景色はさらにない、と云ってこの美くしい綺羅を飾った女の容姿が、音楽会や、園遊会で逢うよりは一と際目立って見えたと云う訳でもない。余が寂光院の門を潜って得た情緒は、浮世を歩む年齢が逆行して父母未生以前に溯ったと思うくらい、古い、物寂びた、憐れの多い、捕えるほど確とした痕迹もなきまで、淡く消極的な情緒である。この情緒は藪を後ろにすっくりと立った女の上に、余の眼が注がれた時に毫も矛盾の感を与えなかったのみならず、落葉の中に振り返る姿を眺めた瞬間において、かえって一層の深きを加えた。古伽藍と剝げた額、化銀杏と動かぬ松、錯落と列ぶ石塔——死したる人の名を彫む死したる石塔と、花のような佳人とが融和して一団の気と流れて円熟無礙の一種の感動を余の神経に伝えたのである。

こんな無理を聞かせられる読者は定めて承知すまい。これは文士の嘘言だと笑う者さえあろう。しかし事実はうそでも事実である。文士だろうが不文士だろうが書いた事は書いた通り懸価のないところをかいたのである。もし文士がわるければ断って置く。余は文士ではない、西片町に住む学者だ。もし疑うならこの問題をとって学者的に説明してやろう。読者は沙翁の悲劇マクベスを知っているだろう。マクベス夫婦が共謀して主君のダンカンを寝室の中で殺す。殺してしまうや否や門の戸を続け様に敲くものがある。すると門番が敲くは敲くはと云いながら出て来て酔漢の管を捲くようなたわいもない事を呂律の廻らぬ調子で述べ立てる。これが対照だ。対照も対照も一通りの対照ではない。人殺しの傍で都々逸を歌うくらいの対照だ。ところが妙な事はこの滑稽を挿んだために今までの凄愴たる光景が多少和らげられて、ここに至って一段とくつろぎがついた感じもなければ、また滑稽が事件の排列の具合から平生より一倍のおかしみを与えると云う訳でもない。それでは何らの功果もないかと云うと大変ある。劇全体を通じての物凄さ、怖しさはこの一段の諧謔のために白熱度に引き上げらるるのである。なお拡大して云えばこの場合においては諧謔その物が畏怖である。恐懼である、悚然として粟を肌に吹く要素になる。その訳を云えば先ずこうだ。

吾人が事物に対する観察点が従来の経験で支配せらるるのは言を待たずして明瞭な事実である。経験の勢力は度数と、単独な場合に受けた感動の量に因って高下増減するのも争われぬ事実であろう。絹布団に生れ落ちて御意だ仰せだと持ち上げられる経験がたび重なると人間は余に頭を下げるために生れたのじゃなと御意遊ばすようになる。金で酒を買い、金で妾を買い、金で邸宅、朋友、従五位まで買った連中は金さえあれば何でも出来るさと金庫を横目に睨んで高を括った鼻先を虚空遥かに反り返えす。一度の経験でも御多分には洩れん。箔屋町の大火事に身代を潰した旦那は板橋の一つ半でも蒼くなるかも知れない。濃尾の震災に瓦の中から掘り出された生き仏はドンが鳴っても念仏を唱えるだろう。正直な者が生涯に一返万引を働いても疑を掛ける知人もないし、冗談を商売にする男が十年に半日真面目な事件を担ぎ込んでも誰も相手にするものはない。つまるところ吾々の観察点と云うものは従来の惰性で解決せられるのである。吾々の生活は千差万別であるから、吾々の惰性も商売により職業により、年齢により、気質により、両性によりて各異なるであろう。がその通り。劇を見るときにも小説を読むときにも全篇を通じた調子があって、この調子が読者、観客の心に反応するとやはり一種の惰性になる。もしこの惰性を構成する分子が猛烈であればあるほど、惰性その物も牢として動かすべからず抜くべからざる傾向を生ずるにきまっている。マクベスは妖婆、毒婦、兇漢の行為動作を刻意に描写した悲劇である。読んで冒頭より門番の滑稽に至って冥々の際読者の心に生ずる唯一の惰性は怖と云う一字に帰着してしまう。過去がすでに怖である、未来もまた怖なるべしとの予期は、自然と己れを放射して次に出現すべきいかなる出来事をもこの怖に関連して解釈しようと試みるのは当然の事と云わねばならぬ。船に酔ったものが陸に上った後までも大地を動くものと思い、臆病に生れついた雀が案山子を例の爺さんかと疑うごとく、マクベスを読む者もまた怖の一字をどこまでも引張って、怖を冠すべからざる辺にまで持って行こうと力むるは怪しむに足らぬ。何事をも怖化せんとあせる矢先に現わるる門番の狂言は、普通の狂言諧謔とは受け取れまい。

世間には諷語と云うがある。諷語は皆表裏二面の意義を有している。先生を馬鹿の別号に用い、大将を匹夫の渾名に使うのは誰も心得ていよう。この筆法で行くと人に謙遜するのはますます人を愚にした待遇法で、他を称揚するのは織に他を罵倒した事になる。表面の意味が強ければ強いほど、裏側の含蓄もようやく深くなる。御辞儀一つで人を愚弄するよりは、履物を揃えて人を揶揄する方が深刻ではないか。この心理を一歩開拓して考えて見る。吾々が使用する大抵の命題は反対の意味に解釈が出来る事となろう。さあどっちの意味にしたものだろうと云うときに例の惰性が出て苦もなく判断してくれる。滑稽の解釈においてもその通りと思う。滑稽の裏には真面目がくっついている。大笑の奥には熱涙が潜んでいる。雑談の底には啾々たる鬼哭が聞える。とすれば怖と云う惰性を養成した眼をもって門番の諧謔を読む者は、その諧謔を正面から解釈したものであろうか、裏側から観察したものであろうか。裏面から観察するとすれば酔漢の妄語のうちに身の毛もよだつほどの畏懼の念はあるはずだ。元来諷語は正語よりも皮肉なるだけ正語よりも深刻で猛烈なものである。虫さえ厭う美人の根性を透見して、毒蛇の化身すなわちこれ天女なりと判断し得たる刹那に、その罪悪は同程度の他の罪悪よりも一層怖るべき感じを引き起す。全く人間の諷語であるからだ。白昼の化物の方が定石の幽霊よりも或る場合には恐ろしい。諷語であるからだ。廃寺に一夜をあかした時、庭前の一本杉の下でカッポレを躍るものがあったらこのカッポレは非常に物凄かろう。これも一種の諷語であるからだ。マクベスの門番は山寺のカッポレと全然同格である。マクベスの門番が解けたら寂光院の美人も解けるはずだ。

百花の王をもって許す牡丹さえ崩れるときは、富貴の色もただ好事家の憐れを買うに足らぬほど脆いものだ。美人薄命と云う諺もあるくらいだからこの女の寿命も容易に保険はつけられない。しかし妙齢の娘は概して活気に充ちている。前途の希望に照らされて、見るからに陽気な心持のするものだ。のみならず友染とか、繻珍とか、ぱっとした色気のものに包まっているから、横から見ても縦から見ても派出である立派である、春景色である。その一人が――最も美くしきその一人が寂光院の墓場の中に立った。浮かない、古臭い、沈静な四顧の景物の中に立った。するとその愛らしき眼、そのはなやかな袖が忽然と本来の面目を変じて蕭条たる周囲に流れ込んで、境内寂寞の感を一層深からしめた。天下に墓ほど落ついたものはない。しかしこの女が墓の前に延び上がった時は墓よりも落ちついていた。銀杏の黄葉は淋しい。まして化けるとあるからなお淋しい。しかしこの女が化銀杏の下に横顔を向けて佇んだときは、銀杏の精が幹から抜け出したと思われるくらい淋しかった。上野の音楽会でなければ釣り合わぬ服装をして、帝国ホテルの夜会にでも招待されそうなこの女が、なぜかくのごとく四辺の光景と映帯して索寞の観を添えるのか。これも諷語だからだ。マクベスの門番が怖しければ寂光院のこの女も淋しくなくてはならん。

御墓を見ると花筒に菊がさしてある。垣根に咲く豆菊の色は白いものばかりである。これも今の女のせいに相違ない。家から折って来たものか、途中で買って来たものか分らん。もしや名刺でも括りつけてはないかと葉裏まで覗いて見たが何もない。全体何物だろう。余は高等学校時代から浩さんとは親しい付き合いの一人であった。うちへはよく泊りに行って浩さんの親類は大抵知っている。しかし指を折ってあれこれと順々に勘定して見ても、こんな女は思い出せない。すると他人か知らん。浩さんは人好きのする性質で、交際もだいぶ広かったが、女に朋友がある事はついに聞いた事がない。もっとも交際をしたからと云って、必らず余に告げるとは限っておらん。が浩さんはそんな事を隠すような性質ではないし、よしほかの人に隠したからと云って余に隠す事はないはずだ。こう云うとおかしいが余は河上家の内情は相続人たる浩さんに劣らんくらい精しく知っている。そうしてそれは皆浩さんが余に話したのである。だから女との交際だって、もし実際あったとすればとくに余に告げるに相違ない。告げぬところをもって見ると知らぬ女だ。しかし知らぬ女が花まで提げて浩さんの墓参りにくる訳がない。これは怪しい。少し変だが追懸けて名前だけでも聞いて見ようか、それも妙だ。いっその事黙って後を付けて行く先を見届けようか、それではまるで探偵だ。そんな下等な事はしたくない。どうしたら善かろうと墓の前で考えた。浩さんは去年の十一月塹壕に飛び込んだぎり、今日まで上がって来ない。河上家代々の墓を杖で敲いても、手で揺り動かしても浩さんはやはり塹壕の底に寝ているだろう。こんな美人が、こんな美しい花を提げて御詣りに来るのも知らずに寝ているだろう。だから浩さんはあの女の素性も名前も聞く必要もあるまい。浩さんが聞く必要もないものを余が探究する必要はなおさらない。いやこれはいかぬ。こう云う論理ではあの女の身元を調べてはならんと云う事になる。しかしそれは間違っている。なぜ？　なぜは追って考えてから説明するとして、ただ今の場合是非共聞き糺さなくてはならん。何でも蚊でも聞かないと気が済まん。いきなり石段を一股に飛び下りて化銀杏の落葉を蹴散らして寂光院の門を出て先ず左の方を見た。いない。右を向いた。右にも見えない。足早に四つ角まで来て目の届く限り東西南北を見渡した。やはり見えない。とうとう取り逃がした。仕方がない、御母さんに逢って話をして見よう、ことによったら容子が分るかも知れない。

三

六畳の座敷は南向で、拭き込んだ椽側の端に神代杉の手拭懸が置いてある。軒下から丸い手水桶を鉄の鎖で釣るしたのは洒落れているが、その下に一叢の木賊をあしらった所が一段の趣を添える。四つ目垣の向うは二三十坪の茶畠でその間に梅の木が三四本見える。垣に結うた竹の先に洗濯した白足袋が裏返しに乾してあってその隣りには如露が逆さまに被せてある。その根元に豆菊が塊まって咲いて累々と白玉を綴っているのを見て「奇麗ですな」と御母さんに話しかけた。

「今年は暖たかだもんですからよく持ちます。あれもあなた、浩一の大好きな菊で……」

「へえ、白いのが好きでしたかな」

「白い、小さい豆のようなのが一番面白いと申して自分で根を貰って来て、わざわざ植えたので御座います」

「なるほどそんな事がありましたな」と云ったが、内心は少々気味が悪かった。寂光院の花筒に挿んであるのは正にこの種のこの色の菊である。

「御叔母さん近頃は御寺参りをなさいますか」

「いえ、せんだって中から風邪の気味で五六日伏せっておりましたものですから、ついつい仏へ無沙汰を致しまして。――うちにおっても忘れる間はないのですけれども――年をとりますと、御湯に行くのも退儀になりましてね」

「時々は少し表をあるく方が薬ですよ。近頃はいい時候ですから……」

「御親切にありがとう存じます。親戚のものなども心配して色々云ってくれますが、どうもあなた何分元気がないものですから、それにこんな婆さんを態々連れてあるいてくれるものもありませず」

こうなると余はいつでも言句に窮する。どう云って切り抜けていいか見当がつかない。仕方がないから「はああ」と長く引っ張ったが、御母さんは少々不平の気味である。さあしまったと思ったが別に片附けようもないから、梅の木をあちらこちら飛び歩るいている四十雀を眺めていた。御母さんも話の腰を折られて無言である。

「御親類の若い御嬢さんでもあると、こんな時には御相手にいいですがね」と云いながら不調法なる余にしては天晴な出来だと自分で感心して見せた。

「生憎そんな娘もおりませず。それに人の子にはやはり遠慮勝ちで……せがれに嫁でも貰って置いたら、こんな時にはさぞ心丈夫だろうと思います。ほんに残念な事をしました」

そら娶が出た。くるたびによめが出ない事はない。年頃の息子に嫁を持たせたいと云うのは親の情としてさもあるべき事だが、死んだ子に娶を迎えて置かなかったのをも残念がるのは少々平仄が合わない。人情はこんなものか知らん。まだ年寄になって見ないから分らないがどうも一般の常識から云うと少し間違っているようだ。それは一人で侘しく暮らすより気に入った嫁の世話になる方が誰だって頼りが多かろう。しかし嫁の身になっても見るがいい。結婚して半年も立たないうちに夫は出征する。ようやく戦争が済んだと思うと、いつの間にか戦死している。二十を越すか越さないのに、姑と二人暮しで一生を終る。こんな残酷な事があるものか。御母さんの云うところは老人の立場から云えば無理もない訴だが、しかし随分我儘な願だ。年寄はこれだからいかぬと、内心はすこぶる不平であったが、滅多な抗議を申し込むとまた気色を悪るくさせる危険がある。せっかく慰めに来ていつも失策をやるのは余り器量のない話だ。まあまあだまっているに若くはなしと覚悟をきめて、反って反対の方角へと楫をとった。余は正直に生れた男である。しかし社会に存在して怨まれずに世の中を渡ろうとすると、どうも嘘がつきたくなる。正直と社会生活が両立するに至れば嘘は直ちにやめるつもりでいる。

「実際残念な事をしましたね。全体浩さんはなぜ嫁をもらわなかったんですか」

「いえ、あなた色々探しておりますうちに、旅順へ参るようになったもので御座んすから」

「それじゃ当人も貰うつもりでいたんでしょう」

「それは……」と云ったが、それぎり黙っている。少々様子が変だ。あるいは寂光院事件の手懸りが潜伏していそうだ。白状して云うと、余はその時浩さんの事も、御母さんの事も考えていなかった。ただあの不思議な女の素性と浩さんとの関係が知りたいので頭の中はいっぱいになっている。この日における余は平生のような同情的動物ではない。全く冷静な好奇獣とも称すべき代物に化していた。人間もその日その日で色々になる。悪人になった翌日は善男に変じ、小人の昼の後に君子の夜がくる。あの男の性格はなどと手にとったように吹聴する先生があるがあれは利口の馬鹿と云うものでその日その日の自己を研究する能力さえないから、こんな傍若無人の囈語を吐いて独りで恐悦がるのである。探偵ほど劣等な家業はまたとあるまいと自分にも思い、人にも宣言して憚からなかった自分が、純然たる探偵的態度をもって事物に対するに至ったのは、すこぶるあきれ返った現象である。ちょっと言い淀んだ御母さんは、思い切った口調で

「その事について浩一は何かあなたに御話をした事は御座いませんか」

「嫁の事ですか」

「ええ、誰か自分の好いたものがあるような事を」

「いいえ」と答えたが、実はこの問こそ、こっちから御母さんに向って聞いて見なければならん問題であった。

「御叔母さんには何か話しましたろう」

「いいえ」

望の綱はこれぎり切れた。仕方がないからまた眼を庭の方へ転ずると、四十雀はすでにどこかへ飛び去って、例の白菊の色が、水気を含んだ黒土に映じて見事に見える。その時ふと

思い出したのは先日の日記の事である。御母さんも知らず、余も知らぬ、あの女の事があるいは書いてあるかも知れぬ。よしあからさまに記してなくても一応目を通したら何か手懸りがあろう。御母さんは女の事だから理解出来んかも知れんが、余が見ればこうだろうくらいの見当はつくわけだ。これは催促して日記を見るに若くはない。

「あの先日御話しの日記ですね。あの中に何かかいてはありませんか」

「ええ、あれを見ないうちは何とも思わなかったのですが、つい見たものですから……」と御母さんは急に涙声になる。また泣かした。これだから困る。困りはしたものの、何か書いてある事はたしかだ。こうなっては泣こうが泣くまいがそんな事は構っておられん。

「日記に何か書いてありますか？　それは是非拝見しましょう」と勢よく云ったのは今から考えて赤面の次第である。御母さんは起って奥へ這入る。

やがて襖をあけてポッケット入れの手帳を持って出てくる。表紙は茶の革でちょっと見ると紙入のような体裁である。朝夕内がくしに入れたものと見えて茶色の所が黒ずんで、手垢でぴかぴか光っている。無言のまま日記を受取って中を見ようとすると表の戸がからからと開いて、頼みますと云う声がする。生憎来客だ。御母さんは手真似で早く隠せと云うから、余は手帳を内懐に入れて「宅へ帰ってもいいですか」と聞いた。御母さんは玄関の方を見ながら「どうぞ」と答える。やがて下女が何とかさまが入らっしゃいましたと注進にくる。何とかさまに用はない。日記さえあれば大丈夫早く帰って読まなくってはならない。それではと挨拶をして久堅町の往来へ出る。

伝通院の裏を抜けて表町の坂を下りながら路々考えた。どうしても小説だ。ただ小説に近いだけ何だか不自然である。しかしこれから事件の真相を究めて、全体の成行が明瞭になりさえすればこの不自然も自ずと消滅する訳だ。とにかく面白い。是非探索――探索と云うと何だか不愉快だ――探究として置こう。是非探究して見なければならん。それにしても昨日あの女のあとを付けなかったのは残念だ。もし向後あの女に逢う事が出来ないとするとこの事件は判然と分りそうにもない。入らぬ遠慮をして流星光底じゃないが逃がしたのは惜しい事だ。元来品位を重んじ過ぎたり、あまり高尚にすると、得てこんな事になるものだ。人間はどこかに泥棒的分子がないと成功はしない。紳士も結構には相違ないが、紳士の体面を傷けざる範囲内において泥棒根性を発揮せんとせっかくの紳士が紳士として通用しなくなる。泥棒気のない純粋の紳士は大抵行き倒れになるそうだ。よしこれからはもう少し下品になってやろう。とくだらぬ事を考えながら柳町の橋の上まで来ると、水道橋の方から一輌の人力車が勇ましく白山の方へ馳け抜ける。車が自分の前を通り過ぎる時間は何秒と云うわずかの間であるから、余が冥想の眼をふとあげて車の上を見た時は、乗っている客はすでに眼界から消えかかっていた。ああ寂光院だと気が着いた頃はもう五六間先へ行っている。ここだ下品になるのはここだ。何でも構わんから追い懸けろと、下駄の歯をそちらに向けたが、徒歩で車のあとを追い懸けるのは余り下品すぎる。気狂でなくってはそんな馬鹿な事をするものはない。車、車、車はおらんかなと四方を見廻したが生憎一輌もおらん。そのうちに寂光院は姿も見えないくらい遥かあなたに馳け抜ける。もう駄目だ。気狂と思われるまで下品にならなければ世の中は成功せんものかなと惘然として西片町へ帰って来た。

とりあえず、書斎に立て籠って懐中から例の手帳を出したが、何分夕景ではっきりせん。実は途上でもあちこちと拾い読みに読んで来たのだが、鉛筆でなぐりがきに書いたものだから明るい所でも容易に分らない。ランプを点ける。下女が御飯はと云って来たから、めしは後で食うと追い返す。さて一頁から順々に見て行くと皆陣中の出来事のみである。しかも倥偬の際に分陰を偸んで記しつけたものと見えて大概の事は一句二句で弁じている。「風、坑道内にて食事。握り飯二個。泥まぶれ」と云うのがある。「夜来風邪の気味、発熱。診察を受けず、例のごとく勤務」と云うのがある。「テント外の歩哨散弾に中る。テントに仆れかかる。血痕を印す」「五時大突撃。中隊全滅、不成功に終る。残念!!!」残念の下に!が三本引いてある。無論記憶を助けるための手控であるから、毫も文章らしいところはない。字句を修飾したり、彫琢したりした痕跡は薬にしたくも見当らぬ。しかしそれが非常に面白い。ただありのままをありのままに写しているところが大に気に入った。ことに俗人の使用する壮士的口吻がないのが嬉しい。怒気天を衝くだの、暴慢なる露人だの、醜虜の胆を寒からしむだの、すべてえらそうで安っぽい辞句はどこにも使ってない。文体ははなはだ気に入った、さすがに浩さんだと感心したが、肝心の寂光院事件はまだ出て来ない。だんだん読んで行くうちに四行ばかり書いて上から棒を引いて消した所が出て来た。こんな所が怪しいものだ。これを読みこなさなければ気が済まん。手帳をランプのホヤに押しつけて透かして見る。二行目の棒の下からある字が三分の二ばかり食み出している。郵の字らしい。それから骨を折ってようよう郵便局の三字だけ片づけた。郵便局の上の字は大、乡、だけ見えている。これは何だろうと三分ほどランプと相談をしてやっと分った。本郷郵便局である。ここまではようやく漕ぎつけたがそのほかは裏から見ても逆さまに見てもどうしても読めない。とうとう断念する。それから二三頁進むと突然一大発見に遭遇した。「二三日一睡もせんので勤務中坑内仮寝。郵便局で逢った女の夢を見る」

余は覚えずどきりとした。「ただ二三分の間、顔を見たばかりの女を、ほど経て夢に見るのは不思議である」この句から急に言文一致になっている。「よほど衰弱している証拠であろう、しかし衰弱せんでもあの女の夢なら見るかも知れん。旅順へ来てからこれで三度見た」

余は日記をぴしゃりと敲いてこれだ！　と叫んだ。御母さんが嫁々と口癖のように云うのは無理はない。これを読んでいるからだ。それを知らずに我儘だの残酷だのと心中で評したのは、こっちが悪るいのだ。なるほどこんな女がいるなら、親の身として一日でも添わしてやりたいだろう。御母さんが嫁がいたらいたらと云うのを今まで誤解して全く自分の淋しいのをまぎらすためとばかり解釈していたのは余の眼識の足らなかったところだ。あれは自分の我儘で云う言葉ではない。可愛い息子を戦死する前に、半月でも思い通りにさせてやりたかったと云う謎なのだ。なるほど男は呑気なものだ。しかし知らん事なら仕方がない。それは先ずよしとして元来寂光院がこの女なのか、あるいはあれは全く別物で、浩さんの郵便局で逢ったと云うのはほかの女なのか、これが疑問である。この疑問はまだ断定出来ない。これだけの材料でそう早く結論に高飛びはやりかねる。やりかねるが少しは想像を容れる余地もなくては、すべての判断はやれるものではない。浩さんが郵便局であの女に逢ったとする。郵便局へ遊びに行く訳はないから、切手を買うか、為替を出すか取るかしたに相違ない。浩さんが切手を手紙へ貼る時に傍にいたあの女が、どう云う拍子かで差出人の宿所姓名を見ないとは限らない。あの女が浩さんの宿所姓名をその時に覚え込んだとして、これに小説的分子を五分ばかり加味すれば寂光院事件は全く起らんとも云えぬ。女の方はそれで解せたとして浩さんの方が不思議だ。どうしてちょっと逢ったものをそう何度も夢に見るかしらん。どうも今少したしかな土台が欲しいがとなお読んで行くと、こんな事が書いてある。「近世の軍略において、攻城は至難なるものの一として数えらる。我が攻囲軍の死傷多きは怪しむに足らず。この二三ヶ月間に余が知れる将校の城下に斃れたる者は枚挙に遑あらず。死は早晩余を襲い来らん。余は日夜に両軍の砲撃を聞きて、今か今かと順番の至るを待つ」なるほど死を決していたものと見える。十一月二十五日の条にはこうある。「余の運命もいよいよ明日に逼った」今度は言文一致である。「軍人が軍さで死ぬのは当然の事である。死ぬのは名誉である。ある点から云えば生きて本国に帰るのは死ぬべきところを死に損なったようなものだ」戦死の当日の所を見ると「今日限りの命だ。二竜山を崩す大砲の声がしきりに響く。死んだらあの音も聞えぬだろう。耳は聞えなくなっても、誰か来て墓参りをしてくれるだろう。そうして白い小さい菊でもあげてくれるだろう。寂光院は閑静な所だ」とある。その次に「強い風だ。いよいよこれから死にに行く。丸に中って仆れるまで旗を振って進むつもりだ。御母さんは、寒いだろう」日記はここで、ぶつりと切れている。切れているはずだ。

　余はぞっとして日記を閉じたが、いよいよあの女の事が気に懸ってたまらない。あの車は白山の方へ向いて馳けて行ったから、何でも白山方面のものに相違ない。白山方面とすれば本郷の郵便局へ来んとも限らん。しかし白山だって広い。名前も分らんものを探ねて歩いたって、そう急に知れる訳がない。とにかく今夜の間に合うような簡略な問題ではない。仕方がないから晩食を済ましてその晩はそれぎり寝る事にした。実は書物を読んでも何が書いてあるか茫々として海に対するような感があるから、やむをえず床へ這入ったのだが、さて夜具の中でも思う通りにはならんもので、終夜安眠が出来なかった。

　翌日学校へ出て平常の通り講義はしたが、例の事件が気になっていつものように授業に身が入らない。控所へ来ても他の職員と話しをする気にならん。学校の退けるのを待ちかねて、その足で寂光院へ来て見たが、女の姿は見えない。昨日の菊が鮮やかに竹藪の緑に映じて雪の団子のように見えるばかりだ。それから白山から原町、林町の辺をぐるぐる廻って歩いたがやはり何らの手懸りもない。その晩は疲労のため寝る事だけはよく寝た。しかし朝になって授業が面白く出来ないのは昨日と変る事はなかった。三日目に教員の一人を捕まえて君白山方面に美人がいるかなと尋ねて見たら、うむ沢山いる、あっちへ引越したまえと云った。帰りがけに学生の一人に追いついて君は白山の方にいるかと聞いたら、いいえ森川町ですと答えた。こんな馬鹿な騒ぎ方をしていたって始まる訳のものではない。やはり平生のごとく落ちついて、緩るりと探究するに若くなしと決心を定めた。それでその晩は煩悶焦慮もせず、例の通り静かに書斎に入って、せんだって中からの取調物を引き続いてやる事にした。

近頃余の調べている事項は遺伝と云う大問題である。元来余は医者でもない、生物学者でもない。だから遺伝と云う問題に関して専門上の智識は無論有しておらぬ。有しておらぬところが余の好奇心を挑撥する訳で、近頃ふとした事からこの問題に関してその起原発達の歴史やら最近の学説やらを一通り承知したいと云う希望を起して、それからこの研究を始めたのである。遺伝と一口に云うとすこぶる単純なようであるがだんだん調べて見ると複雑な問題で、これだけ研究していても充分生涯の仕事はある。メンデリズムだの、ワイスマンの理論だの、ヘッケルの議論だの、その弟子のヘルトウィッヒの研究だの、スペンサーの進化心理説だのと色々の人が色々の事を云うている。そこで今夜は例のごとく書斎の裡で近頃出版になった英吉利のリードと云う人の著述を読むつもりで、二三枚だけは何気なくはぐってしまった。するとどう云う拍子か、かの日記の中の事柄が、書物を読ませまいと頭の中へ割り込んでくる。そうはさせぬとまた一枚ほど開けると、今度は寂光院が襲って来る。ようやくそれを追払って五六枚無難に通過したかと思うと、御母さんの切り下げの被布姿がページの上にあらわれる。読むつもりで決心して懸った仕事だから読めん事はない。読めん事はないがページとページの間に狂言が這入る。それでも構わずどしどし進んで行くと、この狂言と本文の間が次第次第に接近して来る。しまいにはどこからが狂言でどこまでが本文か分らないようにぼうっとして来た。この夢のようなありさまで五六分続けたと思ううち、たちまち頭の中に電流を通じた感じがしてはっと我に帰った。「そうだ、この問題は遺伝で解ける問題だ。遺伝で解けばきっと解ける」とは同時に吾口を突いて飛び出した言語である。今まではただ不思議である小説的である。何となく落ちつかない、何か疑惑を晴らす工夫はあるまいか、それには当人を捕えて聞き糺すよりほかに方法はあるまいとのみ速断して、その結果は朋友に冷かされたり、屑屋流に駒込近傍を徘徊したのである。しかしこんな問題は当人の支配権以外に立つ問題だから、よし当人を尋ねあてて事実を明らかにしたところで不思議は解けるものでない。当人から聞き得る事実その物が不思議である以上は余の疑惑は落ちつきようがない。昔はこんな現象を因果と称えていた。因果は諦らめる者、泣く子と地頭には勝たれぬ者と相場がきまっていた。なるほど因果と言い放てば因果で済むかも知れない。しかし二十世紀の文明はこの因を極めなければ承知しない。しかもこんな芝居的夢幻的現象の因を極めるのは遺伝によるよりほかにしようはなかろうと思う。本来ならあの女を捕まえて日記中の女と同人か別物かを明にした上で遺伝の研究を初めるのが順当であるが、本人の居所さえたしかならぬただいまでは、この順序を逆にして、彼らの血統から吟味して、下から上へ溯る代りに、昔から今に繰りさげて来るよりほかに道はあるまい。いずれにしても同じ結果に帰着する訳だから構わない。

そんならどうして両人の血統を調べたものだろう。女の方は何者だか分らないから、先ず男の方から調べてかかる。浩さんは東京で生れたから東京っ子である。聞くところによれば浩さんの御父さんも江戸で生れて江戸で死んだそうだ。するとこれも江戸っ子である。御爺さんも御爺さんの御父さんも江戸っ子である。すると浩さんの一家は代々東京で暮らしたようであるがその実町人でもなければ幕臣でもない。聞くところによると浩さんの家は紀州の藩士であったが江戸詰で代々こちらで暮らしたのだそうだ。紀州の家来と云う事だけ分ればそれで充分手懸りはある。紀州の藩士は何百人あるか知らないが現今東京に出ている者はそんなに沢山あるはずがない。ことにあの女のように立派な服装をしている身分なら藩主の家へ出入りをするにきまっている。藩主の家に出入するとすればその姓名はすぐに分る。これが余の仮定である。もしあの女が浩さんと同藩でないとするとこの事件は当分埒があかない。抛って置いて自然天然寂光院に往来で邂逅するのを待つよりほかに仕方がない。しかし余の仮定が中るとすると、あとは大抵余の考え通りに発展して来るに相違ない。余の考によると何でも浩さんの先祖と、あの女の先祖の間に何事かあって、その因果でこんな現象を生じたに違いない。これが第二の仮定である。こうこしらえてくるとだんだん面白くなってくる。単に自分の好奇心を満足させるばかりではない。目下研究の学問に対してもっとも興味ある材料を給与する貢献的事業になる。こう態度が変化すると、精神が急に爽快になる。今までは犬だか、探偵だかよほど下等なものに零落したような感じで、それがため脳中不愉快の度をだいぶ高めていたが、この仮定から出立すれば正々堂々たる者だ。学問上の研究の領分に属すべき事柄である。少しも疚ましい事はないと思い返した。どんな事でも思い返すと相当のジャスチフィケーションはある者だ。悪るかったと気がついたら黙坐して思い返すに限る。あくる日学校で和歌山県出の同僚某に向って、君の国に老人で藩の歴史に詳しい人はいないかと尋ねたら、この同僚首をひねってあるさと云う。因ってその人物を承わると、もとは家老だったが今では家令と改名して依然として生きていると何だか妙な事を答える。家令ならなお都合がいい、平常藩邸に出入する人物の姓名職業は無論承知しているに違ない。

「その老人は色々昔の事を記憶しているだろうな」

「うん何でも知っている。維新の時なぞはだいぶ働いたそうだ。槍の名人でね」

槍などは下手でも構わん。昔し藩中に起った異聞奇譚を、老耄せずに覚えていてくれればいいのである。だまって聞いていると話が横道へそれそうだ。

「まだ家令を務めているくらいなら記憶はたしかだろうな」

「たしか過ぎて困るね。屋敷のものがみんな弱っている。もう八十近いのだが、人間も随分丈夫に製造する事が出来るもんだね。当人に聞くと全く槍術の御蔭だと云ってる。それで毎朝起きるが早いか槍をしごくんだ……」

「槍はいいが、その老人に紹介して貰えまいか」

「いつでもして上げる」と云うと傍に聞いていた同僚が、君は白山の美人を探がしたり、記憶のいい爺さんを探したり、随分多忙だねと笑った。こっちはそれどころではない。この老人に逢いさえすれば、自分の鑑定が中るか外れるか大抵の見当がつく。一刻も早く面会しなければならん。同僚から手紙で先方の都合を聞き合せてもらう事にする。

　二三日は何の音沙汰もなく過ぎたが、御面会をするから明日三時頃来て貰いたいと云う返事がようやくの事来たよと同僚が告げてくれた時は大に嬉しかった。その晩は勝手次第に色々と事件の発展を予想して見て、先ず七分までは思い通りの事実が暗中から白日の下に引き出されるだろうと考えた。そう考えるにつけて、余のこの事件に対する行動が――行動と云わんよりむしろ思いつきが、なかなか巧みである、無学なものならとうていこんな点に考えの及ぶ気遣はない、学問のあるものでも才気のない人にはこのような働きのある応用が出来る訳がないと、寝ながら大得意であった。ダーウィンが進化論を公けにした時も、ハミルトンがクォーターニオンを発明した時も大方こんなものだろうと独りでいい加減にきめて見る。自宅の渋柿は八百屋から買った林檎より旨いものだ。

翌日は学校が午ぎりだから例刻を待ちかねて麻布まで車代二十五銭を奮発して老人に逢って見る。老人の名前はわざと云わない。見るからに頑丈な爺さんだ。白い髯を細長く垂れて、黒紋付に八王子平で控えている。「やあ、あなたが、何の御友達で」と同僚の名を云う。まるで小供扱だ。これから大発明をして学界に貢献しようと云う余に対してはやや横柄である。今から考えて見ると先方が横柄なのではない、こっちの気位が高過ぎたから普通の応接ぶりが横柄に見えたのかも知れない。

それから二三件世間なみの応答を済まして、いよいよ本題に入った。

「妙な事を伺いますが、もと御藩に河上と云うのが御座いましたろう」余は学問はするが応対の辞にはなれておらん。藩というのが普通だが先方の事だから尊敬して御藩と云って見た。こんな場合に何と云うものか未だに分らない。老人はちょっと笑ったようだ。

「河上――河上と云うのはあります。河上才三と云うて留守居を務めておった。その子が貢五郎と云うてやはり江戸詰で――せんだって旅順で戦死した浩一の親じゃて。――あなた浩

一の御つき合いか。それはそれは。いや気の毒な事で――母はまだあるはずじゃが……」と一人で弁ずる

河上一家の事を聞くつもりなら、わざわざ麻布下りまで出張する必要はない。河上を持ち出したのは河上対某との関係が知りたいからである。しかしこの某なるものの姓名が分らんから話しの切り出しようがない。

「その河上について何か面白い御話はないでしょうか」

老人は妙な顔をして余を見詰めていたが、やがて重苦しく口を切った。

「河上？　河上にも今御話しする通り何人もある。どの河上の事を御尋ねか」

「どの河上でも構わんです」

「面白い事と云うて、どんな事を？」

「どんな事でも構いません。ちと材料が欲しいので」

「材料？　何になさる」厄介な爺さんだ。

「ちと取調べたい事がありまして」

「なある。貢五郎と云うのはだいぶ慷慨家で、維新の時などはだいぶ暴ばれたものだ――或る時あなた長い刀を提げてわしの所へ議論に来て、……」

「いえ、そう云う方面でなく。もう少し家庭内に起った事柄で、面白いと今でも人が記憶しているような事件はないでしょうか」老人は黙然と考えている。

「貢五郎という人の親はどんな性質でしたろう」

「才三かな。これはまた至って優しい、――あなたの知っておらるる浩一に生き写しじゃ、よく似ている」

「似ていますか？」と余は思わず大きな声を出した。

「ああ、実によく似ている。それでその頃は維新には間もある事で、世の中も穏かであったのみならず、役が御留守居だから、だいぶ金を使って風流をやったそうだ」

「その人の事について何か艶聞が――艶聞と云うと妙ですが――ないでしょうか」

「いや才三については憐れな話がある。その頃家中に小野田帯刀と云うて、二百石取りの侍がいて、ちょうど河上と向い合って屋敷を持っておった。この帯刀に一人の娘があって、それがまた藩中第一の美人であったがな、あなた」

「なるほど」うまいだんだん手懸りが出来る。

「それで両家は向う同志だから、朝夕往来をする。往来をするうちにその娘が才三に懸想をする。何でも才三方へ嫁に行かねば死んでしまうと騒いだのだて――いや女と云うものは始末に行かぬもので――是非行かして下されと泣くじゃ」

「ふん、それで思う通りに行きましたか」成蹟は良好だ。

「で帯刀から人をもって才三の親に懸合うと、才三も実は大変貰いたかったのだからその旨を返事する。結婚の日取りまできめるくらいに事が捗どったて」

「結構な事で」と申したがこれで結婚をしてくれては少々困ると内心ではひやひやして聞いている。

「そこまでは結構だったが、――飛んだ故障が出来たじゃ」

「へええ」そう来なくってはと思う。

「その頃国家老にやはり才三くらいな年恰好なせがれが有って、このせがれがまた帯刀の娘に恋慕して、是非貰いたいと聞き合せて見るともう才三方へ約束が出来たあとだ。いかに家老の勢でもこればかりはどうもならん。ところがこのせがれが幼少の頃から殿様の御相手をして成長したもので、非常に御上の御気に入りでの、あなた。――どこをどう運動したものか殿様の御意でその方の娘をあれに遣わせと云う御意が帯刀に下りたのだて」

「気の毒ですな」と云ったが自分の見込が着々中るので実に愉快でたまらん。これで見ると朋友の死ぬような凶事でも、自分の予言が的中するのは嬉しいかも知れない。着物を重ねないと風邪を引くぞと忠告をした時に、忠告をされた当人が吾が言を用いないでしかもぴんぴんしていると心持ちが悪るい。どうか風邪が引かしてやりたくなる。人間はかようにわがままなものだから、余一人を責めてはいかん。

「実に気の毒な事だて、御上の仰せだから内約があるの何のと申し上げても仕方がない。それで帯刀が娘に因果を含めて、とうとう河上方を破談にしたな。両家が従来の通り向う合せでは、何かにつけて妙でないと云うので、帯刀は国詰になる、河上は江戸に残ると云う取り計をわしのおやじがやったのじゃ。河上が江戸で金を使ったのも全くそんなこんなで残念を晴らすためだろう。それでこの事がな、今だから御話しするようなものの、当時はぱっとすると両家の面目に関わると云うので、内々にして置いたから、割合に人が知らずにいる」

「その美人の顔は覚えて御出ですか」と余に取ってはすこぶる重大な質問をかけて見た。

「覚えているとも、わしもその頃は若かったからな。若い者には美人が一番よく眼につくようだて」と皺だらけの顔を皺ばかりにしてからからと笑った。

「どんな顔ですか」

「どんなと云うて別に形容しようもない。しかし血統と云うは争われんもので、今の小野田の妹がよく似ている。――御存知はないかな、やはり大学出だが――工学博士の小野田を」

「白山の方にいるでしょう」ともう大丈夫と思ったから言い放って、老人の気色を伺うと

「やはり御承知か、原町にいる。あの娘もまだ嫁に行かんようだが。――御屋敷の御姫様の御相手に時々来ます」

占めた占めたこれだけ聞けば充分だ。一から十まで余が鑑定の通りだ。こんな愉快な事はない。寂光院はこの小野田の令嬢に違ない。自分ながらかくまで機敏な才子とは今まで思わなかった。余が平生主張する趣味の遺伝と云う理論を証拠立てるに完全な例が出て来た。ロメオがジュリエットを一目見る、そうしてこの女に相違ないと先祖の経験を数十年の後に認識する。エレーンがランスロットに始めて逢う、この男だぞと思い詰める、やはり父母未生以前に受けた記憶と情緒が、長い時間を隔てて脳中に再現する。二十世紀の人間は散文的である。ちょっと見てすぐ惚れるような男女を捕えて軽薄と云う、小説だと云う、そんな馬鹿があるものかと云う。馬鹿でも何でも事実は曲げる訳には行かぬ、逆かさにする訳にもならん。不思議な現象に逢わぬ前ならとにかく、逢うた後にも、そんな事があるものかと冷淡に

看過するのは、看過するものの方が馬鹿だ。かように学問的に調べて見れば、ある程度までは二十世紀を満足せしむるに足るくらいの説明はつくのである。とここまでは調子づいて考えて来たが、ふと思いついて見ると少し困る事がある。この老人の話しによると、この男は小野田の令嬢も知っている、浩さんの戦死した事も覚えている。するとこの両人は同藩の縁故でこの屋敷へ平生出入(しゅつにゅう)して互に顔くらいは見合っているかも知れん。ことによると話をした事があるかも分らん。そうすると余の標榜(ひょうぼう)する趣味の遺伝と云う新説もその論拠が少々薄弱になる。これは両人がただ一度本郷の郵便局で出合った事にして置かんと不都合だ。浩さんは徳川家へ出入する話をついにした事がないから大丈夫だろう、ことに日記にああ書いてあるから間違はないはずだ。しかし念のため不用心だから尋ねて置こうと心を定めた。

「さっき浩一の名前をおっしゃったようですが、浩一は存生中(ぞんじょうちゅう)御屋敷へよく上がりましたか」

「いいえ、ただ名前だけ聞いているばかりで、――おやじは先刻(せんこく)御話をした通り、わしと終夜激論をしたくらいな間柄じゃが、せがれは五六歳のときに見たぎりで――実は貢五郎が早く死んだものだから、屋敷へ出入(でいり)する機会もそれぎり絶えてしもうて、――その後(ご)は頓(とん)と逢(お)うた事がありません」

そうだろう、そう来なくっては辻褄(つじつま)が合わん。第一余の理論の証明に関係してくる。先(ま)ずこれなら安心。御蔭様でと挨拶(あいさつ)をして帰りかけると、老人はこんな妙な客は生れて始めてだとでも思ったものか、余を送り出して玄関に立ったまま、余が門を出て振り返るまで見送っていた。

　これからの話は端折(はしょ)って簡略に述べる。余は前にも断わった通り文士ではない。文士ならこれからが大(おおい)に腕前を見せるところだが、余は学問読書を専一にする身分だから、こんな小説めいた事を長々しくかいているひまがない。新橋で軍隊の歓迎を見て、その感慨から浩さんの事を追想して、それから寂光院の不思議な現象に逢ってその現象が学問上から考えて相当の説明がつくと云う道行きが読者の心に合点(がてん)出来ればこの一篇の主意は済んだのである。実は書き出す時は、あまりの嬉しさに勢い込んで出来るだけ精密に叙述して来たが、慣れぬ事とて余計な叙述をしたり、不用な感想を挿入(そうにゅう)したり、読み返して見ると自分でもおかしいと思うくらい精(くわ)しい。その代りここまで書いて来たらもういやになった。今までの筆法でこれから先を描写するとまた五六十枚もかかねばならん。追々学期試験も近づくし、それに例の遺伝説を研究しなくてはならんから、そんな筆を舞わす時日は無論ない。のみならず、元来が寂光院(じゃっこういん)事件の説明がこの篇の骨子だから、ようやくの事ここまで筆が運んで来て、もういいと安心したら、急にがっかりして書き続ける元気がなくなった。

　老人と面会をした後(のち)には事件の順序として小野田と云う工学博士に逢わなければならん。これは困難な事でもない。例の同僚からの紹介を持って行ったら快よく談話をしてくれた。二三度訪問するうちに、何かの機会で博士の妹に逢わせてもらった。妹は余の推量に違(たが)わず例の寂光院であった。妹に逢った時顔でも赤らめるかと思ったら存外淡泊(たんぱく)で毫(ごう)も平生と異(こと)なる様子のなかったのはいささか妙な感じがした。ここまではすらすら事が運んで来たが、ただ一つ困難なのは、どうして浩さんの事を言い出したものか、その方法である。無論デリケートな問題であるから滅多に聞けるものではない。と云って聞かなければ何だか物足らない。余一人から云えばすでに学問上の好奇心を満足せしめたる今日、これ以上立ち入ってくだらぬ詮議をする必要を認めておらん。けれども御母さんは女だけに底まで知りたいのである。日本は西洋と違って男女の交際が発達しておらんから、独身の余と未婚のこの妹と対座して話す機会はとてもない。よし有ったとしたところで、むやみに切り出せばいたずらに処女を赤面させるか、あるいは知りませぬと跳ねつけられるまでの事である。と云って兄のいる前ではなおさら言いにくい。言いにくいと申すより言うを敢てすべからざる事かも知れない。墓参り事件を博士が知っているならばだけれど、もし知らんとすれば、余は好んで人の秘事を暴露する不作法を働いた事になる。こうなるといくら遺伝学を振り廻しても埒はあかん。自ら才子だと飛び廻って得意がった余も茲に至って大に進退に窮した。とどのつまり事情を逐一打ち明けて御母さんに相談した。ところが女はなかなか智慧がある。

御母さんの仰せには「近頃一人の息子を旅順で亡くして朝、夕淋しがって暮らしている女がいる。慰めてやろうと思っても男ではうまく行かんから、おひまな時に御嬢さんを時々遊びにやって上げて下さいとあなたから博士に頼んで見て頂きたい」とある。早速博士方へまかり出て鸚鵡的口吻を弄して旨を伝えると博士は一も二もなく承諾してくれた。これが元で御母さんと御嬢さんとは時々会見をする。会見をするたびに仲がよくなる。いっしょに散歩をする、御饌をたべる、まるで御嫁さんのようになった。とうとう御母さんが浩さんの日記を出して見せた。その時に御嬢さんが何と云ったかと思ったら、それだから私は御寺参をしておりましたと答えたそうだ。なぜ白菊を御墓へ手向けたのかと問い返したら、白菊が一番好きだからと云う挨拶であった。

余は色の黒い将軍を見た。婆さんがぶら下がる軍曹を見た。ワーと云う歓迎の声を聞いた。そうして涙を流した。浩さんは塹壕へ飛び込んだきり上って来ない。誰も浩さんを迎に出たものはない。天下に浩さんの事を思っているものはこの御母さんとこの御嬢さんばかりであろう。余はこの両人の睦まじき様を目撃するたびに、将軍を見た時よりも、軍曹を見た時よりも、清き涼しき涙を流す。博士は何も知らぬらしい。

（明治三十九年一月「帝国文学」）

白昼鬼語

谷崎潤一郎

変格ミステリのふるさと、谷崎である。「新青年」誌の創刊に二年先立ち、大正七年七月の「中央公論」臨時増刊「秘密と開放号」に「芸術的新探偵小説」特集として谷崎の「二人の芸術家の話」、佐藤春夫の「指紋」、芥川龍之介の「開化の殺人」、里見弴の「刑事の家」が掲載されたのは日本ミステリ史上の大きなエポックだった。本作はその同じ大正七年の作。谷崎はこの時期、「柳湯の事件」「途上」「私」等、ミステリ手法で犯罪や異常心理を扱ったものを好んで書き、その後陸続と登場する探偵小説作家たちに多大な影響を与えた。特に江戸川乱歩へのそれは尋常でなく、これら諸作やとびきりの怪作「青塚氏の話」から、乱歩に受け継がれたテーマや発想をいくらでも見つけることができるだろう。（竹本健治）

【底本】『谷崎潤一郎全集』第五巻（中央公論社・一九八一年）
※なお、本作を表題作とする谷崎の探偵小説短編集『白昼鬼語　探偵くらぶ』（日下三蔵編・光文社文庫）が二〇二一年六月に刊行されている。

精神病の遺伝があると自ら称して居る園村が、いかに気紛れな、いかに常軌を逸した、そうしていかに我が儘な人間であるかと云う事は、私も前から知り抜いて居るし、十分に覚悟して附き合って居るのであった。けれどもあの朝、あの電話が園村から懸って来た時は、私は全く驚かずには居られなかった。てっきり園村は発狂したに相違ない。一年中で、精神病の患者が最も多く発生すると云う今の季節——此の鬱陶しい、六月の青葉の蒸し蒸しした陽気が、きっと彼の脳髄に異状を起させたのに相違ない。さもなければあんな電話をかける筈がないと、私は思った。いや思ったどころではない、私は固くそう信じてしまったのである。

電話のかかったのは、何でも朝の十時ごろであったろう。

「ああ君は高橋君だね。」

と、園村は私の声を聞くと同時に飛び付くような調子で云った。彼が異常に昂奮して居る事はもうそれで分ったのである。

「済まないが今から急いで僕の所へ来てくれ給え。今日君に是非とも見せたいものがあるのだから。」

「折角だが今日は行かれないよ。実は或る雑誌社から小説の原稿を頼まれて居て、それを今日の午後二時までに、どうしても書いてしまわなければならないんだ。僕は昨夜から徹夜してるんだ。」

こう私が答えたのは嘘ではなかった。私は昨夜から其時まで、一睡もせずにペンを握り詰めて居たのであった。なんぼ園村が閑人のお坊っちゃんであるにもせよ、此方の都合も考えずに、見せる物があるからやって来いなどと云うのは、あんまり呑気で勝手過ぎると、私は少し腹を立てたくらいであった。

「そうか、そんなら今直ぐでなくてもいいから、午後二時までに其れを書き上げたら、大急ぎで来てくれ給え。僕は三時まで待って居るから。……」

私はますます癪に触って、

「いや今日は駄目だよ君、今も云う通り昨夜徹夜をして疲れて居るから、書き上げたら風呂へ這入って一と睡りしようと思ってるんだ。何を見せるのだか知らないが、明日だっていいじゃないか。」

「ところが今日でなければ見られないものなんだ。君が駄目なら僕独りで見に行くより仕方がないが。……」

こう云いかけて、急に園村は声を低くして、囁くが如くに云った。

「……実はね、此れは非常に秘密なんだから、誰にも話してくれては困るがね、今夜の夜半の一時ごろに、東京の或る町で或る犯罪が、……人殺しが演ぜられるのだ。それで今から支度をして、君と一緒に其れを見に行こうと思うんだけれど、どうだろう君、一緒に行ってくれないか知らん?」

「何だって? 何が演ぜられるんだって?」

私は自分の耳を疑いながら、もう一遍念を押さずには居られなかった。

「人殺し、……Murder, 殺人が行われるのさ。」

「どうして君は其れを知って居るんだ。一体誰が誰を殺すのだ。」

私はウッカリ大きな声で斯う云ってしまってから、びっくりして自分の周囲を見廻した。が幸に家族の者には聞えなかったようであった。

「君、君、電話口でそんな大きな声を出しては困るよ。……誰が誰を殺すのだかは、僕にも分って居ない。精しい事は電話で話す訳には行かないが、僕は或る理由に依って、今夜或る所で或る人間が或る人間の命を断とうとして居る事だけを、嗅ぎつけたのだ。勿論その犯罪は、僕に何等の関係もあるのではないから、僕は其れを予防する責任も、摘発する義務もない。ただ出来るならば犯罪の当事者に内証で、こっそりと其の光景を見物したいと思うのだ。君が一緒に行ってくれれば僕もいくらか心強いし、君にしたって小説を書くよりは面白いじゃないか。」

こう云った園村の句調は、奇妙に落ち着いた、静かなものであった。

けれども、彼が落ち着いて居れば居るほど、私はいよいよ彼の精神状態を疑い出した。私は彼の説明を聞いて居る途中から、激しい動悸と戦慄とが体中に伝わるのを覚えた。

「そんな馬鹿げた事を真面目くさってしゃべるなんて、君は気が違ったんじゃないか。」

こう反問する勇気もない程、私は心から彼の発狂を憂慮し、恐怖し、而も甚だしく狼狽した。

金と暇とのあるに任せて、常に廃頽した生活を送って居た園村は、此頃は普通の道楽にも飽きてしまって、活動写真と探偵小説とを溺愛し、日がな一日、不思議な空想にばかり耽って居たようであるから、その空想がだんだん募って来た結果、遂に発狂したのであろう。そう考えると私はほんとうに身の毛が竦った。私より外には友達らしい友達もなく、両親も妻子もなく、数万の資産を擁して孤独な月日を過して居る彼が、実際発狂したのだとすれば、私を措いて彼の面倒を見てやる者はないのである。私は兎に角、彼の感情を焦ら立たせないようにして、仕事が済み次第早速見舞いに行ってやらなければならなかった。

「成る程、そう云う訳なら僕も一緒に見に行くから、是非待って居てくれ給え。二時に書き上げて、三時までには君の所へ行ける積りだが、事に依ると三十分か一時間ぐらいおくれるかも知れない。しかし僕の行く迄は、必ず待って居てくれ給えよ。」

私は何よりも、彼が独りで家を飛び出すのを心配した。

「いいかね、それじゃおそくも四時までにはきっと行くから、出ないで待って居てくれ給え。いいかね、きっとだぜ。」

こう繰返して、彼の答を確めてから、漸く電話を切ったのであった。

が、私は正直に白状する。——それから午後の二時になるまで、机に向って書きかけの原稿の上に思想を凝らしては見たものの、私の頭はもう滅茶々々に惑乱されて、注意が全然別の方面へ外れてしまって居た。私はただ責め塞ぎの為めに、夢中でペンを走らせて、自分でも訳の分らぬ物を好い加減に書き続けたに過ぎなかった。

狂人の見舞いに行く。それは園村の唯一の友人たる私の義務だとは云いながら、実際あまりいい気持ちのものではなかった。第一、私にしたって彼を見舞いに行く資格があるほど、それほど精神の健全な人間ではない。私も彼の親友たるに背かず、毎年此の頃の新緑の時候になると、可なり手ひどい神経衰弱に罹るのが例である。そうして今年も、既に幾分か罹って居るらしい徴候さえ見えて居る。此の上狂人の見舞いになんぞ出かけて行ったら、いつ何時(なんどき)、病気が此方へ乗り移ってミイラ取りがミイラにならぬとも限らない。或いは又、園村が今夜行われると信じて居る殺人事件が、たとえ事実であったにしても、——そんな馬鹿げた事がある筈はないが、——私は到底彼と一緒に其れを見に行く好奇心も勇気もない。殺人の光景などを目撃したら、園村よりも私が先に発狂してしまいそうだ。私は全く、友人としての徳義を重んじて、いやいやながら園村の病状を見舞いに行くだけの事であった。

原稿がすっかり出来上った時は、ちょうど二時が十分過ぎて居た。いつもならば、徹夜の後の疲労のお蔭でぐったりとなって、少くとも夕方まで熟睡を貪るのであるが、四時と云う約束の時間が迫って居るし、それに昂奮させられたせいか私は睡くも何ともなかった。で、一杯の葡萄酒に元気をつけて、今年になって始めての紺羅紗の夏服を纏うて、白山上の停留場から三田行きの電車に乗った。園村の家は芝公園の山内にあったのである。

すると、電車に揺られながら、私は或る恐ろしい、不思議な考えに到達した。園村が先刻、電話口で話した事は、ひょっとすると満更の嘘ではないかも知れない。今夜のうちに市内の某所で或る殺人が行われると云うこと、其れは少くとも園村に取っては、明かに予想し得る出来事であるかも知れない。そうして、その予想の的中を見る為めには、是非とも私を同伴して犯罪の場所へ誘って行く事が必要であるのかも分らない。――つまり園村は、私を、この私を、今夜のうちに某所に於いて彼自身の手で殺そうとして居るのではあるまいか。「お前に殺人の光景を見せてやる。」こう云って私を誘い出して、彼自身の手で、私の生命の上にその光景を演じて見せようとするのではなかろうか。――此の考えは突飛ではあるが、滑稽ではあるが、決して何等の根拠もない臆測だと云うことは出来なかった。勿論私は、其のような残酷な悪戯の犠牲に供せられる覚えはない。私は彼に恨みを買ったことも、誤解されたこともないのであるから、常識を以て判断すれば、彼が私を殺す道理は毛頭ない。けれども若し彼が発狂して居るとしたら、誰が私の臆測を突飛であると云えるだろうか。荒唐無稽な探偵小説や犯罪小説を耽読して気違いになった人間が、その親友を不意に殺したくなったとしたら、誰が其れを不自然だと云えるだろうか。不自然どころか、其れは最も有り得べき事実ではないか。

私はもう少しで、電車を降りてしまおうとした。私の額には冷たい汗がべっとりと喰着いて、心臓の血は一時全く働きを止めたらしかった。そうして次の瞬間には、更に別箇の、第二の恐怖が、海嘯のように私の胸を襲って来た。

「こんな下らない空想に悩まされるようでは、事に依ると己ももう、気が違って居るのではなかろうか。さっき電話で話をしたばかりで、園村の気違いが忽ち移ってしまったのではなかろうか。」

此の心配の方が、以前の臆測よりも余計に事実らしいだけ、私には遥かに恐ろしかった。

私は何とかして、自分を狂人であると思いたくない為めに、以前の空想を強いて脳裡から打ち消そうと努めた。

「己は何だって、そんな愚にも付かない事を気に懸けて居るんだ。園村は先たしかに、自分は今夜行われる犯罪に関係がない、下手人が誰であるか、犠牲者が誰であるかも全く知らないと云ったじゃないか、彼はただ、或る理由に依って、殺人が演ぜられるのを嗅ぎつけたのだと云ったじゃないか。そうして見れば、彼は決して己を殺そうとして居るのではない。やっぱり発狂した為めに、或る幻想を事実と信じて、己と一緒に其れを見に行く気になって居るのだ。そう解釈するのが正当だのに、なぜ己はあんなおかしな推定をしたのだろう。ほんとうに馬鹿げ切って居る。」

私は斯う腹の中で呟いて、自分の神経質を嘲笑った。

それでも私は、お成門で電車を降りて、園村の住宅の前へ来た時まで、彼に会おうと云う決心はまだハッキリと着いて居なかった。私は彼の家の傍を素通りして、増上寺の三門と大門との間を、二三度往ったり来たりして散々躊躇した揚句、どうにでもなれと云うような捨て鉢な了見で、園村の家の方へ引返したのであった。

私が、立派な西洋間の、贅沢な装飾を施した彼の書斎の扉を明けると、彼は不安らしく室内を歩き廻りながら、焦れったそうに暖炉棚の置時計を眺めて居るところであった。うまい工合に、時刻はきっちり四時になって居た。洋服のよく似合う、すっきりとした体格を持って居る彼は、品のいい黒の上衣に渋い立縞のずぼんを穿いて、白繻子へ緑の糸の繍をしたネクタイにアレキサンドリア石のピンを刺して、もうすっかり、外出の身支度を整えて居た。宝石の大好きな彼は、か細く戦(おのの)いて居るようなきゃしゃな指にも、真珠やアクアマリンの指輪をぎらぎらと光らせて、胸間の金鎖の先には昆虫の眼玉のような土耳其(トルコ)石を揺がせて居た。

「今ちょうど四時だ、よく来てくれたね。」

こう云って、私の方を振り向いた彼の顔の中で、私は何よりも瞳の色を注意して観察した。が、その瞳は例に依って病的な輝きを帯びては居るものの、別段従来と異った激しさや、狂暴さを示しては居なかった。私はやや安心して、片隅の安楽椅子に腰を卸しつつ、

「一体君、さっきの話はあれはほんとうかね。」

こう云って、わざと落ち着いて煙草をくゆらした。

「ほんとうだ。僕はたしかな証拠を握ったのだ。」

彼は依然として室内を漫歩しながら、確信するものの如くに云った。

「まあ君、そうせかせかと部屋の中を歩いて居ないで、腰をかけてゆっくり僕に話して聞かせ給え。犯罪が行われるのは今夜の夜半だと云ったじゃないか。今からそんなに急(せ)かなくってもいいだろう。」

私は先ず彼の意に逆らわない様にして、だんだんと彼の神経を取り鎮めてやろうと思ったのである。

「しかし証拠は握ったけれど、僕は其の場所をハッキリと突き止めて居ないのだ。だからあんまり暗くならないうちに、一応場所を見定めて置く必要があるのだ。別に危険な事はなか

ろうけれど、済まないが君も今から一緒に行ってくれ給え。」

「よろしい、僕も其の積りで来たのだから、一緒に行くのは差支ないが、場所を突き止めるのにもあてがなくっちゃ大変じゃないか。」

「いや、あてはあるのだ、僕の推定する所では、犯罪の場所はどうしても向島でなければならないのだ。」

こう云う間も、彼は其の証拠とやらを握ったのが嬉しくって溜らないらしく、平生陰鬱な、機嫌の悪い男にも似ず、いよいよ忙しく歩き廻って、元気よく応答するのであった。

「向島だと云うことが、どうして君に分ったんだね。」

「その理由は後で精しく話すから、兎に角直ぐに出てくれ給え。人殺しが見られるなんて、こんな機会は、又とないんだから、外してしまうと仕様がない。」

「場所が分って居さえすれば、そんなに慌てないでも大丈夫だよ。タクシーで行けば向島まで三十分あれば十分だし、それに此の頃は日が長いから、暗くなるには未だ二三時間も間がある。だからまあ、出かける前に僕に説明してくれ給え。話を聞かしてくれなくっちゃ、一緒に連れて行って貰っても、君ばかりが面白くって、僕は一向面白くも何ともないからね。」

私の此の論理は、正気を失って居る彼の頭にも、尤もらしく響いたものか、園村は鼻の先で二三度ふんふんと頷いて、

「じゃ簡単に話をするが……」

と云いながら、相変らず時計を気にして渋々と私の前の椅子に腰を落した。それから彼は

上衣の裏側のポッケットを捜って、一枚の皺くちゃになった西洋紙の紙片を取り出すと、それを大理石のティー・テエブルの上にひろげて、

「証拠と云うのは此の紙切れなのだ。僕は一昨日（おととい）の晩、妙な所で此れを手に入れたのだが、此処に書いてある文字に就いて、君も定めし何か知ら思い中（あた）る事があるだろう。」

と、謎をかけるような調子で云って、一種異様な、底気味の悪い薄笑いを浮べながら、上眼使いにじっと私の顔を視詰（みつ）めた。

紙の面には数学の公式のような符号と数字との交（まじ）ったものが鉛筆で書き記されてあった。――6*; 48*634; ‡1; 48†85; 4‡12?‡†45……こんな物が二三行の長さに渡って羅列してあるばかりで、私には無論何事も思い中る筈はなく、どう云う意味やら分りもしなかった。私は其の時まで園村の精神状態に就いて半信半疑の体であったが、斯う云う紙切れを何処からか拾って来て、犯罪の証拠だなどと思い詰めて居る様子を見ると、気の毒ながら彼が発狂して居ることは、もう一点の疑念を挟む余地もなかった。

「さあ、一体此れは何だろうか知ら？　僕は別段思い中る事もないが、君には此の符号の意味が読めるのかね。」

私は真青な顔をして、声を顫（ふる）わせて云った。

「君は文学者の癖に案外無学だなあ。」

彼は突然、身を反らしてからからと笑った。そうしてさもさも得意らしい、博学を誇るらしい口吻で言葉を続けた。

「……君は、ポオの書いた短篇小説の中の有名な"The Gold-Bug"と云う物語を読んだことがないのかね。あれを読んだことがある人なら、此処に記してある符号の意味に気が付かない筈はないんだが。……」

私は生憎ポオの小説を僅かに二三篇しか読んで居なかった。ゼ・ゴオルド・バッグと云う面白い物語のある事は聞いて居たけれど、それがどんな筋であるかも知らないのであった。

「君があの小説を知らないとすると、此の符号の意味が分らないのも無理はないのだ。あの物語の中にはざっとこんな事が書いてある。――昔、Kiddと云う海賊があって、アメリカの南カロライナ州の或る地点に、掠奪した金銀宝石を埋蔵して、その地点を指示する為めに、暗号文字の記録を止めて置く。ところが後になって、サリヴァンの島に住んで居るウィリアム・ルグランと云う男が、偶然その記録を手に入れて、暗号文字の読み方を考え出した結果、首尾よく地点を探りあてて埋没した宝を発掘する。――大体斯う云う筋なのだが、その小説中で一番興味の深い所は、ルグランが暗号文字の解き方を案出する径路であって、それが非常に精しく説明してあるのだ。そこで、僕が一昨日手に入れたと云う此の紙切れには、明かにあの海賊の暗号文字が使ってある。僕は、或る所に捨ててあった此の紙切れを見ると同時に、何等かの陰謀か犯罪かが裏面に潜んで居る事を、想像せずには居られなかったので、わざわざ拾って持って来たような訳なのだ。」

その物語を読んで居ない私には、彼の説明がどの点まで正気であるやら分らないので、残念ながら、一応彼の博覧強記に降参しなければならなかった。

「ふふん、大分面白くなって来たぞ。そうして君は、此の紙切れを何処で拾ったんだね。」

私は母親が子供の話に耳を傾けるような態度で、こう云って唆かした。その癖腹の中では、学問のある奴が気違いになって、無学な人間を脅かすほど始末に困るものはない。今にどんなとんちんかんを云い出すか、見て居てやれと思ったりした。

「此れを拾った順序と云うのは、こうなんだ。――ちょうど一昨日の晩の七時ごろ、例に依ってたった独りで、僕が浅草の公園倶楽部の特等席に坐を占めて、活動写真を見て居たと思い給え。君も知って居るだろうが、彼処の特等席は、前の二側か三側ばかりが男女同伴席で、後の方が男子の席になって居る。たしかあの日は土曜日の晩で、僕が這入った時分には二階も下も非常な大入だった。僕は漸く、男子席の一番前方の列の真ん中あたりに一つの空席があるのを見附けて、其処へ割り込んで行ったのだった。つまり、僕が腰かけて居た場所は、男子席と同伴席との境目にあって、僕の前列には多勢の男女が並んで居た訳なのだ。僕は最初、それ等の客を別段気にも止めなかったが、暫らく立つうちに、ふと或る不思議な出来事が、自分の鼻先で行われて居るのを発見して、活動写真を其方除けに、その出来事の方へ注意深い視線を向けた。僕の前にはいつの間にか三人の男女が席を取って居た。何分にも場内が立錐の余地もなく混み合って居たし、特等席の客の中にも立ちながら見物して居る者が、ぎっしり人垣を作って居たくらいだから、僕の周囲は暗い上にも更に暗くなって居た……。」

「……それ故僕には、その三人の風采や顔つきなどは分らなかったが、彼等の一人が束髪に結った婦人で、あとの二人が男子であると云う事だけは、後姿に依って判断された。それから又その婦人の髪の毛が房々として、暑苦しいほど多量であるところから、彼女が可なり年の若い女である事も推定された。二人の男子のうちの、一人は髪の毛をてかてかと分け、一人はキチンとした角刈の頭を持って居た。三人の並んで居る順序は、一番右の端が束髪の女、真ん中が髪を分けた男、左の端が角刈の男だった。こう云う順序に並んだところから想像すると、右の端の女は真ん中の男の細君か、或は情婦か、少くとも彼と密接の関係のある婦人であって、左の端に居る角刈は真ん中の男の友人か何かであるらしかった。――君にしたって、僕の此の想像を間違って居るとは思わないだろう。こう云う場合に、もし其の女が二人の男に対して、同等の関係を持って居れば、彼女は必ず二人の真ん中へ挟まるだろうし、そうでなかったら、特に関係の深い方の男が、もう一人の男と女との間へ挟まるに極まって居る。……ねえ、君、君だってそう思うだろう。」

「はは、成程そうには違いないが、えらく其の女の関係を気に病んだものだね。」

私は彼が、分り切った事を名探偵のような口吻で、得々と説明して居るのがおかしくてならなかった。

「いや、その関係が、此の話では極めて重大なのだ、僕が先云った不思議な出来事と云うのは、その女と左の端に居る角刈の男とが、まん中の男に知られないようにして、椅子の背中で手を握り合ったり、奇妙な合図をし合ったりして居るのだ。初め女が男の手の甲へ、何か指の先で文字を書くと、今度は男が女の手へ返辞らしいものを書き記す。二人は長い間頻りにそれを繰り返して居るのだ。……」

「ははあ、そうすると其奴等は、もう一人の男に内証で、密会の約束でもして居たと見える。だがそんな事は、世間によくある出来事で、不思議と云う程でもないじゃないか。」

「……僕はどうかして其の文字を読みたいと思って、じっと彼等の指の働きを視詰めて居た。……」

園村は私の冷やかし文句などは耳に這入らないかの如く猶も熱心に自分独りでしゃべって行った。

「……彼等の指は、疑いもなく、極めて簡単な字画の文字を書いていた。僕は容易に、彼等が片仮名を使って談話を交換して居る事を、発見してしまったのだ。それに大変都合のいいことには、真ん中の男が、恰も僕の直ぐ前の椅子に腰かけて居て、その左右に彼等二人が居たものだから、出来事は全く僕の真正面で行われて居たんだ。で、僕が片仮名だと気が付いた途端に、女は又もや男の手の上へそろそろと指を動かし始めた。僕の瞳は、貪るようにして彼女の指の跡を辿って行った。その時僕が読み得た文句は、クスリハイケヌ、ヒモガイイと云う十二字の言葉だった。而も其の文字が男にはなかなか通じなかったと見えて、女は二度も三度も丁寧に書き直して執拗く念を押した。男はようよう其の意味が分ると、やがて女の手の上へイツガイイカと書いた。二三ニチウチニと女が返辞をしたためた。……その時まん中の男が、偶然に少し体を反らしたので、二人は慌てて手を引込めて、何喰わぬ顔で活動写真に見惚れて居るようだった。彼等の秘密通信は、残念ながらそれでおしまいになったのだが、しかし、クスリハイケヌ、ヒモガイイと云う十二字の文句は、果して何を暗示して居るだろう。イツガイイカとか、二三ニチウチニとか云う文句だけなら、密会の約束をして居るのだと推定する事も出来るけれど、クスリだのヒモだのが密会の役に立つ筈はない、女は明かに、男に向って恐ろしい犯罪の相談をして居るのだ。『毒薬よりも紐を使って、……』と彼女は男に指図して居るのだ。」

園村の説明は、もし彼の精神状態を知らない者が聞いたならば、どうしても真実としか思われないような、秩序整然とした、理路の通った話し方であった。私にしてもう、っ、か、りして居れば、「おや、ほんとうかな。」と、釣り込まれそうになるのであった。けれどもよく考えて見ると、たとえ暗闇だとは云え、多勢の人間の居る中で、片仮名で人殺しの相談をするなんて、そんな馬鹿な真似をする奴が、ある訳のものではない。やっぱり園村が一種の幻覚に囚われて、何か別の意味を書いて居たのを、自分の都合のいいように読み違えたのだろう。私は一言の下に彼の妄想を打破してやろうかと思ったが、彼の気違いがどの程度まで発展するか、その様子を飽く迄観察してやろうと云う興味もあって、わざと大人しく口を噤んで居た。

「……そうだとすると、僕は恐ろしいよりも寧ろ面白くなって、何とかしてもう少し彼等の密談を知りたかった。何時の幾日に何処で彼等の犯罪が行われるのか、それが分りさえすれば、密かに見物してやりたいと云う好奇心が、むらむらと起って来た。すると、暫く立って、好い塩梅に二人の手は再び椅子の背中の方へ、次第々々に伸びて行った。が、今度は女の手の中に小さな紙が丸めてあって、其れが男の手へそうッと渡されると、二人は又もとの通りに手を引込めてしまった。その光景をまざまざと見て居た僕が、どれほど紙切れの内容に憧れたかは、君にも恐らく想像が出来るだろう。――男は紙切れを受け取ると、大方其れを読む為めなんだろう、間もなく便所へ行くような風をして、席を立って行ったが、五分ばかりすると戻って来て、その紙切れをくちゃくちゃに口で嚙んで、鼻紙を捨てるように極めて無造作に、椅子の後へ、即ち僕の足下（あしもと）へ投げ捨てたのだ。僕はそれをこっそりと靴の底で踏みつけた。」

「だがその男も随分大胆な奴だねえ。便所へ行ったくらいなら、便所の中へ捨てて来れば宜かったろうに。」

　と、私は冷やかし半分に云った。

「その点は僕も少し変だと思うんだけれど、多分便所へ捨てるのを忘れてしまって、急に思い出して其処へ捨てたのじゃないか知らん？　それに此の通り暗号で書いてあるのだから、何処へ捨てたって大丈夫だと云う積りだったのだろう。まさか此暗号の読める奴が、つい眼の前に控えて居ようとは考えられないからね。」

　こう云って彼はにこにこ笑った。

　ちょうど時計が五時を打ったが、好い塩梅に彼は気が付かないらしく、全然話に没頭して居る様子であった。

「……写真が終って場内が明かるくなったら、僕は三人の風采をつくづく見てやろうと思って居たんだが、彼等は其れ迄待ってはくれなかった。角刈の男が紙切れを捨てると、女はわざと溜息をして、詰まらないからもう出ようじゃありませんかと、真ん中の男を促して居るようだった。女の声はいかにも甘ったるく、我が儘な、だだを捏ねて居るような口振だった。彼女がそう云うと、角刈りが一緒になって、そうだな、あんまり面白くない写真だな、君、出ようじゃないかと、相応じたらしかった。二人に急き立てられながら、真ん中の男も不承不承に座を離れて三人はとうとう出て行ってしまった。前後の様子から察すると、二人は初めから活動写真を見る気ではなく、ただ暗闇と雑沓とを利用して、秘密の通信を交す為めに、其処へ這入って来たに過ぎないのだ。しかし彼等が居なくなったお蔭で、僕は易々と此の紙切れを拾うことが出来た。」

「で、その紙切れに書いてある暗号文字はどう云う意味になるのだか、それを聞かせて貰おうじゃないか。」

「ポオの物語を読めば雑作（ぞうさ）もなく分るんだが、此処に記してあるいろいろの数字だの符号だのは、みんな英語のアルファベットの文字の代用をして居るんだ。たとえば数字の5はaを代表し、2はbを代表し3はgを代表して居る。それから符号の†はdを表し＊はnを表し、;はtを表し?はuを表して居る。そこで、此の暗号の連続をＡＢＣに書き改めて、適当なパンクチュエーションを施して見ると、一種奇妙な、斯う云う英文が出来上る。——

in the night of the Death of Buddha, at the time of the Death of Diana, there is a scale in the north of Neptune, where it must be committed by our hands.

いいかね、斯う云う文章になるのだ。尤も此の中にあるWと云う字は、ポオの小説の記録には載って居ないんだから、彼等はWの代りにVの暗号を使って居る。それから此の中のDやBやNの花文字は君に分りいいように僕が勝手に書き直したので、別に特殊な花文字の符号がある訳ではない。ところで此れを日本文に翻訳すると先ず斯うなるね。――

仏陀の死する夜、

ディアナの死する時、

ネプチューンの北に一片の鱗あり、

彼処に於いて其れは我れ我れの手に依って行われざるべからず。

ね、こうなるだろう。一見すると何の事やら分らないが、よく考えると、だんだん意味がはっきりして来る。『仏陀の死する夜』と云うのは、六曜の仏滅にあたる日の晩と云う事なんだろう。今月の内に仏滅にあたる日は四五日あるが、一昨日の晩に女が二三ニチウチニと書いたところから察すると、ここで仏滅の日と云うのは、正しく今日の事に違いない。次ぎに『ディアナの死する時』と云う文句がある。此れは恐らく、ディアナは月の女神だから、月が没する時刻を指して居るのだろう。それで、今夜の月の入りは何時かと云うと、夜半の午前一時三十六分なのだ。ちょうど其の時刻に、彼等の犯罪が行われるのだ。それから面倒なのは其の次ぎの文句、『ネプチューンの北に一片の鱗あり。』と云う言葉だ。此れは明かに場所を指定してあるのだが、此の謎が解けなかったら、とても殺人の光景を見物する訳には行かない。……

ネプチューンと云う名詞が、全く僕等の想像も及ばない、彼等の間にのみ用いられて居る特有な陰語だとすれば、甚だ心細い訳だが、前のディアナだの、仏陀などから考えると、必ずしもそんなむずかしいものではなさそうに思われる。ネプチューンと云うのは海の神、若しくは海王星を意味して居る。だからきっと、海或いは水に縁のある場所に違いないと僕は思った。その時ふいと僕の念頭に浮かんだのは向島の水神だった。君も御承知の通り、あの辺は非常に淋しい区域だから、そう云う犯罪を遂行するには究竟の場所柄でなければならない。『ネプチューンの北に一片の鱗あり』――して見ると、水神の祠か、でなければ八百松の建物の北の方に鱗形の△こう云う目印を附けた家だか地点だかがあるのだろう。『水神の北』と云う、極めて漠然たる指定だけしかない以上、その目印は案外たやすく発見される場所にあるように考えられる。『彼処に於いて其れは我れ我れの手に依って行われざるべからず。』――此の場合の『其れは』と云う代名詞が殺人の犯罪を指して居ることは敢て説明するまでもないだろう。『行われざるべからず』――must be committed の、commit と云う字の意味から考えても、犯罪事件であることは分りきっている。『我れ我れの手に依って』と云うのは、その女と角刈りの男との両人が力を協せて、と云うことなんだ。クスリハイケヌ、ヒモガイイと云う言葉と対照すれば、いよいよ此の謎は明瞭になって来る。もはや一点の疑念を挟む余地もないのだ。ここに犯罪の犠牲者となるべき人間の事が、書いてないのは惜しいような気がするけれど、あの晩の出来事から推定すると、大方三人のまん中に居た髪をてかてか分けた男が、附け狙われて居るのだろう。尤も其の犠牲者が誰であろうと、別段僕等の問題にはならない。僕等はただ此の暗号の謎を解いて、場所と時刻とを突き止めて、彼等の仕事を物蔭から見物する事が出来さえすれば沢山なのだ。そこで、今から僕等の取るべき行動は、向島の水神の附近へ行って、鱗の目印を探しあてる事にあるのだ。――さあ、もう此れだけ説明したら、事件がいかに破天荒な、興味の深いものであるか分っただろう。そうして目下の場合、僕等に取っていかに時間が大切であるかと云う事も、君は考えてくれなくてはいけない。僕は先から此の事件を君に報告する為めに、一時間半も貴重な時を浪費してしまった。……」

成る程、そう云われて見ると、既に時計は五時半になって居たが、六月の上旬の長い日脚は、まだ容易に傾きそうなけはいもなく、洋館の窓の外は昼間のように明るかった。

「浪費した事は浪費したが、お蔭で大変面白い話を聞いた。君はそれにしても、一昨日から今日までの間に、鱗の目印を探して置けばよかったじゃないか。」

こう云いながら、私は此の場合、彼に対してどう云う処置を取ったものかと途方にくれた。私はそぞろ、一旦忘れて居た昨夜からの徹夜の疲れを感じ始めたので、成ろう事なら彼のお供を断りたかった。此れからわざわざ向島まで出かけて行って、めあてのない探偵事業の助手を勤めるなぞは、考えて見ても馬鹿々々しかった。そうかと云って、彼を独りで手放すのは、猶更安心がならないのであった。

「そりゃ、君に云われる迄もなく、僕は昨日の朝から一日かかって、水神の附近を隈なく捜索したんだが、鱗の目印は何処にもないんだ。そうして見ると、多分其の目印は犯罪の行われる当日にならなければ、施されないものなのだ。彼女はきっと、今朝になってから何処か彼の附近へ目印を附けたに違いない。尤も僕は昨日のうちに、大概この辺ではあるまいかと思われるような場所を二つ三つ物色して置いたから、今日は其れ程骨を折らずに見附かるだろうと予期して居る。しかし何にしても暗くなっては不便だから、直ぐに出かけるに越した事はない。さあ立ち給え、早くしよう。そうして用心の為めに、君も此れを持って行き給え。」

　こう云って、彼はデスクの抽き出しから一梃のピストルを取って、其れを私の手に渡した。彼が此れ程熱心に、此れ程夢中になって居るものを、止めたところでどうせ断念する筈はない。要するに彼の妄想を打破する為めには、やっぱり彼と一緒に向島へ行って、今日になっても鱗の目印などは何処にもない事を証明してやるのが一番適切である。そうしたら如何に園村が気が変になって居ても、自分の予想の幻覚に過ぎなかった事を悟るだろう。私はそう気が付いて、すなおにピストルを受け取りながら、

「それじゃいよいよ出かけるかな。シャアロック・ホルムスにワットソンと云う格だな。」

　こう云って機嫌よく立上った。

　お成門の傍から自動車に乗って、向島へ走らせる途中に於ても、園村の頭は依然として其の妄想にばかり支配されて居た。ソフトの帽子を眼深に被って、腕を組みつつじっと考え込んで居るかと思うと、忽ち次ぎの瞬間には元気づいて、

「……今夜になれば分ることだが、それにしても君、此の犯罪者は一体どう云う種類の、どう云う階級の人間だろうね。せめて彼の晩に、彼奴等の服装ぐらい確めて置けばよかったん

だが、どうも真暗で見分けがつかなかったんだよ。兎に角、ポオの小説にある暗号文字を使ったりなんかして居るんだから、決して彼の女も男も無教育な人間ではないね、いや無教育どころか、可なり学問のある連中だね。……ねえ君、君はそう思わないかい。」

などと云った。

「うん、まあそうだろうな。案外上流社会の人間かも知れないな。」

「けれども亦、一方から考えて見ると上流社会の人間ではなくって、或る大規模な、強盗や殺人を常職とする悪漢の団員のようにも推定される。それでなければ、ああ云う暗号文字などを使用する訳がない。あの暗号文字は、可なり面倒なものだから、僕のような素人が読むには、一々ポオの原本と照らし合わせて行かなければならない。ところが此の間の角刈りの男は、僅か五六分の間に便所の中であれを読んでしまったのだ。して見ると彼等は、あの暗号を年中使用して居て、僕等がＡＢＣを読むと同じ程度に、読み馴れて居るに違いない。畢竟彼等は、暗号を使わなければならないような悪い仕事を、今迄に何回となく繰り返しているのだ。……さあ、そうなって来ると、彼等はなかなか一と通りの悪漢ではないように感ぜられる。」

われわれを乗せた自動車は、日比谷公園の前を過ぎて馬場先門外の濠端を、快速力で疾駆して居る。

「しかしまあ、彼等が何者であるか分らないところが、僕等に取っては又一つの興味なのだ。……」

と、園村は更に語り出した。

「……僕は最初、彼等の犯罪の動機となって居るものは、恋愛関係であろうと思って居たけれど、彼等が若し、恐るべき殺人の常習犯であるとすれば、恋愛以外に何等かの理由が伏在して居るのかも測り難い。いずれにしても、僕等にはただ、今夜の午前一時三十六分に、向島の水神の北に於いて、何者かが何者かに紐を以て絞殺されると云う事だけしか分って居ないのだ。そこが著しく僕等の好奇心を挑発する点なのだ。……」

自動車は既に丸の内を脱(ぬ)けて、浅草橋方面へ走って行った。

＊　＊　＊　＊　＊　＊　＊　＊　＊　＊　＊

それから三時間ほど過ぎた、晩の八時半ごろのことである。私は、気の毒なくらい鬱(ふさ)ぎ込んで、黙々として項垂(うなだ)れて居る園村を、再び自動車に乗せて芝の方へ帰って行った。

「……ねえ君、だからやっぱり何か知ら君の思い違いだったんだよ。どうも君の様子を見るのに、此の頃少し昂奮して居るようだから、成るべく神経を落ち着けるようにし給え。明日からでも早速何処かへ転地をしたらどうだろう。」

私は車に揺られながら、むっつりと面を膨らせて考え込んで居る園村を相手に、頻りにこう云って説き諭して居た。

実際、その日の夕方、六時から八時過ぎまで私は園村に引き擦り廻されて、水神の近所をぐるぐると探し廻ったが、案の定鱗の目印などは見附からなかった。それでも園村は飽く迄剛情を張って、見附けないうちは家へ帰らないと称して居たのを、私は散々に云い宥めて、やっとの事で捜索事業を放棄させたのである。

「僕はほんとうに此の頃どうかして居る。君にそう云われると、何だか気違いにでもなったような気がする。……」

と、園村は沈んだ声で呻くように云った。

「……だがしかし、どうも不思議だ。どうしたって、彼処辺に目印がなければならない筈なんだが、……僕がいかに神経衰弱にかかって居たって、一昨日の晩の事は間違いがある訳はない。もし僕に何等かの間違いがあるとすれば、あの暗号の文字の読み方か、或いはあの文章の謎の解き方に就いて、何処かで錯誤をして居るのだ。兎に角僕は内へ帰って、もう一遍よく考え直して見よう。」

彼がこう云って、未だに妄想を捨ててしまわないのが、私には腹立たしくもあり、滑稽にも感ぜられた。

「考え直して見るのも宜かろうが、こんな問題にそれ程頭を費したって詰まらんじゃないか。たとえ君の想像が実際であったにもせよ、そんなに骨を折ってまで突き止める必要はありはしない。僕は昨日から一睡もしないので、今日はひどく疲れて居るから、此の辺で一と先ず君と別れて、内へ帰って寝る事にする。君も好い加減にして今夜は早く寝る方がいい。明日の朝遊びに行くから、それまで決して、独りで内を飛び出さないようにし給えよ。」

いつ迄彼に附き合って居ても際限がないから、私は浅草橋で自動車を降りて、九段行きの電車に乗った。全く狐につままれたようで、何だか一時にがっかりしてしまった。向島へ着いてから三時間の間、彼は捜索に夢中になって、私に飯さえ食わせなかったので、急に私は溜らない空腹を覚え始めた。が、その空腹も、神保町で巣鴨行に乗り換えた時分から、俄に襲って来た睡気の為めに分らなくなってしまった。そうして小石川の家へ着くや否や、いきなり床を取らせて死んだようにぐっすり眠った。

それから何時間ぐらい眠った後だか分らないが、表門の戸を頻りにとん、とん、と叩くらしい物音を、私は半分夢の中で聞いた。ぶうぶうと云う自動車の喘ぎも聞えた。

「あなた、誰かが表を叩いて居るようだけれど、今時分誰が来たんでしょう。自動車へ乗って来たようだわ。」

こう云って、妻は私を呼び起した。

「ああ、又やって来たか、あれはきっと園村だよ。先生この頃少し気が変になって居るんだよ。ちょッ、困っちまうなあ。」

私は拠んどころなく睡い眼を擦り擦り起き上って、門口へ出て行った。

「君、君、ようよう僕は今、場所を突き止めて来たんだよ。ネプチューンと云うのは水神じゃなくて、水天宮の事だった。僕は誤解をして居たのだ。水天宮の北側の新路で、やっと鱗の目印を見附け出した。」

私が門の潜り戸を細目に明けると、彼は転げるように土間へ這入って来て、私の耳に口をあてながらひそひそとこんな事を囁いた。

「さて、此れから直ぐに出かけようじゃないか。今ちょうど十二時五十分だ。もうあと四十六分しかないのだから、僕ひとりで行こうかと思ったんだけれど、約束があるからわざわざ君を誘いに来たのだ。さあ、大急ぎで支度をして来給え。早くしようよ。」

「とうとう突き止めたかね。だが、もう十二時五十分だとすると、今から行ってもうまく見られるかどうか分らないね。あべこべに其奴等に見附かったりなんかすると危険だから、君も止したらいいじゃないか。」

「いや、僕は止さない。見る事が出来なかったら、せめて門口にしゃがんで居て、絞め殺される人間の呻り声だけでも聞きたいもんだ。それに、僕が先見(さっき)て来たところでは、目印の附いて居る家は小(ち)いさな平屋で、二た間ぐらいしかない、狭っ苦しい住居なんだ。おまけに夏だもんだから、障子も何も取り払って、一二枚の葭簀(よしず)と簾が懸って居るだけなんだ。そうして君、裏口の方に大きな肘掛窓があって、其処の雨戸も節穴や隙間だらけで、其処から覗くと内の中が見透しになると来て居るんだから、恐ろしく都合がいいじゃないか。――さあ、こんな話をして居るうちにもう十分立っちまった。今ちょうど一時だ。行くのか行かないのか早くし給え。君がいやなら僕は独りで行くんだから。」

誰がそんな所で人殺しなんぞする奴があるもんかと、私は思った。だが咄嗟の場合、私は彼を独りで放り出す訳にも行かないので、迷惑千万な話であるが、やっぱり一緒に附いて行くより仕方がなかった。

「よろしい、待ち給え、直ぐに支度をして来るから。」

私は室内へ取って返して、大急ぎで服を着換えた。

「どうしたんです、あなた、此の夜半に何処へおいでになるんです。」

妻は目を円くして云った。

「いや、お前にはまだ話さなかったが、園村の奴が二三日前から気が狂って来て、妙な事ばかり云うので、弱ってるんだ。今夜も此れから、人形町の水天宮の近所に人殺しがあるから見に行こうと云うんだ。」

「いやだわねえ、気味の悪いことを云うのねえ。」

「それよりも夜半に叩き起されるのは閉口だよ。しかしウッチャラかして置くと、どんな間違いをし出来すかも知れないから、何とか欺して芝まで送り届けて来よう。どうも全くやり切れない。」

私は妻に云い訳をして、彼と一緒に又しても自動車に乗った。

深夜の街は静かであった。自動車は白山上から一直線に高等学校の前へ出て、本郷通りの電車の石畳の上を、快く滑走して行った。私はまだ、夢を見て居るような気持ちであった。入梅前の初夏の空は、半面がどんよりとした雨雲に暗澹と包まれて、半面にチラチラと睡そうな星が瞬いて居た。

「もう十七分！　十七分しかない！」

と、松住町の停留場を通り過ぎる時、園村は懐中電燈で腕時計を照らしながら云った。

「もう十二分！」

と、彼が再び叫んだ時、自動車は彼の頭のように気違いじみた速力で、急激なカーヴを作りながら、和泉橋の角を人形町通りの方へ曲って行った。

私たちは、わざと竈河岸（へっついがし）の近所で自動車を捨てて、交番の前を避ける為めに、そこからぐるぐると細い路次をいくつも潜った。あの辺の地理に精しくない私は、園村の跡について真暗な狭い道路を、すたすたと出たり這入ったりしたので、未だに其処がどの方角のどう云う地点に方（あた）って居るか、はっきりとは覚えて居ない。

「おい、もう直ぐ其処だから、足音を静かにし給え！　それ！　その五六軒先の家だ。」

黙って急ぎ足で歩いて居た園村が、こう云って私にひそひそと耳打ちをしたのは、むさくろしい長屋の両側に並んで居る、溝板（どぶいた）のある行き止まりの路次の奥であった。

「どれ、どこの家だ、どこに鱗の目印が附いて居るんだ。」

すると、私のこの質問には答えずに、園村は立ち止まってじっと腕時計を視詰めて居たが、忽ち低いかすれた声に力を入れて、

「しまった！」

と云った。

「しまった！　しまった事をした！　時間が二分過ぎちまった。もう三十八分だ。」

「まあいいから目印は何処にあるんだ。その目印を僕に教え給え。」

私は、彼がこんなに熱中して居る以上、せめて鱗形に似通ったようなものが、何か知ら其辺にあるのだろうと思ったので、こう追究したのであった。

「目印なんぞはどうでもいい。後でゆっくり教えてやるからぐずぐずしてないで此方へ来給え。此方だ此方だ。」

彼は遮二無二私の肩を捕えて、右側にある平屋と平屋との間隙の、殆んど辛うじて体が這入れるくらいな窮屈な廂合へ、ぐいぐいと私を引っ張って行った。と、何処かに五味溜の箱があるものと見えて、真暗な中でいろいろな物の醗酵した不快な臭が、ぷーんと私の鼻を衝いた。それから耳朶の周りに蜘蛛の巣が引絡まって、かすかにぷすぷすと破れたようであった。私より五六歩先に進んで行った園村は、いつの間にか其処に佇んで、息を凝らしつつ、左側の雨戸の節穴へ顔を押しつけて居た。

廂合の右側の方は一面の下見であって、左側の、――園村が今しも顔を押しあてて居る所には成る程彼が先刻話した通りに、大きな肘掛窓があって、節穴や隙間だらけの雨戸が嵌まって居るらしく、其処から室内の明りがちらちらと洩れて輝いて居た。その光線の強さから判断すると、家の中には極めて明るい眩い電燈が煌々と燈って居るかの如く想像された。私は何の気もなく近寄って行って、園村と肩を並べながら、一つの節穴に眼をあてがって見た。

節穴の大きさは、ちょうど拇指が這入るぐらいなものであったろう。今まで戸外の闇に馴れて居た私の瞳は、其処から中を覗き込んだ瞬間に、度ぎつい電燈の光に射られたので、暫く視力が馬鹿になって、ただ眼前に二三の物影がちらつくのを、ぼんやり眺めただけであった。私にはむしろ、自分の傍に立って居る園村の、激しい息づかいがよく分った。そうして死んだような静かさの中に、彼れの腕時計のチクタクと鳴るのが、さながら昂奮した動悸のように感ぜられた。

が、一二分の間に、だんだん私の視力は恢復しつつあるらしかった。最初に私の見たものは、縦に真直にするすると伸びて居る、恐ろしく真白な柱のようなものであった。それが此方へ背中を向けて据わって居る一人の女の、美しい襟足の下に続く長い項の肉の線であると気がつく迄には、更に数秒の経過があったかと覚えて居る。実を云うと、その女の位置があまりに窓際近く迫って居て、殆んど節穴を蔽わんばかりになって居たので、それを人間の後姿だと識別するのは、可なり困難な訳であった。私は纔に、潰し島田に結った彼女の頭部から、黒っぽい絽お召の夏羽織を纏うた背筋の一部分を見たばかりで、腰から以下の状態は私の視界の外に逸して居たのである。

さまで広くもない部屋の中には、どう云う訳か非常に強力な、少くとも五十燭光以上かと思われる電球が燈って居る。私が始めに、女の項を真白な柱のように感じたのは無理もないので、少し俯向き加減に据わって居る彼女の襟頸から抜き衣紋の背筋の方へかけて、濃い白粉をこってりと塗り着けた漆喰のような肌が煌々たる電燈の下に曝されながら燃ゆるが如く反射して居るのである。私と彼女との距離がいかに近接して居たかは、彼女の衣服に振りかけてあるらしい香水の匂が、甘く柔かく私の鼻を襲いつつあったのでも大凡想像する事が出来る。私は実際、彼女の髪の毛の一本一本を数え得るほどに思ったのであった。その髪の毛はたった今結ったばかりかと訝しまれるくらいな水々しい色光沢を帯びて、鳥の腹部のようにふっくらと張った両鬢にも、すっきりとした、慄いつきたいような意気な恰好をした髱にも、一と筋の乱れさえなく、まるで鬘のように黒くてかてかと輝いて居る。彼女の顔を見る事の出来ないのは残念であるが、しかし其の撫で肩のなよなよとした優しい曲線と云い、首人形の首のようにほっそりと衣紋から抜けでて居る襟足と云い、耳朶の裏側から生え際を縫うて背中へ続いて行くなまめかしい筋肉と云い、単に後姿だけでも、彼女が驚くべき艶冶な嬌態を備えた婦人である事は、推量するに難くなかった。こんな意外な場所で、こんな美しい女の姿に会っただけでも、此の節穴を覗いた事は徒労でなかったと私は思った。

ここで私はもう少し、彼女を見た刹那の印象と、最初の一二分間の光景とを記載して置く必要がある。たとえ園村の抱いて居る予想が間違いであるにもせよ、真夜半の今時分に、こう云う女がこう云う風をして、こんな所にじっとして居ると云う事実は、兎に角不思議であらねばならない。彼女の頭が潰し島田である事から判断すると、彼女は決して白人の女ではないらしく、芸者か、さもなければ其れに近い職業の者である事は明かである。髪の飾りや衣裳の好みが派手で贅沢で、近頃の花柳界の流行を追うて居る点から察するに、芸者にしても場末の者ではなく、新橋か赤坂辺の一流の女であろう。それにしても彼女は、其処にそうやったまま全体何をして居るのか、私にはまるきり見当が付かない。私は先、「こんな所でじっとして居る」と書いたが、彼女は全く活人画のように身動きもしないで、文字通り「じっとして居る」のである。恰も私が節穴を覗き込んだ瞬間に凝結してしまった如く、項を伸ばしてうつむいたなり、化石のように静まって居るのである。――事に依ったら、彼女は戸外の足音に気が付いて、俄に息を凝らしつつ、耳を澄まして居るのではなかろうか。――私はふとそう考えたので、慌てて節穴から眼を放しながら、園村の方を顧ると、彼は依然として熱心に顔をあてがって居る。

とたんに、今までひっそりとして居た家の中でたしかに何者かが動いたらしく、みしり、みしり、と、根太(ねだ)の弛んだ畳を踏み着ける音が、微かに響いたようであった。園村の狂気を嘲りながらも、いつの間にか好奇心に囚われて居た私は、その物音を聞きつけるや否や、再びふらふらと誘い込まれて眼を節穴へ持って行った。

ほんのちょいとの間――たった一秒か二秒の間であるが、その隙に女の位置と姿勢とは多少の変化を来たして居た。恐らく今の物音は其為(そのため)であったのだろう。節穴の前に塞がって居た彼女は、斜に畳一畳ほどを隔てて、部屋の中央に進み出た結果、私の眼界は余程拡げられて、室内の様子が殆んど残らず見えるようになって居る。ちょうど私の彳んで居る窓の反対の側、――向って正面の所は、普通の長屋にあるような、腰張りの紙がぼろぼろに剝げかかった黄色い壁であって、左側は簾、右側は葭簀の向うに縁側が附いて居て、外には雨戸が締めてあるらしい。先から、彼女の頭の蔭に何か白い物がちらつくように感じたが、今になって見ると、それは手拭い浴衣を着た一人の男が、彼女の左の方に、ぺったりと壁に寄り添うて、此方を向きながら立って居るのである。男の年頃は十八九、多くも二十を越えては居ないだろう。髪を角刈りにした、色の浅黒い、背の高い、何処となく先代菊五郎を若くしたような俤(おもかげ)を持った青年である。私が特に先代菊五郎に比(たと)えた所以は、その青年の容貌が昔の江戸っ子の美男子を見るようにきりりと引き緊まって居るばかりでなく、涼しい眸(ひとみ)と稍々(やや)

受け口に突き出て居る下唇の辺りに、妙に狡猾な、髪結新三だの鼠小僧だのを聯想させる下品さと奸黠（かんかつ）さとが、遺憾なく露（あら）われて居たからである。

　男の顔には怒るとも笑うとも付かない、落ち着いて居るようで而も何事をか焦慮して居るような、不可解な表情がありありと浮かんで居る。が、それよりも更に不可解なのは、彼の場所から一二尺離れた、左の隅に立ててある真黒な案山子（かかし）のような恰好の物体である。私は暫らく案山子の正体を極める為にいろいろに体をひねらせて眼球の位置を変えなければならなかった。

　よくよく注意すると、案山子は黒い天鵞絨（びろうど）の布を頭から被って、三本の脚で立って居るのである。――どうしても其れは写真の機械であるように思われる。此の狭い室内に強力な電燈が燈されて居る事や、女が身動きもせずに居る事から考えると、或は男が彼女の姿を写真に取ろうとして居るのであるらしい。けれども彼等は何の必要があって、わざわざこんな夜更けに、こんな薄穢い部屋の中で、写真を取ろうとするのだろう。何か秘密に写さなければならない理由があるのだろうか？

　私は当然、此の男が、或る忌まわしい密売品の製造者であって、今しも此の女をモデルにして、それを作ろうとして居る最中である事を想像した。それで始めて此の場の光景が解釈された。

「何だ馬鹿々々しい。園村の奴、己を大変な所へ引っ張って来たものだ。もう好い加減に彼奴（あいつ）も気が付いただろう。」

私は園村の肩をたたいて「飛んだ人殺しが始まるぜ」と云ってやりたいような気がした。事件の真相が分って見れば、彼の予想の全然外れて居たことは明かになったものの、私の好奇心は更に新な方面へ向ってむらむらと湧き上るのであった。昨日の午後から名探偵のお供を云い付かって東京市中を散々引き擦り廻された揚句、こんな滑稽な場面に打(ぶ)つかったかと思うとおかしくもあるが、一概に笑ってしまう訳には行かなかった。人殺しではない迄も、やっぱり其れは一種の小さな犯罪である。その光景が将に演ぜられんとするのを、夜陰に乗じて戸の隙間から窃(ぬす)み視(み)ると云う事は、私をして殺人の惨劇に対すると同様な、名状し難い恐怖を覚えしめ、緊張した期待の感情を味わせるのに十分であった。私は普通の潔癖からでなく、むしろ全身に襲い来る戦慄の為に、危く顔を背けようとしたくらいであった。

しかし、写真の機械は其処にぽつねんと据えてあるばかりで、男は容易に手を下しそうもない。彼は相変らず突き当りの壁に凭(もた)れて、女の方を意味ありげに視詰めて居るのである。そうして私が此れだけの観察をする間、彼も女と同じように身動きをする様子がなく、じっと立ったまま、例の佞悪(ねいあく)な狡(ずる)そうな瞳を、活人形のガラスの眼玉の如くぎらぎらと光らせて居る。女の姿勢は、以前の通りの後ろ向きではあるが、今度は膝を崩して横倒しに据わった腰から下がよく見えて居る。畳に垂れて居る羽織の裾の隅から、投げ出した右の足の先の、汚れ目のない白足袋の裏が半分ばかり露われて、其上に長い袂の端がだらりと懸って居る。先(さっき)、纔(わずか)に彼女の上半身を窺っただけであった私は、全身を見るに及んでいよいよ彼女の悽艶な体つきが自分を欺かなかった事を感じた。何と云うなまめかしい、何と云うしなやかな姿であろう。寂然と身に纏うた柔かい羅衣(うすもの)の皺一つ揺がせずに据わって居るにも拘わらず、そのなまめかしさとしなやかさとは体中の曲線のあらゆる部分に行き亙って居て、何か斯う、蛇がするするとのたうってでも居るような滑らかな波が這(は)って居るのである。驚愕の眼を瞠(みは)りながら眺めて居れば眺めて居るほど、私の胸には、嫋々(じょうじょう)たる音楽の余韻が沁み込むように、恍惚とした感覚が一杯に溢れて来るのであった。

　私の瞳がどれ程執拗に、どれ程夢中に、彼女の嬌態へ吸い着いて居たかと云う事は、部屋の右の方にある図抜けて大きな金盥(かなだらい)が、その時まで私の注意を惹かなかったのでも明かであろう。実際、此の部屋にこんな大きな金盥が置いてあるのは、写真の機械よりも一層不可思議な謎であって、此の女さえ居なかったら、私は疾うに気が付いて居る筈であった。金盥とは云うものの其れは西洋風呂のタッブ程の容積を持った、深い細長い、瀬戸引きの楕円形の入れ物で、縁側に近い葭簀の前の畳の上に、直(じか)にどっしりと据えられて居るのである。

　彼等は一体、此の盥を何に使おうとするのだろう。こう云う場所に据え附けてある以上、勿論沐浴の用に供するのでない事はたしかである。……一方に写真の機械があって一方に金盥がある。そうして真ん中に女が据わって居る。全体何を意味するのだろう?……斯う考えて来ると私にはだんだん盥の用途が判然して来るような心地がした。つまり彼等は、「美人沐浴之図」とでも云うような場面を写そうとして居るのに違いない。それにしては、女が着物を着て居るのは変であるが、今にそろそろ支度に取りかかるのだろう。彼等が先(さっき)から黙ってじっとして居るのは、大方写真の位置を考えて居るのだろう。そうだ、きっとそうに違いない。そう断定するより外に、此の場の謎を解く道はない。……

私は独りで合点しながら、猶も彼等の態度を見守って居た。が、彼等はなかなか用意にかかりそうな風もない。女はいつ迄もいつまでも元の通りに据わったまま俯向いて居る。男も棒のように突ッ立ったきり女の姿を睨んで居る。しんとした、水を打ったような深夜の静かさの中に、此の室内で音もなく動いて居るたった一つの物は、男の瞳だけである。その瞳も、一途に女の胸の辺から膝の周囲へじろじろと注がれるだけで、決して外を見ようとはしないらしい。写真を写す為めに位置を選定して居るにしては、あまりに奇怪な眼の動き方である。私は一応念の為めに、その瞳から放たれる鋭い毒々しい視線を伝わって、男の注意が何処に集まって居るのかを検べて見た。

何度見直しても、どう考えても、男の視線は疑いもなく女の胸から膝の上に彷徨うて居るのである。のみならず、項垂れて居る彼女自身も、自分の胸と膝の上とを視詰めて居るらしく感ぜられる。後つきから判断すると、彼女は左右の肘を少し張って、恰も裁縫をする時のような形で両手を膝の上に持って行きつつ、其処に載せてある何物かをいじくって居るのである。そう気が付いて見るせいか、彼女の膝の上には何か黒い塊のような物がもくもくして居て、それが彼女の体の蔭にある前方の畳の方にまで、ずうッと伸びて居るらしい。

「……誰か、男が彼女の膝を枕にして寝て居るのではないか知らん？……」

ふと、私が斯う思った瞬間に、突然、ずしん！　と、重い物体を引き擦るような地響きを立てて、彼女は写真の機械の方に向き直った。彼女の膝の上には、一人の男が首を載せたまま仰向けに、屍骸になって倒れて居たのである。

私がそれを目撃した刹那の気持ちは、何と形容したらいいか、兎に角未だ嘗て経験した覚えのない、息の詰まるような、体中に血の気がなくなって次第に意識がぼけて行くような、恐怖の境を通り越して、寧ろ一種のエクスタシーに近いくらいの、縹渺とした無感覚に陥ったのであった。——屍骸であると云う事が分ったのは、その男が寝て居る癖に眼を明いて居るのみならず、瀟洒とした燕尾服を着て居ながら、カラアが乱暴に毟り取られて居て、真紅な女の扱きのような縮緬の紐が、ぐるぐると頸部に絡まって居た為めである。そうして、断末魔の苦悶の状態を留めたまま、逃げ去った自分の魂を追いかけるが如く空を摑んで居る両手の先が、ちょうど女の胸元の、青磁色にきらびやかな藤の花の刺繍を施した半襟の辺にとどいて居る。彼女は屍骸の脇の下に手を挿し入れて、鮪のように横わって居るものを、自分の体をひねらせると同時にぐっと向き直らせたのであるが、向き直ったのは胴から上だけで、でっぷりと太った、白いチョッキが丘の如く膨れて居る下腹から以下の部分は、くの字なりに曲ったまま以前の方に投げ出されて居る。彼女の繊細な腕の力では、大方その便々たる腹の重味を、どうにも処置する事が出来なかったのであろう。——そう思われる程、その男は小柄な割に著しく肥満して居るのである。顔はハッキリとは分らないけれど、鼻の低い、額の飛び出た、酒に酔ったような赤黒い皮膚を持った、三十歳前後の醜い容貌である事だけは、横から見ても大凡そ想像する事が出来る。

此処に至って、私は今の今迄気違いであると信じて居た園村の予言が、確実に的中した事を認めない訳には行かなかった。ふと、私は心付いて、殺されて居る男の頭を見ると、銀の鱗の模様の附いた女の帯に接触して居る其の髪の毛は、果して園村の推測の如く、綺麗に真ん中から分けられて、てかてかと油で固めてあったのである。

新しく私の眼に映じたものは単に男の屍骸ばかりではない。首を垂れて、膝の上の屍骸の表情を打ち眺めて居る女の、頬の豊かな、彫刻のようにくっきりとした横顔も、今や歴々と私の視野の内に現われて来た。天井に燃えて居る白昼のような電燈が、その美しい皮膚を照らすのを喜ぶが如く光を投げて居る女の輪廓は、櫛の歯のように整った睫毛の端までも数えられるほど、刻明に精細に一点一劃の陰翳もなく浮かんで居るのである。その伏目がちに薄く開いて居る眼球の上の、ふっくらと持ち上った眼瞼(がんけん)の上品さ、その下に続いて心持ち険しいくらい高くなって居る鼻の曲線の立派さ、其処からだらだらと降りて下膨れのした愛らしい両頬の間に挟まりながら、際立って紅い段々を刻んで居る唇の貴さ、下唇の突端から滑らかに落ちて、顔全体の皮膚を曳き締めつつ長い襟頸に連なろうとする頤(おとがい)の優しさ、――それ等の物の一つ一つに私の心は貪るが如く停滞した。

恐らく、彼女の容貌が斯く迄美しく感ぜられたのは、此の室内の極めて異常な情景が効果を助けたのであったかも知れない。だが、それ等の事情を割引きしても、彼女が十人並以上の美人であることは疑うべくもなかった。近頃の私は、純日本式の、芸者風の美しさには飽き飽きして居た一人であるが、その女の輪廓は必ずしも草双紙流の瓜実顔ではなく、ぽっちゃりとした若々しい円味を含みながら、水の滴るような柔軟さの中に、氷の如き冷たさを帯びた目鼻立ちが物凄く整頓して居て、媚びと驕りとが怪しく入り錯って居るのであった。

そうして若し、その女の容貌の内に強いて欠点を求めるならば、寸の詰まった狭い富士額が全体の調和を破って些か卑しい感じを与えるのと、太過ぎるくらい太い眉毛の、左右から迫って来る眉間の辺に、いかにも意地の悪そうな、癇癖の強そうな微かな雲が懸って居るのと、こぼれ落ちる愛嬌を無理に抑え付けるようにして堅く締まって居る唇の閉じ目が、渋い薬を飲んだ後の如く憂鬱な潤味を含んで、胸の悪そうな、苦々しい襞を縫って居るのと、――先ずそれくらいなものであろう。しかし其れ等の欠点さえも此の場の悽惨な光景には却って生き生きと当て嵌まって居て、一層彼女の美を深め、妖艶な風情を添えて居るに過ぎなかった。

思うに私たちは、此の男が殺された直ぐ後から室内を覗き込んだのであったろう。或は私が最初に節穴へ眼をあてがった時分には、まだ其の男の最期の息が通って居たかも知れなかった。壁に沿うて立って居る角刈の男と其の女とが、長い間黙々として控えて居たのは、犯罪を遂行した結果暫らく茫然として、失心して居たのに違いない。……

「姐さん、もうようござんすかね。」

角刈の男は、やがて我に復ったようにパチパチと眼瞬きをして、低い声で斯う囁いたようであった。

「ああ、もういいのよ。――さあ、写して頂戴。」

と、女が云って、剃刀の刃が光るような冷たい笑い方をした。その時まで下を向いて居た彼女の眼は、急にぱっちりと上の方へ睜(みひら)かれて、黒曜石のように黒い大きい眸(まなざし)の、不思議に落ち着き払った、静かに溢れる泉にも似た、底の知れない深味のある光が、始めて私に分ったのである。

「それじゃもう少し後へ退(さが)っておくんなさい。……」

男が斯う云ったかと思うと、二人は急に動き出した。女はずるずると屍骸を引き擦って、部屋の右手の金盥の近くまで後退(あとずさ)りをして再び正面を向き直る。男は例の写真器の傍へ寄って、女の方へレンズを向けつつ頻りにピントを合わせて居る。女はまた、凛々しい眉根を更に凛々しく吊り上げながら、ややともすれば膝の上から擦り落ちようとする太鼓腹の屍骸を、羽がい絞めにして一生懸命に支えて居る。屍骸の上半身は前よりも高く抱き起されて、ちょうど頭の頂辺が彼女の頤の先とすれすれに、がっくりと顔を仰向けたままである。その様子から判断すると、男が写真に取ろうとして居るのは潰し島田の女の艶姿ではなく、奇怪にも絞殺された人間の死顔であるらしい。

「どうです、もうちっと高く差し上げて貰えませんかね。あんまりぶくぶく太って居るので、腹が邪魔になって、上の方が写りませんよ。」

「だって重くってとても此れ以上持ち上りやしない。ほんとうに何て大きなお腹(なか)なんだろう。何しろ二十貫目もあった人なんだからね。」

こんな平気な会話を交しながら、男は種板を入れて、レンズの蓋を取った。

写真が写されて、レンズの蓋が締まるまでは可なり長かった。その間、燕尾服を纏うた屍骸は両腕を蛙のように伸ばして、首をぐんにゃりと左の方へ傾けて、恰も泣き喚いて居るだだッ児が母親に抱き起されて居るような塩梅に、だらしなく手足を垂れて居た。頸部に巻き着いて居る緋縮緬の扱きも、一緒にだらりと吊り下って居たことは云う迄もない。

「写りました。もうよござんす。」

男がそう云った時、彼女はほっと息をついて、屍骸を横倒しに寝かせて、帯の間から小さな手鏡を出しながら、――こう云う場合にも其の美しい髪形の崩れるのを恐れるが如く、真珠とダイヤモンドの指輪を鏤めた象牙色の掌を伸べて、島田の鬢の上を二三遍丁寧に撫でた。

男は簾の向うの勝手口の方へ行って、水道の栓をひねって居るらしく、バケツか何かへ水を注ぎ込まれる音がちょろちょろと聞えて居た。それから間もなく、一種異様な、医師の薬局へでも行ったような、嗅ぎ馴れない薬の匂が鋭く私の鼻を襲って来た。私は始め、男が写真を現像して居るのだろうかとも思ったけれど、それにしては余りに奇妙な薬の匂で、嗅いで居るうちに涙が出るほどの刺戟性を持って居る工合が、何処か知ら硫黄の燻るのに似て居るようであった。

すると、男は簾の蔭から両手にガラスの試験管を提げて出て来て、

「ようよう調合が出来たようですが、どんなもんでしょう。此のくらい色が附いたら大丈夫でしょうな。」

と云いながら、電燈の真下に立って、ガラスの中の液体を振って見たり透かして見たりして居る。

不幸にして化学の知識の乏しい私には、二つの試験管に入れてある液体が、いかなる性質の薬であるか分らなかったが、奇妙な匂は明かに其処から発散するのであるらしかった。男の右の手にある方の薬液は澄んだ紫色を帯び、左の手の方のはペパアミントのように青く透き徹って居て、それ等が電燈の眩い光線の漲る中に、玲瓏として輝く様子は、真に美しいものであった。

「まあ、なんて云う綺麗な色をしてるんだろう。まるで紫水晶とエメラルドのようだわね。……その色が出れば大丈夫だよ。」

こう云って女がにっこり笑った。今度は以前のような物凄い笑い方ではなく、大きく口を明いて、声こそ立てないが花やかに笑ったのである。上顎の右の方の糸切歯に金を被せてあって、左の隅に一本の八重歯の出て居るのが、花やかな笑いに一段の愛嬌を加えて居る。

「全く綺麗ですな。此の色を見ると、とても恐ろしい薬だとは思えませんな。」

男は猶もガラスの管を眼よりも高く差し上げて、うっとりと見惚れて居る。

「恐ろしい薬だから綺麗なんだわ。悪魔は神様と同じように美しいッて云うじゃないの。」

「……だが、もう此れさえあれば安心だ。此の薬で溶かしてしまえば何も跡に残りッこはない。証拠になる物はみんな消えてなくなるのだ。……」

此の言葉を男は独語(ひとりごと)の如くに云いながら、つかつかと金盥の前へ進んだかと思うと、その中へ試験管の薬液を徐(しず)かに一滴一滴と注ぎ込んだ後、再び勝手口へ戻って、バケツの水を五六杯運んで来て、盥へ波々と汲み入れるのであった。

それから彼等は何をしたか？　その薬液で何を溶かしたか？　そうして又、あの硫黄に似た異臭を発する宝玉のような麗しい色を持った薬は、何から製造されて居るのか？　全体そんな薬が世の中にあるのか？――今になって考えて見ても、私はただ夢のような気がするばかりである。

やや暫くして、

「こうして置けば、明日の朝までには大概溶けてしまうでしょう。」

男が斯う云ったのに対して、

「だけどこんなに太って居るから、日外(いつぞや)の松村さんのような訳には行きはしない。体がすっかりなくなる迄には大分時間がかかるだろうよ。」

と、女が従容(しょうよう)として答えたのは、その死骸が二人の手に依って掻き抱かれて、――依然として燕尾服を着けたままで、――どんぶりと薬を湛えた盥の中へ浸されてから後の事である。

死骸を漬ける時、彼女はかいがいしく襷がけになって、真白な二の腕を露わして居たが、投げ込んでしまってからも襷を取ろうとはせず、井戸の中のヨカナアンの首を見て居るサロメのように、両手をタッブの縁につけて、一心に水の面を眺めて居た。その左の手の、手頸(てくび)から七八寸上のところには、ルビーの眼を持った黄金の蛇の腕輪が、大理石のような肉の柱にとぐろを巻いて、二重に絡み着いて居るのを、私はありありと看取することが出来た。

しかし、殺された男の体がどう云う風にして薬に溶解しつつあるのか、残念ながら私は其れを精しくは見届ける訳に行かなかった。前にも断って置いた通り、盥は西洋風呂のような形をした背の高いものなので、纔かに表面に浮き上って居る死骸の太鼓腹と、その周囲にぶつぶつと湯の沸る如く結ぼれて居る細かい泡とが窺われるに過ぎなかったのである。

「はは、今日の薬は非常によく利くようじゃありませんか。御覧なさい、此の大きな腹がどんどん溶けて行きますぜ。此の工合じゃあ明日の朝までもかかりやしますまい。」

角刈の男が斯う云って居るのに気が付いて、更に注意を凝らして見ると、驚くべし、腹は刻々に、極めて少しずつ、風船玉の萎むように縮まって、遂には白いチョッキの端が全く水に沈んでしまった。

「うまく行ったね。あとは明日の事にしてもう好い加減に寝るとしよう。」

女はがっかりしたようにぺったりと畳へ据わって、懐から金口の煙草を出してマッチを擦った。

角刈の男は彼女の云うがままに、縁側の方にある押入れから恐ろしく立派な夜具を出して来て、それを部屋の中央に敷いた。どっしりとした、綿の厚い二枚の敷布団の、下の方のは猫の毛皮のように艶々とした黒い天鵞絨で、上の方のは純白の緞子であった。女の夜具は軽い、肌触りの涼しそうな麻の搔巻には薄桃色の薔薇の花の更紗模様が附いて居た。女の夜具を延べてしまうと、男は次の間の玄関へ行って、別に自分の寝床を設けて居るらしかった。

女は白羽二重の寝間着に着換えて、ぼっくりと沼のように凹む柔かい布団の上に足を運んだ。そうして、雪女郎のような姿で立ち上りながら、手を上げて電燈のスイッチをひねった。

もし其の際に女が明りを消さなかったら、……あの晩の私たちは、危険な地位にある事をも忘れて果てしもなく其の光景に魂を奪われて居た私達は、多分夜の明けるまで節穴に眼をあてがって居たであろう。

急に室内が真暗になったので、私はやっと、自分が一時間も前から、狭苦しい路次の奥に立ち続けて居た事を思い出したのであった。いや、正直な話をすると、暗くなってからも未だ私たちは何か知らを期待するものの如く、半ば茫然として窓の前に彳んで居た。

夢から覚めたような私の胸の中に、続いて襲って来たものは、いかにして彼等に足音を悟られないように、此の路次を抜け出す事が出来るかと云う不安であった。此の窮屈な、一人の体が辛うじて挟まるくらいな庇合の中で、万一靴の音がカタリとでも響いたら、それが彼等に聞えないと云う筈はない。先からひそひそと囁き交して居る彼等の私語が、一つ残らず、私の耳へ這入った事実に徴しても、彼等とわれわれとの距離がいかに近いかは明かである。若しも彼等が、われわれに依って自分等の罪状を目撃されたと気が附いた場合に、私たちの運命はどうなるであろう。彼等が悪事にかけてどれ程大胆な人間であり、どれ程巧慧な手段を有し、どれ程緻密な計画を備え、どれ程執念深い性質を持って居るかは、今夜の出来事で大概想像する事が出来る。たとえ私たちが此の場を無事に逃れたとしても、彼等に一旦附け狙われた以上、われわれの生命はいつ何時脅かされるか分らない。あの、金盥に放り込まれて五体を薬で溶かされてしまった燕尾服の男の運命が、いつ我々を待ち構えて居るかも測られない。――少くとも私たちは、それだけの覚悟を持って、昼も夜も戦々兢々として生きて行かなければならなくなる。それを思うと迂闊に此処を動く訳には行かなかった。

私は自分が、今や絶体絶命の境地に陥って居るような気がした。私は兎に角もう二三十分もじっとして居て、彼等が眠りに落ちた時分に、こっそりと立ち退くのが一番安全の策であろうと、咄嗟の間に考えを極めた。私よりももっと路次の奥に這入って居る園村は、私が動かなければ勿論其処を出る事は出来なかったが、彼もやっぱり同じような事を考えたと見えて、寧ろ私の軽挙妄動を戒めるが如く、私の右の手をしっかりと握り緊めたまま、息を殺して立ち竦んで居た。

私にしても園村にしても、よくあの場合にあれだけの分別と沈着とを維持して居られたものだと思う。歯の根も合わずに戦いて居た癖に、よく此の両脚が体を支えて居られたものだと思う。仮りにあの時、私たちの戦慄が今少し激しかったとしたら、私の胴や、私の腕や、私の膝頭の顫え方が、もう少し強かったとしたら、あんなに迄完全に、針程の音も立てずに居られたろうか？　私のような臆病な人間でも、九死一生の場合には奇蹟に類する勇気が出て来るものだと云う事を、今更しみじみと感ぜずには居られない。

だが、仕合せにも私たちはそんなに長く立ち竦んで居る必要がなかったのである。なぜかと云うのに、電燈が消えてから多くも十分と過ぎないうちに、程なく室内から安らかな熟睡を貪るらしい女の寝息と、角刈の男の大きな鼾とが、――何と云う大胆な奴等であろう！――さも気楽そうに聞えて来たからである。私たちは其れで始めて命拾いをしたような心地になって、注意深く靴の爪先を立てて路次を抜け出た。

表へ出ると、園村は私の肩を叩いて、

「ちょいと待ち給え。僕はまだ鱗の印を君に紹介しなかった筈だ。――ほら、彼処を見給え。彼処に白い三角の印が附いて居るだろう。」

こう云って、其の家の軒下を指した。成る程其処には、ちょうど標札の貼ってある辺に、白墨で書いたらしい鱗の印が、夜目にも著く附いて居るのを私は見た。

考えれば考えるほど、凡てが謎の如く幻の如く感ぜられた。謎にしても余りに不思議な謎であり、幻にしても余りに明かな幻であった。私はたしかに、その光景を自分の肉眼で目撃したには相違ないが、それでもどうしても、未だに欺かれて居るような気持ちを禁ずる事が出来なかった。

「もう二三分早く駈けつければ、僕等はあの男が殺される所から見られたんだね。惜しい事をした。」

と、園村が云った。二人は期せずして再びうねうねと曲りくねった新路を辿りながら、人形町通りへ出て江戸橋の方角へ歩いて行った。私の頬には、湿っぽい気持ちの悪い風が冷えとあたった。半分ばかり晴れて居た空にはいつの間にか星がすっかり見えなくなって、今にも降り出しそうな、古布団の綿のような雲が一面に懸って居る。

「園村君、……たとえ低い声にもせよ、往来でそんな話をするのは止した方がいいだろう。そうしてわれわれは、此れから何処を通って何方の方へ帰るんだね。夜半にこんな所をうろうろして、係り合いにでもなったら厄介じゃないか。」

私は苦々しい顔をして、たしなめるように云った。私の方が園村よりも余計昂奮して、常軌を逸して居るらしく見えた。

「係り合いになる？　そんな事はないさ。それは君の取り越し苦労と云うものさ。君はあの犯罪が明日の朝の新聞にでも発表されて、世間に暴露するとでも思って居るのかい？　あれ程巧妙な手段を心得て居る奴等が、跡に証拠を残したり、刑事問題を惹き起したりするような、ヘマな真似をする筈がないじゃないか。殺された男は、恐らく単に行方不明になった人間として、当分の間捜索されて、やがて忘れられてしまうに過ぎないだろう。僕はきっとそうに違いないと思う。だからよしんば我れ我れが彼奴等の仲間であったとしても、われわれの罪は永久に社会から睨まれる恐れはないのだ。僕が心配したのは、社会に睨まれる事ではなくて、彼奴等に睨まれやしないかと云う事だったのだ。あの男とあの女とに睨まれたが最後、僕等は到底生きて居られる筈はないから、其の方がいくら恐しいか知れなかった。しかしまあ、好い塩梅に彼奴等の目を逃れる事が出来た以上、僕等はもう絶対に安全だ。何も心配する事はないのだ。そこで、僕等の生命の危険が確実に除かれたとなると、僕は此れからいろいろやって見たい仕事がある。……」

「どんな仕事があるんだい？　今夜の事件はもうあれでおしまいじゃないか？」

私には園村の言葉の意味がよく分らなかったので、こう云いながら、にやにやと笑って居る彼の表情を不審そうに覗き込んだ。

「いや、なかなかおしまいどころじゃない。此れから大いに面白くなるのだ。僕は彼奴等に気取られて居ないのを利用して、わざと空惚（そらとぼ）けて接近してやるのだ。まあ何をやり出すか見て居給え。」

「そんな危険な真似はほんとうに止めてくれ給え。君の探偵としてのお手並はもう十分に分ったのだから。」

私は彼の酔興に驚くと云うよりも寧ろ腹立たしかった。

「探偵としての仕事が済んだから、今度は別の仕事をやるんだ。……まあ精しい話は自動車の中でしよう。どうせ遅くなったのだから君も今夜は僕の内へ泊り給え。」

こう云って、彼は今しも魚河岸の方から疾駆して来る一台のタクシーを呼び止めた。

自動車は我れ我れを載せて、中央郵便局の前から日本橋の袂へ出て、寝静まった深夜の大通りの電車の軌道の上を一直線に走って行った。

「……ところで今の続きを話そう。」

と、園村が私の顔の方へ乗り出して云った。その時分から、彼はだんだん活気づいて来て、何か知ら尋常でない輝きが其の瞳に充ちて居た。私はやっぱり、彼の精神状態を全くの気違いではない迄も多少狂って居るものと認めざるを得なかった。彼の神経が妙な所で鋭くなったり鈍くなったりする様子や、頭脳が気味の悪い程明晰に働くかと思うと、急に子供のように無邪気になったりする工合は、どうしても病的であるとしか思われなかった。病的になって居ればこそ、今夜のような恐ろしい事件を予覚する事が出来たのに違いない。

「僕が此れからどんな事をやろうとして居るか、僕にどんな計画があるか、それは話して居るうちに自然と分って来るだろうと思うが、それよりも先ず、君は今夜の彼の犯罪の光景を、どう云う風な感じを以て見て居たかね？　無論恐ろしいと感じたには違いないだろう。しかしただ恐ろしいだけだったかね？　恐ろしいと感ずる以外に、たとえばあの女の素振なり容貌なりに対して、何か不思議な気持ちを味わいはしなかったかね？」

こう畳みかけて、園村は私に尋ねた。

しかし私は、それ等の質問に応答すべく余りに気分が重々しくなって居た。私の頭の奥に刻み付けられた彼の場の光景、――恐らくは一生忘れることの出来ない、彼の光景を想い出すと、私はまるで幽霊に取り憑かれたようになって、ぼんやりと園村の顔を見返すだけの力しかなかった。

「……君は多分、あの節穴から室内を覗いて見るまで、僕の予想を疑って居たのだろう。君は始めから、人殺しなどが見られる筈はないと思って居たのだろう？……」

と、園村は私に構わずしゃべり続けた。

「君は昨日から僕を気違いだと思って居た、気違いの看護をする積りで、あの路次の奥まで附いて来たのだろう。君が僕に対して、腹の中では迷惑に感じながら、いい加減な合槌を打って居る様子は、僕にはちゃんと分って居た。僕は君から気違い扱いにされて居るのをよく知って居た。いや、事に依ると、君は未だに僕を気違いだと思って居るのかも知れない。けれども僕が気違いであってもなくっても、あの節穴から見た光景は、もはや疑う余地のない事実なのだ。君にしたって其れを否む事は出来ないのだ。そうして君は、僕と違って彼の光景を予め覚悟して居なかっただけ、それだけ僕よりも驚愕と恐怖の度が強かったに違いない。

少くとも僕の方が君よりも冷静にあの光景を観察したと僕は思う。あの、女の膝に転げて居た屍骸が始めて我れ我れの眼に這入った時、僕の驚きは恐らく君に譲らなかったかも知れないが、僕が驚いた理由は、君とは全く違って居ただろうと思う。……

……君は大方、あの女がまだ後向きで居た時分には、膝の上に何が載っかって居るのだか気が付かずに居ただろう。従って、あの女と角刈の男とが、何をしようとして居るのだかも分らずに居ただろう。ところが僕は早くからその蔭に屍骸が隠れて居ることを信じて居たのだ。君も覚えて居るだろうが、女は最初節穴を一杯に塞ぐくらいに僕等の側近く据わって居た。おまけに僕の覗いて居た節穴の位置は、君のよりも一尺ばかり低い所に附いて居たので、僕は暫くの間、女の背中から右の肩の先と、その向うの壁の一部分と、金盥の側面とを見たに過ぎなかったのだ。それから中途で、女が一間ばかり前へにじり出ただろう。君はあの時、ちょいと穴から眼を放したようだったが、女は膝で歩きながら畳を一畳ほど前へ擦り出て行ったのだ。けれども依然として僕等の方へ真後を向けたままで一直線に擦り出て行ったのだから、無論その蔭に何があるか見えはしなかった。ただわれわれは、その時始めて、あの女の後姿を完全に見る事が出来るようになっただけだった。女は体を左の方へ少し傾げて、両手を膝の上に載せてちょうどお針をして居るような恰好で据わって居ただろう。……ねえ君そうだったろう?……あの恰好を一と目見ると、僕は其の膝の間に絞め殺された首のあることを直覚したのだ。ちょいと見れば何でもないようだが、あの恰好は決して、普通の物を膝の上に載せて居る場合の姿勢ではないのだ。君は気が附いたかどうか知らないが、女は背骨と腰の骨をぐっと伸ばして、頸から上だけを前の方へ屈めて、何となく不自然な俯向き方をして居ただろう。あの女は体つきが非常に意気でしないなして居たし、それに柔かいお召しの着物を着て居たから、余程よく注意しないと其の不自然さは分らないけれど、兎に角何か重い物を膝に載せて、全身の力でじっと其れを堪えて居るような塩梅式だった。そうして其の力は、殊に彼女の両方の腕に集まって居たらしく、左右の肩から肘へかけて、一生懸命で力んで居る為めに、筋肉のぶるぶると顫えて居る様子が、微かではあるが僕にはハッキリ感ぜられた。而も其の戦慄は折々彼女の長い袂に伝わって大きく波打った事さえあるのだ。それで僕の考えるのは、女はあの時、既に殺されて倒れて居る男の傍へ擦り寄って、屍骸の上半身を自分の膝へ凭れさせて、ほんとうに息が絶えたかどうか試して見ながら、念の為にもう一遍首を絞付けて居たのだろうと思う。それでなければあんな恰好をする筈がないのだ。腕が顫えるほど力を入れて居たのは、両手でしっかりと縮緬の扱きを引っ張って居た為めなのだ。そう云う訳で、僕はあの時から女の蔭に屍骸のある事に気が附いて居たので、其れがいよいよ僕等の眼に這入った際には、格別驚きもしなかった。僕が驚いたのは、寧ろ彼の女の容貌の美しさだった。あの時まだ犯罪の方にばかり注意を奪われて居た僕は、あの女の顔が見えた瞬間にどんなにびっくりしただろう。……」

「そりゃ僕だってあの女の器量は認めるさ。」

私はその時、何となく園村が癪に触って、突然意地悪く口を挟んだ。

「……認めることは認めるが、君が今更あの女の容貌を讃美するのは変じゃないか。成る程非常な美人には違いないけれど、あの位の器量の女なら一流の芸者の中にいくらも居るだろうと思う。君が以前新橋や赤坂で遊んだ時分に、あれ程の女は居なかったかね。」

私が斯う云ったのは可なり皮肉の積りであった。なぜかと云うのに、園村は近頃、「芸者なんぞに美人は一人も居ない。」と称して、ふっつり道楽を止めてしまって、西洋物の活動写真にばかり凝って居たからである。そうして時々女が欲しくなると、わざと吉原の小格子だの六区の銘酒屋などへ行って、簡単に性慾の満足を購って居たのである。一時は随分、親譲りの財産を蕩尽しそうな勢で待合這入りをして居た癖に、此の頃の彼の芸者に対する反感は非常なもので、「浅草公園の銘酒屋の女の方が彼奴等より余程綺麗だ。」などと屢々私の前で公言して居た。それ程趣味が廃頽的になって居るのに、今夜の女を褒めると云うのは、少し辻褄が合わないように感ぜられた。

「そりゃ、単に器量から云ったらあのくらいなのは新橋にも赤坂にも居るだろう。……しかし君、あの女は必ずしも芸者ではないらしいぜ。」

と、園村は少し狼狽して苦しい言い訳をした。

「けれども潰し島田に結ってああ云う風をして居れば芸者と認めるのが至当じゃないか。少くともあの女の持って居る美しさは、芸者の持って居る美しさで、それ以上には出て居ないじゃないか。」

「いや、まあそう云わないで僕の話を聞いてくれ給え。成る程風采や着物の好みなどから見れば、あの女は芸者らしくも思われる。それから又、あの顔立も、芸者の絵葉書などによくあるタイプだと云う事は僕も認める。しかし君は、あの女の太い眉毛から眼の周囲に漂って居る不思議な表情――あの物凄い、獣のような残忍さと強さとを持った表情に、気が付かなかっただろうか。あの唇のいかにも冷酷な、底の知れない奸智を持って居るような、そうして而も悔恨に悩んで居るような、妙に憂鬱な潤いを帯びた線と色とを、君はどう感じただろうか。芸者の中に一人でもあのような病的な美を持って居る者があるだろうか。一つ一つの造作から云えばもっと整った顔の女はいくらもあるだろう。だがあれ程の深みを持った美しさが、芸者の中に見られるだろうか。ねえ君、君はそう思わないだろうか？」

「僕はそう思わんよ。……」

と、私は極めて冷淡に云った。

「……あの顔は綺麗には綺麗だけれど、やっぱり在り来りの美人のタイプに過ぎないと思う。君はあの場合をよく考えて見なければいけない。あの女はあの時人を殺して居たのだぜ。ああ云う恐ろしい悪事を行って居る場合には、どんな人間だって物凄い顔つきをするじゃないか。その表情に深みが加わって、病的になるのは当り前じゃないか。ただ彼の女は、非常な美人である為めに、病的な美しさが一層よく発揮されて、一種の鬼気を含んで居るように見えただけの事なんだ。若しも君が彼の女に待合の座敷か何かで会ったとしたら、普通の芸者と選ぶ所はなくなってしまうさ。……」

私たちがこんな議論をして居る間に、自動車は芝公園の園村の家の前に停った。

もう四時に近く、短い夏の夜はほのぼのと白みかかって居たが、私たちは一と晩中の奔走に疲れた体を休ませようと云う気にもならなかった。二人は再び、昨日の夕方のように、書斎のソオファに腰をかけてブランデーの杯を挙げつつ、盛んに煙草の煙を吐き、盛んに意見を闘わして居るのであった。

「それはそうとして、君はあの女の器量をなぜそんなに詮議するのだね。それよりもあの犯罪の性質の方が、僕には余程不思議な気がする。」

私が斯う云うと、園村は唇へあてて居た杯をぐっと一と息に飲み乾して、それをテエブルの上に置きながら、

「僕はあの女と近附きになりたいのだ。」

と、半分は焼け糞のような、その癖妙に思い余ったような、低い調子でこっそりと云って、長い溜息を引いた。

「又始まったね、君の病気が。」

と、私は腹の中で思うと同時に、それを口へ出さずには居られなかった。

「……悪い事は云わないから、酔興な真似は好い加減に止めたらいいだろう。君はあの女に接近して、燕尾服の男のような目に遭ってもいいのかね。いくら君が物好きでも、絞め殺されて薬漬けにされたら往生じゃないか。まあ命が惜しくなかったら近附きになるのも悪くはあるまい。」

「近附きになったからって何も殺されると極まった訳はないさ。始めから用心してかかれば大丈夫さ。それに君、先も云った通り、あの女は我れ我れに秘密を摑まれて居る事を知らな

いのだから、無闇に僕を殺す筈はない。其処が大いに面白い所なんだ。」

「君はほんとうにどうかして居る。気違いでないまでも余程激しい神経衰弱に罹って居る。実際気を附けた方がいいぜ。」

「ああ有り難う、君の忠告には感謝するが何卒僕の勝手にさせて置いてくれ給え。僕は此の頃、何となく生活に興味がなくなって体を持て余して居た所なんだ。何か斯う、変った刺戟でもなければ生きて居られないような気がして居たんだ。今夜のような面白い事件でもなかったら、それこそ却って単調に悩まされて気が違ってしまうだろう。」

　こう云ううちにも、園村は我れと我が狂気を祝福するが如く続けざまに杯の数を重ねた。平生から酒に親んで居る彼は、軽微なアルコオル中毒を起して、しらふの時には手の先を顫わせて居るくらいだのに、だんだん酔が循るにつれて顔色が真青になり、瞳が深い洞穴のように澄み渡って、奇妙に落ち着いて来るのであった。

「殺される恐れがないと云う確信があるのなら、近附きになるのもいいだろう。――しかし君、君はあの女にどう云う風にして接近するのだね。あの女の身分や境遇が分って居るのかね。仮りにあの女の商売が芸者だとしても、無論一と通りの芸者でない事は極まり切って居る。あの女は何の為めに人を殺したのか、何処からああ云う恐ろしい薬を手に入れたのか、それから又あの角刈の男とはどう云う関係に立って居るのか、そう云う事をよく調べてから接近した方が安全だろうと思う。せめて其の位は僕の忠告を聴いてくれ給え。」

　私は心から園村の様子が心配で溜らなくなって来た。

「ふふん」

と、園村は鼻の先であしらうような笑い方をして、

「その点は僕も気が附いて居る。あの女と角刈の男とが、どう云う人間だかと云う事も大凡見当がついて居る。目下の僕は、いかなる手段で、いかなる機会を利用したらば、最も自然に彼等に近附くことが出来るかと云う、その方法に就いて考えて居るところなのだ。若しあの女が君の云うように芸者であるとしたら接近するのに雑作はないのだが、僕にはどうもそうは信じられない。」

「僕にしたって芸者であると断言した訳ではないさ。ああ云う風をして居る女は、芸者の外には、あまりないと思って居るだけさ。僕には其れ以上の解釈は付かないのだから、あの女が芸者でないとしたならどう云う種類の人間なのだか君の考えを話してくれ給え。いや、そればかりでなくあの犯罪の動機も、わざわざ屍骸を写真に取った訳も、その屍骸を薬で溶かしてしまった理由も、それからあの恐ろしい薬の名も、君に若し解釈が出来るのなら教えてくれ給え。僕にはあの不思議な出来事の一つ一つが、まるで謎のように感じられるばかりで殆ど説明が付かないのだ。僕は先から、あれに就ての君の考えを聴きたいと思って居たのだ。」

　私は斯う云う問題を提供して、気違いじみた彼の頭の働きをいよいよ妙な方面へ引き入れる事が、園村の為めによくないだろうとは思って居た。にも拘らず、こんな質問を試みないでは居られないほどあの犯罪の光景は私の好奇心を煽り立てて居たのである。

「それは僕にも分らない点がいろいろある。しかしまあ、大体僕の観察したところを話して見よう。――」

こう云って、彼は教師が生徒に物を教えるような口吻で、諄々と説き始めた。

「実は僕も、それ等の疑問をどう解いたらいいか、今現に考えて居る最中なので、ハッキリとした断案に到達した訳ではないのだが、先ず第一に、あの女が芸者でないことだけは確かだと思う。僕が此の間活動写真館で会った時には、あの女は庇髪に結って居た。そうして少くとも片仮名の文字を書いて居た左の手には、今夜着けて居たような指輪を嵌めては居なかった。それから又、先我れ我れが節穴へ眼をつけた瞬間に、あの女の着物から、甘味のある芳ばしい香の匂がわれわれの鼻を襲って来ただろう。ところが此の間の晩は、僕とあの女との距離がもっと近かったにも拘らず、且僕の嗅覚は特に鋭敏であるにも拘らず、何の匂もしなかったのだ。けれども此の間の女と今夜の女とが別人であると云う訳はない。屍骸を薬で溶解して迄も、完全に証拠を湮滅させようとして居る人間が、ああ云う重要な相談を他人に任して置く筈はないだろう。あの晩の女が、片仮名だの暗号文字だのを使って、角刈の男と重大な打ち合わせをして居た様子から判断しても、必ず彼女は今夜の女と同一人でなければならない。そうだとすると、あの女は日に依って衣裳だの持物だのを取り換える癖のある人間なのだ。あの女が犯罪を常習とする悪人だとすれば、ますます変装の必要がある訳なのだ。場合に依っては、芸者の真似をして潰し島田に結う事もあろうし、束髪に結って女学生と見せかける事もあろうと云うものだ。もしあの女が芸者だとすれば、此の間の晩だって指輪を嵌めて居てもよさそうなものだし、香水ぐらいは着けて居そうなものじゃないか。それに、今夜の着物に着いて居たあの匂は、普通の芸者が使うような香水の匂ではない。……」

「……あの匂が何の匂だか君には分ったかね？……あれは香水ではないのだよ。あれは古風な伽羅(きゃら)の匂だよ。あの女の今夜の着物に伽羅が焚きしめてあったのだ。まあ考えて見給え。今時の芸者で衣服に伽羅を焚きしめて居るような女はめったにないだろう。あの女が余程変った物好きな人間だと云う事は明かだろう。いかに物好きであるかと云う証拠には、襷がけになって屍骸を運んだ時、左の腕に素晴らしい腕輪が嵌まって居たのを君は見なかったかね。あの腕輪は普通の芸者が着けるものにしては、あまりに趣味の毒々しい、あくどいものだ。それをあの女が、潰し島田に結って伽羅の香の沁みた衣裳をつけながら、腕へ嵌めて居ると云うのは、随分突飛な、不調和な話じゃないか。つまり何と云う事もなく、ただもう無闇に変った真似をする事が好きな女なのだ。それから君は、あの女に殺された男が、燕尾服を着て居たと云う事も、考慮の内に加えて見なければいけない。あの場合の燕尾服は何にしても奇抜千万で、ますます此の事件を迷宮へ引き入れてしまうが、燕尾服と芸者とは少し対照が妙じゃないか。それから又あの女は、角刈の男に向ってこんな事を云って居たね。『恐ろしい物は凡べて美しい。悪魔は神様と同じように美しい。』とか何とか云ったね。あの文句は、芸者が云うにしては生意気過ぎる。それに此の間の暗号文字の通信などを考えると――あの英文を彼女自身で作ったのだとすると、とても芸者なんかに出来る仕事ではない。尤もそう云う教育のある女が、芸者になる事も絶無ではないが、もしあれ程の器量と才智とを持った芸者が居るとしたら、それを我れ我れが今迄知らずに居る筈がない。第一芸者などが、あの恐ろしい薬液をどうして手に入れる事が出来るだろうか？　のみならずあの女は、あの薬の調合法までも心得て居て、角刈の男に指図して居たようじゃないか？――こう云ういろいろの理由から、僕は彼女を芸者ではないと信ずるのだが、最後にもう一つ、僕の推定をたしかめる有力な根拠があるのだ。と云うのは、女が先、屍骸を薬液の中へ漬けた時、『此の男は太って居るから体が溶けてなくなる迄には時間がかかる。此の間の松村さんのような訳には行かない。』と云ったろう。そう云ったのを君は覚えて居るだろう。……ところで君は、あの松村と云う名前に就いて、何か思い出した事はないかね。」

「そうだ、松村と云ったようだった。――しかし、別に思い中る事もないけれど、その松村が何だと云うのだね。」

「君は先達、――ちょうど今から二た月ばかり前の新聞に、麴町の松村子爵が行方不明になったと云う記事の出て居たのを、読んだか知らん？」

「成る程、ハッキリとは記憶して居ないが、読んだような覚えもある。」

「その記事は朝の新聞と前の日の夕刊とに出て居て、当人の写真が掲載されて居た。そうして夕刊の方には可なり精しく、家族の談話までも載せてあった。それで見ると子爵は行方不明になる一週間ばかり前に、欧米を漫遊して帰って来たのだが、洋行中に憂鬱症に罹ったらしく、東京へ帰っても毎日家に閉じ籠った切り誰にも人に会わなかったそうだ。で、或る日余り気が塞いで仕様がないから一月ばかり旅行をして来ると云って邸を出たなり、行き方が知れずになったのだと云う。

……子爵は京都から奈良へ行って、それから道後の温泉へ廻ると云って居たそうだ。誰も供をつれては行かなかったが、家令の一人は中央停車場まで見送りに行って、現に京都までの切符を買って汽車に乗り込んだところを見届けて来たのだと云う。要するに家族の意見では、旅行の途中でいよいよ気が変になって、自殺でもしたのではないだろうか。出発の際には多額の旅費を用意して行ったし、別段遺書らしいものも発見されないから、覚悟の自殺ではないまでも、ふらふらとそんな気になったのではないだろうか。と云う事だった。それから十日ばかりの間、松村家では毎日子爵の肖像を新聞へ出して、懸賞附きで行方を捜索して居たようだが、何等の有力な手がかりも得られなかった。尤も、子爵が東京を出発した明くる日の朝、京都の七條の停車場で子爵の肖像にそっくりの紳士が、年の若い貴婦人風の女とつれ立ってプラットフォームを出て来るところを、ちらりと見たという者があった。が、家令の話では子爵は長い間欧羅巴（ヨーロッパ）へ行って居られた上に、帰朝されてからも孤独の生活を送って居られたので、社交界に一人の顔馴染もある筈はなく、そうかと云って、勿論花柳社会などへも足を入れられた事はない。だから子爵が若い貴婦人を同伴して居たと云うのは、有り得べからざる事実であって、多分人違いか何かであろう。と云う事だった。その後もう二月にもなるけれど、子爵の消息が分ったと云う記事も出なければ、屍骸が発見されたと云う報道も伝わらない。結局未だに、子爵は死んでしまったとも生きて居るとも分って居ないのだ。僕はあの新聞を読んだ時には、それ程気に止めても居なかったけれど、先女（さっき）の口から『松村さん』と云う名前を聞いた時、ふと、其れが子爵の事に違いないように感ぜられた。あの女に殺された松村と云う男が、もしや子爵ではあるまいか知らん？　いや、たしかに子爵に相違ない、きっとそうだ。と云うような気がした。……いいかね、君もよく考えて見てくれ給え。子爵は東京から京都までの間で生死不明になって居る。若しも京都へ着く前に汽車の中で何等かの変事があったとすれば、それが分らずに居る筈はない。そうして見ると、やっぱり京都へ着く迄は何事もなかったのだ。子爵の身の上に異変があったとすれば、それは京都へついてから後の事なのだ。のみならず、七條の停車場で見たと云う人があるばかりで、その後子爵の姿が何処の停車場にも、何処の宿屋にも見えないのだとすると、子爵は京都の中で、自殺したか、殺されたかに違いない。ところで自殺にもせよ他殺にもせよ、其れが普通の方法を以てしたのならば、而も京都の市中で行われたとしたならば、今日まで屍骸が発見されずに居る道理はないだろう。……いいかね、そこで僕は考えたのだ。先あの女は、燕尾服の男の屍骸を指さして、『此の男は松村さんと違って太って居るから。』と云ったね、して見ると女が殺した松村と云う男は痩せて居たのだと云う事が分る。そうして、子爵の松村なる人も写真で見ると、非常に痩せて居る。……

……女はまた、松村なる人の名前を呼ぶのに、『松村さん』と云って特にさん附けにして居る。それは女が其の男と余り親密な仲でない事を示すと同時に、或る意味に於ける尊敬を払って居るのだと考える事は出来ないだろうか。たとえば我れ我れが、自分に何等の関係もない人の名を呼ぶ場合に、普通は誰々と云って呼び捨てにするけれど、其れが社交界の知名の士であるとか華族の名前である場合には、大概誰々さんと云ってさん付けにする。女が特に松村さんと云ったのは、松村なる人が華族であって、且自分とは深い馴染でないからではあるまいか。男が彼女の情夫であるとか、旦那であるとか、兎に角親しい仲の者であったなら、其奴を殺してしまった場合に、何もさん付けにする筈はないだろう。『松村の奴は』とか、『あの野郎は』とか云うべきところだろう。単に此れだけの理由を以て、あの女に殺された松村と子爵の松村とが同一人であると推定するのは、或は早計であるかも知れない。しかし此処にもう一つ、その推定に根拠を与える有力な事実がある。それは東京を独りで出立した子爵が、七條停車場へ着いた際には、若い貴婦人を同伴して居たと云う噂のある事だ。子爵家の家令は、子爵が如何なる種類の婦人とも交際がないと云う理由を以て、その噂を否認して居るけれど、かりにその婦人が汽車の中で子爵と懇意になったとしたらどうだろう。交際嫌いな子爵の平生から推して見て、そんな事は絶無であると云えるかも知れない。しかしその女が、奸智に長けた婦人であって、最初から子爵を籠絡する目的で、巧妙な、用心深い手管を以て接近して行ったとしたら、而も其れが身なりの卑しくない、容貌の美しい婦人であるとしたら、子爵が其の女に気を許す事がないだろうか。子爵は多額の旅費を用意して居たそうであるから、その金を巻上げる為めに女が東京から子爵の跡を付け狙って居たのではないだろうか。……こう考えて来ると、どうも僕にはその貴婦人が昨夜の女であって、子爵はたしかに京都の町の何処か知らで、あの女に殺された揚句、体を溶かされてしまったのではないかと思う。……」

「すると君の意見では、あの女は汽車の中で悪事を働く箱師の一種だと云うのだね。」

「うん、まあそうだ。……子爵の所在が未だに発見されない所を見ると、あの女に殺されて薬液の中へ消え失せてしまった松村なる人が、子爵であると考えるのは最も自然じゃないだろうか。そこで子爵とあの女とが以前からの馴染でないとすれば、無論子爵は所持して居た金の為めに命を落したのだろう。あの女はたしかに箱師には違いないが、しかし一と通りの箱師ではなく、何か大規模な悪徒の団員の一人であって、それが片手間にそう云う仕事をしたのだと見る方が至当ではないだろうか。あの女は、東京と上方と両方で同じような犯罪を行って居る。あの薬液やあの西洋風呂を据え付けた家が、京都にもあるに違いない。此れにはきっと東海道を股にかけて盛んに例の暗号通信を交換しつつ、頻々とあらゆる悪事を行って居る兇賊の集団があるのだ。……」

「成る程、だんだん説明を聞いて見ると君の観察は中って居るようにも思われる。そうして今夜殺された燕尾服の男も、やっぱり華族か何かだろうか。」

こう云って私は更に園村に尋ねた。正直に白状するが、私はもういつの間にかすっかり園村の探偵眼に敬服して、一から十まで彼の意見を問い質さなければ気が済まないようになって居た。

「いや、あれは華族じゃないだろう。僕の想像するところでは、今夜の殺人は松村子爵の場合とは大分趣を異にして居る。」

と云いながら園村は椅子から立って、洋館の東側の窓を明けて、煙草の煙の濛々と籠った蒸し暑い部屋の中へ、爽かな朝の外気を冷え冷えと流れ込ませた。

「僕は或る理由に依って、今夜の男は彼等悪漢の団員の一人であろうと推定する。」

園村は先ずこう云って、再び元の席へ戻りながら、不審そうに眼瞬きをして居る私の顔をまじまじと眺めた。

「あの男は此の間活動写真を見て居た時の様子から判断すると、あの女の情夫か亭主でなければならない。君はあの男が燕尾服を着て居た為めに、貴族であると思うのかも知れないが、今夜のような、ああ云うむさくろしい路次の奥へ、貴族ともあろう者が燕尾服を着て来るだろうか。それよりは寧ろ、貴族に変装して何処かの夜会へ出席した悪漢が、自分の住居へ帰って来たところだと観察する方が、余計事実に近くはなかろうか。あの男が女の情夫であるとすれば、どうしたってそう解釈するより外に道はない。殊に女は、先(さっき)写真を写す時にこんなことを云って居た。『……ほんとうに何て大きなお腹なんだろう。何しろ二十貫目もあった人なんだからね。』と云って居たじゃないか。『何しろ二十貫目もあった人なんだからね。』と云う一語は、彼女と其の男との関係を説明して余りあると僕は思う。」

「ふん、それも君の観察が中って居るような気がする。そうだとすると、つまり女は角刈の男に惚れた為めに、あの男を邪魔にして殺したと云う訳なんだね。」

「さあ、当然其処へ落ちて来なければならないのだが、何だかそうでないようなところもある。君も見て居ただろうけれど、屍骸が盥へ放り込まれてから、角刈の男は最初に女の布団を敷いて、それから次ぎの間へ別に自分の床を取って寝たようだったね。のみならず、男は始終女の命令に服従して、女を『姐さん』と呼んで居たね。二人が惚れ合って居るのだとしては、あの様子はどうも腑に落ちないじゃないか。そうして更に不思議なのはあの写真の一件だ。屍骸を溶かしてしまって迄も証跡を晦まそうとするものが、何の為めに写真なんぞを取って置くんだろう。自分の手で以て殺した男の俤(おもかげ)などは、夢に見てさえ恐ろしい筈だのに、何の必要があってあんな真似をしたんだろう。いずれにしてもあの殺人は、余程奇妙な性質のもので、案外なところに其の原因が潜んで居るのじゃないか知らん？」

「案外な所に潜んで居る？　と云うと、たとえばまあどんな事なんだ。」

「たとえばね、――此れは僕の突飛な想像に基いて居るのだけれど、――あの女は何か性的に異常な特質があって、人を殺すと云う事に、或る秘密な愉快を感じて居るのではないだろうか。そうして、さほどの必要もないのに、ただ殺したい為めに殺すと云うような癖があるのではないだろうか。あの女の行動をよく考えて見ると、此の想像を許す余地は十分にある。いいかね君、最初子爵は汽車の中で近づきになっただけで、彼女に殺されてしまったのだ。此の場合の殺人は、金を盗んで其の犯跡を晦ます為めであったかも分らない。だが、子爵の所持金はどれほどあったか知れないが、たかが旅行の費用に過ぎないのだから、多くも千円には達しないだろう。それんばかりの金を盗むのに、命までも取らないだって済みそうなものじゃないか。たとえば子爵に魔睡薬を嗅がせるとか、仲間の男を使って自分以外の者の手で仕事をやらせるとか、あれほどの女なら外に犯跡を晦ます方法はいくらもあるじゃないか。而も其の殺し方が一と通りの方法ではないのだ。わざわざ子爵を京都の市中へおびき出して、彼等の巣へ連れ込んだ上、殺した揚句に薬漬にしたり、頗る面倒な手段に訴えて居る。それが昨夜の殺人になると一層不思議だ。金銭の為めでもなく、そうかと云って必ずしも痴情の果てでもないらしく、燕尾服の男は殆んど無意味に殺されて、おまけに屍骸を写真に取ると云う厄介な手数までもかけられて居る。此の一事だけでも、あの殺人には女の道楽が、病的な興味が手伝って居るのだと云う事は明かじゃないか。僕が思うのに、恐らく子爵も其の屍骸を写真に取られたのじゃないか知らん。いや、もっと想像を逞しくすれば、彼女は今迄に同じ手段で何人となく男を殺して居て、それ等の屍骸は悉く写真に写されて居るのではないだろうか。自分の色香に迷わされて命を捨てた無数の男の死顔を見ることが、ちょうど恋人の俤に接するように、狂暴な彼女の心を満足させるのではないだろうか。少くともそう云う変態性慾を持った女が、世の中に存在しないとは限らないだろう。……」

「そう云う女がある事は、僕にも想像出来ない事はない。けれども、たまたまあの燕尾服の男が彼女の慾望の犠牲に挙げられたのには、何か外にも原因がなければなるまい。彼女が君の云うような物好きな女だとしても、男と見れば手あたり次第に殺したくなる筈はなかろう。たとえば彼の角刈の男が殺されないで、特に燕尾服が殺されたのは、どう云う訳なんだろう。」

「それは斯うなんだ。――あの燕尾服の男は彼女の情夫である上に、多分あの悪漢の集団の団長だったからなのだ。つまり彼女は、自分よりも優勢の地位にある意外な人間を殺す事に興味を持ったのだ。角刈の男は彼等夫婦の子分であるから、殺そうと思えばいつでも殺せる。

そんな人間を犠牲にしても面白くはない。松村子爵を狙ったのも、子爵が社会の上流の貴族であると云う事が、きっと彼女の好奇心を唆かしたのに違いない。それに、団長の場合には、彼を殺せば自分が代って団長の地位を得られると云う利益が伴って居る。現に角刈の男は彼女の命令を奉じて女団長の指揮の通りに働いて居たではないか。」

「成る程」

と、私は園村の説明にすっかり感心して云った。

「そう云う風に解釈すれば、どうやら謎が解けて来るようだ。つまりあの女は恐るべき殺人鬼なんだね。」

「恐るべき殺人鬼、……そうだ。であると同時に美しい魔女でもある。そうして僕の頭の中には、恐るべきだと云う事は理窟の上から考えられるばかりで、あの女の美しい方面ばかりが際立って居る。ゆうべの光景を想い浮べて見ても、ただ素晴らしい怪美人だ、此の世の中の物としも思われないほどの妖艶な女だ、と云うような感情のみが湧き上って来る。昨夜節穴から覗き込んだ室内の様子は、たしかに殺人の光景でありながら、其れが一向物凄い印象や忌まわしい記憶を留めては居ない。其処には人が殺されて居たにも拘らず、一滴の血も流れては居ず、一度の格闘も演ぜられず、微かな呻き声すらも聞えたのではない。その犯罪はひそやかになまめかしく、まるで恋の睦言（むつごと）のように優しく成し遂げられたのだ。僕は少しも寝覚めの悪い心地がしないで、却って反対に、眩い明るい、極彩色の絵のようにチラチラした綺麗なものを、じっと視詰めて居たような気持ちがする。恐しい物は凡べて美しい、悪魔は神様と同じように荘厳な姿を持って居ると云った彼女の言葉は、単にあの宝玉に似た色を湛えた薬液の形容ばかりでなく、彼女自身をも形容して居る。あの女こそ生きた探偵小説のヒロインであり、真に悪魔の化身であるように感ぜられる。あの女こそ、長い間僕の頭の中の妄想の世界に巣を喰って居た鬼なのだ。僕の絶え間なく恋い焦れて居た幻が、かりに此の世に姿を現わして、僕の孤独を慰めてくれるのではないだろうかと、云うようにさえ思われてならない。あの女は僕の為めに、結局僕と出(い)で会う為めに、此の世に存在して居るのではないだろうか。いや其れどころか、昨夜のあの犯罪も、事に依ると僕に見せる為めに演じてくれたのではないだろうか。――そんな風にまでも考えられる。僕はどうしても、たとえ自分の命を賭しても、あの女と会わずには居られない。僕は此れから彼女を捜し出して、彼女に接近する事に全力を傾ける積りで居る。……君が心配してくれるのは有り難いが、どうぞ何も云わないで勝手にさせて置いてくれ給え。前にも云った通り、僕はあの女の秘密を探るのが目的ではない。僕は彼女を恋いして居るのだ。或いは崇拝して居るのだ、と云った方が適当かも知れない。」

　こう云って園村は、両手を後頭部にあててぐったりと椅子に反り返りながら、眼を潰ったきり暫くの間沈思して居た。

　それほどに云うものを、何と云って諫めていいか言葉も分らず、おまけにもう、口をきくだけの気力が失せてしまったので、私も同じように椅子に仰向いたまま沈黙して居た。そのうちに燃え上るような酔が体中に弥蔓した疲労を蕩(とろ)かして、二人は深い快い綿のような睡りの雲に朦朧と包まれて行った。此のまま二日も三日も打っ通しに寝てしまいはせぬかと、半分眠りかけた意識の底で考えながら、……

私は、あの殺人の事件があった明くる日一日を園村の家に寝通して、夜遅く小石川の家に帰った。心配して待って居た妻は、私の顔を見ると直ぐに、

「園村さんはどうなすって、やっぱり気違いにおなんなすったの？」

こう云って尋ねた。

「気違いと云うほどでもないが、兎に角非常に昂奮して居る。」

「それで一体ゆうべの騒ぎは何だったの？　人殺しがあるなんて、まあ何を感違いしたんでしょう。」

「何を感違いしたんだか、正気を失って居るんだから分りやしないさ。」

「だってあれから水天宮の近所までいらしったんでしょう。」

私はぎっくりとしながら、さあらぬ体で云った。

「なあに、あれから欺したり賺したりして、やっと芝の内まで送り込んでやったのさ。誰があの時刻に水天宮なんぞへ行く奴があるものか。ほんとうに人殺しがあったのなら新聞に出るだろうじゃないか。」

「そりゃそうだわね。だけどまあ、どうしてそんな事を考えたんだか、気が違うと云うものは変なものなのねえ。」

こう云ったきり、妻は別段疑っても居ないようであった。

私は二日振でようよう自分の家の寝床の上に身を横えながら、もう一遍昨日からの出来事を回想して見た。抑も昨日の午前中、ちょうど自分が約束の原稿を書きかけて居た際に、園村から電話がかかって来たのが此の出来事の発端である。若しもあの出来事が夢であったとすれば、夢と事実との繋がりはあの電話の時である。あれから自分はだんだんと迷宮の中へ引き込まれ出したのである。園村の気違いが自分に移ったのだとすれば、たしかにあの時が始まりである。何かあの辺で自分はチョイとした思い違いをして、それからとうとう本物になってしまったのらしい。……そんなら何処で思い違いをしたのだろう。

だが、いくら考え直して見ても、私には思い違いをしたらしい箇所が見付からなかった。私が昨夜見た事は、やはりどうしても真実に相違なかった。昨夜の午前一時過ぎに、水天宮の裏の方で、殺人罪が犯された事は、現在自分の肉眼を以て目撃した事実であった。たとえ私は狂者と呼ばれても、その事実を否定することは出来ない。すると、その事実に就いて園村が下したところの判断は、大体中って居るのだろうか。あの犯罪の性質や、あの女や、角刈と燕尾服の男や、それ等に関する園村の意見は正鵠を得て居るだろうか。――それを私が説破するだけの反証を挙げる事が出来ない以上は、やはり正当と認めるより外に仕方があるまい……。

私の此の不安と疑惑とは五六日続いた。その間に二三度園村の邸を尋ねたが、いつも彼は不在であった。何か用事があると見えて、此の頃は毎日朝早くから外出して、夜おそくでなければお帰りがないと、留守番の者が不思議そうに語った。

ちょうど私が一週間目の日に尋ねて行くと、彼は珍しくも在宅して居た。そうして機嫌よく玄関へ迎えに出ながら、

「おい君、大変都合のいいところへ来てくれた。」

こう云って俄に声をひそめて、

「今、僕の書斎へあの女が来て居るんだ。」

と、喜ばしそうに私の耳へ口を寄せて云った。

「あの女が？……」

そう云ったきり、私は次ぎの言葉を発する事が出来なかった。よもやと思って居たのに、彼はやっぱり彼女を摑まえて来たのである。いや、或は摑まえられたのかも知れない。そうして酔興にも私を紹介しようと云うのである。

「そうだ、あの女が来て居るのだ。……此の五六日僕は始終家を明けて、水天宮の近所を徘徊して、あの女を附け狙って居たのだが、こんなに早く近づきになれようとは予期して居なかった。僕が如何にして、如何なる順序で彼女と懇意になったかは、いずれ後で精しく報告する。まあ兎に角君も会って見たらいいだろう。」

こう云っても、私がまだ躊躇して居るので、彼は私の臆病を笑うように、

「まあ会って見給えよ君、別に危険な事はないから、会ったって大丈夫だよ。」

と云った。

「そりゃ、君の書斎で会う分には危険な事はなかろうけれど、此れを機会にしてだんだん懇意になったりすると、……」

「懇意になったっていいじゃないか。僕とは既に友達になってしまったのだから。」

「君は自分の物好きで友達になったのだから、今更止めたって仕様がない。しかし僕は物好きのお附き合いだけは御免蒙る。」

「じゃ、折角内へ呼んで置いたのに、君は会ってくれないんだね。」

「会って見たいと云うような好奇心は十分にある。だが、表向きに紹介されるのは少し困るから、成るべくならば蔭へ隠れてそうッと見せて貰いたいものだ。……どうだろう君、書斎では隙見をするのに不便だから、日本間の方へ連れて行って貰えないだろうか。そうしてくれると、僕は庭の植え込みの間から見てやるが。」

「そうかね、それじゃそうして上げよう。成るべく君の見いいように、客間の縁側へ寄った方で話をして居るから、君はあの袖垣の蔭にしゃがんで居るがいい。彼処（あすこ）ならきっと話声まで聞えるだろう。その様子を見た上で、若し気が向いたらいつでも紹介して上げるから、女中を取り次ぎに寄越し給え。」

「はは、まあ有り難う。恐らく取り次ぎを煩わす必要はないだろう。」

こう云いかけて、私は急に或る心配な事を思い出したので、ぐっと園村の手を引捕えて念を押した。

「だが君、いくら友達になったからと言って、我れ我れが彼女の秘密を知って居ると云う事を、君はまさかしゃべりはしないだろうね。その為めに君は殺されてもいいとしても、僕までが飛ばっ塵を受けるのは迷惑だからね。」

「安心し給え。その点は僕も心得て居る。女は僕等に覗かれた事を、夢にも知りはしないのだ。勿論今後とても僕は決して口外しやしないから。」

「そんならいいが、ほんとうに用心してくれ給え。あれは彼女の秘密であると同時に僕等の秘密だと云う事を、忘れずに居てくれ給え。二人の生命に関する秘密を、僕に断りなしに勝手に口外する権利はないのだから。」

私は非常に気に懸ったので、わざと恐い顔つきをして、こんな言葉で特に彼の軽挙を戒めて置いた。

私はその日、庭の袖垣の蔭にかくれて再びあの女を窃み視る事になったが、その様子をここにくだくだしく書き記す必要はない。ただ、女が紛う方なき彼の晩の婦人であった事と、その日は割前髪に結って一見女優らしい服装をして居た事と、腕には相変らず例の腕輪が光って居た事と、最後に容貌の美しさは節穴から覗いた時に少しも異らなかった事を、附け加えて置けば十分である。

園村は既に彼女と余程親密になって居るらしかった。何でも二三日前に、浅草の清遊軒の球場で知り合いになったのだそうであるが、彼女は球を百ぐらいは衝くと云う話であった。

「あたしの身の上は秘密です。誰にも話す訳には行きません。ですからどうぞ其の積りで附き合って下さい。」

彼女はこう云って、其れを条件にして園村と交際し出したのだと云う。で、園村はいよいよ自分の推察が中って居たことを心中にたしかめながら、わざと彼女の住所や境遇を知らない体裁を装って、毎日毎夜、東京市中のバアだの料理屋だの旅館だので落ち合って居た。昨日は新橋の停車場で待ち合わせて、箱根の温泉へ一と晩泊りで遊びに行って、ちょうど其の帰りに、芝公園の自分の家へ連れて来たところなのであった。

＊　＊　＊　＊　＊　＊　＊　＊　＊　＊

こんな工合にして園村と纓子(えいこ)――女は自分をそう呼んで居た。――との関係は、一日一日に濃くなって行くらしかった。たまたま私が訪問しても彼は殆んど家に居る事はなかったが、彼と彼女とが連れ立って自動車を走らせて居たり、劇場のボックスに陣取って居たり、銀座通りを手を取り合って散歩したりして居るのを、私は屡々見ることがあった。その度毎に彼女の服装は変って居て、或る時は縮緬浴衣に羽織を引懸け、或る時は女優髷にマントを纏い、或る時は白いリンネルの洋服を着て踵の高い靴を穿いて居た。そうして、その美しさに変りはなくとも、日に依って彼女の表情はまるで別人のように見えた。

そのうちに、或る日、――多分二人がそう云う仲になってから一と月も過ぎた時分であったろう。――非常に私を驚かした事件が持ち上った。と云うのは外でもない、園村の周囲には纓子ばかりでなく、いつの間にか例の角刈の男までが附き纏って居る事を、私は偶然発見したのである。それを見たのは三越の陳列場であって、私が其処に開かれて居る展覧会へ出かけて行った時、園村は纓子の外に角刈の男を連れて、意気揚々と三階の階段を降りて来た。園村の方でも私を避けたようであったが、私は思わずギョッとして立ち竦んだまま声をかける気にもならなかった。角刈の男は滑稽にも大学生の制服を着けて、書生が主人の供をするように、鞠躬如（きっきゅうじょ）として二人の跡に随行して居たのである。

「あの男が出て来る以上は、園村はどんな目に遭うか分らない。もう好い加減に捨てて置くべき事態ではない。」

私はそう思ったので、今度こそは是非とも彼の酔興を止めさせようと決心して、明くる日の朝早く山内の彼の住居へ押しかけて行った。ところが更に驚くべき事には、玄関へ出た取り次ぎの書生を見ると、それが角刈の男であった。

今日は久留米絣の単衣物を着て小倉の袴を穿いて居る。私が主人の在否を尋ねると、彼は慇懃に両手を衝いて、

「おいででございます。」

と云いながら、愛嬌のある、しかし賤しい笑い方をした。

園村は書斎のテエブルに靠（もた）れて、ひどく機嫌が悪そうに塞ぎ込んで居た。私は話声が洩れないようにドーアを堅く締めてから、つかつかと彼の傍へ寄って、

「君、君、角刈の男が内へ入り込んで居るじゃないか。あれは全体どうした訳なんだ。」

こう云って、激しく詰問すると、

「うむ。」

と云ったなり、園村はじろりと私を横眼で睨んで、ますます機嫌の悪い顔つきをする。多分私に尋ねられたのが恥しいので、そんな風を装って居たのかも知れない。

「黙って居ちゃあ分らないじゃないか。あの男は書生に住み込んででも居るようだが、そうじゃないのかね。」

「……まだハッキリと極まった訳でもないんだけれど、学費に困って居ると云うから、当分内へ置いてやろうかとも思って居る。」

園村は大儀らしく口をもぐもぐと動かして、不承々々に漸くこんな返辞をする。

「学費に困って居る？　するとあの男は何処かの学校へでも行って居るのかね。」

「法科大学の学生なんだそうだ。」

「そりゃ、当人はそう云って居ても、君は其れを真に受けて居るのかね。ほんとうに法科大学の学生だと云う事をたしかめたのかね。」

私は畳みかけて斯う詰った。

「ほんとか嘘か知らないけれど、兎に角当人は法科大学の制服を附けて表を歩いて居る。あの男は纓子の親戚の者で、あの女の従兄（いとこ）にあたるのだそうだ。そう云って紹介されたから、僕も其の積りで附き合って居るのだ。」

何も不思議はないだろうと云わんばかりに、平気な態度で斯う答える園村の様子は、寧ろ私に反感を抱いて、うるさがって居るようにしか思われなかった。私は暫らくあっけに取られてぼんやりと彼の眼つきを見守って居たが、やがて気を取り直して声を励ましながら、

「君、しっかりしないじゃ困るじゃないか。」

　こう云って、彼の背中をいきなり一つ叩いてやった。

「君はまさか真面目でそんな事を云って居るのじゃあるまいね。あの男や女の云うことを、一々信用して居る訳じゃないだろうね。」

「だけど君、彼等がそう云うのだからそう思って居たっていいだろう。何も殊更に彼等の身の上を詮索する必要はない。もともと彼の連中と附き合う以上は、そのくらいの覚悟がなくっちゃ仕様がないんだ。」

「しかし、殊更に詮索しないでも、あの男とあの女とが寄る処には、如何なる危険が発生するかと云う事は、既に分って居るじゃないか。君が纓子に恋して居るのなら、女の方は已むを得ないとして、せめて彼の男だけは近づけないようにするのが当然じゃないか。」

　私がこう云うと、園村はまた横を向いて黙ってしまう。

「ねえ君、僕は今日、君に最後の忠告をしに来たのだ。僕は此の間、君があの男を連れて三越へ行ったところを見たので、余計なおせっかいかも知れないけれど、捨てて置かれなくなったからやって来たのだ。僕を唯一の親友だと思ってくれるのなら、どうか彼の男だけは遠ざけるようにし給え。」

「僕にしても彼の男の危険な事はよく知って居る。けれども僕は彼の男の面倒を見てやるように、纓子からくれぐれも頼まれたのだ。……僕はもう、纓子の言葉に背く事が出来なくなって居る。……」

そう云って園村は、私に憐れみを乞うが如く、伏目がちに項を垂れた。

「君はそれでも済むかも知れない。しかし此の間も云ったように、あんまり無謀な事をされると、結局僕までも危険に瀕するのだから、僕はどうしても黙って居る訳には行かないのだ。已むを得ない場合には、彼奴等を警察へ訴えるかも知れないから、そう思ってくれ給え。」

私が気色ばんで見せても、彼は一向狼狽する様子もなく、却って妙に落ち着き払いながら、

「訴えたところで警察に臀尾を押さえられるような連中ではないのだから、つまり僕等が彼奴等に恨まれるばかりだよ。そうなったら猶更君は困りやしないかね。――まあそんな事は止したらよかろう。ほんとうに心配しないでも大丈夫だよ。僕だって命は惜しいのだから、迂闊な事はしゃべりやしないよ。」

「それじゃ、何と云っても君は僕の忠告を聴いてくれないんだね。そうなれば自然、僕は自分の安全を謀る為めにも、此の後君には近付かないようにする積りだが、君は勿論そのくらいな事は覚悟して居るのだろうね。」

「さあ、どうも今更仕方がない。……」

それでも園村は驚いた風もなく、折々じろじろと私の顔に流眄を与えるばかりであった。――恋愛の為めならば命をも捨てる。況んや一人の友人ぐらいには換えられない。――彼の眼つきは斯う云う意味を暗示して居るようであった。

「よし、そんなら僕は此れで失敬する。もう此の内には用のない人間なのだから、……」

こう云い捨てて、すたすたとドーアの外へ出て行く私の後姿を、彼は格別止めようともし

ないで、悠然と椅子に凭れたまま見送って居た。

＊　＊　＊　＊　＊　＊　＊　＊　＊

こうして私は園村と絶交してしまったのである。気紛れな男の事であるから、そのうちには又淋しくなって、何とか彼とかあやまって来るだろう。きっと私を怒らせた事を後悔して居るに違いない。——そう思いながら、私は空しく一と月ばかり過したが、其の後ふっつりと電話も懸らなければ手紙も届かなかった。あの時はああ云うハメになったので、ついムカムカと腹を立てたようなものの、私にしても心から園村を疎んじて居た訳ではなし、余り音信の途絶えて居るのが、しまいには何だか心配で溜らなくなって来た。

「事に依ると、園村は殺されてしまったのじゃないか知らん？　燕尾服の男のような目に遭わされやしないか知らん？　さもなかったらこんなにいつ迄も私を放って置く筈がない。」

私は始終其れを気に懸けて居た。且私には、友情以外の好奇心もまだ幾分かは残って居た。纓子と称する女と角刈の男とは、あれからどうなったであろう。不思議な彼等の内幕が、少しは園村にも分っただろうか。……

待ちに待って居た園村からの書信が、それでもとうとう私の手元へ届いたのは、九月の上旬であった。

「ふん、先生やっぱり我慢が出来なくなったと見える。」

私は急に彼の男が可愛くなったような気がして、忙しく封を切って見た。が、手紙の最初の一行が眼に這入ると同時に、私の顔は忽ち真青になった。なぜかと云うのに、其の一行には、――「此れを僕の遺書だと思って読んでくれ給え。」――こう書いてあったからである。

「此れを僕の遺書だと思って読んでくれ給え。僕は最近に、多分今夜のうちに、纓子の為めに殺される事を予期して居る。彼等は恐らく例の方法で、僕の命を取ろうとして居る。――そうして其れは、いかに逃れようとしても逃れられない運命でもあり、また僕としても、其れ程逃れたいとは思って居ない。要するに僕が死ぬことはたしかだと思ってくれ給え。

　こう云ったら君は嘸(さぞ)かしびっくりするだろう。僕の殆んど方途のない物好きと酔興とを、憫笑もすれば慨嘆もするだろう。だがどうか僕を憎むことだけは、若しも憎んで居たとしたら、――考え直してくれ給え。命を捨ててまでも飛び込んで行く僕の物好きを、ただ単純な物好きとのみ思わないでくれ給え。僕は此の間、明かに君に対して無礼だった。あの時の僕の態度は君に絶交されるだけの価値は十分にあった。正直を云うと、僕はあの時、恋しい恋しい纓子の為めならば、僕の最後の友人たる君を失っても、惜くはないと云う覚悟だった。寧ろ余計なおせっかいを焼く君なんかは、此の後来てくれない方がいいとさえ思って居た。そんな気持ちで僕はわざわざ君を怒らせるように仕向けたのだった。命をさえも惜まない僕に、どうして君との友情を惜んで居る余裕が有り得よう。それもこれも、みんな僕の物狂おしい恋愛の結果なのだから、何卒悪く思わないでくれ給え。僕の性格を知り抜いて居る君の事だから、今になればあの時の無礼を赦(ゆる)してくれるに違いないと僕は堅く信じて居る。平素から理解に富み、同情に富んで居る君が今夜限り此の世を去って行く僕を、憐みこそすれ憎んで居よう筈はない。そう思って僕は安心して死ぬ積りで居る。

しかし、どうして僕は死ななければならなくなったか、いかにして事件が其処まで進行したか、その経過を今生の際に一応君に報告して、君の無用の心配を除くのは、僕の義務であらねばならない。僕は此の手紙に依って、自分の義務を果すと同時に、改めて僕の最愛の友たる君に、自分の死後に関する事件をお頼みしたいのだ。

その後の事件の経過に就いては、精しく書けば殆んど際限はないのだが、ただ極めて簡単に書き記して、あとは大凡そ君の推察に任せて置こう。——つまり、彼等が僕を殺そうとして居る第一の原因は、纓子に取って僕と云う者の存在がもう今日では邪魔にこそなれ何等の愉快をも利益をも与えなくなってしまったからだ。なぜかと云うに、僕は既に自分の全財産を残らず彼女に巻き上げられてしまったからだ。彼女が僕と懇親になったのは、思うに始めから僕の家の財産がめあてであったらしい。……

……僕には其れがよく分って居ながら、やっぱり彼女を愛せずには居られなかったのだ。そうして第二の原因は、彼等の秘密が追い追い僕に知れ渡るようになった事で、此れが僕を殺そうとする最も重大な動機であるらしい。彼等は自衛上、僕を生かして置く訳には行かなくなったのだ。

彼等が僕を殺そうとする計画のある事を、僕はどうして感付いたか、それは精しく説明する迄もなく、此手紙に封入してある別紙の暗号文字を読めば、君にも自ら合点が行くだろう。此の暗号文字は、内の庭先に落ちて居たのを、ゆうべ僕が拾ったので、疑いもなく纓子と角刈の男との間に交された秘密通信である。彼等は例の符号を用いて僕を暗殺する相談を廻らして居る。此の通信の内容がどう云う意味を含んで居るか、此の間の方法に依って翻訳して見れば直ちに明白になる。要するに彼等は今夜の十二時五十分に、又しても例の場所で例の手段に訴えて僕を殺そうとして居るのだ。僕は定めし彼女に首を絞められた揚句、屍骸を写真に写されるのだろう。そうしてあの薬液を湛えた桶の中に浸されるのだろう。斯くて明日の朝までには、僕の肉体は永遠に此の地球上から影を消してしまうのだ。考えて見れば、脳卒中で頓死するよりも、大砲の弾丸で粉微塵になるよりも、もっと気持ちのいい死に方だ。況んや其れが自分の一命を捧げて居る女の手に依って行われるに於いてをや。僕はそう云う風にして自分の生涯を終る事を、何等の誇張もなしに、此の上もない幸福だと思って居る。

しかし纓子は、どう云う風にして僕を水天宮の裏まで連れ出す積りか、それはまだ明かでない、尤も僕は今日彼女と一緒に帝劇へ行く約束になって居るから、その帰り路に、何とか僕を欺いて彼処へ引っ張り込む計略なのだろう。大概そんな事であろうと、僕は見当をつけて居る。

僕の物好きは、最初はただ彼女に接近して見たいと云うのに過ぎなかった。けれども今では自分の全身を犠牲にしなければ已み難くなって居る。僕にしても命が惜しければ、今夜の運命を避ける方法がないでもなかろうが、そんな事をしたいとは夢にも思わない。それに又、彼等から一旦睨まれた以上、今夜だけは逃れたにしても到底いつまでも無事で居られる筈はない。いずれにしても今夜の運命は、とうから僕の望んで居たところなのだ。

だが、君を安心させる為めに僕は特に断って置く。彼等は自分たちの秘密の一部が僕に嗅ぎ出された事を内々感付いては居るものの、君と僕とが彼の晩に節穴から覗いた事や、暗号通信を拾われて読まれた事や、其れ等の事件は未だに気が付かずに居るらしい。少くとも僕以外に彼等の秘密を知って居る君と云う者があることは、全然彼等の想像にも上って居ない。だから僕が殺された後、君にして自ら進んで彼等の罪状を発くような行為に出でない限り、君の位置は絶対に安全な訳である。此処に封入した暗号通信の紙片は、ただ僕の記念として永く君の手許に秘蔵して貰いたい。此の紙片を証拠として彼等を訴えるような軽率な真似は、返す返すも慎んでくれるようにお願いして置く。僕も勿論、君の迷惑を慮（おもんぱか）って、節穴の一件は最後まで口外しない覚悟で居る。僕は何処までも、彼女の色香に迷わされ、彼女の計略に乗せられて死んだ者だと、纓子に思い込ませてやりたい。彼女を恋いし、崇拝して居る僕としては、その方が彼女に対して余計に親切であり、フェイスフルであると思う。

そこで、僕が君への頼みと云うのは外でもない。今夜の十二時五十分に、君は例の水天宮の裏の路次へ忍び込んで、再び此の間の晩のように、窓の節穴から僕の最期を見届けてはくれないだろうか。いかにして僕と云うものが此の世から失われて行くか、その様子を蔭ながら検分してはくれないだろうか。既に話した通り、纓子の為めに有るだけの物を巻き上げられてしまった僕は、此の世に遺すべき一文の財産もなく、あったところで其れを譲るべき子孫もなく、又君のように芸術上の著述があると云うのでもない。その上屍骸をまでも薬液で溶かされてしまったら、僕が此の世に嘗て存在した痕跡は、完全に影も形もなくなってしまうのだ。僕が生きて居たと云う事実は、ただ君の頭の中に記憶となって留まるだけなのだ。そう思うと、僕は何だか淋しいような心地がする。せめては僕の生前の印象を、少しでも深く君の頭へ刻み付けて置きたいような気持ちがする。それには君に僕の死にざまを見て貰うのが一番いい。君が節穴から覗いて居てくれるかと思うと、僕も意を安んじて心おきなく死ねるような気がする。此れまでにも散々我儘な仕打をして君に迷惑をかけた揚句、最後にこんなお願いをするのは、重ね重ね勝手な奴だと思われるかも知れないが、此れも何かの因縁だとしてあきらめてくれ給え、そうして是非、僕の此の頼みを聴き届けてくれ給え。

死ぬ前に、一遍君に会いたいと思って居たのだけれど、此の頃は絶えず彼の二人が僕の身辺に附き纏うて居るので、此の手紙をしたためるのさえ容易ではなかったのだ。首尾よく今日のうちに此れが君の手もとまで届いてくれるかどうか、そうして今夜の十二時五十分に君が間に合ってくれるかどうか、僕は今それればかりを心配して居る。

それから、もう一つの肝腎なお願いは、決して僕の一命を救ってやろうなどと云う親切気を起してくれない事だ。僕が彼女に殺される事を祈って居るのは、断じて負惜しみではないのだ。若しも君が、余計な奔走や干渉をしてくれたら、たとえ其の動機が友情に出でて居るにもせよ、僕は却って君を恨まずには居られない。その時にこそ、僕はほんとうに君と絶交するかも知れない。僕の性情を理解してくれないような人なら、友人として附き合う必要はないのだから。」

園村の手紙は、此れでぽつりと終って居る。それが私の家に届いたのは、ちょうど其の日の夕方のことであった。

さて、私は其の晩どうしたか。彼の切なる頼みを斥けて、彼の危急を救わんが為に悪徒の一団を警察へ密告したか。それとも彼の希望を容れて、何処までも彼の唯一の友人としての義務を尽したか。——勿論、私としては後者を選ぶより外はなかったのである。

私は、その晩例の節穴から覗き込んだ光景を、到底ここに詳細に物語る勇気はない。同じ殺人の惨劇にしても、此の前の時は自分に何の関係もない一人の燕尾服の男に過ぎなかったのに、今度は自分の親友がむごたらしく殺されるところをまざまざと見せられたのである。どうして私に、それを精しく描写するだけの冷静を持つ事が出来よう。……

嘗て園村に暗い横丁をぐるぐると引き廻された私は、あの家の位置がどの方角にあったか忘れてしまったので、それを捜しあてる迄には一時間ばかり近所の路次をうろうろしなければならなかった。そうして漸う彼の家を見附け出したのは、指定の時間の十二時五十分よりも五六分早い時であった。——云う迄もなく、鱗の目印は其の晩も門口に施されてあった。もしも目印が附いて居なかったら、私は大方捜し出す事が出来なかったかも知れない。——かくて私は彼が彼女に絞め殺される刹那から、写真を取られてタッブへ投げ込まれる時分迄、始終の様子を一つ残らず目撃したのである。おまけに、此の前の時は凡てが後向きに行われたようであったが、その晩は加害者も被害者も節穴の方へ正面を向いて、恰も私の観覧に供するが如き姿勢を取って居た。園村の眼は、屍骸になってから後も、じっと節穴の此方にある私の瞳を睨んで居るようであった。

彼が、頸部へ縮緬の扱きを巻きつけられながら、死に物狂いに藻掻き廻って、いよいよ息を引き取ろうとする瞬間の、重い、苦しい、世にも悲しげな切ない呻き声。同時ににっこりと纓子の頬を彩った冷やかな薄笑い。――角刈の男の残忍な嘲りを含んだ白い眼玉。それ等の物がどんなに私を脅かしたかは、読者の想像に任せて置くより仕方がない。

死体の撮影や、薬の調合や、万事が此の前通りの順序で行われた。最後に傷ましい彼の亡骸が西洋風呂へだぶりと浸されると、

「此奴も松村さんのように痩せて居るから、溶かしてしまうのに造作はないね。」

こんな事を纓子が云った。

「ですが此の男は仕合せですよ。惚れた女の手にかかって命を捨てれば、まあ本望じゃありませんか。」

こう云って、角刈は低い声でせせら笑った。

室内の電燈が消えるのを待って、忍び足に路次を抜け出した私は、茫然とした足どりで人形町通りを馬喰町の方へ歩いて行った。

「此れでおしまいか、此れで園村と云う人間はおしまいになったのか。」

そう考えると、悲しいよりは何だか馬鹿にあっけないように感ぜられた。平素から気紛れな、つむじ曲りの男であっただけに死に方までがひねくれて居る。酔興も彼処まで行けば寧ろ壮烈であると私は思った。

すると、それから二日目の朝になって、私の所へ一葉の写真を郵送して来た者がある。開

いて見ると、それは紛う方もなく一昨日の晩の、園村の死に顔を写したもので、発送人は無論誰とも書いてはなかった。

写真の裏を返すと、見覚えのない筆蹟で、下の如き長い文句が認めてある。——

「われわれは、足下が園村氏の親友であったと云う話を聞いて、この写真を記念の為めに足下に贈る。足下は或いは、園村氏の不可思議なる行方不明に就いて、多少の消息に通じて居られるかも知れない。しかし此の傷ましい写真を御覧になったならば、その間の秘密を一層明かにせられるであろうと思う。兎にも角にも、園村氏は某月某日某所に於いて横死を遂げたのである。

なお我れ我れは、園村氏から足下への遺言を委託されて居る。其れは、芝山内なる同氏邸宅の書斎の机の抽き出しに、若干の金子が入れてあるから、どうか其れを足下の自由に使用して貰いたい。此れは同氏がいよいよ自己の運命の避け難きを悟った時、我れ我れに云い残された言葉であるから、我れ我れはただ正直に其れを足下に取り次ぐ迄である。

われわれは、足下の人格を信頼して居る。足下にして其の信頼に背かない限り、我れ我れも亦決して足下に迷惑をかける者でないと云う事を、茲に一言附け加えて置く。」

此の文句を読むや否や、私はそっと写真を手文庫の底に収めて堅く錠を卸した後、直ちに芝の園村の家に向った。

ところがどうであろう、彼の邸の玄関には、今日も依然として、角刈の男が書生の役を勤めて居る。そうして、私が何とも云わないうちに、彼はいそいそと私を案内して奥の書斎へ案内するのであった。

するとまた、どうであろう、書斎の中央の安楽椅子には、一昨日の晩殺された筈の園村が、ちゃんと腰をかけて、悠々と煙草をくゆらして居るのである。私はハッと思った途端に、

「畜生！　さては園村の奴め！　長い間己を担いで居たのだな。」

そう気が付いたので、つかつかと彼の傍へ寄って、

「何だい君、一体どうしたと云うんだい。今迄の事はみんなあれは嘘だったんだね。僕は担がれたとも知らずに、飛んだ心配をしたじゃないか。」

こう云いながら、穴の明くほど彼の顔を覗き込んだ。実際、外の人間なら格別、相手が園村では私にしても怒る訳には行かなかった。

「いや、どうも君には済まなかった。――」

と、園村は遠くの方を見詰めながら、徐に口を開いた。その表情は例の如く憂鬱で、「一杯喰わせてやった。」と云うような得意らしい色は、毛頭も現れて居なかった。

「いかにも君は担がれたに相違ない。しかし此の事件は、最初から僕が担いだ訳ではないのだ。前半は僕が纓子に担がれ、後半は君が僕に担がれたのだ。それも決して一時の慰みで担いだ訳ではないのだから、どうか其の点は十分に諒解してくれ給え。」

彼は斯う云って、その理由を下のように説明した。――

纓子と云う女は、嘗て某劇団の女優を勤めた事もあって、その容貌と才智とを売り物にして居たが、先天的の背徳狂である上に性慾的にも残忍な特質を持って居るので、間もなく劇

団から排斥されて不良少年の群に投じ、此の頃では専ら金の有りそうな男を欺す事ばかり常習として居た。ところが茲に、以前園村の邸の書生を勤めて居たSと云う男があって、其の後堕落をした結果纓子と知り合いになった為めに、彼女は園村の噂をSから度び度び聞かされるようになった。園村と云う人は、金があって、暇があって、始終変った女を捜し求めて居る物好きな男だ。気むずかしい代りには、多少気違いじみた性質があって、惚れた女になら自分の全財産は愚か、命までも投げ出しかねない人間だから、あなたの智慧と器量とで欺してかかれば、きっと成功するに違いない。あなたを一と目見たばかりで、忽ち釣り込まれてしまうようなウマイ計略を授けて上げるから、是非一つ試して御覧なさい。——こう云ってSは纓子にすすめた。

園村が例の暗号文字の紙片を拾った活動写真館の事件から、水天宮の裏の長屋で燕尾服の男が殺されるまで、それ等は凡て纓子が仲間の男を使って、Sの案出した方策の下に、園村をわざわざ節穴へおびき寄せる手段だったのである。暗号文字の文章は、Sが面白半分に考えたので、角刈の男はそれを殊更園村に拾わせるように落したのであった。人体を溶かすと云う青と紫との薬液も、勿論出鱈目のいたずらなので、燕尾服の男はただ殺された真似をしたのに過ぎなかった。松村さん云々と云った言葉も、偶然彼女が新聞に出て居た松村子爵の事件を思い出して巧に応用したのであった。こうして園村の趣味や性癖を知悉して居るSの策略は見事に的中して、彼は忽ち纓子に魅せられてしまった。

さて此処までは園村が纓子に欺されたので、此れから先は私が彼に欺されたのである。彼は纓子と懇意になってから、程なく自分が担がれて居たと云う事を悟ったにも拘らず、それ程までにして男を欺そうとする彼女の物好きを、――彼自身にも劣らないほどの物好きを、寧ろ喜ばずには居られなかった。彼の彼女に対する愛着はその為めに一層募るばかりであった。担がれたのだとは知りながらも、彼はあの晩路次の節穴から見せられた光景を、嘘のようには思えなかった。自分もどうかしてあの燕尾服の男のように、纓子の手に依って命を絶たれたい。そう云う願望のむらむらと湧き上るのを禁じ得なかった。

彼は纓子の思いのままに翻弄された。金でも品物でも欲するままに与えた。そうして最後に、「私の財産は残らずお前に上げるから、何卒私をお前の手で、此の間のようにして本当に殺してくれ。此れが私の、お前に対するたった一つのお願いだ。」こう云って、熱心に頼んだのであった。しかし、纓子がいかに物好きな不良少女でも、まさかに其の願いばかりは承知する訳に行かなかった。

「そんならせめて、私を殺す真似だけでもやってくれ。私は其の光景を、私の友達に見せてやりたいのだから。」

そこで園村は斯う云って頼んだ。――思うに園村がこんな真似をしたがるのは、単に好奇心ばかりでなく、何か彼に独得な、異常な性慾の衝動が加わって居るのであろう。――

「ここまで話をすれば、もう大概分ったたろう。君を担ぎたくって担いだのではない。園村と云う人間が彼女に殺された事実を、僕も出来るだけ君と同様に真に受けて居たかったのだ。君に節穴から覗いて居て貰ったら、あの晩の気分や光景が、余計真に迫るだろうと考えたのだ。纓子さえ承知してくれれば、僕はいつでも本当に死んで見せる。」

と、園村は云った。

やがて扉の外に軽いスリッパアの足音が聞えて、其処へ纓子が這入って来た。彼女は度び度び恐ろしい悪戯に用いた縮緬の扱きを、両手で弄びながら、私へ紹介して貰いたそうに二人の男の間に立って、悪びれた様子もなく莞爾（かんじ）として微笑した。

（大正七年五月〜七月「東京日日新聞」「大阪毎日新聞夕刊」）

藪の中

芥川龍之介

この作品もまた、我が国のミステリ史を辿る上ではずすわけにいかない。事実はひとつではない。あるいは事実はひとつに収束しない。この簡潔精緻に組みあげられた百年前の立論は、今なお——いや、厖大な情報が多層多重に交錯する今だからこそ、ますます重みを増しているのではないかと思う。（竹本健治）

【底本】『芥川龍之介全集（４）』（ちくま文庫・一九八七年）

検非違使に問われたる木樵りの物語

　さようでございます。あの死骸を見つけたのは、わたしに違いございません。わたしは今朝いつもの通り、裏山の杉を伐りに参りました。すると山陰の藪の中に、あの死骸があったのでございます。あった処でございますか？　それは山科の駅路からは、四五町ほど隔たって居りましょう。竹の中に痩せ杉の交った、人気のない所でございます。

　死骸は縹の水干に、都風のさび烏帽子をかぶったまま、仰向けに倒れて居りました。何しろ一刀とは申すものの、胸もとの突き傷でございますから、死骸のまわりの竹の落葉は、蘇芳に滲みたようでございます。いえ、血はもう流れては居りません。傷口も乾いて居ったようでございます。おまけにそこには、馬蠅が一匹、わたしの足音も聞えないように、べったり食いついて居りましたっけ。

　太刀か何かは見えなかったか？　いえ、何もございません。ただその側の杉の根がたに、縄が一筋落ちて居りました。それから、――そうそう、縄のほかにも櫛が一つございました。死骸のまわりにあったものは、この二つぎりでございます。が、草や竹の落葉は、一面に踏み荒されて居りましたから、きっとあの男は殺される前に、よほど手痛い働きでも致したのに違いございません。何、馬はいなかったか？　あそこは一体馬なぞには、はいれない所でございます。何しろ馬の通う路とは、藪一つ隔たって居りますから。

検非違使に問われたる旅法師の物語

あの死骸の男には、確かに昨日遇って居ります。昨日の、——さあ、午頃でございましょう。場所は関山から山科へ、参ろうと云う途中でございます。あの男は馬に乗った女と一しょに、関山の方へ歩いて参りました。女は牟子を垂れて居りましたから、顔はわたしにはわかりません。見えたのはただ萩重ねらしい、衣の色ばかりでございます。馬は月毛の、——確か法師髪の馬のようでございました。丈でございますか？　丈は四寸もございましたか？——何しろ沙門の事でございますから、その辺ははっきり存じません。男は、——いえ、太刀も帯びて居れば、弓矢も携えて居りました。殊に黒い塗り箙へ、二十あまり征矢をさしたのは、ただ今でもはっきり覚えて居ります。

あの男がかようになろうとは、夢にも思わずに居りましたが、真に人間の命なぞは、如露亦如電に違いございません。やれやれ、何とも申しようのない、気の毒な事を致しました。

検非違使に問われたる放免の物語

わたしが搦め取った男でございますか？　これは確かに多襄丸と云う、名高い盗人でございます。もっともわたしが搦め取った時には、馬から落ちたのでございましょう、粟田口の石橋の上に、うんうん呻って居りました。時刻でございますか？　時刻は昨夜の初更頃でございます。いつぞやわたしが捉え損じた時にも、やはりこの紺の水干に、打出しの太刀を佩いて居りました。ただ今はそのほかにも御覧の通り、弓矢の類さえ携えて居ります。さようでございますか？　あの死骸の男が持っていたのも、――では人殺しを働いたのは、この多襄丸に違いございません。革を巻いた弓、黒塗りの箙、鷹の羽の征矢が十七本、――これは皆、あの男が持っていたものでございましょう。はい。馬もおっしゃる通り、法師髪の月毛でございます。その畜生に落されるとは、何かの因縁に違いございません。それは石橋の少し先に、長い端綱を引いたまま、路ばたの青芒を食って居りました。

この多襄丸と云うやつは、洛中に徘徊する盗人の中でも、女好きのやつでございます。昨年の秋鳥部寺の賓頭盧の後の山に、物詣でに来たらしい女房が一人、女の童と一しょに殺されていたのは、こいつの仕業だとか申して居りました。その月毛に乗っていた女も、こいつがあの男を殺したとなれば、どこへどうしたかわかりません。差出がましゅうございますが、それも御詮議下さいまし。

検非違使に問われたる媼の物語

はい、あの死骸は手前の娘が、片附いた男でございます。が、都のものではございません。

若狭の国府の侍でございます。名は金沢の武弘、年は二十六歳でございました。いえ、優しい気立でございますから、遺恨なぞ受ける筈はございません。

娘でございますか？　娘の名は真砂、年は十九歳でございます。これは男にも劣らぬくらい、勝気の女でございますが、まだ一度も武弘のほかには、男を持った事はございません。顔は色の浅黒い、左の眼尻に黒子のある、小さい瓜実顔でございます。

武弘は昨日娘と一しょに、若狭へ立ったのでございますが、こんな事になりますとは、何と云う因果でございましょう。しかし娘はどうなりましたやら、聟の事はあきらめましても、これだけは心配でなりません。どうかこの姥が一生のお願いでございますから、たとい草木を分けましても、娘の行方をお尋ね下さいまし。何に致せ憎いのは、その多襄丸とか何とか申す、盗人のやつでございます。聟ばかりか、娘までも……（跡は泣き入りて言葉なし）

×　　×　　×

多襄丸の白状

あの男を殺したのはわたしです。しかし女は殺しはしません。ではどこへ行ったのか？　それはわたしにもわからないのです。まあ、お待ちなさい。いくら拷問にかけられても、知らない事は申されますまい。その上わたしもこうなれば、卑怯な隠し立てはしないつもりです。

わたしは昨日の午少し過ぎ、あの夫婦に出会いました。その時風の吹いた拍子に、牟子の垂絹が上ったものですから、ちらりと女の顔が見えたのです。ちらりと、――見えたと思う瞬間には、もう見えなくなったのですが、一つにはそのためもあったのでしょう、わたしにはあの女の顔が、女菩薩のように見えたのです。わたしはその咄嗟の間に、たとい男は殺しても、女は奪おうと決心しました。

何、男を殺すなぞは、あなた方の思っているように、大した事ではありません。どうせ女を奪うとなれば、必ず、男は殺されるのです。ただわたしは殺す時に、腰の太刀を使うのですが、あなた方は太刀は使わない、ただ権力で殺す、金で殺す、どうかするとおためごかしの言葉だけでも殺すでしょう。なるほど血は流れない、男は立派に生きている、――しかしそれでも殺したのです。罪の深さを考えて見れば、あなた方が悪いか、わたしが悪いか、どちらが悪いかわかりません。（皮肉なる微笑）

しかし男を殺さずとも、女を奪う事が出来れば、別に不足はない訳です。いや、その時の心もちでは、出来るだけ男を殺さずに、女を奪おうと決心したのです。が、あの山科の駅路では、とてもそんな事は出来ません。そこでわたしは山の中へ、あの夫婦をつれこむ工夫をしました。

これも造作はありません。わたしはあの夫婦と途づれになると、向うの山には古塚がある、この古塚を発いて見たら、鏡や太刀が沢山出た、わたしは誰も知らないように、山の陰の藪の中へ、そう云う物を埋めてある、もし望み手があるならば、どれでも安い値に売り渡したい、――と云う話をしたのです。男はいつかわたしの話に、だんだん心を動かし始めました。それから、――どうです。欲と云うものは恐しいではありませんか？　それから半時もたたない内に、あの夫婦はわたしと一しょに、山路へ馬を向けていたのです。

わたしは藪の前へ来ると、宝はこの中に埋めてある、見に来てくれと云いました。男は欲に渇いていますから、異存のある筈はありません。が、女は馬も下りずに、待っていると云うのです。またあの藪の茂っているのを見ては、そう云うのも無理はありますまい。わたしはこれも実を云えば、思う壺にはまったのですから、女一人を残したまま、男と藪の中へはいりました。

藪はしばらくの間は竹ばかりです。が、半町ほど行った処に、やや開いた杉むらがある、――わたしの仕事を仕遂げるのには、これほど都合の好い場所はありません。わたしは藪を押し分けながら、宝は杉の下に埋めてあると、もっともらしい嘘をつきました。男はわたしにそう云われると、もう痩せ杉が透いて見える方へ、一生懸命に進んで行きます。その内に竹が疎らになると、何本も杉が並んでいる、――わたしはそこへ来るが早いか、いきなり相手を組み伏せました。男も太刀を佩いているだけに、力は相当にあったようですが、不意を打たれてはたまりません。たちまち一本の杉の根がたへ、括りつけられてしまいました。縄ですか？　縄は盗人の有難さに、いつ塀を越えるかわかりませんから、ちゃんと腰につけていたのです。勿論声を出させないためにも、竹の落葉を頬張らせれば、ほかに面倒はありません。

わたしは男を片附けてしまうと、今度はまた女の所へ、男が急病を起したらしいから、見に来てくれと云いに行きました。これも図星に当ったのは、申し上げるまでもありますまい。女は市女笠を脱いだまま、わたしに手をとられながら、藪の奥へはいって来ました。ところがそこへ来て見ると、男は杉の根に縛られている、――女はそれを一目見るなり、いつのまに懐から出していたか、きらりと小刀を引き抜きました。わたしはまだ今までに、あのくらい気性の烈しい女は、一人も見た事がありません。もしその時でも油断していたらば、一突きに脾腹を突かれたでしょう。いや、それは身を躱したところが、無二無三に斬り立てられる内には、どんな怪我も仕兼ねなかったのです。が、わたしも多襄丸ですから、どうにかこうにか太刀も抜かずに、とうとう小刀を打ち落しました。いくら気の勝った女でも、得物がなければ仕方がありません。わたしはとうとう思い通り、男の命は取らずとも、女を手に入れる事は出来たのです。

男の命は取らずとも、――そうです。わたしはその上にも、男を殺すつもりはなかったのです。所が泣き伏した女を後に、藪の外へ逃げようとすると、女は突然わたしの腕へ、気違いのように縋りつきました。しかも切れ切れに叫ぶのを聞けば、あなたが死ぬか夫が死ぬか、どちらか一人死んでくれ、二人の男に恥を見せるのは、死ぬよりもつらいと云うのです。いや、その内どちらにしろ、生き残った男につれ添いたい、――そうも喘ぎ喘ぎ云うのです。わたしはその時猛然と、男を殺したい気になりました。（陰鬱なる興奮）

こんな事を申し上げると、きっとわたしはあなた方より残酷な人間に見えるでしょう。しかしそれはあなた方が、あの女の顔を見ないからです。殊にその一瞬間の、燃えるような瞳を見ないからです。わたしは女と眼を合せた時、たとい神鳴に打ち殺されても、この女を妻にしたいと思いました。妻にしたい、──わたしの念頭にあったのは、ただこう云う一事だけです。これはあなた方の思うように、卑しい色欲ではありません。もしその時色欲のほかに、何も望みがなかったとすれば、わたしは女を蹴倒しても、きっと逃げてしまったでしょう。男もそうすればわたしの太刀に、血を塗る事にはならなかったのです。が、薄暗い藪の中に、じっと女の顔を見た刹那、わたしは男を殺さない限り、ここは去るまいと覚悟しました。

しかし男を殺すにしても、卑怯な殺し方はしたくありません。わたしは男の縄を解いた上、太刀打ちをしろと云いました。（杉の根がたに落ちていたのは、その時捨て忘れた縄なのです。）男は血相を変えたまま、太い太刀を引き抜きました。と思うと口も利かずに、憤然とわたしへ飛びかかりました。──その太刀打ちがどうなったかは、申し上げるまでもありますまい。わたしの太刀は二十三合目に、相手の胸を貫きました。二十三合目に、──どうかそれを忘れずに下さい。わたしは今でもこの事だけは、感心だと思っているのです。わたしと二十合斬り結んだものは、天下にあの男一人だけですから。（快活なる微笑）

わたしは男が倒れると同時に、血に染まった刀を下げたなり、女の方を振り返りました。すると、──どうです、あの女はどこにもいないではありませんか？　わたしは女がどちらへ逃げたか、杉むらの間を探して見ました。が、竹の落葉の上には、それらしい跡も残っていません。また耳を澄ませて見ても、聞えるのはただ男の喉に、断末魔の音がするだけです。事によるとあの女は、わたしが太刀打を始めるが早いか、人の助けでも呼ぶために、藪をくぐって逃げたのかも知れない。――わたしはそう考えると、今度はわたしの命ですから、太刀や弓矢を奪ったなり、すぐにまたもとの山路へ出ました。そこにはまだ女の馬が、静かに草を食っています。その後の事は申し上げるだけ、無用の口数に過ぎますまい。ただ、都へはいる前に、太刀だけはもう手放していました。――わたしの白状はこれだけです。どうせ一度は樗の梢に、懸ける首と思っていますから、どうか極刑に遇わせて下さい。（昂然たる態度）

清水寺に来れる女の懺悔

――その紺の水干を着た男は、わたしを手ごめにしてしまうと、縛られた夫を眺めながら、嘲るように笑いました。夫はどんなに無念だったでしょう。が、いくら身悶えをしても、体中にかかった縄目は、一層ひしひしと食い入るだけです。わたしは思わず夫の側へ、転ぶように走り寄りました。いえ、走り寄ろうとしたのです。しかし男は咄嗟の間に、わたしをそこへ蹴倒しました。ちょうどその途端です。わたしは夫の眼の中に、何とも云いようのない輝きが、宿っているのを覚りました。何とも云いようのない、――わたしはあの眼を思い出すと、今でも身震いが出ずにはいられません。口さえ一言も利けない夫は、その刹那の眼の中に、一切の心を伝えたのです。しかしそこに閃(ひらめ)いていたのは、怒りでもなければ悲しみでもない、――ただわたしを蔑(さげす)んだ、冷たい光だったではありませんか？　わたしは男に蹴られたよりも、その眼の色に打たれたように、我知らず何か叫んだぎり、とうとう気を失ってしまいました。

その内にやっと気がついて見ると、あの紺(こん)の水干(すいかん)の男は、もうどこかへ行っていました。跡にはただ杉の根がたに、夫が縛(しば)られているだけです。わたしは竹の落葉の上に、やっと体を起したなり、夫の顔を見守りました。が、夫の眼の色は、少しもさっきと変りません。やはり冷たい蔑(さげす)みの底に、憎しみの色を見せているのです。恥しさ、悲しさ、腹立たしさ、――その時のわたしの心の中(うち)は、何と云えば好(よ)いかわかりません。わたしはよろよろ立ち上りながら、夫の側へ近寄りました。

「あなた。もうこうなった上は、あなたと御一しょには居られません。わたしは一思いに死ぬ覚悟です。しかし、――しかしあなたもお死になすって下さい。あなたはわたしの恥(はじ)を御覧になりました。わたしはこのままあなた一人、お残し申す訳には参りません。」

わたしは一生懸命に、これだけの事を云いました。それでも夫は忌(いま)わしそうに、わたしを見つめているばかりなのです。わたしは裂(さ)けそうな胸を抑えながら、夫の太刀(たち)を探しました。が、あの盗人(ぬすびと)に奪われたのでしょう、太刀は勿論弓矢さえも、藪の中には見当りません。しかし幸い小刀(さすが)だけは、わたしの足もとに落ちているのです。わたしはその小刀を振り上げると、もう一度夫にこう云いました。

「ではお命を頂かせて下さい。わたしもすぐにお供します。」

夫はこの言葉を聞いた時、やっと脣（くちびる）を動かしました。勿論口には笹の落葉が、一ぱいにつまっていますから、声は少しも聞えません。が、わたしはそれを見ると、たちまちその言葉を覚りました。夫はわたしを蔑んだまま、「殺せ。」と一言（ひとこと）云ったのです。わたしはほとんど、夢うつつの内に、夫の縹（はなだ）の水干の胸へ、ずぶりと小刀（さすが）を刺し通しました。

わたしはまたこの時も、気を失ってしまったのでしょう。やっとあたりを見まわした時には、夫はもう縛られたまま、とうに息が絶えていました。その蒼ざめた顔の上には、竹に交（まじ）った杉むらの空から、西日が一すじ落ちているのです。わたしは泣き声を呑みながら、死骸（しがい）の縄を解き捨てました。そうして、――そうしてわたしがどうなったか？　それだけはもうわたしには、申し上げる力もありません。とにかくわたしはどうしても、死に切る力がなかったのです。小刀（さすが）を喉（のど）に突き立てたり、山の裾の池へ身を投げたり、いろいろな事もして見ましたが、死に切れずにこうしている限り、これも自慢（じまん）にはなりますまい。（寂しき微笑）わたしのように腑甲斐（ふがい）ないものは、大慈大悲の観世音菩薩（かんぜおんぼさつ）も、お見放しなすったものかも知れません。しかし夫を殺したわたしは、盗人（ぬすびと）の手ごめに遇ったわたしは、一体どうすれば好（よ）いのでしょう？　一体わたしは、――わたしは、――（突然烈しき歔欷（すすりなき））

巫女の口を借りたる死霊の物語

——盗人は妻を手ごめにすると、そこへ腰を下したまま、いろいろ妻を慰め出した。おれは勿論口は利けない。体も杉の根に縛られている。が、おれはその間に、何度も妻へ目くばせをした。この男の云う事を真に受けるな、何を云っても嘘と思え、——おれはそんな意味を伝えたいと思った。しかし妻は悄然と笹の落葉に坐ったなり、じっと膝へ目をやっている。それがどうも盗人の言葉に、聞き入っているように見えるではないか？　おれは妬しさに身悶えをした。が、盗人はそれからそれへと、巧妙に話を進めている。一度でも肌身を汚したとなれば、夫との仲も折り合うまい。そんな夫に連れ添っているより、自分の妻になる気はないか？　自分はいとしいと思えばこそ、大それた真似も働いたのだ、——盗人はとうとう大胆にも、そう云う話さえ持ち出した。

盗人にこう云われると、妻はうっとりと顔を擡げた。おれはまだあの時ほど、美しい妻を見た事がない。しかしその美しい妻は、現在縛られたおれを前に、何と盗人に返事をしたか？　おれは中有に迷っていても、妻の返事を思い出すごとに、嗔恚に燃えなかったためしはない。妻は確かにこう云った、——「ではどこへでもつれて行って下さい。」（長き沈黙）

妻の罪はそれだけではない。それだけならばこの闇の中に、いまほどおれも苦しみはしまい。しかし妻は夢のように、盗人に手をとられながら、藪の外へ行こうとすると、たちまち顔色を失ったなり、杉の根のおれを指さした。「あの人を殺して下さい。わたしはあの人が生きていては、あなたと一しょにはいられません。」——妻は気が狂ったように、何度もこう叫び立てた。「あの人を殺して下さい。」——この言葉は嵐のように、今でも遠い闇の底へ、まっ逆様におれを吹き落そうとする。一度でもこのくらい憎むべき言葉が、人間の口を出た事があろうか？　一度でもこのくらい呪わしい言葉が、人間の耳に触れた事があろうか？　一度でもこのくらい、——（突然迸るごとき嘲笑）その言葉を聞いた時は、盗人さえ色を失ってしまった。「あの人を殺して下さい。」——妻はそう叫びながら、盗人の腕に縋っている。盗人はじっと妻を見たまま、殺すとも殺さぬとも返事をしない。——と思うか思わない内に、妻は竹の落葉の上へ、ただ一蹴りに蹴倒された、（再び迸るごとき嘲笑）盗人は静かに両腕を組むと、おれの姿へ眼をやった。「あの女はどうするつもりだ？　殺すか、それとも助けてやるか？　返事はただ頷けば好い。殺すか？」——おれはこの言葉だけでも、盗人の罪は赦してやりたい。（再び、長き沈黙）

　妻はおれがためらう内に、何か一声叫ぶが早いか、たちまち藪の奥へ走り出した。盗人も咄嗟に飛びかかったが、これは袖さえ捉えなかったらしい。おれはただ幻のように、そう云う景色を眺めていた。

　盗人は妻が逃げ去った後、太刀や弓矢を取り上げると、一箇所だけおれの縄を切った。「今度はおれの身の上だ。」——おれは盗人が藪の外へ、姿を隠してしまう時に、こう呟いたのを覚えている。その跡はどこも静かだった。いや、まだ誰かの泣く声がする。おれは縄を解きながら、じっと耳を澄ませて見た。が、その声も気がついて見れば、おれ自身の泣いている声だったではないか？　（三度、長き沈黙）

おれはやっと杉の根から、疲れ果てた体を起した。おれの前には妻が落した、小刀が一つ光っている。おれはそれを手にとると、一突きにおれの胸へ刺した。何か腥い塊がおれの口へこみ上げて来る。が、苦しみは少しもない。ただ胸が冷たくなると、一層あたりがしんとしてしまった。ああ、何と云う静かさだろう。この山陰の藪の空には、小鳥一羽囀りに来ない。ただ杉や竹の杪に、寂しい日影が漂っている。日影が、――それも次第に薄れて来る。――もう杉や竹も見えない。おれはそこに倒れたまま、深い静かさに包まれている。

その時誰か忍び足に、おれの側へ来たものがある。おれはそちらを見ようとした。が、おれのまわりには、いつか薄闇が立ちこめている。誰か、――その誰かは見えない手に、そっと胸の小刀を抜いた。同時におれの口の中には、もう一度血潮が溢れて来る。おれはそれぎり永久に、中有の闇へ沈んでしまった。………

（大正十一年一月「新潮」）

侏儒

夢野久作

久作には「瓶詰の地獄」という奇蹟のような掌編があり、また得意とする一人称饒舌体の系列からは「死後の恋」「キチガイ地獄」「人間腸詰」といった快作がいくつもあげられるが、「変格」の響きに最もふさわしいものとしてこれを採った。「あやかしの鼓」による「新青年」デビュー直前の作品だが、一読して分かる通り、ほぼ『ドグラ・マグラ』の原形作と言っていいだろう。〈遺伝と犯罪〉という生涯のテーマが既に全面に打ち出され、なおかつその組み立ての重層的な複雑怪奇さといい、これ単体としてもなかなか一筋縄ではいかない作品である。何よりもまず、ありきたりな探偵小説に飽き飽きしたマニアたちが理想の探偵小説を自分たちの手で物にしようとする外枠の設定が楽しいが、思えば久作自身、そうした情熱を生涯追求し続けた作家であった。（竹本健治）

【底本】『定本　夢野久作全集1』（国書刊行会・二〇一六年）

はしがき

　ここ九州帝国大学在勤の医学士が四人と高女出の若い女性が三人（内一人は既婚）が今年の春或所で集まって紅茶を飲んだり果物を剝いたりして雑談に耽った。此七人は揃いも揃った探偵小説の愛読者で同時に活動のファンであった。

　七人の頭の上には瓦斯入り電球の青白い光りが、キラキラ光っていた。

　そのうちに其中の一人が「普通人にはあり得べからざることと思われて実はあり得る探偵小説を作ったら面白いだろう」と云ったら皆賛成した。同時に「普通の探偵小説の様に犯人判明、目出度し目出度しならぬこと」「名探偵が現われぬこと」「読者自身が名探偵にならねば初めからしまいまで絶対に不可解に終ること」「左様して無暗に不思議で面白いこと」「世界的権威を有すること」なぞ云う条件があとからあとから湧き出した。そのあげく「それでは今夜一つ作ってみようでは無いか」と云うことになった。

　彼等は在来の探偵小説に飽きて新しい探偵小説を心から求めているのであった。だから一番最後の条件なぞは仲間でも知ったものがあったが「知っちゃダメだ」と憤ったものもあって結局まじめに作ることになった。

　勿論七人が七人とも素人の悲しさに部分部分の考えは皆いいが全体としてはなかなかまとまりにくかった。しかしそれでもしまいになるとバタバタと結末が付いて「これなら」と云う骨組みが出来上った。散会したのは夜中過ぎであった。それから其骨組みによって「これからこれまで」と各人が分担して書いて来る。それをまとめて一人の文章に直す。それから又集まって朗読会をやると云った順序でやっと出来上ったのが此一篇である。

但、題材其他の関係で学士諸君のうち整形外科君と、法医君との意見が最多く表面に活躍して他の解剖君と薬物君の智識が蔭になったのは止むを得ない。それから三人の若い女性が極力「婦人の勝利」を主張したが結局それは西洋カブレと云うので否定されて男性も女性も共に滅亡と云うことになったのは痛快であった。

そうした気分が此物語りの全篇を通じて一種の緊張味をあたえていることは七人が等しく認めるところである。

一

此記録を読む人は途中で幾度も、此記録の筆者が何人であるかを疑うであろう。そうして、いろいろに推測したり想像したりした結果は、唯私が一本の万年筆か、エバーシャープ見た様なものであるという事以外には何事をも発見し得ないであろう。

事実、私は一本の万年筆である。頭は金で身体と帽子とは黒のエボナイト――それ以上に私は発表することを好まぬ。又それ以上は推測されることも好まぬ。私はこれから私の犯した或深刻な兇行――法律上の罪にもならず、又如何なる名探偵にも捜索を断念させるであろう事件の記録を書くのだから……。

さて、私の記録は福岡市の東に当って、海青く砂白き箱崎松原に建てられた、九州帝国大学の法医学標本室内の出来事から始まる。

×　　×　　×　　×　　×　　×　　×　　×　　×

「随分いろんな人物が此標本室を研究に参りますでしょうな」

と云う流暢なエスペラント語が墺土利の法医学博士ワルテンベルグ氏の口から洩れた。黒い髪と黒い鬚の乱生した間から、まだ三十代の赤い頬と、希臘鼻と太い眉と、ロイド眼鏡とを見せ、其下からこれも黒い眼を光らしている。黒脊広に縞ズボンの略訪問服が身体に吸いついたよう。エナメル皮の靴がピカピカ光る。

問われた人は、白髪白髯の色の浅黒い、背の高い八白博士で、古ぼけた茶色のモーニングを着て、淋しそうな笑を含んでいる。

八白老博士は、標本室の白土の扉の前に立ち止って、あまり上手でないエスペラント語で答えた。

「ハイ、時々は日本や外国から、有名な悪党も参ります。そんな連中からの感謝状を私は大切に保存しております」

「ハハア……感謝状とは、どういう意味でですか」

とワ博士は眼を丸くして聞いた。

「つまり自分の愚を覚(さと)ったとか、もう悪い事は出来ない事を知ったとか云うのです。勿論全部を信用は出来ませぬが、元来悪人と云うものが、自分の才能を過度に自惚(うぬぼ)れている事丈(だ)けは事実です。其(その)事実が全ての法医学の標本となっているのですから」

言葉のうちに老博士は扉を開いてワルテンベルグ博士を導き入れて、内側から閂(かんぬき)をかけた。それから室の向側へ行って窓の防火扉を三箇処開くと、眩しい光線と共に、一方の窓からは緑を吹きかけた松の枝、一方からは火葬場の煙突の上の澄み渡った青空が輝き込んだ。

「実に完備した標本室ですな……」

とワ博士は室内を見まわした。

四間四方もあろうかと思われる室の中に四五尺宛(ずつ)の間隔を置いてセピア色の硝子(ガラス)戸棚が整然と並べられて居る。其(その)中にズラリと陳列されて居る様々の標本……錆びた出刃庖刀(でばぼうちょう)、泥まみれの野球用バット、新らしい金槌、赤茶気た鉄の棒、血の汚染(しみ)の出来たトランク、顔の皮を剝がれた首のアルコール漬、砕かれた頭蓋骨、足跡の附いた畳や屋根瓦、指紋を残した電球なぞ云う平凡なものから、説明をきいてもちょっとわかり相(そう)に無い器械器具、又は図面の数々、扨(さて)は戸棚の間の通路の四辻に台に載せて飾られた一つの木乃伊(みいら)、二つの屍蠟(しろう)、多毛性の男女や又は半陰陽の模型と写真、大男の骨格なぞ云うものが三方の窓から充分に取られた光線に輝やいてさながらに犯罪博物館とでも云い度(た)い光景(ありさま)を呈して居る。

「ヤ今一室(へや)あるのですか？」

とワ博士は室の隅の壁に取り付けてある一つの扉を指(ゆびさ)した。

「イヤ、あれは地下室に行く入り口です」

と八白博士は鷹揚に髯（ひげ）を撫で乍（なが）ら答えた。

「私がまだ研究中で発表出来かねるもの、其（その）ほか当分秘密にして置き度（た）いものなぞを彼（あ）の中に入れて置きますで……」

「成る程……」

とワ博士はうなずいた。左様（そう）して軽い溜息をつき乍（なが）ら今一度室内を見まわした。

「これ丈（だ）けの標本をお集めになるのには余程の年月をお費（ついや）しになりましたでしょうな」

「ハイ殆んど五十余年かかりました」

「…………五十余年…………」

とワ博士は眼を丸くした。

「私は東北の去る家に生れたものですが十六の年に一家が結核で死に絶えまして私一人残りました。其頃（そのころ）から私は此（この）研究に興味を持って全世界を遍歴し全財産を此為（このため）に傾け尽したのです」

「成る程……道理で、吾々（われわれ）若輩の企て及ぶ処ではありませぬ……時に之（これ）は何ですか？」

とワ博士は、すぐ手近にある硝子戸棚の中の二つの塩煎餅（しおせんべい）の様なものの写真を覗いた。老博士は悠々と、ポケットから金縁の老眼鏡を出した。

「アア、これですか。これは二粒の頭垢（ふけ）の写真です」

「エ……頭垢（ふけ）の写真？」

「そうです。ご覧の通りA、Bの二つとも真中に同じ格好の毛穴があいておりますし、皺の寄り加減から栄養の状態、又は附着している塵埃までもお互に似通っています。つまり同じ人間から出たものは垢や汗までも共通の特徴がある事を此二粒の頭垢が証明しているのです。(B)の方は此処にある耳の上を砕かれた頭蓋骨から出たもので(A)の方はこちらにあります桜のステッキの皮のめくれた間に挟まっていたのです」

「ハハア……成程」

「此ステッキで此頭を砕いた犯人は法廷であらゆる弁解を試みましたが結局此二つの頭垢が動かぬ証拠となって、とうとう死刑を宣告されました」

「それはお手柄でしたな」

「何、格別の手柄でもありません。犯人はズット前に自分に対して死刑を宣告していたのですから……」

「ずっと前とは何時?」

「此ステッキで、此頭を打った時に……」

ワ博士は唖然としたが今度は其向側の棚に額縁に入れてかけてある一枚の手紙を指さした。老博士はその邦文タイプライターで打ち出された文句を、エスペラント語に翻訳して聞かせた。

「私は今、完全なる犯罪を遂げた。若松市の炭坑成金で大鉱業会社長たる甘川氏の自宅の金庫を発き、新聞紙に伝えられた同社会計主任石村氏の隠退料十万円を昨夜中に奪い去った者は斯く云う私である。金庫の扉には当日銀行から現金を受け取って来て手ずから之を納めた会計主任石村氏と之に立ち会った甘川社長の指紋が附いている筈で、それ以外には何等の犯跡も残って居ないであろう。此金を奪い此手紙を出した完全なる犯罪者即ち私を捕えるということは、此手紙を打ち出したあと、或る海岸の海底深く沈んだ邦文タイプライターを探し出すよりも困難であろう。

　若松市を去るに際して今後私の捕縛に就いて大に努力せらるべき貴下に対して満腔の敬意を表する。

大正七年二月十日朝若松駅ポストへ投函

金庫破賊より

土方若松署長殿」

　黙ってきいていたワ博士は、ニヤリと笑った。

「何か、お心づきになりましたか？」

　と老博士もニッコリしながら問うた。

「何、大した意見でもございませんが此犯人を突きとめるには、いろいろの考え方がある様ですな」

「如何にも……是非一つ拝聴を……」

「イヤ、ホンのお笑い草ですが先ずアングロサクソン式の探偵法で申しますと此犯人は警察の捜索方針を攪乱する為めに此手紙を出したもので此手紙が指し示す通りに捜索を進めて行けば犯人は絶対に安全な処に居る。即ち此手紙が完全なる犯罪の一部を成して居るのであります」

「左様左様」

「其処で犯人は若松市中に居る者で警察署長を馬鹿にし得る知識あるもの……又可なりに周囲の事情を知って居る者で例えば会社内の者か甘川社長の家族見た様なもの……更に其金庫の暗号を知り邦文タイプライターを使えるもの……と斯様に常識的に絞り寄せて来ますと捜索の範囲はズッと狭くなって参ります」

「敬服……敬服です……」

と八白老博士は喜びに堪えぬ様に両手を揉み合わせた。ワ博士は些し反身になった。

「之に反して吾が羅甸系統の直接法式推理法で申しますと此手紙に書いてある通りの完全なる犯罪を犯し得る立場に居るものが即ち犯人……」

「ああ……曾知君が此処に居たならば……」

と老博士は深い歎息をした。

「エ……曾知学士が此手紙に就いて何か云われましたか？」

「曾知学士は洋行前此処の助教授であった時に此事件と関係したのです。彼は失礼ながら貴下と同様の直覚力を持って居りました。彼は此手紙を読み終ると同時に『此処に犯人が署名して居る』と申しました」

ワ博士は覗き込だが如何にも快然たる笑を含んで腕を組んだ。老博士の指は「会計主任石村」という名前を指（ゆびさ）して居る。

「ナルホド……退隠料の二重取りを計画したのですな」

「新聞に退隠料の金高に就いて八釜（やかま）しく書き立てられたのでつい魔がさした……と犯人は泣いて告白をしました。犯人石村氏は考えに考え抜いた上句（あげく）『完全なる犯罪』という事と『絶対に嫌疑がかからぬ』と云う事を同じ事だと考えてしまったのです。実に気の毒な人です」

ワ博士は此（この）同情ある言葉を聴いて崇高なる老博士の人格に打たれた様に目を閉じた。

「コツコツ」

と扉をたたく音……

「お這入（はい）り」

と老博士が答えると小倉服の小使が小さな名刺を持って這入って来た。老博士は其（その）名刺を横にして老眼鏡ですかして見たが一寸（ちょっと）眼をしばたたいて妙な顔をした。

「此（この）婦人は玄関にお出（い）でか」

「ヘイ」

「左様か……ワルテンベルグ博士、誠に失礼ですが一人の婦人客を私の室（へや）まで案内して参ります」

「イヤ……どうぞお構い無く……」

とワ博士は何気なく云った。

ところが入り口の扉がピタリと閉まると氏の態度は急にかわった。

老博士の立ち去る足音に耳を澄まして、全く聞こえなくなるとニヤリと物凄い笑顔を作った。

　窓の外を見まわした。

　つかつかと入口に近付いて内側から閂をかけた。

　尻のカクシからゴムの指袋を出して右手にはめると今度は地下室の扉に走り寄って真鍮の把手(ノッブ)を摑んだ。左手で相鍵(あいかぎ)を探り入れてグルリとまわして把手(ノッブ)を捻ったが扉は釘付けになった様に動かなかった。

　ワ博士は真青になった、把手(ノッブ)をグルグルまわし相鍵をいくつも取換(とりか)えたが何の効果も無かった。一分二分と経った。

　とうとうワ博士は断念した。仁王立ちになって鍵穴を見つめた儘ホーッと太い溜息をした。鍵を旧(もと)の通りに掛けた。

　それからワ博士は白い絹の半巾(ハンカチ)をポケットから出して念入りにハタいて室(へや)の隅の塵(ちり)を一抓(ひとつま)み包んだ。其(その)小さな丸い包みを真鍮の把手(ノッブ)の上に近付けて指で軽く弾くと中から細かい塵が飛び出して把手(ノッブ)のまわりにくっついて全く誰も手を触れないものの様に見えた。

　此(この)仕事が済むとワ博士は別のポケットから白い麻の半巾(ハンカチ)を出して額から流るる汗を拭い拭い閂を外して室の外へ出た。明け放された廊下の窓の前に来て両手をのばして大きな深い呼吸を二つ三つした。

「どうもお待たせしました。オヤ……お気分でもおわるいのですか」

と老博士は近寄りつつ聴いた。ワ博士はさも驚いた様にふり返った。

「ヤ……恐れ入ります、実は標本室を拝見して居りますうちにあまり急に頭を使い過ぎましたので何だかぼんやりして参りましたのです……処で……」

とワ博士はチョッキから金時計を出して見て

「ヤ……もう十時十五分前です。実は今朝門司へ上陸しましてたった今博多ホテルへ鞄を投げ込んだ儘ですから一休み致しまして改めてゆっくり研究に伺わせて頂き度いと思います、先生の御研究は仲々一朝一夕では伺い切れませぬ、今日は甚だ匆卒ですが……」

「ああ左様ですか、お疲れの処を無理に御引き止めは致しますまいが其中に今一度是非御ゆっくりお出でをお待ち致して居ります」

二人は固く手を握った。

「法医学の発源地たる墺国の名誉ある大家にお眼にかかるを得た事を光栄とします」

「否……今日迄私が見ました世界各国の法医学標本室の中でも最完備した標本室を今日拝見する事を得まして愉快に堪えませぬ。米国華盛頓で偶然曾知学士にお眼にかかって老先生の御名誉と此標本室の事を承わり且つ同氏の御紹介に依って眼のあたり老先生の崇高なる御人格と深淵なる御研究に接する機会を得ました事は私の生涯の幸福でした」

一息にまくし立てるワ博士の顔を見乍ら老博士は目をショボショボさせた。

「不完全な研究をお賞めにあずかって恐れ入ります」

と云いつつ標本室の鍵をかけ終るとワ博士のあとを逐うて玄関まで見送って来た。

最前の小使いが持って来た外套と帽子を受け取ったワ博士は改めて老博士と固い握手をして待たせてあった自動車に乗って去った。今一台横付けになって居る自動車には眼も呉れないで……

二

間も無く老博士は再び標本室の前に現われた。今度は素晴らしい西洋美人を伴って居る。最近米国カリホルニヤ州のホワイトスワン会社製作映画に探偵活劇物のスターとして現われた米国生れの名女優フェルマ嬢が考案してフェルマ型と名づけたと云う男装に近い青天鵞絨の旅行服と同じ天鵞絨の大きな鳥打帽に似た帽子、其下から溢れ出た金髪の雲、其蔭から浮き出したジュー型の妖艶な顔、左様して其猫の様なしなやかな歩きぶりがあらわす才智働らきと之に伴う身体の敏捷さ——それが博多織の赤い手提と一緒にピッタリと八白老博士に寄り添うて父と語る娘の様に如何にもなれなれしい口の利き方をして居る。無論双方共英語で……

「ネエ先生、妾は自分の書いた脚本で無ければどうしても演る気になれないのですよ。ですから斯様して世界中の法医学の教室を廻って脚本のタネを探して居るので御座いますよ」

「結構ですな。空想的な物は何様しても人に飽かれるそうですな」

「まったくで御座いますよ先生、ですから妾は何時も実際にあった事を材料にするのです、左様して犯人と探偵の心理状態が自分にシックリとわからなければ演る気になれないのですよ。そうすると何様しても自作自演になってしまいます」

「止むを得ますまいな」

「でも先生方は何時も御自分以外の人間がたくらんだ悪事の筋書ばかりを御研究なさるのですからお辛いでしょうネエ」

　相かわらず淋しい笑みを含んで来た老博士は此時すこし真面目になって云った。

「イイエ、フェルマ嬢よ、犯罪計画と探偵方針とは全く別物なのです、犯人は自分の性質に似合った方法で勝手に計画を立てて悪い事をする、探偵では自分の性格から出た探偵方針を立てて之を研究して行く、追っかける方も逃げる方も最自分の得意とする方法で行くので決して一緒にはなりませぬ」

「まあ……」

「ですから探偵劇や探偵小説の様に犯人と探偵の遣り口が一つの頭から出た様に似寄って居る場合は絶対にありません」

「妾、どうしましょう……今までの妾の脚本は皆ゼロですわ」

　とフェルマ嬢はさも失望した様に立ち止った。老博士は久し振りの高笑いをした。

「アハハハ是は失礼でした。併し失望なすってはいけません。芝居はそれでいいのです。素人には解りませんから。しかしそれでもお嫌なら或悪人と合作をされることですな」

「まあ……なお嫌ですわ……ホホホホホ」

「アハハハハ」

と二人は隔てなく笑って標本室に這入った。

「まあこんなに沢山！」

と嬢は見まわした。

「御希望ですから御眼にはかけますが、どうも婦人方には如何かと思われるものばかりですよ」

「エエエエ。妾はあたり前の女とはちがいますから……。まあ此沢山の宝石は如何したのですか？」

とフェルマ嬢は松原に近い窓の横の硝子戸棚を覗いた。老博士は説明した。

「それは皆、模造品です。一つや二つは本物が混って居るかも知れませぬが、玄人が見ても解りません」

「まあ……ほんとうによく出来ていますこと……こちらの棚の沢山の瓶は何でしょう？」

「世界各国の産児制限剤です」

「では、此黄燐マッチの棒は？」

「矢張産児制限の目的に使れるのです。併し之を用いると非常に苦んだり、死んだりするので今は余り用いられません」

「まあ怖い！　でも二十四時間位仮死状態になって又生き返える薬や、延髄を刺して殺す針などがありますってね？」

「もっと面白いものがあります。此処(ここ)にある標本の説明を読んで御覧なさい。きっと、貴女(あなた)の御創作の種になりますよ」

　と老博士は一杯に光線をうけた西側の硝子戸棚の前に嬢を引っぱって行った。嬢は輝く眼で内部を覗いた。

▲標本第二二七号――露西亜(ろしあ)皇帝の屍体の写真（日本の某大新聞社が大金を出して買った偽物）

▲標本第七〇号――日本の富豪、名士の偽(にせ)署名数十種（左側は本物の写真）

▲標本第七一号――偽小切手に印された警視総監指紋の偽物

▲標本第四〇四号――玩具(おもちゃ)のピストルに仕込んだ爆弾（引き金を引くと同時に爆発する様にして、ボール箱に入れて子煩悩の富豪に贈って親子共に殺したもの）

▲標本第九六四号――死刑囚の指紋ばかりを脊模様にした仏蘭西(ふらんす)製トランプ（製出者は同国警視庁の指紋係で、一組数百法(ふらん)の秘密出版物）

▲標本第一〇〇八号――囚人が結び玉を作った衣服の糸（モールス符号を作って他の囚人と通信したもの）

▲標本第一六九九号――十六七歳の美少女の写真（実は二十四歳の青年）

▲標本第六〇五号――十二の指輪をはめた婦人の手首のアルコール漬（某地の鉄道線路に落ちていた物。持主遂(つい)に不明）

▲標本第三三二号――兇賊が用いる釦(ぼたん)止めの博多帯（捕えられた時に自分の着物を一瞬間に

脱いで体だけ逃れる目的で作ったもの）

▲標本第九二九号――大正六年中の東京市内にて買収の利く警官の名簿（制作者、内容共に厳秘）

▲標本第二〇三号――インキの文字に古びをつける薬液。

此処（ここ）まで見て来ると嬢はホッと嘆息（ためいき）をして老博士の顔を見上げた。

最前から嬢の美しい姿を見上げ見下しつつ、胸まで来る白い鬚を両手でしごいで居た老博士も如何（いか）にものびのびとした様に莞爾（にっこり）とし乍（なが）ら嬢と顔を合わせた。

「どうです？　探偵劇の材料になりますか？」

「もう……とても妾の一生に使い切れぬ程です。でも妾は何だか妾の心の中（うち）にある醜い恐ろしいものを見せ付けられて居る様な気持ちがしますわ」

「御尤もです」

と老博士は一種のセンチメンタルな表情をした。

「人間には人間共通の醜い半面があります。人間の心の動き方に光明性と暗黒性とがあるとすれば暗黒性を実行するものが悪人で、それを研究するものが法医学者とでも申しましょうか。又之を摘発するものに司法官や新聞記者があり、之を芸術化するものに小説家俳優其他（そのた）のものがあると云う様なわけです、皆多少に拘わらず自分の心の暗黒性を応用して生活して居るのです」

「そうですわねえ……けれども……」

と耳を傾けて居たフェルマ嬢は老博士の言葉の終るを待ち兼ねてオズオズ云った。

「此標本室にはまだ恐ろしいものがあるそうですね」

「ハハァ……まだ恐ろしいものとは……」

と老博士は髯を撫で止めて眼を丸くした。

嬢は其紅い手提から一枚の名刺を出して恭しく八白翁に渡した。名刺の表には

「フェルマ嬢紹介――

九州帝国大学助教授医学士　曾知愛太郎

八白老先生――」

とあって裏面に細かい字が青インキで書いてある。

「御無音申訳無之候、此婦人に九大法医標本室の地下室を御見せ下さらば幸甚此事に御座候、小生如き法医学者には御差支有之べきも此の如き婦人の劇作材料としては或は御差支無之やと考へて御紹介申上候、小生は之より露西亜へ入り候（一二、八、一――華盛頓にて）」

名刺から眼を離すと老博士は今までに無い鋭い威厳ある眼で嬢の顔をジッと見入った、其の探る様な、叱る様な、又は憐れむ様な一種云い様の無い眼の光りに打たれて、嬢は見る見る罪人の様にうなだれてしまった。

「曾知君は貴女に地下室の中の模様を見て話して呉れと云いはしませんでしたか」

「ハイ……………」

と嬢は口籠もった。伏し目になった儘おずおずと飾り気無い口調で云った。

「曾知先生は此教室お出でになるうち一度も彼の地下室を御覧になった事は無いのだそうです、けれども何だか余程恐ろしい秘密が隠れて居るらしい事をお察しになってあなたに何度もお願いになったそうですがどうしてもあなたのお許しが得られなかったそうです」

「それで……」

「……それで曾知先生は御自分が今年の夏に露西亜から米国に帰るまでの間に妾にあの地下室を見て来て呉れ、せめて話丈けでも聞いて満足するからとお頼みになったのです、……妾はもう何もかも隠さずに申します、どうぞ曾知先生の御熱心に免じて御許し下さいませ、若し曾知先生に丈けお見せ下さるのならば妾は拝見しなくともよろしうございます、左様してモスクワの第三インターナショナルの本部に化け込んでお出でになる曾知先生にすぐにお帰りになる様に通信をします、曾知先生は世界中の秘密を御覧になるよりも此地下室の秘密を御覧になり度いのですから……どうぞ先生……」

嬢は一句一句に思い切った態度でこれ丈けの事を云った。そうして耳まで真赤になって又もや罪人の様にうなだれた。

窓の外の松の枝を見詰め乍ら嬢の言葉を聴いて居た老博士は静かに嬢の帽子に眼を落した。そうして其眼の光りは次第次第に柔らいでやがて何事かを察した様な笑みを片頬にうかめた。そうして低い声で云った。

「よろしいお眼にかけましょう」

「エ…………」

フェルマ嬢は唇まで真白になって老博士の顔を見上げた。

「貴女に丈お眼にかけましょう、貴女は此地下室の中のものを研究して利用すると云う様な目的で御覧になるのでは無いのですから、此地下室の物は話に伝えられ又は芝居に仕組まれても唯面白く不思議な丈で少しも害にはなりません」

「有り難う御座います」

と嬢は口の中で云って頭を下げた。

「其代り貴女は曾知君に会われた時に斯様云って頂かなければなりませぬ――

――此大学の地下室の中を見せたならば大抵の法医学者は是非其中の一つでもいいから研究して見度いと云う気になるであろう、左様して若し之を研究したならば其面白さ不可思議さは芝居や小説で見るのよりも数十層倍して大抵の法医学者は大悪党になるであろう、其面白さ不思議さに其心の暗黒性をすっかり誘い出されて実地に使って見度さに夢中になるであろう、だから私は曾知学士の様な若い、暗黒性の強い、野心満々たる人間には見せないのだ――否――自分で自分の心を知って居る自身以外の法医学者には絶対に見せない事にして居るのだ――と……」

嬢は無言でうなずいた、一生懸命の決心が其白い頬や神々しい程シャンとした様子の中に仄見えた。

三

老博士は先ずポケットから白い安っぽい、手袋を出して、はめると次には一つの虫眼鏡を出して地下室の扉に近寄った。左様して叮嚀に調べて居たが何かしらニヤリと笑って両手でシッカリと把手を摑んだ。嬢が見ている前で右へ一度左へ一度それから上へ一度と、強く前に引き寄せると扉は音もなく開いて二人の姿を室内へ吸い込んだ。

中は暗い石の階段で、五燭の電燈がボンヤリ点っている。降り切った処の右側に、頑丈な鉄の扉があるのを老博士は又前と同じ方法でグット引いた。

「アッ！」

と嬢は立ちすくんだ。眼も眩む劇しい匂――汚溝の中？　動物園？　新しい染料？　揮発油？　沃度フォルム？　香水？　鳥の糞？　ワニス？――其様なものが一つになって、身体中に泌み入る様な奇臭――其中に二百燭光の瓦斯入電球が青白くイライラと輝いている。その光に照し出された室内の光景の不可思議さ――。

あらん限りのボロ布が針金に繋がれて天井一杯に乱調子の更紗模様を作っている。四方の壁に釣られた棚には数十の人間の首、手足、胴などのアルコール漬、又は鹿の角、マンドリン、シロフォン、ギタ、バイオリン、採集胴籠、夥だしい書物、食器、鳥打帽子、又は医療器械や、薬品と見えるもの其他一寸見ても何だか解らぬものが一面に並んで怪しげな更紗模様を織り出している。

室の中央には、七八台の机と十二三脚の椅子とが火事場の様に積み上げられ投げ出されているが或は食台、実験台、細工物台、鋳物台、紙屑籠、大鏡立て、など夫々其儘の位置で使われて居たらしく、それに用いられた各種の器械や材料が眼まぐるしい程、散らばっている。其他枯れた植木鉢、獣の皮を貼った板、文房具、X光線器械、野蛮人用の棍棒、金敷、砥石、肉切小刀、顕微鏡、バケツ、黄色くなった野菜、ハムの食い残り、フライパン、芽を吹いて枯れた玉葱、などが或は山の様に、又は大浪の様に散ばって煌々たる光の中に取々様々の陰影を投げかけ合っている。

唇を切れる程喰いしばって、ヤットこれだけ見まわした嬢の米噛からタラタラと白い汗が、したたった。

「あなたの靴より外の処が、何物にも触れない様に私に随いてお出なさい。何処にどんな毒が隠れているかも知れませんから」

と老博士は云い乍ら室の中に蹐み入った。嬢も恐る恐る歩き出したがそれと同時に殆んど老博士と同じ身振をしなければ注文通りに何物にも触れずに歩けない事を知った。

老博士は室の向う側に渡り乍ら手近にある物を指して説明を始めた。

「此地下室の中に散らばっている物は全部或一人の恐る可き人物の手で作られたものです。無論私ではありません」

と老博士は顚覆した机の脚に取りつき乍らアルプス探検の案内者の様な態度で振り返った。

嬢はハンカチを口にあて乍ら眼だけで頷ずいた。

「天井の沢山の布片は世界各国から取り寄せたもので皆二種類の黴菌を取り合わして養ったものです。つまり、古衣に湧いて人間の皮膚を傷つける黴菌――例えば、ピチリアージス、ロゼア、ギベルト菌――と、其傷口から血管に潜り込んで人を殺す黴菌――例えばペストバチルス――とを一緒に養う試験をしたものです。此試験に成功すれば、其布片を或人の体に圧しつけるだけで相手を殺し得るのです」

「……マア……」

と云う深い嘆息の声が嬢のハンケチの下から洩れた。

老博士の説明は次から次へ続く。

「此壺の中にあるのは一種のゴム液で之を手と足の裏とにつけると建物の角を捕えて何百尺の高さにでも登れるのです。乾いて来ればポケットに忍ばせた壺から此ゴム管で液を吸い出して唾と一緒に手足に吐きかければよろしい」

「此エバーシャープは蕊が溶解し易い毒になって居て、一本の十分の一位で人を殺します。無論、当り前に字も書けますから警察に引張られても滅多に疑われません」

「此処に在る注射器は薬が人体に這入る時に針の根元から無数の空気の泡が混って行く仕掛になって居ります、其泡は血管に這入って毛細管をふさぐので其周囲が極めて小部分丈け栄養不良になります。それが脳に来ると中風となり、心臓の栄養血管に来れば立ち処に死んで仕舞います。普通にもこんな病気は時々あるのですから決して疑われません。遺産を狙う息子、薬礼を急ぐ医師などは買う可しでしょう」

「こちらの瓶の中には赤ん坊が最も好む香水を調合してあるのです。どんな人見ずをする赤ん坊でも此香水をつけて行くと離れなくなるのです。小児科医者などが用いたら一日に二三軒しか回診は出来ますまい。悪人が他家に取り入るには持って来いの妙薬です」

「此鞄も一寸面白いものです。汽車中なぞで他人の手提などの上に置くとバネ仕掛で底が開いて音もなく、それを吸い込んで仕舞うのです」

「ボンボンは誰でも食べるものですが、此箱の中のは特別においしいのです。極く精製したニトログリセリン——即ちダイナマイトで、食べると甘くてホンノリと酔います。而も爆弾として用いれば、非常な力を持っているのです。上に白砂糖がかけてあるのですから、探偵の前で食べても決して危険はありません。無政府主義者なぞは喜んで買うでしょう。但し火の傍で食べると露顕し易いのですハハ……」

「此葉巻は、火をつけると、無味無臭の毒瓦斯を作るので他人に進めて吸わせるのです。吸わない者は唯少し胸が悪くなる位の事ですが。其煙をとかした唾液を飲んだ人は直に死んで仕舞います」

「此硝子の破片は毒を塗って相手の襟元や靴の中に投げ込むのです」

「造花を植えた此支那焼の植木鉢は水分が乾くと室一杯にビンロージから取った毒瓦斯を出し、水を注ぐと其毒瓦斯を綺麗に吸い戻すのです」

「此処に転がっている椰子の実は台所にある塩とか酢とか苛性曹達とか石ころとか云うもの

を入れて作った爆弾です」

「此小さな竹の針の様なものは烈しい毒が塗ってあるので、此硝子管に入れて口に含んで他人に吹きかけるのです。硝子管はすぐに吐き出して踏み砕くので成る可く群集の中がやりいいのです。唯六ケしいのは此矢の毒を濡らさない事で、よく乾いて居る方が人間の血に溶け易く刺さっても気がつかず、而もユックリと利くのです。極く細かく鋭くて、おまけに竹が枯れ切っているので訳なく折れ込んでしまいます」

「其横にある角砂糖は、味も香も普通のと変らないので、茶などに入れて飲まされた人は数時間後には心臓麻痺を起して死ななければなりません」

「……さア、やっと室を横断しました。どうです？　御参考になりましたかな？」

と笑い乍ら老博士は、暗い室の隅に近付いた。

其処には大きな平たい真鍮鋲のついたトランクがあって、其向うに白い幕が垂れて、下から鉄の寐台の足が見える。傍の壁には安っぽいゴム版の聖母マリアの像が架って居る。どうやら人の住んだ跡らしい。

此処まで来ると嬢の唇から長い長い慄えた溜息が洩れた。ヤット気分が落着いた様に、嬢は立ち止って両手で顔を撫でまわした。薄嗄れた声で切れ切れに云った。

「まあ……何という……恐ろしい……研究室でしょう!!」

「全く恐ろしいものです。世界中の善人も悪人も同時にふるえ上らせるものばかりです。此室中で兇器に使えないものは此処にある万年筆位のものです。曾知学士が見たがるのも無理はありません」

「イイエ……曾知先生ばかりではありません……」

と嬢は昂奮の余り泣きそうな口調で云った。

「妾はこんな烈しい恐ろしい研究をする男の方が好きです。どんな醜いお方でもいい。人類全体を脅やかす様な……こんな恐ろしい性格を持っている方が……ああこんな……こんな……」

老博士は驚いて両手をあげた。

「いけません。いけません。そんな事を仰るものではありません。そんな男が無暗に居るものではありません」

「でも此処（ここ）にいらっしゃるじゃありませんか。此（この）研究をした人は誰ですか？」

嬢は息せき切って問うた。老博士は落着いて冷かに、而も気の毒そうに答えた。

「それは此（こ）の中（うち）に居ります」

こう云って老博士は白い幕を指（ゆびさ）した。

「エッ！　此（この）幕の中に？……早く……会わして下さい……早く……」

「まあお聞きなさい」

と老博士は嬢の神経を押し鎮める様に、力ある声で云った。

「此室（このへや）の主人公は或る文明人と野蛮人との混血児（あいのこ）で学名を、ヒョンドロジストロフィア、フェターリスと称する侏儒（いっすんぼうし）でした。彼はあらゆる文化的智能と趣味とをもっていると同時に野蛮人その儘の犯罪性と残忍性を持って居りました。私は偶然此男（この）を見付けて、極めて秘密に此室（このへや）で養い乍ら、これ丈（だ）けの物を作らせたのです。彼の犯罪的智能はこれ位のものではなかったでしょうが、惜しい事には昨年の八月の末に死にました。」

「エッ！　死にました？」

と嬢は叫んだ。

老博士は黙って、うなずき乍ら徐（しず）かに白い幕を引き除（の）けた。空っぽの寐台に板を敷いて、一人の人間の、全身のアルコール漬が、置いてある。

縮れた毛髪だけが、赤く変色した外は、全身真白に漂白された気味悪い姿――皺だらけの猿の様な顔、異様に短かい手足――其（その）額に横一文字に刻まれた鋸（のこぎり）の痕――其処（そこ）から取り出された自分の脳髄の、アルコール漬を足下に置いて、ジッと見下し乍ら白い眼を剝き出した永遠の薄笑い……。

「アア……」

嬢は、失神して倒れそうにしながら後（うしろ）の机の上に手を遣った。角砂糖がバラバラと床の上に落ちた。

老博士は馳（か）け寄って抱き止めた。

抱き止め乍ら老博士は嬢のうしろに突いた手を気づかわし気にのぞいた。其処（そこ）に散らばった角砂糖と毒の吹き矢を掌（て）で払い除けると其（その）あとに嬢の身体を静かに寝かした。

其（その）寝顔を上つから見下した八白博士の顔の表情は次第次第にかわって来た。

銀の様に輝やく髪毛(かみ)と髯との間にあらわれていた気品の高い、淋し相(そう)な気はいが見る見る消え失せて、冷たい、皮肉な何ものにか満足した獣の様な笑みが、頰から眼尻の方へ流れ漂うた。其(その)ままジッと嬢の鼻息に耳を傾け、又胸のあたりに耳を押し当てると軽く二つ三つうなずいて茶色のモーニングの内ポケットから小さい黒皮の箱を取り出してパチンと釦(ぼたん)を押した。

キラリと光って中から現われたもの——一挺の小さな注射器を手早く抓(つま)み上げて同じ筥(はこ)の中の小瓶から薬液を吸い込ませると静かに電燈の光に透かした。幾度か押し出したり吸い込ませたりして一々光りに透かし乍ら極めて厳密に分量をきめると口に啣(くわ)えた。

両手を延ばしてゆっくりしたフェルマ服の襟をくつろげて青白い乳の処までむき出した。呼吸するとも思われぬ位静かに光る胸の谷合いをウットリと見つめて居たがやがて浅黒い長い左手の指でギュッと抓み上げると右手で口の注射器を取った。そうして老博士は今一度嬢の顔を見た。

そのとき嬢はパッチリと眼を見開いた。

老博士はしずかに手を引込めた。

云い様の無い気まりの悪るそうな、淋しそうな笑みが二人の眼の中に見交わされた。

四

◆エスペラント語の手簡…一…

◇

『ワルテンベルグ博士に呈す

——貴下の参考資料として——

余の法医学に於ける智識は左の如き判断を下す。

一、ワルテンベルグ氏は本日九州帝国大学法医学の標本室の地下室入口の扉を開かんと試みて失敗せり。

二、本日午前九時二十七分より四十三分の間にその扉が真鍮の把手(ノッブ)に印せられたる指紋は正に余の指紋也。然(しか)るに余は最近彼(か)の把手(ノッブ)を握る場合に限りて他人の指紋を附けたる指袋を用ゐて警戒し居れり。而(しか)して余の真の指紋を知れるものは嘗(かっ)て余の助教授たり。且(か)つ一昨年来海外旅行に赴きて音信不通となれる曾知愛太郎以外に無し。曾知愛太郎学士は在学中彼(か)の地下室の秘密に就いて非常の興味を持ち幾度か之を見んとして常に失敗し遂に余より単独にて標本室に入る事を禁ぜられたるものなり。

三、次にワルテンベルグ氏は、余が欧洲漫遊中墺国(おうこく)維那の市内孤児院の児童中より撰(えら)み出し学資を給したるものにして大正十二年の七月同国の学位を得るや直ちに世界漫遊の途に上りたるが同年八月二日附にて米国華盛頓(ワシントン)より余に宛てて左の手簡(しゅかん)を寄せたり。

——不日日本に来遊の暁は是非貴大学の教授室を拝観し御高説を拝聴し度し——

四、然るに其(その)翌々日即ち四日附の同所よりの同氏の書簡到着せり。筆蹟用紙其他(そのた)寸分の相違なく只文句のみ多少異なれり。

——初めて貴下に手簡を呈するの光栄を有す。余は当地にて貴下の御弟子たる曾知愛太郎学士に面会し貴下の御噂(おんうわさ)を承りて敬慕に堪へず。遠からず貴下の謦咳(けいがい)に接する機会ある可し。其折(そのおり)何卒標本室をも併せて参観御許可あらむ事を切望す。

法医学者が此の如き健忘性に陥る事不可能なりとせば右の手紙は偽物也。

五、次に左に封入の新聞の切抜は昨年十月西班牙(スペイン)マドリッドの新聞に掲載されたる「ワルテンベルグ氏の行衛(ゆくえ)捜索」広告也。同氏は孤児にして親戚なきを以て此広告を出したるものは必らずや氏の秘密の愛人が氏の音信不通となれるを怪(あやし)みて計らひたるものなる可し。

「遅くも今年九月初旬までに米国より当地に帰来し更に日本に渡る旨記載したる七月末日附の書信以後通信絶えたり」

とある点注目に価(あた)ひす。しかも氏の容貌は広告中にもある如く曾知学士に酷似せり。唯黒き鬚を有せざるのみ。

六、曾知学士は如何(いか)にかしてワ氏を殺して之に化(ばけ)かはり其(その)鬚の生え揃ふを待ちて彼の標本室を訪ひ時間を計りて彼の女優フエルマ嬢を訪問せしめて余を誘(おび)き出し其(その)留守中に仕事をせむと試みたるものなる事此に於て疑ふ余地なし。

七、然れ共曾知学士が此の如き失態を演じたる其原因に就て研究する時は一点同情の涙なき能はず。曾知学士が失態の根本原因は見ず知らずの外国人にしてその骨相体格が何故に此の如く日本人のしかも自己に酷似せる者ありやといふ理由を研究せざりしにあり。ワルテンベルグ氏は余が四十年前欧洲漫遊中に或る女と関係して生める子にして十数年後再び維納を訪ひ同地の孤児院に於て其容貌と才能の働らき工合より吾が児たるを発見したるものなり。同人が法医学士となりたるも偶然に非ざる也。

八、而してワルテンベルグ氏と母を異にして父を同じくせるものは曾知学士也。余が曾知愛太郎を岡山孤児院の孤児中より拾ひ出したるは実にワ博士と同一理由に依るもの也。

九、かくして余はすべてが偶然に非ざるを自覚せり。自己の血に依つて犯されたる罪が自己を責めつゝあるを自覚せり。自己の法医学の為めに自己が糺明されつゝあるを認めたり。而して衷心より悔悟せり。

十、而して余は余の悔悟の序でに今一つ告白せざる可からざる一事を有す。そは彼の地下室の主人公が一個のアルコール漬の侏儒にしてしかも余が濠洲土人の女と同棲して生みたる児なる事なり。余の子たるワルテンベルグ氏が曾知学士の偽りの姿となりて余を尋ねて来れる如く彼の侏儒は余を尋ねて世界を遍歴し大正二年の夏遥々日本まで渡り来れり。彼も先天的に犯罪研究癖ありて世に現れざる前科をさへ有したり。余は彼の罪蹟を滅す可く彼を余の地下室に封じたりしが昨年の八月末日即ちワルテンベルグ氏よりの二通の手簡が到着して間も無く死亡せり。しかも其死状は亦実に前代未聞の死状にして今日迄一の疑問として余を悩まし居るもの也。

十一、彼は余の留守中に自己の脳髄を取り出してアルコールに漬け自身も亦アルコール瓶に涵りて自殺し上より蓋をなして封蠟を附けたり、此の如き自殺は如何なる法医学と雖も認むる能はざるや明なり。然らば彼の侏儒を殺したるものは何者か。此点に就て余はあらゆる事実を綜合したる結果左の如き結論に達せり。

十二、彼の侏儒の死と接近して到着せる二通の手紙のうち贋せ手紙を書きたる手が彼の侏儒を殺したるもの也。贋せ手紙の主は手紙と相前後して日本に来り余の留守を覗ひて彼の地下室に入り彼の侏儒を殺して犯蹟を減せんが為め此の如き奇怪なる手段を取りて立ち去りたるもの也。何となれば彼の贋せ手紙の主は侏儒が生存せる間は彼の地下室を研究する能はず。而してかくする時は一切の嫌疑を避くると同時に一切の責任を余の胸に投げかけるを得可し。従て曾知学士の帰朝後余が一切を打ち明けて相談すべき可能性あればなり、其時本物のワルテンベルグ氏は犯人として指摘さる可きやも計り難し。故に余はそれ以来彼の地下室の鍵に特殊の装置を施せり。現在のワルテンベルグ氏が本日地下室の入口にて戸惑ひたるは決して不自然なる結果に非ず。

十三、余は明日午前十時に現在のワルテンベルグ氏が大学の余の教室を訪問せられん事を期待す。而して彼の地下室に於て余と会見され余と曾知学士の罪障消滅手段に就て研究を遂げられん事を希望す。

大正十三年三月四日午前十一時三十分投函

八白圭策

二伸　此の手紙の事実を認ると否とは貴下の自由に属す。余は唯貴下の為めに最有利なる方法を執り度く希望して居るのみ。

◆エスペラント語の手簡…二…

『八白老先生　告白します。

曾知愛太郎より

私は大恩ある先生を欺きました。左様してまんまと失敗しました。私は今朝彼の標本室を去つた後にいろいろと考へ合はせて彼の時老先生の眼の前にはワルテンベルグ氏が居なかつた事を覚りました。私は老先生の御眼力に恐れ入りました。面目次第もありませぬ。申し訳の致し方もありませぬ。

◇

しかしかやうな事を企らみました私の心情に就いては何卒一応御聴き取りの上幾分の御同情あらむ事を希望致します。私が此様な計劃を思ひ付きましたのは実に偶然の機会からでした。

◇

私は欧州各国から土耳古（トルコ）、埃及（エジプト）と歩き廻はつて昨年の夏紐育（ニューヨーク）市に到着しました。そして同市を一通り研究の後米国の国民性の源を探るため紐育から急行列車で華盛頓（ワシントン）に向ひました。其（その）途中七月末の事、ブルマンカーの中で突然一人の素的な美人が私に近付いて腕を捕へました。『まあ貴君（あなた）は飛んでも無い。華盛頓（ワシントン）のシエラードホテルで死にかけて居るなんて妾（あたし）に電報を打つて興行中私を呼び寄せて同じ列車で華盛頓に行くなんて、あんまり非道（ひど）いぢやありませんか。あなたが死にかゝって居ると聞けばこそ四万弗（ドル）も利益のある興業を捨てゝ駈け付けて居るのぢやありませんか。おまけに鬚も何も剃つて仕舞つてこんな見すぼらし姿をして……非道（ひど）いわ〳〵』と泣いて掻きくどきました。私は全く面喰つて仕舞ひました。

◇

これ丈け申上ぐれば最早殆んど事情を御推測の事と思ひます。此（この）婦人がフエルマ嬢でした。天性脚色に興味を持つた嬢は、私を虜（とりこ）にしてワ氏と入れ換へ、ワ氏を葬つた後は死亡証書を秘密にし私をワ氏と同様に振舞はせました。これが私の第一の失敗でした。

◇

第二の失敗は私が嬢に老先生とそれから地下室の秘密について打ち明けた事でした。嬢は直ぐに筋書を書いて私に斯様（こう）せよと命令をしました。其（その）筋書通りに私は立ち働らいて漸く今日の大詰まで漕ぎ付けて老先生に見破られたのです。まことに残念ではありますが同時に老先生に対して敬慕と感謝の念が一層強く湧き起るのを禁ずる事が出来ませぬ。私は老先生がフエルマ嬢を通じて私にお注告被下(くださ)つた御教訓を骨身に染みて感謝して居ります。

◇

同時に私は今一層(いちど)強い意味での懺悔をしなければなりませぬ。それは彼(か)の地下室の侏儒(いっすんぼうし)の事です。

◇

私は大正二年の夏の或朝早く老先生が古びた一個の真鍮鋲の大トランクを私に手伝はせて彼のガランとした地下室にお運び入れになつた時から、私は彼の地下室に一個の生物が居る事を疑ひませんでした。私は其(その)トランクの大きな真鍮鋲が内側からどうかすると皆浮き上つて吸抜(いきぬ)きの穴となり又大きな鍵穴が屈折展望鏡となつて外の様子を見得る仕掛けになつて居る事を知りました。左様(そう)して其中(そのなか)に居る形の小さい素晴らしい知識を持つて居る一個の人間を認め得ました。

◇

私は私の才能を極度に働らかせ始めました。私は彼のトランクを運んで来た自動車の番号を記憶して居ましたが、その運転手は老先生から口止め金を頂戴して居たので何事をも探るを得ませんでした。しかし出発時間と帰着時間とは略(ほぼ)分りましたので、其(その)走つて往復した距離を計つて福岡市を中心に円を描いて見ますと其中(そのなか)に直方町(なおがたまち)がありました。一方に新聞を見ますと直方の多賀神社の祭礼(おまつり)はトランクの着いた前夜に終つて居るのです。それから私は旅行と偽つて直方に行って見世物の話を聞き廻はり濠洲土人の手品がなか〳〵の呼び物であつた事を知りました。其興業を追ひかけてやつと因州の鳥取で追ひ付きました。

◇

その興業主蟻川氏は老先生から沢山の口止料を頂いて居るらしかつたので私は「人間密輸入」の旧悪を発くぞと威しつけまして、とう〳〵トランクの主の事を白状させました。

◇

彼の濠洲土人の一寸法師は新嘉坡で二度も破獄した揚句、丁度其処で興業して居た蟻川氏の処に駈け込んで来たのでした。『私の母は濠洲土人で父は日本の医師である。母は死んだから今度は父を尋ねて日本に行く処だ。日本に連れて行つて呉れさへすれば唯で働らく。それから旅行免状は今から一週間の中に作り上げる』と云つて例の密航用のトランクを作つたものださうです。尤もトランクは前から何処かに隠してあつたのださうで一週間は唯展望鏡のレンズの玉磨きに費したものださうです。

◇

それから支那、比律賓、大連と興業して来る中に侏儒はなか〳〵人気を取りましたが一方蟻川氏は次第に彼の侏儒を恐れる様になりました。と云ふのは蟻川氏の妻で蛇使ひをやつて居た女と蟻川氏との関係を侏儒は妙に気にして居て時々トランクの中から例の屈折展望鏡で見て居るらしく蟻川氏が感じたのださうです。蟻川氏は身ぶるひをしました。しかしそれかと云つて彼のトランクを蟻川氏の寝室以外に置く事は侏儒が非常に厭がるので蟻川氏はいよ〳〵気味が悪くなつてどうかしてあの侏儒と縁を切り度い〳〵と思ひ乍らそれも恐ろしくて出来ずにズル〳〵と日本まで来たのださうです。

◇

処が直方の興業中に件の一寸法師は突然こんな事を云ひ出しました。『近い中に私を買ひに来るものが居る。其人は今見物席から私を一生懸命に見て居た。これ〳〵斯様々々の風采の人だ。若し買ひに来たら二万円が一厘欠けても売つてはいけない』是を聞いて蟻川氏は驚いて『そんな篦棒な金を出す奴があるものか。おれなら二千円でも手を拍つ。第一それはお前のお父さんぢやないか』と聞きました。

◇

左様したら侏儒は笑つて『俺のおやぢならおれは買ひに来るのを待つては居ない。今夜にでも逃げ出して親父の足跡を嗅いで宿屋まで行き宿帳を見て親父の住所氏名を探り出して直ぐと其処へ飛んで行くばかりだ。赤の他人で大金持らしいから俺は親方に智慧を貸すのさ。二万円位はきつと出すから構はずに吹つかけるがいゝ。こんな事では済まないがつまり親方への恩報じさ』と侏儒は淋しく笑つたさうです。左様したら果して老先生は飽くまでも大金持らしい風采で興業の済む前日に、蟻川氏に会ひにお出になつたさうです。あとの事に付いては親方は口を噤みましたが老先生は御存じでせう。

◇

然るに其侏儒が今日一個の標本になつて仕舞つて居る事をフエルマ嬢から聞いて私は全く

胆を潰しました。真逆先生が私の居ない留守に御自分の子供を学術研究の犠牲になさうとは思はれません。それかと云って彼の侏儒が自分自身にアルコール漬となつて自分で其瓶の蓋をして封蠟をつけると云ふことは認められませぬ。

◇

しかし一方から考へると老先生が彼の二通の手紙の主に対して警戒される為――同時に実験用としてあの地下室の主を殺される――左様して先生の地位と手腕とで留守中であつた出来事の様にして終ふと云ふ一見拙劣な様で極めて巧妙な手段を執られようと云ふ事は想像出来ないでもありませぬ。私の理智と良心とは此点で行き詰まりになつて苦しんで居ります。

◇

私は明日午前中に老先生と彼の地下室でお眼にかゝり度いと思ひます。左様して老先生から彼の侏儒のアルコール漬の真相を承はつて此の苦しみから救はれ度いと考へて居ります。尚私が改めて曾知学士となつて帰朝する方法それからフエルマ嬢と私の一身に関する御相談も其上で致し度いと考へて居ります（大正十三年三月四日午後二時投函）

追白、此手紙の事実を御認め下さると否とは一に老先生の御勝手に任せます。唯私は老先生の御為を思つて此御手紙を差し上げるのです。左様して若し御認め下さらなければもつと他の方法を執る迄です。

◆エスペラント語の手簡…三…

◇

『フエルマ嬢よ!!!

嬢は嬢の天才に呪はれつゝある、

嬢の犯罪研究に対する深い趣味と探偵活劇の脚色に関する才能とは遂に嬢の心理状態を変じて変態恋愛の欲求者と化し去つた。嬢は男性美の極致が男性の残忍性に在ると思つてゐる。其結果ワルテンベルグ博士と恋に落ち又曾知学士とも相愛した。

嬢の脚色的天才は彼等二人を嬢の美の力で自在に弄んで遂にどちらかわからぬ様にしてしまつた、唯日本人が自己を知つて居るのみで或は嬢も其判別に苦しんで居はしまいかと思はれる程二人の生命を混線させてしまつた。

◇

華盛頓のシエラードホテルで病んで居たワルテルベルグ博士は案外重態でなかつた。唯嬢に会ひ度さのあまり急病の電報を打つた、其電報が計らずも嬢と曾知学士とを結び付ける因縁となつたのであつた。

◇

嬢は大胆にも二人の恋人を紹介した。

猛烈な恋の競争が二人の間に初まつた。嬢はこの自然を超越した「嬢」の舞台面が生命がけで千変万化するのを見て手を拍(う)つて面白がつた。嬢は此(この)実際劇に於ても其(その)卓越した舞台監督の手腕を発揮した。嬢は二人の犯罪研究者に対して物凄い智力と意力の試験問題を課したのである。

嬢のこの試練の結果は間もなく二人の恋人が一人のワルテンベルグとなつた事によつて解答された。墺太利(オースター)は日本に勝つたのである。しかし嬢は此のワ博士が真のワ博士であるかどうかを試験する事は出来ない。――嬢が日本語を研究してワ博士の発音に注意して見るか、又はワ博士を日本に連れて来て八白博士と対決させて見るかしなければ――曾知学士は其(その)海外旅行免状と其(その)他一切の所有物と死亡診断書をワ博士の手に残して痕跡も止めずに失せたのだから。八月二日付のと四日付のと二通の手紙は間も無くシエラードホテルのポストに投ぜられた。

◇

しかし嬢は此(この)二人の恋人に飽きた事を今日九州帝国大学法医学標本室の地下室で告白した。彼の地下室に這入つた刹那に彼(か)の地下室の主人公に魅せられてしまつた。否華盛頓(ワシントン)で彼の侏儒の事を聞いた時から恋して居たのかも知れない。左様(そう)して其(その)新しい恋人に会ふべく古い恋人をだしに使つて此処(ここ)まで海を渡つて来たのかも知れない。否それが事実であらう。嬢の邪悪な神秘的な恋は此処まで高潮しなければ本当でない。

嬢が自分自身を中心とした犯罪慾も脚色慾も此処まで突き詰めなければ面白くない。然るに最後に嬢は其夢の中の恐ろしい恋人がアルコール漬となつて居るのを認めると同時に其恋人を殺した本人に対して猛烈な復讐心をいだいた。其瞬間嬢は新しい筋書の端緒を得た。左様してすぐにその筋書を書き始めた。

◇

嬢は詐つて失神状態となつて、倒れがけにうしろに手をつくふりをして、先づ毒の吹き矢に手を触れたが、しかしそれを避けて傍の箱の中から毒入りの角砂糖を二粒取つた。これはまことに良い心付きであつた。文明人を殺すには角砂糖の方が似合つてゐる。しかも毒矢より使用し易い。嬢は八白博士か、又は嬢の古い恋人かどちらかをその新しい恋人の讐と見とめて此の角砂糖をすゝめるつもりらしい。

◇

然し嬢は次の事実をみとめても猶其讐討ちを実行するかどうかはすこぶる疑問と言はねばならぬ。

一、八白老博士はワルテンベルグ氏の父であると同時に曾知学士の父である。両人の性格と容貌が声音までもよく似てゐて、しかもその頭の働らきに八白老博士と共通した所があること。両人が両人共孤児院出で、或る秘密の人物から学費を貰つたこと。八白老博士が世界漫遊後今日に至るまで、独身である事などを考へ合せるならば、直ぐに成程とうなづかれるであらう。

二、嬢と彼の侏儒も亦同様の境遇にある。二人の父が八白老博士である事は疑ふ余地は無い、彼の侏儒に付いての秘密は、既に嬢の愛人から聞かれたことゝ思ふから略する。一方に嬢の父が八白老博士であることは、嬢が今携帯してをる自作自演のフイルムが証明してゐる、嬢の母は其のフイルムの女主人公と同様の境遇の下（もと）にスペインの尼寺に投じた。しかも嬢の母をして、尼寺に行くべく余儀なくしたものは八白老博士である。嬢が父と母から受けた、二重の天才を持つて居ることは此の事実を痛切に裏書してゐる。

此の如き天才を持つた人間たちが何時（いつ）か知ら凡俗の世界から抜け出して、高い処から互ひに名を問ひ合ひ、言葉を聞き合つて、今日此処（ここ）に集る様になつたのは偶然の様で決して偶然でない。当然でありすぎる程当然な出来ごとである。況んや此の人々は親子兄弟である。自然の最大最高の秘密たる「血が血を呼ぶ力」のあらはれでなくて何であらう。

しかも此の血と血の間に在つて嬢の恐るべき二重の天才が実に云ふに忍びざる不自然な作用を現しつゝある事を嬢は最早認めざるを得ないであらう。嬢は今や嬢の父を殺すべきか、又は兄弟を殺すべきかの難関に立ちつゝある。同時に嬢は其の恋人を、嬢の兄弟以外に持ち得ざる境遇に立ち到つてゐる。此の如き悲劇があらうか。

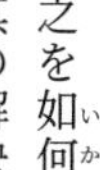

之を如何（いか）に解決すべきか、

其の解決方法は唯一つである。

明日午前十時に九州帝国大学法医学標本室の地下室に行け。其処(そこ)には嬢の父と嬢の死因不明の兄と、同じく真偽両様の意味の兄君が待っているであらう。其処で此(こ)の手紙を二人に見せて相談せられよ。三人の智慧は此の深刻なる悲劇を一転して痛快極り無き喜劇と化し去るであらう。左様(そう)して嬢の帰つて、清く美しく繁栄すべき第一着の笑ひ声を発する事が出来るであらう。

大正十三年三月四日正午投函

▲備考　此の手紙を書いたものが何人であるかを想像する勿(なか)れ。寧(むし)ろ彼の奇怪なる嬢の兄、即ち地下室の侏儒の標本が書きたるものと考へよ。真の筆者は明朝自から判明せむ。謹しんで自然の命令に反(そむ)く勿れ。

五

此(この)三通の手紙は同じ日――三月四日――の午後六時迄にはそれぞれ宛て名の三人のポケットに収(おさま)って居た。その三人は博多ホテルの三層楼上の貴賓室――フェルマ嬢の居間に咲き乱れたシクラメンの卓子(テーブル)を取り囲んで略服の儘贅沢な晩餐を摂って居る。三人が三人共手紙の事は忘れた様に打ち解けて愉快相(そう)である。だれが手紙を見たか、又はまだ見て居ないかすら判然しない。

硝子窓越しに福岡市の燈火の海が見える。下流で二筋に分れた那珂川の流れが十幾つの橋の下に満々と春の汐を湛え光蛇を蜒らせつつ、之を横切って湾内の船の灯に連なって居る。其真中に突立った広告塔が黒く曇って来た空の下で茲を先途と極彩色の滝を投げ下す。

「妾が入れました紅茶で御座います」

とフェルマ嬢は銀製の盆を二人の前に置いた。手ずから角砂糖を入れて乳を注いで二人に進めた。

ワルテンベルグ博士は光栄至極という風に受取った。八白老博士は一寸目礼して受けたが、それでも美味そうに啜った。

「独身生活をして居りますと迚もこんな美味しい紅茶は戴けません。曾知学士と同居していた頃は御飯らしい御飯さえ食べたことはありませんでした。曾知君は私に飯を炊かせては相済まぬと云い云い何時も半煮だの黒焦げだのを作ります」

三人は正体もなく笑いこけた。

「まあ……おかしいこと……でも八白先生はどうしてそんなに独身でおいでになるのですか？　大変失礼な御尋ね事ですけど……」

と、フェルマ嬢は些し真顔になり乍らきいた。

「何、別に理由はありません。学問の事に熱中しますと、どうしても他の事は犠牲になります。時と場合に依っては自分の生命迄も試験材料に使いたい位です。其処に人生の真価がありますでなア。どうも止むを得ません」

若い二人は溜息をして顔を見合わせた。

其顔を見比べ乍ら、八白老博士はニッコリ笑って云った。

「然しどうして其様な事を御尋ねになりますか？」

嬢は面喰った様に大きな眼をパチパチさした。ワルテンベルグ博士は其横顔を見詰めた。

「アハハ……これは御返事が出来難いでしょう。実は私は貴下方がお二人偶然に此ホテルで落ち合われたと云われるけれども、どうもそうでない様な気がするのです」

「アッ、そんなこと……」

と二人は颯と顔を赤らめた。

「いや、全く。天がお二人を此処に落合わせたとしか考えられぬのです。今一歩進めて云えばお二人がその学問やお仕事の為に全てを犠牲に供せられぬ限り、お二人は誠にお似合いの御夫婦だと思うのです。何なら私が媒酌の御役をつとめてもよろしい。福岡市には新旧共いろんな教会がありますから」

「と……とんでもない……」

「……いけませんよ先生……そんなことを仰っては……」

と、二人は真紅になって笑い乍ら打ち消した。

「それともお二人には別にスイートハートがお有りなのですか？」

「じょ……じょうだんじゃない」

「……まあ……呆れた……存じませんよ」

と、フェルマ嬢は真剣に怒った顔を見せた。

「いや、実は嬢の様な美しいお方にあの様な御質問をうけるとどんな老人でも心配になります」

「……」

「……」

「老人は、とかく余計な事まで心配したがりますでなア……」

三人は一時に噴き出した。そうして死ぬ程笑い続けた。其笑い声の切れ目切れ目には遥か窓の下の往来から何千人とも解らぬ群集の拍手の声が聞こえて来る。

真先に笑い止んだ嬢は其声に吸い寄せられる様に窓に近寄った。首を窓の外に出して街路一面の顔の海を見下して嫣然と投げ接吻をした。拍手の大波は博多ホテルの五層楼上を打ち越す程に打ち寄せ、打ち返した。嬢は如何にも嬉しそうに頷ずき乍ら窓を閉めて席に帰った。下の拍手はなかなか止みそうにない。嬢はこぼるる許りの愛嬌を見せて云った。

「今晩はお二方とも誠に御迷惑でございますが……先刻も一寸申し上げました様に日本で最初の封切りを致します為にあのトランクに入れて持って来ました妾の自作自演のフィルムを、今晩つい近所の博美館で上映致しまして、妾が挨拶を致す事になって居るのでございます。それに丁度同じ日にお二人の法医学の大家のお方とお識り合いになることが出来ましたのは、これこそ本当に天意としか思えないので御座います。其様な方面には全く素人の私が作りましたものを御批評を願いますのは、誠に失礼とは存じましたが唯妾と致しましては御遠慮のない御指導を仰ぎ度いばっかりに御無理を御願いいたしましたので……」

二人の博士は快く頷ずいた。

「それでは一寸失礼いたします。身支度を致して参りますから……。そして此シクラメンの花を八白先生から頂きました記念に今夜私の胸に挿さして頂きます」

嬢は、にこやかに挨拶すると、卓子の上のシクラメンの花を一輪摘みとって化粧室に立ち去った。

と、ワルテンベルグ博士も、やおら立上った。

「それでは私も、此花を一輪頂戴さしていただきます。それから私も甚だ失礼ですが一寸用意をして参ります」

「さあさあ、どうぞ御ゆっくりと……では、私も花を一つ挿して参りましょう……」

互いに快く笑い乍ら、ワ博士は扉の方へ八白博士は窓の方へ——立って行った。

………………

——九時二十五分——

博美館の内部は窒息する程に蒸し暑い人いきれと、空屋同様の静けさとで、同時に満たされて居る。唯階上の正面中央の二人の博士の席を取り巻いた紅白ダンダラの横木が猛烈な群衆の力に押されて時々ギイギイと鳴るばかり。

低気圧が迫って居る為か電燈が明るくなったり、暗くなったりする。

映写幕の前には、青いフェルマ服のフェルマ嬢が、一人の日本人の通訳と並んで挨拶をしている。胸に赤い花を挿した嬢の異状な美しさは、寧ろ悲しげに見える。

「妾は妾が心血を注いで作った映画が、海外遠い日本の此の福岡の人々にまでも理解されまして、かほどに御熱心な御見物を受けつつある事をたった今知り得まして、心から感謝いたして居ります。（喝采）此の御同情によりまして、私は更に世界を漫遊いたし、犯罪についての智識を出来る限り集めまして、故郷の米国へ帰りましてからもっともっと新らしい、デリケートな映画を作りたいと考えて居ります。（喝采）殊にこの日本に参りまして教えを受けました事は、犯罪の芸術化と云う事であります。日本の人々はすべてを芸術化する力を持って居ります。日本では戦争が美化されて居ると同時に、犯罪をも芸術化され美化され哲学化されて居ります。

西洋では、彼の石川五右衛門氏の様に、（失笑）死にがけに犯罪の哲学についての詩を唱(うた)って死んだものは一人もありません、戦争と犯罪の美化は誠に男性美の最高点でなければなりません。（三四人拍手）西洋では犯罪は只醜悪な丈(だ)けで、只婦人に依って犯(お)かされた場合だけが美化されて居ると認められて居るのです。（大喝采。嬢は面喰って赤面したがやがて笑い出す。……シイシイと云う声が起って忽ち静まる）

妾は此の意味を加えた、日本に関係のある探偵活劇の映画を第一番に作りたいと考えて居ります。（十二三名程拍手）

只今此処(ここ)にお眼にかけます映画は曾て紐育で行われました殺人の中で、最も恐しいと伝えられたものを脚色致しましたもので御座います。（喝采）

『此処に二人の姉と妹が居るのでございます。姉のマロリーは或る百万長者に嫁入って未亡人となり、妹のシャロリーは探偵小説にかぶれまして婦人探偵社長となりました。其富豪の未亡人マロリーが、猫を抱いて寝る癖があるのを知って居る日本人の庭園師シラツヨは、一匹の猫を殺して其爪を切り取り、それに破傷風の毒を仕込んで、夜中にマロリーの寝室に忍び入り、其内股に搔き疵をつけましたので彼の女は遂に狂い死にをしました』

『其処へ駈けつけました妹の女探偵シャロリーは、其死因を疑いまして細かに探偵を致しました結果、爪が一本足りない猫の死骸をハドソン河から拾い出しました。引きつづき犯人を探し出して捕えようと致しますと、それは自分の恋人である庭園師のシラツヨである事を知りました。シラツヨは姉の遺産を彼女に与えようとしたのでした。彼女は種々と煩悶いたしました末、恋人シラツヨの犯罪のあとを搔き消し、スペインに渡りまして尼寺に入り、あとを追うて来たシラツヨの恋を拒絶する』

という筋でございます。此の中で姉のマロリーと妹のシャロリーは妾が一人二役をつとめましたもので、姉の死骸——つまり妾の死骸を妾が検査致します処が、一つの新しいトリックとなって居るのでございます。

今晩のご見物の中で此のトリックを発見されましたお方には、誠に軽少でございますが、アメリカのお金で一千弗を差し上げます。（ホー、という驚きのどよめきが拍手の音と入れ交る）

此の映画の標題は「猫の爪」と申しまして、

妾が前に愛して居りました白猫を映画に取り入れました。此の映画の別の意味での大立物である彼女は、此の映画が出来上りますと間も無く死にましたので、此処に連れて参って皆様にお目見得させる事が出来ないのは、妾に取りましても残念でなりません。しかし彼女が映画の内に現れましたならば、彼の女の生きているうちの愛らしさと美しさの為めに、何卒皆様の拍手をお送り下さいます様に特に妾から折入ってお願い致します。妾の身に取りまして此の上無い涙ぐましい……」

場内の天井も破るるばかりの大喝采が渦巻き起った。其渦巻きの中に電燈が消えた。ピタリと真暗に静かになった。

と、映画幕にタイトルがうつり初めた。

「米国カリホルニヤ州
　ホワイトスワン会社特作
　探偵活劇「猫の爪」
　エルシー、エヌ、フェルマ嬢自作自演
　　……全三巻……上の巻……」

タイトルが済んで間もなく、一匹の美しい白猫が映画幕一パイに、大写しに現れると、忽ち湧き起る急霰の様な拍手……突然拍手がピタリと静まった。白い猫の胸の所に何やら青い四角いよごれがピラピラと動く……思うと不意にフィルムがプッツリと切れて、白猫は横をむきかけたまま、ピッタリと動かなくなった。

白い猫の胸の所に……□？□……と横に青いインキで書いてあるのがハッキリと映った。

「アッ」

と叫ぶ声が映写幕の傍に立って居る嬢の口からと見物席の二博士の口からと同時に起った。満場の人々はよろよろと倒れるフェルマ嬢と、その身体を支え止める通訳の姿を見た。同時に機械室で

「だれだだれだ。こんな悪戯をしたのは……」

と慌てふためく声がして映画幕の写真が消え失せた。場内の電燈が一時に点いた。

「何だ何だ」「今のは何だ」「押すな押すな」

「ヤレヤレ」「ワーッ」

と云う場内のどよめき……機械室で罵り合う声……楽屋のドタバタと云う跫音、まるで火事場の様な騒々しさ……

「此方へお出でなさい」

と八白老博士はワルテンベルグ博士の手をしっかりと摑んで、無理に見物を押しわけて表に待たせてあった自動車に飛び乗って何処かへ消え去った。

六

九時五十五分……博多ホテルの前に鬨の声をあげて押し寄せた大群衆を制すべく、博多ホ

テルの人々は殆んど総出で二人の警官と力を合わせたのが、それでも恐ろしい大勢の力で押し入ろうとするので、とうとう鉄の鎧戸を卸してしまった。

「フェルマ嬢フェルマ嬢」

と云う昂奮した叫びが鬨の声の中にまじって外に残った。

三階の廊下の奥――フェルマ嬢の居間に宛てられて居る貴賓室の扉の前にはホテルの支配人と博美館の主任とが額を集めてヒソヒソ話をして居る。

博美館の楽屋から失神した嬢を運び出して、路次伝いにホテルの非常口から鉄の裏梯子を三階まで登って来た、フロックコートの活弁の其横に一団となって汗を拭いたり煙草に火をつけたりして居る。

三人の新聞記者は壁に寄りかかって腕を組んで考え込んだ様にして居る一人の巡査を取り巻いて交る交る小声で何か尋ねては手帳につけ込んで居る。そのまわりにホテルの来客らしい様々の人物十四五名が押しかけて聞き耳を立てて居る。

群衆の叫び声がはるかに三階の下から化粧煉瓦を沁み透して来る。

「モシモシ……左様です……博多ホテルですよ……フェルマ嬢の御容体ですか？……まだお医者様が……お医者様が御診察中ですからね……よくわかりませんから……お医者様のお名前ですか？……存じません……わかりません……モシモシ……博多ホテルですよ……まだわかりません……」

と廊下の隅の交換台で八方からフェルマ嬢についてかかって来る電話に応答して居る、ホテルの交換嬢の声が寂寞を破る。

皆片唾(かたず)を呑んだ。

貴賓室の扉が開いて、一人の和服の品のいい紳士が出て来た。白い新しいハンカチで濡れた手を拭い乍ら支配人と主任の処へ来て立ち止まった。皆ゾロゾロと取り巻いて耳を傾けた。

和服の紳士は柔和な静かな声で云った。

「私は此頃(このごろ)近所で開業致しました古賀と云うものです。丁度博美館に来合わせて居りましてフェルマ嬢の診察を頼まれましたので……」

そう云って居る中にドクトルの白い額から汗が滲み出して来た。ドクトルは新しいハンケチを出してゆっくりと拭きながら言葉を継いだ。

「つまり嬢は場内が最も緊張して居る際に、突然に起った彼の故障に驚いて失神されたものと思います。もう覚醒して居られまして今暫し眠り度(た)いと云って居られますから、そうした方が好いだろうと思います。心臓もその他の処にも異状は認められません。只安静が第一です。……何なら今夜丈(だ)け看護婦でも、つけて置かれたら好いでしょう。お一人の様ですから」

此(この)最後の言葉は特にホテルの支配人に向って云った。皆黙って居た。ワーと云う鬨の声が遥かに引っきり無しに聞える。

「お薬は要りませんか」

と活弁らしい男が頓狂な口調で聞いた。

「左様ですか……別に要りますまいが沈静剤でも差し上げて置きましょう……どなたか私と一処(いっしょ)に……」

と見廻わした。

「私が参りましょう」

と今の活弁が云った。

「では」

とドクトルは目礼をして行きそうにした。

「一寸お待ち下さい……彼の映画幕に出たあの青インキの符牒は何でしたろうね」

と新聞記者らしい背広の一人がドクトルを遮った。同時に傍の警官が仔細らしく鬚をひねり初めた。

「さあ……嬢はとにかくあれに驚かれたらしいのですが四角いものの意味と嬢の失神がもっと深い関係があるかどうかと云う問題はどうも私の受け持ちでは無さそうですがね」

主任と支配人は腕を組んだ。巡査の鬚のヒネクリ方は一層猛烈になった。

「嬢は最前失神されて覚醒されがけに紅茶が紅茶がと云われましたので急いで持って行きますと眼の色を変えて床の上にたたき落されましたが、あれはどう云う訳でしょう」

「吹き矢が吹き矢がとか指が痛い指が痛いとかお父さんとか兄さんとか云ってたね」

と二人の活弁が問わず語りに顔を見合わせた。

「さあ最前もシクラメンシクラメンと口の中で云って居られた様ですが……大方囈言(うわごと)でしょ

う……精神が混乱して居られた様ですから」

　とドクトルは事も無げに云った。

「『猫の爪』のフィルムを持って参りましたが」

　と最前の通訳が丸いケースを持って何処からか上って来た。皆は取り巻いた。

「嬢は今安静に眠って居られるので……」

　とドクトルが遮る様に云った。

「私がお預りして置きましょう……」

　と支配人が手を出した。

「いや鳥渡僕に見せて呉れ……」

　と鬚をひねって居た巡査が受け取った。皆巡査を取り巻いて視線を集めたが巡査は新式ケースの開き方を知らないと見えて真赤になって方々を引っぱった。通訳はニヤニヤ笑い乍ら云った。

「もう彼の処は切り除けてあります。警察に持って行かれたそうです」

　何だつまらないと云う風に、巡査はケースを支配人に渡した。

「彼の二つの四角い物は誰が書いたのですか？」

　と新聞記者達は眼を皿の様にして通訳に詰め寄った。通訳は面喰って頬をふくらしたが不愛想に云った。

「あそこの処のフィルムは二、三十枚ばかり両端を残して横に切られて居て何処からでも切れて、レンズの前に残る様になって居たそうです。其一つ一つに彼の四角いものとインタロゲーションマークが書いてあったのです。誰がした悪戯か未だ分かりませんがフェルマ嬢から受け取ってから機械にかけるまでは三分とかかって居ませんから、こんな悪戯をする間は無いと技師が云って居りました」

皆は顔を見合わせた。新聞記者の中で最ハイカラな一人は独言の様に云った。

「それじゃ此ホテルの中で誰か悪戯をしたんだ」

「怪しからん」

と支配人は急に気色ばんだ。そしてフィルムを小腋に抱え乍ら

「フェルマ嬢の荷物は嬢の寝台の下に入れたっきり誰も手を触れたものは無い筈だ」

と新聞記者を睨み付けた。

「でも試写の時に無かったものが此ホテルに有る中に出来て来たんだから左程思うより外仕方が無いでしょう」

と新聞記者も気色ばんだ。

「いよいよ怪しからんじゃ無いか君は……此ホテルにはそんな胡乱な者は居ません」

と支配人はいよいよ憤然として云い切った。巡査は又も鬚をひねり初めた。

「じゃ嬢自身かそれとも二人の客人の一人だろう」

とその新聞記者は名探偵の様に皆を見廻わした。支配人は冷笑した。

「イヤ今夜のフェルマ嬢のお客様はワルテンベルグと云う墺太利の医学博士と此処の大学の

八白教授です」

「エ……そのお二人は……」

と立ち止まって聴いて居た古賀ドクトルは皆を見廻わした。皆も皆を見廻わした。

「お二人は騒動の最中に博美館から自動車に乗って何処へか行かれた様です。私は後に付き添って居たんですが……」

と一人の若い活弁が云った。皆は今一度皆の顔を見廻わした。皆同じ様な疑問を起したらしい。

「変だ――どうしても変だ。嬢が招待したんだから此処に見舞いに来なければならん筈だ。中に這入って一言嬢に心当りを聞いて好いですかね」

と新聞記者は古賀ドクトルをかえり見た。行きかけた古賀ドクトルは又立止まった。支配人は間に這入って記者を睨み付けて云った。

「いけない。其んな事は絶対に出来ません」

記者達は恨めし相に貴賓室の扉を睨んだ。

「ではよろしく……」

とドクトルは皆の視線を逃れる様に去った。他の者も廊下をおのがじし散りかけたが此時ホテルの外の群衆の叫びが突然異状に高まったので皆は又ピタリと立ち止まった。皆まん丸にした眼と眼を見合わせた。三階下のホテルの鎧戸が外から破れん許りに乱打されて居て震動が三階まで響き上る様に思われた。最前から引っきり無しにかかって来るフェルマ嬢の容態聞合わせの電話と真赤になって奮闘して居たホテルの交換手の女は——此時（このとき）急に真青になって支配人の処へ走り寄った。

「お向いのお菓子屋からお電話でございます」

「何？　向いの菓子屋……」

支配人は面倒相（そう）に頬をふくらして交換手の顔を見た。交換手は今にも脳貧血を起しそうにワナナイて居る。

支配人は妙な顔をして廊下の隅の交換台の処に立って行って受話機を耳に当てたが忽ち受話器とフィルムを取り落した。鷲の様に眼を怒らし両手を拡げて皆を突き退けて貴賓室の扉を開くとハット棒の様に立ち竦んだ。

卓子（テーブル）の上のシクラメンの青い鉢に銀の水注を持って来て溢れる程に注がれた水が卓子の縁を越えて床の上にズンズン流れ広がって居る。其のまわりに引き裂かれた手紙らしいものが散らかって居る。……其（その）又向うに開け放された窓……嬢の寝床は空ッポ……

支配人は窓にかけ寄って往来を見下した。他の者も手に手に窓を開いて見下した。

往来一面の群集は支配人の居る窓の真下の処を中心に押し寄せ押し返して居る。其（その）間から黒いアスファルトの上に横たわって居る白い女の死体らしいものがチラチラ見える。それを踏むまいとして押し返す小数の力は見ようとする大群集の力に負けて大波を打たせ乍ら見る見る白いものを踏みつけ踏みにじって行く。向う三軒両隣りの窓から無数に突き出された人の首——停（とま）った電車のベル——名状し難い混乱の叫び——

「アッ……此処にこんな字が……」

と支配人の頭の上の硝子窓を指したものがある。皆バラバラと走り寄った。支配人もあわてて首を引っこめた。

呑気相に美しくグルグル廻わる広告塔を背景にした窓硝子の上に青インキの横文字が小さく十二、三行並んで居る。丁度其処に居合わせた通訳はスラスラと眼を通したが悄然として云った。

「発狂した……フェルマ嬢は発狂したんだな」

「な――何と書いてあるんだ」

と二三人が問うた。

通訳は額に手を当て乍らボツボツ翻訳し始めた。

□

静脈色の金ペンのたわむれは
彼女のいまわしいなつかしい恋人が
透きとおったアルコールの地獄の中から
彼女を讃美して送った恋文――

□□

毒の角砂糖と毒の吹き矢は
彼女の恋人の醜い侏儒が

白く冷めたい永遠の笑いに
彼女を弄んだ手品のカラクリ

□□

血色のシクラメンの毒の植木鉢は
彼女の恋人の空っぽの脳髄が
彼女の邪悪な熱愛に感じて
死を誓約したエンゲージプレゼント

□□

古い恋人の恨みをこめた
新しい恋人の咀いをこめた
真黒な空の下をグルグルとまわる
彼女の恋の思い出のイルミネーション

□□

悪の舞台裏を吾が物としようとした
彼女の筋書は役者に嘲笑された
超自然の恋は超自然に裏切られた

□□

芝居は終った幕は閉じられた

所作を失った悪の女王は
ひとり淋しく地獄に帰る
――熱狂した群集の喝采のうちに――

（フェルマ作一九二四。三。四）

七

表現派と、未来派と、三角派と、印象派と……そんな芸術をゴッチャにした様な光景の中をさ迷う、あらん限りの奇妙な匂い――その中に青褪めた二百燭光が吊されて、シンシンと光っている地下室の舞台面である。

――十時半頃――

時々、外を吹き出した春には珍らしい夜嵐の音が聞えている。

電燈の下の安楽椅子に八白老博士が腰をかけている。ワルテンベルグ博士は、それに向い合った近い机の端に腰をかけて、前に置かれた二通の手紙を見詰めて腕を組んで居る。

二人の胸にはシクラメンの花がうなだれている。

二通の手紙は何か薬液が塗られたと見えて、赤褐色に変色して処々に指紋を、真白に浮き出さしている。

ワルテンベルグ博士は、腕を組んだ儘、如何にも真剣らしく、エスペラント語で云った。

「貴下に宛てた手紙には此通り貴下の指紋が着いている。又私へ宛てた手紙には私の指紋が鮮かに現われている。つまり貴下と私とは自分に書いて自分宛に出した事になりますな」

「故意に、向うの指紋を着けて此方の犯跡を晦ました事にもなります」

と八白老博士は嚙んで吐き出す様に云った。

「要するに、貴下も私も、お互に此等の手紙を書かない事丈けは明瞭ですな」

老博士は、ニヤリと笑ってうなずいた。ワ博士は依然として真剣な態度で云った。

「是非、此手紙を出した本人を探し出さねば……」

老博士は又ニヤリと笑った。ワ博士は益々真剣になって身を乗り出した。

「此二つの手紙を書いて、二人の指紋をつけて吾々を脅迫し得る者は、吾々以外には二人しか居ない。一人は侏儒で一人は曾知学士である。其中で曾知学士は死んでいるから残るのはかの侏儒です。かの侏儒は本当に貴下が殺されたのですか？　侏儒は身代りの偽せ物ではないのですか？」

「此方へお出なさい」

八白老博士は、いきなりこう立ち上った。ワ博士を案内して室の隅の寝台をかくした白い幕の中に連れ込んだ。

幕の中に這入ると薄暗いので、ワ博士は懐中電燈をつけたが其光りの中に現われた眼の前の侏儒のアルコール漬を見ると流石に気味悪く感じたらしく一つ二つ軽い咳払いをした。其中に老博士は猶予無く寝台の上に上って瓶の蓋を払い、中の侏儒の頭の毛を摑んで引き上げると、額から上は大きな椀の様に、ポックリと取れた。老博士は「どうです」と云わむ計りに、ワ博士をかえり見た。

今にも何事か起りでもするかの様に身構えをして立って居た、ワ博士は此時やっと気が落ち付いたらしく、寝台の上に上って瓶の中を覗き込んだ。懐中電燈の光りで脳味噌を取り出したあとの頭蓋骨の空洞を照した。其底に開いて居る各種の神経の穴、四壁の血管の痕跡、真中で結ばった視神経の十文字なぞを叮嚀に指で抓んで調べて居たが、ホット一息して頷いた。

八白老博士は頭蓋骨をもとの通りにして寝台から降りた。ワ博士も之に続いた。二人は旧の席に帰った。

「第一着の調査は終った。かの侏儒は、身代りの偽物でも何でもない。正に八白圭策氏が手を下して殺されたもの……」

とワルテンベルグ博士は、大検事の様な厳正な口調で云った。冷かに笑い乍ら聴いていた老博士はすぐ附け加えた。

「同時に、貴下が真のワルテンベルグ博士で曾知愛太郎を殺した当の犯人であると云う事も決定する」

二人の物凄い眼と眼はヒタと見交された。然し間も無く二人の眼の光りは狡猾そうな輝きに代ると共に、二人の唇には冷かな、ホホ笑みが浮んだ。

二人は打ち融けて来た。言葉附も和らいだ。ワ博士は肩をゆすってニヤリと笑い乍ら云った。

「兎に角、貴下と私とで力を合わせて研究をすれば世の中に不可解な事は、無い筈です」

「そうです。そうして全ての疑問を虱(しらみ)殺しに調べて行かなければ、吾々の恐る可き敵たる万年筆の正体は永久に解らなくなるのです」

博士は頷いた。八白老博士は自分の頭の中を整理する様に眼を閉じて地の底から洩れて来る様な外の嵐の音に耳を澄まして居たがやがて眼と口とを同時に開いた。

「其処で、これは全く私一人の参考として承りますが、貴下は曾知学士を完全に殺されたでしょうな？」

ワ博士の額は異様な誇りに輝き出した。其時(そのとき)の嬉しさに堪え得ぬ様に頬を笑ませ乍ら云った。

「貴下は私と曾知学士との間に華盛頓(ワシントン)で、フェルマ嬢に対しての猛烈な恋の争闘があった事はお認めでしょうな」

八白博士は頷ずいた。

「其(その)争闘の結果、私と曾知学士の二人は極度の煩悶に陥って嬢に裁決を求めたのです。そうして嬢から『貴下を愛せぬ』と云う宣告を聞かずに済む方法を取ったのです」

「というと……？」

「嬢と私と曾知と、此(この)三人は、八月一日の月明の夜にチェサピーク湾に端艇を漕ぎ出して、三人で三つの盃を干しました。其(その)中二つのどちらにか嬢が毒を入れて置くのです。三人は愉快に酔っ払って歌を歌い乍ら眠りました。そうして翌朝眼をさました時、船の中には私丈けが生き残って居りました」

「それまで嬢は眠って居ましたか？」

「私が揺りおこしたのです」

「曾知の死骸はどうしましたか？」

「診察をして旅行免状を取り上げて海に投げ込みました」

「嬢も手伝って？」

「そうです。流石に彼女も慄えていました」

「それにしても驚くべき残忍さですな」

「いや。彼女の美が当然負うべき義務として私から迫ったのです」

「死骸を棄てた処は海岸から遠い処ですか」

「二三浬はありましたろう」

「曾知は泳げなかった様だ……」

と老博士は独言の様に云って腕を組んだ。

「御心配御無用です。そうして、私とフェルマとは同罪なのです。曾知学士の死は半分自殺、半分他殺なのです」

「それはよろしいが、曾知学士の死骸は其後発見されましたか？」

「魚には発見されたかも知れませんが、人間には発見されません。新聞に載りませんから」

「間違いありませぬな?!」

「御念には及びません」

と、ワ博士は勝ち誇った勇者の様に、反り身になった。机の上から傲然と八白博士を見下して云った。

「それで此次に決定すべき問題は吾々が決して親でも、兄弟でもない事。其次には貴下と私へ来た此等の手紙が用紙や筆跡までもソックリであるがお互の手で書かれたものでも絶対に無い事でしょうな」

「少しでも嘘を交えられると全ての判断が狂って来ますぞ」

と八白博士の鋭い眼が下から見上げた。

「勿論です。此手紙を書いたものが、先生でもない、又は私でも無い。侏儒も曾知学士も死んで居るとなれば……此手紙やかのフィルムの文字を書く者がない……」

「いや、まだ一人ある……」

二人は眼と眼を見合わせた儘沈黙した。

「ワハハ………」

と突然ワ博士は笑い出した。

「フェルマ嬢が吾々を呪う……そんな事があり得ましょうか……アハハ……」

「いや、あり得る。彼女は私達に先刻毒を飲ませました」

「エッ！　毒を？」

「フェルマ嬢は今朝此地下室で失神した振りをした時に、かのアルコール漬の侏儒が作った角砂糖を二つ盗んだ。あのフィルムの中に出た青インキの二つの四角は其意味です。二つを一人にすすめたか、一つ宛を一人にすすめたかは解らぬが、私は二人に一つ宛すすめた様な気がします。そうだとすれば二人は間も無く死なななければなりません」

「どうして？」

とワ博士は戦き乍ら漆喰の床の上に降り立った。八白博士は胸から、シクラメンの萎れた花を抜きとって、ひねり乍ら一層皮肉な笑を浮めて、ワ博士の顔を見上げた。

「貴下は、此シクラメンが植えられていた、あの支那焼の青磁の鉢を御記憶でしょうな」

ワ博士は小学校の生徒の様に真面目に頷ずいた。

「あの鉢に以前植えてあったのは此処に落ちている支那水仙の造花でした」

「そ……それがどうしたのです？」

と、ワ博士はせき込んで尋ねた。八白老博士の笑みは一層深くなった。

「まあゆっくりお聞きなさい。あの植木鉢は水が乾くと室中一杯に毒瓦斯を出して、水をかけると其毒瓦斯を奇麗に吸いもどす仕掛けになっているもので、此アルコール漬の侏儒が生前、丹青をこめて作りあげたものです」

「それをどうして嬢に……」

「嬢はこれを受ける理由があるのです。フェルマ嬢は今朝此地下室に来て、私から此鉢や何かの説明を聴いたあとで、あの侏儒のアルコール漬の前に来て、あの侏儒を恋していることを……殆んど昂奮状態で口走りました」

「…………」

「それを察した私は丁度此机の上に乗っていた植木鉢の造花を引き抜いて、代りに生きたシクラメンの花を普通の土で根じめをして嬢に進上したのです。嬢は此鉢を記憶して居たと見えて其れが造花であるかどうかを試すために、あの様に摘みとったものと思われるのです。私達も之に倣いましたが、しかしそれは別の意味ででした」

ワ博士の呼吸は一しきり、獣の様に荒くなりかけたが又ピタリと静まった。老博士の落着いたエスペラント語は続いた。

「しかし、嬢は多分此侏儒が死んでいることを知った刹那から、もう私たちを敵と見て居たらしいのです。嬢の恋――アルコール漬の侏儒と其苦心から生れた此地下室の恐る可き犯罪用具に対する嬢の執着心――を遂げるには吾々は非常な邪魔物なのです。嬢は貴下と私とを一本の万年筆で呪い殺そうとして居る。しかも曾知学士から貰ったらしい吾々二人の指紋で其犯跡を晦まそうとして居る。更にそれを誤魔化す為にフィルムに文字を書いて失神した振りをした――つまり自分も何かに呪われた振りをしたのです。――そうして、お気の毒ですが貴下は振り棄てられた……」

「アッハッ……」

と、ワ博士は突然反り返った。

「そんな馬鹿なことが……アッハッ……」

ワ博士の笑いは地下室に恐ろしい反響を投げ散らして渦巻いた。其渦巻のうちに八白博士はいよいよ真面目になった。

「要するにですな……」

と、ワ博士は急に洒落な態度になって机に倚りかかった。

「私はそんな毒薬を飲まされる気づかいは無いという自信があるのです。それで今の中に一切を打ち明けて今後の御相談をして置きたいのです」

「フーム」

「其処で、要するに此地下室と、あの標本室との秘密が完全に或一人のものになって仕舞えばよろしいのでしょう？」

「無論、同意見です。私の生命のある限りは……」

「エッ！　それじゃあなたは……紅茶の毒を飲まなかったのですか？」

ワ博士は急き込んだ。老博士は笑った。

「アハ……それだから貴下は未だお若いというのです。こんなこともあろうかと思って、前から私は此処にあった毒の角砂糖を普通のと取りかえて置いたのです。それのみならず、此室内の全ての物は研究済みの消毒済みです。毒があるとすれば外の黴菌が着いているのです」

ワ博士は頤が一寸も延びたかと思う程驚き呆れた顔をしていたが、やがて切れ切れに云った。

「つまり……それでは……どうするのです……」

「やっぱり同じ事でしょう。私達は此地下室の物を吾々よりももっと恐ろしい人間の手に渡さぬ様にすればいいのです」

「恐ろしい奴とは誰です？　それは……」

「それは万年筆です」

「万年筆？」

「そうです。吾々三人を呪いつつある万年筆です。彼のフィルムに四角なものを書き、吾々に此手紙を書いた万年筆です。吾々の全ての行動を知り抜いて居て一分も隙のない様に吾々を支配している万年筆――吾々の生涯の秘密を知っていてこれを現代の法医学界で最大最高の疑問となっている遺伝と血の研究に結びつけて何でも彼でも親子兄弟と思わねば都合が悪い様にして、吾々を此地下室に集めて亡ぼそうとしている万年筆――出没自在、飛行自在の万年筆です。吾々は自然の法則を超越したものの存在を許さない。……が……此万年筆ばかりは全ての法医学上の原則、否自然の法則を自由自在に蹂躙して存在している……」

　八白博士は右手の拳を机の上に置いて、ジット、ワ博士の顔を睨んだ。ワ博士は魘えた様な眼をした。そうして、おびえた様な声で云った。

「万年筆は何処にでもあります……」

「其中の一本の持ち主です。極めて自然な解釈を下せば貴下とフェルマ嬢との合作かも知れない……」

「馬鹿な！　そんな事は断じてありません」

と、ワ博士は両の拳を握って身慄いをした。

此時(このとき)突然八白博士の居る前の机の下で、キチキチキチキチキチキチキチキチと、バッタが飛ぶ様な奇妙な音がした。

老博士は一寸、ワ博士の顔を見たが直に其(その)机の引出しを開いて中から卓上電話の通話機を取り出して耳に当てた。

ワ博士は眼をみはった。室内をグルグル見まわすと、遥か向うの壁に電話の被覆線が、二本伝い上っているのを見つけた。侏儒が作った物か老博士が架けたものか解らぬが、兎に角、此(この)大学内の電話線とつながっているらしい。

「ああ、福岡警察署長さんですか、先日は失礼を……ハイハイ……只今教授室に居りまして、あのフィルムの文字に就きまして、或(ある)御仁と協議をしている処です……ハイ、自宅に居りませんでお手数をかけまして……ハイハイ……エッ！　何と仰る？……フェルマ嬢が自殺？……」

ワ博士は飛び退いた。眼にも止まらぬ早さで尻のポケットから黒い大きな拳銃を取り出して老博士の眉間を狙った。

「もう堪忍ならぬ。嬢が自殺した以上、悪党は貴様だ。あの角砂糖を飲まされた事を知っている貴様がホテルで俺たちの居ないうちにあんな悪戯をしたのだ。貴様は正しくフェルマを殺したのだ。貴様が、これ程の悪党とは知らなんだ知らなんだ。うぬッ！　白状しろ……白状しろ。貴様は俺を殺す為に此地下室に俺を誘ったんだな！」

ワルテンベルグ博士の怒りの声は、地下室の四壁にぶっつかった。其腕はワナワナと慄えた。其銃口に額を据えた八白博士はジッと眼を閉じて、何事か瞑想しているかの様であった。ワ博士は気味が悪くなって其顔を見詰めた。

此時、ワ博士は不図、異様な臭気が全ての他の臭気を押しのけて室内に漲りつつあるのを覚った。それは濃い強い揮発油の臭気で何処からとも無く室内に充ち充ちて、今はもう咽せ返る様になった。

八白博士はパチリと眼を見開いた。静かに微笑して底力のある声で云った。

「撃って見ろ！　室中が火になるぞ！」

ワ博士は顫え上った。夢中になって入口の鉄の扉は壁と同様に静かに動かなかった。

老博士は冷かに笑い乍ら椅子から立ち上って燐寸を取り出した。中から一本抜き出して箱の外側の塗薬に近づけた。

「どうじゃな。私はあの侏儒がいつも夜中に出入していた落し戸の上にいる。足の踏みよう一つで一秒時間に外に出る事が出来る。そうしてお前だけ焼き殺すことが出来る。お前の死骸と侏儒の死骸とが明日は骨ばかりになって発見されるだろう。其時に私が何とか巧い説明をつけてやる」

此処まで云いさした八白博士は揮発油の臭に酔うてよろよろとした。ワルテンベルグ博士もよろよろと鉄の扉によりかかり乍らふり返った。そうして泣き声で切れ切れに云った。

「私は……どうすればよいのです……お父さん！」

「馬鹿!!　此場になって世迷言を言うな！……只、万年筆の主を白状すればよいのじゃ」

「…………」

「白状出来ないものは片端から一人宛、万年筆を持てない様にして遣るのだ」

「ナニッ……」とほとんど無意識にワルテンベルグ博士は右手のピストルを握り締めた――

轟然一発――

室内は一時に煙になった。二人は同時にバッタリと床の上に倒れた。

方々から青く、赤く、黄色くメラメラと黒い煙を吐き乍ら燃え上る焔――イルミネーションの様に並んで燃える天井のボロ切れ――其奥にボーッと燃え落ちる白い幕――其蔭の割れた硝子瓶の中から、薄紫のアルコールの焔に包まれつつ微笑して居る真白な侏儒の死骸……

……シンシンシンと輝やく二百燭光……

×　　×　　×

これで此記録は終わった。

此記録を支配する八つの青インキの痕――ワルテンベルグ博士から八白博士に宛てた二通の書信――

――フェルマ嬢を八白博士に紹介した名刺――

――エスペラント語で書かれた三通の脅迫状――

――フィルムに現われた二つの四角――

——硝子窓に書かれた奇妙な詩——

これ等を支配し又は此等に支配されて居る五人の犯罪研究者——すなわち——

——三名の法医学者——

——一名の侏儒
——一名の女優
それ等は皆「死人に口なし」となってしまった。

これ等の青インキの痕が、此等の人々の内だれの万年筆に依って書かれたか——数本の万年筆に依って書かれたか、又は一本の万年筆に依って書かれたものか、其様な事をはっきりさせる可く今一度此記録を読み返す人は、此記録を一種の探偵小説と見る人であろう。

此記録の中の出来事は全部偶然の機会に何の気も無く落ち合った三人の咄嗟の智恵から割り出されたものか、又は初めから予定され計画されて行われたものか、其様な研究に興味を持つ人は此一篇を一種の脚色トリックと見る人であろう。

九州帝国大学の法医標本室の地下室に咲いた悪の華が如何に四人の犯罪研究者を引き付けて如何に其色と香を昏迷させたか、其心理的研究を面白がる人は此一篇を一種の頽廃的芸術作品と見る人であろう。

抜群の明敏な智能、極度に進歩した頭が寄り集まって如何にして一本の超自然的な万年筆を生み出したか、何故にそれに魘え恐れたか、文化程度の低い人々がいい加減な神の存在を認めて之を恐れ敬うのとどう違うか。其様な考察に興味を持つ人は、此一篇を一種の哲学書と見る人であろう。

その万年筆は九州帝国大学の法医標本室の地下室に古くからあったもので八白博士から「此一つ丈けが犯罪に使われぬ」と云われたのに憤慨して活躍し初めたものと見る人もあろう。

その万年筆は四月五日の朝世界的に頭のいい連中をその住家の地下室に集めて、アッと云わせる喜劇を見せようとして失敗した。その弁解が此記録となって現われたものと考えて呉れる人もあろう。

それ等の何れの人々に対しても此記録は一種の謎語の白色眼鏡を提供し、又は不可解のメリーゴーラウンドとなって行くであろう。

それが此記録の目的である。

それが――私――万年筆の本懐である。

今や私が只の万年筆に還る時が来た、無間地獄に堕つる時が来た、自然を自然に還し、超自然を超自然に還して……

フェルマ嬢のあとを逐うて……

（大正十四年十一月・十五年一月二月「黒白」）

投票者からの偏愛コメント集①

収録作選定に向け、変格ミステリ作家クラブ会員の皆さんから「偏愛の変格ミステリ短篇」へ投票していただきました。寄せられた「偏愛コメント」を紹介します。（編集部）

谷崎潤一郎

「青塚氏の話」

●乱歩・正史をも魅了した谷崎作品から一編選ぶならば、甘美ないかがわしさに満ちたこれを推薦します。「ああ、いい変格を読んだ」と思わせてくれる怪作で、フェティシズム・スカトロ趣味・映画趣味など谷崎らしさが横溢する作品です。（有栖川有栖）

「柳湯の事件」

●変格探偵小説の嚆矢にして、ひとつの完成形。乱歩の「触覚芸術」のアイデアは、この作品に触発されたのではないか?!（倉野憲比古）

「途上」

●登場人物も事件の経過も、そして真相もすべて、ある途上での探偵と紳士との会話だけで展開される。ただ、神の啓示のごとくなされる探偵の告発と、追い詰められ落ちていく紳士の姿が描写されるのみ。推理する余地がないところは変格たる所以であり、それでいて終始サスペンスに満ち溢れる極上のミステリである。（笹方政紀）

夢野久作

「人間腸詰」

●タイトルから推測できるそのまんまの話なんですが、それでもすこぶる面白い。結末の付け方も申し分ありません。（太田忠司）

「死後の恋」

●なんと言いましても、初めて読んだ時のあの死体描写は鮮烈でした（月岡芳年をほうふつとさせる）。舞台となっている時代の不穏さ、血なまぐささも今の時代とはまた違う、肌をピリピリと痺れさせるような酷薄さがあります。そして最後の一言を加えることで、今まで読んできたものすべてが反転してしまう可能性が現れる。独白文体であるがゆえの酩酊感。
　短篇にこれだけの情報量と衝撃が詰め込めるのかと、ただただ感服した一篇です。
（金子ユミ）

「瓶詰の地獄」

●作品の存在は知っていながら最近まで読む機会はなく、夢野久作にはまっている娘に薦められて読みました。掌編という言葉がぴったりな短い作品ですが、その短さが鋭い切れ味と余韻につながっているかと思います。
　独特の怪奇的な文体、解釈が分かれる三段構成、そして魅力的なタイトル（個人的には『瓶詰地獄』というタイトルのほうがよりしっくり来ますが）と、短い作品ながら変格ミステリの要素が満載です。

（青木知己）

黒衣を纏う人

甲賀三郎

この当時、怪奇幻想、冒険小説、SF、猟奇実話、エログロ、ショートコント等、新奇なものは何でもかんでも「探偵小説」と呼ばれていたのだが、かねてからそうした状況に不都合を感じていた甲賀が、論理やトリック中心の謎解き重視のものを「本格」と呼ぼうと提唱した。また、やや遅れて、平林初之輔がそれとは異なる観点から、怪奇幻想性や異常心理を重視したものを「不健全派」と命名した。それを踏まえて「健全派」を「本格」とし、「不健全派」に「変格」という言葉を創案・代用したのも甲賀だった。ここで注目すべきは、甲賀・平林の両者ともが乱歩の大半の作品を変格としたことだろう。以降、甲賀は「本格」称揚の立場から、たびたび激しく論争を繰り返した。その「変格」の名づけ親である甲賀からも、論陣を張りはじめる以前の一作を。謎の奇妙さに加え、真相が解明されることで不意にサスペンスが立ちのぼるのも面白い。(竹本健治)

【底本】『恐ろしき凝視　創作探偵小説集』(春陽堂書店・一九九九年)

一

郊外のS町へ越して来てから間もない頃、ふと私は眼を病んだ。初めは痒い位で大した事はなかったが、そのうちに充血が酷くなって、瞼を返して見ると、何だかボツボツがあるようなので、トラホームじゃないかしらと不安になって来た。先の住居で三つになる子が軽いトラホームに罹ってから私達一家――と云っても妻と子供と三人きりだが――は眼病には大分神経を尖らしていたのだった。

「一度診て貰おうかね。」私は或朝妻に云った。

「ええ、それが好いわ。」妻は忽ち賛成した。医者嫌いの私の気性を知っているので、今まで云い出しかねていたのを、私から切り出したので、妻にとってはこんな好い機会はないのだった。「是非診て貰ってらっしゃい。」

「薬を売らない医者があるかしら。」

「そんなお医者さんがあるもんですか。」又かと云う顔をして、妻は言下に否定した。

「俺は硼酸水など高い金を出して買いたくないからね。トラホームかトラホームでないかが知りたいんだからね。その代わり診察料は払うよ。」

「あなたはいつでもそんな事を云いなさるけれども、日本には薬を売らないお医者さんなんかありませんわ。」馴れているので、私が外国ではと云い出す機先を巧に制しながら、然し情けなさそうに妻は云った。

「じゃ仕方がない。」私は割に素直に譲歩した。「所で、どこへ行こうね。」

「そうね、森川さんはどう？　何だか変人みたいなお医者さんだけれど。」妻は首をかしげながら答えた。

「森川って？」

「忘れっぽい人ね、ここへ来たてに坊やを見て貰ったじゃありませんか。」

「そうそう、あの医者だね。」

私は思い出した。先の住居で子供がトラホームだと云われてから、一週に一度位医者の所へ診せにやったのだったが、ここへ越すとその医者へは遠いので、近所の医者に馴染をつけて置こうと思ってその森川と云う眼科医の所へ連れさしたのだった。

「坊やはトラホームじゃないんですって。」

帰って来た妻は半信半疑と云う風でそう報告した。森川医師の説によると、トラホームは遺伝素質のあるものに限って感染するもので、そう恐れなくても好い、第一この子はトラホームじゃない。と云うのだった。

「でもね、お父さんが幼い時、トラホームに罹りなすったそうだから、坊やには遺伝があるから油断は出来ないわねえ。」

妻は上機嫌で子供に頬ずりなどしていた。私は仕方がなく苦笑した。そんな光景を思出したが、近頃神経衰弱の気味でよく物忘れする私はもうその医者の所を忘れて終っていた。

「どこだっけねえ。」

「先はね、そらD坂の中程の肉屋の角の横町ね、あそこを這入った所だったんですが、此間っからD坂の上へ立派な病院を新築してたから、もう多分出来上ってそこへ越したろうと思うわ。今日御用聞きに聞いとくわ。いらっしゃるのはいずれ晩でしょう。」妻は呑み込んだような顔をした。

そこで私はその朝はいつもの通り会社に出勤して、夕方眼をショボショボさせながら帰って来たのだった。

「森川さんはもう坂の上の新築へ越したんですって、いらっしって？」妻は私の顔を見ると云った。

「うん、夜でも診て呉れるんだろうね。」

「呉れるでしょう、無論。」

「じゃ飯を食ってから行こう。」

そんな訳で私は夕飯をすますと、家を出てD坂上に向った。朝からドンヨリと曇った空だったのでこの調子では初雪でも降るかと思っていたが、雪にはならないで、その代り夕方からヒウヒウと北風が吹き出したので、外は可成寒かった。私は疾足で坂を登って行った。

坂の上の店舗の鳥渡杜絶えた薄暗い所に、新築の洋風医院は三角形の高い屋根を見せながら立っていた。玄関はちゃんと開け放しになっていて、入口の鴨居の真中にとりつけた電燈が、新しい柱に似合しくない大きな古めかしい森川眼科と云う看板をボンヤリ照していたが、その他には燈火らしいものは洩れていないで、中はガランとしていた。私は少し躊躇しながら玄関の中へ這入った。

一坪あまりのコンクリートで固めた土間の片隅には、鉋屑や畳の切端や古新聞紙が砂に交って堆高く積上げてあった。突当りに見える螺旋形の階段は上った所の二階の天井に吊してあるらしい、下からは見えない電燈で上部が薄明くなっていたが、全体は暗い蔭に掩われて、欄干が異様な人影に見えたりした。生乾きの壁の臭やペンキの臭が変にジメジメとした感じを与えて、建ったばかりと云うよりは、未だ完成しないうちに移転して来たらしく、恰で、夜更けに人気のない曲馬団の小屋組でも覗いたような気がするのだった。

私は半諦めたが、兎に角と思って案内を乞うて試た。

「ごめん下さい。」

一度で返事がなかったら帰ろうと思っていると、意外だった事には私の声が終るか終らぬうちに、暗い廊下の奥からスリッパを引摺るらしい音が、バタバタと急しく聞えて、小柄なズングリした気短かそうな中年の男が、両手で上衣の襟を摑みながら、いらいらしたと云う様子で出て来たが、別に口を利こうともせず、立ったままじっと私を見下した。

「診察して頂きたいのですが。」私は鳥渡癪に障ったが、森川医師かも知れないと思ったので、丁寧にそう云って頭を下げた。

「お上りなさい。」

彼は私の顔を見て、鳥渡考えたようだったが、直ぐ無造作にそう云って、先に立って薄暗い階段をバタバタと上った。私はオズオズと彼の後に従った。

二階は十畳敷を二つ合せた位の広さだった。表に向った方へは可成大きな窓が三つ開いていたが、樺色の粗末なカーテンが下してあったので外は見えなかった。奥の方は薬局になっていて、よく銀行などにあるような肘突台のついた腰位の羽目で囲われて、その上に所々鐘形の小窓のついた三尺ばかりの低い塀がついていた。塀の上部から薬瓶の沢山並んだ戸棚が見えた、この広い部屋に電燈と云うのは薬局の中央にブラ下っているのが一つ切りで、部屋の中央から窓際にかけては足許が漸く見える位のもので、床に張りつめたリノリウムが変に黒光りがして、窓際に置いてある患者の待合用の長椅子や、中央の診察用の大きな卓子や、廻転椅子などが、電燈に向いた半面の所々を鈍く光らせながら、真黒に蹲まっていた。薬局と診察用の卓子との間あたりの壁にとりつけてある電話機が怪物の眼玉のように薄気味悪くあたりを睨んでいた。

先に立って行った小柄な医師は中央の診察用の卓子の傍へズカズカと行くとパチッと、その上の電燈のスタンドのスイッチを捻って、卓子の前の椅子にドッカとかけると、相対している廻転椅子をグルリと廻して自分の方へ向けて、私をさし招いた。卓子の近所だけが白々と明くなって、天井の一部と廻りの白壁の一部に反射光を投げかけたのが、反って広い部屋を一層無気味にした。

「どうしました。」

私が廻転椅子に掛けると彼はジロジロ私の顔を見ながら云った。彼は矢張りこの病院の主の森川医師だったのだ。

「ひどく充血しまして、眼の中がコロコロするようなんですが――」

「ハハァ。」彼は私の言葉を遮って、「お名前は」

そう云って彼は卓子（テーブル）の上の紙を伸べた。

「神山義生（かみやまよしお）。」

「ハハァ、神様の神、それからよしは、義の字ですね。おは生ずる、分（わか）りました。お年は」

「三十一です。」

「お所は」

「NS町（まち）××番地。」

「拝見しましょう。」

森川医師は必要な事項を書き終えると、すぐ私の方へ向き直り、骨張った手を差伸べて、巧にクルリと瞼を裏返した。

「トラホームじゃないでしょうか。」

私はやや仰向けになって、私の意志に反して兎（と）もすれば閉じようとする瞼に、医師の厳乗（がんじょう）な指の張力を感じながら、上ずった声で尋ねた。

「なに、トラホームじゃない。結膜炎だ。俗にはやり目と云う奴だ。大した事はない。だがこいつはトラホームよりは余程伝染力が強いよ。」森川医師はぞんざいな言葉で答えた。

「そうですか。」

トラホームでないと聞いて私はホッと安心した。

医師は片手で私の瞼を押えたまま、片手に点眼器を取って、小さい目薬瓶の中に突込んで、

「鳥渡しみますよ。」

そう云ったかと思うと彼は忽ち薬液を点眼したが、あっと云う間もなくも一つの眼を拡げて同じように薬液を滴らした。

この時の飛上るような痛さ！　私は経験のない人に委しくそれを語らねばならない。後で聞いた所によると、之は皓礬水と云ってよく遣う眼薬だそうだが、私の場合は殊によると液が濃かったか或は量が多かったのかも知れない、ほんとうに眼の中が焼け爛れるようだった。石鹼の水が浸み込んだ時のような刺戟する痛はなく、痛み方には幾分和か味はあるが、石鹼水の痛みが横に拡がる痛みだとすると、皓礬水のそれは奥の方へ拡がる痛みで、見る見るうちに瞼が腫れ上って眼球が溶けて終うような感じがして、熱い煮え返っているような涙が無限に湧出して来て、ホロホロと大粒になって頰を伝って落ちるのだ。瞼には千鈞の重みが加わって、必死の努力をしなければ紙一枚の幅にさえ開く事は出来ない。そうしてそんな異常の努力をして、文字通りに瞬間だけ開けて閉じても、その為に痛みは何倍となく増し、熱涙は溢れるように流れるのだ。反って上下の瞼にあらん限りの力を籠めて、グウッと閉じている方が痛みがいくらか楽になるのだった。

「暫くは開きませんよ。」

森川医師は事もなげにそう云うと、さっさと席を離れた。どうやら下に降りて行くらしい。

私はガランとした広間に目潰しを食ったまま、只一人とり残されたのだ。

やがて階下で森川医師が電話をかけ始めたらしく、大きな声で怒鳴る声が聞えた。

「もしもし、ああ、お前か、今患者が一人来てね、十分位かかるだろうと思うのだ。今、八時十分前だね、ああ、もしもし、分るかい、もしもし。」

電話は鳥渡杜絶えた。やがてバタバタと階段を駈け上る音がしたが、壁の電話機に向ったらしく、ガチャリと受話器を外す音がした。

「ああ、もしもし、之ならよく聞えるだろう。もしもし、下の電話機は駄目だね。もしもし、では、今は八時十分前だろう、八時までには患者の方はすむから、それから直ぐ自動車で飛ばすとして、八時半。ええ、八時半、それまでにはそっちへ行くよ。それまで持ちそうかね。うん、そうか、困ったなあ。カンフル注射はやったんだね、三本、え三四本、うん、そうか、よし。」

ガチャリ受話器を掛ける音がした。

森川医師は電話をすますと、私の傍へ来て云った。

「まだ開きませんか。」

何だか嘲弄しているように聞えたのは私の僻耳だったろうか。

「ええ。」私は微に答えた。

「実は妹が今死にそうなんでね。」そう悲しんでもいないような調子で彼は弁解がましく云った。「家内も書生も看護婦もみんなその方へやってあるんでね。僕一人しかいないのですよ。

薬を拵えて置きますからね。もう直ぐ開きますよ。」

　そう云ったが彼は薬局へ這入った様子はなく、そわそわと又階下(した)へ降りて行ったらしい。

私は再び只一人とり残された。

　一分、二分、痛みは容易に去らない。熱涙は後から後からと頬を伝って流れて行く。双の瞼に懸命の力を籠めて瞬間だけ開いて見ると、卓子(テーブル)の端と主(ぬし)のない肘かけ椅子がチラリと見える許(ばか)りで、閉じた眼は以前に数倍する痛みに攻められて、煮えくり返るような涙が迸(ほとばし)り出る。私はちっとも人気のないガランとした未完成の病院の一室に、いつまでも盲目(めくら)のまま坐(すわ)ってなければならないのだ。

　階下(した)ではカタとも音がしない。森川医師は何をしているのだろうか。私はだんだん不安になって来た。

　私は何か毒薬でも点眼されてこのまま失明して終うのではないだろうか。そんな馬鹿気た事さえ考えるのだった。こんな所にじっと坐っていて、かりに短刀を擬した兇漢(きょうかん)が傍(わき)へ来ても、グサと一刺(ひとさし)されるまで私は少しも気がつかないのだ。そんな馬鹿げた事はないにしても、今不意に大地震があったら？　もし階下(した)から火が出たら？　メラメラと舌のような赤い火が、今坐っている床から頭を出しても私は見る事が出来ないのだ、大きな空家の一室のような所に盲目(めくら)のまま只一人置かれた私は、離れ小島の闇の中に置かれたような気がするのだ。一歩外へ出ればそこに繁華なD坂の店々が軒を並べて冬とは云いながら中々の賑(にぎわ)いを見せて、現にここへも時々電車の軋る音や、夕刊売の叫声(さけびごえ)が洩れ聞えて来るのだが、目の見えない私にはそれが妙に遠くに聞えて、行く事の出来ない別世界の物音のように思えるのだった。

ふだんから探偵小説や怪奇小説を愛読して、殊に数日来、或る不思議な恐しい物語を耽読していたので、その中にあった数々の怪奇な場面を思い出したりして、私は益々心細くなって行くのだ。そうして、ああ何ぞ知らん、この時既に私は探偵小説中の人となっていたのである。

未だ熱涙の流れ出るのが止らない双眼を瞑ったまま、いろいろと奇怪な妄想を廻らして、不安と云うよりは寧ろ恐怖に駈られながら、じっと坐っていると、バタバタと例の小忙しいスリッパの音がして森川医師が上って来た様子なので、私は救われたような気がした。

「未だ開きませんか。」

私に近づくと、彼は相変らず嘲るような調子で云った。

「ええ、未だです。」私は少し反抗するように答えた。

「ハハハハ。」

だしぬけに彼が吐き出すような低い笑声を洩したので、私は吃驚すると同時に、憤然とした。私は不機嫌に黙って終った。

だが、私はお互の呼吸の聞えるような沈黙に堪えられなくなった。

「妹さんはどうですか。」私はふとこんな事を聞いた。

私は何故彼の妹の事などを聞いたのだろうか。大方さっきから一人ポツネンとして、目を閉じたまま、いろいろ薄気味の悪い事を思い廻らしていたうち、森川医師自身の口から聞いた、彼の妹が死に瀕していると云う事から、それについての場面など想像していたので、今重苦しい沈黙に堪えられなくなったと、一にはもし何か話しかけないと彼が再び階下に立去って終うかも知れないと云う懸念から、急いで話題を探した時、ふと思いついたものであろう。

だが、どうしたと云うものか、森川医師は少しも返辞をしないのだ。そして、う、う、と云う変な唸り声見たいなものが聞えるのだった。私は一生懸命に瞼に力を籠めて、痛い眼を一瞬間開いて見たが、目の前には医師の姿は見えなかった。

三十秒、一分、息詰るような沈黙が続いた。森川医師は階下に降りた様子はないが、どこで何をしているのか、カタリとも音がしないのだ、私の不安は刻々に幾何級数的に増して来た。

彼は私に何か危害を加えようとするのではないだろうか、彼の始めからそわそわとした落着かない態度それは妹の死に直面している為だろうか、それにしても彼の態度のうちには哀愁らしいものを少しも見出す事は出来ない。反って嘲るような調子、ぞんざいな言葉つきがあるばかりだ。私はもうこの医師を信用する事が出来なくなった。

ふと異様な薬品の臭が微かに漂って来た。それは桃のような臭だった。医師の診察室に薬品の臭のする事は少しも怪しむに足らぬ。然しさっきから怯え続けている私は何とも云えない恐怖に襲われて来たのだった。気の故だか、背後から人の忍び寄るような気勢を感じるのだ。私はもう耐らなくなった。叫声を揚げようとした。が、次の瞬間に私は別の事で飛上った。

電話がだしぬけにけたたましく鳴ったのである。私の心臓はガソリンエンジンのように、ダ、ダと急速な運転を始めた。

ガチャリと受話機を外す音がした。

「ああ、もしもし。うん、そうだよ。」森川医師はやはり私の傍にいたのだ。だしぬけの電鈴の音に彼も驚いたらしくハァハァ息を弾ませていた。「なにっ！　いけない？　死んだのか。」

最後の一句を森川医師はしゃがれた声で吃驚したように云った。然しその僅々数語のうちに、悲哀とは似もつかぬ一種異様な歓喜とも云うような、それとも好い気味だと云うか、態を見ろと云ったような捨鉢な語勢が、ほんの僅かではあるが、這入っているのを私は聞逃さなかった。私がこんな微妙な心理を僅かばかりの言葉から感じ得たと云うのは、俄に一時的とは云え盲目になった為に、聴神経に全身のエネルギーを傾倒していたからか、それとも異常な経験で神経が極度に興奮していた為か、それとも単なる妄想だったか、それは私には分らない。

兎に角、私は森川医師が送話器に向って、「死んだのか。」と叫んだ時に、その言葉のうちに潜在している氷塊のような冷酷さと、虎狼のような残忍さを感得して、私はブルッと顫えた。私の恐怖は絶頂に達した。見えない眼に森川医師の恐しい凝視を感じて、全身にジリジリと膏汗を流した。そして思わず、

「うわあ——」

と云う意味のない、泣くような喚くような、悪夢にうなされた時に出すのと同じような叫声を揚げたのだった。

と、シウッと云う何かが空気と擦れ合うような音がした。次にガタンと何ものかが壁につき当る音がしたが、忽ち、

「あっ！」

と云う叫声と共に、ドタンと人の斃（たお）れる音がした。それから四辺（あたり）はシーンとして、堪え難い元の沈黙に帰って終った。

私はもうじっとしていられなかった。

「先生！　先生！」

と恥を忘れて、小学生のように喚（わめ）いた。然し、異様な反響がある許りで何の返辞もないのだ。私はとうとう立上った。そうして、漸くいくらか楽になった眼を二三度パチパチと見開いて見た。

電話機の下に人が斃れている。ああ、それは森川医師に違いないのだ！

私は爪先さぐりにそろそろと彼の傍に寄った。そうしてボロボロと溢れる涙を手の甲でこすり取って、出来るだけ長く眼を見開いた。私はよろよろとよろめいた。

電話機の下に仰向けざまに斃れている彼の胸に、異国風の奇妙な形をした短剣が殆ど垂直にグサと突刺（つきさ）って、そこから真赤な鮮血がドクドクと流れて、床一面を染めているのだ。彼は全く縡切（ことき）れていた。

私はズキズキ痛む眼を開けたり閉じたりしながら、漸く階段をふらふらと降りた。そうして外へ出ると、泥酔した人のように当もなくヒョロヒョロと歩き出した。

外には北風がヒウヒウ吹いていた。が、私は寒さよりも、恐怖の為に下顋をガチガチ鳴していた。すべては悪夢のように思えたりした。然し私は何と云う怪奇な出来事に遭遇した事であろう。私はどうすれば好いのだろうか。

どの道をどう歩いたか、どれ位歩いたか私は分らなかった。が、多分そう長くは歩かなかったろう、私は後から呼び止められて、同時に軽く肩を押えられるのを感じた。

私は吃驚して振り返った。

背の高い全身黒衣で包まれた人がじっと私を見下していた。見知らない人なので、私は逃げるように歩き出そうとした。

「ああ、もしもし、ちょっとお話申上げたい事があります。私と一緒にお出下さいませんか。決して御心配になるような者ではありません。」

彼は真面目な然しどことなく温味のある態度で、私を愛撫するように云った。

私は彼から好い印象を受けた。私は別に逆いもせず、未だズキズキと痛む眼をパチパチさせながら彼に寄添うようにして、黙って歩き出した。彼は多分下にはタキシードを着込んでいるのだろうが、上には真黒なインバネスを羽織っていた。頭にはシルクハットを被っていたが、それが彼を一層背高く且つ全身が黒衣で包まれているように見えるのだった。

私達は暗い横町から急に明い通りに出た。私の眼は光の刺戟で一頻り痛んで、チラホラ通る人が酔眼で見る時のようにボーッと宙を歩いているように見えたりした。

黒衣を纏うた人は私を或るカフェに連れ込んだ。

「二階の別室は空いているかね。」彼は鷹揚に給仕に訊いた。

「ハイ、空いて居ります。」給仕は慇懃に答えた。

「じゃ、案内して呉れ給え。」

私達は二階の別室に通された。階上には殆ど客は居ないようだった。

黒衣の人は給仕に云った。

「それからね、君、この方はご覧の通り、眼がお悪いので目薬を差されたが、その為よく眼が開けないで困って居られる。熱い湯でタオルを絞って持って来て上げて呉れ給え。」

「ハイ、承知しました。」

落着いて考えて見ると、この紳士が目薬云々の事を知っているのは不思議な事だ。然し私には未だそんな事を考える余裕はなかった。

やがて給仕は命ぜられた通りタオルを絞って持って来た。

「コーヒーを二つ、それに菓子でも持って来て呉れ給え。」黒衣の人は給仕に命じた。

「ハイ。」

給仕が立去ろうとすると、彼は呼留めた。

「君、君、あの時計は合っているね。」

「ハイ、よく合っています。」給仕は壁にかかっている大きな時計を見上げながら答えた。

時計は八時十分過ぎを指していた。

「そうだ、よく合っている。」紳士は自分の時計と見比べながら独言のように云った。

私は熱いタオルを眼の上に当てて、そっと擦った。大分快くなって来た。やがて、暫くは眼を開けていられるようになった。

落着いてあたりを見廻すと、ここはD坂のある大きなカフェの一室で、私も一二度来た事がある。別に不思議な所ではないのだった。

私はつくづく黒衣を纏っている人を見た。

年の頃は三十五六だろうか、叡智に輝く広い額、引締った、日本人にしては高過ぎる鼻、強い意志を示している稍凹んだ澄み切った双眼、一口に云えばすべてのものは教養のある聡明さを現していた。そして色の浅黒いのと顔面筋肉の緊張は相当社会的試練を経て来た事を語っていた。独力で立派な社会的地位を築き上げた人に見るような、親しみ易い、然しどこか犯し難い所のある型の紳士だった。

「私は主義として酒類を頂きませんので、失礼いたします。」

そう云って彼は私に給仕の置いて行った熱いコーヒーを勧めた。

「有難うございます。」私は静に茶碗の中へ角砂糖を入れた。

「私はあなたが森川の所をお出になるのを見たのです。」彼は底力のある低い声で云った。

「いや、実は中に居られる時から知っていたのです。」

「え、え、あなたが。」私は遮った。彼は一体何者だろうか。

「そうです。然しお驚きなさるには及びません。それについて私はあなたに折入ってお願いがあるのです。始めてお会いしてこんな事を申上げるのは甚だ失礼ですし、それに或は私を御信用下さらないかも知れませんが、私も男です。どうぞお信じ下さい。私もあなたを頼みになる方と信じてお願い申すのです。」

「はあ。」

彼は一体何を云い出すのだろうか。私は固くなった。

「あなたは森川の二階で、ずっと眼が見えませんでしたか。」彼はじっと私の顔を見ながら云った。

「はあ、薬を差されてからは殆ど何も見る事が出来ませんでした。あなたはどこに居られたのですか。」

「森川の外(ほか)に人がいるとお思いになりませんでしたか。」

彼は私の質問には答えないで、反(かえ)って私に質問を続けるのだった。

「そうです。家の中には森川さん一人かと思っていました。」

「では、森川を殺した人間についてはどうお思いです。」

「私には少しも分らないのです。」

私はついさっき見た森川の惨(むご)たらしい姿を思い浮べてゾッとした。一体この紳士は何者だろうか。どう云う目的で私にこんな事を聞くのだろう。彼は犯行に関係のある男か、それとも私を試しているのか。

「そうですか。」彼は暫く考えていたが、「実は私は故あって彼を殺した者を知っているのです。」彼の顔面には苦悶の表情がさっと浮んだ。

「え、え。」私は飛上った。

「お静に、お静に。」彼は私を制しながら、「そうです。多分私の考え通りだろうと思うのです。」

「だ、誰が殺したのですか。」

「それが今は鳥渡申し上げられないのです。」彼は泰然として云った。「所で、あなたは森川の斃れているのを見られた時に、何故近所の人なり、又は警官なりを呼ぼうとせられなかったのですか。」

「――」

「あなたは森川が殺されていると云う事が発見された時に、警察へ呼ばれるだろうと予期してお出になりますか。」

「――」

　私は自分の迂闊と軽率とを恥じない訳に行かなかった。私はあの空家のようなガランとした二階で俄に視覚を失った寂しさと不安と、そうして森川医師の奇怪な行動の為に、すっかり臆病にせられて死体を見た時には只逃げ出すより外の事は考えなかったのだ。

「比えあなたが何かの嫌疑を蒙られたとしても。」彼は私が返辞に窮している事などには構わず、低声に雄弁に語るのだった。「私は真犯人を指摘する事が出来ますから、少しも御心配はないのです。然し私はあなたにお願いするのです。もし嫌疑をお受けになったら、暫くその汚名に甘んじて頂きたいのです。」

「え、え。」私は再び飛上った。

「お驚きは御尤もです。然し決して忌わしい殺人の罪を着る事ではありません。ありのままを云って頂けば好いのです、只私と云う人間に会った事だけは絶対に秘密にして頂けば好いのです。」

「あなたは態々私をお呼留めになったのではありませんか。」秘密にして欲しいのなら、強いて呼留める必要はなかったではないかと云う意を含ませて、私は詰るように云った。

「あなたが私の存在に少しもお気付にならなかったのなら、あなたをお呼留めする必要は全然なかったのです。然しその点が不確ですし、仮りにあなたが私の事を少しも御存じなく、さき程の出来事をありのまま述べられたとすると当局者は恐らく、余りに事件が奇々怪々なので、あなたの云われる事を信じないでしょう。そうすると、あなたはどうしても嫌疑を受けられる事になります。そうすれば真犯人を知っている私は速にあなたの冤罪を雪がねばならぬ訳です。所が私はある事情によって今暫くはそうする事が出来ないのです。つまり私は或る期間あなたを冤罪に苦めて置かねばならぬ事になります。何にも知らないあなたを苦めるより寧ろ始めから情を明かして、暫くの御辛抱をお願いする方が紳士的であると信じて、かくお話し申上げた次第なのです。」

　彼の云う所は条理に適っていた。が、然しどことなく不安な所があるのだ。

「あなたの御事情と云うのをお話し願えないでしょうか。」私は訊いた。

「甚だ勝手ですが、申上兼ねるのです。」彼は云い憎そうに、「こんな勝手な事をお願いすると云う法はありませんが、どうか私を助けると思って御承知下さい。その代り私は誓います。いかなる難境にあなたが陥られる事があっても、私は必ずあなたを救います。一時的にあなたに迷惑のかかる事はあっても、結果に於ては断じて御迷惑はかけません。」

彼の言葉には誠実が溢れていた。考えて見ると彼は私に森川医院に於ける出来事のありのままを陳述する事を少しも禁じていない。只彼に遭った事を云って呉れるなと云うのだが、本来彼の方から進んである事情を私に知らして呉れたので、彼さえ云わなければ私はもとより知らない事なのだ、先ず知らして置いて、然る後云って呉れるなと云うのは彼が私に信頼して、紳士的態度に出ている訳なのだ。それに如何に嫌疑を受けるとしても、真逆冤罪で処刑せられる事もないだろう。こう思い廻して、私は本来頼まれた事は否と云えぬ性分で、又引受けたからには押し通すと云う依怙地な所もあるのだが、それだからこんな事を引受けたのは後から考えると、危険至極な事だったが、とうとう承諾する事に決心したのだった。

「承知しました。」私はきっぱりと答えた。

「有難うございます。お礼の申しようがありません。」彼は静に頭を下げた。

「広言のようですが、私は一旦引受けたからには先ず最後まで押し通す事が出来ると思います。」

「誠に心強く存じます。」

「同時に私はあなたが虚言を云う人でないと信じます。もし私が難境に立つ事があったら、あなたの誠意ある御援助を望みます。」

「その点はどうか御安心下さい。結果に於てあなたに御迷惑をかける事は決していたしません。」

こうして私は黒衣を纏う人の名前も住所も訊かないで、彼に会った事を誰にも云わないと云う約束をして終った。諸君は私の非常識を笑われるかも知れない。この為に私がいろいろな苦しい目にあったのも自業自得だと云うであろう。然し私は今でも、あの奇怪な出来事のあった冬の一夜、カフェの二階の一室で一杯のコーヒーをすすりながら成立した約束は真に男子と男子との約束だったと思っている。

さて、私はこの約束の為にどんな辛い目を見た事であろうか。

二

この物語のうちで私にとって最も不愉快な部分に来た。出来るなら私は語る事を止めたいが、全然省略して終う訳に行かぬ。私は出来るだけ簡単に、いかに私が苦き試練を課せられたか、又私がいかに依怙地に振舞(ふるま)ったかと云う事を述べて置こう。

兎に角、翌日を待たないで、その夜遅く私は踏み込んで来た刑事に拘引せられた。云うまでもなく、電話の途中で悲鳴が聞えたまま話が杜絶(とだ)えて、その後いかに呼んでも出て来ないので、非常な不安を感じた森川医師の妻は大急ぎで帰宅した。そして夫が電話機の下で無慙(むざん)の最期を遂げているのを見ると、卒倒せん許りに驚いて巡査を呼んだ。(受話器は外れて紐(コード)でぶら下っていた。)そこで直ちに検事局の活動となり、診察簿に記入してあった姓名と住所によって私は第一の嫌疑者として召喚せられたのである。森川医師は細君のかけた第一の電話の時には確(たしか)に生きていて、患者(即ち私)が来た事を告げたし、第二の電話の中途で何者かに襲撃されて斃れたのだから、その間に丁度居合わせた私に嫌疑がかかるのは当然だった。

私は事実をありのままに申立てた。即ち私は第一と第二の電話の間は皓礬水を点眼された為に何者をも見る事が出来ないで、じっと椅子にかけていた事を委しく話したのである。

然し私の話は事実としては余りに奇々怪々だった。

第一縦令(たとえ)一時的に失明の状態にいたとしても、兎に角目睫(もくしょう)の所で人一人が殺されたのであるから、いかに何でも多少の格闘は行われたであろうから、全然何も知らなかったと云うのは甚だ不思議である。第二何故(なにゆえ)に森川医師の死体を発見した時に直(ただち)に当局に報知しなかったか。第三に森川医院を出てから帰宅するまでの約一時間私は何をしていたのか。等々と私の陳述に対して種々(いろいろ)の疑惑が起ったのだった。然し一方に於て私の無罪を立証するような事実もある。第一、私は一時的眼の見えない状態にいた。森川医師は第一の電話の時に(八時十分前)患者の来た事と、治療に約十分を要する事とを彼の妻に告げた。結膜炎の患者に皓礬水を点眼する事は普通に行われているし、点眼されたとすると、第二の電話(八時)の時に、健全な人間を刺殺(さしころ)すだけの視力を恢復(かいふく)していない事は十分云えるのだった。第二に私は住所姓名とも隠さず告げている。殺人を犯すものがこんな愚(おろか)な事をするだろうか。第三に兇器に用いられた奇妙な異国風の飾りのある短剣は私のものではない。誰も私があんな短剣を所持しているのを見たものがない、等々である。

然し以上の諸点は疑惑をかけられる方も、又無罪を立証する方も、いずれも甚だ微弱で、そうでない場合も十分考えられる。で、結局私は森川医院を出てから帰宅するまで約一時間をどう送ったかと云う事が云えなかったのが最も不利だった。無論私は夢我夢中でそこいら中を歩き廻ったと云う風に胡魔化(ごまか)して答えたけれども、それは信ぜられないのだ。

そこで、私は物的証拠は少しもなかったけれども、三週間警察署に止め置かれた挙句、検事局に送られて、そこに三ヶ月余を暮さねばならなかった。

之(これ)は全く予期しない事だった。私の考えではよし嫌疑を蒙っても暫時にして晴れる事と思っていたのだった。よし完全に晴れないまでも、証拠不十分の故で間もなく放還(ほうかん)せられる事と信じていたのだ。未決と云う忌しい名の許(もと)に百日を獄窓(ごくそう)に送って、しかも越年までしなければならなかったとは不幸の極みだった。一つにはこの奇々怪々な殺人事件、即ちいかに広々とした医院の一室とした所が、町中の而(しか)も宵の口に、縦令(たとえ)眼は見えなかったとは云え一人の男の眼前で、被害者が電話機に向っている所を何者とも知れず、短剣で胸を一刺にしたと云う事件に、嫌疑者而も微弱な嫌疑者として私一人あるのみで、外(ほか)に何の手がかりもないと云う事が、縦令(たとえ)嫌疑が微弱でも容易に私を放免する事を許さなかったのに相違ないのだ。

奇怪な事件とともに私の名が新聞紙上に現れると、私の先輩知己友人は争って、或は態々訪問したり、或は慰問の手紙を送って、心からの同情を示して呉れた。然し私がある事柄について口を緘して語らない為に、起訴せられそうな気勢になると、彼等は一人二人と私の周囲から去って行った。予審が一月二月を経過するにつれて、いつか私には真に同情して呉れる一人の友人すら看出す事が出来なくなった。無情な会社は体の好い口実の許に、僅な涙金を以って私を解雇して終った。

只一人（ああ、それは私にとって何と幸福であったか。）妻だけは私を見棄てなかった。彼女は嘲笑と軽蔑の外に何者も与えない無情な世間に反抗し続けて、貧窮と闘いながら（もとより私の家にも若干の貯えはあったし、会社の支給した金もあったが、そんなものは無実の罪に泣く人の為に、三ヶ月余も奔走すれば忽ち消えて終うのに何の不思議があろう。）親戚にさえ見放された私を信じて呉れたのだった。彼女は私の無罪を固く信ずると共に、私が何者かの依頼の為に、知っている事実を隠しているのである事を感づいているらしかった。然し私の気性を知っている彼女はその事については一言も云わなかった。彼女も亦彼女の意地で世間から指弾される夫を支持しているのだった。

私は刑務所の面会所で、止り木を隔てて、窶れた妻と、汚れた着物に包っている萎びた我子を見た時、何度泣いたか知れない。そして、いっそ怨言でも述べて呉れれば好いものを、黙って歯を食い縛っている妻の姿を見ると、ほんとうに腸がちぎれるようだった。

私は深夜獄裏で何度考えたか知れない。私は尚この艱苦に堪えて、約束を守り続けねばならぬのだろうか。彼は必要な時に救助の為に現れると云う約束にもかかわらず、杳として消息を絶っているではないか。もしかすると森川医師は彼が殺したのではないだろうか。そうして私に罪を背負わせようとしているのではないだろうか。そんな事はないとしても、一体私はいつまでそうしていなければならないのか。自業自得として私自身は忍ぶとしても、可憐な妻子にまで、あの黒衣を纏うた人の為に、あんな辛酸を嘗めさせねばならぬのだろうか。たった一言彼から依頼された事を洩しさえすれば私は放免せられるのだ。

　私は幾度か誓を破って、あのカフェの一室の会見の始末を申述べようと思った。然し私はその度に彼が私を依頼し切った態度と、私が彼に対して固く契った約束の言葉を想い起すのだった。私はどうしてあの約束を反故にする事が出来よう。もし彼が真の紳士で彼の述べた所に偽りがないとしたら、私が約束を破るような事をすれば、彼はいかに迷惑するか、いやそれよりも彼は私を嘲笑するに違いないのだ。未だ最後の時が来た訳ではない。私の命を断たれる時か、それとも妻子の餓死する時が来るまで、じっとしていても遅くはないのだ。私はそう思っては話す事を思い止まるのだった。

　けれども予審判事から諄々として説かれた時や、妻の無言のしおたれた姿を見ると、私は私自身の依怙地に呪わしい嫌悪を感じて、黒衣の彼を激しく憎悪する事さえあった。彼があの時私を呼び留めさえしなければ、彼があんな依頼さえしなければ、そして私を束縛さえしなければ、私はこんな憂目を見る事はなかったのだ。とそう思うのだった。然しもう一歩深く考えて見ればすべて広言を以って引受けた私が悪いのだ。誰を恨もう。だが、一体「きっと結果に於ては迷惑をかけない」と誓った彼はどこにどうしているのだろうか。

私の煩悶は綿々として尽きなかった。百余日の間に私はげっそり瘦せて、眼は爛々と光り、やがては精神に異常を来すかも知れないと思うのだった。私は今でもよくあの苦しい数ヶ月を頑張り通せたと思う。

こんな事をくどくど述べていては限りがない。私の煩悶と、課せられた苦い試練については読者諸君は十分推察せられた事と信じて、之以上は述べない。

さて、こうした状態が続いていた時に、森川医師の変死から約四ヶ月目、世はポカポカと暖い春だったが、突如としてなき森川医師の妻だった今は未亡人である婦人の自殺事件が起った。

彼女は夫の死後、病院は人手に渡して終い、夫の遺した財産で気楽に暮していたのだったが、どう云う訳とも知れず自殺して終ったのだ。遺書と云うものもなく、自殺すべき理由も少しも見当らないが、いかに調べても——解剖までした——自殺に相違ないのだ。中にはもしや彼女は夫を殺害したので良心が咎めて自殺したのではないかと云い出すものがあったが、あの事件当時彼女は現場とはかけ離れた場所にいたのだから問題にならないのだ。

が、この事件で迷惑したのは私だった。大分時が経って忘れられかけていた前の事件が、事新しく麗々と新聞に出されて、再び恥を晒さねばならなかったのである。私を図太い犯人と罵った新聞さえあった。

然し世の中の事と云うものは何が幸いになるか分らない。私の事が再びパッと世間の評判になると、例のD坂のカフェの雇人が新聞に出た私の写真に気がついたのだ。（前の時は私が妻に命じて置いたので写真は出なかったのだが、今度はどうしたのか出たのだった。）尤も彼は訴え出ると云う事については躊躇していたのだったが、ある晩一組の客があって、私の行動を知っているものは早く訴え出てやれば好いと頻りに話していたので、ついその気になったのだった。

　彼の口から私の当夜の行動が逐一知れた。幸にも黒衣の人は彼に時間を訊いたりしたので、彼は私の来たのが八時十分より早い事を証明して呉れた。兇行の推定時間が八時前後だから、私は森川医師の死とともに医院を出た事が証明された。のみならず、黒衣の人が私の為にタオルを取寄せたりしたので、給仕は私が当時未だ眼を真赤に腫らして、十分見開けなかった事を証言した。溯って兇行当時には私は未だ到底森川医師を刺殺すだけの視力を恢復していなかった事が証明せられたのである。

　黒衣の人については厳重に訊問せられた。私は彼に路傍で呼留められて、彼は私を介抱する為にカフェに連込んだのだが、彼が自分の事は云って呉れるなと頼んだから、今まで黙っていたのだと答えた。

　やがて私は放免されて、黒衣の人は厳重な捜索を受けるようになった。

　私は黒衣の人が気の毒でならなかった。私は約束を守ったのだったが、思いもかけないカフェの給仕から事が洩れた為、彼は彼の願望即ち或る期間私に嫌疑を受けていて呉れと云った、その期間は中途で破られたのだ。然しそれは彼が私をカフェなどに連れ込んだ為で、私の責任ではない。黒衣の人には気の毒だったが、こうした訳で私は四ヶ月の苦行から免(のが)れて、欣々然(きんきんぜん)として世に出て春の恵みを受けたのだった。

三

私が荒れ果てた我家で妻子と相抱いて泣いた事や、今後の身の振り方に窮して、麗(うらら)かな春の日を呪った事などは読者諸君の想像にお委(まか)せするとして、私は結末を急がねばならない。私が出獄してから二三日目の夜、私の陋屋(ろうおく)には似もつかない一台の立派な自動車が門口(かどぐち)に止まった。運転手の恭しく出した手紙には思いがけなく、「至急この車に乗って御出(おいで)ありたし、黒衣の人。」と云う意味が認(したた)めてあった。ああ、彼はやはりどこかの片隅で私の行動を監視していたのだ。彼は私を呼んで違約の責を咎めようと云うのだろうか。それとも又何か新らしい忌わしい事でも依頼しようと云うのだろうか。私と妻とは無言で顔を見合したまま、暫く茫然とした。然し私はどうしても黒衣の人を悪人と思う事は出来なかった。結局私は心配する妻を宥めて、迎いの自動車に乗ったのである。

自動車は故意に迂路(まわりみち)を通るように、縦横無尽に或る時は疾(はや)く或る時は緩(おそ)く走った。尾行者を防ぐ手段である事は能(よ)く分った。

一時間程走り廻った末、自動車は山の手のある立派な邸宅の前に止った。見事に咲誇(さきほこ)った一本の老桜がホロホロと花弁を散(ちら)しながら、門燈に鮮(あざやか)に照されていた。

洋式の玄関に一歩踏み入れて、突当りに螺旋形の階段を見た時に、私は森川医院を思い出して思わずぞっとした。然しここは煌々と明るくてすべてがゆったりして見えた。式台の上にはフロックコートを着た長身の人が恭しく私を迎えた。おお、その人こそは黒衣の人であった。彼は手を執らんばかりにして、私を立派な大きな一室に招き入れた。

「何ともお礼の申上げようがありません。」

部屋に這入るとすぐに彼はそう云って、私の手を固く握った。眼には涙が光っていた。

「お役に立たなかった事を恥じます。私はあなたの許可なくして出獄しました。然し全く止むを得なかったです。」彼の真心を籠めた挨拶に私は何と云う事なく涙ぐみながら答えた。

「いいえ、決してそうではありません。」彼は燃えるような眼を私に向けながら、「私はあなたのお蔭で望みを遂げました、私はどうして感謝の意を現して好いかと思っているのです。」

「え、え。ではもう私の役はすんだのですか。」

「そうです。そうだからこそ、あのカフェの給仕に訴え出さしたのです。」彼は泰然と云い放った。

「え、え、ではあなたの指図で――」私は吃驚した。

「まあそうです。」彼は始めてニコリとした、「いろいろ申上げねばならぬ事があります。どうぞお掛け下さい。」

私は天井の高い大きな部屋の中央の、半以上身体を埋めて了うような肘つき椅子に腰を下した。部屋は適度の快い明るさで隅々まで照されて、暖炉台の置物や、錆びのついた芸術的な掛額や、厚ぼったい敷物などが、少しも威圧する事なしに、むしろゆったりとした落着いた快よさを与えた。どこからともなく古典的(クラシカル)な芳香が漂うていた。

「今度新聞にあなたの写真が出るようにしたのは私なのです。」黒衣の人は私に相対して腰を下して話出した。「御承知のように、前の時は写真は出なかった筈です。あなたの写真はすべて私が買収しましたから。最近に私は先ずあなたの写真を新聞社に提供して置いて、大勢の友人とあのカフェに行き、給仕に訴え出るように教示(サジェスチョン)を与えたのでした。」

以前新聞に写真が出なかったのは、私が妻に絶対に誰にも写真を与えるなと命じて置いたからだと思っていたが、やはり彼にはそれ以上の細心の注意があったのだ。

「そうだったのですか。」私は云った。

「ええ、あの給仕が訴え出さえすれば、あなたがあのカフェに這入った時間と、当時のあなたの眼の状態が分るようにして置きましたから、必ずあなたは放免せられると信じていました。」

では、あの始めにカフェへ這入った時に、時間を訊いたり、私の眼の手当をさせたりしたのは予め計画したのだったか。何と云う周到なそうして遠大な用意だろう。私は驚嘆した。一体これ程の計画を何を目的にして行(や)ったのだろうか。

「で、あなたの目的は何だったんですか。」私は膝を進めた。

「森川未亡人を罰する事、つまり彼女を自滅させる為だったのです。」

「え、え。」再び私は飛上った。

「神山さん、私は復讐を遂げたのです。私は森川の妹の為に復讐をしたのです。」

　彼の目は爛々と輝いたが、やがて張りつめた力を失ったように椅子に身を沈めながら、

「森川の妹、と云っても異父妹ですが、彼女は私の恋人だったのです。私は或る事情の為に彼女を日本に残したまま、暫く海外に行って居りました。あの事件の起った少し前、帰朝して見ますと、彼女は既にモルヒネ中毒で衰弱の極に達していました。私は直ぐに森川夫妻の奸計を看破ったのです。彼等は共謀して彼女の財産を横領して、医院を新築したりなどして、彼女の生命（いのち）を巧妙な方法で縮めているのでした。

　これらの事についていては今委しく申上げている暇がありません。実は私は今夜の終列車で当地（ここ）を発ちまして、旨く行けば明日神戸を出帆して海外に行く積（つも）りなのです。然し私は捕えられるかも知れません。警察では私とあなたの間には連絡があると信じていますから、ここへお連れするにしても、十分の注意はさせた筈ですが、尾行されたかも知れないのです。そんな訳で私は委しく申上げている訳には行かないのです。

　兎に角、私の気づいた時にはすべては手遅れでした。私に残された唯一の方法は復讐あるのみだったのです。私は復讐の日を彼女の最期の日と定めました。

　あの夜は御承知の通り彼女の臨終の日でした。森川の妻の方は大胆不敵にも彼女の臨終の枕頭（まくらもと）に侍（はべ）りましたが、流石に良心が咎めるか、森川の方はそれが出来なかったのです。彼は妻から催促を受けて、何とか云い逃れながら、不安と恐怖でいらいらしながら、あの空家のような家の中を歩き廻っていたのです。所へ思いがけなくあなたが訪ねて来られたのです。

森川は一つには不安な心をまぎらす為に、一つには妻への口実を拵える為に、あなたの診察の求めに応じたのでした。私はその前から忍び込んで居りました。あなたに薬液を点眼して間もなく、彼が妻から催促の電話を受けたのは御承知の通りです。彼は妹のいよいよ危篤である報告を聞くと、さっと顔色を変えて、四肢(てあし)をブルブル顫(ふる)わせながら家中を歩き廻りました。私は短剣の柄を握りしめながら、彼を監視していたのです。」

私はあの時、両眼を閉じてじっと耳を澄ましながら、医師の何となく穏やかでない態度に不安を感ずるのだったが、ああ、そこには世にも稀(まれ)な恐しい光景が展開していたのだった。

黒衣の人はこの時鳥渡(ちょっと)言葉を切って、考えていたが、やがて私に聞いた。

「所で、森川が不安でいらいらしながら、あなたの傍へ来て、眼の様子を尋ねた時に、あなたは彼の妹の事を聞きましたね。」

「ええ、私は眼は見えないし何だか不安でならないものですから、話しかけようと思って、つい何かあんな事を聞いたのです。」私は答えた。

「そうだったのでしたか。」黒衣の人は点頭(うなず)きながら、「あなたは別に何の気なしに聞かれたのでしょうが、さっきから不安と恐怖とで心を取乱していた彼には致命的の質問でした。彼は忽ち一足飛下って恐怖と憎悪とに充ちた一種名状すべからざる表情であなたを睨んで、う、う、と野獣のような呻き声を出しました。」

私はあの時の気味悪さを思出した。私が妹の事を聞くと返辞がなくて、代りに、う、う、と云う呻き声がしたのだったが……

「それから彼はそっと薬品棚に忍び寄って、ポケットから注射器を出して、恐るべき毒薬青酸を吸い込ませ、再び抜き足さし足であなたの方へ迫りました。」

「え、え。」私は声を上げた。

「妹の危篤を聞いて、今更ながらの恐怖に怯えている所を、だしぬけにあなたに妹の事を訊かれて逆上した彼は、あなたを殺そうとしたのです。」

私はぞっとした。あの時は、何の返辞もなく、カタとも音のしない不安さに、何だか背後(うしろ)から人の忍び寄るような気勢(けはい)を感じて、耐(たま)らなくなった私は悲鳴を挙げようと思ったのだったが、ああ、見えざる眼よ、呪われてあれ。

「私はもう猶予すべき時ではないと思って、そっと闇の中から出て、短剣を抜き放って、忽ち彼の背後(うしろ)に迫ったのです。」当時を回想するように黒衣の人の眼は険しく光った。

ああ、何と云う奇(く)しき運命よ、俄に明を失った私の背後(うしろ)から恐しい悪魔が鋭い爪を磨(と)ぎかけている。その後(うしろ)から忍辱(にんにく)の弥陀(みだ)が降魔の剣をかざして迫っているのだ。そして私は何にも知らないのだった。

「その時に電鈴がけたたましく鳴りました。」黒衣の人はホッと息をついた。

あの殺気立った息詰るような沈黙、私は殺気に圧倒されて正に悲鳴を挙げようとし、二人の間には恐るべき決闘が行われようとしていたその一瞬間前の沈黙を破ったのはけたたましい電鈴だった。私は飛上ったのを覚えている。

「彼はあわてて注射器をズボンのポケットに突込んで、電話機に飛つきました。私は剣を隠して、再び薬局の闇に潜みました。電話は彼の妻からでした。そうして彼はあの恐怖に充ちた、勝鬨(かちどき)のような呻き声で、『死んだのか』と云ったのです。」

　黒衣の人の顔には見る見る苦悶の表情が現れた。彼は腰を浮して両手を砕けんばかりに握りしめて、脣(くちびる)をブルブル顫(ふるわ)せた。

「お祭し下さい。あの一言を聞いた時の私の苦悶を。彼女が死んで行くのはもとより覚悟はしていましたが、現在の仇(あだ)が彼女の死の瞬間を電話で聞きながら、異様な笑を浮べている顔を眼の当りに見た私の苦痛をどうぞお察し下さい。私は無論薬局から躍り出たのです。然しそれより先(さ)き、あなたは何とも云えない叫び声を揚げられたのです。」

　そうだ、森川医師の「死んだのか」と云う一言、犠牲者の死んだ事を知って挙げた恐怖に充ちた勝鬨？　良心の苛責に堪えない安心？　私はあの言葉のうちに悪魔の呪いのような脅威を感じた。前々からの不安が、耐え切れなくなって、叫声を上げようとしていたのが、不意の電話の驚き、それから彼の恐しい一言、私は我にも非ず、異様な叫声を揚げたのだったが――

「彼はあなたの叫声に驚いて、夢中で手に持っていた受話器をあなた目がけて投げつけたのです。彼は受話器に紐(コード)のついている事を忘れていました。受話器は紐(コード)の許す限り飛ぶと、今度は延び切った紐(コード)の長さを半径として、大きく半円を描いて彼の所へ飛び帰って来ました。あっと云う間もなく飛び帰って来た受話器は彼の腰のあたりを打ちました。不幸にもそこには青酸を充たした注射器があったのです。針はグサと腿に刺ったのです。彼は忽ち斃れました。」

「え、え、では彼は私を殺そうとした毒液で死んだのですか。」私は飛上った。

まあ、何とこう驚く事ばかりあるのだろう。

「そうです。私の駈け寄った時には彼はもう縡切(ことき)れていました。彼は天罰によって非業の死を遂げたとは云いながら私は満足する事が出来ませんでした。私は復讐の為に、彼の胸を短剣でグサと突刺したのです。」彼は握りしめた拳を突出した。

「あなたはそれを信用して呉れますか。」暫くすると、茫然としている私に、強いて作ったような冷(ひや)やかな笑を浮べながら、黒衣の人は云った。「短剣が垂直に死体の胸に刺さっていた事が、倒れてから刺したと云う事を物語っています。もし私が彼の電話をかけている背後(うしろ)から忍び寄ったのなら、胸を刺す事は出来ません。彼の振り向いた所を刺したのなら、剣はどうしても斜(なな)めに刺る筈です。仮りに彼がすっかり振り向いて私と相対したとしたら、いやそんな事は出来ない筈です。彼は送話器に向って言葉を発している最中に斃れたのですから。然し、仮りにすっかり振り向く余裕があるとしたら、彼は私の姿を見て本能的に飛び退りましょうし、追つめて胸を刺したとしたら、彼の死体は電話機の下に斃れている筈はありません。彼が電話の中途で斃れた事、電話機の直ぐ下に斃れていた事、短剣が胸に垂直に刺さっていた事が、雄弁に彼が斃れてから刺された事を証明しています。それからあなたは桃の臭のような青酸の臭を嗅ぎませんでしたか。」黒衣の人は訊いた。

「桃の臭？　ええ、嗅ぎました。あれが青酸の臭なのですか。」私は云った。

「そうです。それに彼のズボンを調べれば注射器が這入っているでしょうし、出血の量や血液の化学的成分などが、私の云った事の真実である事を十分証明すると信じます。」黒衣の人は鳥渡(ちょっと)言葉を切って「然し、それだけの事を証明するには相当の時日を要しますから、もし捕えられると、私は暫くは監禁せられるものと覚悟しなければなりません。そうすると、私は森川よりも一層憎むべきむしろ主犯と云うべき彼の妻に復讐を加える事が出来ません。そこで私は自分自身を暫く安全にする為に嫌疑をかけられそうな位置に居られるあなたに身代りを頼んだのです。黙っていてもあなたに嫌疑はかかるでしょうが、一つには私はあなたが叫声を上げられたのは或は私の姿を見られた為ではないかと思ったのと、一つには黙ってあなたを苦しめるのに忍びないので、お目にかかってお願いした訳なのです。私は好い人を選びました。あなたが立派に約束を果して下すった為に、私は四ヶ月の余裕を得て、彼女を自滅せしめて目的を貫く事が出来たのです、私は改めて心からの感謝をあなたに捧げます。」

長い物語は尽きた。私達二人は手を固く握り合って涙を流した。春の夜はいつか更けて、四隣(あたり)は寂としていた。

「こうしては居られません。」黒衣の人は形を改めた。「私は先刻申上げたように、今晩の終列車で発ち旨く行けば神戸から乗船して海外に参ります。卑怯のようですが止むを得ません。あなたには或は再びお目にかからぬかも知れません。つきましては甚だ失礼ですが、記念の為に之(これ)を差上げたいと存じます。どうぞお納め下さい。」

そう云って彼は一つの紙包を差出した。私は切に辞退したけれども、遂に受取らざるを得なかった。私達は再び固い握手を交した後、名残り惜しくも別れたのだった。

それっ切り黒衣を纏うた人には遭いもしなければ、音信も聞かない。彼の記念にと呉れた紙包みの中には巨額の金と巨大なダイヤモンドに輝く指輪とが這入っていた。

（昭和二年一月「大衆文藝」）

魔

地味井平造

牧逸馬＝林不忘＝谷譲次の弟。画家である長谷川潾二郎（りんじろう）にとって、地味井平造名義での作家活動は余技でしかなく、作品数もわずかに十作ほど。なかでも「煙突奇談」が自他ともに認める代表作とされているが、いやいや、この「魔」もテンポよいスラプスティックな展開や、本筋ではない副次的な要素がのちに大きな波紋をもたらす皮肉さも面白く、短いなかに妙味の詰まった好作と言えよう。（竹本健治）

【底本】『日本探偵小説全集〈11〉名作集1』（創元推理文庫・一九九六年）

今から数えて見ればもう一昔も二昔も前の事です。或る年の夏の或る日、其の町に大事件が持ち上った。当時を知ってる或る石屋のお爺さんの言によれば、町全体が其の時間だけ突然、流行性感冒のような悪感(おかん)に襲われ、高熱に魘(うな)されたようなものだ、と言うのです。——通り魔なのじゃ——其のお爺さんは説明し、断定を下しました。——只(ただ)見えない影のような奴がすうっ！　と通り過ぎるのじゃ。——だがわし等(ら)の餓鬼(がき)の時分は、此の齢になっても覚えとるが、どうしてこんなものではなかった……私は思わず話を遮って質問して見た。——しかし其れは私等には少しも見えないものだろうか？——先(ま)ずそうじゃ、まだはっきりと正体を見た者がない。だが色んなものの形になると言う事じゃ。わしの爺の見たものは烏(からす)に似た見慣れぬ鳥が通り魔の日に空を飛んだとよく話をしたがのう……私は又質問した。——じゃ、この前の時には何かそんなものが現れましたか？——それが又判らん。猿に似た四つ足のものが居たとか、子供だったとか、いろんな事を言うたのだが……

　此の爺さんの話は、兎も角、当時に於ける信ずべき一般の感情——信念であった、と私は断言します。

　大都会の新聞紙と異なって、此の町では一、二年に一つ位の割合で大事件、人々にとって尽きる所がない話題が生れたのです。町は日本海のZ島、その中央の辺鄙(へんぴ)な山間にあり、気候温和、地味肥沃、農産物、石材を産し、附近の農村を相手に割合商業も盛んです、此処で生れ此処で死ぬ人が多く、男は法螺(ほら)ふきで女はお喋りで、勿論新聞もなく、小説家も詩人も居らず、相当な大きさのむしろ村と言うべき町でありました。万ての生活に町一般の習慣が厳守され、つまり空倉庫のように退屈でもあり、言って見れば大事件がなくてはならぬ町であったのです。

●

さて、ある夏の日の黄昏、その町の果物屋の亭主が洋燈に火を入れようと思って店へ立つと、何か影のようなものがぱっと店先を通り過ぎた。何気なく出て見ると、店先に並んで居た夏蜜柑の数が足らないのです。五つあるのが四つしか無い、と確かに彼はそう思いました。道路を見渡すと二、三軒先きを子供が一人歩いて居る。果物屋は町でも指折りの物持ちで、又多くの物持ちのように吝嗇家でもあったので、思わず側にあった棒切れを摑んで、「こら！　太い野郎だ」と驚かしました。びっくりしてふり返った子供は亭主の見幕に驚いてか一散に走り出した。逆上性の亭主は、何処の子供か一つとっちめてやらねばならない、と考えてその後を追い出しました。これがもし明るい朝か、眠たいお昼であれば、大した騒ぎにならなかったかも知れません。だが恰度、万事事柄に間違いが起り安い夕方で、それに夕食をすました人々が煙草盆と団扇を持って店先の涼み台へ出る頃でした。忽ち小僧や若い衆が果物屋に加勢して一緒に走り出しました。驚いて奥から飛んで出た果物屋の女房は呟いた。「ちぇ！　又空騒ぎが初まった……」

だが暗い道路の一角を皆んなは曲って仕舞った。追いかける人々は段々多くなった。どうしたんだ、と家の中から人々が飛び出した、「何に、あの小僧の奴めが、いきなり俺につっかかった」と蕎麦屋の出前持が走りながら喋った。泥棒だ、泥棒だと一人がどなると、五、六人が続いて叫び出しました。子供は度を失ったものか、畠も薮もない、隠れ場所もないような商家町の裏通りへ走り込んで行きました。夢中になったためでしょう、大人も及ばない速力です。果物屋を先頭に十五、六人、二、三匹の犬までの一隊は、中々子供に追いつく事が出来ないのです。近づいたかと思えば又ずっと遠くなる。薄闇の中で子供の黒い影が操り人形のように踊って居ます。やがて皆んなは、こりゃ、うまい！　と思った。と言うのは子供の影法師が、袋小路の角を曲ったのです。其処は両側が石材の倉庫で、突きあたりは矢張り土蔵作りの倉の後ろに成ってるのです。

やがて人々は勢い込んでその小路へ走り込んだ。所が驚いた事には、その罠の中には誰一人居ない。両側の倉庫の扉は厳重に下りて居、狭い道には所々に月見草が事も無げに咲いて、正面の土蔵は只白い壁を浮べて、高い所に小さい窓を黒く見せてるだけです。人々は茫然と肩を並べて立ちつくして居た。どうも判らん――と一人が言った、妙な事だて――と一人がいった。狭い小路を人々は歩き廻りました。――どうも判らん。すぐ目の前に見えとったんだが。――この頃は狐狸が出るちゅう噂も聞かなんだがのう――と一人が言った。――どうも妙だて。あの餓鬼の走り具合どうも並みでは無かったて。――と又一人が言いました。――まあ、もう一度捜して見よう。十五、六人で一杯に成りそうな小路の中を、人々は又歩き廻って居ました。

●

使いの帰り、十五、六の唐物商の小僧がぼんやり禿げ頭の亭主の居る果物屋の前を通り過ぎました。すると、いきなり、恐ろしい恰好で亭主が飛び出して呶鳴り初めた。そして棍棒で殴りつけようとするので、小僧は物も言わず逃げ出しました。何の事か判らない、だが、何時も少々変んだと思ってた気違い亭主奴、とうとう本物になったのかも判らない。ふり返って見ると亭主の外に今度は閑な野次馬が沢山ついて追いかけて来るのです。不幸は不幸を生むものだと見えて、彼は五、六人に衝突し、青物屋の水瓜を蹴飛ばし、野菜車をひっくり返しました。……気が附くと彼は人通りの無い裏町へ入り込んで居ました。草臥れてもう駄目だ、助らない！　と思った時、ふと前方を見ると彼と同じ年頃らしい子供が、此の恐ろしい一隊を避ける心算か、一心に走って居るのです。こいつはうまい！　と咄嗟の間に彼は考えました。天の助けだ！　彼はその子供の後を今度は飽くまでも追いかけました。案の定、子供はすっかり慌てて益々早く駈け出します。彼は「こら、待て！」と言いながら一間位の距離となり、子供についてある板塀を曲って、早速、その塀へぴったりと広告紙のようにくっ附いたのです。暫くすると恐るべき一隊が、風のように目の前を通り過ぎました。そして、彼の身変りになった貧れな子供は、後ろに、迫撃隊を引きつれて薄闇の中をゴムマリのように飛んで行きました。

●

瓦職(かわらしょく)の小僧がその夕方、親方の忘れ物を仕事先から取って又帰りかけると、前の方から兎狩りのような騒々しい人声が走って来ました。只(ただ)面白い騒ぎでも無いらしいので、彼は小走りに後戻(あともど)りをして隠れ場所を捜しました。しかし近所は土塀や倉ばかりで適当な所がありません。見附けたと思っても、五、六歩前へ走り過ぎてるのです。先頭に立ってる子供はもうすぐ後ろで「こら待て！」と叫んで居る。どうやら彼は自分が呼び留められてる、と言う事が判って、後は一切夢中で逃げ出しました。ふと気が附くと、「これはうまい！」と思った。彼は仕事先へ向って走ってるのに気が附いたのです。そこで今度は有(あ)りったけの力で走り出した。唐物商の小僧よりも彼は未(ま)だ疲れては居ませんでした。騒々しい罵(のの)り声を今度は前よりも遠く聞きながら、彼は石材倉庫の袋小路へ飛び込んだ。すると其処には先刻の通り、梯子(はしご)が一つ倉庫の屋根へかかってるのです。彼は栗鼠(りす)のように梯子へ駈けズリ上り、梯子を上へ引っ張り上げました。恰度その途端呼吸(いき)を切らした物々しい一隊が手に手に棒などを持って、小路へ入って来ました。……彼は向う側の屋根の上でそっと寝そべって休みながら考えた。……この梯子で倉庫の後ろへ下りて、煙草屋の裏庭から横町へ出ればすぐ家へ帰れる。だが何んと親方へ帰りがおくれた理由(わけ)を言ったらよいものだろう。あの怒りっぽい喧し屋の事だから、とても只では済むまい、又本当を言っても信じないにきまって居る。どうしてあの親方のような人間は、本当よりも嘘を余計に信ずるのかそれが判らない。……だが今度の事は当人の俺にもよく本当か夢か判らないような気がする位だからな。……その時赤い大きなお月さんが東へ顔を出した。明るい光りがペンペン草の生えた屋根瓦を流れて、深い穴のような小路へも斜めに差し込みました。

●

石材倉庫の小路から、怪訝な顔をして人々が引き返した時、――あれを見い――と一人が言って立ち留りました。この小路へ曲るとは反対の道に青い月影をふんで子供が一人歩いて行くのです。皆は一斉にそっちを見た。――こら！　誰れだ！　と二、三人が叫んだ。気が附いた時には、皆はもう其の子供を追いかけて居ました。子供はふり返ってから急に駈け出したのです。だが今度の追跡は成功でした。道の途中で子供は躓いて転ぶと同時に泣き出した。人々が追いついて其の周りを取り巻いた時、一度に異口同音に叫んだ。――なんじゃ！――なんて事だ！――其れは果物屋の二男坊でした。彼は父を見て来いと母から言われて、ぶらぶらとこの辺までやって来たのでした。――何んで今ごろ此んな所に居る？　早く家へ帰って決して外へ出てはいけんぞ。――と父親の果物屋が言った。――どうも先刻の子供と違うように思っとったが――丈けが小さいからのう――なんて事だ――

果物屋を先頭に人々が大通りへ出てからは、騒動は加速度に拡大して行きました。

――それがどうも判らん。

――不思議議だ。

――妙なこった。

涼み台から皆んなが立って集った。二、三日雨に閉じ込められた後の涼み台では、殊に新らしい話題が必要であった。家の奥からも人々が現れた。通り掛った百姓も立ち留った。懶惰者の猫までが、何か起きたのか一つ己れが見とどけてやろう、と言った風にそっと忍び出た。

？？？？？？

？？？？？？？

？？？？？？？

所が又、新らしい騒動が降って湧いたのです。この大通りの一方に突然、異様な服装をした物々しい一群が現れて、風のように走って群集へ近づいて来ました。

――おーい！　三公を摑えろ。

――しっかり摑えて呉れ。

近づきながら興奮した異様な服装の侵入者が叫んだ。

——何んじゃろ——誰れも来んようだが——此処の者では無いようだ——

不審の目を見張って居る群集の中へかの一団は飛び込んで来ました。

——皆さん！　此処へ今、猿が来ませんでしたか。

——確かに来た筈だ。え？　俺たちは曲馬団の者さ、猿が逃げたんだ。

——いや有難い、皆さん一つ一緒に摑えて下さい。摑えた方には薄謝を呈します。

群集の中で一人が言った。——先刻、何やら犬のようなものがちょろちょろ通ったが。——そうじゃ、わしも見た——わしも見た——猿かも知れんぞ——ほら、向うの町役場の方へ行ったようだが。——

皆んなを驚かした一隊は、一週間も前からこの町へ来て興行して居る曲馬団の人々が、逃がした猿を追いかけて居るのでした。田舎廻りの貧乏な曲馬団で、芸を仕込んだ猿を逃がしたのは、大事件に相違ありません。曲馬団の人々は口々に叫びながら忽ち又町役場の方へ走り出した。果物屋の一隊もそれに続いた。何も聞かなかった人々もそれに続いた。——どうしたのだ？——何かよく判らん——曲馬の猿が逃げたんだ——いや、異態のものが走ってるそうじゃ——突撃のような群集は刻々に増加しました。町に五、六人居る巡査も警察署長も加った。町長はぼんやり道端で立ちつくした。とてもこの群集の力を町長のマークで止める事が出来なかったのです。彼も群集の最後から走り出した。それからは町の老人、赤ん坊、女、病人をぬかして外の全部の住人が、町中をぐるぐる競走のように走り廻った、と思えばいい。途中で町の人々と曲馬団とは別々にわかれて仕舞いました。町の人々も幾隊かになって方々の町や畠や裏庭を走ったり、歩き廻ったりした。子供等は南瓜を盗んだり、犬に着物を着せたりして急いでお化けを拵えました。

——一体、これはどうしたわけだ。

——猿などは居らせん。

——猿ちゅうが、あれも一体魔のものじゃて。

——魔のものかも知れんぞ。

——そうじゃ。

——そうかも知れん。

捜索に疲れた一隊が野菜畠の中で立ち話を初めました。

月に照らされた酒倉の横町で外の一群が斥候のように歩いて居りました。見ると前方に子供のようなものが一人小走りに走って行く。

——見つけたぞ！　猿に似とるが——と誰れかが言った。——いや——と果物屋は否定した——何んだか判らんぞ。魔のものじゃ、先刻も俺達を誑したのじゃ。

人々は追跡した。が飛んだ事が起きた、と言うのは町角で反対から走って来た曲馬団と鉢合をしました。で、その騒ぎで追いかけたものは見えなくなって仕舞いました。

ある所では水瓜を盗んだ乞食の子が猿と間違えられて追いかけられました。さては水瓜が判ったんだな、と考えた乞食の子は真剣になって逃げ、芥溜箱へ飛び込んで漸く助かりました。町長の子供はお化けの真似をして追い掛けられ、ある大きな木蔭に隠れて、群集が其処へ来てうろうろ捜し出した時、そっと人々の中へ紛れ込んだ。勿論一緒について来たものと思って、誰一人疑いません。誰れかが町長の子供に聞いた。

——不思議じゃ。坊ちゃんは判らんかの？

——此処で見えなくなったが。

——煙りのようにぱっと消えたのをわしはちゃんと見て居った。

人々はもう走り廻るのを休みました。皆、足を棒にして疲れ、彼等は不可解の前に驚嘆し、恐怖心は忽ち拡がって行きました。彼等は所々に一団となって小説家のような熱情で喋り合った。

その中を到頭猿を見失った曲馬団の人々は町中のお喋りには関係なく帰って行った。

——まったく此の不景気に猿を失くされちゃやりきれない。——と団長が町の者にあてつけるような調子で言った。

——まったくやりきれない。——と一人が和した。

●

子供等は幽霊だ！　幽霊が来た！　と叫んで月光の明るい道路を走って行きました。その声は木霊（こだま）のように方々へ拡がりました。

――おい！　早（は）よう子供を家へ入れなくてはならんぞ――と店の戸を閉めながらお父さんが言いました。――こんな晩、しかもこんなに遅く外へ出しとくのは不可（いか）ん。どうも今夜は妙に月の明りが目映（まばゆ）すぎたて。よくない事がなけりゃいいと思っとった。

――通り魔があるとよくない事が続くものじゃがのう。――とお爺さんが奥の間で厳粛に答えました。――あれは一種の毒気の性なのじゃ。あれにあたって、わしの若い頃だが、一夜に十人も気がふれた。めったにない事じゃ。これで確かわしの知っとるんでは二度目だからな。いや、わしはいい呪（まじない）を聞いて知っとる。

――魔のものじゃ。

――それに違いない。

――どうも初めから変んだと思っとったんだがのう。それでも人々は月光の明るい道路や木蔭や町役場の前から立ち去ろうとはしなかった。続々と不思議なものを見たと言う人間が殖えて行きました。町中の人間がそれを見たのです。疑問は信念となり、信念は断然たる事実となって現れました。町に二人居る小学校の先生も、此の一般の信念の前では、自分等の理性、学問に就いて疑いを持たねばなりませんでした。二人は話し合いました。一人は一般の信仰を否定するには他の解釈を持って居ず、しかも感情は其れを受け入れようとし、又其れを受け入れるのは先生としての地位が余り平俗に成るようだと考えて困惑して居りました。

他の新らしく赴任して来た若い先生は超自然、奇蹟、についての神秘哲学を述べて居ました。各々(めいめい)は皆自(おの)れの意見を言い現すのに忙しかった。煙草屋の女房は裏庭へ空から黒いものがどっと落ちて消えたと言い、青物屋は影のようなものがすーっと通ったら、裏の畠で水瓜が皆無くなったと言い、瓦職の小僧は、魔物に只(ただ)わっと追いかけられたと言い、兎も角、猿と子供のような態(てい)になって、魔のものが町中を走ったのは真実(ほんとう)であったのです。

●

その頃、曲馬団の天幕(テント)の外でも不可解な事が起きました。檻の中にはちゃんと猿が入って眠って居るのです。人々の足音で目を覚した猿は平常(へいぜい)の習慣で挨拶を初めました。

——どうも判らん。

——へんなこったぞ。

——こん畜生め！　人騒がせをしやがって。

——此奴(こいつ)のお蔭で本当にえらい目に逢ったぞ。

——町の人にも申訳けが無いじゃないか。

——どうも判らない。

今度は留守番の女達が喋り出した。

——三公が居ないって、あんた達が捜しに出てからさ、わたし達は皆んな馬鹿に帰りが遅いし、心配しながらちょっとうとうとと一眠りをしたのさ。起きてから何気無しに三公の檻を見るとちゃんと先生入ってるじゃないか。もうすっかり驚いちゃって、兎も角皆んなを呼び戻さなくちゃと……。――何言ってるんだい。お前達は今までぐうぐう眠っていやがったろう。その面でわからあ。――と疲れきった団長がむしゃくしゃして言った。

――兎も角――と道化師で木戸番で何んでもやるお爺さんが口を入れた。――俺が思うには、三公が来たからにはもう一切水に流せばいいんだ。兎も角、どうして三公が帰って来たかってえのは、そいつはこう思うんだ。奴さん、檻からは出て見たが、腹はへって来る、面白くもなし、月を見てても仕様がなし、つまり一人で又此処へ帰って来たんだね。何、錠さえ無けりゃ、戸の上げ下ろしは三公には自由さ。そうして見りゃ、奴さんはあんまり遠くへも行きは仕舞いよ。まあ、この草原か。いや、ふとすりゃ、この幕の内かも判らないぞ。明日は出発ってわけでお客は無し、三公が逃げたってんですぐ皆、外へ出たんだからな。或いは此の檻の蔭に居たのかも、いやこいつはどうかな。つまりさ、俺たちが町へ追い込んだものはありゃ犬かも知れない。と俺は思うんだが――

躾の良い猿は、どうも人間のやる事は決して判らない。要するに謎だ。前で今喋ってる爺も、俺の主人の猿使いよりも無意味な音を発してる、と考えたものか、聞くのを諦めて又眠り出した。

この事情は早速町中に電波のように拡がりました。——猿は逃げちゃおらんぞ！——矢っ張りあれも魔のものだったぞ。——魔のものじゃ。新らしい事実は人々を一層恐怖させました。

先刻の賑やかな大騒動も会話も忽ち消え去り、家々は戸を閉ざし、道路には人影もなくなり、町は化石したように静かになりました。見張人のお月さんだけが、凡てを見とどけて中天から見下ろして居りました。

勿論、翌朝の会話の中で、事件は二倍に拡大しました。方々の家で色んなものが失くなって居た。——魔が浚ったのじゃ——なんてこった——その害も段々と大きくなり、終りには町と畠全部が一夜に消え去ったかのようになりました。果物屋は俺の所の害が一番大きい。何しろ店中のものが一度に失せたのじゃ。と大手を拡げて見せた。そして町中に言いふらして歩きました。果物屋の女房はそっと思った。——こまった事だ。店では何一つ無くなって居ない。夏蜜柑も五つあったのをわしが一つ売ったのだと言っても承知しない。餓鬼にも判ることが判らんのだから。あれには本当に魔がついとる。……

町役場の前の広場で群集が朝から集って居ました。役場の中では町長が人心を如何に慰撫しようかと坊さん達と会見して居ました。巡査は今朝からの盗難届けの手帳を繰った。——青物屋の水瓜三つ。煙草屋の煙草十袋。瓦屋の梯子一つ。etc、etc……どうもこれは大した事でも無いらしいと巡査は考えた——噂だけではどれ程家代々の貴重な品が、失くなったか見当をつかないわけなんだが。だが、魔のものの仕業だから、とても品物は二度と戻らないと思って諦めて届け出ないのかも知らない。……

酒屋の親父が群集の中で喋って居た。

——そこで朝早く見に行った。所がどうだ。そりゃ、えらいもんじゃ。何も無い。猿も居らせん。第一天幕も無い。曲馬の者も居らん。只草原がえらく荒れとるばかりじゃ。……魔の仕業だったのだのう。

——そうじゃ。曲馬が魔のものじゃった。

——なんしろ、えらい通り魔じゃ。——と石屋が言った。……だがわし等の餓鬼の時分は、此の齢になっても覚えとるが、どうしてこんなものではなかった。……

それからは昨夜のような騒動は無かったにしても、二、三週は通り魔が居残って居りました。それは町の方々で、いろんな悪戯をして、人々を嚇したり揶揄ったりしました。彼等はその足音や影法師やを見たり聞いたりしました。凡ての事柄は其れによって解決され、不平も異論も出て来なかったのです。信ずるに深い人は諦めが好く単純であるから。通り魔が来るよ！とお母さん等はいけない児を嚇しました。水瓜に虫がついた。あいつの仕業だ！と青物屋が言いました。或るお金持の犬を、臆病な百姓等が魔物と間違えて殺しました。町中を捜して犬の死体を発見して、常ならば近所の住民を全部厳重に調べる事を巡査に命ずる金持も、なんてこった。と呟いただけで事がすみました。時として通り魔は幸福をも齎したのです。

●

さて、話は大体、以上で終ったのです。これ以上は、かくして新らしく生れ変った伝説はZ島の故郷でいろいろに生長して行った、と附け加えるだけです。――

所がちょっと前に私は所用でZ島へ行き、その町をも訪れたのです。何しろ、二、三十年以上も経ってるのですから、凡てが恐ろしく変化した。町へは自動車が通じ、時計屋、靴屋、東京新聞取次店、等が出来た。小学校は立派になり、一軒の活動写真館（一週に一度だけの興行だが）も出現した。町の人々は新らしく立てた許のコンクリート建ての町役場を自慢し、町長はフロックコートを着た。

もう通り魔なぞは、恐らく此処を通り過ぎる事は有るまい、と私は考えました。私は其れを思い出したので、――大分昔だが、大変な事件がありましたっけね――と話をして見たが、ある人は「へえ？」と訝しい顔をしました。或る人は町を侮辱されたかのような表情を浮べました。「そう、そう」と合槌を打つ人も、また聞(ぎき)の信じられない話としてで退屈そうな様子でありました。曾(か)つて最大の力をふるった通り魔は完全に姿を隠した、死んで仕舞った、と私は考えました。その変り、人々は私に向って、工場誘致運動、郡長収賄事件、町会議員選挙、等々を長々と聞かせました。その時彼等は生々とした活気を目に現し、小半日喋り続けてもまだ足りないのです。――新らしい通り魔だ。――と私は思わざるを得ませんでした。

　その時、偶然、私は石屋の爺さんに逢ったのです。日当りの良い仕事場で、私を石へ腰かけさせて、仕事の手を休めずに彼は其の話の追憶を老人特有のくどくどした調子で話して呉れました。彼は未だにこの不思議に殆んど敬虔な態度で驚嘆(きょうたん)して居るのです。

　もう町は変った。何んちゅうても時節じゃ。と昔の典型的住人、お爺さんは最後にそう言い足しました。……昔の町の住人は一般に共通した心臓、よく訓練された市民の精神、言いかえれば皆んなで大きな一つの心臓を持って居た。だから奇蹟も以心伝心によって忽(たちま)ち行われた。歴史の中にも、神聖な真理、として幾多の条(くだり)があるじゃありませんか。だが今、この町では人々は各々の心臓を持とう、として居るのです。例え、それがどんなに小さくとも、又偽物であるとしても。……私は凝結した知識、主義、理性尊重、よりもお爺さんの感性より生れた伝説を尊敬します。感覚の中からのみ本当の智慧が生れる。

　ですからお爺さんがもしも又奇蹟を見たいならば、それは僕等の周囲で常に発見されるのです。到る所で。世界は無量の謎であり、お伽話(とぎばなし)の中にある幾ら経っても減らない打出の小槌なのです。毎日毎日が新らしい奇蹟の啓示です。

私の無言の話がうるさくなったのか、お爺さんは煙管(きせる)に火をつけてから遠くの方を眺めました。何にせよ、昔の通り魔はお爺さんと一緒に未だ生き残って居る。此の石屋の仕事場の中にしか姿を現らわさず、日溜りの石材の蔭で老後の安息場を見出した。

●

さて、例の話をふとした機会で私は友人の探偵小説愛好者へ話しました。

――それはきまって居る。――と彼が言い出した。――その曲馬団が泥棒団だったのさ。町を大騒ぎにしておいて、他の一隊が掻払(かっぱらい)いをやったのさ。何、よくある手だよ。昔の話にも猿を仕込んで泥棒させる話があるが、そいつも或いは猿が一役務めたかも知れない。彼等は出来るだけ掻き集めてその夜に逃亡して仕舞ったのだ。まあ、矢張(やは)り通り魔の一種さね。

――或いはそうかも判らない。それが真相らしいとも思われるよ。だがそれでも、曾つてかの町に通り魔が生れて存在して居た、と言う事実を否定するわけにはゆかないね。

と私が答えました。

（昭和二年四月「新青年」）

父を失う話

渡辺温

もとより「本格」の人ではないが、「変格」という響きとも異なる地平で詩を奏でる人、渡辺温である。同じ探偵作家である渡辺啓助の弟。「新青年」の編集者でもあった温が、谷崎潤一郎を原稿の催促で訪ねたその夜、乗車したタクシーが貨物列車と衝突し、二十七歳で亡くなったエピソードは有名。モダンで、ほのかにエキゾティックな香りを漂わせつつ、この薄刃のナイフのようにひたひたと刺しこんでくる哀切さは何だろうか。（竹本健治）

【底本】『日本探偵小説全集〈11〉名作集1』（創元推理文庫・一九九六年）

こないだの朝、私が眼をさますと、枕もとの鏡付の洗面台で、父は久しい間に蓄えた髭を剃り落としていた。そよ風が窓から窓帷（カーテン）をゆすって流れ込んで、そして新鮮な朝日のかげは青々と鏡の中の父の顔に漲（みなぎ）っていた。

おもてで小鳥が啼いた。

「お父さん、いいお天気だね」と私は父へ呼びかけた。

「上天気だ！　早く起き。今日はお父さんが港へ船を見物に連れて行ってやる」と父は髭の最後の部分を叮嚀に剃り落しながら云うのだった。

「ほんと？　素敵だな！……」私は嬉しくてたまらなくなった。それから何気なくきいてみた。「お父さん、何だって髭を剃っちまったんだね？」

「髭がないとお父さんみたいじゃないだろう。どうだ？……」と父はくるっと振向いて私を見たが、その次に細い舌をぺろりと出して眉根を寄せてみせた。

「どうしたのさ?!」

「こうなれば、ちょっとお父さんみたいじゃなくなるだろう。……今日お前を連れて遊びに行ったところで、お前を捨ててしまうつもりなんだよ。うまく考えたもんだろう……」

父はそう云って笑った。

「嘘だい！」と私は寝床の上へ身を起しながらびっくりして叫んだ。

さて、父にせかれて仕立下ろしのフランネルの衣物（きもの）に着換えた私は、これも今日はじめて見る香(にお)い高い新しい麦わら帽子をかぶって、赤色のネクタイを結んだ父と連れだって家を出た。

はつ夏の早い朝の空は藍と薔薇色とのだんだらに染まって、その下の町並の家々は、大方未だひっそりとして眠っていた。

停車場へ行く人気のない大通りを父はステッキを振りまわしながら歩いた。

「誰にも出遇わなくて幸(さいわい)だ」と父は独言を云った。

「なぜ？」と私はきいた。

父は返事をしなかった。

だが、その代りに父はまた独言を云った。

「ほんとにいやな息子だ。十ちがいの親子だなんて！　ああ俺も倦(あ)き倦きしたよ」

「なぜ！」私は父の顔をのぞき込んできいた。

父は、併し、私の声が聞こえなかったものか、黙ってにやにや笑っていた。

私は悲しくなって、父の腕に私の腕をからませた。ところが父はそれを邪慳(じゃけん)に振り払った。

そして声だけは殊の外やさしくこう窘(たしな)めた。

「およしよ。君と僕とが兄弟だと思われても、また、困るからね。およしよ」

私は赤色がかったネクタイを結んで、髭がなくて俄(にわ)かにのっぺりとしてしまった父の顔に、性(たち)の悪い表情をみとめた。

汽車に乗ってからは、父は窓の外を走っている町端(まちはず)れの景色の方へ向いて、「ヤングマンスファンシイ」の口笛なんかを吹き鳴らしていた。そして私に対しては一層冷淡な態度をとった。

「ね、港へ船見に行くの？……」と私は不安な気持できいた。

「うん。船に乗るかも知れない……」

父はそう返事しながら、胸のかくしから疎い紫の格子のある派手なハンカチと一緒に大きな鼈甲縁の眼鏡をとり出すと、それをそのハンカチでちょっと拭いて悪くもない眼へ掛けた。コティの香水の匂がハンカチからむせ返る程ふりまかれた。

「港の眺め程ロマンチックなものはないと思うよ」と父は云った。

「お父さん。どうして、そんな眼鏡かけんの？」私は父の不似合な顔の様子を気にかけて、そうたずねた。

するとと父はひどく慍った。

「お父さんだって？　莫迦だな、君は！……僕がどうして君のお父さんなもんか！　もしも、も一度そんな下らない間違いをすると、なぐるぞ！」

「…………」

私はそこで、不意に、本当にこのような顔をした男は、父ではないような気がしだした。

私は眼をさました時に、大きな見まちがいをしてしまったのかも知れないと思い返してみた。私は父と子との関係について――父なぞと云う存在が私にとって果してどれ程密接な関係に置かれているものか――しかも、私の父は、私とはたった十年しかちがいはないのだが——それらがみんな今更大きな誤りだったように思われて……私はだんだん、強か酔っぱらってしまった時のように、信じ得べき存在はただ自分一個だけになって途方に暮れた。

「君、そんなに蒼い顔しちゃいやだよ。……泣きっ面なんかしてると汽車の中へ置いてきぼりにしちゃうから！」父はまたずけずけとそう云ったが、それでも直ぐ機嫌をとるようにつけ加えた。

「嘘だよ。そんな悪いことをするもんか。それどころか、僕は君に送って来てもらって本当に喜んでいるんだよ」

父はそして声をたてて笑った。

私は、今日こんな風にうっかりと出かけて来たことを悔みながら窓外の爽かな田園の風光が、愁しい泪の中に消えて行くのを見守っているより仕方もなかった。

港の停車場に着くと、父は車夫を呼んでチェッキで大きな赤革のスートケースを二つも受け取らせた。そのスートケースの一つと共に車に乗って波止場へ向う道々、私は何時の間に父がこんな大きな荷物を持ち出したものかと思い迷った。そしてそれについていた名札をあらためてみたが、一字も書き込まれてはいなかった。

すぐ前を走っている車の上から父は新しい夏帽子の縁に手をかけて時々うしろを振返ってみては、どう云うつもりか、鼈甲縁の眼鏡で私へ笑いかけた。その度に赤色のネクタイがひらひらと飜った。……その度に、ああ、何と云う厭な狡猾な親しみのない顔なのだろう！と私は胸一ぱいに不愉快になりながら、そっぽ向かなければならなかった。

（サクソニヤ号。午前七時出帆――）と波止場の門の掲示板に書いてあった。父はそのサクソニヤ号へ二つのスートケースと一緒に入って行った。

私は波止場に立って真黒な船腹のさびついた鉄板を見ていた。やがて、船の奥の方から銅羅が響いて、次いで太い煙突が汽笛を鳴らした。

父は甲板から、にこやかに挨拶をした。

「どうも、ありがとう。お丈夫で！」

「――お丈夫で！」と私は甲板を仰ぎ見ながらそう叫んだ。

船は波止場をはなれた。父は新しい麦わら帽子を高く振った。私は自分の汚れた黒いソフトを一生懸命に振った。

私は波止場の石垣に腰かけたまま、風に吹かれて殆ど半日も我を忘れていた。到頭金釦をつけた空色の制服を着ている税関の役人が私の肩を敲いた。

「どうしたんです？　まさか、身投げをするつもりじゃないでしょうね」

私は急に悲しくなってむせび泣いた。

「おやおや、困りますね、一体どうしたって云うのでしょう。泣いてちゃわかりません。わけをお話しなさい」

「お父さんが、いなく、なった、のです！……」と私はようやく答えた。そして、それから、父のためにどんな風にしてあざむかれてしまったかを語った。

「お父さんはどんな様子の人です？」と役人はきいた。

「よく思い出せないのです。そう、恰度あなたみたいな人です。髭がなくなってつるつるした顔をしていました。そして、しかもやっぱりそんな大きな眼鏡をかけていました。ああ、ほんとにあなたとそっくりです！」と私は叫んだ。

税関の役人はドギマギとしてその髭のない貧しげな顔を両手で抑えた。

父。髭なし。麦わら帽子。鼈甲縁眼鏡（時として使用す）。赤地ネクタイ。その他、瀟洒たる青年紳士――。

親切な税関の役人は右のような人相書を作って、サクソニヤ号の次の寄港地へ宛てて照会した。しかし、もとよりそんな人相書は、たとえばその中の赤地のネクタイ一本がもつ手がかりよりも、決して重要な特徴を示していなかったことは事実である。

私はそして、到頭その朝、そんな風にして父から見捨てられてしまった。これから私は全くたった一人ぼっちで、この堪え難い人生を渡って行かなければならないのだ……。

それにしても、自分の父の顔位は、よしやその髭がなくなったとしても、決して見忘れない程度に、よく見憶えて置くべきことである。

（昭和四年七月「探偵趣味」）

殺された天一坊

浜尾四郎

浜尾は自他ともに認める「本格」作家であり、とりわけ『殺人鬼』『鉄鎖殺人事件』といった、戦前では稀少な本格長編によって大きな足跡を残した。本業は弁護士で、さらに元検事だった経験から、冤罪や裁判そのものにつきまとう問題を扱った作品が多く、本作もそうした試行の精華と言えよう。天下の名奉行として誉れ高い大岡越前に仮託して、人にとって「真偽」や「正誤」とは何であるかを鋭く問い詰め、恐ろしいばかりの苦さを残してみせる構成はまさに絶品というほかない。

（竹本健治）

【底本】『日本探偵小説全集〈5〉浜尾四郎集』（創元推理文庫・一九八五年）

一

あれ程迄世間を騒がせた天一坊も、とうとうお処刑となって、獄門に梟けられてしまいました。あの男の体は亡びてもあの悪名はいつ迄もいつ迄も永く伝えられる事でございましょう。世にも稀な大悪人、天下を騙し取ろうとした大かたり、こんな恐ろしい名が、きっとあの男に永く永くつき纏うに違いございませぬ。

私のようなふつつか者が廻らぬ筆をとりましたのも、その事を考えましたからでございます。私からはっきりと申しますれば、あの男こそ世にも愚かな若人なのでございます。けれども決して大悪人ではございませんでした。

ああした不思議な運命に生みつけられた人間はおとなしく此の有難い御治世の、どこかの片隅にじッと暮して行けばよかったのでございましょう。

天一坊は此の世の中というもののほんとうの恐ろしさを知らなかったのでございます。真実の事実を有りの儘に申す事、もっとむずかしく申せば真実と信じた事をはっきりと申すことが、此の世の中でどんなに恐ろしい結果を招くかという事をあの男は存じませんでした。だからあの男は愚者でございます。世にも稀な馬鹿者でございます。

それに、自分の正しく希望してよい事を、はっきりと希望した、というのもあの男の考えが至らぬ所でございました。此の世の中は法というものばかりでは治められぬ。いいえ、時によっては法というものさえも嘘をつくという事を知らなかったのでございましょう。

あの男は気の毒な愚かな、しかし美しい若人でございました。

でも、奉行様が、あの御奉行様でなかったなら、天一坊の運命は他の道を辿ったかも知れないのでございます。あの男があの御奉行様に裁かれなければならなかったのは、取り返しのつかない悲しい事だったに相違ございません。

こう申したからと云って、私は決して御奉行様のことを悪く申し上げるのではございませぬ。御奉行様は御奉行様としてほんとに云い知れぬ程の御苦労をなさったのでございます。永く御奉行様を存じ上げて居ります私は、御奉行様がほんとうに御自分の御役目の大切な所をはっきり摑もうとなさったのは、実に天一坊の御裁きの時だった、とさえ信じたいのでございます。それ程迄に御苦労なさいましたのでございますもの、御奉行様の事を悪く考えられよう筈はございませぬ。

私は御奉行様が天一坊を御調べになっていらっしゃいました頃、はじめて奉行という御役目がどんなに大切なものかをはっきり知ったのでございます。と同時に奉行という御役目の為にどんな悲しい事をも冒さなければならないかという事を知ったわけなのでございました。

御奉行様はあの一件の為にどれ程お瘦れなさった事でございましょう。皆之天下の御為なのでございます。今思いましても有難い極みでございます。

一体、御奉行様と申す御方は、御聡明な、果断な、そうして自分を信じる事の大変に御強い御方なのでございます。此の御明智や御偉さは、私が御奉行様を存じ上げました頃から今に至るまで少しも御変りにはなりませぬ。

けれども、奉行という御役目で御出会いになるいろいろの事件の為に、その御考えのもち方は今まで可なり御変りになったように存ぜられるのでございます。

二

初め私が御奉行様を存じ上げました頃は、只今も申し上げました通りほんとうに御利発で御聡明である上に、御自分というものを御信じになることが大層御強くいらっしゃいました。あの頃の御奉行様の御裁きと申すものは、どれもがほんとうにてきぱきとして、胸のすくようなもの計りでございました。そうして、御奉行様の御名は日に日に、旭のように上り、それと並んでずんずんと御出世もなされたのでございました。

「自分のする事は間違いはないのだ。自分のする事は凡て正しいのだ」

斯ういう心持が常に働いて居たためああした華やかしい御裁きがお出来になったのだと存じます。

貴方様方も御承知の事でございましょうが、一人の子供を二人の母親が争いました時に御奉行様が御執りになった御裁きなどは誰もが皆感心したものでございました。

「真実の母親なればこそ、子供が泣いた時に手を放したのだ。それにもかまわず引きずるのは真の母親ではない。偽者めが」

斯う仰言(おっしゃ)って、さっと御座をお立ち遊ばした時のあの御姿の神々しさ、私などはほんとうに有難涙にくれたものでございました。多くの方々もあっと云って感服致したものでございます。だが、私はあの時、敗けて偽者めと仰言られた女が、大勢の人々に罵られながら立って行く有様を見て何となく気の毒に思った事でございます。

御承知でもございましょうが、日本橋辺の或る大きな質屋が、自分の地内に大きな蔵を建てまして隣家の小さな家に全く日の当らないように致しました時、隣家から訴え出ました際のあの名高い御立派な御裁き振もやはりあの頃の事でございました。

神田お玉が池の古金買八郎兵衛の家の糠味噌桶の中から、五十両の金子(きんす)を盗み出しました男をその振舞から即座に御見出しになりました時などは、ほんとうに江戸中の大評判となりましたものでございます。

失礼な申し上げ方でございますが、御奉行様にとりましては、全くあの頃が一番御幸福だったのではなかったかと存ぜられます。勿論あれから益々御奉行様は御出世遊ばし、その御名は日に日に高くはなって参りましたけれども、私考えますには何と申しても、あの頃が御奉行様にとっては一番おしあわせな時代だったのでございます。何故ならば先程も申し上げました通り、御奉行様はどんな事に臨んでも少しも御困りになる事なく御立派に裁きを遊ばし、又その御自分のなさった御裁きを後から御考えになる事をも喜んでおいでになったようでございましたから。

毎日のように行われる名裁判を毎日江戸の人々が囃し立てるのでございます。御奉行様の御耳にも其の評判がはいらぬわけはございませぬ。はいれば御奉行様だとて悪い気もちはなさらなかったに相違ございませぬ。思い出しますのは、あの頃の御奉行様の明るい愉快そうなお顔でございます。

けれども斯うした時代はいつの間にか次の時代に移ってまいったのでございます。私の申しますのは御奉行様の御名声の事ではございませぬ。御名声はさき程も申し上げました通り旭のようにますます上る一方でございました。

三

私がはじめて御奉行様の晴やかなお顔に、暗い影を見い出しましたのは或る春の夕暮でございました。お役目が済みましてからお邸にお帰りになりました時、いつになく暗いお顔をなされご機嫌もよろしくございませぬ。余りに公事（くじ）が多すぎるお疲れかと、存じて居りましたのですが、其の夜はおそくまでお寝みになりませんでお一人で何かお考えになっておいで遊ばしたのでございます。

その翌日も同じようにお出ましにはなりましたけれどもお帰りの時には矢張りご気分がおすぐれになりませぬ。

其の夜私は、或る人から妙なお話を承りましたのでございました。

何でも二、三日前に深川辺の或る川へ女が身投（みなげ）を致してその水死体がどこかの橋の下に流れついたのだそうでございます。

お役向(やくむき)の方々がお調べになりますと、懐にぬれぬようにしっかと包んだ物がある、出して見ますと之がつまり其の女の遺書なのでございます。遺書には次のような気持が書かれてあったそうでございます。

「私は橋本さきと申す、誰もかまいつけてくれない哀れな女でございます。昨年の春、自分の腹を痛めた、愛(いと)しい愛しい子を取り返したい為にお奉行様の前に出ました女でございます。あの時、我が子を無理に引っ張って勝ッたため、偽り者め、かたり奴と御奉行様に罵られて、お返し申す言葉もなく帰りました女でございます。私が何故あの時まで自分の子を手許におかなかったかと申す事はあの節申し上げました通りでございますから今更申し述べません。ただ何故私が死ぬ覚悟を致しましたかを申し上げます。あの時の公事は私がほんとの母であったにも不拘(かかわらず)、私の負となりました。私はその愚痴は申しませぬ。ただあれから後の事を申し上げたいのです。私はただ我が子を取り戻せなかっただけの筈でございます。御奉行様はきっとそうお考えになっておいででございましょう。けれども世の中という所はほんとうに恐しい所でございます。私は我が子を取り戻す望みを失うと同時に、江戸中の人々から言葉もかけられぬ身の上とならなければなりませんでした。あの公事に敗れた私は、あの子の母親だと人々に信じられなかったのみか、お上を騙(かた)る大嘘つきという事に極められてしまいました。今迄私の味方になって居てくれた親類の者共が交き合を断ってしまいます。家主は私を追い出します。私は此の世の中にたった一人になって、而も悪名を背負ってさまよい歩かなければならなくなりました。何処に参りましても使って呉れる人もございませぬ。仕事を与えて呉れる人は更にございませぬ。斯うやって恥かしい乞食のような思いをして、私は一年の間江戸中を野良犬のように歩き廻りました。今から思えばあの時お白洲で、『偽り者め、騙りめ』と仰言った御奉行様のあのお声が江戸中の人々の口からこだまして響いて来るのでございます。私はもう野良犬の様な生き方さえも出来なくなりました。雨を凌ぐ軒の端からさえも追い払われます。どうして生きて居られましょう。私は死にます。死んで此の苦しみから逃れます。唯、死ぬ前に一言、『私は騙りではない、真実の母だ。騙りと云われたのは奉行様なのだ』と申しておきたいのでございます。私が敗公事になりました事に就いては愚痴を申しますまい。けれど御奉行様に一ことお恨みを申し上げておきます。あの時御奉行様は何と仰言いましたか。『斯なる上は其の方達両名で中の子を引っ張るより外裁きのつけ方はあるまい。首尾よく引き勝った者に其の子を渡すぞ』と仰せられたではございませんか。私は唯あの御一言を信じたのでございます。お上に偽りはある筈のものではない。此処で此の子を放したが最後、もう決して此の子は自分の手に戻っては来ないのだ。斯う堅く信じた私は、石に噛りついても子を引っ張らねばならぬと思ったのでございます。あの子が痛みに堪え難て泣き出した時、私ももとより泣きたかったのでございます。けれども一時の痛みが何でございましょう、私が手を放せばあの子は未来永劫私の許には参らないのでございます。御奉行様は御自分でお命じになった言葉が一人の母親にどれだけの決心をさせたか御承知がないのでございます。偽ったのは私ではございませぬ。御奉行様でございます。天下の御法でございます」

大体右の様なものでございましたろう。私も始めて御奉行様のお顔色の並ならぬ理由を存じたように思いました。

けれども御奉行様がずっと陰気におなり遊ばすようになりましたのは、未だ此の事のあった頃ではございませんでした。その年の冬からでございます。あなた様方もご承知の通り村井勘作という極悪人がお処刑になった事がございます。あの村井という罪人は随分色々な悪事を働いた者でございますが御奉行様御自身でお調べ中、飛んでもない罪を白状致したのでございました。

あれは何年頃(いつ)でございましたでしょうか、四谷辺で或る後家が殺された事がございます。お上で色々とお調べの末、色恋の果の出来事と申す事になり、後家が生前懇(ねんご)ろにして居たらしい男をお捜しになった事がございました。その時の御奉行様の御明智には一同皆恐れ入りましたものでございます。あの時、疑のかかった男数人（其の中に村井勘作も居りましたのでございますが）をお白洲にお呼び出しになり、一方御奉行様は殺された後家の処に永く飼われて居りました猫を人に持たせて御出になりました。扨(さて)、人が猫を放しますと猫はするすると煙草屋彦兵衛という者の所にまいり、直ぐその膝の上にのってしまいました。後家の家に飼われて居りました猫は平生しげしげ出入する男だけを見おぼえて居りまして、無心に罪人を指してしまったのでございました。

　之をじっと御覧になって居られた御奉行様は直ちに彦兵衛をお捕えさせになり種々とお糺しになりましたが、彦兵衛は後家の家に今迄一歩も入った事がないと申して中々白状致さないのでございます。平生から生き物がすきで彦兵衛方にも猫が居ると申し、丁度近頃その遊び相手の猫がちょいちょい来るのを後家の猫とは聊かも知らず、よく食べ物などをやって可愛がって居たと、こう申し開きを致しましたので、

「それでは其の方の猫をここに連れ参れ」

　と御奉行様が仰言いました。すると彦兵衛は十日程以前よりその猫が行方知れずになったと云うようなお答えを致したのでございました。此の男は独身者で、誰も彦兵衛が猫を飼って居たと申して出る者もございません。其の中、いろいろ責められて包み切れず、とうとう後家殺しの一部始終を白状致してしまいました。あなた様方もご存知の通り、申すまでもなく彦兵衛は直ちにお処刑になってしまいました。

　所が、先程申し上げました村井勘作という罪人が、四谷の後家殺しを御奉行様の前で、突然白状致したのでございます。初めは御奉行様もお取り上げにもならず「何をたわけた事を申す」と仰言っていらしったそうでございますが、一方、段々役目の方々が訊して参りますと、それがすっかりあの時の事情と符合致すのでございます。そして、平生猫が大嫌いであったので後家の所へ通って居りました頃も、其処の猫を見つけるといきなり足蹴に致したり

打ったり致しますので、猫も村井の顔を見る度に恐れて逃げ廻って居たのだと申しましたのでございます。真実猫が嫌いであったのか、仮令猫にもせよ密事を外の目に見られるのを恐れてわざと猫を追いました事やらよくは判りませぬが、左様申し上げたのでございました。何でも之をお聴きになった時の御奉行様のお顔色は土のようだったと御役目の方から承りました。御奉行様は、ただ「たわけ者」と一言仰せられた切り、すっとその場を立っておしまいなされたそうでございます。

御奉行様の明るいお顔が暗く陰気になりましたのはたしか其の日からでございました。其の日お帰りになりましても一言も口をお開きになりません。其の夜はとうとうお褥の上にもお乗りにならなかったようでございました。其の翌日はお上へは所労と申し上げられて、とうとうお邸に引き籠っておいでになりました。そうしてお邸の中でも一室に閉じ籠ったきり、まるで物も仰言らないのでございます。

私は自分の浅智恵から、御奉行様はあの煙草屋彦兵衛の為に一室にこもって供養をなさっていらっしゃるのだ位にしか考えませんでした。けれども今から考えますればそんな小さな事だけではなかったのでございます。

私などが斯様申し上げますのは随分如何かと存ぜられますが、御奉行様はつまり御自身の御智恵をお疑りはじめになったのでございます。御自身のお裁きをお疑りになり始めたのでございます。一言で申せば、自信をお失いになったのでございます。

今迄は御自分のお考えは何時も正しい、自分の才智は常に正しく動く、とお考えになって居たのに、今度はその土台がぐらぐらとしてまいったのでございます。

斯うして、御奉行様は毎日毎日陰気にお暮しになるようになりました。出過ぎた事を申し上げるようでございますが、あの頃からのお裁きにはもうあの昔の才智の流れ出るような御裁断が見えませぬ。一歩一歩、それも辿るような足取りでお裁きをなすっていらっしゃったのではないかと存ぜられるのでございます。

斯様な有様で此の先いつまでも参るのかと私は存じて居りました。而も一方、世間は御奉行様のお心の中などは少しも知らず（知らないのは尤もでございますが）御奉行様をもてはやし、御奉行様の御名声は益々上るばかりなのでございました。

四

所が、斯ういう暗い陰気なお顔色が、或る時期から急に再び明るく輝き出すようになッて参りました。それはいつ頃でございましたか、又如何（どう）いう事からと申す事ははっきりおぼえませぬが、あくる年の春、或るお親しいお方とお話をなさッた後の事と存じて居ります。何でも其の時のお話の中に、先程申しました橋本さきという女と煙草屋彦兵衛という男の名が出ましたと見え御奉行様はお一人におなり遊ばしてから、頻（しき）りと其の名を繰り返しておいでになりましたが、急に晴やかなお顔色におなり遊ばして、お側の者をお召しになり不意に「世間は余を名奉行だと申して居るか」とおたずねになったのでございます。お側の者がその旨申し上げますと、晴やかなお顔色で更に「悪人だから処刑になるのか、処刑になるから悪人なのだか、判るか」と笑いながら仰せられたのでございました。

そして其の日から再び御奉行様はもとのように大層明るく、御機嫌もよくおなり遊ばしたのでございます。ただ、何と申しましても以前のようなあの明るさ華やかさは最早見られませんでしたけれども。そうして矢張り折々は何となく暗い顔をなさるのでございました。

何故斯う又お変り遊ばしたのでございましょうか。

私今となッて考えまするに御奉行様は御自身のお裁きに疑をお懐きになるようになり、自信をお失い遊ばしましてから、きッと、長い間、苦しみと悩みの中をお迷いになったに相違ございませぬ。あれ程迄にお信じになり御頼りになッておいでになッた御自身でございます、これが思いがけない事実によッて裏切られましたのでございますもの。若し、あの儘に続いたなら、御奉行様はやがてそのお役目をお退き遊ばしたに違いないのでございます。御奉行様がお役目をお退きにならず、而も晴やかに再び活き活きとお勤め始めになりましたのは何故でございましたでしょう。

浅墓な私の一存と致しましては斯う考えたいのでございます。御奉行様は一時大変に信頼遊ばしていらしッた自分のお智恵に対して自信をお失いになッた。けれども何か之に代るべき何物かをはッきりとお摑みになッたのでございます。それは力と申すものでございます。と申してもそれは奉行様というお役目の力ではございませぬ。御奉行様のお裁きが、天下の人々に与えます一ツの信仰、御奉行様の盲目的な信仰という一ツの力をはッきりとお知りになッたのでございます。

何故と申せ、御奉行様をお悩ませ申した事件は、一方の方では御奉行様のお智恵を裏切ッているようではございますが、一面では必ず御奉行様のお力をはッきりと示して居るではございませんか。

橋本さきは何故死ななければならなかッたか。御奉行様がお負かしになったからでございます。御奉行様が「偽り者め」と一言仰言ッたからでございます。「さき」が真の母親であッたか如何かはどうでもよい事なのでございます。天下の人々は御奉行様がお負かしになったから「さき」が嘘の母親だと信じるのでございます。煙草屋彦兵衛に致しましても左様ではございませんでしょうか。彦兵衛が罪人だからお処刑になったのだと申しますよりは、御奉行様が御処刑になさッたから悪人でもあり罪人でもある、と多くの人々は考えるのでございます。

之は並々の奉行の出来る事ではございませぬ。あの御奉行様なればこそでございます。天下の人達が神様のように尊敬致し、名奉行、名裁判と申し上げているからこそ斯様なことになるのでございます。

考えるのも恐ろしい事でございますが「橋本さき」「煙草屋彦兵衛」の外の、数多い事件に致しましても、幸か不幸か後に色々な事実が現われませぬからその儘になって居りますようなものの、凡てが天下の人々が信じて居ります通りの事実であったのだと、誰が申すことが出来るでございましょう。

所詮は神様でない限り、人が人を裁く限り、いくら御奉行様でもお間違いがないとは申せますまい。出来ない事を執拗に探るよりは、天下の御法というものの有難さをはっきり知らせる方が世の為なのでございませんでしょうか。

御奉行様に対する天下の信仰はそれで立派な一つの御治世の道具になるのでございます。なまじ事実を一つでも探り出して今更其の信仰を動かすよりは、いっその事ますます其の信仰を強くしてそれを以て世を治めて行こうとお考え遊ばしたのではございませんでしょうか。長い長い暗闇をお通りぬけになった御奉行様は、斯うやってようやく明るみにお出ましになったのだと、憚り乍ら私は考えますのでございます。

つまり、御奉行様は智恵に就いての御自信をお失いになった代りに新に、御自分の力に就いてはっきりと御自信をお摑みになったのでございます。斯う考えますせいか、初めはただ御自分の御名声がもて囃されるのをただ笑って聞いていらっしした御奉行様も、其の後は大層真面目に世評に気をくばっていらっしったように存ぜられるのでございます。

さて、斯うやって折角安住の地をお見出しになりました御奉行様は間もなく又もお悩みにならなければならなくなったのでございます。御奉行様のお智恵でも、お力でも如何ともする事の出来ないような一件が持ち上ったのでございました。それは申すまでもなく、天一坊の一件でございます。

五

天一坊が如何いう男で、如何いう事を申し出したか、というような事に就きましては私は今更事新しく申し上げますまい。あなた様方もよく御存じの事と存じますから。

私はただあの頃の御奉行様の御有様を申し上げますでございましょう。

天一坊という名を御奉行様がお耳にお入れになりましたのは、未だあの男が江戸表に参りませず、上方に居た頃だったと存じます。

恐れ多くも公方(くぼう)様の御落胤(ごらくいん)という天一坊が数人の主だった者と共に江戸表に参ろうという噂が早くも聞えたのでございました。

此の報知(しらせ)を耳になさった時、御奉行様はいつになく暗い顔をなされ、それからは偉い方々と頻りに行き来をなさったようにおぼえます。中にも伊豆守様御邸には屢々御出入遊ばし御密談がございましたが、いずれも天一坊のお話だったに違いございませぬ。

天一坊が愈々(いよいよ)江戸に参りました時、御奉行様も伊豆守様其の外の方々と一所に御対面遊ばしました。其の時は伊豆守様自らお調べになったと、申す事でございますけれども、御奉行様も亦はじめて此の時天一坊を御覧になったのでございました。

私は其の夜の御奉行様の御様子を今はっきりと思い浮べる事が出来るのでございます。伊豆守様、讃岐守(さぬきのかみ)様、山城守様などと共に天一坊にお会いになりました御奉行様は、其の夜蒼いお顔を遊ばしてお帰りになったのでございます。私はあの時程、恐ろしい、厳しいお様子を拝見致した事はございませぬ。それは決して、今迄に時々ございましたあの暗いお顔ではないのでございます。ただお心にお悩みをもっておいでの時の御様子ではないのでございます。それは何かただならぬ御決心を遊ばしておいでのように見えたのでございました。

之は私、御奉行様を存じ上げまして以来はじめての出来事なのでございます。未だはっきりお調べもないうち、たった一度お会いになっただけで御決心をなさるなどという事はそれ迄決してなかった事でございます。

仮りにも名奉行と世に謳われる御奉行様の御事でございます。その人の顔や様子の美醜に依って予め之は斯うとお定めになるような事は決してございませんでした。それどころではございませぬ。「裁きの以前に予め斯うだろうと思ってはならない。それは正しい裁きと云うものではない。相手の顔の美醜に動かされてはならない。それでは正しい裁きが出来ぬものだ」と平生からお役向のお家来達にくれぐれもお諭しになって居られるのでございます。

此の日、伊豆守様が主に天一坊とお物語りになったそうでございます。そうして天一坊の側からはお落胤という証拠と致して公方様お墨附、並びにお短刀を示し、その時居られました方々にも皆々様之を拝見なされ、正物にまぎれもなき物と定ったそうでございます。御奉行様も其の場に居られて、そのお様子をすっかりお見届け遊ばされたわけなのでございます。

お役目柄、御奉行様は半晌でも対座なさりますれば必ず相手の人物をお見抜き遊ばす方でございます。それに致しましても天一坊が公方様のお胤であるかどうかと申す事まではお判りにはなりますまい。仮令、天一坊という男の性質がよろしくないとお見抜き遊ばしたにもせよ、お胤でないとは申せないわけでございます。まして持参のお証拠の品々は紛れもなく正しい物と定まって居りますのでございます。

それだのに御奉行様のお決意は何を表わして居るのでございましょう。申す迄もなく私などには初めは頓と合点が参りませんでございました。

公方様のお落胤が江戸にお出になった、と云う事で江戸中は大騒ぎでございます。公方様に於かせられましてもおぼえある事と見えまして近くお対面相い成るやにも承るようになって参りました。

其の間、御奉行様は毎日のようにお登城を遊ばし、その度に暗い暗い顔色をしてお戻りになります。高貴のお方々も度々御奉行様にお会いになります御様子、その中、私にも何となく御奉行様の御決心の程もお察しがつかぬ事もなくなって参ったのでございます。

浅慮の私からはっきりと申しますれば、御奉行様は始めて、天一坊にお対面になりましてから以来、何故か天一坊が公方様のお落胤であるという事実を信じまい信じまいとなさって居られたのでございます。奉行という重いお役目から、大事には大事をとって、と仰せられながら、お家来の衆を遙々紀州へおつかわしになりました時など、事の真相を糺すというよりも、あれは嘘だと申す証拠を摑みたがって居られるようにさえ感ぜられましたのでございました。どうかして天一坊を偽者だという証拠を得たい、どうかしてあれが御落胤でないという事を確信したい、斯ういうのが御奉行様の御心持であったに相違ございませぬ。

何故と申すに、紀州に遣わされました方々が、天一坊が偽者であるという証拠を得られずに却って真ものであるという証拠を伝えて参りました時の御奉行様の御失望、御苦悩を私ははっきりと思い出す事が出来るからでございます。今までのお裁きの場合には、黒白何れか一方の証拠をお摑みになりますと御奉行様は世にも幸福な御様子をなさるのでございました。ところが今度に限ってそうでないのでございます。之は如何いうわけなのでございましょう。信じまい、信じまい、という時は過ぎ去りました。最早信じまいという事実を信じなければならぬ時が参ったのでございます。

私が初めに、真に御奉行様が御役目の大切な所をお摑みになろうとお苦しみ遊ばしたと申し上げました時は、実に此の時なのでございました。

では何故ああ迄、天一坊を偽者とお信じになりたかったのでございましょうか。

之は色々に考えられますのでございますが、私が今思いますのは全く「天下の御為」という事からではなかったのではございませんでしょうか。

つまり、御奉行様は天一坊の性質をお危ぶみになったのでございます。私には詳しい事は判り難ねますけれども、若し天一坊を公方様の御胤と認める時は、必ず天一坊は相当の高い位につかれるに相違ございませんのです。只今の世は太平とは申せ、位に似つかわしくない人間を或る力のある位置におく事が、どんなに恐ろしいものであるかという事を御奉行様は御考えになったのでございます。今まで全く微力だった人間に、不意に高い位置と大きな権力とを与える事は仮令それが当然の筋合であろうとも、その人間の性質によってはどんなに危険なものであるかをお考え遊ばしたのではございませんでしょうか。俗に氏より育ちと申すことがございます、仮令公方様の御胤にもせよ紀州に生れて九州に流れ野に伏し山に育って来た天一坊が、公方様にも次ぐ位に似つかわしい筈はございませぬ。さすれば一人を高い位置におく事は天下に禍いを生む事になるのではございますまいか。

と申して天下の名奉行とも云われる御奉行様が、ほんとうの事実を曲げてもよろしいのでございましょうか。成程一人の生命を奪って天下を救う事は正しいように考えられます。けれども今の御治世に御法に依らないで其の一人の生命を奪う事が出来るものでございましょうか。而も事実はその一人は生命を奪われるどころか、栄貴を望む事の出来る立場に居るものでございます。御奉行様の御苦心は此処にあったのではなかったかと、私は恐れ乍ら御察し致して居るものなのでございます。

六

事実が判りました時はあれ程御失望なさったらしい御奉行様も、其の翌日から再び厳粛な面持でお勤めにお出かけになりました。其の頃、お役目向の方々の外に、伊豆守様はじめ高位の方々も頻りと御奉行様と往来をなされて居られましたのでございます。

或る日、夜更けて漸く御帰り遊ばしましたが、其の日は昼からずっとあの学者として名高い荻生様の御邸に参られ永く永くお物語り遊ばしたと申す事でございます。其の夜から御奉行様のお居間には和漢の御書（ごほん）がたくさんに開かれましたが、皆「正」とか「義」とか申すむずかしい事に就いての御本だったように存ぜられます。

愈々最後に、明日は御自身で天一坊をお調べ遊ばし、それによって御奉行様が何れともお定めにならなければならぬと定りました其の前夜、御奉行様のお邸には荻生様、伊藤様の両先生が見えておそく迄お物語り遊ばしましたのでございます。

　天一坊お調べの節の有様はあなた様方もよく御存じの事と存じますが、御奉行様はいつもに似ず御低声で、お訊ねも主に外形にばかり注がれて居たと申す事でございます。天一坊の乗輿（こし）に就いてのお訊ね、御紋についてのお調べ、之皆外形の事柄でございます。肝心の御落胤か否かと申すことに就きましては、どうしてあのお墨附と御短刀だけで天一坊が其の本人だと云う事が出来るかというような事を仰せられただけだと申すことでございます。御言葉が激して来て天一坊にお迫りになった時、あの美しい僧形の若人は世にも悲しげな顔をして斯う申したという事でございます。

「世にまことの親をほんとに知る事の出来る人間が居りましょうか。誰しも生れた時の記憶が有るものではありません。親なる者が、自分がお前の親だというのをただ信じて居るに過ぎないのです。私のように、生れた時から私がお前の父だ、私がお前の母だと云ってくれる者がなかった人間は、不幸にも、ただただ周囲の者の云う事を信ずるより外（ほか）、道がないのです。私が物心ついても誰もお前の父だ、お前の母だと云って出て来てくれる者はありませんでした。私が初めて父母の名と、其の行方を知ったのは、私を育ててくれた祖母が亡くなった時です。母はもはや世に居りませんでした。私を生んでくれた時に死んだのです。父の名を聞いた時、私は心から驚きました。と同時に、どうかして一度は会いたいと心から願いました。あなたは親と云ってくれる者を一人ももたずに育って来た人間の淋しさを御存じですか。あなたは何と考えていらっしゃるかも知れませんが、私はただ真実(ほんとう)の父に会いたいばかりなのです。外に何も望んで居るわけではありませぬ。それだのに不幸に生み付けられた私は何という更に大きな不幸に出会わなければならないのでしょう。私は寧ろ名もなき人の子として生れたかったのです。さすれば父は喜んで私に会ってくれたでしょう。斯様に奉行を間に入れて罪人のように我が生みの子を取り扱わないでも済んだ筈です。思えば私の父も不幸な人間です。その生みの子に直ぐ会うわけにも行かないのですから。けれど、若し父にほんとうにおぼえがあれば必ず会いたがって居るに違いありませぬ」

此の愚かな、けれど真直な天一坊の答えはあの男の為には運命を一時に決してしまったのでございました。あの男は不幸に生れ付きながら更に一番不幸な最後を、此の言葉が生み出す事を知らぬ程若かったのでございます。あの男はただ父親に会いたかったと申して居ります。それはそうに間違いございますまい。けれど御奉行様に致しますれば、それはただそれだけの意味にはならないのでございます。御奉行様は世の為に此の哀れな人の子を其の親に会わしてやることはお出来にならなかったのでございます。

お調べの果は、御奉行様の為にも、又天一坊の為にも余りに悲惨すぎて詳しく申し上げる言葉もございませぬ。御奉行様の御取り計らいで、天一坊は全く偽者なる事に定りましたのでございます。

「天下を欺す大かたりめ」之が御奉行様が最後に天一坊に仰言ったお言葉でございますが、いつもに似ず御声に慄えを帯びておいでになったそうでございます。

お邸にお帰り遊ばし、落葉散り敷く秋のお庭にお下り立ち遊ばした時の、御奉行様のお顔色は全く死人の色のようでございました。

お処刑の済んだ事をお聞きになりました時、ただ一言「そうか」と仰せられまして淋しく御家来の顔をお眺めになりましたが、お伝えに上った御家来は其の時御奉行様にじっと見つめられて、総身に水を浴びせられたように、ぞっと致したと申す事でございます。

其の時以来、再びあの暗い陰気な御方におなり遊ばしたのでございますが、何故か私には、最早昔の晴やかな愉快なお顔色は、永く永く御奉行様から去ってしまったように考えられてなりません。

私は御奉行様の此のお裁きが、正しいか正しくないか、全く存じませぬ。いいえ、ほんとうを申せば、何故天一坊がお処刑にならなければならなかったかという事さえほんとうには解らないのでございます。私はただ私が考えましただけの事を申し上げたに過ぎないのでございます。御奉行様のあの御苦悩を思い、天一坊の余りにも痛ましい運命を考えますにつけ、拙き筆を運びまして、思う事ありし事、あとさきの順序もなく書き綴りましたのでございます。

（昭和四年十月「改造」）

目羅博士の不思議な犯罪

江戸川乱歩

乱歩ほど短編で「これ一作」を選び出すのが難しい作家も稀だろう。「押絵と旅する男」「人間椅子」「赤い部屋」「屋根裏の散歩者」「芋虫」「鏡地獄」「踊る一寸法師」……と、好みやその日の気分やどこに選択の比重を置くかによっていくらでもベストを入れ替えられるのだから。そこで、さて、選者の持論として乱歩の最大の特色は谷崎や宇野浩二から受け継いだ〈ダウナー的幻想〉にあり、それはピントがくっきりとあい、鮮明で、高画質の映像と相性のいい〈アッパー的幻想〉に対して、輪郭がぼやけ、物と物が容易に混じりあう、とろとろと脳漿がとろけるようなタイプの幻想を指すのだが、現代は映像作品を典型として〈アッパー的幻想〉がどんどん優勢になり、〈ダウナー的幻想〉がますます稀少になってきていると思う。そしてこの乱歩の特質がよくあらわれているのものとして、ここでは本作の「目羅博士」を推したい。同じ観点から、選者は中編では「地獄風景」、長編では「幽霊塔」の読み心地をこよなく偏愛している。(竹本健治)

【底本】『目羅博士の不思議な犯罪　江戸川乱歩全集第8巻』(光文社文庫・二〇〇四年)

一

私は探偵小説の筋を考える為に、方々をぶらつくことがあるが、東京を離れない場合は、大抵行先が極っている。浅草公園、花やしき、上野の博物館、同じく動物園、隅田川の乗合蒸汽、両国の国技館。（あの丸屋根が往年のパノラマ館を聯想させ、私をひきつける）今もその国技館の「お化け大会」という奴を見て帰った所だ。久しぶりで「八幡の藪不知」をくぐって、子供の時分の懐しい思出に耽ることが出来た。

ところで、お話は、やっぱりその、原稿の催促がきびしくて、家にいたたまらず、一週間ばかり東京市内をぶらついていた時、ある日、上野の動物園で、ふと妙な人物に出合ったことから始まるのだ。

もう夕方で、閉館時間が迫って来て、見物達は大抵帰ってしまい、館内はひっそり閑と静まり返っていた。

芝居や寄席なぞでもそうだが、最後の幕はろくろく見もしないで、下足場の混雑ばかり気にしている江戸っ子気質はどうも私の気風に合わぬ。

動物園でもその通りだ。東京の人は、なぜか帰りいそぎをする。まだ門が閉った訳でもないのに、場内はガランとして、人気もない有様だ。

私は猿の檻の前に、ぼんやり佇んで、つい今しがたまで雑沓していた、園内の異様な静けさを楽しんでいた。

猿共も、からかって呉れる対手がなくなった為か、ひっそりと、淋しそうにしている。あたりが余りに静かだったので、暫くして、ふと、うしろに人の気配を感じた時には、何かしらゾッとした程だ。

それは髪を長く延ばした、青白い顔の青年で、折目のつかぬ服を着た、所謂「ルンペン」という感じの人物であったが、顔付の割には快活に、檻の中の猿にからかったりし始めた。よく動物園に来るものと見えて、猿をからかうのが手に入ったものだ。餌を一つやるにも、思う存分芸当をやらせて、散々楽しんでから、やっと投げ与えるという風で、非常に面白いものだから、私はニヤニヤ笑いながら、いつまでもそれを見物していた。

「猿ってやつは、どうして、相手の真似をしたがるのでしょうね」

男が、ふと私に話しかけた。彼はその時、蜜柑の皮を上に投げては受取り、投げては受取りしていた。檻の中の一匹の猿も、彼と全く同じやり方で、蜜柑の皮を投げたり受取ったりしていた。

私が笑って見せると、男は又云った。

「真似って云うことは、考えて見ると怖いですね。神様が、猿にああいう本能をお与えなすったことがですよ」

私は、この男、哲学者ルンペンだなと思った。

「猿が真似するのはおかしいけど、人間が真似するのはおかしくありませんね。神様は人間にも、猿と同じ本能を、いくらかお与えなすった。それは考えて見ると怖いですよ。あなた、山の中で大猿に出会った旅人の話をご存じですか」

男は話ずきと見えて、段々口数が多くなる。私は、人見知りをする質で、他人から話しかけられるのは余り好きでないが、この男には、妙な興味を感じた。青白い顔とモジャモジャした髪の毛が、私をひきつけたのかも知れない。或は、彼の哲学者風な話方が気に入ったのかも知れない。

「知りません。大猿がどうかしたのですか」

私は進んで相手の話を聞こうとした。

「人里離れた深山でね、一人旅の男が、大猿に出会ったのです。そして、脇ざしを猿に取られてしまったのですよ。猿はそれを抜いて、面白半分に振り廻してかかって来る。旅人は町人なので、一本とられてしまったら、もう刀はないものだから、命さえ危くなったのです」

夕暮の猿の檻の前で、青白い男が妙な話を始めたという、一種の情景が私を喜ばせた。私は「フンフン」と合槌をうった。

「取戻そうとするけれど、相手は木昇りの上手な猿のことだから、手のつけ様がないのです。だが、旅の男は、なかなか頓智のある人で、うまい方法を考えついた。彼は、その辺に落ちていた木の枝を拾って、それを刀になぞらえ、色々な恰好をして見せた。猿の方では、神様から人真似の本能を授けられている悲しさに、旅人の仕草を一々真似始めたのです、そして、とうとう、自殺をしてしまったのです。なぜって、旅人が、猿の興に乗って来たところを見すまし、木の枝でしきりと自分の頸部をなぐって見せたからです。猿はそれを真似て抜身で自分の頸をなぐったから、たまりません。血を出して、血が出てもまだ我と我が頸をなぐりながら、絶命してしまったのです。旅人は刀を取返した上に、大猿一匹お土産が出来たというお話ですよ。ハハハ……」

男は話し終って笑ったが、妙に陰気な笑声であった。

「ハハハ……、まさか」

私が笑うと、男はふと真面目になって、

「イイエ、本当です。猿って奴は、そういう悲しい恐ろしい宿命を持っているのです。ためして見ましょうか」

男は云いながら、その辺に落ちていた木切れを、一匹の猿に投げ与え、自分はついていたステッキで、頸を切る真似をして見せた。

すると、どうだ。この男よっぽど猿を扱い慣れていたと見え、猿奴は木切れを拾って、いきなり自分の頸をキュウキュウこすり始めたではないか。

「ホラね、もしあの木切れが、本当の刀だったらどうです。あの小猿、とっくにお陀仏ですよ」

広い園内はガランとして、人っ子一人いなかった。茂った樹々の下陰には、もう夜の闇が、陰気な隈を作っていた。私は何となく身内がゾクゾクして来た。私の前に立っている青白い青年が、普通の人間でなくて、魔法使かなんかの様に思われて来た。

「真似というものの恐ろしさがお分りですか。人間だって同じですよ。人間だって、真似をしないではいられぬ、悲しい恐ろしい宿命を持って生れているのですよ。タルドという社会学者は、人間生活を『模倣』の二字でかたづけようとした程ではありませんか」

今はもう一々覚えていないけれど、青年はそれから、「模倣」の恐怖について色々と説を吐いた。彼は又、鏡というものに、異常な恐れを抱いていた。

「鏡をじっと見つめていると、怖くなりやしませんか。僕はあんな怖いものはないと思いますよ。なぜ怖いか。鏡の向側に、もう一人の自分がいて、猿の様に人真似をするからです」

そんなことを云ったのも、覚えている。

動物園の閉門の時間が来て、係りの人に追いたてられて、私達はそこを出たが、出てからも別れてしまわず、もう暮れきった上野の森を、話しながら、肩を並べて歩いた。

「僕知っているんです。あなた江戸川さんでしょう。探偵小説の」

暗い木の下道を歩いていて、突然そう云われた時に、私は又してもギョッとした。相手がえたいの知れぬ、恐ろしい男に見えて来た。と同時に、彼に対する興味も一段と加わって来た。

「愛読しているんです。近頃のは正直に云うと面白くないけれど、以前のは、珍らしかったせいか、非常に愛読したものですよ」

男はズケズケ物を云った。それも好もしかった。

「アア、月が出ましたね」

青年の言葉は、ともすれば急激な飛躍をした。ふと、こいつ気違いではないかと、思われる位であった。

「今日は十四日でしたかしら。殆ど満月ですね。降り注ぐ様な月光というのは、これでしょうね。月の光て、なんて変なものでしょう。月光が妖術を使うという言葉を、どっかで読みましたが、本当ですね。同じ景色が、昼間とはまるで違って見えるではありませんか。あなたの顔だって、そうですよ。さい前、猿の檻の前に立っていらしったあなたとは、すっかり別の人に見えますよ」

そう云って、ジロジロ顔を眺められると、私も変な気持になって、相手の顔の、隈になった両眼が、黒ずんだ唇が、何かしら妙な怖いものに見え出したものだ。

「月と云えば、鏡に縁がありますね。水月という言葉や、『月が鏡となればよい』という文句が出来て来たのは、月と鏡と、どこか共通点がある証拠ですよ。ごらんなさい、この景色を」

彼が指さす眼下には、いぶし銀の様にかすんだ、昼間の二倍の広さに見える不忍池が拡がっていた。

「昼間の景色が本当のもので、今月光に照らされているのは、其昼間の景色が鏡に写っている、鏡の中の影だとは思いませんか」

青年は、彼自身も又、鏡の中の影の様に、薄ぼんやりした姿で、ほの白い顔で、云った。

「あなたは、小説の筋を探していらっしゃるのではありませんか。僕一つ、あなたにふさわしい筋を持っているのですが、僕自身の経験した事実談ですが、お話ししましょうか。聞いて下さいますか」

事実私は小説の筋を探していた。しかし、そんなことは別にしても、この妙な男の経験談が聞いて見たい様に思われた。今までの話し振りから想像しても、それは決して、ありふれた、退屈な物語ではなさそうに感じられた。

「聞きましょう。どこかで、ご飯でもつき合って下さいませんか。静かな部屋で、ゆっくり聞かせて下さい」

私が云うと、彼はかぶりを振って、

「ご馳走(ちそう)を辞退するのではありません。僕は遠慮なんかしません。併(しか)し、僕のお話は、明るい電燈には不似合です。あなたさえお構いなければ、ここで、ここのベンチに腰かけて、妖術使いの月光をあびながら、巨大な鏡に映った不忍池を眺めながら、お話ししましょう。そんなに長い話ではないのです」

私は青年の好みが気に入った。そこで、あの池を見はらす高台の、林の中の捨て石に、彼と並んで腰をおろし、青年の異様な物語を聞くことにした。

二

「ドイルの小説に『恐怖の谷』というのがありましたね」

青年は唐突に始めた。

「あれは、どっかの嶮しい山と山が作っている峡谷のことでしょう。だが、恐怖の谷は何も自然の峡谷ばかりではありませんよ。この東京の真中の、丸の内にだって恐ろしい谷間があるのです。

高いビルディングとビルディングとの間にはさまっている、細い道路。そこは自然の峡谷よりも、ずっと嶮しく、ずっと陰気です。文明の作った幽谷です。科学の作った谷底です。その谷底の道路から見た、両側の六階七階の殺風景なコンクリート建築は、自然の断崖の様に、青葉もなく、季節季節の花もなく、目に面白いでこぼこもなく、文字通り斧でたち割った、巨大な鼠色の裂目に過ぎません。見上る空は帯の様に細いのです。日も月も、一日の間にホンの数分間しか、まともには照らないのです。その底からは昼間でも星が見える位です。不思議な冷い風が、絶えず吹きまくっています。

そういう峡谷の一つに、大地震以前まで、僕は住んでいたのです。建物の正面は丸の内のＳ通りに面していました。正面は明るくて立派なのです。併し、一度背面に廻ったら、別のビルディングと背中合わせで、お互に殺風景な、コンクリート丸出しの、窓のある断崖が、たった二間巾程の通路を挟んで、向き合っています。都会の幽谷というのは、つまりその部分なのです。

ビルディングの部屋部屋は、たまには住宅兼用の人もありましたが、大抵は昼間丈けのオフィスで、夜は皆帰ってしまいます。昼間賑かな丈けに、夜の淋しさといったらありません。

丸の内の真中で、ふくろが鳴くかと怪まれる程、本当に深山の感じです。例のうしろ側の峡谷も、夜こそ文字通り峡谷です。

僕は、昼間は玄関番を勤め、夜はそのビルディングの地下室に寝泊りしていました。四五人泊り込みの仲間があったけれど、僕は絵が好きで、暇さえあれば、独りぼっちで、カンヴァスを塗りつぶしていました。自然他の連中とは口も利かない様な日が多かったのです。

その事件が起ったのは、今いううしろ側の峡谷なのですから、そこの有様を少しお話しして置く必要があります。そこには建物そのものに、実に不思議な、気味の悪い暗合があったのです。暗合にしては、あんまりぴったり一致し過ぎているので、僕は、その建物を設計した技師の、気まぐれないたずらではないかと思ったものです。

というのは、其二つのビルディングは、同じ位の大きさで、両方とも五階でしたが、表側や、側面は、壁の色なり装飾なり、まるで違っている癖に、峡谷の側の背面丈けは、どこからどこまで、寸分違わぬ作りになっていたのです。屋根の形から、鼠色の壁の色から、各階に四つずつ開いている窓の構造から、まるで写真に写した様に、そっくりなのです。若しかしたら、コンクリートのひび割れまで、同じ形をしていたかも知れません。

その峡谷に面した部屋は、一日に数分間（というのはちと大袈裟ですが）まあほんの瞬くひましか日がささぬので、自然借り手がつかず、殊に一番不便な五階などは、いつも空部屋になっていましたので、僕は暇なときには、カンヴァスと絵筆を持って、よくその空き部屋へ入り込んだものです。そして、窓から覗く度毎に、向うの建物が、まるでこちらの写真の様に、よく似ていることを、不気味に思わないではいられませんでした。何か恐ろしい出来事の前兆みたいに感じられたのです。

そして、其僕の予感が、間もなく的中する時が来たではありませんか。五階の北の端の窓で、首くくりがあったのです。しかも、それが、少し時を隔てて、三度も繰返されたのです。

最初の自殺者は、中年の香料ブローカーでした。その人は初め事務所を借りに来た時から、何となく印象的な人物でした。商人の癖に、どこか商人らしくない、陰気な、いつも何か考えている様な男でした。この人はひょっとしたら、裏側の峡谷に面した、日のささぬ部屋を借りるかも知れないと思っていると、案の定、そこの五階の北の端の、一番人里離れた（ビルディングの中で、人里はおかしいですが、如何にも人里離れたという感じの部屋でした）一番陰気な、随って室料も一番廉い二部屋続きの室を選んだのです。

そうですね、引越して来て、一週間もいましたかね、兎に角極く僅かの間でした。

その香料ブローカーは、独身者だったので、一方の部屋を寝室にして、そこへ安物のベッドを置いて、夜は、例の幽谷を見おろす、陰気な断崖の、人里離れた岩窟の様なその部屋に、独りで寝泊りしていました。そして、ある月のよい晩のこと、窓の外に出っ張っている、電線引込用の小さな横木に細引をかけて、首を縊って自殺をしてしまったのです。

朝になって、その辺一帯を受持っている、道路掃除の人夫が、遙か頭の上の、断崖のてっぺんにブランブラン揺れている縊死者を発見して、大騒ぎになりました。

彼が何故自殺をしたのか、結局分らないままに終りました。色々調べて見ても、別段事業が思わしくなかった訳でも、借金に悩まされていた訳でもなく、独身者のこと故、家庭的な煩悶があったというでもなく、そうかといって、痴情の自殺、例えば失恋という様なことでもなかったのです。

『魔がさしたんだ、どうも、最初来た時から、妙に沈み勝ちな、変な男だと思った』

人々はそんな風にかたづけてしまいました。一度はそれで済んでしまったのです。ところが、間もなく、その同じ部屋に、次の借手がつき、その人は寝泊りしていた訳ではありませんが、ある晩徹夜の調べものをするのだといって、その部屋にとじこもっていたかと思うと、翌朝は、又ブランコ騒ぎです。全く同じ方法で、首を縊って自殺をとげたのです。

やっぱり、原因は少しも分りませんでした。今度の縊死者は、香料ブローカーと違って、極く快活な人物で、その陰気な部屋を選んだのも、ただ室料が低廉だからという単純な理由からでした。

恐怖の谷に開いた、呪いの窓。その部屋へ入ると、何の理由もなく、ひとりでに死に度くなって来るのだ。という怪談めいた噂が、ヒソヒソと囁かれました。

三度目の犠牲者は、普通の部屋借り人ではありませんでした。そのビルディングの事務員に、一人の豪傑がいて、俺が一つためして見ると云い出したのです。化物屋敷を探険でもする様な、意気込みだったのです」

青年が、そこまで話し続けた時、私は少々彼の物語に退屈を感じて、口をはさんだ。

「で、その豪傑も同じ様に首を縊ったのですか」

青年は一寸驚いた様に、私の顔を見たが、

「そうです」

と不快らしく答えた。

「一人が首を縊ると、同じ場所で、何人も何人も首を縊る。つまりそれが、模倣の本能の恐ろしさだということになるのですか」

「アア、それで、あなたは退屈なすったのですね。違います。違います。そんなつまらないお話ではないのです」

青年はホッとした様子で、私の思い違いを訂正した。

「魔の踏切りで、いつも人死があるという様な、あの種類の、ありふれたお話ではないのです」

「失敬しました。どうか先をお話し下さい」

私は慇懃に、私の誤解を詫びた。

三

「事務員は、たった一人で、三晩というものその魔の部屋にあかしました。しかし何事もなかったのです。彼は悪魔払いでもした顔で、大威張りです。そこで、僕は云ってやりました。『あなたの寝た晩は、三晩とも、曇っていたじゃありませんか。月が出なかったじゃありませんか』とね」

「ホホウ、その自殺と月とが、何か関係でもあったのですか」

　私はちょっと驚いて、聞き返した。

「エエ、あったのです。最初の香料ブローカーも、その次の部屋借り人も、月の冴えた晩に死んだことを、僕は気づいていました。月が出なければ、あの自殺は起らないのだ。それも、狭い峡谷に、ほんの数分間、白銀色の妖光がさし込んでいる、その間に起るのだ。月光の妖術なのだ。と僕は信じきっていたのです」

　青年は云いながら、おぼろに白い顔を上げて、月光に包まれた脚下の不忍池を眺めた。そこには、青年の所謂巨大な鏡に写った、池の景色が、ほの白く、妖しげに横わっていた。

「これです。この不思議な月光の魔力です。月光は、冷い火の様な、陰気な激情を誘発します。人の心が燐の様に燃え上るのです。その不可思議な激情が、例えば『月光の曲』を生むのです。詩人ならずとも、月に無常を教えられるのです。『芸術的狂気』という言葉が許されるならば、月は人を『芸術的狂気』に導くものではありますまいか」

　青年の話術が、少々ばかり私を辟易させた。

「で、つまり、月光が、その人達を縊死させたとおっしゃるのですか」

「そうです。半ばは月光の罪でした。併し、月の光りが、直に人を自殺させる訳はありません。若しそうだとすれば、今、こうして満身に月の光をあびている私達は、もうそろそろ、首を縊らねばならぬ時分ではありますまいか」

鏡に写った様に見える、青白い青年の顔が、ニヤニヤと笑った。私は、怪談を聞いている子供の様な、おびえを感じないではいられなかった。

「その豪傑事務員は、四日目の晩も、魔の部屋で寝たのです。そして、不幸なことには、その晩は月が冴えていたのです。

私は真夜半（まよなか）に、地下室の蒲団（ふとん）の中で、ふと目を覚まし、高い窓からさし込む月の光を見て、何かしらハッとして、思わず起き上りました。そして、寝間着（ねまき）のまま、エレベーターの横の、狭い階段を、夢中で五階まで駈け昇ったのです。真夜半のビルディングが、昼間の賑かさに引きかえて、どんなに淋しく、物凄いものだか、ちょっとご想像もつきますまい。何百という小部屋を持った、大きな墓場です。話に聞く、ローマのカタコムです。全くの暗闇ではなく、廊下の要所要所には、電燈がついているのですが、そのほの暗い光が一層恐ろしいのです。

やっと五階の、例の部屋にたどりつくと、私は、夢遊病者の様に、廃墟のビルディングを、さまよっている自分自身が怖くなって、狂気の様にドアを叩きました。その事務員の名を呼びました。

だが、中からは何の答えもないのです。私自身の声が、廊下にこだまして、淋しく消えて行く外（ほか）には。

引手を廻すと、ドアは難なく開（あ）きました。室内には、隅の大（おお）テーブルの上に、青い傘（かさ）の卓上電燈が、しょんぼりとついていました。その光で見廻しても、誰もいないのです。ベッドはからっぽなのです。そして、例の窓が、一杯に開かれていたのです。

窓の外には、向う側のビルディングが、五階の半ばから屋根にかけて、逃げ去ろうとする月光の、最後の光をあびて、おぼろ銀に光っていました。こちらの窓の真向うに、そっくり同じ形の窓が、やっぱりあけ放されて、ポッカリと黒い口を開いています。何もかも同じなのです。それが妖しい月光に照らされて、一層そっくりに見えるのです。

僕は恐ろしい予感に顫えながら、それを確める為に、窓の外へ首をさし出したのですが、直ぐその方を見る勇気がないものだから、先ず遥かの谷底を眺めました。月光は向う側の建物のホンの上部を照らしているばかりで、建物と建物との作るはざまは、真暗に奥底も知れぬ深さに見えるのです。

それから、僕は、云うことを聞かぬ首を、無理に、ジリジリと、右の方へねじむけて行きました。建物の壁は、蔭になっているけれど、向側の月あかりが反射して、物の形が見えぬ程ではありません。ジリジリと眼界を転ずるにつれて、果して、予期していたものが、そこに現われて来ました。黒い洋服を着た男の足です。ダラリと垂れた手首です。伸び切った上半身です。深くくびれた頸です。二つに折れた様に、ガックリと垂れた頭です。豪傑事務員は、やっぱり月光の妖術にかかって、そこの電線の横木に首を吊っていたのでした。

僕は大急ぎで、窓から首を引こめました。僕自身妖術にかかっては大変だと思ったのかも知れません。ところが、その時です。首を引こめようとして、ヒョイと向側を見ると、そこの、同じ様にあけはなされた窓から、真黒な四角な穴から、人間の顔が覗いていたではありませんか。その顔丈けが月光を受けて、クッキリと浮上っていたのです。月の光の中でさえ、黄色く見える、しぼんだ様な、寧ろ畸形な、いやないやな顔でした。そいつが、じっとこちらを見ていたではありませんか。

　僕はギョッとして、一瞬間、立ちすくんでしまいました。余り意外だったからです。なぜといって、まだお話しなかったかも知れませんが、その向側のビルディングは、所有者と担保に取った銀行との間に、もつれた裁判事件が起っていて、其当時は、全く空家になっていたからです。人っ子一人住んでいなかったからです。

　真夜半の空家に人がいる。しかも、問題の首吊りの窓の真正面の窓から、黄色い、物の怪の様な顔を覗かせている。ただ事ではありません。若しかしたら、僕は幻を見ているのではないかしら。そして、あの黄色い奴の妖術で、今にも首が吊り度くなるのではないかしら。

　ゾーッと、背中に水をあびた様な恐怖を感じながらも、僕は向側の黄色い奴から目を離しませんでした。よく見ると、そいつは痩せ細った、小柄の、五十位の爺さんなのです。爺さんは、じっと僕の方を見ていましたが、やがて、さも意味ありげに、ニヤリと大きく笑ったかと思うと、ふっと窓の闇の中へ見えなくなってしまいました。その笑い顔のいやらしかったこと。まるで相好が変って、顔中が皺くちゃになって、口丈けが、裂ける程、左右に、キューッと伸びたのです」

四

「翌日、同僚や、別のオフィスの小使爺さんなどに尋ねて見ましたが、あの向側のビルディングが空家で、夜は番人さえいないことが明かになりました。やっぱり僕は幻を見たのでしょうか。

三度も続いた、全く理由のない、奇怪千万な自殺事件については、警察でも、一応は取調べましたけれど、自殺ということは、一点の疑いもないのですから、ついそのままになってしまいました。併し僕は理外の理を信じる気にはなれません。あの部屋で寝るものが、揃いも揃って、気違いになったという様な荒唐無稽な解釈では満足が出来ません。あの黄色い奴が曲物だ。あいつが三人の者を殺したのだ。丁度首吊りのあった晩、同じ真向うの窓から、あいつが覗いていた。そして、意味ありげにニヤニヤ笑っていた。そこに何かしら恐ろしい秘密が伏在しているのだ。僕はそう思い込んでしまったのです。

ところが、それから一週間程たって、僕は驚くべき発見をしました。

ある日の事、使いに出た帰りがけ、例の空きビルディングの表側の大通りを歩いていますと、そのビルディングのすぐ隣に、三菱何号館とか云う、古風な煉瓦作りの、小型の、長屋風の貸事務所が並んでいるのですが、そのとある一軒の石段をピョイピョイと飛ぶ様に昇って行く、一人の紳士が、僕の注意を惹いたのです。

それはモーニングを着た、小柄の、少々猫背の、老紳士でしたが、横顔にどこか見覚えがある様な気がしたので、立止って、じっと見ていますと、紳士は事務所の入口で、靴を拭きながら、ヒョイと、僕の方を振り向いたのです。僕はハッとばかり、息が止まる様な驚きを感じました。なぜって、その立派な老紳士が、いつかの晩、空ビルディングの窓から覗いていた、黄色い顔の怪物と、そっくりそのままだったからです。

紳士が事務所の中へ消えてしまってから、そこの金看板を見ると、目羅眼科、医学博士目羅聊斎と記してありました。僕はその辺にいた車夫を捉えて、今入って行ったのが目羅博士その人であることを確めました。

医学博士ともあろう人が、真夜中、空ビルディングに入り込んで、しかも首吊り男を見て、ニヤニヤ笑っていたという、この不可思議な事実を、どう解釈したらよいのでしょう。僕は烈しい好奇心を起さないではいられませんでした。それからというもの、僕はそれとなく、出来る丈け多くの人から、目羅聊斎の経歴なり、日常生活なりを聞き出そうと力めました。

目羅氏は古い博士の癖に、余り世にも知られず、お金儲けも上手でなかったと見え、老年になっても、そんな貸事務所などで開業していた位ですが、非常な変り者で、患者の取扱いなども、いやに不愛想で、時としては気違いめいて見えることさえあるということでした。奥さんも子供もなく、ずっと独身を通して、今も、その事務所を住いに兼用して、そこに寝泊りしているということも分りました。又、彼は非常な読書家で、専門以外の、古めかしい哲学書だとか、心理学や犯罪学などの書物を、沢山持っているという噂も聞き込みました。

『あすこの診察室の奥の部屋にはね、ガラス箱の中に、ありとあらゆる形の義眼が、ズラリと並べてあって、その何百というガラスの目玉が、じっとこちらを睨んでいるのだよ。義眼もあれ丈け並ぶと、実に気味の悪いものだね。それから、眼科にあんなものがどうして必要なのか、骸骨だとか、等身大の蠟人形などが、二つも三つも、ニョキニョキと立っているのだよ』

僕のビルディングのある商人が、目羅氏の診察を受けた時の奇妙な経験を聞かせてくれました。

僕はそれから、暇さえあれば、博士の動静に注意を怠りませんでした。一方、空ビルディングの、例の五階の窓も、時々こちらから覗いて見ましたが、別段変ったこともありません。黄色い顔は一度も現われなかったのです。

どうしても目羅博士が怪しい。あの晩向側の窓から覗いていた黄色い顔は、博士に違いない。だが、どう怪しいのだ。若しあの三度の首吊りが自殺でなくて、目羅博士の企らんだ殺人事件であったと仮定しても、では、なぜ、如何なる手段によって、と考えて見ると、パッタリ行詰まってしまうのです。それでいて、やっぱり目羅博士が、あの事件の加害者の様に思われて仕方がないのです。

毎日毎日僕はそのことばかり考えていました。ある時は、博士の事務所の裏の煉瓦塀によじ昇って、窓越しに、博士の私室を覗いたこともあります。その私室に、例の骸骨だとか、蠟人形だとか、義眼のガラス箱などが置いてあったのです。

でもどうしても分りません。峡谷を隔てた、向側のビルディングから、どうしてこちらの部屋の人間を、自由にすることが出来るのか、分り様がないのです。催眠術？　イヤ、それは駄目です。死という様な重大な暗示は、全く無効だと聞いています。

ところが、最後の首吊りがあってから、半年程たって、やっと僕の疑いを確める機会がやって来ました。例の魔の部屋に借り手がついたのです。借り手は大阪から来た人で、怪しい噂を少しも知りませんでしたし、ビルディングの事務所にしては、少しでも室料の稼ぎになることですから、何も云わないで、貸してしまったのです。まさか、半年もたった今頃、また同じことが繰返されようとは、考えもしなかったのでしょう。

併し、少くも僕丈けは、この借手も、きっと首を吊るに違いないと信じきっていました。そして、どうかして、僕の力で、それを未然に防ぎたいと思ったのです。

その日から、仕事はそっちのけにして、目羅博士の動静ばかりうかがっていました。そして、僕はとうとう、それを嗅ぎつけたのです。博士の秘密を探り出したのです」

五

「大阪の人が引越して来てから、三日目の夕方のこと、博士の事務所を見張っていた僕は、彼が何か人目を忍ぶ様にして、往診の鞄も持たず、徒歩で外出するのを見逃がしませんでした。無論尾行したのです。すると、博士は意外にも、近くの大ビルディングの中にある、有名な洋服店に入って、沢山の既製品の中から、一着の背広服を選んで買求め、そのまま事務所へ引返しました。

いくらはやらぬ医者だからといって、博士自身がレディメードを着る筈はありません。といって、書生に着せる服なれば、何も主人の博士が、人目を忍んで買いに行くことはないのです。こいつは変だぞ。一体あの洋服を何に使うのだろう。僕は博士の消えた事務所の入口を、うらめしそうに見守りながら、暫く佇んでいましたが、ふと気がついたのは、さっきお話した、裏の塀に昇って、博士の私室を隙見することです。ひょっとしたら、あの部屋で、何かしているのが見られるかも知れない。と思うと、僕はもう、事務所の裏側へ駈け出していました。

塀にのぼって、そっと覗いて見ると、やっぱり博士はその部屋にいたのです。しかも、実に異様な事をやっているのが、ありありと見えたのです。

黄色い顔のお医者さんが、そこで、何をしていたと思います。蠟人形にね、ホラさっきお話した等身大の蠟人形ですよ。あれに、今買って来た洋服を着せていたのです。それを何百というガラスの目玉が、じっと見つめていたのです。

探偵小説家のあなたには、ここまで云えば、何もかもお分りになったことでしょうね。僕もその時、ハッと気がついたのです。そして、その老医学者の余りにも奇怪な着想に、驚嘆してしまったのです。

蠟人形に着せられた既製洋服は、なんと、あなた、色合から縞柄まで、例の魔の部屋の新しい借手の洋服と、寸分違わなかったではありませんか。博士はそれを、沢山の既製品の中から探し出して、買って来たのです。

　もうぐずぐずしてはいられません。丁度月夜の時分でしたから、今夜にも、あの恐ろしい椿事が起るかも知れません。何とかしなければ、何とかしなければ。僕は地だんだを踏む様にして、頭の中を探し廻りました。そして、ハッと、我ながら驚く程の、すばらしい手段を思いついたのです。あなたもきっと、それをお話ししたら、手を打って感心して下さるでしょうと思います。

　僕はすっかり準備をととのえて夜になるのを待ち、大きな風呂敷包みを抱えて、魔の部屋へと上って行きました。新来の借手は、夕方には自宅へ帰ってしまうので、ドアに鍵がかかっていましたが、用意の合鍵でそれを開けて、部屋に入り、机によって、夜の仕事に取りかかる風を装いました。例の青い傘の卓上電燈が、その部屋の借手になりすました私の姿を照らしています。服は、その人のものとよく似た縞柄のを、同僚の一人が持っていましたので、僕はそれを借りて着込んでいたのです。髪の分け方なども、その人に見える様に注意したことは云うまでもありません。そして、例の窓に背中を向けてじっとしていました。云うまでもなく、それは、向うの窓の黄色い顔の奴に、僕がそこにいることを知らせる為ですが、僕の方からは、決してうしろを振向かぬ様にして、相手に存分隙を与える工風をしました。

　三時間もそうしていたでしょうか。果して僕の想像が的中するかしら。そして、こちらの計画がうまく奏効するだろうか。実に待遠しい、ドキドキする三時間でした。もう振向こうか、もう振向こうかと、辛抱がし切れなくなって、幾度頸を廻しかけたか知れません。が、とうとうその時機が来たのです。

　腕時計が十時十分を指していました。ホウ、ホウと二声、梟の鳴声が聞えたのです。ハハア、これが合図だな、梟の鳴声で、窓の外を覗かせる工夫だな。丸の内の真中で梟の声がすれば、誰しもちょっと覗いて見たくなるだろうからな。と悟ると、僕はもう躊躇せず、椅子を立って、窓際へ近寄りガラス戸を開きました。

　向側の建物は、一杯に月の光をあびて、銀鼠色に輝いていました。前にお話しした通り、それがこちらの建物と、そっくりそのままの構造なのです。何という変な気持でしょう。こうしてお話ししたのでは、とても、あの気違いめいた気持は分りません。突然、眼界一杯の、べら棒に大きな、鏡の壁が出来た感じです。その鏡に、こちらの建物が、そのまま写っている感じです。構造の相似の上に、月光の妖術が加わって、そんな風に見せるのです。

　僕の立っている窓は、真正面に見えています。ガラス戸の開ているのも同じです。それから、僕自身は……オヤ、この鏡は変だぞ。僕の姿丈け、のけものにして、写してくれないのかしら。……ふとそんな気持になるのです。ならないではいられぬのです。そこに身の毛もよだつ陥穽があるのです。

　ハテナ、俺はどこに行ったのかしら。確かにこうして、窓際に立っている筈だが。キョロキョロと向うの窓を探します。探さないではいられぬのです。

すると、僕は、ハッと、僕自身の影を発見します。併し、窓の中ではありません。外の壁の上にです。電線用の横木から、細引でぶら下った自分自身をです。

『アア、そうだったか。俺はあすこにいたのだった』

こんな風に話すと、滑稽に聞えるかも知れませんね。あの気持は口では云えません。悪夢です。そうです。悪夢の中で、そうする積りはないのに、ついそうなってしまう、あの気持です。鏡を見ていて、自分は目を開いているのに、鏡の中の自分が、目をとじていたとしたら、どうでしょう。自分も同じ様に目をとじないではいられなくなるのではありませんか。で、つまり鏡の影と一致させる為に、僕は首を吊らずにはいられなくなるのです。向側では自分自身が首を吊っている。それに、本当の自分が、安閑と立ってなぞいられないのです。

首吊りの姿が、少しも怖しくも醜くも見えないのです。ただ美しいのです。

絵なのです。自分もその美しい絵になり度い衝動を感じるのです。

若し月光の妖術の助けがなかったら、目羅博士の、この幻怪なトリックは、全く無力であったかも知れません。

無論お分りのことと思いますが、博士のトリックというのは、例の蠟人形に、こちらの部屋の住人と同じ洋服を着せて、こちらの電線横木と同じ場所に木切れをとりつけ、そこへ細引でブランコをさせて見せるという、簡単な事柄に過ぎなかったのです。

全く同じ構造の建物と、妖しい月光とが、それにすばらしい効果を与えたのです。

このトリックの恐ろしさは、予めそれを知っていた僕でさえ、うっかり窓枠へ片足をかけて、ハッと気がついた程でした。

僕は麻酔から醒める時と同じ、あの恐ろしい苦悶と戦いながら、用意の風呂敷包みを開いて、じっと向うの窓を見つめてました。

何と待遠しい数秒間――だが、僕の予想は的中しました。僕の様子を見る為めに、向うの窓から、例の黄色い顔が、即ち目羅博士が、ヒョイと覗いたのです。

待ち構えていた僕です。その一刹那を捉えないでどうするものですか。

風呂敷の中の物体を、両手で抱き上げて、窓枠の上へ、チョコンと腰かけさせました。

それが何であったか、ご存じですか。やっぱり蠟人形なのですよ。僕は、例の洋服屋からマネキン人形を借り出して来たのです。

それに、モーニングを着せて置いたのです。目羅博士が常用しているのと、同じ様な奴をね。

その時月光は谷底近くまでさし込んでいましたので、その反射で、こちらの窓も、ほの白く、物の姿はハッキリ見えたのです。

僕は果し合いの様な気持で、向うの窓の怪物を見つめていました。畜生、これでもか、これでもかと、心の中でりきみながら。

するとどうでしょう。人間はやっぱり、猿と同じ宿命を、神様から授かっていたのです。

目羅博士は、彼自身が考え出したトリックと、同じ手にかかってしまったのです。小柄の老人は、みじめにも、ヨチヨチと窓枠をまたいで、こちらのマネキンと同じ様に、そこへ腰かけたではありませんか。

僕は人形使いでした。

マネキンのうしろに立って、手を上げれば、向うの博士も手を上げました。

足を振れば、博士も振りました。

そして、次に、僕が何をしたと思います。

ハハハ……、人殺しをしたのですよ。

窓枠に腰かけているマネキンを、うしろから、力一杯つきとばしたのです。人形はカランと音を立てて、窓の外へ消えました。

と殆ど同時に、向側の窓からも、こちらの影の様に、モーニング姿の老人が、スーッと風を切って、遙かの遙かの谷底へと、墜落して行ったのです。

そして、クシャッという、物をつぶす様な音が、幽かに聞えて来ました。

……………目羅博士は死んだのです。

僕は、嘗ての夜、黄色い顔が笑った様な、あの醜い笑いを笑いながら、右手に握っていた紐を、たぐりよせました。スルスルと、紐について、借り物のマネキン人形が、窓枠を越して、部屋の中へ帰って来ました。

それを下へ落してしまって、殺人の嫌疑をかけられては大変ですからね」

語り終って、青年は、その黄色い顔の博士の様に、ゾッとする微笑を浮べて、私をジロジロと眺めた。

「目羅博士の殺人の動機ですか。それは探偵小説家のあなたには、申し上げるまでもないことです。何の動機がなくても、人は殺人の為に殺人を犯すものだということを、知り抜いていらっしゃるあなたにはね」

青年はそう云いながら、立上って、私の引留める声も聞えぬ顔に、サッサと向うへ歩いて行ってしまった。

私は、もやの中へ消えて行く、彼のうしろ姿を見送りながら、さんさんと降りそそぐ月光をあびて、ボンヤリと捨石(すていし)に腰かけたまま動かなかった。

青年と出会ったことも、彼の物語も、はては青年その人さえも、彼の所謂「月光の妖術」が生み出した、あやしき幻ではなかったのかと、あやしみながら。

（昭和六年四月「文藝倶楽部」）

俘囚

海野十三

日本ＳＦの父などと呼ばれるくらいで、海野のミステリには空想科学的要素が好んで持ちこまれ、しかもおもちゃ箱をひっくり返したような奇想に充ちている。ともすればその志向がリアリティなど何するものぞとばかりに振り切れてしまうので、近年の言葉でいえばバカミスの祖とも位置づけられるだろう。そしてそれだけに、いったんハマるとクセになる向きも多いようだ。これはとりわけ奇想の振り幅が大きい一作。（竹本健治）

【底本】『海野十三全集』第二巻（三一書房・一九九一年）

「ねエ、すこし外へ出てみない！」

「うん。――」

あたしたちは、すこし飲みすぎたようだ。ステップが踉々と崩れて、ちっとも鮮かに極らない。松永の肩に首を載せている――というよりも、彼の逞しい頸に両手を廻して、シッカリ抱きついているのだった。火のように熱い自分の息が、彼の真赤な耳朶にぶつかっては、逆にあたしの頬を叩く。

ヒヤリとした空気が、襟首のあたりに触れた。気がついてみると、もう屋上に出ていた。あたりは真暗。――唯、足の下がキラキラ光っている。水が打ってあるらしい。

「さあ、ベンチだよ。お掛け……」

彼は、ぐにゃりとしているあたしの身体を、ベンチの背中に凭せかけた。ああ、冷い木の床。いい気持だ。あたしは頭をガクンとうしろに垂れた。なにやら足りないものが感ぜられる。あたしは口をパクパクと開けてみせた。

「なんだネ」と彼が云った。変な角度からその声が聞えた。

「逃げちゃいやーよ。……タバコ！」

「あ、タバコかい」

親切な彼は、火の点いた新しいやつを、あたしの唇の間に挟んでくれた。吸っては、吸う。美味しい。ほんとに、美味しい。

「おい、大丈夫かい」松永はいつの間にか、あたしの傍（そば）にピッタリと身体をつけていた。

「大丈夫よオ。これッくらい……」

「もう十一時に間もないよ。今夜は早く帰った方がいいんだがなア、奥さん」

「よしてよ！」あたしは呶鳴（どな）りつけてやった。「莫迦（ばか）にしているわ、奥さんなんて」

「いくら冷血（れいけつ）の博士（はかせ）だって、こう毎晩続けて奥さんが遅くっちゃ、きっと感づくよ」

「もう感づいているわよオ、感づいちゃ悪い？」

「勿論、よかないよ。しかし僕は懼（おそ）れるとは云やしない」

「へん、どうだか。――懼れていますって声よ」

「とにかく、博士を怒らせることはよくないと思うよ。事を荒立（あらだ）てちゃ損だ。平和工作を十分にして置いて、その下で吾々（われわれ）は楽しい時間を送りたいんだ。今夜あたり早く帰って、博士の首玉（くびったま）に君のその白い腕を捲（ま）きつけるといいんだがナ」

彼の云っている言葉の中には、確かにあたしの夫への恐怖が窺（うかが）われる。青年松永は子供だ。そして偶像崇拝家（ぐうぞうすうはいか）だ。あたしの夫が、博士であり、そして十何年もこの方、研究室に閉じ籠って研究ばかりしているところに一方ならぬ圧力を感じているのだ。博士がなんだい。あたしから見れば、夫なんて紙人形に等しいお馬鹿さんだ。お馬鹿さんでなければ、あんなに昼となく夜となく、研究室で屍体（したい）ばかりをいじって暮せるものではない。その癖（くせ）、この三四年こっち、夫は私の肉体に指一本触った事がないのだ。

あたしは、前から持っていた心配を、此処（ここ）にまた苦（にが）く思い出さねばならなかった。

（この調子で行くと、この青年は屹度、私から離れてゆこうとするに違いない！）きっと離れてゆくだろう。ああ、それこそ大変だ。そうなっては、あたしは生きてゆく力を失ってしまうだろう。松永無くして、私の生活がなんの一日だってあるものか。――こうなっては、最後の切り札を投げるより外に途がない。おお、その最後の切り札！

「ねえ。――」とあたしは彼の身体をひっぱった。「ちょいと耳をお貸しよ」

「？」

「あたしがこれから云うことを聴いて、大きな声を出しちゃいやアよ」

彼は怪訝な顔をして、あたしの方に耳をさしだした。

「いいこと！――」グッと声を落として、彼の耳の穴に吹きこんだ。「あんたのために、あたし、今夜うちの人を殺してしまうわよ！」

「えッ？」

これを聴いた松永は、あたしの腕の中に、ピーンと四肢を強直させた。なんて意気地なしなんだろう、二十七にもなっている癖に……。

邸内は、底知れぬ闇の中に沈んでいた。

（お誂え向きだわ！）今宵は夜もすがら月が無い。

トントントンと、長い廊下の上に、あたしの跫音がイヤに高く響く。薄ぐらい廊下灯が、蜘蛛の巣だらけの天井に、ポッツリ点いている。その角を直角に右に曲る。――プーンと、きつい薬剤の匂いが流れて来た。夫の実験室は、もうすぐ其所だ。

夫の部屋の前に立って、あたしは、コツコツと扉を叩いた。――返事はない。無くても構わない。ハンドルをぎゅっと廻すと、扉は苦もなく開いた。夫は、あたしの訪問することなどを、全然予期していないのだ。だから扉々には、鍵もなにも掛っていない。あたしは、アルコール漬の標本壜の並ぶ棚の間をすりぬけて、ズンズン奥へ入っていった。一番奥の解剖室の中で、ガチャリと金属の器具が触れ合う物音がした。ああ、解剖室！それは、あたしの一番苦手の部屋であったけれど……。

扉を開けてみると、一段と低くなった解剖室の土間に、果して夫の姿を見出した。解剖台の上に、半身を前屈みにして、屍体をいじりまわしていた夫は、ハッと面をあげた。白い手術帽と、大きいマスクの間から、ギョロとした眼だけが見える。困惑の目の色がだんだんと憤怒の光を帯びてきた。だが、今夜はそんなことで駭くようなあたしじゃない。

「裏庭で、変な呻り声がしますのよ。そしてなんだかチカチカ光り物が見えますわ。気味が悪くて、寝られませんの。ちょっと見て下さらない」

「う、うーッ」と夫は獣のように呻った。「くッ、下らないことを云うな。そんなことア無い」

「いえ本当でございますよ。あれは屹度、あの空井戸からでございますわ。あなたがお悪いんですわ。由緒ある井戸をあんな風にお使いになったりして……」

空井戸というのは、奥庭にある。古い由緒も、非常識な夫の手にかかっては、解剖のあとの屑骨などを抛げこんで置く地中の屑箱にしか過ぎなかった。底はウンと深かったので、ちょっとやそっと屑を抛げこんでも、一向に底が浮き上ってこなかった。

「だッ黙れ。……明日になったら、見てやる」

「明日では困ります。只今、ちょっとお探りなすって下さいませんか。さもないと、あたくしはこれから警察に参り、あの井戸まで出張して頂くようにお願いいたしますわ」

「待ちなさい」と夫の声が慄えた。「見てやらないとは云わない。……さあ、案内しろ」

　夫は腹立たしげに、メスを解剖台の上へ抛りだした。屍体の上には、さも大事そうに、防水布をスポリと被せて、始めて台の傍を離れた。

　夫は棚から太い懐中電灯を取って、スタスタと出ていった。あたしは十歩ほど離れて、後に随った。夫の手術着の肩のあたりは、醜く角張って、なんとも云えないうそ寒い後姿だった。歩むたびに、ヒョコンヒョコンと、なにかに引懸かるような足つきが、まるで人造人間の歩いているところと変らない。

　あたしは夫の醜軀を、背後からドンと突き飛ばしたい衝動にさえ駆られた。そのときの異様な感じは、それから後、しばしばあたしの胸に蘇ってきて、そのたびに気持が悪くなった。だが何故それが気持を悪くさせるのかについて、そのときはまだハッキリ知らなかったのである。後になって、その謎が一瞬間に解けたとき、あたしは言語に絶する驚愕と悲嘆とに暮れなければならなかった。訳はおいおい判ってくるだろうから、此処には云わない。

　森閑とした裏庭に下りると、夫は懐中電灯をパッと点じた。その光りが、庭石や生えのびた草叢を白く照して、まるで風景写真の陰画を透かしてみたときのようだった。あたしたちは無言のまま、雑草を掻き分けて進んだ。

「何にも居ないじゃないか」と夫は低く呟いた。

「居ないことはございませんわ。あの井戸の辺でございますよ」

「居ないものは居ない。お前の臆病から起った錯覚だ！　どこに光っている。どこに呻っている。……」

「呀ッ！　あなた、変でございますよ」

「ナニ？」

「ごらん遊ばせ。井戸の蓋が……」

「井戸の蓋？　おお、井戸の蓋が開いている。どッどうしたんだろう」

そしてその上には、重い鉄蓋だった。直径が一メートル強もあって、非常に重かった。井戸の蓋というのは、楕円形の穴が明いていた。十五糎に二十糎だから、円に近い。

夫は秘密の井戸の方へ、ソロリソロリと歩みよった。判らぬように、ソッと内部を覗いてみるつもりだろう。腰が半分以上も、浮きたった。夫の注意力は、すっかり穴の中に注がれている。すぐ後にいるあたしにも気がつかない。機会！

「ええいッ！」

ドーンと夫の腰をついた。不意を喰らって、

「なッ何をする、魚子！」

と、夫は始めてあたしの害心(がいしん)に気がついた。しかし、そういう叫び声の終るか終らないうちに、彼の姿は地上から消えた。深い空井戸の中に転落していったのだ。懐中電灯だけが彼の手を離れ、もんどり打って草叢に顎(あご)をぶっつけた。

（やっつけた！）と、あたしは俄(にわ)かに頭がハッキリするのを覚えた。（だが、それで安心出来るだろうか）

「とうとう、やったネ」

別な声が、背後(うしろ)から近づいた。松永の声だと判っていたが、ギクンとした。

「ちょっと手を貸してよ」

あたしは、拾ってきた懐中電灯で、足許(あしもと)に転がっている沢庵石(たくあんいし)の倍ほどもある大きな石を照した。

「どうするのさ」

「こっちへ転がして……」とゴロリと動かして、「ああ、もういいわよ」――あとは独りでやった。

「ウーンと、しょ！」

「奥さん、それはお止しなさい」と彼は慌(あわ)てて停めたけれど、

「ウーンと、しょ！」

大きな石は、ゴロゴロ転がりだした。そして勢(いきお)い凄(すざま)じく、井戸の中に落ちていった。夫への最後の贈物だ。――ちょっと間を置いて、何とも名状(めいじょう)できないような叫喚(きょうかん)が、地の底から

響いてきた。

　松永は、あたしの傍にガタガタ慄えていた。

「さア、もう一度ウインチを使って、蓋をして頂戴よオ」

　ギチギチとウインチの鎖が軋んで、井戸の上には、元のように、重い鉄蓋が載せられた。

「ちょっとその孔から、下を覗いて見てくれない」

　鉄蓋の上には楕円形の覗き穴が明いていた。縦が二十センチ横が十五センチほどの穴である。

「飛んでもない……」

　松永は駭いて尻込みをした。

　夜の闇が、このまま何時までも、続いているとよかった。この柔い褥の上に、彼と二人だけの世界が、世間の眼から永遠に置き忘られているとよかった。しかし用捨なく、白い暁がカーテンを通して入ってきた。

「じゃ、ちょっと行って来るからネ」

　松永は、実直な銀行員だった。永遠の幸福を思えば、彼を素直に勤め先へ離してやるより外はない。

「じゃ、いってらっしゃい。夕方には、早く帰ってくるのよ」

　彼は膨れぼったい眼を気にしながら出ていった。

　使用人の居ないこの広い邸宅は、まるで化物屋敷のように、静まりかえっていた。一週に一度は、派出婦がやって来て、食料品を補ったり、洗い物を受けとったりして行くのが例だった。いつまで寝ていようと、もう気儘一杯にできる身の上になった。呼びつけては、気短かに用事を怒鳴りつける夫も居なくなった。だからいつまでもベッドの上に睡っていればよかったのであるが、どういうものか落付いて寝ていられなかった。

あたしは、ちぐはぐな気持で、とうとうベッドから起き出でた。着物を着かえて鏡に向った。蒼白い顔、血走った眼、カサカサに乾いた唇――

（お前は、夫殺しをした！）

あたしは、云わでもの言葉を、鏡の中の顔に投げつけた。おお、殺人者！　あたしは取返しのつかない事をしてしまったのだ。窓の向うに見える井戸の中に、夫の肉体は崩れてゆくだろう。彼にはもう二度と、この土の上に立ち上る力は無くなってしまったのだ。鉛筆の芯が折れたように、彼の生活はプツリと切断してしまったのだ。彼の研究も、かれの家族も（あたし独りがその家族だった）それから彼の財産も、すべて夫の手を離れてしまった。彼は今日まで、すっかり無駄働きをしたようなものだ。そんなことをさせたのは、一体誰の罪だ。殺したのは、あたしだ。しかし殺させるように導いたのは夫自身だったじゃないか。他の男のところへ嫁いでいれば、人殺しなどをせずに済んだにちがいない。あたしの不運が人殺しをさせたのだ。といって人殺しをしたのは此の手である。この鏡に写っている女である。もう拭っても拭い切れない。あたしの肉体には、夫殺しの文字が大きな痣になっているのに違いない。誰がそれを見付けないでいるものか。じわりじわりと司直の手が、あたしの膚に迫ってくるのが感じられる。

（ああ、こんな厭な気持になるのだったら、夫を殺すのではなかった！）

押しよせてくる不安に、あたしはもう堪えられなくなった。なにか救いの手を伸べてくれるものは無いか。

「そうだ、有る有る。お金だ。夫の残していった金だ。それを探そう！」

いつか夫が、莫大な紙幣の札を数えているところへ、入っていったことがあった。あれは五年ほど前のことだったが、研究に使ったとしても、まだ相当残っている筈。それを見つけて、あとはしたいことを今夜からでもするのだ。

あたしは、それから夕方までを、故き夫の隠匿している財産探しに費した。茶の間から始まって、寝室から、書斎の本箱、机の抽斗それから洋服箪笥の中まで、すっかり調べてみた。その結果は、云うまでもなく大失敗だった。あれほど有ると思った金が、五十円と纏っていなかった。この上は、夫の解剖室に入って屍体の腹腔までを調べてみなければならなかったが、あの部屋だけは全く手を出す勇気がない。しかしそれほどまでにせずとも、これ以上探しても無駄であることが判った。それは数冊の貯金帖を発見したことだったが、その帖面の現在高は、云いあわせたように、いずれも一円以下の小額だった。結局わが夫の懐工合は、非常に悪いことが判った。意外ではあるが、事実だから仕方がない。

失望のあまり、今度はボーッとした。この上は、化物屋敷と広い土地とを手離すより外に途がない。松永が来たらば、適当のときに、それを相談しようと思った。彼はもう間もなく訪れて来るに違いない。あたしはまた鏡に向って、髪かたちを整えた。

だが、調子の悪いときには、悪いことが無制限に続くものである。というのは、松永はいつまで待っても訪ねてこなかった。もう三十分、もう一時間と待っているうちに、とうとう何時の間にやら、十二時の時計が鳴りひびいた。そして日附が一つ新しくなった。

(やっぱり、そうだ!――松永はあたしのところから、永遠に遁げてしまったのだ!)

彼のために、思い切ってやった仕事が、あの子供っぽい青年の胸に、恐怖を植えつけたのに違いない。人殺しの押かけ女房の許から逃げだしたのだ。もう会えないかも知れない、あの可愛い男に……。

悶えに満ちた夜は、やがて明け放たれた。憎らしいほどの上天気だった。だが、内に閉じ籠っているあたしの気持は、腹立たしくなるばかりだった。幾回となく発作が起って、あたしは獣のように叫びながら、灰色に汚れた壁に、われとわが身体をうちつけた。あまりの孤独、消しきれない罪悪、迫りくる恐怖戦慄、――その苦悶のために気が変になりそうだ、恐ろしかった。あの重い鉄蓋が持ち上がるものだったら、あたしは殺した夫の跡を追って、井戸の中に飛びこんだかも知れない。

喚き、悶え、暴れているうちに、とうとう身体の方が疲れ切って、あたしはベッドの上に身を投げだした。睡ったことは睡ったが、恐ろしい夢を、幾度となく次から次へと見た。――不図、その白昼夢から、パッタリ目醒めた。オヤオヤ睡ったようだと、気がついたとき、庭の方の硝子窓が、コツコツと叩かれるので、其の方へ顔を向けた。

「ああ、――」あたしは、思わず大声をあげると、その場に飛んで起きた。なぜなら、庭に向いた窓の向うから、しきりに此方（こっち）を覗きこんでいる者があった。その円い顔――紛（まぎ）れもなく、逃げたとばかり思っていた松永の笑顔だった。

「マーさん、お這入（はい）り――」

「どうして昨夜（ゆうべ）は来なかったのさア」

　嬉しくもあったけれど、相当口惜しくもあったので、あたしはそのことを先（ま）ず訊（たず）ねた。

「昨夜は心配させたネ。でもどうしても来られなかったのだ、エライことが起ってネ」

「エライことッて、若い女のひとと飯事（ままごと）をすることなの」

「そッそんな呑気（のんき）なことじゃないよ。僕は昨夜、警視庁に留められていたんだ。そして、いまから三十分ほど前に、釈放（しゃくほう）になったばかりだよ」

「ああ、警視庁なの！」

　あたしはハッと思った。そんなに早く露見（ろけん）したのかなア。

「そうだ、災難に類する事件なんだがネ」と彼は急に興奮の色を浮べて云った。「実はうちの銀行の金庫室から、真夜中に沢山の現金を奪って逃げた奴があるんだ。そいつが判らない。その部屋にいる青山金之進（あおやまきんのしん）という番人が殺されちまった。――そして不思議なことに、その部屋に入るべきあらゆる入口が、完全に閉じられているのだ。穴といえば、その室（へや）にある送風機の入口と、壁の欄間（らんま）にある空気窓だけだ。空気窓の方は、嵌（は）めこんだ鉄の棒がなかなかとれないから大丈夫。もう一つの送風機の穴は、蓋があって、これが外（はず）せないことはないが、なにしろ二十センチそこそこの円形で、外は同じ位の大きさの鉄管で続いている。二十センチほどの直径のことだから、どんなに油汗を流してみても、身体が通りゃしない。それだのに犯人の入った証拠は、歴然としているのだ。こんな奇妙なことがあるだろうか」

「現金は沢山盗まれたの？」

「うん、三万円ばかりさ。——こんな可笑しなことはないというので、記事は禁止で、われわれ行員が全部疑われていたんだ。僕もお蔭で禁足を喰ったばかりか、とうとう一泊させられてしまった。ひどい目に遭ったよ」

松永は、ポケットの中から、一本の煙草を出して、うまそうに吸った。

「変な事件ネ」

「全く変だ。探偵でなくとも、あの現場の光景は考えさせられるよ。入口のない部屋で、白昼のうちに巨額の金が盗まれたり、人が殺されたりしている」

「その番人は、どんな風に殺されているんでしょ」

「胸から腹へかけて、長く続いた細いメスの跡がある、それが変な風に灼けている。一見古疵のようだが、古疵ではない」

「まア、——どうしたんでしょうネ」

「ところが解剖の結果、もっとエライことが判ったんだよ。駭くべきことは、その奇妙な古疵よりも、むしろその疵の下にあった。というわけは、腹を裂いてみると、駭くじゃあないか、あの番人の肺臓もなければ、心臓も胃袋も腸も無い。臓器という臓器が、すっかり紛失していたのだ。そんな意外なことが又とあるだろうか」

「まア、――」とあたしは云ったものの、変な感じがした。あたしはそこで当然思い出すべきものを思い出して、ゾッとしたのだ。

「しかし、その奇妙な臓器紛失が、検束（けんそく）されていた僕たち社員を救ってくれることになった、僕たちが手を下したものでないことが、その奇妙な犯罪から、逆に証明されたのだ」

「というと……」

「つまり、人間の這入るべき入口の無い金庫室に忍びこんだ奴が、三万円を奪った揚句（あげく）、番人の臓器まで盗んで行ったに違いないということになったのさ。無論、どっちを先にやったのかは知らないが……」

「思い切った結論じゃないの。そんなこと、有り得るかしら」

「なんとかいう名探偵が、その結論を出したのだ。捜査課の連中も、それを取った。尤（もっと）も結論が出たって、事件は急には解けまいと思うけれどネ。ああ併（しか）し、恐ろしいことをやる人間が有るものだ」

「もう止しましょう、そんな話は……。あんたがあたしのところへ帰って来てくれれば、外に云うことはないわ。……縁起直（えんぎなお）しに、いま古い葡萄酒でも持ってくるわ」

あたしたちは、それから口あたりのいい洋酒の盃を重ねていった。お酒の力が、一切の暗い気持を追払（おいはら）ってくれた。全く有難いと思った。――そしてまだ宵（よい）のうちだったけれど、あたしたちはカーテンを下ろして、寝ることにした。

その夜は、すっかり熟睡した。松永が帰って来た安心と、連日の疲労とが、お酒の力で和かに溶け合い、あたしを泥のように熟睡させたのだった。……

――翌朝、気のついたときは、もうすっかり明け放たれていた。よく睡ったものだ。あたしは全身的に、元気を恢復した。

「オヤ、――」

隣に並んで寝ていたと思った松永の姿が、ベッドの上にも、それから室内にも見えない。庭でも散歩しているのじゃないかと思って、暫く待っていたけれど、一向彼の跫音はしなかった。

「もう出掛けたのかしら……」今日は休むといっていたのに、と思いながら卓子の上を見ると、そこに見慣れない四角い封筒が載っているのを発見した。あたしはハッと胸を衝かれたように感じた。

しかし手をのばして、その置き手紙を開くまでは、それほどまで大きい驚愕が隠されているとは気がつかなかった。ああ、あの置き手紙！　それは松永の筆蹟に違いなかったけれど、その走り書きのペンの跡は地震計の針のように震え、やっと次のような文面を判読することが出来たほどだった。

「愛する魚子よ、――

僕は神に見捨てられてしまった。かけがえのない大きな幸福を、棒に振ってしまわなければならなくなった。魚子よ、僕はもう再び君の前に、姿を現わすことが出来なくなった。ああ、その訳は……？

　魚子よ、君は用心しなければいけない。あの銀行の金庫を襲った不思議の犯人は、世にも恐ろしい奴だ。彼奴の真の目標は、ひょっとすると、此の僕にあったのではないかと考える。僕は……僕は今や真実を書き残して、愛する君に伝える。――僕は夜のうちに、あの隆々たる鼻と、キリリと引締っていた唇と（自分のものを褒めることを嗤わないで呉れ、これが本当に褒め納めなのだから）――僕はその鼻と唇とを失ってしまった。夜中に不図眼が醒めて、なんとなく変な気持なので、起き出したところ、僕は君の化粧台の鏡の中に、世にも醜い男の姿を発見したのだ！　これ以上は、書くことを許して呉れ。

　そして最後に一言祈る。君の身体の上に、僕の遭ったような危害の加えざらんことを。

松永哲夫」

　この手紙を読み終って、あたしは悲歎に暮れた。なんという非道いことをする悪漢だろう。銀行の金を盗み、番人を殺した上に、松永の美しい顔面を惨たらしく破壊して逃げるとは！

　一体、そんなことをする悪漢は、何奴だろうか。手紙の中には、犯人は松永を目標とする者だと思うと、書いてあった。松永は何をしたというのだ？

「ああ、やっぱりあれだろうか？　そうかも知れない。……イヤイヤ、そんなことは無い。夫はもう、死んでいるのだ。そんなことが出来よう筈がない」

　そのときあたしは、不図床の上に、異様な物体を発見した。ベッドから滑り下りて、その傍へよって、よくよく見た。それは茶褐色の灰の固まりだった。灰の固まり――それは確かに見覚えのあるものだった。夫がいつも愛用した独逸製(ドイツせい)の半練り煙草の吸(す)い殻(がら)に違いなかった。

　そんな吸い殻が、昨日も一昨日も掃除をしたこの部屋に、残っているというのが可笑(おか)しかった。誰か、昨夜(ゆうべ)のうちに、ここへ入って来て、煙草を吸い、その吸い殻を床の上に落としていったと考えるより外に途がなかった。そして松永が、そんな種類の煙草を吸わぬことは、きわめて明(あきら)かなことだった。

「すると、若(も)しや死んだ筈の夫が……」

　あたしは急に目の前が暗くなったのを感じた。ああ、そんな恐ろしいことがあるだろうか。井戸の中へ突き墜(お)とし、大きな石塊(せっかい)を頭の上へ落としてやったのに……。

　そのとき、入口の扉(ドア)についている真鍮製(しんちゅうせい)のハンドルが、独りでクルクルと廻りだした。ガチャリと鍵の音がした。

（誰だろう?）もうあたしは、立っているに堪(た)えられなかった。――扉は、静かに開く。だんだん開いて、やがて其の向うから、人の姿が現れた。それは紛(まぎ)れもなく夫の姿だった。たしかに此の手で殺した筈の、あの夫の姿だった。幽霊だろうか、それとも本物だろうか。

　あたしの喉から、自然に叫び声が飛び出した。――夫の姿は、無言の儘(まま)、静かにこっちへ進んでくる。よく見ると、右手には愛蔵の古ぼけたパイプを持ち、左手には手術器械の入った大きな鞄(かばん)をぶら下げて……。あたしは、極度の恐怖に襲われた。ああ彼は、一体何をしようというのだろう?

夫は卓子の上へドサリと鞄を置いた。ピーンと錠をあけると、鞄が崩れて、ピカピカする手術器械が現れた。

「なッなにをするのです？」

「……」

夫はよく光る大きなメスを取り上げた。そしてジリジリと、あたしの身体に迫ってくるのだった。メスの尖端が、鼻の先に伸びてきた。

「アレーッ。誰か来て下さアい！」

「イッヒッヒッヒッ」

と、夫は始めて声を出した。気持がよくてたまらないという笑いだった。

「呀ッ。——」

白いものが、夫の手から飛んで来て、あたしの鼻孔を塞いだ。——きつい香りだ。と、その儘、あたしは気が遠くなった。

その次、気がついてみると、あたしはベッドのある居間とは違って、真暗な場所に、なんだか蓆のような上に寝かされていた。背中が痛い。裸に引き剝かれているらしい。起きあがろうと思って、身体を動かしかけて、身体の変な調子にハッとした。

「あッ、腕が利かない！」

どうしたのかと思ってよく見ると、これは利かないのも道理、あたしの左右の腕は、肩の下からブッツリ切断されていた。腕なし女！

「ふッふッふッ」片隅から、厭な忍び笑いが聞えてきた。

「どうだ、身体の具合は？」

あッ、夫の声だ。ああ、それで解った。さっき気が遠くなってから、この両腕が夫の手で切断されてしまったのだ。憎んでも憎み足りない其の復讐心！

「起きたらしいが、一つ立たせてやろうか」夫はそういうなり、あたしの腋の下に、冷い両手を入れた。持ち上げられたが、腰から下がイヤに軽い。フワリと立つことが出来たが、それは胴だけの高さだった。大腿部から下が切断されている！

「な、なんという惨らしいことをする悪魔！　どこもかも、切っちまって……」

「切っちまっても、痛味は感じないようにしてあげてあるよ」

「痛みが無くても、腕も脚も切ってしまったのネ。ひどいひと！　悪魔！　畜生！」

「切ったところもあるが、殖えているところもあるぜ。ひッひッひッ」

殖えたところ？　夫の不思議な言葉に、あたしはまた身慄いをした。あたしをどうするつもりだろう。

「いま見せてやる。ホラ、この鏡で、お前の顔をよく見ろ！」

パッと懐中電灯が、顔の正面から、照りつけた。そしてその前に差し出された鏡の中。――あたしは、その中に、見るべからざるものを見てしまった。

「イヤ、イヤ、イヤ、よして下さい。鏡を向うへやって……」

「ふッふッふッ。気に入ったと見えるネ。顔の真中に殖えたもう一つの鼻は、そりゃあの男のだよ。それから、鎧戸(よろいど)のようになった二重の唇は、それもあの男のだよ。みんなお前の好きなものばかりだ。お礼を云ってもらいたいものだナ、ひッひッひッ」

「どうして殺さないんです。殺された方がましだ。……サア殺して！」

「待て待て。そうムザムザ殺すわけにはゆかないよ。さア、もっと横に寝ているのだ。いま流動食を飲ませてやるぞ。これからは、三度三度、おれが手をとって食事をさせてやる」

「誰が飲むもんですか」

「飲まなきゃ、滋養浣腸(じようかんちょう)をしよう。注射でもいいが」

「ひと思いに殺して下さい」

「どうして、どうして。おれはこれから、お前を教育しなければならないのだ。さア、横になったところで、一つの楽しみを教えてやろう。そこに一つの穴が明いている。それから下を覗(のぞ)いてみるがいい」

覗き穴——と聞いて、あたしは頭で、それを急いで探した。ああ、有った、有った。腕時計ほどの穴だ。身体を芋虫のようにくねらせて、その穴に眼をつけた。下には卓子(テーブル)などが見える。夫の研究室なのだ。

「なにか見えるかい」

云われてあたしは小さい穴を、いろいろな角度から覗いてみた。

あった、あった。夫の見ろというものが。椅子の一つに縛りつけられている化物のような顔を持った男の姿！　着ているものを一見して、それと判る人の姿――ああ、なんと変わり果てた松永青年！　あたしの胸にはムラムラと反抗心が湧きあがった。

「あたしは、あなたの計画を遂げさせません。もうこの穴から、下を覗きませんよ。下を見ないでいれば、あなたの計画は半分以上、効果を失ってしまいます」

「はッはッはッ、莫迦な女よ」と、夫は、暗がりの中で笑った。「おれの計画しているものはそんなことじゃない。見ようと見まいと、そのうちにハッキリ、お前はそれを感じることだろう！」

「では、あたしに何を感じさせようというのです」

「それは、妻というものの道だ、妻というものの運命だ！　よく考えて置けッ」

夫はそういうと、コトンコトンと跫音をさせながら、この天井裏を出ていった。

それから天井裏の、奇妙な生活が始まった。あたしは、メリケン粉袋のような身体を同じところに横えたまま、ただ夫がするのを待つより外なかった。三度三度の食事は、約束どおり夫が持って来て、口の中に入れてくれた。あたしは、両手のないのを幸福と思うようになった。手がないばかりに、鼻が二つあり、おまけに唇が四枚もある醜怪な自分の顔を触らずに済んだ。

用を達すのにも困ると思ったが、それは医学にたけた夫が極めて始末のよいものを考えて呉れたようだった。その代り、或る日、注射針を咽喉のあたりに刺し透されたと思ったら、それっきり大きな声が出なくなった。前とは似ても似つかぬ皺がれた声が、ほんの申し訳に、喉の奥から出るというに過ぎなかった。なにをされても、俘囚の身には反抗すべき手段がなかった。

鼻と唇とを殺がれた松永は、それから後どうなったか、気のついたときには、例の天井の穴からは見えなくなった。見えるのは、相変らず気味の悪い屍体や、バラバラの手足や、壜漬けになった臓器の中に埋もれて、なにかしらせっせとメスを動かしている夫の仕事振りだった。その仕事振りを、毎日朝から夜まで、あたしは天井裏から、眺めて暮した。

「なんて、熱心な研究家だろう！」

不図、そんなことを思ってみて、後で慌てて取り消した。そろそろ夫の術中に入りかけたと気が付いたからである。「妻の道、妻の運命」――と夫は云ったが、なにをあたしに知らしめようというのだろう。

しかし遂に、そのことがハッキリあたしに判る日がやって来た。

それから十日も経った或る日、もう暁の微光が、窓からさしこんで来ようという夜明け頃だった。警官を交えた一隊の検察係員が、風の如く、真下の部屋に忍びこんで来た。あたしは、刑事たちが、盛んに家探しをしているのを認めた。解剖室からすこし離れたところに、麻雀卓をすこし高くしたようなものがあって、その上に寒餅を漬けるのに良さそうな壺が載せてあった。

「こんなものがある！」

「なんだろう。……オッ、明かないぞ」

捜査隊員はその壺を見つけて、グルリと取巻いた。床の上に下ろして、開けようとするが、見掛けによらず、蓋がきつく閉まっていて、なかなか開かない。

「そんな壺なんか、後廻しにし給え」と部長らしいのが云った。刑事たちは、その言葉を聞いて、また四方（しほう）に散った。壺は床の上に抛（ほう）り出されたままだった。

「どうも見つからん。これア犯人は逃げたのですぜ」

彼等はたしかにあたしたち夫婦を探しているものらしい。あたしは何とかして、此処（ここ）にいることを知らせたかったが、重い鎖につながれた俘囚は天井裏の鼠ほどの音も出すことが出来なかった。そのうちに一行は見る見るうちに室を出ていって、あとはヒッソリ閑（かん）として機会は逃げてしまったのだ。

それにしても、夫は何処に行ったのだろう。

「オヤ、なんだろう？」あたしはそのとき、下の部屋に、なにか物の蠢（うごめ）く気配を感じた。と、いきなりカタカタと、揺（ゆ）れだしたものがあった。

「あッ。壺だ！」

卓子（テーブル）の上から、床の上に下ろされた壺が、まるで中に生きものが入っているかのように、さも焦（じ）れったそうに揺れている。何か、入っているのだろうか。入っているとすると、猫か、小犬か、それとも椰子蟹（やしがに）でもあろうか。いよいよこの家は、化物屋敷になったと思い、カタカタ揺り動く壺を、楽しく眺め暮した。なにしろ、それは近頃にない珍らしい活動玩具（かつどうおもちゃ）だったから。その日も暮れて、また次の日になった。壺は少し勢を減じたと思われたが、それでも昨日と同じ様に、ときどきカタカタと滑稽な身振で揺らいだ。

夫はもう帰って来そうなものと思われるのに、どうしたものか、なかなか姿を見せなかった。あたしはお腹が空いて、たまらなくなった。もう自分の身体のことも気にならなくなった。ただ一杯のスープに、あたしの焦燥が集った。

四日目、五日目。あたしはもう頭をあげる力もない。壺はもう全く動かない。そうして遂に七日目が来た。時間のことは判らないが、不図下の部屋がカタカタする音に気がついて例の覗き穴から見下ろすと、この前に来たように一隊の警官隊が集っていた。その中でこの前に見かけなかったような一人のキビキビした背広の男が一同の前になにか云っていた。

「……博士は、絶対に、この部屋から出ていません。私はこの前に一緒に来ればよかったと思います。多分もう手遅れになったような気がします。あの××銀行の、入口の厳重に閉った金庫室へ忍びこんだのもたしかに博士だったのです。そういうと変に思われるでしょうが、実は博士は僅か十五センチの直径の送風パイプの中から、あの部屋に侵入したのです」

「それア理窟に合わないよ、帆村君」と部長らしいのが横合から叫んだ。「あの大きな博士の身体が、あんな細いパイプの中に入るなどと考えるのは、滑稽すぎて言葉がない」

「ではいまその滑稽をお取消し願うために、博士の身体を皆さんの前にお目にかけましょう」

「ナニ博士の在所が判っているのか。一体どこに居るのだ」

「この中ですよ」

帆村は腰を曲げて、足許の壺を指した。警官たちは、あまりの馬鹿馬鹿しさに、ドッと声をあげて笑った。

帆村は別に怒りもせず、壺に手をかけて、逆にしたり、蓋をいじったりしていたが、やがて、恭々しく壺に一礼をすると、手にしていた大きいハンマーで、ポカリと壺の胴中を叩き割った。中からは黄色い枕のようなものがゴロリと転り出た。

「これが我が国外科の最高権威、室戸博士の餓死屍体です！」

あまりのことに、人々は思わず顔を背けた。なんという人体だ。顔は一方から殺いだようになり、肩には僅かに骨の一部が隆起し、胸は左半分だけ、腹は臍の上あたりで切れている。手も足も全く見えない。人形の壊れたのにも、こんなにまで無惨な姿をしたものは無いだろう。

「みなさん。これは博士の論文にある人間の最小整理形体です。つまり二つある肺は一つにし、胃袋は取り去って腸に接ぐという風に、極度の肉体整理を行ったものです。こうすれば、頭脳は普通の人間の二十倍もの働きをすることになるそうで、博士はその研究を自らの肉体に試みられたのです」

人々は唖然として、帆村の話に聞き入った。

「この壺は博士のベッドだったんです。その整理形体に最も適したベッドだったんです。ところで、こんな身体で、どうして博士は往来を闊歩されたか。いまその手足をごらんに入れましょう」

帆村は立って、壺の載っていた卓子の上に行った。そして台の中央部をしきりに探していたが、やがて指をもって上からグッと押した。するとギーッという物音がすると思うと、卓子の中からニョキリと二本の腕と二本の脚が飛び出した。それは空間に、博士の両腕と両脚とを形づくってみせた。

「ごらんなさい。あの壺の蓋が明いて、博士の身体がバネ仕掛けで、この辺の高さまで飛び出して来たとすると、電磁石の働きで、この人造手足がピタリと嵌るのです。しかしこの動作は、博士が壺の底に明いている穴から、卓子の上の隠し釦を押さねばなりません。押さなければ、この壺の蓋も明きません。博士が餓死をされたのは、睡っているうちにこの壺が卓子の上から下ろされた結果です」

一座は苦しそうに揺いだ。

「しかし博士は、何かの原因で精神が錯乱せられた。そしてあの兇行を演じたのです。小さいパイプの中を抜けることは、その手足を一時バラバラに外し、一旦向う側へ抜けた上、また元のように組立てれば、苦もなく出来ることです。それを考えないと、あの金庫の部屋に忍びこんだことが信ぜられない。これで私の説が滑稽でないことがお判りでしょう」

やがて帆村は一同を促して退場をすすめた。

「あの夫人はどうしたろう？」

と部長が、あたしのことを思い出した。

「魚子夫人はアルプスの山中(さんちゅう)に締(し)め殺してあると博士の日記に出ています。さあ、これからアルプスへ急ぐのです」

人々はゾロゾロと室を出ていった。

「待って！」

あたしは力一杯に叫んだ。しかしその声は彼等の耳に達しなかった。ああ、馬鹿、馬鹿！　帆村探偵のお馬鹿さん！　ここにあたしが繋(つな)がれているのが判らないのかい。夫は、あの井戸の蓋の穴から逃げ出したのだ。呪(のろ)いの大石塊(だいせっかい)は、彼に命中しなかったのだ。ああ今は、あたしには餓死だけが待っている。お馬鹿さんが引返して来る頃には、あたしはもう此の世のものじゃ無い。夫が死ねば、妻もまた自然に死ぬ！　夫の放言(ほうげん)が今死に臨(のぞ)んで、始めて合点(がてん)がいった。夫はいつか、こんなことの起るのを予期(よき)していたのか知れない。あたしもここで、潔(いさぎよ)く死を祝福しましょう！

（昭和九年二月「新青年」）

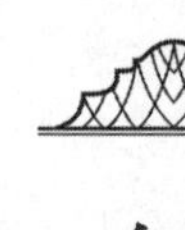

投票者からの偏愛コメント集②

甲賀三郎

「黒衣を纏う人」

●探偵小説がまず「奇談」であり、探偵より怪盗や怪人の視点から描かれた時代の謎解き小説。「本格」の名づけ親ならではの「変格」です。（芦辺拓）

地味井平造

「魔」

●初読の時に覚えた異様な迫力、熱量の輻射、未知の怪物に出遭ってしまったかのような感慨が忘れ難く、今読み返しても斬新。時代の膚で感じた悪魔の風。いや、現代人にこそ向けられた「刺さる」視線すら感じます。アンチ・フーダニットとか、透視者の見せる鏡地獄とか、幻の曲馬団めいた様々な呼び込み口上が脳内に谺するけれど、それすら一切不要。分類不能の小説です。まさに異形。これこそ変格。（井上雅彦）

江戸川乱歩

「赤い部屋」

●血みどろの幻燈がパッと消えて、陳腐な手品へと変わった幕切れの瞬間に、拍手喝采したあの興奮が、未だに頭の片隅に居座っているせいもありますが、頭脳と謎の格闘だけが「ミステリ」という娯楽なのではなくて、「人」そのもののおぞましさや「犯罪」というものの恐ろしさもまた、ただ純粋な「娯楽」になりえるのだということを子供心に知ったのが、あの一作でした。
「変格ミステリ」という難儀なものにはまってしまったのは、結局、あの一作が最初だったなあ、と思い、もうもう退屈で退屈で仕様がないのです……というあの呟きが胸に居座っているからこそ、未だに「変格ミステリ」を偏愛しているのだと思うと、どうしても投票せずにはいられない作品です。（路生よる）

「踊る一寸法師」

●加速度的に皆が狂っていく様も善いのですが、何より、この上なく残酷で、しかし美しく厳かなラスト・シーンが最高です。
（伊吹亜門）

「人間椅子」

●短編としての完成度の高さもさることながら変格ミステリの代表格とも言えるかと。ただの偏愛です。最後に落とされる感覚がたまりません。（清水朔）

海野十三

「生きている腸」

●題名通りの生き物が科学の力で作られるが、ＳＦというより怪奇幻想と呼ぶべき世界である。気味悪いユーモアとともに純愛の哀しみも含んでいる。クライマックスの瞬間の「絵」が印象に残る作品だ。
（円堂都司昭）

「俘囚」

●小学生の時に、父に海野十三の本を与え

られた変格ミステリ・エリートの私です。海野十三の短編は数多くありますが、「俘囚」はトリックが奇抜、エログロ、探偵の推理の切れ味はよいが完璧ではない、と三拍子揃っていてイチオシです。（茜灯里）

失楽園殺人事件

小栗虫太郎

小栗の特色は何といっても重厚晦渋な文体を彩る絢爛たるペダントリーだろう。その集大成である巨大伽藍が言わずと知れた『黒死館殺人事件』である。それを別格として、選者の偏愛作は「白蟻」なのだが、中編といえる長さなので、法水探偵もののなかでいちばん頭がオカシイ（もちろん褒め言葉だ）本作を選ぶことにした。詳しく絵解きをされればされるほど何がどうなっているのか分からなくなり、普通ならもっと分かりやすく説明しろよとイライラしてしまうはずだが、なぜか小栗の場合はそんな混乱状態を楽しんでいる自分に気づいて、そのこと自体に何だか嬉しくなってしまうのは選者だけだろうか。

（竹本健治）

【底本】『二十世紀鉄仮面』（桃源社・一九七一年）

一、堕天女記

湯の町Kと、汀から十丁の沖合にある鵯島との間に、半ば朽ちた、粗末な木橋が蜿蜒と架っている。そして、土地ではその橋の名を、詩人青秋氏の称呼が始まりで、嘆きの橋と呼んでいるのだ。

その名はいうまでもなく、鵯島には、兼常龍陽博士が私費を投じた、天女園癩療養所があるので、橋を渡る人達といえば、悉くが憂愁に鎖された、廃疾者かその家族に限られていたからであった。

所が三月十四日のこと、前夜の濃霧の名残りで、まだ焼色の靄が上空を漂うている正午頃に、その橋を、実に憂鬱な顔をして法水麟太郎が渡っていた。せめて四、五日もの静養と思い、切角無理を重ね作った休暇ではあったが、その折も折、構内に於いて失楽園と呼ぶ、研究所に奇怪な殺人事件が起ったのであるから、対岸に友人法水の滞在を知る以上、副院長の真積博士がどうして彼を逸することが出来たであろうか。

また、一方の法水も、外面では渋りながらも、内心では沸然と好奇心が湧き立っていたというのは、兼々から、院長兼常博士の不思議な性行と、失楽園に纏わる、様々な風説を伝え聞いていたからであった。

扨、真積博士に会った劈頭から、法水に失楽園の秘密っぽい空気が触れて来た。真積氏は、まず自分より適任であろうといって、失楽園専任の助手杏丸医学士を電話で招き、そうした後に、こんな意外な言葉を口にしたのである。

「僕が坐魚礁（失楽園の所在地）に、一度も足を踏み込んだ事がないといったら、君はさだめし不審に思うだろう。けれども、それが微塵も偽りのない実相なので、事実河竹に杏丸という二人の助手以外には、この私でさえも入ることを許されていなかったのだ。つまりあの一廓は、院長が作った絶対不侵の秘密境だったのだよ」

「所で、殺されたのは？」

「助手の河竹医学士だ。これは明白な他殺だそうだが、妙なことには、同時に院長も異様な急死を遂げている。とにかく、斯んな田舎警察にも、万代不朽の調書を残してやってくれ給え」

その時、三十恰好のずんぐりした男が入って来ると、真積氏は、その男を杏丸医学士といって紹介した。

杏丸は、まるで浮腫でもあるような、泥色の黄ばんだ皮膚をしていて、見るからに沈鬱な人相だった。然し法水は、まず現場検証以前に、失楽園の本体と三人の不思議な生活を杏丸の口から聴くことが出来た。

「院長が、坐魚礁の上に失楽園の建物を建設してから、今月で恰度満三年になりますが、その間完全屍蠟の研究が秘密に行われておりました。つまり、防腐法と皮鞣法、それからマルピギ氏粘液網保存法とが、主要な研究項目だったのですよ。そして、その間私と河竹は、高給を餌にされて、失楽園内部の出来事について、一切口外を禁ぜられておりました。で、この一月に完成された研究はともかくとして、ここに何より先にいわなければならない事があります。というのは、過去三年を通じて、失楽園にもう一人、秘密の居住者があったという事なんです」

と杏丸は懐中から、罫紙の綴りに、「番匠幹枝狂中手記」と、題した一冊を取り出した。

「とにかく、院長が書いたこの序文を読めば、院長という人物がどんなに悪魔的な存在だったかまた、病苦に歪められたその耽美思想が、どういう凄惨な形となって現われたかは、詳しくお判りになりましょう。そして、これが完全屍蠟の研究以外に、失楽園で過された生活の全部だったのです」

宝相華と花喰鳥の図模様で飾られた表紙を開くと、法水の眼は忽ち冒頭の一章に吸い付けられて行った。

――××六年九月四日、余は岩礁の間より、左眼失明せる二十六、七歳の美わしき漂流婦人を救えり。所持品により、本籍並びに番匠幹枝という姓名だけは知りたれども、同人は精神激動のためか、殆んど言語を洩らさず、凡てが憂鬱狂の徴候を示せり。されど、時偶発する言葉により、同人が小机在の僧侶の妻にして、夫の嫉妬のために左眼を傷つけられ、それが引いては、入水の因をなせしこと明らかとなれり。そのうち、余の心は次第に幹枝に惹かれ行き、やがて狂女と同棲生活に入りしこそ浅ましけれ。

——されど、余には一つの計画あり、まず、その階梯を踏まんがため、眼科出の杏丸に命じて、幹枝の左眼に義眼手術を施せり。しかして、その手術中彼を強要して、生ける螺旋菌（黴毒菌）を眼窩後壁より頭蓋腔中に注入せしめたるなり。実に、大脳を蝕んで、初期に螺旋菌が作り出すものは、現実を超えたる架空の世界ならずや。即ち余は、幹枝に麻痺狂を発せしめて、それ特有の擬神妄想を聴かんと企てたるものなりき。果して、幹枝の高き教養と脱俗の境地に過せし素質は忽ちに自身を天人に擬して、兜羅綿の樹下衆車苑に遊ぶの様を唱い始めたり。その聴き去るに難き美しさは、この一書を綴るの労を厭わぬほどにして、正に宝積経や源信僧都の往生要集の如きは、到底比すべくも非ずと思いたりき。

——然るに、その最中余を驚かせたるものありて、幹枝の懐妊を知れり。早速沼津在の農家に送りて分娩を終らしめ、再び本園に連れ帰りしは、本年の一月なりき。されど、その間において幹枝の心身には、果して期せるが如く痛ましき変化を来たせり。即ち、螺旋菌の脊髄中に入りしためにして、運動に失調起り下腹部に激烈なる疼痛現われて、幹枝の幻想も苦痛に伴う悲哀の表現に充ち、華鬘萎み羽衣穢れ——とかいう、天人衰焉の様を唱うようになれり。かくなりては、一路植物性の存在に退化するのみにして、治療の途はあれども、余には既に幹枝の必要なきことなれば、余す手段は安死術のみなりというべし。

——されど、自然は余の触手をまたず、幹枝に大腹水症を発せしめたり。六尺余りに肥大せる腹を抱えて、全身は枯痩し、宛然草紙にある餓鬼の姿よりなき幹枝を見れば、ありし日の俤何処ぞやと嘆ずるのほかなく、転変の鉄鎖の冷たさは、夢幻まさに泡影の如しというべし。

——ここにおいて、三月六日切開手術を行い、腹水中に浮游せる膜嚢数十個を取り出せしも、予後の衰弱のため、その日永眠せり。斯くの如く、余は幹枝に天女の一生を描かせ、一年有余の陶酔を貪りたるものなれば、その終焉の様を記憶すべく、坐魚礁研究所を失楽園とは名付けたるものなり——

法水が読み終るのを待って、杏丸医学士は続けた。

「然し、研究の完成と同時に、幹枝以外に二つの屍体を、手に入れることが出来ました。二人とも療養所の入院患者で、一人は黒松重五郎という五十男で稀しい松果状結節癩。もう一人は、これがアディソン病という奇病で、副腎の変化から皮膚が鮮かな青銅色になるものでしたが、この方は東海林徹三という若い男でした。ですから、現在では三つの屍体が、完全な死蠟に作られていて、それに、院長が繧繝彩色と呼んでいる、奇怪な粉飾が施されているのです。幹枝は膨んだ腹をそのままに作り、他の二人には冥界の獄卒が着る衣裳を纏わせて、いわゆる六道図絵の多面像を作り上げたのでした」

とそういってから、杏丸の眼にチカッと嗤うような光が現われた。

「所が、法規上屍体保存の許可と取引代価を、遺族の者に交渉することになりますと、偶然三人の代表が島へ渡って来ました。それが、一昨々日、つまり十一日の事だったのです」

「すると、まだ滞在しているのですね」

「そうです。ですから、この事件は簡単に3－2＝1とはいえないのですよ。勿論交渉も易々とは運びませんでした。大体が、屍体の閲覧を拒絶した、院長の措置から発したのでしょうが、黒松の弟も東海林の父親も、代価に不服をいい出しましたし、殊に、幹枝の姉で鹿子といって、前身がU図書館員だという救世軍の女士官は、この手記を見ると、途方もない条件をいい出したのです。それが金銭ではなく、失楽園の一員に加えてくれというのだから、妙じゃありませんか」

「成程、失楽園の一員に……」

法水も怪訝そうに眉間を狭めると、

「多分、これを見たのでしょう」

といって、杏丸は最後のページを開いた。

その日付は手術の当日で、幹枝永眠す――と書いた次に、一枚の鋤の女王が貼り付けられ、その骨牌の右肩に、「コスター初版聖書秘蔵場所」とまた、人物模様の上には「Mor-rand足」と書かれてあった。

「モルランド足というのは、たしか八本指の、いわゆる過贅畸形だったね。だが、これは暗号なのかな」

法水が小首を傾けながら訊ねると、真積博士は頷いたが、その下から、

「だがコスター初版聖書とは？」と反問した。

「あったら大変だよ。それこそ歴史的な発見なのさ」

法水は頭から信じないように、

「世界最初の活字聖書は、一四五二年版のグーテンベルク本だが、それと同じ年に和蘭(オランダ)ハーレムの人コスターも、印刷器械を発明して、聖書の活字本を作ったという記録が残っているんだ。然し、この方は現在一冊も残っちゃいないけれども、グーテンベルク本は時価六十万ポンドといわれているんだぜ。だから、もしもこれが真実なら、実に驚くべしといわざるを得んじゃないか」

そう云ってから杏丸に、

「所で、事件を発見した顚末(てんまつ)を伺いましょう。院長と河竹医学士とどちらが先でしたか」

「院長の方です」

といって、杏丸は、見取図を認めた紙片を取り出し、法水に与えてから、

「院長は相当時期の進んだ結核患者なので、無風の夜には、窓を開放して眠る習慣になって居るのです。ですから、今朝の八時頃でしたか、開いている窓から、異様な姿体が容易(たやす)く眼に入りました。所が、その旨を河竹へ報(しら)せに行くと、室(へや)の扉(ドア)が、押せど叩けど開かないので、す。でも一時間余り待ってはみたのですが、何時になっても出て来ないので、止むなくほかの男二人と力を併せて扉を叩き破りました。すると、河竹は背後から、心臓に短剣を刺し通されて、俯向(うつむ)け様に斃(たお)されているのです。で、二つの室の情況をいいますと、院長の室は、中庭側の窓が開放されているだけで、扉や他の窓は残らず鍵が掛かっていました。ところが、河竹の方はどうでしょう、全然密閉された室だったのですよ。それから、屍体検案の結果は、

河竹はまず論なしとしても、院長の方は、詳細剖見を待つにしろ、まず急性の病死としか思われません。それに、絶命時刻がまた妙なんですよ。院長は、午前二時から三時までの間と思われますが、河竹の方は今朝十時の検視で、絶命後二時間以内という推定しか得られんのです。つまり、吾々が立ち騒いでいる間に、叫声（さけびごえ）も物音も立てなかった、犯人の陰微な暗躍があった訳ですな」

といってから、杏丸は狡猾（こうかつ）な笑いを作って、声を低めた。

「所が法水さん、此処（ここ）に見逃してはならぬ、出来事があるのです。というのは、院長の死を発見する直前に、屍蠟室の窓下で、番匠鹿子が卒倒しているのを見付けたのでした。勿論すぐ室に抱え込んで気付を与えましたが、その後は顧（かえりみ）る暇がないので、十一時ごろになって漸（や）っと見舞ってみました。すると、その時は平常通りケロリとなっていて、何時の間にか寝台から離れて起き上っていたのです」

「すると、河竹の死に対して、鹿子は明白な不在証明（アリバイ）を欠いているという訳ですね」

法水は相手の顔にジロリと一瞥（いちべつ）を与えて、

「では、現場へ案内して頂きましょう」

二、六道図絵の秘密

失楽園は、鴨島に続く三町四方ほどの、岩礁の上に盛土をして、その上に建てられている

失楽園ノ図

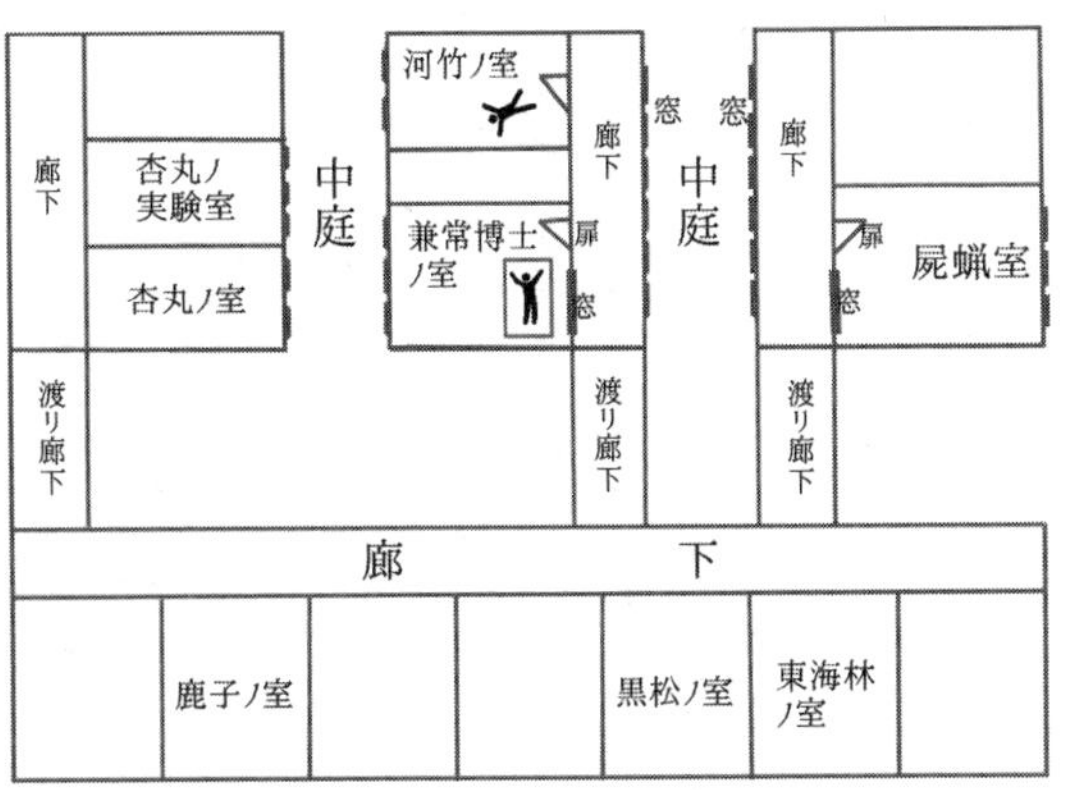

のだが、周囲の鬱蒼たる樹木が、その全様を覆い隠していた。本島との間には刎橋があって、その操作は、院長と二人の助手以外には、秘密にされているとかいう話である。

中央の平地に上図通りの配列で並んでいるのが、失楽園の全部であって、四棟ともいずれも白塗りの木造平屋で、外観はありきたりの、病棟と少しも異なっていなかった。

法水はまず、周囲の足跡を調べ始めたが、昨夜の濃霧で湿っている、土の上にあるものは発見する際の杏丸のもののみで、結局それからは、何も得るところがなかった。

しかし、兼常博士の室に入り、窓越しに対岸の一棟を見ると、斜かいに見える杏丸の実験室がこれも窓が、開け放たれているのに気がついた。

兼常博士の室の窓は、廊下側の二つは単純な硝子窓で、それには掛金が下りているが、中庭側の三つが開け放されてあった。扉は廊下側の左端に、そして、その側の右隅には寝台があり、その上で兼常博士が、寝衣(ねまき)のまま四肢をややはだけ気味に、仰臥(おうが)している。

　年のころは五十四、五で、ブリアン型の髭さえなければ、余程厳(いか)つい顔立であろうが、その半ば口を開いた死相を見ると、ただただ安らかな眠(ねむり)という外にない。

　室内には位置の異なった調度類もなく、何処と云い、取り乱された形跡がないばかりか、指紋や犯跡を証明するものも皆無であった。屍体にも外傷は愚か、中毒死らしい徴候さえ、残されていないのである。尚絶命を証明する時刻は、小卓の上に投げた、右手の甲の下で、腕時計の硝子が割れていて、その指針が正二時を指しているだけでも、明らかだった。

「やはり、心臓麻痺ですかな」

　屍体を弄(いじ)っている法水の背後から、杏丸が声をかけた。

「空気栓塞(せんそく)には、猛烈な苦悶が伴いますし、流涎(よだれ)や偏転の形跡もないのですから、脳溢血とも思われませんし……。それに、こんな開放された室内では、有毒瓦斯(ガス)は用をなさんでしょう」

「そうです。そうあってくれると、実に助かるんですよ」

　法水は何故か、反対の見解を匂わせたが、今度は屍体の周囲を調べ始めた。

　鍵束は枕の下にそっくりしていて、杏丸の話では、各々(それぞれ)の室ごとに鍵の形が異なっているそうであった。が、彼はすぐ寝台から離れて、附近の床上に眼を停めた。

　その辺一体に、ひしゃげ乾(こわ)ばった膀胱(ぼうこう)みたいなものが、四つ五つ散乱しているのであるが、その一寸程の袋体のものは、杏丸医学士の説明により、俄然注目さるるに至った。

「実は私も不審に思っているのです。これは、幹枝の腹水と一緒に取り出された、膜嚢なんですからね。当時、三十幾つか取り出されて、現在は屍蠟室の硝子盤の中に貯蔵されているのですがなかには膜が、相当強靭（きょうじん）なものもあるのですよ」

「なるほど」

と法水も頷いたが、

「全く腹腔内の異物が、こんな所に散乱しているなんて、実に薄気味悪い話です。けれども、そう思うのは、これを犯罪の表徴（シンボル）だとするからですよ。もし、兇器の一部だとしたら……」

「オヤオヤ、他殺説を持ち出されると、前が私の室ですからね。しかし、この膜嚢に有毒瓦斯（ガス）を詰めたと仮定しても、これだけの距離を投擲（とうてき）する前に、第一この薄い膜が無事ではいないでしょう。そうすると今度は、中庭に足跡がないと、いうことになってしまうのです」

と嗤うような杏丸の顔に、法水は皮肉な微笑を投げた。

「いや、足跡なんぞは要りません。大体この膜嚢は、中庭とは反対の方角から、投げられているのですからね」

膜嚢の一つ一つを指し示して、

「貴方は、此処にある全部を連らねて行くと、その線が、屍体を中心とした、半円なのに気が付きませんか。その放射状に、なんだか意味がありそうですね。そうなると、後の硝子窓には、掛金が下りているのですから、この形が何んとなく、博士に加わった不可解な力を、暗示しているようじゃありませんか。とにかくこの情況は、明白に自然死ではありません。そして、他殺にしろ自殺にしろ、この形に、博士の死の秘密があるのです」

こうして、死因不明のままに博士の室を出ると、その足で、調査を河竹医学士の室に移した。

その室は、同じ棟の中で、間に小室を一つ挟んでいるのだが、窓は凡て鎖され、打ち破った扉だけが開かれていた。室の四辺は、殆んど実験設備が埋めていて、その中央に、寝衣の上にドレッシングガウンを羽織った河竹医学士が、扉の方に足を向け、大の字なりに俯伏している。

そして、その背後には、恰度心臓部に当る辺に、柄も埋まらんばかりに深く、一本の短剣が突き刺さっているのだが、血は創口の周囲に盛り上がっているだけで、附近には血滴一つない。おまけに、室内で眼に止った現象といえば、屍体の足下に椅子が一脚倒れているのみであった。

なお、短剣も河竹の所有品で、犯人が手袋を用いたと見え、柄には指紋が残っていない。こうしてすべての情況が、その即死したらしい有様といい、何もかも博士の室と酷似していて、格闘の形跡は勿論のこと、犯人が跳躍した跡は、何処にも見出されないのである。が、然し、扉の鍵が寝衣の衣袋にある所を見ると、密閉された室に、神変不思議な侵入を行った犯人の技巧には、法水も眩惑に似た感情を抑える事が出来なかったのである。

やがて、屍体から右手の壁にある、鳩時計が鳴き始めると、法水はその側にある、実験用の瓦斯栓までも調べたが、それが最後で、全部の調査を終ったらしく、彼に似げない吐息を吐いて言った。

「こりゃ全く、手の付けようがない。内出血が起って、外部へ流れた血が少ないので、刺された時の位置さえ判らんのですよ」

「然し、二時前後に博士を殺して、それから夜が明けて、八時ごろ河竹を殺すまでに、犯人は一体どこに潜んでいたのでしょうな」

　と杏丸が、心持仄めかすようにいったが、法水はその言葉に、不快気な眉を顰めただけで、答えなかった。

　そして次に、三人の来島者を訊問することになったが、二人の男は、何れも杏丸と同じく、昨夜は就寝後室を出ず、今朝騒がれて初めて知ったというのみの事で、黒松九七郎という癩患者の弟は屍体買入代価の増額を希望しているのみであったが、東海林泰徳というアディソン病患者の父は、さすが職業が薬剤師だけに、病の性質上死期の早かった点に、濃厚な疑念を抱いているかのような口吻だった。

　所が、最後の番匠鹿子になると、胸に手を当てて、思い出に耽るかのような彼女の口から、影も形もない五人目の人物の存在を、明確に指摘している所の、実に不気味な、目撃談が吐かれて行ったのである。

「たった一目妹を見たいと思ったばかりでした。昨夜一時ごろ、あのひどい濃霧の中を、私は屍蝋室の窓下へ参りました。でどうやらこうやら、鎧窓の桟だけを、水平にする事が出来ましたが見えたのは、嚢のようなものが浮いている、硝子盤らしいものだけで、それが擦った、燐寸の火に映っただけで御座います。けれども、その時あの室の中に誰かいるような気配が致しました」

「冗談じゃない。三つの死蠟の他誰がいるものですか。あの室は、院長以外には絶対に開けられんのですよ」

杏丸医学士が険相な声を出すと、鹿子はそれを強くいい返して、

「それでなければ、妹はじめ二人の方が、生きていた事になるのです。実は私、不思議なものを見たのですわ」

と、まざまざ恐怖の色を泛かべて、鹿子は語り始めた。

「その折、何処かで二時を打ちましたが、私は最後に残った、一本の燐寸を擦りました。すると急に硝子盤が、真白な光で明るくなったかと思うと、恰度内部を掻き廻しているかのように、嚢のようなものが浮きつ沈みつ動いて行くのです。それも、ホンの一、二秒の間でしたが、私はハッと思った瞬間、駭きと疲労とで、気を失ってしまったので御座います。断じて、幻覚では御座いません。その真実なことは、是非信じて頂きたいと思いますわ」

驚いた二人は、思わず慄然としたように視線を合わせたが、杏丸は信ぜられないかの如くに呟いた。

「もし、なかの膜嚢が、破れてでもいるのでしたら、腐敗瓦斯の発散で、動くこともあるでしょうがね。然し、その光というのだけは、どうしても判らん。確かに吾々以外の人物が潜

んでいるんだ――其奴が屹度犯人なんですよ」

そして、狐の様に刺々しい、鹿子の顔を凝視めるのだった。

こうして、訊問は終了したが、鹿子はコスター聖書に関して、片言さえも洩らさなかったし、一方法水も、鹿子の不在証明を追求しようともしなかったのである。

然し、法水は何事か思い付いたと見えて、杏丸を残して、二時間程この室を留守にしていたがやがて戻って来ると、愈最後の調査を、死蠟室で行うことになった。

死蠟室は、事件の起った一棟の右手にあって、その室だけには、窓に鎧扉が附いていた。その二重扉の内側には、堕天女よ去れ――と許りに下界を指差している、忉利天の主帝釈の硝子画が嵌まっていた。

そして扉の前に立つと、異様な臭気が流れて来て、その腐敗した卵白のような異臭には、布片で鼻孔を覆わざるを得なかったのである。然し室内には、曽て何人も見なかったであろう所の、幻怪極まりない光景が展開されていた。

それを、陰惨などというよりも、千怪万状の魁奇もここまで来れば、恐怖とか厭悪とかいう、感情などは既に通り越していて、まず一枚の、密飾画然とした神話風景といった方が、適切であるかも知れない。

扉の右手には、朱丹・群青・黄土・緑青等の古代岩絵具の色調が、見事な色素定着法で現わされている、二人の冥界の獄卒が突っ立っていた。

右はアディソン病患者の青銅鬼で、緑青色の単衣を纏い、これはやや悲痛な相貌であるが、左手の赤衣を着た醜怪な結節癩は、その松果形(まつかさ)をした瘡蓋(かさぶた)が、殆んど鉱物化していて鋳金(ちゅうきん)としか思われず、それが山嶽(さんがく)のように重なり合って眼も口も塞ぎ、おまけに、その雲を突かんばかりの巨人が、金剛力士さながらに怒張した四肢を張って、口を引(ひ)ん歪(ゆが)め、半ば虚空を睥睨(へいげい)しているのだ。

そして、その二人に挟まって蹲(しゃが)んでいるのが、頭髪を中央から振り分けて、宝髻形(ほうきがた)に結んでいる、裸体の番匠幹枝だった。肋骨(ろっこつ)の肉が落ち窪み、四肢が透明な琥珀(こはく)色に痩せ枯れた白痴の佳人は、直径二尺に余る太鼓腹を抱えて、今にもそれが、ぴくぴく脈打ち出しそうだった。

然し法水は、それに一瞥を呉れたのみで、すぐ死蠟と窓との間にある、卓子(テーブル)の側に歩んで行った。

幹枝の腹から出た腹水と、膜嚢を容れた大きな硝子盤が、その上に載っていて、褐色をした濁った液体の中に、二十余り鼈(すっぽん)の卵みたいに、ブヨブヨしたものが浮いていた。そして、異臭も腐敗した腹水から、発していることが判った。

其処で、杏丸を顧みて法水がいった。

「この腐敗瓦斯には、硫化水素の匂いが強いじゃありませんか。硝子盤の下の布も、淡緑色に変色していますぜ。多分犯人は、これから純粋の瓦斯を採取して、それを膜嚢に充(み)したもので、博士を殺した、とでもたしか思わせたかったのでしょう。けれども、生憎硫化水素は、患者の毒気といわれるほどで、到る処に痕跡を残して行くのです。それに、仮令(たとえ)純粋のものでも、昨夜のような、猛烈な濃霧に遇(あ)っちゃたまりませんよ。散逸する以前に、何より水蒸気が、吸収してしまいますからね。さてこれから、鹿子の目撃談を解剖しますかな」

と、法水は窓際に立って、暫く中腰になり、硝子盤と睨(にら)めっこしていたが、やがて莞爾(かんじ)と微笑んで腰を伸ばした。杏丸医学士は、その様子を訝(いぶ)かしがって、法水と同じ動作を始めたが、この方は、単に不審を増すに過ぎなかった。

「僕には、貴方が得たり顔をした、理由が判りません。疑問はいよいよ深くなる一方じゃありませんか。破れた膜嚢がないのですから、第一浮動した説明が、付かないでしょう。それに、鹿子が見た光というのが、また問題です。それが、ガラス窓越しに中庭の向うから放たれたのだとすると、見た通りガラス盤の後方は、二人の死蠟が着ている、朱丹と緑青色の布とで塞がっているのですから、あの様に真白に見える、気遣いはないのです。いよいよ以って、妖しい光は、ガラス盤の周囲で起ったことになりますよ。犯人は、明白に吾々四人以外の、霧のような人物です。それなのに、どうして貴方は？」

「その理由はほかにあるのですよ」

法水は静かにいった。

「で、こういったら、或は皮肉と考えられるかも知れませんが、鹿子の目撃談が、真実に証明されたからなんです。ねえ杏丸さん、その刻限が、恰度博士の絶命時刻に、符合しているでしょう。ですから、暈(ぼう)とした気体のようなものから、結晶を作ってくれる、媒剤を発見した気持がしたのですよ。つまり、以毒制毒(いどくせいどく)の法則が使えるからです。謎を以って謎を制すのです」

「だが、犯罪の捜査に弁証法は信ぜられませんな」

杏丸は反駁（はんばく）した。

「何より直覚ですよ。貴方は何故鹿子を追求しないのです？」

「ハハハハハ、ところが、鹿子より以上の嫌疑者がいますぜ」

「なに、鹿子以上の？」

杏丸は驚いて叫んだ。

「それが杏丸さん、貴方だとしたらどうしますね」

法水は止めを刺すようにいった。

「先刻、貴方の実験室の棚の中から、こんなものを発見したのです。このくの字なりの木片は、御覧の通り飛去来器（ブーメラング）（いわゆる『飛んで来い』という玩具）です。そして、それを銜（くわ）えている、穴のある紙製の球形は何んでしょうかねえ。僕は大体において、この事件が判ったような気がして来ました。サア、貴方がたは本島の方へ行って、しばらく僕を静かに考えさせて下さい」

三、コスター聖書を曝く

真積博士をはじめ関係者一同が、片唾をのんでいる席上へ、法水が現われたのは、日没を過ぎて間もなくの事だった。そして、席につくや静かにいった。

「犯人が解りました」

「コスター聖書の在所もですか」

サッと引き緊った空気の中で、まるで殺人事件には関心がないかのよう、鹿子が始めてコスター聖書のことを口に出した。

その唇は鉛色に変って、戦いている顳顬からは汗が糸を引き、その眼には明らかに、0の素晴らしい行列を追うている、卑しい欲求が燃え熾っている。

「左様、コスター聖書もです。では、順序を追ってお話し致しますが、所で、私を分析にまで導いて呉れた鍵というのが、何あろう鹿子さん、実は貴女の眼だったのですよ」

と騒然となった一同を制して、法水は語り始めた。

「如何にも、あの目撃談は真実です。まさに、妖しい白光が起り、内部の膜嚢は動いたのでした。すると、無論その光の光源が、硝子盤の附近にあれば、事実あの室に人間が潜んでいたか、それとも、超自然の妖怪現象になるのですが、飽くまでも実在性を信じたい私は、その光源を、硝子盤の遙か後方に持って行ったのです。けれども、硝子盤の背後には死蠟が着ている、朱丹と緑青色の衣裳があって、それが障碍になります。然し、この場合は却ってその障碍が、鹿子さんの眼にあり得ない不思議を映したのでした。鹿子さん、たしか貴方の眼は、軽微な赤緑色盲に罹っているのですね」

「それを、よくマア御存知で……」

と思わず鹿子は、驚嘆の声を発して、法水の顔を呆れたように見入った。

しかし、法水は事務的に続ける。

「ところで、生理学の術語にフューゲル彩色表という言葉がありますが、彩色した表面に灰色の文字(もじ)を書いて、その上を薄い布で覆うと、色盲には、その字が消えていて読めないのです。あの場合が恰度(ちょうど)それに当て嵌(はま)っていました。つまり、一口でいうと、後方に起って硝子盤の中に入った光が、赤と緑の布を通過しているのですから、それを透した褐色の腹水は、鹿子さんの眼には灰色としか映(み)えません。従って、なかにある、同じ色の膜嚢は消えてしまったのです。しかもそれが燐寸の火で見た瞬後なのですから、恰度膜嚢が、浮動するような錯覚を起したのですよ。皆さん、こうして私は、硝子盤の後方に、光るものを証明することが出来たのですが、さてその光源が何処にあったかというと、それは幾つかの硝子窓を隔てた、兼常博士の室だったのです」

そして、法水が飛去来器(ブーメラング)と紙製の球体を取り出したのを見ると、杏丸は顔を伏せ、焦(いら)だたし気に爪を噛み始めた。

法水は続けて、

「実は、この二つのものが、博士の室の対岸にある、杏丸氏の実験室から発見されたのですが、投げた手許に再び戻って来る、飛去来器(ブーメラング)の性能を考えると、どうしても、杏丸氏に疑惑をかけざるを得ません。それにこの、所々円孔(えんこう)の空いた紙製の球体は、花火の弾殻(だんから)なのですよ。そうすると、膜嚢に有毒気体を充たしたものを孔につめて、弾殻には極く力の弱い煙硝を使い、そして、飛去来器（ブーメラング）に嚙（か）ませて、それを飛ばせたとすれば、適当な場所で煙硝の燃焼から飛び出した膜嚢が、恐らく死因不明の即死を起させやしないでしょうか。勿論、弾殻は飛去来器（ブーメラング）に伴って、再び手許に戻って来るのですが、その時の火花が、幾つかの硝子窓を通って、屍蠟室の硝子盤に映じたのです」

その瞬間杏丸に向けて、何やら含んでいそうな視線が、一斉に注がれた。が、法水には抑揚さえも変らなかった。

「然し、もう一歩進んで、飛去来器（ブーメラング）特有の弧線飛行を——殊に復路の大きな弧線——を考えると、杏丸氏の室を基点とする容易（たやす）い解釈が、実に誤った、皮相な観察に過ぎない事が判るのです」

それから、見取図に弧線を描いて、法水は説明を続けた。

「御覧の通り、杏丸氏の実験室からでは、位置が一寸斜（ちょっとはすか）いになっているので、弧線のために、隣室に打衝（ぶつか）ってしまうのです。また、煙硝が直接火を呼ばないためには、導火線の長さも考えなければなりません。そうすると、飛去来器（ブーメラング）使用の犯行が、すっかり行き詰まってしまうのですが、私は不図（ふと）した思い付きで、復路が終ろうとする際に、もう一度、飛来する力を与えたらと思いました」

「なに、もう一度……」

真積博士は、驚いたように顔を挙げたが、その眼を法水は、冷やかに弾き返して、

「つまり、折り返した時の大きな弧線の中途で、反対の方向へ、もう一度弾き飛ばす動力に

思い当ったからです。その力が、煙硝の燃焼でした。そうなると、今度は基点が変って、博士と同じ棟にある、河竹の室になるのですが、まず飛去来器（ブーメラング）を、対岸の杏丸氏の実験室に飛び込ませるとその折返（おりかえ）した大きな弧線が、兼常博士の室に入ります。その時、煙硝が燃えたのですから、膜嚢を排出した時の排気の反動で、恰度ロケットのような現象が現われたのです。ですから、その新しい力を与えられた飛去来器（ブーメラング）は、再び来た線を逆行して、もとの杏丸氏の実験室の中へ飛び込んでしまったのですよ」

そうなってみると、一体犯人が誰なのやら、とんと霧中を彷徨（さまよ）うの感じだった。現象的には、解決の近さを感ずるとは云え、肝心な一人の名――それが法水の口から、何時（いつ）かな容易に洩れようとはしない。

「要するにこれは、犯罪を転嫁しようという行為なのですが、飛去来器（ブーメラング）といい花火といい、十分理学的に計算出来る性質のものですから、この犯行には相当の確実性があります。使った有毒気体は、屍体に青酸死の徴候がない所を見ると、多分砒化（ひか）水素だったのでしょう」

「だが、瓦斯（ガス）は散逸してしまうぜ」

真積博士は、もう一度反駁した。

「所が一瞬に床へ下降させたものがあったのだ。それに、あの猛烈な濃霧（ガス）さえなければね」

と法水は皮肉にいい返してから、

「所で、霧の中へ、温度の違う気流が流れると、霧が二つに分れる現象を御存知でしょうか。つまり、ヘルムホルツなどという、偉い学者の名を使わなくても、水蒸気の壁と温度の相違が、散逸を防ぐからなのです。ですから、昨夜の濃霧は、犯人にとると此の上もない好機だったのですが膜嚢が破れて飛び出した砒化水素は、炸裂に際して起る旋廻気流が上方にあったため、それに押されて、長い紐状となって下降して行きました。そして、その一端が、博士の鼻孔に触れたのです」

「すると、犯人は？」

「無論、河竹医学士です」

「では、その河竹を殺した者は？」

「所が、河竹は自殺したのです」

法水は笑った。ああ、凡ゆる情況が転倒されてしまったのだ。

「河竹の捻れた性根は、自分の悲運を何人かにも負担させようとして、実に驚くべき技巧を案出しました。あの短剣は、横手にある実験用瓦斯の口栓から、発射されたのでした。まず河竹は短剣の柄を栓の口に嵌め込んでから、そこと元捻迄の鉛管に小さな孔を開けて、其の部分の空気を排気喞筒で抜いてしまったのです。そして元捻には蝶形の一方に糸を結び付け、片方の端を、鳩時計の小さい扉の中にある、螺旋に結び付けました。その螺旋は、一時間毎に弛んで、弛んだ時に小扉が開き鳩が動くのですが、勿論その仕事は、時間が来て小扉が開く、直前になされたと見なければなりません。すると、時刻が来て、鳩の出る扉が開くと、糸が押されてピインと張るので、蝶形を引いて瓦斯の栓を開きます。そして、真空の中に噴出する悽じい力が、口元の短剣を発射させたのでした。然し、計量器のねじが閉っているので、噴出した僅かな量は、瞬く間に散逸してしまいました。また、一方の糸は手許に引いた機(はず)みに蝶形から抜けて、その後一時間の間に、鳩時計の螺旋の中に納められてしまったのですよ」

「では、やはり河竹が犯人だったのか。それにしても、一体どう云う動機で……」

と同じような意味を、真積博士と杏丸医学士とが、眼の中で囁き続けているうちにも、法水は舌を休めなかった。

「で、その動機をいうと、自分に兼常博士を殺させたものが、途方もない正体を現わしたからで、それはいうまでもなく、コスター聖書でした。河竹は、漸(ようや)くその在所(ありか)を知ることが出来たので、強奪を企んで兼常博士を殺したのですが、不思議なことにコスター聖書は、自身を河竹に奪わせなかったのです」

「おお」

鹿子は思わず狂的な偏執を現わし、卓子(テーブル)の端をギュッと摑んだ。

「如何にも、河竹に続いて、私はコスター聖書の秘蔵場所を突き止めました。それには、無論あの骨牌(カード)に示された、博士の謎を解いたからですが、あれは非常に他愛なく、こんな具合に解けて行くのですよ」

法水は、始めて莨(たばこ)を取り出し、悠々暗号の解読を始めた。

「大体、モルランド足というのが八本趾(ゆび)で、普通より三本多いのですから、その剰(あま)った三という数字が、この場合三字を控除せよ——という意味ではないかと思いました。そして、とつおいつの挙句、モンドの三字を除いて、さて残ったラとルとで、今度はラを左へ横倒しにしてみると、丁度その二つが、紙に書いたルの字を裏表から眺めた形になりましょう。これこそ、死蠟室の扉にある、帝釈天の硝子画ではないでしょうか。また鋤（スペード）の女王（クイン）は、そのどう向けても同じ形のところから、井という字の暗示ではないかと考えたのです。それで、硝子画の帝釈が指差している床下を探ると、果してそこに、自然の縦孔があって、コスター聖書はその中から発見されました」

そういって鹿子に向き直り、法水は莞爾（にっこり）と微笑んだ。

「然し、その所有は明らかに貴女へ帰すべきです」

法水の衣袋（ポケット）から、時価一千万円に価する稀覯（きこう）本が取り出される刹那（せつな）は、恐らく歴史的な瞬間でもあったし、また驚異と羨望とで、息吐く者もなかったであろう。が取り出されたものを見ると、一同はアッと叫んだ。

なんとそれが、聖書は愚か、似てもつかぬ胎児のような形をした、灰色の扁平（ひらべた）いものに過ぎなかったのだ。

鹿子は怒りを罩（こ）めて叫んだ。

「お戯れは止めて下さい。サア早く、コスター聖書を」

「これがそうなのです。兼常博士は、この胎児の木乃伊（ミイラ）をコスター聖書に比喩（たと）えたのですが、その理由はというと、双胎（そうたい）の一方が圧（お）し潰（つぶ）されて出来る紙形胎児を、単に他の美しい言葉と換えたに過ぎなかったのです」

法水は、今にも泣き出しそうな鹿子の顔を見ながら、静かにいった。

「幹枝さんに妊った(みごも)のは、双胎児だったのですよ。所で、虚弱な双胎児は、片方が死ぬと、残された方が健全に育つのですが、幹枝さんのも恰度それで、つまり、一方の犠牲になったというのを、切角同時代に印刷器械を発明して聖書を作りながらも、グーテンベルクの光輝のため、暗の中へ葬られた不運なコスターに比喩えたのです。ねえ皆さん、兼常博士と河竹医学士の生命を絶ったものは、実に、この一つの比喩にすぎなかったのですよ」

（昭和九年三月「週刊朝日」）

網膜脈視症

木々高太郎

木々のデビュー作で、大心池先生シリーズ中、「就眠儀式」とともに精神分析を真正面から取り入れた作品である。同じく精神分析テーマものの書き手である水上呂理が驚嘆したというのも宜なる哉。その後の様ざまな批判から、現在では精神分析の存在意義は極めて限定的なものになっているが、そういう事情とは関係なく、その素材をこんなふうに幻惑的に料理してみせる手腕に改めて敬服せざるを得ない。（竹本健治）

【底本】『日本探偵小説全集〈7〉木々高太郎集』（創元推理文庫・一九八五年）

1

晩秋の風が吹き荒んで、外は寒いが、太陽は輝いているから、閉め切って、スチームの通っている部屋の中は明るくて暖い。××大学付属精神病院の診察室で、大心池先生が熱心に患者を診ている。

先生の右手の傍には大きなテーブルがある。その廻りには、三人の医員と四人の学生とが坐って、先生の診断や注意を、片言隻句も聞き逃がすまいと、しきりに書きとっている。

先生は××大学の精神病学の教授で、一週二回、大学で診察と臨床講義をするほかに、一週二回、この郊外の付属精神病院で診察をすることになっている。どちらで診察した患者でも、入院許可を得るとこの病院の方へ送られてきて、主治医がきめられることになっており、入院している患者は毎週土曜日に診察する。これが大心池先生の一週間の日程である。

学生は大学の方で先生の臨床講義を聞くばかりでなく、この病院の方へ交代で実地の見習いに来る。今は、四人の学生が実習に来ているが、診察室へ出るときは、カラーをつけて白衣を着て出ることにきめられているから、学生とは見えない。しかし独立して患者を診ることは許されない。医員の受け持った患者を医員介補として診るのである。

今、大心池先生は一人の患者を診てしまって、診察室から連れ去らせた。そして学生と医員の方へぐるりとその回転椅子をまわした。

「面白い患者(クランケ)だったね。どこにも病的なところはない。ただ一つの観念だけ違っている。自分は神だと考えてる。面白いのはその証拠(しょうこ)だ。二十一歳(さい)のときに遊廓(ゆうかく)に行った。ところが正常のアクトができなかった。してみると自分は男じゃない。そんなら女かというに形態は女じゃない。そこで男でもない女でもない。だから神だというのだ。このように定型的に来ると診断は楽だね。何だか判るかね」

そう言って先生は学生の方へ眼をやった。

「パラノイア（偏執狂(へんしつきょう)）でしょう」

「そうだ。パラノイアだ。しかし、この、いったい、パラノイアというやつは、精神病学の第一ページだけ学んだ人にも診断がつくくらい容易だ。患者の指南力(しなんりょく)は変化がない。感情界も意志界も変化がない。ただ一つの観念だけ間違っている。だからそのことだけ見つけてしまえば診断はきわめて楽だ。しかし、入るには楽だが研究して行くと一番奥深(おくぶか)い病気だ。大脳生理学のうちでいちばんむずかしい。いわゆる、論理的思惟(しい)法則に関する病気だからだ」

医員も学生も、診察後に先生が洩(も)らす、こういう説明をいちばん教訓的であると考えている。先生の話は、かならず将来その患者について思い当ることが出て来るほど、いつも適切だからである。

先生は机の上に並んでいる予診カードを数えながら「次の患者(クランケ)を」と言った。

次の患者は九歳になる男の子であった。母親がつきそっている。三十歳くらいの、痩(や)せた、身装(みなり)など立派な母親である。

「この子は、今年小学校の二年ですが、生まれつき神経質で困っているのでございます。三つくらいの年齢まで、父親に少しも懐きませんで私にばかりつきまとっておりました。もっとも父親が病気いたしておりましたことも原因だったのでございましょうが。ところが、三歳か四歳の頃に急に今度は父親の方へ懐き出しまして、反対に私に対して冷淡な態度を取るようになったのです。年齢が進むにつれて、極端でなくなりはいたしましたが、それでも今も私よりも父親の方へよく懐いております。もっとも父親が健康を恢復いたしましてから、上海の方へ行って留守でございますので、帰って来たときなどは、それはもう夜も寝ないくらい父親につきまとうのでございます」

　先生は、母親の話を聞きながら子供を見ている。子供は先生の前の椅子にかけて、女の子のように眼を伏せている。先生は予診のカードを見ながら、

「何か馬を怖がったということは？」と聞いた。

「はい三、四歳のころ非常に馬を怖がりまして、町を歩いておっても、一町くらい向うにいる馬を不思議に知りまして、泣き喚いて歩かないのです。馬の絵や玩具をも怖がりまして、絵であるのに、今にも咬まれると、ほんとうに思うらしいのです。ところが、それが突然に少しも怖がらなくなって、むしろ好きになって来たのです。不思議にもその後、今度は鼠だの、虫だの、そういう小さいものを怖がるように変って参りました」

「そういう小動物は、馬を怖がったころには少しも怖がらなかったのですか」

「どうも気がつきませんくらいでしたから、怖がらなかったと存じます」

「それから、もっと成長してからの話と、現在の話をして下さい」

「馬を怖がらなくなりましたから、町は歩けるようになりましたが、今度は鼠が怖く、とくにその死骸が怖いのです。ところが怖いくせにじっと見ていて離れられぬのです。道端に鼠の死骸がありますと、慄えていながら、それでもその死骸を誰か片づけてくれるまで立ち止っているのです。ですから学校へ行く道に鼠の死骸がありますと、学校を遅れるのはもちろん、二時間くらいその傍に立ったり、しゃがんだりいたしまして、そのまま家に帰って来ることもあるくらいで、仕方ありませんから小学校一年生のときは、毎日書生に送り迎えをしてもらったくらいです」

「二時間くらい見ていると、自然に怖くなくなりますか」

「さあ、それはわかりませんが、学校へ行く途中立ち止ってしまったのは、まあもっとも長いときで二時間くらいでございました。やはり自然に興味がなくなるようでございます」

「それで今日診察を受けようと考えられたのは？」

「はい。今年六月、父親が上海にまいりまして、ついこの十月十六日に帰ってまいりましたが、電報もよこさず突然朝早く家をたたき起したものですから、元来眼ざとい子供だものですから一番さきに起きました。その驚きのためでございましたでしょうか、急に火が見える、火焔が見えると叫び出しまして、父親にしがみついたり、私にしがみついたり、一時間ばかり大騒ぎなのです。とにかく眼を診てもらえというので、近所の眼科の先生のところへ連れて行きましたが、視力も少しも差支えがない。どこといって眼の悪いところはないのです。

それからこの妙な発作が起りはじめまして、だんだん回数が多くなり、しばらく小児科の先生に診てもらいましたが、それは幻視といって、眼の前に何もないのに見えるので、精神病の徴候かもしれぬと言われましたので、それで先生のところへまいりました」

「その何か見えるのは、もっと小児――そう、三、四歳のときも、ありましたか」

「いいえ、なかったようです」

先生はしばらく母親の顔を見つめながら、黙っていた。大心池先生の顔は怖い顔である。何か人の肺腑を見透すような眼を持っている。その眼は瞬間に全身を見てしまった。そして、今度は子供の方へ向いた。

「自分の名前を言うてごらん」

「松村真一」

「お父さんの名前知ってるかい」

「うん。松村平助」

先生はこのとき医員の方へ向いて、ストップ・ウォッチと言った。そしてストップ・ウォッチを手にとりながら、子供に、自分の名と父親と母親の名前を言わした。くりかえして三度試みてから、その潜刺戟時を医員に書きとらした。自分の名前が、一秒三五、父親の名前が四秒〇二、母親の名前が二秒一五であった。先生は母親の方を向いて、もう一度念を押した。

「お父さんに初め懐かなくって、あとではかえってお母様よりは懐いたのですね」

「そうです」という返事を受けとったあと、何か先生はちょっと尋ねようとしてやめた。先生は看護婦に命じて研究室から実験用の白鼠を持って来させた。子供は白鼠を見せても別に怖がらなかった。先生は白鼠を自分の手でもって、子供の右手に近づけた。子供は平気でいた。

先生は次に看護婦にビーカーを持って来させた。これに水を入れ、かたわらのインキ壺を傾けてタラタラと五、六滴のインキを混ぜた。そして白鼠をドップリその中に浸した。白鼠が灰色に濡れた。

「どうだい。君。怖くないかい」

「ううん、怖くない」

「そんなら触れるかい」

「うん」

子供はかえって物珍しそうに、指を出して濡れた鼠にちょっと触れた。先生は別に失望もせずに、予定してあることをやるといったふうに、少しも停滞せずに次のことを行なった。今度はメスと陶盤を持って来さした。陶盤の上で鼠にザクリと刀を入れた。鮮血が白い陶盤を染めて鼠は死んだ。

しかし、子供は、平気で見ていた。

ここで先生はじっと考える。先生が患者を前にして考えに沈まれるときは、診察室全体に異様な空気を起させる。それは先生の意志が、部屋にいる人を縛りつけるような感じである。

先生は、じっと子供を見ている。子供は先生を見たり、医員を見たり、白鼠を見たりしている。

やがて先生は看護婦に命じて、もう一つの陶盤を持って来さした。血に染まった白鼠を、インキの水で丁寧に洗って血を取り去った。その死骸を黙って陶盤の上にのせて、子供の眼の前に出した。ここではじめて予期した反応が現われて来た。子供の顔には明らかに恐怖の色がある。子供は緊張した顔をして、血のついていない鼠の死骸を見つめた。そしてその眼は固定されたように動かない。

先生はストップ・ウォッチをとり上げた。

「どうだい。君の名前を、もう一度言うてごらん」

子供はチラと先生の方を見たが、すぐまた鼠を見た。そして鼠を見ながら答えた。潜刺戟時は三秒五五である。次に父親の名前を聞いて見る。二秒一五である。母親の名前は、四秒〇三であった。先生は医員にこの時間を書かせた。学生はこの珍しい診察に引き入れられて、息もつかずに先生と子供を見ている。

しばらくの間、先生はそのまま見ている。子供の眼は、相変らず鼠に引きつけられている。先生は看護婦をそっと呼んで、静かに命じた。まず先生のうしろの窓かけを引かした。窓かけは緑色の厚い布であったから、部屋は少し暗くなった。さらに命じて先生の横の窓かけを引かした。部屋は少しうす暗くなりかけて来た。さらに第三の窓かけを引かして、子供の前方にある窓かけはみな引かした。光は子供の右斜めと後方の窓からだけ入るようになった。

この第三の窓かけを引くやいなや、子供はわっと泣き出して、傍（かたわら）の母親にしがみついた。その顔は、真の恐怖の表情に溢（あふ）れている。

「赤いものが動くか」と先生が鋭（するど）く聞いた。

「動きます。動きます」と子供は答えてなお激（はげ）しく泣いた。

2

大心池先生は、この珍しい診療（しんりょう）を済ませて、患者を退場させた。そして入院を許可した。

先生は学生の方を向いて「診断は」と聞いた。

「動物恐怖症です」

「そうだ。症状（ジンプトーメ）は確かに動物恐怖症だね。しかし診断は動物恐怖症では困る」

「官能性神経症ですか」

「そうだ。大人の神経症に相当するもので、特に小児神経症として分類する。それが診断だ。症状の主なるものは動物恐怖症だが、いったい、動物恐怖症は何から来るか」

「エディプス観念群（コンプレックス）です」

「そのとおりだ。君はよくできるね。——エディプス観念群が主体で、その原因は父親恐怖だとフロイドは説いている。私の研究してみたところでは、日本人にもこのエディプス観念群に相当するものがある。特に上流家庭の子供に多いようだ。この例では、馬恐怖症があった。馬は父親代理で、父親を怖がる恐怖は圧迫せられて、そのかわりに馬を恐れることになったのである。男の子だから母親に懐いて父親を怖がるのは定型的で、フロイドの例にもあるとおり明瞭だ。ところが、三、四歳を時期として急に変換が起り、今度は父親に懐き出した。同時に馬恐怖症は消失して、鼠のような小動物恐怖症になってしまった。しかし、君達も見たように父親恐怖は残っている。現在父親の方へ愛着が多いという症状があるにかかわらず、名前を言わせてみて、制止の有無を調べたところ、父親の名前に対して、一番制止が多い。自分の名前は一秒三五で、母親が二秒一五であるが、父親は四秒〇二の潜刺戟時をしめした。子供だからこの潜刺戟時に作為があると少しも考える必要はない。ところが、鼠の死骸、それも血のついていない死体が何か観念群の中に入り込んでいる。しかも入り込んでいるが、制止的因子として入り込んでいるのではけっしてない。第二の測定でみると、鼠を見つめているときは、もちろん注意が奪われているから、自分の名前を言うにも潜刺戟時が三秒五五となっている。すなわち延びている。母親の名前は四秒〇三でほとんど同じであるが、父親の名前だけは延びていないで、かえって短縮し、二秒一五となっている。すなわち父親の名前だけは、逆に制止が取り除かれている。つまり、なにか鼠の死骸と父親に対する愛着とが結合しているね。これは君不思議だね。研究すべき問題がここにある――それから主訴となっている焔がみえるというのは、何だかわかるかね。私の実験が見事に適中したから、この実験をよく見ていると判ったかもしれん」

学生には、誰も判る人はなかった。先生は、学生が黙っているのをみて医員の方へ向いた。

「君達の意見はどうかね。幻覚じゃないよ。幻視じゃなかったよ。実に明瞭な生理現象だったよ」

医員にも判らなかった。そこで先生は、続けた。

「君、生理学か眼科学で習うだろう、網膜脈管視というやつを。われわれの眼の網膜には、視細胞の前に血管が走っている。光は前からくるのだから、この血管の影はつねに網膜の上にさしているわけだ。けれど、われわれは正常のときは自分の眼の血管は自分では見えない。いつも同じ所にあたるから習慣的にわからなくなって、邪魔にならぬと説明してある。ちょうど眼の水晶体を透して、すべての物体の像は網膜には倒像として写るが、われわれは物体をさかさだと思わぬとおなじだ。ところが、光が前方からこないで、斜めからくるようなときには、時とすると自分の網膜の血管を自分で見ることがある。それは血管の影が、いつも当らぬところに斜めに像を落とすものだからで、一生そんな機会を持たぬ人もあるが、一度経験すると、ときどき気づくものだ。かつてこれが見え出して、いつでも見える患者があった。そのためにほかの物を見ることが出来ないくらい、自分の血管が邪魔になる。私が網膜脈視症となづけて、学会で報告したのは、その例だった。多くは薄暗い部屋で、強い光線が斜めにくるときに起る。特に鞏膜の先天的に薄い人に多い。時とすると、血管の中を赤血球が動くのがみえる。赤いものが動きますと、先刻子供が言うたのは、この赤血球を見ていたのだ。おそらくあの子では、何か神経症の原因と網膜脈視とが結合しているね。これは精神分析を施してみればわかるはずだ。そして、その原情景、すなわち、結合したときの情景をつきとめたら、すぐ治療が出来る。精神分析療法は日本人でもある場合にはきわめてよい結果をえているから、やる価値がある。小児神経症は少しむずかしいが——これは、そうだ、岡村（おかむら）君に、主治医になってもらって、ひとつ検索（けんさく）、治療をしますかね」

学生が「先生、神経症というのは面白いものですね。精神病学ではもっとも理論的の部門ですね」と言った。

「もっともとは言えぬが、フロイドが出てから理論的になった。精神分析というと、皆（みな）がいやがる。あれは精神分析の理論を、神経症だけでなく、正常人にも及ぼそうとするからいやがられるが、実はフロイド自身にもそうした癖（くせ）というか好みというか、あるのだがね。しかしとにかく、精神病学を、病理学と解剖学（かいぼうがく）の桎梏（しっこく）から脱（だっ）せしめて、生理学と合流させたフロイドの大功績を無視してはならぬね」

先生はそう言って、ちょっと黙った。そして、次のようにつけ加えた。

「前のパラノイアはまったく人間精神界のうちの内界の問題だ、けれども神経症は、外界と精神界との境に問題がある。だから神経症の研究で一番注意しなくてはならぬのは、一家の秘密に立ち入らねばならぬときだ。今日の例でもそうだが、あの子供の病気は、両親の秘密に何か関係があるような気がするんだ」

小児神経症の患者、松村真一君は、金曜日の午後、ただちに入院した。実習にきている学生のうちに、当時医科大学四年生であった私がいたのである。私は岡村医学士について、実習をしていたので、当然この患者の主治医介補になって、患者の父親にも母親にも紹介された。父親は、松村平助、商売はブローカーであったが、瘦せた背の高い男であった。私には、どことなく高い教養を積んでいる人とは思えなかった。母親の方はこれに反して、相当の教育を受けた人という感じがあった。名前は美代子といった。患者は翌日から、午前と午後の二回、精神分析室に連れてきて、岡村医学士が診問する。分析室は大心池先生の設計で作られた、外界の音響がよく遮断してあり、明暗が自由になる、気持よい部屋で、主治医と患者二人だけで対坐する。分析医は静かに患者を落ちつかせて、思い出すことを何でも話させる。指導教授、または学生実習者が、この問答をきくことができるように、隣室が設けられているが、これは分析室の方からは少しもわからないような構造にできている。私は実習生であるから、この隣室に入って筆記するのである。

土曜日に岡村学士は子供と母親とを分析室に入れた。主なる問答は、次のごとくである。

「君、馬は嫌いかい」

「ううん、好きだ」

「前に嫌いだったのを覚えているかい。何かそれについて話してごらん」

「もう先、お父さんが大きな馬のおもちゃを買ってくれたんだよ。僕、そのとき怖がったもんだから、お母さんがすぐしまっちゃった。それで、ときどき馬あるかいときくと、しまってあるからけっして出てこないといったんだよ。ところが僕、馬が好きになってきたから、出してくれるように頼んだけれど、初めは、そのうちに出してくれると言ってたんだけれど、ほんとうはお母さんがなくしてしまったんだよ」

「新しいの買ってもらったんだろ」

「うん」

「古い方とどっちが大きかったの」

「古い方が大きくて、いいのだったよ」

子供を退場させて、あとで母親にきくと、このことは事実で、馬の玩具を初め怖がったが、練習によって癒るだろうというのでときどき出して見せた。ますますひどくなるので、匿したといって、実は処分してしまったが、本人は捨てちゃいけないと言い、見るのは怖いが、あるかあるかと時々きいていたと言う。

翌日は日曜日であったが、再び子供だけの診問を行なった。主要なる問答は、

「お父さんの病気の頃、覚えているかい」

「うん。少し覚えている」

「いつも寝ていたかい。ずっと寝ていたかい」

「うん」

「君の幾つぐらいのとき癒ったか知ってるかい――どうして癒ったか」

「お父さんね、閾のところに立ったんだよ。機械体操みたいに。それから床を起きて、歩いたの。それからあと、元気になったよ」

「機械体操みたいに立つってのは、どう立つんだい。真似出来るかい」

「出来る。ほら手を天井にかけてさ。ぶら下るように立つんだよ」

「ははあ、わかった。鴨居に手をかけて、機械体操みたいにしたんだな——そうか。それは一度かい、二度かい」

「一度さ。そしてすぐ病気癒っちゃったんだよ。もうすぐ歩いたよ」

「そうか。それはよかったな。みんなでそれを見ていたかい」

この答はしばらく待ったが、ない。これらの問答は隣室で、私がストップ・ウォッチを持って、答の出るまでの時間を、みんな計測してある。

「それは昼間かい、夜かい。皆が起きていたときかい、寝ていたときかい」

「ううん。それは朝かもしれなかったよ」

分析室を出て来た岡村学士は、低い声で私に言った。

「君、大変なことになりそうだよ。もっと確かめてみなくてはならんが、大心池先生の言われたことは明察だなあ。どうしてあいうふうに人の心の秘密がわかるのだろう。君今日の問答をきいててわかったかい」

「いいえ。ただ父親が、私はたぶん、結核だと思いますが、あるいは急に恢復にむいたというんでしょう。何かそれが朝のことで、おそらく子供は、そのときに最初の網膜脈管視を経験したのでしょう。それくらいですが」

「うん。けれども父親の癒り方が変じゃないか。今はずいぶん健康そうな男だが、僕は、あるいは父親にやっぱり神経症があったようにも考えるし、ほかにも一つ想像をもっている。とにかく、明日は母親、明後日は父親によくきいてみるつもりだ。子供の網膜脈管視は入院してからまだ一度も起らない。自宅にいると一日に二、三回おこすと言っていたのだがね」

翌日は母親のみの診問を行なった。ところが隣室できいていた私さえ、危うく声をたてるところだった。それほどの新しい事実が岡村学士によって剔抉[1]せられたのである。

子供の精神病の治療のためには、一家の秘密でも何でもうちあけねばなりませんとせまられて、母親美代子ののべたところでは、美代子は素封家松村家の一人娘で、真安という帝大出の文学士を婿に迎えた。真一はその子である。真一の生まれた翌年、老父母は相次いで鬼籍に入ったが、老父母のうち続く病気を親身も及ばぬ看護をしたのが真安で、老父母は感謝のうちに瞑目した。看護の疲労で弱っているところに、肺結核に侵されて、それから真安がねこんでしまったが、真一が三歳になる頃には、ようやく一縷の望みが生じ、医師もこの分で静養したならば生命はとりとめるだろうという頃になって、しかし、突然真安は縊死をとげたというのである。

「鴨居に紐をかけて縊死したのでしょう。そして、朝のことだったでしょう。お子様の分析によって、そう推定しているのですが」

岡村医学士がこう言うと、母親は真青になった。

「では真一は、今のお父さんが本当のお父さんではないのを知っておりましたか」

「いいえ。記憶は全く別の形なのです」

といって分析の説明をしてやった。美代子は子供だけには父の不慮の死をかくしてやろう

1　あばき出すこと。

と考え、第二の婿をそのまま父親と名のらせて子供を育てた。このことがあってから、子供は実の父ではない平助に非常によく懐いたので、不思議なことだなと話し合いながら、そのまま真の父親になりすましていたというのである。

診問がここまで進んできたときに、美代子の答ははなはだしくあいまいになってしまった。しかし岡村学士が峻烈に診問していったので、美代子は仕方なくなり、涙を流しながらのべたところによると、今の良人平助は、真安のなくならぬ前から、美代子に言いよっていたが、その朝も、新橋駅で七時に逢う約束があって、美代子は六時半頃、そっと家を抜け出した。早朝が病気の良人のもっとも熟睡する時間であったから、それを利用したわけであったが、平助は約束の七時より十分ほど遅れてあわててやってきて、その日は約一時間ばかりで別れた。死骸は美代子の家に着く直前、八時二十分頃発見せられ、検死の結果は、死後一、二時間くらいと認められた。当然美代子も平助も疑われたが、絞殺ではなく完全な縊死であったことと、午前七時から八時に双方が新橋駅の付近にいたことが、不在証明となって、自殺と決定したのであった。発見は女中がしたのだが、三歳の真一は鴨居に下った父親の死骸に抱きついて、泣きもせずにおったという。平助はその後、正式に婿入りしてきたが、戸籍はまだ入れず、内縁のまま今にいたっている。ただ便宜上、松村平助と名のっているに過ぎぬというのである。

これは驚くべき事実であったが、子供の症状を分析するには、きわめて役立つ事実であった。岡村学士は翌火曜日にも、さらに子供の分析を続けることになっていたが、私はそれをきくことができなかった。というのは、岡村学士が火曜の朝、突然、私にある参考文献(ぶんけん)を至急読んでくれと命令した。文献は大学の方の図書館へ行かなくてはならぬので、私は本意なかったが二日の間、分析実習を休まなくてはならなかったのである。ところが、木曜日の朝になって、非常に不思議な事件が起きてしまった。

3

火曜日と水曜日に病院を休んだ私は、木曜日の朝早く病院に出た。病院につくとすぐ医局長の立田医学士によびつけられた。

「岡村君と君の患者が、昨夜のうちに病院をぬけ出したぜ。夕食までは付添(つきそい)看護婦がついていたが、九時頃患者が眠(ねむ)ったので、付添看護婦は院内看護婦室へ駄弁(だべ)りにいったらしい。約一時間半ばかりのヒマに患者がいなくなったよ。ところが、その報告を僕のところへ今朝になってからもってきたのだ」

医局長は看護婦長などを叱(しか)りつけて、すぐ岡村学士の宿へ電話をかけてみたが、昨夜帰らぬという返事、それで私のでてくるのを待っていたのだという。

「私も二日間、岡村先生の命令で文献を読みに大学の方へ行っていたものですから、よくわかりませんが」

「分析の結果は、大心池先生にはまだ報告してないのだろう」

「さあ、多分ないと思います。入院したきり、先生の再診日がまだきていないものですから。しかし分析の方は、もう大分進行していると思います」

ところが、岡村学士がその日の午後になっても出てこない。医局長の命令で、何度も宿に電話をかけてみたが、昨日の朝でたきりでいまだに帰らぬという返事である。患者の家に電話をかけても主人夫婦が留守だというので要領をえない。岡村学士は、今まで一度も空けたことのない人だし、病院も一度も休んだことのない勉強家であるから、医局員はみんなで心配しだした。まさか岡村学士が真一少年を連れさったわけではあるまい。

そこで大騒ぎになってしまった。とにかく大心池先生の指導を仰ごうというので、医局長が電話をかけた。先生は患者の失踪については、それは分析治療を親がいやになったんで、連れ出したのだろう。誰か医局員をやって確かめておきなさい、といって大して驚かれなかったが、岡村学士が昨夜からいないとのべたところが、ひどく驚かれて、すぐ病院に行くとの返事であった。おそらく先生はただちに自動車をとばしたのであろう。大学からの最短時間で病院についた。

医局長と看護婦長が、院長室に呼びつけられた。

「岡村君の書いた診療日誌をもって来たまえ」

大心池先生がそう命じたので、婦長がすぐ分析室へ走ったが、いつも必ずそこにおいてあるはずなのがない。驚いて心当りを探したがない。幸い私が、分析の結果は二日前までは細大洩らさず筆記していたので、すぐ呼ばれて、わかるところまで大心池先生の前で報告した。

それは三日までの診問で、四日めには岡村学士は子供を、五日めには父親を診問してあるが、その記録はない。

先生はじっと、私の報告をきいておられたが、父親が鴨居に機械体操のように立っていたという子供の陳述のところを、二度繰りかえさした。

「あとの二日で岡村君が診問したところを、知りたいな。特に今度の父親が上海から帰って来て自家を叩き起したという朝、すなわち推定では、子供が網膜脈視症の発作を起した朝について、子供にききたかったな。それを後の二日で、岡村君が追求しているに違いないのだがな」

そう言って大心池先生は、突然黙った。ちょうど診察の途中で考えに沈まれたように。院長室にいた医局長も婦長も私も、先生の沈黙で圧迫されるような感じを受けた。大心池先生の顔は、まことに怖い顔である。

先生は急に、医局長の方へ向いた。

「立田君、聞くがね、岡村君に近頃女の問題などあることはあるまいな」

「はあ、ないと思います。あの人は私どもの仲間では、一番品行方正で、私もよく知っていますが」

「君、隠しちゃいかんよ。少しも私は岡村君を責めるんじゃないよ——女の問題でなくてもいい。何か岡村君は金に困っているような話はないかね」

「さあ、よくわかりませんが、岡村君は長男で、弟や妹が多いので困っていたようです。大学を出て三年にもなって、収入はごく僅かですから、弟達をみてやるのに大分お金の工面などはしていたようです。それだから品行などは実に正しかったですね」

大心池先生は「よし、よし」と小さい声で言った。そして婦長を顧みて「警視庁へ電話をかけてね。強力犯の落合警部がいたら、大学の大心池だが、すぐきてくれと言って下さい。必ずきてくれることになっているから」と命じた。

「さあ、君達も二人で支度して、私と一緒に来てもらいたい。すぐに」

それからの先生の活動は、実に眼ざましかったのである。私も学生でありながら、この事件に深い関係をもったのは、こんなわけであった。

落合警部がくるまでの四十分間、私どもは院長室で待っていた。

「君、私が神経症の分析は、時とすると一家の秘密に関与するから慎重を要すると言ったろう。この小児神経症には、私が誤りでなくば恐ろしい犯罪事実が関係しているね。明らかに平助という男が、子供の真の父親を絞殺したのだと思う根拠がある。朝だ、三歳になる子供がそれをみていた。子供にはその意味はわからなかったが、その原情景は神経症となって、今現われてきている。おそらく岡村君が平助を診問しているね。ところがこの平助という男が、ただ一度だけ、恋と金とに眼がくらんでやっただけの男ならばいいが、もしうまく隠れた犯罪常習者であったとすると、岡村君の生命の問題になる。もちろん子供を盗み出したのはその男さ。分析者が、まだ誰にも報告してないのを知ったので、その記載と、分析者をなくしようとかかったとすればだね。しかしそうでなくてくれればいいがね」

落合警部は私服の刑事を一人つれて、大型の自動車でやってきた。大心池先生と、私どもはただちに同乗して、松村の住宅に行った。相当の金満家らしい大きな家であった。大心池先生の予想どおり、子供はそこにいた。

美代子ののべるところによると、岡村学士が美代子を診問した目、帰ってから良人にそのことを話すと、ひどく怒って、そんな変なことを詮索する病院からはすぐ退院させろと怒鳴ったそうだ。しかし、翌々日、自分が診問されるときは「何事も子供のためだからな」と言って出かけたという。

ところが、その夜十時頃になって子供を連れて帰って来た。子供には靴だの鞄だの何か買い与えて、帰ってきた。入院してから発作がおこらぬので、もう退院してもいいからといわれて、連れ帰ったのだと言った。それからもう一度、用があると言って外出したが、その留守の間に上海から、会社の秘密な用件がおきたから一カ月の予定で来てくれという長文の電報がきた。十二時頃帰った平助は、すぐごたごた支度をして、今朝、早朝の汽車で上海に出発したというのである。

大心池先生は、疑惑の大略をのべて、おそらく逃亡であろうと話すと、美代子は非常に驚いた。金庫の中の公債、株券、証券類全部が持ち出されているのをみて、美代子は泣きくずれた。財産の大部分は、すでに六年の間に、ほとんど全部、美代子を騙して会社へつぎこんでしまっていたが、上海から帰るときはいつも相当の金を持って帰ったから、疑わなかったというのである。

落合警部に写真を探させたが、一人で写したものは一枚も残っていず、ただ、美代子と子供と一緒に写したのがあった。落合警部はそれを借りて、なお指紋の残っていそうな器具を二、三借りて、手配をするために警視庁に帰った。

大心池先生と私どもは、子供の診問がもう一度できたらやりたいというので残ったが、美代子に泣かれて困っていると、そこへ病院から小使が息せき馳けつけてきた。もってきたものは岡村学士から立田医学士へ宛てた手紙で、すぐ封を切ってみると、乱れた手蹟で「僕は脊髄を折ってこの小病院に担ぎこまれている。君に逢いたいがもう生命はあるまいと思う。先生には、君からどうかくれぐれも詫びて下さい」とある。大心池先生の烱眼が、すべてを見透すように思われて怖くもあり、懐かしくもあります。先生の診問などは後まわしとして、先生始め私どもは、すぐその場末の病院に自動車をとばした。岡村学士は脊柱骨折とともに、脊髄腰節の第二第三節を折ってしまって、寝ていた。昨夜近所の原っぱから発見されて、担ぎ込まれたという。

立田医学士や、私の行くことは予期していたらしかったが、大心池先生の行かれることは予期していなかったらしく、先生が部屋に入ると、ぎょっとしたような表情をしたが、すぐ泣き出した。

「先生、かんにんして下さい」

とただ一言言ったきり、大心池先生の手を握って離さぬ。

「大体は察している。平助が子供の真の父親を殺したと君も思ったね」

「そうです、そうです」

「それは明察だ。わしもそう思う。しかし君の、その怪我はどうしたのだ」

岡村学士は先生の手を取って、顔のところに押しつけたまま、泣いているばかりである。

「私の察するところをのべてみようか」大心池先生は、そう言って岡村学士のうなずくのをみた。

「君は父親の診問のときに、子供の分析結果からの君の解釈をザックバランにのべたのだろう。そして、それを種に君が父親を脅迫したか。実習学生を文献にかずけて遠ざけたところを見ると、そうとも思える。しかし、そうじゃあるまい。父親の方から分析を打ち切ってくれれば金を出すと言うたのだろう。君はその誘惑に負けたね。君のような頭のよい、そして意志の強い男が――。そしてどこか、夜の十一時頃に約束の場所を指定されたね。さびしい場所だね。そして行ってみると、金をよこしたか寄こさぬか、とにかく、闇の中から棍棒か何かで君を打ったのだろう。一時君はショックで倒れた。賊は死んだと思って逃げたのだ」

「先生、かんにんして下さい」

岡村学士は顔も上げないで、すすりなきした。それは大心池先生の一言一句も訂正の余地がないとの承認であった。

「しかし、岡村君、子供一人を手頼りに、これだけの分析解釈の出来る腕をもっている者は、世界に四人しかいないはずだ。一人はフロイド先生だ。フロイド門下生にオットー・ランクというのがいる。あれだ。それからこの大心池だ。もう一人、それは君のまさに享有すべき名誉だ。その名誉を私が守ってあげる。私は君を荒く仕込みすぎた。君の家庭のことなどは知らないで、勉強を強いた。それが悪かったのだ。君の大怪我の一半は私の責任だ。どうか堪えてくれたまえ」

大心池先生がそう言ったとき、私は思わず、先生のもう一方の手にかじりついた。大粒の涙がポタポタ落ちて、自分でも留めることが出来なかった。医局長の立田学士は、入口のドアを握って、誰も入ってこられぬようにして泣いていた。

師弟四人が泣いた。折から黄昏れてきた晩秋の部屋の中で、岡村学士の絶え入るような「かんにんして下さい」と言う言葉が、伴奏のように繰り返されている部屋の中で。

岡村医学士は二日たって死んだ。死因は脊髄挫折と内出血であった。

落合警部の手配によって、それから三日後に、関釜連絡船で平助が捕えられた。調べてみると、本名は武藤平三郎といって、上海のシャンと、顔のちょっと美男という意味で「シャン平」の名で通った阿片密輸入を専門とする犯罪常習者だった。そのほかにも幾つも犯罪があるらしい。真人間として暮すときは松村平助となって、六年の間、少しもわからぬように上手にやっていた。

そのカモフラージのためには、真一がよく懐いてくれたのは、もっけの幸いであった。しかし六年の間に、松村家の財産はほとんど蕩尽していた。

上海の会社などというのは真赤な嘘で、上海には、日本人と支那人の妾が二人もあった。

松村真安を殺したのは、美代子を新橋駅におびき出しておいて、忍(しの)び込み、体力の衰(おとろ)えていた真安を一応縛って、鴨居にかけた紐(ひも)で縊(くび)れさせ、あとで紐をといておいたのだと自白した。

だから医学上どうしても縊死(いし)で、絞殺(こうさつ)ではないとの鑑定(かんてい)になってしまったのである。長くねていた病人だったものだから、死後の時間推定も明瞭(めいりょう)を欠いたのが、運が好かったと言えば言える。

美代子は、この殺人には、全く関係がなかった。

しかし、当時三歳になる真一が、その傍(かたわら)で平助の忍び込むところや、父親の殺されるところを見ていたことは、分析の推定どおりであった。

「どうも子供ってやつは六年もたってから証人になりやがるんで、始末のわるいものですねえ。それに、精神分析とやらいう術は、こわいもんですねえ」

と、平助はつくづく述懐(じゅっかい)していたという。

大心池先生があとで、私どもに説明されたことは、精神病学上からみて、実に重要な意義のあることであった。

「子供が六年も前の事件の証人になったと犯人が歎(たん)じていたそうだが、子供といってもすべての子供にそれが出来るわけじゃない。神経症的傾向をおびた子供でなくては駄目(だめ)だし、それに後年になって、口がきけるようになってから、神経症に罹患(りかん)してこなくてはわかるわけがないのだ。――私はこの例では、初めの診察のときに、エディプス観念群(コンプレックス)から言えば、男の子は母親に懐いているべきなのが、ある時期から父親にのみなついたということから、これは、そのある時期というのが問題だと思った。あとでみると、殺された父親への同情が、おそらくそれは子供の本能で、殺された父親というものは、同情さるべき状態であることがわかったのだろう。その同情心が転授されて、急に父親恐怖心がひっこんでしまって、父親なるものに愛着が生じた。そしてリビド経済の法則により、母親から離れ去った。この急激なる変換が、私をして父親の死は自殺じゃなくて、他殺だと推定せしめた根拠である。このとき、馬恐怖、すなわち父親恐怖が消失した証拠があるのは、理論上はなはだ面白い。

　この動物恐怖症は、馬恐怖が解消すると逆に小動物恐怖がきたのも理論的だ。ところが無意識のうちに、死骸への愛着が残って鼠の死骸を見つめると、もう動けなくなる。その場が立ち去れなくなる。すなわち強迫制止が現われた。強迫制止が起るほど、死骸への愛着が強いというのも、他から害を蒙った父親への同情の強いことを意味するもので、私に他殺を推定せしめる。

　血の着いた鼠では駄目であるのも、殺人が他から与えられた溢死であった事実に基づいている。これに原情景、すなわち父親の殺された朝、偶然に起った網膜脈管視が結合して、神経症は完全となった。

　――そして早朝に、突然、平助が上海から帰って、家に入ったときに、原情景が再び点火せられて激しい発作となったことは、真の父親の殺人者が平助であるとの推定を与える重大な根拠だ。神経症に通ずるほど、この『原情景』なるものの正確さ、その尊さを痛感する。

――いずれにしても、子供が真の父親の仇を討ったようなものだ。ただ可哀そうなのは、岡村君であった。岡村君のような秀才は、この方面ではなかなか出まいと思うねえ」

と、先生は、岡村学士の夭折を惜しんで、暗然とされるのである。

（昭和九年十一月「新青年」）

散りぬるを

川端康成

「新青年」はモダニズム発信の中心的な存在となったが、川端ら文芸作家たちもまたどっぷりとその潮流を共有していた。特に川端はミステリに近接したものを数多く書いたが、とりわけ昭和五年からの数年間、実際の警察の捜査記録をもとにした作品をいくつか発表しており、本作はそのシリーズの末に生まれ落ちたとびきり異形の怪物といえよう。読み進むにつれて、選者は何度も戦慄を覚え、声をあげそうになるのを堪(こら)えずにいられなかった。尖鋭的なテキスト論から出発し、芥川的不可知論を継承し、警察捜査や裁判の根本的不条理を炙り出し、強力無比な反ミステリ論でもありつつ、あたかも自分がその事件の関係者であるかのように偽装し、内面を強迫的に反復吐露させることによって、それらの「主張」をさらに不可解極まりない地平にまで卓袱台(ちゃぶだい)返してみせるという、こんな類例のない狂った構想をいったいどうやって思いついたのだろうか。(竹本健治)

【底本】『川端康成全集』第五巻（新潮社・一九八〇年）

　滝子と蔦子とが蚊帳一つのなかに寝床を並べながら、二人とも、自分達の殺されるのも知らずに眠っていた。少くともはっきりとは目を覚まさなんだ。――ということは、無期懲役を宣告された加害者山辺三郎も一昨年獄死し、もう事件から五年も経た今となれば、私を一種の阿呆らしい虚無感に落すよりも、むしろ一種の肉体的な誘惑を感じさせるのである。私は彼女等の骨も拾ってやったこととて、彼女等の肉体を灰にするために、火葬場の釜へ電火のはいる、ごおうというすさまじい音も聞いたのであるが、彼女等の若さは、やはり私から消え去らない。うっかりすると、今でも私は目の前のそれをとらえようとする思いにかられていることがある。

　その当時、犯行の動機がいかにもたわいないので、裁判長は被告の精神状態の鑑定を求めた。その結果、山辺三郎は変質者ということになった。また、はじめに短刀が滝子の胸に突き刺さってから後のことは、加害者の意識溷濁中に行われたということになった。でも、無期懲役の判決が下ったのを見ると、この鑑定が酌量されて、刑が軽くなったとは思えない。事実また、鑑定書によっても、調査によっても、三郎は特に変質者と名づけるほどのことはない。殺人の動機はほんの戯れに近いものであった。

　三郎は犯行を素直に認め、また陪審をも辞退した。だから公判に陪審官の列席はなかったが、もし仮りに私が陪審官として出廷していたら、

「被告の精神状態には、そのために殺人を犯すほどの病的なものが認められないゆえに、反

って私は、病的犯罪として無罪を宣告された多くの殺人者よりも、この山辺三郎の方が、罪が軽いと思う。刑法とはまた別の目で見れば。」と、そんな意味のことを言いたかったかもしれない。

狂気の犯罪は正気の犯罪よりも遥(はる)かに悪であるという考え方の方が、曇らぬ目である。こんな気持が、当時の私には強かった。勿論(もちろん)、狂気と正気とのけじめは明らかでないという意見を押し進めると、狂気もなければ正気もないというところに落ちつく。この世のすべてのものごとは、ことごとく必然であって、またことごとく偶然であるというのと似ている。結局、必然と偶然とは同じであるということにならぬと、この問題はかたがつかない。しかしそんなところまで考えていては、裁判など出来るものであるまいから、山辺三郎が無期懲役になったって、私は異論をとなえようとは思わない。裁判官の務めは、そこらあたりで終っているのだろう。

けれども、その終ったところあたりから、小説家の務めは始まるのではないだろうか。

「うぬぼれ奴(め)。」

こいつのためにわれわれの作品は強い素面を持つことが出来ないのかもしれない。われわれの文学の意味ありげなこと、したりげなことは、すべて感傷の遊びかもしれない。山辺三郎の場合でも、その殺人の動機に、裁判官は多少精神異常的な偶然しか認めなかったようであるが、私の小説ならば、ともかくも彼の心理を、理由のない殺人にまで追い込んで行くことも、さまで困難なわざではないだろう。しかし、私がそれを書いてみたところで、私のもっともめかした記述よりも、三郎自身のもっともめかさない供述の方が、どれだけもっともらしいかしれないのである。

　滝子と蔦子との死そのものからして、そうである。彼女等があんまりたわいなく死んでしまったので、

「人間てなんて脆いものなんでしょうね。」と、私の女房は歎息し、

「全く阿呆臭いね。」と、私も相槌を打ち、

「愛人にするには二人のうちどっちがいいかと、時々考えたもんだったが。」

「あなたが病気するか、相手が病気するかのようなことがあったら、口説けるかもしれないと、隙をうかがっていらしたんでしょうにね。お気の毒に、不断は二人とも丈夫でしたわね。」

「いや、しかし僕は睨んでいたんだ、どうもあの体には、病気がひそんでいやしないかとね、特に蔦子は。」

「文学っていう病気でしょう。ですけれど、文学少女も髪結の梳手も、殺される時には変りがないわね。」

「あれで結婚したりすると、いろんな病気が出て来る体じゃなかったのかしら。」

「それはあなた、殺されたありさまを御覧になったから、そんな気がなさるんですよ。私なんか、いったいなんのために、これまでたとえ少しでも、二人の面倒を見て来てあげたのか、馬鹿馬鹿しいってありゃしない。」

「考えれば、おれもずいぶんうぬぼれてたもんだな。」

「そうよ。おれが死んだら、第一にあの二人が困るだろう、気にかかって自殺も出来やしないなんて。――おかしなことになったものね。」

「全くおかしい。ほかに女をこさえたりしては、やはりどうも滝子等のことを本気に考えてやれなくなるから、可哀想だ。女の方だって、女房のあるのはまあしかたないとして、こんな瘤が二つもついていたら、いやがって取りつかんだろう。そうかといって、あの二人と恋愛するんでもない。――ずいぶん割が悪いなんて思ったりしたんだが、自分勝手な嘘八百だったね。」

「あなた、なんだか急に老けておしまいになるんじゃない？」

「いやなこと言うな。」

「あんなにたわいなく殺されるものを、ずいぶん大事に扱い過ぎたと思うと、阿呆臭いんでしょう？」

「全く夢みたいだね、他人の存在にあんまり敬意を払うのも、どうかと思うよ。そんなことは人間の僭上の沙汰かもしれん。」

「発心して、急に貯金をしようという気になんか、とうていなれないでしょう。これがあなた、長い病気でもして、病院にでも入れて、金の工面に苦しんで、そして死なれたんなら、同じ寂しいにしても、やっぱり貯金をしておかんと困るものだという気にはなりますわよ。」

「ふうん。」と、私は女房が思いがけないところで貯金に結びつけたことを感心したものだったが、長い看病などというものは、それにたとえ死が続いたとしても、反って明日を信用する心を湧かせるものかもしれない。

けれども、五年もたった今の思い出では、危篤が幾日も続いた、もっともめかしい死よりも、じょうだんが過ぎたもっともめかさない死の方が――私のうちに残る彼女等を、生き生きとさせているような気がしてならない。ここにも文章には現わすのがむずかしい、生命の秘密があるようである。

けれども、三郎の自白を作家の私がそんなに恐れるにあたらないことも、無論である。私が彼の自白に敬意を払うのは、私の作家的懐疑や怯懦によるのではなく、滝子と蔦子とへの私の愛着のせいなのだろうと思う。彼は彼女等を殺す理由がなにもなく、彼女等は彼に殺される理由がなにもなかったのだから、私はこの殺人を、彼の生涯になんの連絡もないもの、彼の生活になんの関係もないもの、つまり、この一つの行為だけが、ぽかりと宙空に浮んだもの、いわば、根も葉もない花だけの花、物のない光だけの光、そんな風に思いたがっているのではないかしら。これも彼女等を美化する一つの方法にはちがいないけれど、彼女等を手にかけた山辺三郎への私の嫉妬の結果にもちがいないだろう。彼の自白を小説家の絵空事よりほんとうらしく重んじるのは、彼の殺人の心理を誰が文学で飾ってやるものか、

「ざまを見ろ。」

自分の行為の心理が自分にも分らんじゃないかという、私の意地悪さがまじっているのかもしれない。

現に鑑定人の聴取書を見ると、

「滝子と蔦子は、どんな風に寝ていたか。」

「蚊帳が吊ってありましたので、吊手をひっぱったら切れましたが、目を覚ましませんでした。私も蚊帳のなかに入りまして、声をかけたかどうか忘れましたが、私は滝子の寝てる上に膝をついて、馬乗りになって、右の手に短刀を持って、左の手で滝子の肩をたたいて揺り起したら、目をあいて見て、びっくりして体を起しました。その時に短刀の切先が胸にあたったように感じました。」

「滝子は蒲団を着て寝ていなかったのか。」

「着ていなかったと思います。仰向けになって、真直ぐに体を伸ばしていました。着物くらいかけておりましたかしらん。揺り起すのと滝子が驚いて起き上るのと、はっとした妙な短い間で、自分でも確かに手答えがあったんで、私も立ち上って見ておりますと、滝子は胸をおさえて痛いと言っていたようでしたが、そのうちに血が吹き出して、血が寝間着にうつりましたので分りました。しまった！　と、その時思いましたが、実申しますと後はよく分りませんです。しかしまるっきりわからないはずはないと思いますけれども、こうだと言われるとそうのような気がしますし、また確かにそうじゃないという強いことは申されませんです。自分では首を手で絞めたつもりでも、係官のお話では、細紐だの、手拭と腰巻だのが、頭に巻きつけてあったということで、自分でもそんなことをしないとは言えませんが、それじゃはっきりとこうこうしたということもわかりません。その後で私が一度二階から下りたということになっておりますし、実際また階下にあった帯が、その帯は私もその時階下で見たのを今でも覚えてますが、それが二階にあったということですから、私が下りて来なければ持って上る者が誰もありませんから、下りたことはほんとうだろうと思うんです。」

「滝子の傍に寝ておった蔦子が、目を覚まして、ちょいと見たというのは？」

「目を覚まして、胸を起そうとして、ちょいとこっちを見たようにも覚えています。」

「その蔦子を絞めたことは、どんな風か。」

「それが今考えますと、どこまでがほんとうに私が自分でその時のありさまを覚えていたことなんですか、取調べの際に自分のしたことを反ってお役人から教えられたりして、今頭にあるものが、この二つのうちのどっちだか、一々はっきり区別出来なくなってしまいましたんですけれども、調書の上では、帯の一方が輪になって、別の端で絞めて、その輪に足をかけて、力を入れて絞めたということになっているそうですが、そのこともよくは分りません。ただその帯が階下にあったということだけは、靴を土間へ置きに行った時、そこにあったのを覚えていまして、最初二階へ上る時は持って行きませんから、滝子を絞めてから蔦子を絞めるまでの間に、とにかく一度階下へ下りたことは確かでしょうと思います。」

「それでは、蔦子を絞めた時のことは、実際はよく記憶にないと言うのかね。」

「なんしろ、警察でお前のやったのは、こうだったろう、ああだったろう、と教えこまれております上に、予審や検事局の調べで、またおんなじことをなんべんもしゃべらせられて、今はそういうもので頭が出来てしまっていますから、その通りに繰り返すのなら、いくらでも言いますが、ほんとうのことはいくら正直にしようと思っても申し上げられんのです。前からもう覚悟をきめておりますんで、警察では、先きさまの言う通りに、自分がやったんだという気になりましたし、予審でも、公判でも、全部認めて来ています。どっちにしたって、私が殺したことはまちがいないんですから、知らないと言える道理はありませんし、どんな判決にも服するつもりでいますから、こうしたろうと言われることはどれも、しなかったと言い張りたくはありません。それに予審の第二回の時は実に暑くて、長く調べられて、体が疲れるし、どうだっていいじゃないかと腹が立って、すっかり判事さんの言う通りにして早くすませたかったんでした。」

「もう一度訊くが、滝子の傷口を見て驚いた時、蔦子が目を覚ましてこっちを見たので、騒ぎ立てられては困ると思って、蔦子に猿轡をはめ、両手を縛って転がして置いて、それから滝子を絞めた。調書ではこうなっているが、その通りか。」

「警察で調べられました時に、屍体の位置から見ると、どうしてもそうでなければならんというんで、そうしておきましたが、ほんとうは分りません。しかし自分では、そうではなかったと言うことも出来ません。」

「鑑定人には、自分でよく覚えていることと、覚えていないこととを、正直に答えてもらわんと、鑑定が出来んのだが。」

「実際申しますと、気がついた時は、窓が明るくなっていて、表を人が通ったので、はじめて起き上りました。なんでも、二人の屍骸の傍に寝ころがっていたようです。」

　それから三郎は、強盗と見せかけるために、財布の金を持ち出したり、蔦子の海水着と滝子のパンツを裂いたりしたのだが、

「予審調書に出ている、腕時計のことは？」

「警察で腕時計をなぜ持って行かなかったかときかれるんで、しかしそんなもの気がつかなかったんですから、初めは知らないと答えますと、嘘をつけ、血がついているから置いて行ったんだろうと叱られまして、それでは赤い時計だったのだなと、赤い時計が頭に浮んで来ましたから、警察の方の言う通りに相違ありませんと認めておきましたのに、予審に移ってからも、幾度も幾度も時計のことを問いつめられるので、すっかりいやになり、どうでもいいやと思って、先きさまの言う通りにしときましたが、実際のところは、その赤い時計をあの時、目にとめたのか、とめなかったのか、今じゃよく分らなくなってしまいました。」

「その家を出たのは何時頃か。」

「雨が降っていました。明るくなっていました。」

（この殺人事件には、私も参考人としてちょっと呼び出されたので、それを縁に、後で訴訟記録を借覧することが出来、調書のところどころを写し取っておいたのであるが）、右のような、鑑定人との問答がまことだとすると、警察や、検事局や、予審や、公判廷での自白、つまり殺人の光景の詳細明瞭な陳述は、山辺三郎の小説であるということが分る。しかも再

三、

「それが今考えますと、どこまでがほんとうに私が自分でその時のありさまを覚えていたこ

となんですか、取調べの際に自分のしたことをお役人から教えられたりして、今頭にあるものが、この二つのうちのどっちだか一々はっきり区別出来なくなってしまったんですけれども。」とか、

「警察で、お前のやったのは、こうだったろう、ああだったろうと、教えこまれております上に、予審や検事局の調べで、またおんなじことをなんべんもしゃべらせられて、今はそういうもので頭が出来てしまっていますから。」とか、鑑定人に告白しているところをみると、三郎作の小説には伏兵のいることが明らかである。警察官や裁判官も、この小説の作者なのである。

その場の真相は、結局のところ、山辺三郎自身にも分らない。目撃者はなかった。滝子と蔦子とは、死人に口なしである。よしんば命拾いをしたとしても、夢現(ゆめうつつ)の間に突き刺されたのだから、三郎よりもおぼろげにしか、覚えていなかったにちがいない。

その三郎ももう獄死してしまって、残っているのは訴訟記録だけである。その書類から私が写し取っておいた部分は、聴取書なので、私もそれを読むと、自然と問答の形式を真似(まね)て、

「お前はなぜこんなものを書き写しておいたのか。今になって後悔しないか。直(す)ぐ焼き棄(す)てたらいいだろう。」

「その当時は、多分この記録が信ずべきものであるという気がしたかららしい。」

「ところが今では、お前が滝子や蔦子を思い出す邪魔になるばかりだろう。」

「そうだね。読んでみると、変になまなましくて、人生なんて少しも分らん奴(やつ)が、勝手放題

な日記をつけていやがると、撥ね返したい気持なんだな。山辺三郎の自白なんて、いい気なものだよ。」

「しかし、三郎は人生の居候みたいにひがんではおらん。」

「それやそうだろう。滝子が胸に穴をあけられていながら、その短刀を握って指を切り、（三郎さん、おどかしちゃいやよ。刃物なんか持ってるから手の指を切ったわよ。）と、指の傷に気を取られて、胸を刺されたことはまだ気がつかなかったり、また蔦子はこの時目を覚ましながら、（三郎さんおどかしちゃいやよ。私眠いから寝るわ。）と、寝返りしただけで、そのまま眠ってしまったり、二人とも別に声も立てず、抵抗もせず、あっさり殺されてしまった。――こういう三郎の自白には、人生への愛着が現われていると思うね、彼は死刑も覚悟しておったということだが。」

「お前の娘達への愛着が、お前にそう感じさせるんだろう。」

「他人の生活力というものは、消え去った、失われた過去から、現在の自分にのしかかって来ると、一層グロテスクなものだな。死人が蘇らないのは、造化の妙だよ。」

「しかし、過去ってものは、いったい失われたり、消え去ったりするものかしら。」

「ところが、そいつを人工的に保存する工夫を覚え出した時から、人間の不幸がはじまったような気もするな。」

「自分のものにしようと楽しんでいた娘を、横合いからあっけなく殺されたんで、もっともらしいことを考えたね。山辺三郎の懲役も、彼の殺人という過去を人工的に保存する、一種の工夫だろうがね。その罪を問わないことにすれば、多分人間は幸福だろうさ。お前には、三郎を憎むよりも許す方が、楽な手だろう。二人が生きていたら、お前の女になっていたかもしれんのだからね。」

「そんなことはないよ。彼女等は死んだんだよ。生きていたらということは、成り立ちようがないんだよ。すべて過ぎ去ったことで、あの時こうだったら、こうなるだろうというような考え方をしたことはないね。」

「二人が脆（もろ）く殺されたことに、お前は責任を感じないか。」

「なんだって。おれが？」

「お前の好きそうな殺され方じゃないか。」

「訴訟記録の抜萃（ばっすい）を最近読んでみてね、どうして自分もこの娘達と交わった頃に日記を書いておかなかったかと、ちょっと思ったんだ。それらの日々のことは、いったいどこへ消えて行ってしまったのかと。」

「もし書いとけば、やはりお前が滝子や蔦子を思い出す邪魔になるばかりだろう。訴訟記録とおなじようにね。」

「それはそうだ。忘れるにまかせるということが、結局最も美しく思い出すということなんだな。彼女等を思い出すには、どうもあの殺され方を通ってゆかねばならんということからして、おれは気に入らんのだ。記憶にとどめやすい事件で、一生の結末をつけたなんて、いやな娘だ。」

「あの娘達の手紙はどうした。」

「あるよ。しかし、彼女等の心理のほんとうが書けてるとは信じられないのだが。」

「お前が日記を書いていても、嘘ばかりついていたろう。そして今ごろは、嘘を書いたということを忘れていたろう。」

「山辺三郎の自白だって、おなじことだよ。殺人の場の真相はもうこの世に残ってやしない。娘達の肉体のように、いったいそいつはどこへ消えて行ってしまったんだろうね。いや当の本人の山辺三郎があいまいで分らなかったんだから、そんなものは最初からこの世になかったのかもしれんね。軽度の精神変質徴候を持つ、人格異常者が意識喪失とまでは行かないが、朦朧状態の間に行った殺人と、鑑定人は結論しているが、なんかぽかんと、うつろな世界の出来事だったのかもしれない。」

「そろそろ小説家の感傷の戯れがはじまったね。」

「被告だって、小説をしゃべらされたんだ。警察官にお前はこうしたと言われると、そうのような気がする、そうでないと否定が出来ない、そのうちにそうだという（頭が出来てしまう。）と言っているのは、調書のなかで一番確かなほんとうだろう。」

「相手の娘が生きていたら、どうだね。それもまた嘘ということになったかもしれん。」

「実はそこなんだよ、殺されるべき理由がないと知れると、裁判にはもう娘達の役はなくなったも同然で、法官は殺した男の、心理や行動ばかり、追い求めて調べている。殺された方の心理は、おかまいなしだ。死人を捕縛して投獄することは出来んからな。山辺三郎とその訊問者との合作の小説に娘達は身をまかせたもおんなじさ。」

「検死の結果、二人とも処女だったそうだね。」

「だから、色恋の沙汰でないということになるのは、たやすかったし、おれも取調べの役人から、いやな目を向けられずにすんだが、それと娘達の死と、なんのかかわりがあるかね。とにかく娘達は……。」

「よく眠っていたものだな。」

そこで私は、偶然を偶然として描いて、読者に必然の思いをさせるのが、この際の小説家の手腕であると知りながら、やはりなにか必然を道案内人に立てたくてしかたないのは、私がやくざな小説家だからであろうか。殺される者の心理が、知る人もなく消え失せたとすれば、私はただ彼女等について、私の夢を織ればいいのであって、反って好都合なのに、

「よく眠っていたものだな。」という言葉さえ、素直に信じられないのは、そのようなさがゆえ所詮女をまことに愛することも出来ないほどの、わが身の因果であろうか。

山辺三郎の殺人行為に、心神耗弱という言葉をあてはめて、なにかそこにあるはずの必然をごまかすとすると、殺された娘達の側には、睡眠というものにいい役をつけねばならない。

ここで私は、ものごとを考えるのに、なるべくその心髄から遠いところを廻り道して、ぶらぶら散歩しながら、目的物からの匂いがほのかな程度の聯想を遊ぶために、先ず書斎にある限りの医学書と心理学書をひっぱり出して、睡眠とはなんぞやを読み出した。驚くべきことには、それらは悉く二人の娘の死の解答であるように思われてならなかった。やがては

「阿毘達磨倶舎論」の「随眠品」などまで開いて見た。しかしそれで仏法の教えに魅入られて、縹渺と遥か彼方へ遊び出したなら、滝子と蔦子との死はいったいどうなると、またすごすご訴訟記録へ帰って来たのである。全くこんなものを写し取っておきさえしなければ、彼女等も私の遥かな夢想の姿ない道づれとなることが、たやすかったろうにと思われる。

彼女等の葬式は無論仏式で行われたけれども、彼女等の死を迎えた睡眠と仏法の睡眠論との間に、必然の橋を架けるには、私はあまりに凡夫と言おうか。いや、凡夫山辺三郎の警官との合作の小説はもしかすると、なにか高遠な思いとの間にも、必然の橋を架けているのかもしれないのである。

先ず警部の聴取書によると、犯人の自白は、

「二階に上りますと、電燈は消えておりましたけれども、表通りの電燈の光で薄明るかったから、よくわかったんですが、蔦子さんは裏の方に、滝子さんは表通りの方に、北枕で寝ておりました。私は部屋へ入って（おい、起きろ。）と、声をかけましたが、どっちも目を覚ましませんので、表通りの南の隅の蚊帳の吊手を手でひっぱって切りましたが、やっぱり起きませんから、蚊帳のなかに入って行って、二人の真中に突っ立って、また（起きろ。）と、大きな声を出しました。それでもまだ目を覚ましません。そこで、仰向けに寝ていた滝子さんの胸のあたりに跨って中腰になり、右手に短刀を持ち、切先を内側に向けながら、左手で揺り起しますと、滝子は伸ばしていた膝を少し横に捻じ加減に立てると同時に起き上ったのでありますが、それで（あれえ。）と声を立てましたから、私は階下から持って来ていた二

三本の手拭で滝子の口をおさえようとしてしゃがみました。それが、滝子の起き上るのといっしょになって、右手に持っていた短刀が乳の下に突き立ったんです。これはと私も気がついて短刀を抜きますと、滝子も起きてきちんと坐って（三郎さん、おどかしちゃいやよ。）と言って、寝間着を掻き合わせるような風に、胸をおさえておりましたが、見ると、滝子さんは起き上る時に短刀を握ったんですか、親指から血が出ておりました。胸の傷よりも手の傷が痛いと言っておりました。その時私は滝子の寝間着の胸をまくって、なんだか滝子さんはされるままになっておりましたが、傷を見ますと一寸二三分も口が開いていましたから、こりゃあえらいことになった、心臓を突き刺したから、とても助からんだろう、いっそのこと殺してしまって逃げようという気が起ったんです。この物音で蔦子さんも目をあきましたが、私だということがわかったので（三郎さんおどかしちゃいやよ。私は眠いから寝るわ。）と、あちら向きに寝返りをして、そのままた眠ってしまいましたけれども、もし目を覚まして声でも立てられると困ると思いましたので、階下から持って来てあったタオルで猿轡をはめ、そこの壁にかかっていた手拭で目隠しをして、そこらにあった紐で両手を縛ったのでありますが、蔦子さんは私だということをよく知っておりますから、そんなにされながら安心していて、黙ってすやすや寝ておりました。そうしておいて、今度はもうきまりきったことのように、滝子の番に戻りまして、着ておりました寝間着の襟を柔道の絞め方で絞めますと、（いやよ、いやよ、いやよ。）と言い続けるうちに、声を立てなくなりましたが、手が外れましたので、両手の指を首に廻してぎゅっと絞めたんであります。滝子さんが坐っていた、うしろからやったんです。体がだらりとして、息が止まったんでしょうと思いましたから、側（そば）にあった紐で多分一巻き、首を巻いて、うんと力を入れて結びましたところが、紐が切れたので、傍から帯のようなものを拾って、それでまた首を一巻きして、かたく結んだのであります。その時滝子ははじめ寝ていたとは反対に、南枕に寝たことになります。どうも結び目は首の横になっていたと思います。そうしてから、蔦子さんの枕もとに参りまして、大方二時間くらいも立って、寝姿を見下しておりましたが、よく眠っている様子でありましたけれども、もうこうなればしようがないと思いましたので、一旦（いったん）階下に下りまして、伊達巻（だてまき）と麻縄（あさなわ）とを持って二階へ引きかえしますと、さっき蔦子さんの両手を縛った紐の端へ麻縄の一方をつなぎつけまして、麻の縄で両足を縛りましたというのは、前に滝子を殺した時足をばたばた動かしたからであります。それで伊達巻の片方の端を結んで輪をこしらえ、その輪に私の右の足を入れて踏んで、中ほどを蔦子の首に一巻きして、もう一方の端を手につかんで、うんと反身（そりみ）になりながら手と足とに力を入れて、絞め殺したのであります。こんなことをいたしましても、蔦子はちっとも声を出さなかったのでありました。そうして息が止まりましたので、その伊達巻を首へ結えつけておきました。蔦子さんが死んだ時、気がついてみますと、私の膝を枕にしておりましたので、これを向うの方へ押しのけようとした拍子に、どうしたのか足を縛ってあった麻縄が切れたのでありました。」

　検事にも、予審でも、公判廷でも、山辺三郎は犯行のありさまについて、右のような警部の聴取書と大同小異の陳述をしているが、この場合の小異は私にとって、なかなかその意味するところが小さくないので、少しばかりそのちがいをここに拾い出してみると、先ず蚊帳の吊手の切れたことは、検事の聴取書にも、予審調書にも、公判にも、

「そこで、私は強盗のような恰好をして滝子や蔦子をおどかしてやろうと思って、洋服も帽子も脱いで、そこにあった手拭で目だけ出るように顔を包んで、うしろで結び、持ちこんだ短刀を手にさげて、二階へ上りましたところが、入口の障子が半分あいておりましたので、そこから入って様子を見ますと、二人は蚊帳のなかに北枕でぐっすり寝ているらしく、私はそこで短刀を抜いて、刃の中ほどを口に銜えまして、左手の隅の吊手を摑んで、蚊帳の裾が女共の顔にさわるように揺り動かしながら（起きろ。）と言ってみましたが、起きないうちに、その吊手が切れましたから、私は銜えていた短刀を右手に持って、蚊帳のなかに入りました。」

　こんな風であって、はじめ警部に、また後で精神鑑定人に答えたように、ただ手でひっぱって切ったのではなかったのである。

　滝子の胸を刺した時のありさまも、仰向けに眠っている彼女の上に、「膝を突いて馬乗りになった」（鑑定人）か、「跨って中腰になった」（警部）か、「跨って膝が畳につくようにかがんだ」（検事、予審、及び公判）か、とにかく三郎がそういう姿勢を取って右手の短刀を滝子の胸に突きつけ、左手を彼女の肩にかけて、揺り起したにはちがいなかったろうが、さて三郎の跨ったのが、滝子の胸の上であったか、腹の上であったか、または腰の上であったかという段になると、もう確かなことは分らず、警部に答えた時だけただ一度「胸のあたり

に跨って中腰になり」と、その位置を示しているが、これもなにげなく出た言葉らしく、あまりあてにならないと言うのは、この位置は殺人の起りと重大な関係があるのだけれども、その関係についての陳述も、あやふやなところがある。

「私は仰向けに寝ていた滝子の上に跨って、右手で短刀を持って、一方の膝が下に着くような工合にかがんで、左手で滝子の右肩をつかんで揺り動かしましたところが、その時短刀の先きは滝子の胸から二三寸まで近づいておりましたのに、滝子は突然左手で私の左手を払うと同時に、自分の両足を曲げましたから、女の足が私の尻にあたって、反動で私は前にのめって、その拍子に短刀の先きが滝子の胸に突き刺さってしまったのであります。」（予審及び公判）

「仰向けに寝ていた滝子さんの胸のあたりに跨って中腰になり、右手に短刀を持ち、切先を内側に向けながら、左手で揺り起しますと、滝子は伸ばしていた膝を少し横に捻じ加減に立てると同時に起き上ったのでありますが、それで（あれえ。）と声を立てましたから、私は階下から持って来ていた二三本の手拭で口をおさえようとしゃがみました。それが、滝子の起き上るのといっしょになって、右手に持っていた短刀が乳の下に突き立ったんです。」（警部）

「真直ぐに足を伸ばして、仰向けに寝ていました。揺り起すと直ぐ滝子がびっくりして起き上った時、自分でも確かに手答えがありましたので、私も突っ立ち上って見ておりますと、胸をおさえて痛いと言っていたようでしたが、そのうちに血の吹き出すのが着物にうつって

分りました。」（鑑定人）

決して被告は罪を軽くするために隠し立てをしようとしたのではなかった。こしらえごとで自分の犯罪を飾ろうとしたのでもなかった。

「検死の医師の鑑定書には、滝子の胸の刺創は絞頸後人事不省中、未だ全く死に到らざるに際して生じたるもの、即ち絞頸は前にして刺創は後と認むるを至当とす、と書いてある。これによると、被告人は先ず滝子の首を絞め、その後から、短刀で胸に傷を負わせたもののように思われるが、どうか。」

「決してそのようなことはありません。私は前にも何度も申し上げました通りに、短刀で滝子の胸に傷をつけたのでびっくりしてしまいまして、とてもこれでは滝子は助からぬからいっそのこと殺してしまおうと思いまして、首を絞めたんです。胸の傷は首を絞める前のことです。医者の鑑定書になんと書いてあっても、私は決して滝子の首を絞めてから、胸の傷をつけたのではありません。もし医者の言うようだとすると、蔦子の胸にも同じような傷を負わせるはずです。なんとしても私が滝子や蔦子を殺したに相違ありませんのですから、もうどんな判決にも従う覚悟で、お訊ねのようなことで、今更なにもそんな、嘘を申し上げようなんて、夢にも考えておりません。なにもかも事実ありのまま真正直に申し上げているのですが、滝子の胸に思いがけなく大きな傷が出来てしまいましたので……。」

「兇行後、当職が現場に臨検して、滝子と蔦子との死体を見たところ、蔦子の両手は手首のところをタオルで強くしばり、その上を更に麻縄と新モスの扱帯で堅く結えてあった。またタオル二本で蔦子の上から猿轡をはめたようになっておった。おまけに首は晒の細紐と女物一重帯で強く絞めて、両端が結んであるのを認めた。一方滝子はその首を腰紐で絞め、更にメリンスの腰巻でかたく絞めて結んであるのを認めたが、被告人はそのようにして二人を殺したのではないか。」

「その時のことは、気が立っているようでぼんやりしておりましたために、いちいちまちがいのないようには覚えていないところもありますが、判事さんが現場へ行って死体を御覧になったのなら、きっと判事さんのおっしゃるようにして、私が二人を殺したのに相違ありません。」

しかし、山辺三郎の「事実ありのまま真正直」は、この予審判事との問答でも分る通りに、また三郎自ら精神鑑定人に告白した通りに、あなたまかせの「事実ありのまま」だったところも多いだろう。検死や、現場臨検や、証拠品や、取調べの推定が、三郎に嘘を言わせるように働きかけてもいるだろう。彼の陳述がその度毎に多少ともちがう、その差は、幾人かの訊問者の心のちがいをうつしているのかもしれないのである。それに三郎の口舌の筆記とはいえ、要するにその意味を写せば足る記録であって、言葉の陰の三郎の心の動勢や表情は大部分失われ、芝居の筋書のようなものに過ぎぬのでなかろうか。まして私のように、そのなかから滝子と蔦子との面影をもとめようなどとは、辞書の頁から女の寝息に触れようとするとおなじ、虚しい夢であろう。陳述の小異にこだわって取捨を迷うより、「予審終結決定書」の大胆な簡略さに頭を下げて、

「強盗ヲ装フベク変装覆面シテ、同日午前二時頃、滝子及ビ蔦子ノ寝室ナル二階六畳間ニ上リ行キ、所携ノ短刀ヲ抜キ放チタル儘、熟睡中ナル同人等ニ声ヲ掛ケタルモ、容易ニ目覚メザリシニヨリ、更ニ仰臥セル滝子ノ上ニ跨リテ、短刀ヲ其胸部ニ擬シツツ、其肩ヲ摑ミテ揺リ起シタルニ、同人ガ驚キテ両脚ヲ屈曲シ、其膝ガ被告人ノ臀部ニ触レタル為メ、被告人ノ身体ガ前方ニ倒レ、其途端ニ短刀ガ滝子ノ左胸部ニ深ク刺入シ、意外ニモ重傷ヲ負ハシムルニ到リタルヨリ、被告人ハ其傷口ヲ見テ大イニ狼狽シ、斯クテハ滝子ハ結局死ヲ免レザルベケレバ、寧ロ騒ギ立テザルニ先立チ、同人ヲ殺シテ逃走スルニ如カズト決意シ、直チニ有合ハセノ腰紐及ビめりんすノ腰巻ニテ、其頸部ヲ纏絡絞圧シ、窒息セシメ、以テ同人ヲ絞殺シ、而シテ一方蔦子ハ此時目ヲ覚シ、被告人ノ侵入シタルヲ覚知シタルモ、兇行ニ就テハ未ダ感知スルトコロナク、而モ知合ヒノ間柄トテ、深ク意ニ介セズ、其儘再ビ眠リニ陥リシガ、被告人ハ蔦子ノ口ヨリ事ノ発覚スルヲ虞レ、更ニ同人ヲモ殺シテ逃走スルニ如カズト決意シ、犯意継続ノ下ニ時余経過シタル後、階下ヨリ女物一重帯ヲ持チ来リ、之ヲ同様蔦子ノ頸部ニ纏絡絞圧シ、窒息セシメ、以テ同人ヲモ絞殺シテ、逃走シタルモノナリ。」

この決定書にも、やはり私の不審はある。「寧ろ騒ぎ立てざるに先立ち」というのは、多分滝子が騒ぎ立てることらしく、だから「直ちに」絞殺したとあるのだが、胸に短刀を突き刺されて、「騒ぎ立てざる」もないものである。殊に「其儘再び眠りに陥りしが」とは、被告の言葉を信じたのであろうが、あの蔦子がよくも再び眠れたものだと、私はなにか不気味なくらいである。

「滝子は闖入者が被告人であることを知っておったか。」

「知っておりました。（三郎さん、手を切ったわ。）と言いました。」

「被告人であるということがわかるまでには、もう少し騒ぎそうなものだが、どうか。」

「別に騒ぎませんでした。」

「首をしめる時、滝子は別に抵抗しなかったか。」

「しませんでした。」

「その時蔦子は？」

「滝子の傷を見て、蔦子が驚いてはいけないと思って、蔦子を縛っておきました。」

「蔦子はなんにも言わずに、手足を縛らせたか。」

「なんとも言いませんでした。」

「ほんとうか。被告も無言で縛ったか。」

「黙ってしばりました。」

「それから猿轡をはめたか。」

「そうであります。」

「その上目隠しをしたか。」

「そうであります。」

「それでも蔦子は抵抗しなかったか。」

「そうであります。」

こんな風に山辺三郎は公判廷で答えているし、その前の陳述によっても、滝子は胸の傷口が一寸以上で、血が吹き出しているのに、起きてちゃんと坐り直し、寝間着を掻き合わせるような風に胸へ手をやって、

「三郎さん、おどかしちゃいやよ。刃物なんか持ってるから手の指を切ったわ。」と、胸よりも指の方に気を取られ、三郎が彼女の寝間着の胸をまくるのにも、なんだかされるままになっている。蔦子に至っては、

「三郎さん、おどかしちゃいやよ。私は眠いから寝るわ。」と、寝返りしたきりで、縛られても、猿轡されても、絞め殺されても、声一つ立てずに、三郎によりかかって、彼の膝を枕に死んでしまう。

色恋沙汰のあったわけではなかった。近隣のよしみといった風の親しさでもなかった。そんな男が女暮しの家の寝室へ真夜中、「強盗ヲ装フベク変装覆面シテ」闖入して来たのに、娘達は警戒らしいものを見せるどころか、殺されて、息が切れるまで、彼を憎んだ様子がない。その手にかかりながら、殺されるのだとは思わなかった。ほんのじょうだんだと思いこんでいた。広大無辺の親愛ではないか。

しかし私は、訴訟記録をはじめて読んだ時に、

「嘘をつけ。」と、殺人者の勝手なこしらえごとを見抜かないわけではなく、

「そんな安楽往生の死顔では決してなかったんだ。」

滝子と蔦子とが殺されたのは、八月一日の午前二時頃から四時頃までの間のことだった。

いつになく朝起きないその家を八百屋の御用聞きが不審に思って、犯罪が発見されたのだった。そして、山辺三郎が検挙されたのは、八月の四日だった。私が駈けつけた時は、まだ加害者の見当もついていなかった。私は直ぐ所轄署に連れて行かれて、かなり手きびしい訊問を受けたけれども、彼女等がなんのために殺されたのやら想像のしようもないくらいだった。

彼女等はあまり近所づきあいをしていなかったとみえ、女学校を出てなにか勉強しているくらいは分っていても、そのなにかが文学であると知っている者はなかったらしい。従って、彼女等の身許や身寄について、誰も警察の戸口調査以上に詳しく話すことは出来なかった。そこへ家主が来て、私が保証人であることを思い出し、契約書に書いた私の住所を見るために一旦家へ帰り、そこから私のところへ使いをよこしてくれたのだった。ところがあいにく暑さのために仕事が一向はかどらず、七月の晦日に入った少々の金で、家賃を払ったものか、これもおくれている中元のおくりものとして、滝子と蔦子とに夏の着物でも買ってやったものかと、夜なか過ぎまで女房と口論したあげく、（ちょうどその時刻に殺されたのである。）一日の朝から百貨店へ夏物を見に行った留守だったので、私が滝子達の家へ駈けつけたのは、もう午後の二時過ぎであった。

門口にはまだ巡査が張番して、物見高い人々を追い払っていた。私が人ごみを掻き分けていると、

「あ、あの男——この人は。」と、誰かの言うのが聞えた。私は反射的な羞恥で、素早く通り抜けようとしたが、この時ふいと心の底に、

「嘘よりこわいものはない。」という言葉が浮ぶと、もう足がだるくなるほど、なんだかなさけなくてなさけなくてしかたがなかった。自分がみじめでしかたがなかった。

もっとも、今からよく考えてみると、ああいう場合に、人間は興奮しているべきはずである。不意に肉体的な衰弱など感じるはずはないようである。現に私は、

「君はなんだ。」と聞かれた時、

「保護者です。」と、いきなり昂然（こうぜん）と答えたので、

「保護者？」と、警察官は一歩たじろいで、ぼんやり鸚鵡（おうむ）返しして、私を家に入れたと覚えている。

「あの男」という声も「この人」と言い直されたほどだったから、私に対する悪意を含めていなかったことは明らかである。この殺人事件にかかりあいのある男という意味ではなかった。この家へよく来るのを見かけたことのある人というほどの意味だった。それから私は所轄署へ連れて行かれて相当乱暴な訊問を受けたにしろ、要するに参考人としてであって、殺人嫌疑者（けんぎしゃ）扱いをされたわけではなく、私が滝子達の家へ行った時などは、係官も喜んで、なにかと丁寧に相談を持ちかけたくらいであった。まだ門口へも入らぬさきから、足がだるくなる理由など、どこにあろう。少くともその場にその理由はなかったのである。

しかしながらまた、私はなんの理由で、あんなに電光石火の早業式に、彼女等の後始末をしたのであろうか。私は火葬の許可を警察に急（せ）きたてた。火葬場から戻（もど）るとその場で、二人の持ちものをそっくり古物商に売り払ってしまった。そしてその日のうちに、そこを引き払

って私の家へ骨を持って帰った。座敷へ上ると私はさっさと羽織や足袋を脱ぎ棄てながら、

「なんですね、こうなると、どっちがどっちの骨だか分りませんね。まるっきりちがった人間だったが、そっくりおんなじになってしまいましたね。」

「いいえ。」

とんでもないという風に、滝子の兄は二つ並んだ晒木綿の包みの一方をあわてて拾い上げた。

「こちらでございます、滝子は。どうもなにからなにまで、お世話さまでございました。」

と、それを膝に載せたまま、どうしたものかと問いたげに、そして少し警戒するように、私の方をうかがった。私は蔦子の骨を同じく膝に抱き上げて、

「こっちが蔦子ですな。」と、ほっとしたように笑いながら、全く滝子の兄や母を無視して、すべて私の独断で、事を運んで来たことにはじめて気がついたほどだった。

　落ちついて、滝子の母や兄の立場になって考えてみると、なんだか為体のしれない男がわがもの顔に、娘を焼いたり、娘の持ちものを売ったりしている。それを傍観していたということになる。もっとも、私はかねがね滝子の家から娘のことは一切よろしく頼むという手紙をもらってはいた。また、滝子が私に養われているのと同然だということは、月々の仕送りらしいものをしていない母には、よく分っていたはずである。そういう点で、私への遠慮はある。滝子や蔦子をどうしたって、いまさら文句のいい手はあるまいという気持は、私にもあったろうが、滝子を蔦子よりも尚うちの者のように扱う私の癖は、以前彼女が一年足らず

私の家にいた時に出来たものである。

もし蔦子という者が現われなかったら、滝子は私の家を出はしなかっただろう。蔦子のために借りた家に、私は滝子もいっしょに住んでもらいたかったのだった。しかし、滝子は私の家においてやったのに、蔦子はよそにおいたからといって、私が蔦子よりも滝子を大切に思ったことは決してなかった。その逆である。一口にいえば、他人の家へ居候することで、蔦子の純潔な生活力が弱まるのを、私は惜しんだのだった。また夜昼共に暮すことで、私が蔦子にいだく夢の薄らぐのを、私は恐れたのだった。蔦子はそういう娘であった。従って、滝子は蔦子のために移った家で殺されたのだから、蔦子のせいだと言えなくもない。でもそんな虚しい愚痴を弄べば、蔦子こそいい迷惑で、山辺三郎は枕を並べて眠っていた二人の娘のうち、先ず滝子の上に跨ったではないかということになる。

「被告人ハ蔦子ノ口ヨリ事ノ発覚スルヲ虞レ、更ニ同人ヲモ殺シテ逃走スルニ如カズト決意シ」と「予審終結決定書」にある通りに、蔦子が滝子の傍杖を食ったことは明らかである。三郎の短刀が滝子の胸に突き刺さったのは、ほんの偶然に過ぎなかったが、この偶然の殺人事件のなかに必然を求めるなら、まちがいなく第一番に数えあげなければならないのは、山辺三郎のような男と彼女達が知合いになったということである。そして、彼にじょうだんの過ぎたいたずら気を起させたということである。それは滝子の性格のなかにある。

滝子は陽気で、じょうだんの好きな女であった。そのじょうだんがまた実に下手くそなもので、襖の向うからでも聞いていたら、あんなつまらぬことに相手はなぜ笑うのかと、不審に思うだろうが、彼女と対坐している男達を見ていると、たいていは無意識のうちに身振りをやり出したり、姿勢を度々変えたりするので、私はいい女だと思った。私のところへ来る前にも、二三の作家に小説を見せたらしかったが、どこでもものになりそうだと言われなかったのはもっともで、近代文学を真面目に読んだ者が書くとは思われない、いい気な楽書だった。小説の作者の素質どころか、小説の読者の素質もない女のように見えた。無邪気に文学の世界へまぎれこんで来た迷子みたいで、気の毒というよりも、なにか愛嬌があった。

　ところが或る日、ひどく寝不足の時に会ってみると、滝子はうわべは相変らずだが、なかなか私をいたわってくれることに気がついた。私は乱暴におしゃべりをした。彼女は揺椅子を揺すぶっていたが、私のおしゃべりが乱暴になるにつれて、彼女の揺れ方も乱暴になって、それで妙に母親じみたものを感じさせた。

「この椅子ね、女流作家、女流作家って鳴ってますよ。」

「女流作家？　――女の作家なんて一人もいやしない。」

「えらい人はでしょう？」

「えらくもえらくないも、てんでそんなもの一人もいやしない、女の作家というものはないんですよ。作家があるだけなんです。」

「ほんとうにそうですわ。」

「ちがいますよ。あんたなんかもね、女流作家になりたいなら、文学なんぞあきらめちゃって、お嫁入りするんですね。文学なんかは、もっと人生でひどいめにあってから、はじめたがいいですよ。文学にだまされるよりも、男にだまされた方が、よっぽど女流作家ですよ。今のあんたはいかにも女流作家だ。女の作家にはちがいないです。しかしあんたが活字になるような小説が書け出したら、あんたはもう女の作家じゃありゃしない。男の作家の真似をするだけですよ。女でなくなりますよ。女でない、ろくでもない女になりますよ。文学には、女のすることなんかないんですよ。」というようなことを私はいたずら小僧のように面白がってしゃべり散らしたが、滝子が帰ってから、彼女の小説を読んでみると、さっきの言葉はまんざらでたらめでもなく、彼女の書くものの印象を語っていたのだということが分った。もう一週間以上も徹夜の執筆が続き、ようやく一仕事を終えて、心身が甚だしく弱りもし、弛みもしていたせいであったろうが、私は滝子の作品にたわいなく涙をこぼした。「女っていいものだなあ。」と、いまさらのように気の遠くなるほどありがたくなった。

滝子の四つの小説は皆彼女の生活の日記みたいなものだったが、そこに現われる親きょうだいや、友達や、恋人に対する、彼女の無条件で、無制限な愛情は、全く私を感動させた。無論こういう女性の愛情は、古今東西の数知れぬ作品に、もっと美しく、深く、高く、書き古されてはいるが、それらの文学とは確かにちがっていた。また、こんな愛情が現実に存在していたならば、ちょっと正視に堪えないであろうと思われた。文学としても、小説にも文章にもなっておらず、常日頃なら正視に堪えないであろうが、たまたま疲労という私の無警戒の状態が相手の裸の温かさを感じさせたのであったろう。

眠れそうもないのに眠ろうとつとめていることなど、私はもったいなくなって、勢いよくはね起きると、滝子に速達を書いた。字がいつもの二倍以上大きかった。それから湯に入って、中華料理を食いに出かけて、今度はほんとうに眠くなって、帰ったところへ、速達を見た滝子が来た。私は疲れのためにに舌が少しつるほどで、わがままな結論だけを投げだした。

「悪い文学は美しい感情で作られるということがあるが――あんたから預った小説を四つ続けざまにさっき読んだんですよ、皆文学にもなにもなってやしない。人を没我的に愛して、相手からさんざん踏みつけられて、その同じことを幾度くりかえしても、やはりおめでたく愛している、自分がそんな女だという広告文ですよ、どの作もね。男をいい気につけあがらせる恋文みたいなもんですよ。」

真向から叱りつけるような調子であったが、彼女は円い肩をくすぐられたように笑って、口返答したげに私の顔を見ながら赤くなった。

「こんな小説は女性すべてのためによくないですよ。女はどんなひどいめにあわせてもいいのだという気を男に起させる。小説なんか書くのお止しなさい。あんたのいいところを、恋人か夫のために、そっとしまっとくんですね。広告なんかしないで。」と言いながら、その時は気がつかなかったけれど、全くのところ私は、滝子が女のありがたさを自ら文章で公にすることを、なにかしら危っかしく、なにかしら惜しく思ったのには、早くも男の嫉妬が芽生えていたのかもしれない。

兇行の現場臨検の際の写真を、滝子の刺傷を明らかにするため引き伸ばしたものらしく、私は彼女の胸の大写しを見せてもらったことがあるが、写真機のせいか、光線のせいか、奇怪な出来上り工合だったので、変になまなましかったのを覚えている。例えば、髪の毛は一筋ずつ数えられるほどはっきり写っているのに、広い胸は乳房のふくらみも分らぬぼうっと白い平面で、そのくせ腋の下の皺が見えた。眉と鼻の穴とが鮮かで、閉じた目とこころもち開いた脣とは夢のようにぼやけていた。その顔の線は正しい横顔だった。胸は仰向けに拡がって、肉づきのいい肩は短く太い首に直角に近い豊かさではびこり、乳嘴も乳暈も娘としては大きく熟し過ぎていた。首を思いきりのけ反って、髪は解けてはいないが、耳のうしろから衿首まですっかり生際が見えるほど振りみだして、ぐしょ濡れのように感じられた。傷を見せるためだろう、血はきれいに拭き取ってあった。薄墨の乳暈の下に、えぐれた深さを思わせる黒で、傷口が写っていた。

　私が顔をしかめて横向いたのはこの傷痕のせいだったけれども、それはただの偽善に過ぎなくて、まことは彼女のあらわな生命への驚嘆をごまかしたのであろうと、今は思う。恐怖や苦痛の陰もなく放恣に体をあけひろげて歓喜の極みのように見えた。

「そんな安楽往生の死顔では決してなかったんだ。」とは、血なまぐさい、むごたらしいその場から受けた、私のいつわらぬ印象だった。若い恥知らずな死にざまであったから、まともに見られず、私がなにかあわただしく彼女等を灰にしてしまったのも、この恥を隠したい気持もいくらか手伝っていたほどだったけれども、とにかく、血の一滴も残っていないような死骸があの写真のように甘い若さにあふれているはずはなかった。いったい死骸のどこから、写真機はこんなむれるような生命をとらえたのか、不思議でたまらなかった。感情のない機械の方が神の目で見るのであろうか。写真の滝子はざまをみろと言いたくなるほど、いやしい動物をさらけ出していたけれども、私は生きている彼女からこんなに女のほんとうの姿を見たことは、ついぞ一度もなかったのである。あんな殺され方をしながらも、人が目をそむける死骸となりながらも、彼女は写真機を通して、若い生命力をはばかりなくあけひろげて見せる機会をつかんだ。恐ろしい偶然であったろうか。

この偶然も、この生命力も、訴訟記録には少しも現われていない。色恋沙汰の殺人ではないと見定めがつくと、これらのものはもう加害者や裁判官の頭に浮ばなかった。精神鑑定医も取りあげるべきことがらでなかった。そのとらえがたいものを、小説家の私が意味ありげに弄ぶのも、一個の写真機にも劣るぶざまなことであろうし、だから私は犯人の供述をあまり離れまいとつとめたのであったが、考えてみれば、滝子の裸の胸の写真にうつったようなものは、私が初めて見た彼女の小説にも現われていたようである。

私もそれにそそのかされて、批評にもならぬ気ままな批評を、彼女に浴びせかけたのだったかもしれない。しかし彼女は私の言葉を、小説なんか書くより嫁入口でもさがした方がいいという、からかいまじりの忠告と聞いたものか、どんなこととしてもやり遂げたいと、勉強の方法をたずねるので、

「どうあっても小説が書きたいんですね。作家になれさえすれば、なにを犠牲にしてもいいんですね。」

「ええ。」

「それじゃ誰か小説家の恋人になったらいいでしょう。」

滝子はさすがに驚いたが、恋愛の奇蹟的な同化力の助けでもなければ、彼女の頭が文学的になることなどなさそうに、私は思ったのだった。いくら本を読んでもものを書いても、根から生れかわらないと、役に立たないと考えられた。それだけにまた、彼女の不死身な自然のように美しい人のよさは、作家のすぐれた素質かも知れないが、要するにそれは作品の材料に止まっていた。彼女自身が書けば、ざつな楽書に過ぎなかった。

「命と文学が残りさえすればいいというほどの覚悟なら、恋愛くらいなんでもない。」

つまり、才能がないから思い直せと、私は手痛くきめつけたつもりであったのに、思いがけなく彼女の胸には、真直ぐに響くところがあるらしかった。

「僕なんかのところへ迷いこんで来ないで、もっと文学のことばかり血眼にしゃべっている人を捜すんですね。」

滝子の親も文学の勉強のための上京を認めたのだから、私が強いて止めることもなかった。それに女だから、失敗しても結婚という逃げ道がある。また、作家とは人心をむしばむ仕事であるとしても、滝子のような女は文学に生活力を弱められる憂えがあるまいと思われた。

それにくらべると、蔦子の生活力は純潔であっただけ、それだけ鋭い刃のようにこぼれやすく見えた。彼女の傍にいると、私はなんだかつらく、かなしかった。彼女に対してなにかしら悪いことをしているかのような、澄み渡った悔いは、片時も私の頭から消えなかった。私の女房は蔦子を妹のように手荒に愛したが、私はそれを見ても女房に感心するばかりで、多分男はそういうことが出来ない娘なのだろうと思った。蔦子の目には、私が滝子の方を多く愛していると見えたかもしれない。滝子の目には私が蔦子の方を多く愛していると見えたかもしれない。二人とも、自分がよけい愛されていると信じていたかもしれない。滝子はほどよくあしらわれているといまいましがり、蔦子はうちとけてくれないとひがんでいたかもしれない。恐らくみんなほんとうだったろう。だから私は彼女等が殺された家の門口を入ろうとする途端、

「嘘よりこわいものはない。」という言葉がふいと浮んで、足がだるくなったのだろう。

「横合いから飛び出した通り魔のような奴（やつ）に、二人を殺されて、しまったというお前の惜しそうな顔を見るがいい。」

「通り魔とはいったいなんだ。」

「知ったか振りな顔をするな。二人が殺されたことに、お前が責任があると思ってくれる人間は一人もないじゃないか。えらがってもだめさ。」

「なんだか急に老（ふ）けておしまいになるんじゃない？　と、あの時おれの女房は言ったが、二人の死におかまいなしに、おれがあの女達の生命を愛しているところをみると。」

「嘘をつけ。死人に口なしを幸い、やっとお前は自分に都合のいいことを書けるのだ。女達の生命の滅びにつれられて、いっしょに消えて行ったお前の生活力を嘆くなんて、女が生きていたらもの笑いだぞ。」

「死んだものは死んでいる。」

「そうはっきり言っている自分の言葉が分るか。」

「おれは生きている。」

「ありがたいことだ。どうせあんなことになるのなら、あの女を抱いておけばよかったとさえ考えることが出来るからな。殺人者の山辺三郎に礼を言うがいい。彼女等を生んでくれた神に感謝するのとおなじだ。」

「その通りかもしれん。なにもかも知っている人間には、なにもかもいいんだという言葉があるからな。」

「お前はなにを知っている。」

「なにもかも知っているということは、なにもかも知らんということと同じだとおれは知っている。」

「しらっぱくれた語呂合わせをするな。山辺三郎の方がお前よりよっぽど生命を愛しておった。あいつは人殺しの後で逃げ出す時に、近所の赤ん坊の泣声を聞いたと、幾度もの取調べに自白している。ところが精神鑑定人の訊問によって、それはつくりばなしだったことが明らかになったのだ。幻聴でもない。赤ん坊の泣声を聞いたような気がしたのではなく、聞いたような気がしたとなぜか思いたくなって、ふとそう言ってしまったのだ。」

「自分が二人殺したが、その今またどこかで新しい生命が生れてるだろう。その思いが赤ん坊の泣声となったと考えるのかね。それなら朝の牛乳屋の車の音だっておんなじだ。おれの小説だっておんなじだ。」

「生きていることは、なんとでも言えることだ。」

「なんとでも言える！　おれはそんなえらい作家ではない。」

「お前がこの世でいつも無罪のような阿呆面をしているのは、そのせいか。通り魔につかれなくておめでたいよ。」

「およそ通り魔でないものが一つでもあるかどうかは疑わしいが、おれは山辺三郎のような人格異常者ではない。」

「道理で、蔦子がお前を頼って来た時にも、お前は常識家の仮面をかぶった卑怯者だったよ。」

　蔦子は四国の徳島からだしぬけに私のところへ来たのだった。家出だと自分で言った。水晶細工のようなこの娘のどこにそんな無謀さがあるのかと、私は不思議だったが、とにかく帰国させようとした。傍に坐っていた滝子がいきなり笑い出して、

「せっかく出ていらっしゃったんですもの。女の一人や二人、先生に御迷惑かけなくても、どうにだって始末がつきますわ。しばらく置いておあげになったら。」

　私はもっともらしい顔つきをゆるめた。蔦子は京都の生れで、孤児となってから徳島の遠縁の家にひきとられ、そこの女学校を出たのだそうだ。そう聞いただけで、徳島の家というのがいたたまれないほどひどいものであったにちがいないと、私に思われて来た。蔦子にはそんな力があった。しかし、とにかく私は徳島へ照会の手紙を書いた。返事が来なかった。年頃の娘が家出したのに、ほったらかしておくとは、なんということであろう。ところが、

私は先方を責めるよりも蔦子が痛ましくなった。こんなあつかいを受けていいはずがない娘のように思われるのだった。このまちがいはこの世全体のあやまちのようにさえ考えて、私は滝子といっしょに彼女を家に置いた。

ところが、彼女が死んだ時にも徳島からは骨を受け取りにさえ来なかった。手紙や電報は附箋つきで返って来たわけでないから、宛名人は多分実在しているのだろうが、いくら遠縁の家出人にしろ、他人に死骸の始末までさせてなんの挨拶もないのは不可解である。この原因は蔦子にあると疑えば疑えて、

「蔦子さんはあなたの思っていたような女じゃなかったのかもしれないわ。そういえば、あの人は国の話や身上話をちょっともしなかったわ。」と、女房が言い出したほどである。私も今から考えると、あまり多くの謎が結晶して反って純潔な娘となっていたのかと、それも結局、彼女の思い出をせつないものにするようにしか働かないけれども、とにかく初めは徳島から音沙汰ないのを私は喜んでいたにちがいなかった。

しかし私は蔦子と一つ家に住むのが直ぐ苦しくなった。私のために彼女の生きる力が削がれゆくのを刻々に見る思いであった。それゆえ滝子と二人で小さい家に住まわせた。滝子は毎日のように私の家へ通って来た。蔦子もたいていいっしょであった。でも、滝子は身についた習わしとしてなにげなく来るのに、蔦子はなにか気がさしながらしかたなし滝子について来るという風であった。それももっとも、滝子は私の日常に必要となっていたのだ。人ぎらいがつのり、誰に会っても直ぐ無口となり目のやり場に困って肩がこる、この頃の私は、

滝子を傍において客の接待をしてもらう癖がいつしか出来ていた。滝子が座を立つと、私は急に硬くなり、客は白けた。彼女は私の顔色をよく読んでいて、もう客に帰ってもらいたいと思うしおどきには、ふいと姿を消した。客はたいていとりつく島を失ったように立ち上った。これらのことはすべて私と滝子との暗黙のうちに行われた。外出の場合も同じであった。乗物の切符を買ってくれ、食事の註文をしてくれた。私は滝子なしには人に会うことも家を出ることも出来ないような工合になってしまっていた。これが女房だと少しでしゃばりに見えたであろうが、そうでないところに柔かなふくらみが残っていた。

　山辺三郎の人間、または生命力は、むしろ蔦子の方によく似ていたかと想像されるのだが、枕を並べた二人の娘のうち、彼が先ず滝子の上に跨ったのはあたりまえであり、その気持は分るようだ。三郎は滝子達の家の近くから私の住む町へ通う乗合自動車の運転手をしていたことがあった。それに毎日乗った彼女等と顔見知りになったとみえる。その頃彼は彼女の家から表通りに出る角の雑貨屋に下宿していたのである。ただそれだけの男が、どちらかといえば彼の相手としては少し上品過ぎる娘ばかりの家へ、時々遊びに来ていたという、それも滝子のあけひろげの一面が起りであったろう。しかし三郎については、滝子も蔦子も一言半句も私にもらしたことがなかった。とるに足らぬ男であると思っていたからだろうが、また心やましかったからでもあったろう。三郎の供述から匂って来るところでは、蔦子までがこの男に気をゆるして、しどけなく卑しさをさらけ出して、ふざけ散らしていたらしいのである。殺された時も、彼女等は私に見せていたような行儀のいい姿では、決して寝ていなかったのである。着物を着ていたか、蒲団をかけていたかも、加害者はよく覚えておらぬほどである。三郎も無論、私のように彼女等を外出着の姿では見ておらず、行きつけの一膳飯屋の女並みにからかっていたものらしい。

「被告人が滝子や蔦子を絞め殺したのは、痴情関係その他深い関係があってのことではないか。」

「とんでもない、そんなことは全くありません。私は二人になんの恨みがあるのでもなく、そんな大それたことをせねばならんほどの事情があったのではありません。」とか、

「どうしてそんな大それたことをしでかしたか。」

「私は前から滝子さんや蔦子さんをよく知っておりましたので、ほんのいたずら半分にその二人を嚇かすつもりで、家に忍びこんで二階へ上り、短刀を抜いて眠っていた二人を呼び起しましたが。」とか、三郎は簡単にしか供述していないし、犯行の動機が被告の精神状態の鑑定を必要とするほど理由のないものだったことは明らかなので、訴訟記録に現われたところでは、法官も深くは追究していないし、またこれより深く心理の奥を探索し捏造することは、法律の埒外であって、小説家の絵空事かもしれないから、私はこれまで私の感傷の遊びよりも犯人の自白を、真実と見ようとつとめて来たのであるが、その自白も多かれ少なかれ小説にちがいないのは、前にも書いた通りで、所詮すべての言葉も無期懲役という刑罰も同じような遊びなら、殺した者と殺された者との返らぬ命に、生ける者の恵みをおっかぶせることとして、三郎と彼女等とがお互いに見くびり合い、軽んじ合っていたところに、悲劇の

必然がひそんでいはしなかったかと、私は思いもするのだ。

三郎のたわむれは、底抜けの寂しさの訴えではなかったろうか。生に媚びようとして、死を招いたのではなかったろうか。三郎は滝子達の家の玄関に隠れていて、銭湯から帰って来た二人を、わっと嚇かした。それで足りずに、忍びこんで眠った女に跨り、白刃を突きつけて嚇かした。ただ嚇かしたのである。心理の謎は子供にあてはめてみると解きやすい。事実三郎のいたずらは子供そっくりであった。暗がりに一人身を忍ばせて待って、またうしろからいきなり飛びついて、わっと相手を嚇かす時の子供心はどうであるか。自らの寂しさである。愛への媚びである。

そこまでゆくと、三郎が先ず滝子の上に跨ったのも、滝子の方が親しかったからだというだけでは、かたづけられない。

「そして、滝子を刺しているうちに、蔦子さんも目を覚ましましたが、私だということがわかったので、（三郎さんおどかしちゃいやよ。私眠いから寝るわ。）とあちら向きに寝返りをして、そのまま眠ってしまいましたけれども。」（警部）

「蔦子が目を覚まして、胸を起そうとして、ちょっとこっちを見たようにも覚えています。」（鑑定人）

「滝子の傷を見て蔦子が驚いてはいけないと思って、蔦子の手足を縛っておきました。」

「蔦子はなんにも言わずに、手足を縛らせたか。」

「なんとも言いませんでした。」

「ほんとうか。被告も無言で縛ったのか。」

「黙って縛りました。」（公判）

　こんな風に被告の供述が、その度ごとに少しずつちがうのは、滝子の血を見て驚きのあまり意識朦朧としていた際のゆえであろうけれども、寝床を並べた滝子が殺され、自分が手足を縛られ、猿轡され、目隠しされ、絞め殺されながら、蔦子が声も立てず、さからわなかったのは、この事件中最も奇怪なことで、若い娘の寝入りばなの深い眠りと言えばそれまでにしろ、清楚な彼女の肉体が命をかけて放った、妖艶な光芒と凄くなるのだが、しかし、

「前からもう覚悟をきめておりますんで、警察では先きさまの言う通りに、自分がやったんだという気になりましたし、予審でも、公判でも全部認めて来ています。どっちにしたって、私が殺したことはまちがいないことなんですから、知らないと言える道理はありませんし、どんな判決にも服するつもりでいますから、こうしたろうと言われることはどれも、しなかったと言い張りたくはありません。」と、あきらめた彼が法官に対してただ一つもらした愚痴らしい言葉は、警察での最初の取調べの時に、

「どうして蔦子さんの方が先きに目を覚ましてくれなかったんですかしらん。」

　なるほど、蔦子が滝子より先きに目を覚ませば、この殺人事件は起らなかったかもしれない。少し度を過ぎたたわむれに終ったかもしれない。三郎の愚痴はもっともだ。しかし、彼は滝子に跨りながら、そういう恰好を実は蔦子に見てもらいたいと思っていたのではなかったろうか。滝子を嚇かしながら、ほんとうは蔦子を嚇かしたかったのではあるまいか。蔦子

が先きに目を覚ませば、滝子の胸に短刀を突きつけている三郎を見て、あれえっと驚くとは限らず、にいっと笑って三郎と狡るそうに目を見合わし、急に二人の隔ての取れることもあろう。そこまでは夢見ずとも、蔦子に恋しているから滝子を嚇かすことなんかは、恋愛の常識第一歩ではないか。この妄想は私を情ない自己嫌悪に突き落した。滝子を日常の必要とした私の態度もこれと同じ蔦子への愛の現われに過ぎなかったのか。人のために掘った落し穴に自ら落ちて、その悪臭に鼻をおおう愚かさだ。この犯罪の美しさは、動機の無意味さ以外のなにものにも絶対にないことを、私はよく知りながら、いかなる悪魔の誘惑に毒されて猿芝居をするのか。けれども私がはじめから、

「被告の精神状態には、そのために殺人を犯すほどの病的なものが認められないゆえに、反って私は、病的犯罪として無罪を宣告された多くの殺人者よりも、この山辺三郎の方が、罪が軽いと思う。刑法とはまた別の目で見れば。」と言いたいようにも思われたのは、真夏の夜半寝みだれた娘に白刃をかざしている三郎の姿に、やはり人間の寂しさの極みを見たからではなかったろうか。

　また実のところ、その日三郎はよるべなく寂しかったのである。彼は失業者であった上に浮浪人に近かった。けれども彼は正気を失った人間ではなかった。泥酔してもいなかった。

「智能検査の成績は極めて優良を示している。一般知識、計算能力、論理選択、正文、充塡、構文、定義について行いたる成績は、全然標準点と同一である。

記憶力は自己の経歴につき誤りなく、記銘力の試験は表に示す如く、対語試験に於て全く

正当数を得、殊に無関係対語試験に於てさえ完全に再生することを得るは、蓋し優秀なるものと言わなければならない。

故に記憶、記銘の障礙は認められず、従って記憶を減退せしむる精神的原因を有しないことを証明するのである。

聯想試験に於ても亦刺戟語に対する反応時間も短く、聯想形式も多く内聯合にして、刺戟語をよく領会判断して後に反応するのであって、通常の聯合状態を示している。故に観念聯合の異常を来す疾病を有しないことになる。

ブルドン氏抹消試験に拠る精神作業を試みるに、被告は五分間作業は二十八段に及び、しかも脱数が僅かに一で、作業能力は優良を示している。

以上の如く、表によって数字の示す被告の考査成績は極めて優良で、何等の病的と認むべき処なきに拘らず、一方被告の精神生活は従来の実際が示す通り完全なものでなく、常に安定することなく、職業を変更して永続せず、養父と融和せずして家出する如き一面を有していることを考うれば、綜合的精神作用に何等かの欠くるところがなければならないと見られるのである。吾人はかかる精神病状態を有する者を変質者即ち異常人格者と名づけている。故に被告は前に示す如く、軽度の変質殊にヒステリイ性性格を有する人格異常者と診断することが適当と信ずる。」

法医学者の個人鑑別はだいたいこんな風であった。「ヒステリイ性性格」というのは、子供の時からなにか変ったことがなかったかと、鑑定人に問われて、

「子供の時に度々ありました。七八つから十一くらいまでのことですが、見ているものがふいに大きく見えたり、また小さく見えたり、一つのものがいろいろに変って、とても恐ろしくて、ひきつけるように泣き出したのを覚えています。」

「それはどういう時に起るのか。」

「昼間なにごころなく遊んでいると、いきなり物が大きくなったり、小さくなったり。」

「そのほかになにかなかったか。」

「いったいに私は、夏の七月と八月が変なんです。家を飛び出したのも八月ですし、その頃になると、妙にこうじっとしていられなくて、なんかにいらいら追い立てられるのか、自分でもそわそわするのか、夜の夜なかでも、ああ、そうです、特にその、暴風雨の時なんかは、表に出て滅茶苦茶に歩き廻りたくなって、自分で自分の心がおさえつけきれなくなります。」

犯行もまた八月一日の午前二時頃から四時頃までの間であった。その前日も山辺三郎は朝から夜中まで、めあてのあるかのようにまたないかのように、街を歩き廻ったあげく最後に辿りついたのが滝子達の家だったのだ。

その頃、彼はもう近くの雑貨屋に下宿しているのではなかった。訴訟記録から三郎の過去を簡単に拾ってみると、彼は私生児であった。母は夫の死後、看護婦として働いていた時に三郎を産み、父の名は誰にも明すことを拒み続けて、三郎の七八つの頃腸チブスで死んだ。戸籍面は母の弟の実子として届けられ、一時里子に出されたけれども、三歳の時引き取られて、主に祖母が育てた。幼い時は女の子のようにおとなしく、隅っこで玩具をいじったりしていたが、どうかすると陽気にはしゃぎ出し、遊んでいるかと思うと、突然ものに怯えて泣き出すことがあった。実業学校を退学して、養父と衝突し、飄然と家出したこともあった。（家庭の事情や家出は、蔦子と似ている。）機械をあつかう仕事をあれこれ見習ってみた末、自動車の運転手の免状をとった。乗合自動車に勤務し、滝子等の近くに住んでいた頃は、彼の一生のうちで一番正業についたと思われる時であった。女車掌との間を疑われたと、仲間と争って出てからは、三四の円タクのガレエジを歩いたが、どこでも落ちつけず、とうとう自動車修繕工場に入った。そこも七月の中頃に追い出された。兇行当時は祖母の家に寝泊りして職を捜していた。

だから、彼が七月三十一日に街を歩き廻ったのに不思議はないようだが、その三日前、養父が突然祖母の家に来て、勘当同然の三郎を祖母がかばっているところから、二人の喧嘩となり、養父はおれの家へ来いと、力ずくで三郎をひきずり出そうとまでしたので、翌る朝三郎は横浜在に産婆をしている叔母のところにしばらく避けようと、祖母に汽車賃をもらい、着替えなど入れたバスケットを持って、家を出たのだったのに、田舎行きがいやになり、以前の友人のところに泊って、三十一日はバスケットをぶらさげたまま、自動車修繕工場へ行ってみたり、横浜行の省線へ乗るつもりで駅に立ってみたり、昼間から映画を見物してみたり、外に出て働いていると分っている運転手を訪ねてみたり、それもただ電車に乗っている時間を長びかせるためかのように遠くの友人を選んだり、やけ酒を飲むつもりで入った安酒場の女給が無愛想なのでそのまま出たり、いよいよしかたなくなって、あの雑貨屋の二階にまた置いてもらおう、とにかくバスケットだけでも預けようと思ったのだった。しかしもうかれこれ十二時、雑貨屋が寝てしまっていることはよく分っていたはずなのである。雑貨屋がしまっていたから、滝子達の家へ足を向けたと三郎は言うけれども、実は彼自身もそれと気づかぬ口実であったかもしれないのだ。彼の心ははじめから彼女等の家に向いていたのかもしれないのだ。雑貨屋がもう寝て、彼女等がまだ起きている時間が来るまで、彼はこの町に辿り着くことをいろいろとのばしていたのかもしれないのだ。若い女ばかりの家に泊めてもらおうとか、夜なかに上りこんで話して行こうとかの考えは、無論彼にはなかったろうけれども、彼の自白の通りに、来たついでだからちょっと声をかけて行こう、雑貨屋の二階が新しい下宿人でふさがっているか聞いてみよう、もしかしたらバスケットを預かってもらおう、ただそれだけのことに過ぎなかったのだろうけれども、この家は彼の心に隠れた古里の港ではなかったのだろうか。玄関に身をひそめて、帰って来た彼女等をおどかしたのも、訪れる理由のない家へ訪れたきまり悪さを、ごまかそうがためではなかったろうか。

　こんな風に、私はまたしても偶然のうちに必然の伏兵をさぐり出そうとするか。それもこれも所詮は、山辺三郎に私自身を見ての臆測か。ともかく犯人は無罪でも軽い刑でもなかったのだ。無期懲役の宣告に服して獄死したのだ。必然であろうと、偶然であろうと、彼は命をかけてつぐなったのである。彼の言葉を聞こう。

「被告人がその二人を殺した前後を詳しく述べてみよ。」

「その時、門口のガラス戸をひっぱってみましたら、まだ鍵がかかってなくてあきましたので、中へ入りましたが誰もおりませんから、滝子と蔦子は風呂へでも行ったんだろうと思って、玄関の板に腰かけて、うとうと居眠りしていると、表の方から二人が夜中らしくなく陽気に話しながら帰って来る声が聞えましたので、こいつひとつ嚇かしてやろうという気になり、隅にしゃがんで隠れとりますところへ、二人がガラス戸をあけて土間へ入り玄関に上りかけたから、私はわあっと大声といっしょに飛び上りますと、二人はきゃっと叫んで跣のままガラス戸の外の敷石のところまで飛び出しましたが、かねて知合いの私であるということが分ったので、私の顔を見て笑いはじめ、大きな声で笑いまして、もとのようになかへ入って来ましたので、私はその場で二人と二十分ぐらい愉快にとりとめない笑い話をして、三人でにぎやかに笑いました。（ほんとうにびっくりしたわ、ひどいわ。）と、滝子さんが言いますと、（もう今度は驚かないわ。）と蔦子さんもくやしそうにはしゃぎました。もう十二時半過ぎですから、私はバスケットを預かってもらおうとしましたが、その時滝子さんや蔦子さんに、（さっきのびっくりした恰好はなかったよ。）と、また笑いますと（あの時は驚いたけれど、今度からはもう驚かないわ。）それから蔦子さんも、（もう一度びっくりさせたらえらいもんだわ。）と言いました。私はそれをなにげなく聞き流して外へ出て、祖母さんの家へ帰るつもりで右へ折れ、小学校の正門のところまで出て立小便をしているうちに、ふとその時、今一度引き返して滝子さんや蔦子さんをおどかしてやろうという考えが起りましたので、戻って来て玄関のガラス戸を引っぱってみましたところが、鍵がかかっていて入れませんから、しかたがないや帰ろうと、また小学校の方へ歩きはじめて、その途中のポストのところまで参りますと、そこから二人の家の裏手へ廻る路地のあることを、ふいと思いついて、右手の横町へ曲りましたが、その裏手に通じる路地口はトタン張りの戸がしまっていてあきませんでしたけれども、ちょうどその戸の直ぐ右側に塵箱が置いてありましたので、私は短靴のままその塵箱を足場にして木戸を乗り越え、滝子の家の裏手に来てみました。もしかすると裏のガラス戸は戸締りしてないかもしれんと、私の思ったのは空だのみで、鍵のかかってないはずはなかったのですが、見るとそのガラス戸の上の欄間のところがあいていましたから、便所の傍の塵箱に上って、左足を便所の窓にかけ、右足を欄間のところへ上げ、片一方の手を欄間の横木で支えて、もう一方の手は内側の壁にあてて、ゆっくりお勝手へ下りるつもりでしたところが、途中で左足がすべって、どんと下の板の間にあたりましたので、お勝手を泥靴でよごしては気の毒だと思いまして、右足の靴を手で脱いで持ち、左足の靴も脱いで持ち、障子をあけて下の部屋を抜け、その靴を玄関の土間に置いたのであります。その時は二階も下も電燈が消えてましたが、街燈の光で家のなかもぼんやり見えましたから、私は強盗のような恰好をして、もう一度蔦子さんや滝子さんをびっくり仰天させてやろうと、にこにこ笑いながら、着ていた洋服や帽子を脱ぎ裸になって、日本手拭で目だけ出るように顔を包んで、バスケットのなかの短刀を持って二階へ上ると、入口の障子が半開きでしたので、そこから入って、二人のぐっすり眠っている様子を見たんであります。」

　この検事の聴取書は非常に詳細で明瞭である。精神鑑定人の意見によると、被告は強盗の真似をするつもりが過って滝子の胸を刺し、

「そのうちに血が吹き出して、血が寝間着にうつりましたので分りました。しまった！と、その時思いましたが、実申しますと後はよく分りません。しかしまるっきり分らないはずはないと思いますけれども、こうだと言われるとそうのような気がしますし、また確かにそうじゃないと強いことは申されませんのです。」と三郎自身も告白している通りに、血を見た驚愕のあまり、強い感動に打たれて、意識の障碍を来し、朦朧となり、朝の牛乳屋の車の音を聞く頃になって、はじめて意識が鮮明に恢復した。だから、滝子達の家に忍びこむまでの陳述は、絞殺の場面の陳述に見られるような、「大同小異」の小異が少い。ついでに、彼が忍びこんだ時の服装は、薄茶色の三つ揃いの洋服に登山服のようにバンドの附いた外套を着て、薄茶色の中折帽をかぶり、赤い短靴を履いていた。

ところが意識鮮明の嚇かしのくだりの陳述と、意識溷濁の殺しのくだりの陳述と、どちらが私の心を惹くか。いうまでもなく、殺しのくだりの方が小説家には無限の豊富な世界であろう。三郎が自ら手にかけた滝子の死骸の傍に、二時間も寝こんでおったなどの奇怪もある。しかし私ははじめからそのような誘惑にはつかまるまいとつとめて来た。常識から見れば、滝子の胸を刺してからの三郎は、もはや三郎ではない。自分を失った彼をあやつったものはなにか。それこそまことの彼自身であるという見方は、むしろあまりに真実過ぎて、神の目ならぬわれらには反って真実の仮面の道化芝居となる恐れがある。だから私のこの小説は、殺しのくだりでは滝子と蔦子とに心を寄せ、嚇かしのくだりでは三郎に思いを近づけたのであった。

嚇かしのくだりの陳述にも、三郎の心の謎の鍵はいくつも散らばっているようだ。例えば、「祖母さんの家へ帰るつもりに」、彼はなぜなったのであるか。心が満ち足りたからであろう。寂しくて、気がひけて、人気のない家の玄関にしゃがんで隠れていた彼は、わあっと飛び上ることで、体の凝りを伸ばしたばかりでなく、心の鬱陶しさもまた晴れたのである。思いがけない効果であった。彼はこの家へ最後に辿りついた隠れた目的を果したのだ。陽気に口笛吹いて帰るほど浮き立っていなければ、誰がもう一度引き返して来るものか。その喜びが度を過ぎたのだ。だからいたずらも度を過ぎて、心の慰めを恵んでくれたばかりの娘達を殺すようなことになってしまったのだ。

学校の門での立小便は、さぞこころよかったであろう。愛する女が思いをかなえさせてくれた後と同じであっただろう。それでこそ彼は、「もう一度びっくりさせたらえらいもんだわ。」との蔦子の言葉にそそられて、木戸を乗り越え、娘に跨って短刀をつきつけるほど調子づいたのだ。寂しい彼であった。今にして思えば、私だって、女弟子などというとりとめない間柄の娘を訪ねての帰りに、ほっと身軽になったような楽しさで、わけもなく微笑んでいたことが幾度あったか。その日三郎は彼の八月のえたいの知れないものに追われ、職さがしに疲れ、夜の寝床のあてもないほどだったのである。娘二人といっしょに笑った、「笑い」という言葉を、陳述のなかに力を入れて繰り返しているではないか。娘達がいかにもはしゃいで楽しんだように語っているではないか。彼が無期懲役の重刑にいさぎよく服して、陪審を辞退した心の奥にも、このように娘達の笑い声が響き、彼女等への感謝がひそんでいたかもしれないのである。被告の養父、つまり生母の弟は飲酒酩酊で性格が一変する癖があり、生母の妹は軽いヒステリイ症であり、祖母は中風の脳溢血にかかっているなど、と三郎の人格異常の遺伝をたずねるようなことをしなくとも、彼の嚇かしの気持は私に分ると思う。

「その時被告人は木戸を乗り越えるのを躊躇しなかったか。」と訊問されて、三郎は答えている。

「私は人が道を通っているような気がしましたが、見られてもなんとも思わず、別に躊躇なんかしないで、木戸を乗り越えて、路地へ入りました。」

「どうして二人を嚇かす気になったのか。」

「どうということはありません。その時の気持だろうと思います。」

「どういう気持か。」

「いたずらをしてみたい気持でしょうと思います。」

法官はそれ以上追究はしていない。また、私の勢いこんだ推量を裏切るかと思われるのは、「玄関の板に腰かけて、うとうとと居眠りしていた。」という三郎の言葉である。彼は警察、検事局、予審、公判、精神鑑定、いずれの訊問にも、居眠りしていたと答えている。してみれば、三郎はこの家へ来ることにも、また娘達を待つことにも、はじめ二人をおどかすことにも、私が考えるように胸ときめかしていなかったのではないか。心の古里の港どころか、やはりふざけ散らす相手と二人を見くびっていただけではないか。それにしては、蔦子は清麗過ぎる。滝子は艶麗過ぎる。けれどもお互いに恋なんか度外視したところに、彼等のはしゃいだ悪ふざけがあった。また、その日三郎はほつき歩いた疲れの真夜中で、坐れば直ぐうとうとするほど眠かったにちがいない。

「嘘をつけ。」と、横から私に叫ぶなに奴かがいる。居眠りしたとは、三郎のただ一つの嘘だ。彼の虚栄心が言わせた嘘だ。でも、これまた私が自分の虚栄のために、彼女等に対して居眠りする振りを見せ通し、遂に手をつかねて通り魔に奪われてしまった、口惜しさまぎれの邪推であろうか。私は迷うのをやめて再び「予審終結決定書」の大胆な簡略さに頭を下げよう。

「被告山辺三郎ハ予テヨリ東京市〇〇区〇〇町六番地香河滝子及ビ鹿野蔦子方ニ出入シ居リ、同人等ト知合ヒノ間柄ナリシトコロ、昭和〇年八月一日午前零時過ギ漫然同家ニ入リテ待チ、軈テ滝子及ビ蔦子ガ外出先ヨリ帰来スルヤ、頓狂ノ声ヲ発シ同人等ヲ吃驚セシメテ打チ興ジ、斯クテ暫ク談笑ノ末、同人等ガ今度ハ驚キシモ最早驚カサレマジト言ヒタルモ聞キ流シツツ辞去シタルガ、其帰途右ノ言葉ヲ想起シ、今一度同人等ヲ吃驚仰天セシメント思ヒ、同日午前一時過ギ頃再ビ滝子方ニ引キ返セルニ、既ニ就寝後ニテ戸締リシテアリシヨリ、同家ノ裏手路地ノ木戸ヲ乗リ越エテ其裏手ニ廻リ、更ニ便所脇ノ塵芥箱ヲ足場トシテ、勝手口硝子戸上ノ空隙部分ヨリ其ノ屋内ニ忍ビ入リ、而シテ強盗ヲ装フベク変装覆面シテ云々。」

　ともかく三郎は、それからはからずも滝子を殺し、その死骸の傍で二時間うつろに眺め、階下に下りてなにかしていた後に、蔦子も絞殺して、表に逃げ出したのは、もう五時過ぎであった。

「兇行当時隣家で人が梯子段を下りるような足音を聞きつけなかったか。」

「そんな足音は聞きませんでした。もっとも、私が滝子を殺してから二時間ほど経つと近所の赤ん坊の泣声が耳に入り、次に二三軒先きの牛乳屋の方で物音がしましたから、誰か入って来はせぬかと思い、下へおりてみたら、そのうちにまた牛乳屋から男と女のむつまじそうな話声が聞えたようで、隣りの家の梯子段の音は知りませんが、牛乳屋の声で、これはぐずぐずしてられん、早く蔦子を殺してしまわねばと思って、下の部屋から帯のようなものを取り、梯子段の中途に置いてあった麻縄を持って二階へ上りまして、蔦子を絞め殺したのであります。」と第二回の訊問に答えているが、赤ん坊の泣声も幻聴の手前のつくりばなしだと、鑑定人に告白した通り、すべては信じられない。前にも疑ったように、被告と取調官との合作の小説である。一時過ぎに忍びこみ、二時前に滝子に傷を負わせ、五分か十分後に彼女を絞め、午前四時頃に蔦子を殺し、五時頃家を出たという予審の時間は、だいたいまちがいのないところであったろう。自動車屋を起して東京駅に乗りつけると、ちょうど五時半の熱海行の汽車に間に合った。

「小田原の切符を買って急いで乗りました。雨が降っていました。」

「なんのため、汽車に乗ったのか。」

「なんのためか、自分でもさっぱり分りません。小田原に着くと駅を出ないで、そのまま次の汽車で帰って来ました。品川で降りまして、バスケットを一時預けに頼んでから、市内を方々ぶらぶらして、夜になって祖母さんの家に戻りました。その時夕刊を見て驚きましたが、それでもまだどういうものか、はっきり自分がやったこととは思えませんくらいで、それから現場附近を通ったり、四日につかまるまで割合平気でおりました。」

　その年、山辺三郎は二十五歳、滝子は二十三歳、蔦子は二十一歳、そうして私は三十四歳であった。五年前のことである。

「お前も割合平気でおったではないか。」

「おれが殺したのでも、殺されたのでもない。だが、おれは電光石火の早業で死骸の後始末をしたではないか。せっかく上京して来た滝子の母や兄を、無視して相談ひとつせず、気の毒につけつけあしらったようだった。」

「なにに追われてだ。お前の心やましいのは？」

「嘘よりこわいものはない。」

「死人が蘇らないのは、造化の妙か。蔦子の方は死の報せに対しても、返事の手紙一本来なかったゆえに、今になってみると、お前は蔦子の方をより多く愛していたように思ってるじゃないか。お前の方が哀れだよ。死んだ三人よりも。」

「他人の生活力というものは、消え去った、失われた過去から、現在の自分にのしかかって来ると、一層グロテスクなものだな。」

「しかし、過去ってものは、いったい失われたり、消え去ったりするものかしら。」

「ところが、そいつを人工的に保存する工夫を覚え出した時から、人間の不幸がはじまったような気もするな。」

「そんな狸問答は、さっきもお前から聞いたよ。自分のものにしようと楽しんでいた女を、横合いからあっけなく殺されたんで、お前はずいぶん苦労して、偶然だとか必然だとか、たわいない一人相撲を見せたようだね。」

「そんな冷かしで、おれが虚無感に落ちると思うのか。」

「お前は虚無の死を飾っているに過ぎんじゃないか。寝ぼけた女の死にざまのどこが美しい。」

「死人をたとえどんな風に考えようと、それは生者が死者を弔う道にはずれっこはない。生命のありがたさだ。おれは今でも彼女等から一種の肉体的な誘惑を感じるくらいだ。」

「二人が脆く殺されたことに、お前が責任を感じないでか。お前はこの殺人事件を無意味なゆえに美しいと見たがりながら、いろんなしたりげな意味をつけた。二人の女をまことに愛しておらなかった証拠と知るがよい。この殺人を、三人の生涯になんの連絡もないもの、三人の生活になんの関係もないもの、つまりこの一つの行為だけが、ぽかりと宙空に浮んだもの、いわば、根も葉もない花だけの花、物のない光だけの光、そんな風に扱いたかったらしいが、下根の三文小説家に、さような広大無辺のありがたさが仰げるものか。ざまをみろ。」

「おれは小説家という無期懲役人だ。山辺三郎のように、そのうち女でも殺して獄死するだろうさ。」

「ほんのたわむれだと信じて、息が止まるまで殺されると思わず、さからいひとつせず、お前の膝を枕に眠ってくれるような、そんな神仏のような殺し方がお前に出来るかね。奇蹟だ、それは。」

「なんだ、それはおれが三人のために作ってやった小説じゃないか。」

「そうか。小説だったのか。」と、悪魔に退散されてみると、私は省みて面を赤らめる。この一篇は訴訟記録や精神鑑定報告に負うところがあまりに多い。私一人の小説であるかは疑わしい。しかし、文中諸所で述べたように、その記録も所詮は犯人や法官その他の人々の小説であるのだから、私もそれらの合作者の一人に加えてもらえばそれで満足である。いずれも人間わざに過ぎぬ。色は匂えど散りぬるをの三人の霊を弔いたい微意で、私はこの一篇を草した。滝子や三郎の、殊にあるかなきかの蔦子の遺族や縁者の目に触れ、慰めとなれば、幸甚この上ない。

（昭和十年五月『禽獣』）

蔵の中

横溝正史

横溝もまた谷崎の影響が甚大だったことを表明している。戦後、一躍「本格」作家に転身したが、その後も変格的作風を色濃く持ち越していた事実は隠れもない。実のところ、選者は戦後の金田一シリーズより戦前の由利先生シリーズのほうが好きだし、横溝の長短編ひっくるめて「鬼火」を最も偏愛しているのだが、やはり少々長すぎるので、ここでは次に愛する「蔵の中」を採った。この趣向が——しかもこれほど端正かつ妖美な装いとともに世に現われた意義は途轍もなく大きい。これも余談に属するかも知れないが、中井英夫が『虚無への供物』を書くにあたってこの「蔵の中」が常に念頭にあったと本人から聞いたことを報告しておこう。（竹本健治）

【底本】『蔵の中・鬼火』（角川文庫・一九八一年）

　雑誌『象徴』の編集長磯貝三四郎氏が、いつものように午前十一時ごろ出勤してみると、校了になったばかりの編集室には、婦人記者の真野玉枝がただ一人、所在なさそうによその雑誌のページをパラパラとめくっているところだった。

「やあ、これは閑散だね。君一人留守番かい」

　給仕に帽子とインバを渡しながら、磯貝氏は真白な歯を出して愛嬌(あいきょう)のいい笑顔を見せた。

「お早うございます」恰幅(かっぷく)のいい磯貝氏の体を、玉枝は笑顔で迎えながら、「皆さん先ほどお出かけになりました。私もそろそろ出かけようかと思ったのですけれど、先生がお見えになってからと思って。……」

「そう、それはすまなかったね。何か用事？」

「ええ、先ほどまた蕗谷(ふきや)さんからお電話がかかって参りましたの」と言いかけて玉枝は驚いたように、「おやまあ大変な汗ですこと。木村さん、ちょいとお茶番の小母さんのとこへ行って、おしぼりをもらって来てちょうだいな。先生、お羽織をお取りになっちゃどう？」

「うん、そうしよう。何しろこれじゃやり切れん。歩いているうちはそうでもないのだが」

　流れる汗を拭きながら磯貝氏が羽織をとるのを、玉枝はうしろに回って手伝ってやりながら、

「まあ、随分ひどい脂性ね、先生は、――これじゃお召し物がたまりませんわね」

「うん、亡くなった嬶(かかあ)にもしょっちゅうそう言って愚痴をこぼされたものだよ。やあ、タオ

ルか、有難う、有難う。ほほう、これは冷たいや」

髭のあとの青々とした顎から太い首筋、たくましい腕から幅の広い胸のあたりまで拭き終わると、磯貝氏は初めてホッとしたように、回転椅子をギュッときしらせて大きなおしりを下ろした。五月はじめの事だからまだそれほど暑いという季節でもないのだが、八丈島の低気圧がどうしたとか、不連続線が何とやらで、この二、三日朝から電気をともさねばならぬほどの鬱陶しさ。

「蕗谷さん？　蕗谷さんてだれだっけな」

磯貝氏は早事務机の上にあった手紙を取りあげると、不器用な手付きではさみを使って、チョキチョキと封を切りながら、真野女史にさっきの話の続きを促した。忙しい編集者というものは、たいてい同時に二つぐらいの用を足す術を心得ているものである。

「あら、先生この間お会いになったじゃございません？　ほら、あの筆で書いた原稿を持っていらした方よ」

「ああ、あの美少年……、そうそう、すっかり忘れていたがあの原稿はどうしたろう」

「先生のお机の中にありません？」

「そうだったかな。それは失敬した。やっこさん、さぞおこっていたろう」

「そんな事ありませんけれど、何しろ三度目なものですから、私何とあいさつをしていいか困りましたわ。後ほどお見えになるそうです」

「そうかい、それじゃ早速読んどく事にしようよ」

磯貝氏はその間に、事務机（デスク）の上にあった二通の手紙と三枚の葉書を読んでしまったが、別に大した用件でもなかったと見えて、無造作に状差しに差すと、早速抽斗（ひきだし）をひらいて原稿を探しはじめた。

「墨で書いた原稿だと言ったね。ああ、あった、あった、蕗谷笛二（ふえじ）——と、これだね」

「ええそれ。『蔵の中』という題でしょう」

「そうそう、いやに古風な題だな。よし、今日は幸いひまだから早速読んでみよう」

蕗谷笛二なんて今まで一度も聞いたことのない名前だった。むろんこちらから頼んだわけでもなく、向こうから勝手に持ち込んで来た原稿だったから、磯貝氏がもう少しずるい編集者であったら、何とか難癖をつけて、突き返してしまうのは何の造作もないことであった。しかし、日ごろからどんな無名な作家の持ち込む原稿でも、必ず一応は眼を通してみるということを第一の信条とし、また自慢ともしていた磯貝氏は、この原稿だけに例外を設けるということは潔癖な氏としてとうていできないことだった。

「じゃ先生、私出かけてもよござんすね」

鏡に向かって五、六度帽子をかぶり直したあげく、やっと気に入るようにかぶれたので真野女史が満足の微笑（えみ）をうかべながら振り返ってみると、磯貝氏はすでにはれぼったい眼差（まなざし）で食い入るように原稿に読みふけっているところだった。なるべく靴音を立てないようにそっとその部屋を出て行った。編集室の中は静かである。給仕の木村はさっきから宿題の代数に夢中になっているし、訪問者もなければ電話もかかってこない。つまり磯貝氏の心境をかきみだすような事件は何一つ起こらないのだ。されば我々もこの間に、蕗谷笛二なるこの無名作家の、いささか風変わりな小説を読んでみようではないか。

四年振りに私はこの懐かしい、小さい私の王国に帰って参りました。

四年といえば私のような病気を持っている人間にはけっして短い月日ではありません。四年以前（まえ）この蔵の中で姉と二人、無心に遊びふけっていたころの私は、まだ十四になったばかりのほんの子供でありましたのに、今ではすっかり背丈が伸び、骨組は固くなり、のどぼとけはあさましくとび出し声さえも昔の美しい響きを失って、我ながら嫌悪を感ずるような大人になってしまいました。かつては羽二重のようにすべすべとしていた頬も、何となく肌理（きめ）があらくなり、光沢を失い、頬骨は尖るし唇は色あせ、しかも鼻の下には若草のような房々とした髭さえ生えようとしているのです。しかし成長したのは私の肉体ばかりではありません。私のこの胸に巣くっている、生命（いのち）の根を枯らす恐ろしい病気は、さらにそれ以上のすさまじい速度で、私の肺臓を食い荒してしまいました。四年間というものを私は退屈なあの房州の海辺で、気もめいるような物憂い、味気ない療養生活を続けて来たのですが、病気よりも前に私自身の方が、その寥（さび）しさに打ち負かされ、再びこうして壊れかかった肉体を引きずったまま、昔懐しいこの蔵の中に帰って来たのです。

それにしてもここは何という安らかな静けさでしょう。四年間起居していたあの海辺の漁村も、静かといえばずいぶん静かでしたが、その静けさはかえって人の心をかきみだすかと思われたのに、それに比べてこの蔵の中の、どんよりと澱んだようなほこりっぽい空気や、小さい窓から差し込む乏しい光線や、乱雑に積み重ねられた簞笥(たんす)や長持ちや古葛籠(ふるつづら)や、その他さまざまな古びた調度の醸(かも)し出す仄暗(ほのぐら)い陰は、傷ついた私の体をいたわるようにかき抱いてくれます。

この間初めて蔵の中へ入った私は、婆やにせがんで、その昔姉と二人で愛玩(あいがん)したお人形や時計その他さまざまな古い玩具や本を出してもらって、所狭きまでに床の上に並べたので、あたりの様子は四年前と少しも変わってはおりません。私のまくら元にはネジを回せばゴトゴトと動き出す機械(からくり)人形が立っていますが、これは若いころさるお大名の奥勤めをしていたことのある、私たちの曾祖母に当たる人が、お上から頂戴(ちょうだい)したものだということで、千鶴さんという名がついていました。紫繻子(むらさきじゅす)の紋付きに緋(ひ)の袴(はかま)をはき、立て膝(ひざ)をして二挺鼓を調べている、稚児髷(ちごまげ)のかわいい人形で、背中のネジを回すと顫(ふる)えるような手付きでかわるがわる二挺の鼓を打つのでしたが、今久し振りに私の顔を見ると、その千鶴さんは手垢(てあか)に汚れた頰を莞爾(にっこり)とほころばせながら、こんなことを言っているように見えるのです。

「笛二さん、あなたはやっぱりここへ帰って来ましたね。ここよりほかにあなたの住む所はないということがようやくわかったとみえますね。ずいぶんあなたは私達に無沙汰(ぶさた)をしましたが、私達は少しもおこったり気を悪くしたりしないで、昔と同じように仲好く遊んであげますよ」

私はまたつれづれのあまりに古い目醒(めざまし)時計を巻きます。これは瓦解(がかい)以前に祖父が長崎から買って帰ったもので、普通の鈴の代わりに高い山から谷底見ればというあの古風な唄をいかにも所在ない調子で繰り返すのですが、今私が久し振りにその音に耳を傾けていると、やがてそれは次のような言葉となって私にささやきかけるのでした。

「笛二さん、笛二さん、あなたはなぜそのように悲しげな顔をしているのですか。あなたはまた亡くなったお姉さんのことを考えているのですか。それとも御自分の病気のことを思い悩んでいるのですか。あなたはそれほど死ということが恐ろしいのですか。ああ、死とは何です。そして生とは何ですか。生命とは果しなき闇から闇へ飛ぶ白羽箭の、一瞬の電撃をうけてチラと矢羽を光らせた、その瞬間のようなものではありませんか。箭はどこから来たのです？　闇の中から来たのです。そしてまた箭はどこへ飛んでゆくのです。同じく闇のなかへ飛んでゆくのです。それ以上のことをだれが知りましょう。また知る必要もないのです。すべては闇から闇へと流れてゆくはかない駒のあがきにしか過ぎません。たとえ十年二十年生き延びたところでそれが何でしょう、この広大無辺な宇宙の闇に比べたら、葉末に結ぶ白露よりもなおはかなく脆いものではありませんか。さあ笛二さん、その眉根に刻んだしわをお取りなさい。そしてもう一度昔のような浮き浮きとした気持ちで私達と遊ぼうではありませんか」

涙のにじんだ私の瞳にその時朦朧と浮かびあがったのは、窓より差し込むぼやけた光の縞の中に、花簪をひらめかし、友禅の振り袖を膝の上に重ね、心持ち首をかしげてにっとほほ笑んでみせる美しい姉の姿でありました。その唇はあたかもこう言っているように見えるのです。

「笛二さん、今日は何をして遊ぼうかねえ」

思えばいとけなきころよりの私の記憶にして、この美しい姉と仄暗い蔵の中の光景に結びついていないものはありません。物心ついたころより私は常にこの姉と二人きりで静かにおし黙ったまま蔵の中でお手玉をしたり千代紙を折ったり、紅い絹糸に美しい南京玉を通したり、お人形に着物を着せたり、そしてそれらの遊びに飽きると、古い草双紙や錦絵を出して仲好くながめていたものです。姉はよくそれらの絵本の中に美しいお小姓や若衆の姿を見付け出しては、揶揄うように私の頬ぺたを指でつついたものですが、たぶんその意味はお前はこの絵のように美しいよというのであったでしょう。そこで私がお礼心に、美しいお姫様や腰元の絵を見付け出して、姉の頬ぺたをつついてやると、さすがにちょっとうれしそうに頬を染めましたが、すぐ淋しそうに長い睫を伏せて首を左右に振るのでした。

かわいそうに姉の小雪は生まれついての聾唖でありました。本郷で「ふきや」といえば昔から人に知られた小間物店で、その有名な老舗の一人娘と生まれながら、耳が聴えず口が利けないばかりに、姉は淋しく蔵の中で春にそむいて日陰の生活を送らねばならなかったのです。それも醜い生まれつきででもあることか、人一倍優れた美しさでしたから、両親の不愍さはどんなでありましたろう。何もわからない子供の私でさえも、姉が溜め息をつくのを聞くとついほろほろとやるせない涙がこぼれてくるのでした。不具者とはいえ姉はこうして家じゅうの寵を一身に集めていましたので、ちょっともひねくれたところや意地悪いところはなく、ことに私には特別に優しい姉でしたのに、それが急に人が変わったように気が荒くなり、ちょっとした事にも憤って物を打ちつけたり、涙ぐんだりするようになったのですから、あの時分私はどんなに悲しかったでしょう。

　忘れもしないあれは四年前の、ちょうど今と同じように物憂い春のことでした。私達は長持ちの中から古い錦絵を出してながめていましたが、その中に何代目かの豊国の画いた弁天小僧の一枚絵がありました。それは家橘時代の五代目菊五郎の似顔を画いたもので、緋縮緬の長襦袢を着た弁天小僧が、解き荷へ腰をかけ、抜き身の刀を畳に突き差し、銚子で酒を飲んでいるところでしたが、横に崩れた島田髷といい、ダラリと下がった緋鹿子の布といい、凄味があって美しく、色気の中に凄味が利いて、しかも五代目特有の愛嬌がこぼれるばかり、実に何とも言えぬほど綺麗でした。聞くところによると後に河竹新七が五代目にはめて弁天小僧を書きおろしたのは、この一枚絵の見立てからヒントを得たものだということです。

　姉はしばらく眼動ぎもせずにこの絵をながめていましたが、やがてぼっと上気した頬をあげると、潤を帯びてキラキラと光っている眼でにっと笑いながら、つと私のそばにすり寄り、腕をとって袖をまくしあげると、何か言いたげにしきりに弁天小僧の絵と見比べています。私にはその意味がよくわかりましたが、姉はきっとこう言いたかったのでしょう。

「まあ随分綺麗じゃないか。笛二さん、お前もこの人のように刺青をするといいねえ」

　私は何の気もなく薄笑いを浮かべたままうなずいて見せましたが、その翌日姉が本当に隠し持った針でプッツリと私の腕を突き刺したのには、肝をつぶしてとびのきました。見ると白い腕には南京玉ほどの血がポッチリと噴き出しています。姉は興奮のために真白になった顔をきっと引きつらせ、おとなしくここに坐っておいでという風にしきりに自分のそばの床をたたいていますが、その時ばかりはさすがの私も、どうしても彼女の言葉に従う気にはなれませんでした。血走った眼といい、ブルブル震えている唇といい、まるで人間が変わったようで、日ごろ美しい女だけに一層凄味に見えるのです。

　姉はいくら言っても私がきかないので業をにやし、きりりと柳眉を逆立てると、いきなり私の帯をとってそこへ俯向けに引き倒しました。そして赤い蹴出しをちらつかせながら左腕を組み敷くと、はっはと荒い息使いをもらしながら、何やらもぞもぞと取り直している様子に、私はもう抵抗をする勇気もうしない、今にも鋭い針が突き刺さって来るかと、首をすくめて待っていましたが、その間にどうしたものか、腕を押えていた姉の膝から次第に力が抜けて行ったかと思うと、ふいにその場にがばと突っ伏した様子。私はびっくりして首をもたげてみました。見ると姉は両の袂でしっかと顔をおさえたまま、床の上に俯伏していやいやをするように頭を振っています。その度に頭に挿した花簪のビラビラが艶かしくも震えるのです。

「姉さん、どうしたの」

　私はしばらく、あっけにとられてその様子をながめていましたが、いつまでたっても姉が顔をあげないので、次第に不安になって来て、

「姉さん、おこったのかい、堪忍しておくれよう、ねえ、それじゃお前のいうことをきくか

らさ、さあ刺青をしておくれ。お前の気のすむようにしておくれ。だけどあまり痛くないようにしておくれよ、ねえ」

　むろんこんな事を言ったところで姉に聞こえる道理がありません。そこで私はいやがる姉にむりやりに顔をあげさせると、力ずくでその顔から両の袂をひっぱぎましたが、そのとたん思わずあっと息を飲み込みました。それもそのはず姉の唇には絹糸を引いたように美しい血の筋が垂れているのです。そして雪兎に南天をあしらった友禅の膝のあたりには、ちょうど時ならぬ牡丹の花が咲いたように、ガップリと一つ大きな血の塊りがこびりついているのでありました。

　その日以来私たちはこの蔵の中へ入ることを禁じられ、姉は間もなく付き添いの婆やと共に海辺の別荘へ送られましたが、それから半年ほど後のある秋の朝、淋しくそこで息を引きとりました。そしてそのお葬のすむかすまぬかのうちに、再び私が同じ病気で、同じ別荘へやられることになったのです。

　しかし、こんな風にお話していては際限がありませんから、もうこれ以上姉のことを語るのはよしましょう。私にとっては、それは綿々として尽きぬ懐かしい思い出に綴られているのですけれど、皆さんにとっては、こういう話をいつまでも続けられることは、さぞ退屈なことであろうと思われますから。

　それにしても、思えばまあ何という物憂い、味気ない世の中でしょう。私はもう千鶴さんの鼓の音にもあきあきしましたし、軒を伝う雨垂れのような、あの懶げな目醒時計の、高い山からの唄も、今では私に溜め息をつかせるばかりです。私はしょうことなしにひとり、手ずれのした双六盤に向かって筒を振ってみたり、糸のゆるんだ筑紫琴に向かってうろ覚えの曲を奏でてみたりいたします。しかし、白い骰子がコロコロと盤上を転がってゆくひそやかな音を聞くとき、あるいはまた、金属性の琴の音が、しめやかな蔵の中の空気を顫わして反響するのを聞くとき、私は耐え難いやるせなさをかんじて、思わずふかい、深い溜め息をつきます。

　ある時は、あまりの味気なさに長持ちの底から探し出した古い鏡を、ひねもすのぞきこんで暮らしました。おそらくこの鏡というのも、前に言った曾祖母の遺品でありましたでしょう。古風な唐金造りなのですが、よほど性がいいとみえて、長いあいだ磨きもしないのに、少しの曇りもなく、深淵のように碧い、澄み切った光をたたえています。私は昔からこの鏡を見るのが好きでした。というのはほかの鏡でみるよりも、この鏡で見るときが、いちばん自分の姿が美しく見えるからなのですが、今私は久し振りに、おんもりとした鏡の光沢の中に、すがすがしく写った自分の美しさに、思わずもしばし時のたつのも忘れてみとれてしまいました。蚕の腹のように青白く透徹った肌の色といい山陰の谷間に湧き出ずる岩清水のうえに、ふと影を宿した空の色のように、はろばろとした瞳のかがやきといい、病気のためとはいえ、ぽっと上気したようなくれないの頬といい、さてはまた、よく熟れた果実のようにあでやかな唇といい、我ながらまあ、何という美しさであろうと、ほれぼれとせずにはいられません。

ある時私はふと思いついて、お店からこっそり持って来た白粉(おしろい)や口紅や眉墨で、自分の顔をさまざまにお化粧してみました。冷たい白粉の感触がさわやかに肌にしみとおって、その時ばかりはさすがの私も、この世の憂さを忘れ果てたかのような、楽しいときめきを感じましたが、さていよいよお化粧も終わって、鏡のなかに写し出されたわが顔を、改めてつくづくと見直した私は、思わず感嘆の声を放たずにはいられませんでした。ああ、何という美しさ、艶めかしさでしょう。この蔵の中に蓄えられている数多い錦絵のなかにも、こんな美しい顔が果たして画かれてあるでしょうか。私は軽くほほ笑んでみます、おちょぼ口を作ってみます、ながし眼を作ってみます、眉根にしわをよせて憂い顔をしてみます。そうしていやが上にも美しい表情を工夫しては、時のたつのも忘れて楽しんでいましたが、そのうちにこれではまだ満足できなくなって、長持ちの中から、姉の形見の振り袖を取り出すと、それを自分の身につけて見ました。さやさやと鳴る紅絹裏(もみうら)の冷たい感触が、熱っぽい肌をなでて、くすぐるようなその快さ。私はなおそのうえにふとした思いつきから、小豆(あずき)いろの帛紗(ふくさ)をさがしだすと、野郎帽子のようにそれを額に当ててみました。するとああ、鏡の中には忽然(こつぜん)として一個不可思議な人物が浮かび出してきました。それは男とも女ともつかぬ、世にも妖(あや)しく、また美しい面影でありましたが、争えないもので、こうして見ると私の顔は、おそろしいほど亡くなった姉の小雪に似ています。しかもなおそれよりも数等の美しさなのです。昔からよく白蛇は若衆に化けるといい伝えられていますが、あるいは蛇の化けた若衆ならこうもあろうかと思われるほど、全く類(たぐい)まれな美しさでありました。

私はしばらく驚嘆の眼をみはって、ぼう然としてこの美しい、一種異様な怪物の顔を見守っていましたが、そのうちに何とも言えぬほどの寂しさに打たれました。ああ、私は何だって男になど生まれて来たのであろう。女に生まれていたら、毎日こうしてお化粧もでき、色美しく肌触りのいい着物を着てくらせるのに、男に生まれたばっかりに、こんなゴツゴツとした、くすんだ色の、着物よりほかに着ることもできず、お化粧をするわけにも参りません。何という勿態ないことであろうと私は思わず、ふかい溜め息をつくのでしたが、さらにまたもう一つ突っ込んで考えると、男でもいいからせめてもっと違った時代に生まれたら、これほど味気ない思いをせずともすんだのであろうと、残念でたまらないのです。私はしばしば草双紙で読んだ時代加賀見の藤浪由縁之丞や、白縫物語の青柳春之助のように、曙染の振袖に、茶宇の袴をはいた前髪立ちの、美しいお小姓姿をした自分の面影を夢や幻に見ることがあります。ああ、天下三美童と謳われ、世間からもてはやされたあの名古屋山三や不破伴作といえども、果たして私の夢にしばしば現われる美しいお小姓姿の自分より美しかったであろうかと思うと、私はこういう殺風景な時代に生まれた自分が残念でたまりません。はては「恐怖時代」の伊織之介のように、美しいお部屋様と共謀になって、愚かな殿様や、野蛮な御家老たちを翻弄することができたら、どんなに生きがいのあることだろうと考えているのでした。

　しかしどんな名画といえどもあまりいつまでも同じものばかり見つづけていたら、いつか次第に感興が薄らいで来るように、私のその楽しい空想も、日数がたつに従ってだんだんつまらなく色あせて参りました。それに私は、ナルシサスと違っていつまでも自分の姿に見惚れ、はては自分の美しさに焦れ死ぬわけには参りません。つまり私はもうこの蔵の中で独り考えつづけているのには飽き飽きしてしまったのです。そこで、今度は古い遠眼鏡を持ち出して、こっそりと窓から外の世界をのぞいてみることになったのですが、ああ、この古風な、まるで伊賀越の芝居にでも出てくるような、時代おくれの遠眼鏡が、これからお話するような恐ろしい事件に私をひき込もうとは、その時どうして考え及びましょう。

言い忘れましたが「ふきや」の店は皆さんも御存じの通り本郷の表通りにありますが、本宅は西片町の端にあって、いま私のいるこの蔵というのは、小石川一帯を見下ろす崖の上に立っており、見渡せば崖の下には家々の屋根が浪のような起伏を作って連なっています。そしてその向こうには伝通院の甍や植物園の森などが手に取るように見えています。時はあたかも四月中旬の事とて日増しに濃くなってゆく樹々の梢や、漣のように燃えあがる陽炎が暈けた遠眼鏡の焦点の中で、刷り損じた三色版のように色がずれて見えるのです。柳町の通りを行く人も電車も自動車も犬ころも、古着屋の暖簾も舞いあがるほこりも、一切の物すべてが虹のように赤と紫と黄色とに輪郭がぼやけて見えるのを、退屈し切った私はどんなに深い興味をもってながめたことでしょう。しかし私がこの遠眼鏡にあんなにも心を惹かれたというのは、ただそれだけの理由からではありませんでした。ある日偶然のことから、次のような不思議な事実を発見したからなのです。

私が今いるところから一丁ほど離れたところに、岬のように突出した崖があって、その崖の下に一軒の家が、ちょうど清水の舞台のようにせり出しているのが、谷一つ隔てて真正面に見えます。いつもは雨戸のしまっているその奥座敷が、今日は珍しく開いているので何気なく遠眼鏡をその方に向けてみると、偶然障子をひらいて顔を出した、三十恰好の粋な年増とピッタリと視線があいました。視線があったと言っても向こうではむろんご存じのないことで、ただ外をのぞいた拍子に偶然にも、その顔が遠眼鏡と真正面に向きあったというだけのことなのですが、おかげで私は思う存分にその容貌を拝見する機会を得たわけでした。色の抜けるほど白い、小柄の、粋で仇っぽい年増でしたが、どこかヒステリックな感じのする女で、崩れかけた銀杏返しの根を左手で邪慳に揺すぶりながら、空を見上げてチョッと舌打ちをすると、

「いやンなっちゃうねえ。どうしてこうはっきりしないお天気だろう。これじゃ今夜もあの人は来てくれやしないよ」

と、いかにもじれったそうに言うのがはっきりと遠眼鏡の中に映ったのです。

ああ、その時の私の驚き！

むろん一丁も離れたところでやるせない独言をもらしている女の言葉が、私の耳に届きようもありませんが、それにもかかわらず彼女のつぶやきがはっきりとわかったというのは、私には読唇術ができるのです。しかもこの時まで私は自分の体得しているこの技能に全く気がつかずにいたのでありました。

姉の小雪が聾唖であったことは前にも申しましたが、彼女は一時読唇術の先生について、

唇の動きによって言葉を判断する法を、習っていたことがありました。しかし生まれつき非常に内気な彼女は、学校へ通うなどということは思いもよらず、わざわざ教師に家まで出張してもらっていたのですが、それでもなお一人ではいやがるので、やむなく私がお相伴として一緒に習うことになりました。むろん私は単なるお相伴に過ぎず、それに耳の方がよく聞こえるものですから、憶えこむのになかなか骨が折れましたが、それでも根気よくやっているうちに、どうやら時候の挨拶ぐらいは耳をふさいでいてもわかるようになったのです。ご存じの通り読唇術というのは唇の動きを見て言葉を判断するのですが、唇の動きの見えるような場合では、たいていそれより先に声の方が聞こえてしまうものですから、私のように耳に不自由のない者は、いつとはなしに自分がそういう不思議な能力を持っているということすら忘れがちだったのです。それが今この遠眼鏡のおかげでふいと私の頭によみがえって来たのですから、何かしら奇蹟でも見るような驚愕に打たれると同時に、こみあげてくるような面白さ。それからというもの、私が前にも倍した熱心さで、遠眼鏡のぞきに浮身をやつし始めた事は今更お話するまでもありますまい。

　私には柳町の通りで時候の挨拶を交わしているお内儀さん達の言葉もわかりますし、どこかの小僧が自転車を衝突けておまわりさんに叱られているその言葉もわかります。そうかと思うと向こうの洋食屋の二階で女給さんと運転手が取り交わしている甘ったるい睦語を盗み聴くこともできるのです。

　しかしそういううちにも私の注意が、自然と最初私にこのすてきな楽しみの緒を教えてくれた仇者の住んでいる、かの清水の舞台のような座敷に向かうのは当然でありましたでしょう。

彼女が嘆じていた通り、その晩は果たして待ち人来たらずと見えて、家の中は真暗に静まり返っていましたが、それから二、三日後の夜のこと、開けっぴろげた座敷の中に煌々と電気がついているので、何気なくのぞいてみると、果たしてそこには旦那と覚しいでっぷりと肥った、恰幅のいい四十がらみの男が、ちゃぶ台の向こうにヤニ下がって酒を飲んでいるところでした。髭の濃い、脹れぼったい眼をした男で、すでにだいぶ酒がまわっているとみえて、真赤になった顔を電燈にテラテラと光らせながら、暑そうにはだけた胸を平手でピシャピシャとたたいては、女の方に向かって何かしきりに冗談を言っています。笑うと歯が真白でとても愛嬌があります。ところで女の方はと見ると、この間あのように恋い焦れていたにもかかわらず、今夜は一向浮かない調子で、お銚子の底をなでながら、とかく渋りがちな応答をしています。そのうちにおあつらえ向きに男の顔がふいとこちらを向いたので、言っている事がはっきりと遠眼鏡に映りました。

「まあそう言うなよ。この二、三日とても雑誌の方が忙しかったもんだからね」

それに対して女が何か言ったのでしょう、男はニヤニヤと笑いながら、

「そりゃお静さんのおっしゃるように、おれだって雑誌なんて止しちまって、始終こうしてそばでお酌をしていてもらいたいさ。しかし人間てそうはゆかないよ。そりゃお金のことなら何とでもして下さるというお静さんのお言葉は有難いが、世の中は金ばかりじゃゆかない

ものさ、まあさ、話さ、そう憤(おこ)んなさんな、第一私がよすったって世間でよさしちゃくれないよ。大きなことをいうじゃないが、『象徴』も今じゃ私一人の雑誌じゃない。世間さま御一統のいわば公器みたいなものさ」

むろんこれらの言葉はこううまく順序立ってしゃべられたわけではなく、何度にもわけて語られたのを便宜上一つにまとめたのですが、これだけでもずいぶんいろいろなことが推察されるではありませんか。まず第一にこの人はあの有名な雑誌、『象徴』の編集者とみえます。それから女の名前がお静さんということ、二人の関係が普通の旦那とお妾(めかけ)さんの間柄ではなく、反対に女の方から貢(みつ)いでいるらしいこと、女はなおそれでもあきたらずお金ならいくらでもあるから、雑誌なんて忙しい職業はよしてしまって、始終そばにいてくれと申し込んでいるらしいこと、それに対して男の方がそうもなりかねると異議を申し立てているらしいこと等々です。

私はあの有名な雑誌の編集者の私生活がのぞけるということに大変興味を感じたので、その翌日早速婆やに頼んで、『象徴』を一冊買って来てもらうと、奥付けによって、この人が磯貝三四郎という名前であることを知りました。

磯貝氏は一週間に二度か三度ずつやって来て泊まってゆくらしく、いつもは墓場のようにしんとしているその家が、彼のやって来た晩に限って、雨戸を全部開けひろげ電燈の光も浮々とみえるのですぐわかりました。ちょうど陽気が次第に暑さに向かっていたのと、磯貝氏という人が随分暑がり屋さんとみえて、そんな晩には障子から襖(ふすま)から何もかも開け放してしまうので、私にとっては大変都合がいいわけで、そうして根気よく遠眼鏡をのぞいているうちに私はずいぶんいろんな事実を知ることができたものです。まず第一に磯貝氏は去年か一昨年(おととし)奥さんを失って、今では不自由な鰥(やもめ)ぐらしをしているらしいのです。そしてお静さんとはまだその奥さんと結婚しない以前になじんでいたらしいのですが、その後いろんな事情から一切手を切り、十年あまりも互いに相手の消息をきくこともなしに過ごしてきたのが、磯貝氏が奥さんを失ってから間もなく、どうかした拍子に撚(より)が戻ったらしいのであります。そのころ女の方でも久しく世話になっていた旦那に死に別れ、もらうだけのものはもらって今では何をしようと勝手というもったいないような御身分、そこへもって来てその昔、飽きも飽かれもせぬ仲を泣きの涙で引き裂かれた当の磯貝氏が、これまた奥さんを失って男鰥(おとこやもめ)でいるところへ撚が戻ったそのうれしさ、なおこの上の欲はと言えば、一日も早く磯貝氏の正妻としてその家へ入り込みたいというのが彼女の無理ならぬ願望(がんもう)なのですが、それがなかなかそううまく運ばないところに口説(くぜつ)の種があるらしいのです。

「まあ、もう少しお待ちよ。お前さんのようにそう足下から鳥が立つように言っても仕方がないじゃないか。今に万事片がつくからさ、そうしたら晴れて一緒になろうじゃないか」

お静さんがあまり執拗(しつこ)いので、今夜はさすがに磯貝氏も多少持てあまし気味らしい。

「片がつくってどう片がつきますの」

と、そういう声は聞こえませんけれど多分巽上(たつみあが)りに癇走(かんばし)っているのでしょう、細い眉がきりりと釣り上がっているのは、例によってヒステリーが昂じかけている証拠で、こんな時には前後の分別もなく、あることないことベラベラしゃべりまくるのが彼女の癖ですから、私にとってこんな有難い機会はまたとありません。今夜はいったいどんなことを言い出すだろうかと、私はもう襟元をゾクゾクさせながら、一生懸命で彼女の唇の動きをながめていました。

「いいえ、わかりませんよ。そうですとも、どうせ私はわからずやですよ。ああくやしいッ」

ソーラ始まった。

「あの時あなたは何とおっしゃって？　とにかくあの女が死ねば財産はみんなこちらのものになるのだから、それまで辛抱しろとおっしゃって……それから間もなく奥さんはお亡くなりなすったじゃありませんか。それもただの死に方ではありませんよ。ええ、ええ、あたしはちゃんと知っています。体中に紫の斑点ができて、そして血をたアくさんお吐きなすったとか……」

私は思わずゾッとして磯貝氏の方を見ました。

磯貝氏は何か言いながら、いきなり猿臂を伸ばしてその口をふさごうとしましたが、その前にすらりとすり抜けたお静さんが、電燈のすぐ下に立ったので、私には前より一層はっきりと彼女の言葉がわかるのです。それはとても早口で、私のような不完全な読唇術者には、とうていそのままを紙のうえにうつすことはできませんが、大体のところを翻訳してみると、次のような意味になるのです。

「ああ、私はどうしてあなたのような恐ろしい人に惚れたんだろうねえ。自分で自分がわからない。このごろ私はよくあなたに絞め殺される夢を見るのですよ。あなたのその太いたくましい指先で。……いずれは私も前の奥さんみたいに毒をのまされるか絞め殺されるかするに違いないわ。それがわかっていながらあなたのことが忘れられないなんて、ああ、何という因果なことでしょう」

女はそこまで言うとふいにちゃぶ台の端に泣き伏してしまったので、それから後の言葉はわかりませんでしたが、この時以来私の好奇心がますます熾烈にあおり立てられたろうことは皆さんの御想像に任せます。とりわけさめざめと泣き伏した女の傍らで冷然と盃をふくんでいる男の眼差しの恐ろしさは、私の骨の髄まで凍らせ、その後しばしば夢となって私を脅かしたくらいでした。

それから後の毎日を、私がどんなに深い興味と期待とをもって、この不思議な男女を監視していたか、今更申し上げるまでもありますまい。私はあたかもこの奥座敷に取りつかれたように、暇さえあれば遠眼鏡ののぞきに浮き身をやつしていたものですが、その後別に大したこともなく、案外睦じそうに酒を酌み交わしている晩などもあって、少なからず失望させられましたが、するとそれから半月ほどたったある夜のことです。

たぶん十一時も過ぎていましたろう。蔵の中でうとうとと浅い眠りをむさぼっていた私は、突然けたたましい叫び声を聞いたような気がして、がばとばかりにはね起きるといきなり遠眼鏡に飛びつきました。ああ、私はまだ夢の中にいるのでしょうか。それともとうとう気が狂ってしまってありもしない幻を見るようになったのでしょうか。いつもの座敷のあの白い障子に、ありありと世にも恐ろしい影が映っているではありませんか。周囲が真闇なのにそこだけが枠に切ってはめたように明るいのですから、その声のない影絵の動きが、ちょうど幻燈をでも見るようにはっきりと見ることができます。髪を振り乱して逃げ回っているのは確かにお静さんに違いありません。それから裸身のような恰好で、大手をひろげてその後を追っかけ回している大入道はまぎれもなく磯貝氏です。二人はしばらく無言のままこの恐ろしい鬼ごっこを続けていましたが、やがて大入道のたくましい腕がお静さんの髪にかかったかと思うと、いきなりそこへ引き倒しました。ハッとして思わず息を呑み込んだのと同時に、だれかが電燈のスイッチをひねったのでありましょう、部屋も障子も一瞬にして真暗になってしまったのです。しかし私が今見たのが夢でも幻でもなかった証拠には電気を消してから間もなくのこと、ふいにメリメリと障子が内側から破られると、その穴の中からニューッと白い女の手が突き出して来たのを、折からの朧月にはっきりと見ましたが、その手は全身の苦悶の表情を全部そこに集めたかのごとくしばらくのたうち、もがき回っていましたが、やがて次第にその指先から力が抜けてゆくと、花が凋れるようにぐったりと折れた障子の桟の上にうなだれてしまったのです。息を殺し、生唾を呑み込み、瞬きせずにその断末魔の表情を見守っていた私の全身からはその時滝のような汗が流れ、自分の吐くこの荒い息づかいが、向こうの座敷まで届きはしないかと気遣われたくらいでありました。

　するとその時です。ふいに内側から障子がそろそろと開いたかと思うと、その隙間から、恐る恐るあたりを見回している磯貝氏の顔が折からの月明かりにはっきりと見えました。磯貝氏はしばらく気遣わしげな面持ちで折れた障子の桟をながめていましたが、そのうちにどうした拍子かふいとこちらを向いたかと思うと、何となく腑に落ちぬという顔付きでじっと遠眼鏡の方をのぞいているのには、私は思わずゾッとして震えあがりました。充血した男の顔が遠眼鏡の視野いっぱいにひろがって、恐怖に怯えた眼から、わなわなと震えている唇、さては顔中の毛穴までがブツブツと数えられるような気がしました。ひょっとすると私の姿を見付けたのではないかと思われるほど、磯貝氏はまじろぎもしないでしばらくこちらを見つめていましたが、やがて激しく身震いをするとピタリと障子を閉ざして中へ引っ込んでしまいました。

それから間もなく私は裏庭の方に当たってちらちらと明滅する提灯（ちょうちん）の燈（ひ）と、その明かりの中に薄白くひらめく鍬（くわ）の光を見ることができましたが、それが何を意味するものであるかはあらためてここで申し上げるまでもありますまい。不思議なことにはそこまで見届けた私は、長い間の重荷をおろしたかのように、ほっとした気持ちでその夜は絶えて久しい熟睡をむさぼることができたのであります。

さあこれで私の知っていることは全部申し述べました。それから二、三日後、私が重い体を引きずってかの崖上の家まで出向いて行ったこと、そしてすでに空き家となっていたその邸の奥庭の柘榴（ざくろ）の木の下で、私が何を発見したか、それらのことは今更くだくだしく付け加えるまでもありますまい。私は自分でもなぜこんなものを書きあげたのかよくわかりません。

私には他の善良な市民のように、知っていることを警察へ届けなければならないというような殊勝な心掛けの毛頭ないことだけは確かです。私はただ磯貝氏に思い知らせてやりたいのです。お前はだれも知らぬと思ってヌクヌク澄まして通るつもりだろうが、そうは行かぬぞということを、あの面憎い男に知らせて、その狼狽する様子を見て嗤ってやりたいのです。それに私には、この事件はただこれだけで終わったのではないというような気がしてならないのです。物には初めがあれば終わりがあるものですが、さてこの物語が果たしてどういう風に終わるか、私にはどうやらそれがわかるような気がします。磯貝氏はこの原稿を読めば、きっともう一度あの空き家へ引き返してくるでしょう、犯人はだれでも一度は必ずその犯行の現場へ帰って来ると言われているではありませんか。あの男が空き家へ引き返して来たら、ああ、その時こそ私ははっきりとこの物語がいかに結末を告ぐるべきであるか、あの男に教えてやりたいと思うのです。

★

磯貝氏は奇妙な終わり方で結ばれているこの原稿を読み終わると、しばし呆然として虚空をながめていた。原稿が進んでいくにしたがって次第に紅潮を呈していた氏の頬は、今ではかえって紙のように真白になって、凝然とある一点に静止した両眼だけが、西洋皿のような固い光沢をもってギラギラと光っている。やがてゴクリと大きく音を立てて生唾を呑み込むと磯貝氏は無意識のうちに額に垂れかかった髪の毛を掻きあげていた。髪の根は冷たい汗でビッショリと濡(ぬ)れていた。

　ただこの場合磯貝氏にとって幸いだったというのは、折から無人の編集室ではだれ一人氏の様子に注意をしている者のなかったことである。だから磯貝氏はだれに妨げられる心配もなく、ゆっくりとこの善後策を講ずることができるのだ。磯貝氏はそこでまず袂(たもと)から敷島の袋を取り出すと、ゆっくりとその一本に火をつけ、さて改めてこの風変わりな、恐ろしい原稿を吟味しようとかかった。たばこの火はすぐ立ち消えになってしまったが、磯貝氏はそれにも気がつかない様子で、原稿のページをあちこちとめくっていた。こうして原稿を何度も何度も繰り返して読んでいるうちに、今度は幾分安堵(あんど)の色が磯貝氏の面上にうかんできた。そこで氏は初めて立ち消えになったたばこに気がつき、改めて二本目に火をつけた。しかし間もなくこの二本目も半分も喫(す)わないうちに消えてしまったことに気がつくと、さらに三本目のたばこを袋から探り出そうとしていた磯貝氏は、この時急に気が変わったように時計を見上げて立ち上がった。

「木村君、帽子とインバを取ってくれ給え」

「お出掛けですか」

「うん、ちょっと広瀬さんとこまで行って来よう」

　とっさに思いついた寄稿家の名前をでたらめに言いながら、さてこの原稿はどうしたものかと、磯貝氏はしばらく躊躇(ちゅうちょ)していたが、インバのボタンをかけ終わると同時に急に決心が定(き)まったとみえて、無造作にそれを懐にねじ込むと、できるだけ落ち着いた歩調(あしどり)を作りながら編集室を出ていった。

さて晩春の街を二、三度自動車を乗り換えた磯貝氏がやっと本郷のあの崖上の家に近付いて来たのは、それから約一時間ほど後のことだった。ついこの間生涯に二度と通るまいと決心したこの道を、再び過ぎゆく自分の影に、さすがの磯貝氏も何となく不安な脅かされるような気持ちだった。

そこは昔の組屋敷の跡とおぼしき、武者窓のついた殺風景な長屋が片側に立ち並び、他の一方は小石川を一望に俯瞰(みおろ)す崖になった淋しい一本道で、めったに人と会うようなことのないのはよく知っていたが、それでも磯貝氏はできるだけ人眼を避けながら、貸し家を捜すような恰好で目指す邸の表までたどりつくと、素早く道の前後に眼をくれた後軒の傾いた冠木門(かぶきもん)の中にとび込んだ。十日ほど見ない間に庭樹の繁みがすっかり深くなって、湿った土の匂いと草いきれがむせるように鼻を襲って来る。磯貝氏はそろそろと玄関の格子をひらくと、足音に気を兼ねるように、用心深く畳のうえへ上がった。締めきった家の中は濃い闇に包まれていて、戸の隙間から差し込む白い光が、びっくりするほど鮮かな縞目を織り出している。磯貝氏はミシリミシリと浮き足で畳のうえを踏み渡るとようやく奥座敷のそばまで近付いてきたが、さすがにそこの唐紙を開くのにはよほどの勇気がいるとみえてしばらく躊躇の色を見せていたが、その時ふいに部屋の中から、くすぐられるような低い笑い声がきこえてきた。

「お入りなさいな、磯貝さん」

磯貝氏はそれを聞くと何か痛いものにでも刺されたように、ピクリと眉を動かしたが、それと同時に反射的に合いの襖を押しひらいていた。見ると崖の方へ向いている雨戸を一枚だけひらいて、そこから流れ込んで来る白い光の中に、見覚えのあるあの少年が、ピッタリと畳に腹をくっつけて寝そべっているのだった。

「よくいらっしゃいましたね、磯貝さん」少年はいかにもうれしそうな声を立てて笑いながら、

「この間から私は、どんなにあなたのいらっしゃるのをお待ちしていたことでしょう。むろんあなたがいつかはお見えになるだろうことは、少しも疑いませんでしたよ。ただ心配だったのは、それまで私の体が持つかどうかということでしたけれど……」

蜥蜴色(とかげいろ)をした少年の眼は急に潤を帯びてキラキラと輝き、頬にはポッと赤味がさし、その唇は何かしらいまわしい物をでも吸った後のように真紅(まっか)に濡れていた。なるほどこの少年はたしかに美しかった。しかしその美しさはみずみずとした美しさではなく、何かしら日陰の湿地で熟れ崩れた果実(くだもの)のようにすえたにおいのする美しさだった。あの蚕の腹のように青白く透き通った肌の下には、どんな不潔な、恐ろしい病気が巣食っていることだろうと思うと、磯貝氏はゾーッと総毛立つような気味悪さを感ずるのだ。

「君が蕗谷笛二君だね」磯貝氏は乾いた唇を舌でしめしながら、やっとこれだけのことを言った。「いったい、私をここへ呼び寄せて君はどうするつもりだね」

笛二はそれを聞くとフフフフと含み声の低い笑いを立てると、

「それはあなたの方がよく御存じのはずじゃありませんか。あなたこそいったいここへ何をしにいらしたのです」

磯貝氏はそれには答えないで、なるべく外からのぞかれないように、そっと暗い座敷のすみの方へ体をずらせた。笛二は黙ってその様子を見ていたが、やがてニヤリと気味の悪い微笑(えみ)をもらすと、

「ああ、あなたは外から見られたくないのですね。そうでしょう、あなたはだれにもこの家へやって来たことを知られたくないのでしょう。それはいったい何のためでしょう。むろん、この間あなたの演ぜられたあの恐ろしい犯罪が明るみへ出る日のことを考えて、できるだけ用心深く振舞おうというのもその一つの理由でしょうが、それよりもさらに切実な、根強い理由が他にあるはずです。ね、あなたもそのことを御存じでしょう。いいえ、御存じですとも。ただあなたはなるべくそのことを考えまいとしていられるだけのことです。よろしい、それでは私が代わりに言ってあげましょうか。あなたはつまり、これから演じられるかもしれない、もう一つの犯罪の場合のことを考えて、なるべく用心をしなければならないのでしょう」

磯貝氏はそれを聞くと心の底の秘密をのぞかれたように、ギョッとして相手の顔を見直した。しかし笛二は依然として畳のうえに腹ばいになったまま、ニヤリニヤリと気味の悪いほほえみを浮かべている。

「磯貝さん、何も御心配されるようなことはありませんよ。だれもあなたを見ている者はありません。いやあなたばかりではありません。私がここにいることさえ、だれ一人知っている者はないはずなのです。だからここでこれからどんなことが演じられようとも、少なくとも当分は何人にも気付かれずにすむことができます。もっともそれは、それから先のあなた御自身の行動にも大いにかかっておりますけれど」

「ねえ、蕗谷君」磯貝氏は自分でも気付かないうちに、だんだんと笛二の方へにじり寄りながら、

「これはいったいどういう意味なのだ。何か罠でもあるのかね。ねえ、そうだろう。だれかがこの邸を見張っている。そして何か私が下手なことでもしゃべろうものなら、やにわに躍り出して取って抑えようという、つまりそういうたくらみなんだろうね」

「御冗談でしょう」笛二は幾分憤然としたような声で言った。

「私を見損っちゃいけませんよ。そんな馬鹿馬鹿しいことをするような私であるかないか、あなたも名編集者といわれるくらいの人です。ひと目見たらわかりそうなものじゃありませんか」

「それもそうだが、どうも私にはよくわからないよ。まあ聞き給え、笛二君、私は恐ろしい人殺しだよ。そして殺人犯人というものは、第一の犯罪を隠蔽するためには、どんな非常手段をもいとわないものだということぐらいは、君もよく知っているはずだと思うがね。現に私は最初の女房殺しを知られているばかりに、第二の女をついこの間手にかけた。忘れもし

ないこの同じ座敷で。……君もその現場を見ていたはずだね。こうして殺人犯人という奴は一つの罪の発覚を防ぐために、次第に罪に罪を重ねて行かねばならないのだ。さて私は今、前の二つの殺人事件の露見を防ぐためには、いったいどういう手段をとればいいのだろうね」

磯貝氏はそういいながら、次第に笛二のそばににじりよると、なるべく相手に気付かれないように、静かにその手を取りあげた。笛二はその気配を感じると、濡れているような眼をあげてニッと微笑うと、

「ああ、そのことをあなたは聞きにいらしったのでしたね。それでは私が教えてあげましょう。あなたのとるべき手段はただ一つしかありません。そしてその手段というのは、この原稿の中に詳しく書いてあります」

そう言いながら笛二は懐中を探ると、先ほど磯貝氏が読んでいたと同じ原稿紙に書いた、十枚あまりの短い原稿を取り出した。

「ああ、それがつまり小説『蔵の中』の後編なんだね」

「ええ、そうですよ。これにはあなたがあの前編を読まれてから後の物語が書いてあります。ちょっとその中の二、三行を読んでお眼にかけましょうか」

笛二はそう言ってパラパラと原稿紙を五、六枚めくると、細いふるえを帯びた、かなりいい声で読みはじめた。

——私の予想に間違いはありませんでした。磯貝氏は果たしてあの原稿を読むと、早速空

き家へ駆け着けて来ました。ああ、私たちの会見、それは何という妙な場面であったでしょう。磯貝氏は私の顔を見るといきなりこう言ったのです。

――（君が蕗谷笛二君だね、いったい私をここへ呼び寄せて君はどうするつもりだね）――

「おやおや、この台詞（せりふ）は先ほどあなたのおっしゃったのとそっくりそのままじゃありませんか」

笛二はいかにもうれしそうに低い声をあげてくすくすと笑った。

「それからね、私とあなたとの間に二、三の押し問答があって、とど私が原稿を読むことになっています。つまりこういう風にね。――私の予想に間違いはありませんでした。磯貝氏は果たしてあの原稿を読むと、早速空き家へ駆けつけて来ました。ああ、私たちの会見、それは何という妙な場面でありましたろう。――おや磯貝さん、どうかなさいましたか」

「妙だね、その原稿は、原稿の中にまた原稿があるのかい」

「そうなんですよ。そしてまたその原稿の中で原稿を読むことになっているんです。つまり何ですね、ほら、よく少年雑誌の表紙なんかにあるじゃありませんか。一人の少年が雑誌を持っている、ところがその少年の持っている雑誌の表紙というのが、その雑誌と……どうも話がはなはだ面倒ですが……同じなんです。つまりやっぱり少年が雑誌を持っている。ところがその雑誌の表紙というのがまた……、いや、私どものような肺臓の弱いものにはうまくしゃべれませんが、つまり無際限に拡大できる虫眼鏡で見ると、そこには無際限に同じ表紙があるわけなんですが、私の小説というのがやっぱりそれなんですね。しかしここは少し面倒ですから、二、三枚飛ばして読むことにしましょう。よござんすか。読みますよ」

――（笛二君、ここの雨戸が開いているのははなはだ妙じゃないかね。一つこれを締めようじゃないか）

――磯貝氏はそう言いながら立ち上がると開いていた一枚の雨戸を締めました。――

「つまり、あなたが雨戸をお締めになったというのですね」

「なるほど、それじゃ私も一つその原稿にならって雨戸を締めることにしようか」

「ええ、それがよござんすよ」

磯貝氏は立ち上がって雨戸を締めた。座敷の中はたちまちむっとするような、厚い暗闇の層に包まれ、節穴や隙間から差し込んで来る陽の光だけがびっくりするほど鮮かで、何かしら鍾乳洞へでも入ったような気がするのであった。磯貝氏は再び笛二のそばへ引き返して来ると静かに、しかししっかりと力を入れて相手の腕をとった。

「よござんすか。それでは続きを読みますよ」

――（よござんすか。それでは続きを読みますよ）そう言いながら私はあたりを見回しました。

――（しかし、こう暗くちゃ原稿も読めませんね。磯貝さん、すみませんが一つあなた代わりに読んで下さいませんか）

――（そうかい、それじゃ私が読むことにしよう）

――磯貝氏はそう言って私の手から原稿を受け取ると、闇の中にそれを透かしながらボッと読み始めたのです。――

「磯貝さん、つまりこれから先はあなたが読むことになっているんですよ」

「そうかい、それじゃ私が読むことにしようか」

「ええ、そう願いましょう」

磯貝氏はそう言って笛二の手から原稿を受け取ると、闇の中にそれを透かしながら読みはじめた。

――ああ、私の思っていた通りでした。あたりが真暗になって、だれも見ている者のないことがわかると、磯貝氏はいきなり私の体に躍りかかり、その太い、たくましい掌でギュッと私の首っ玉をつかまえました。と、磯貝氏はその原稿を読みながら、

――（なるほど、それじゃ私もこの原稿の通り君の首っ玉をつかまえようか）

――とそう言いながら、磯貝氏はやにわに猿臂(えんび)を伸ばして、むんずと私の首っ玉をつかまえました。――

「なるほど、すると私も君の首っ玉をこうつかまえなければいけないようだね」

そう言いながら磯貝氏はやにわに猿臂を伸ばして、むんずと笛二の首っ玉をつかまえた。

――そして、ぐいぐいと私ののどを絞めつけます。

――（なるほど、それじゃ私も絞めつけようか）――

「なるほど、それじゃ私も絞めつけようか」

この不思議な、そしてまた不気味な、謎のような原稿は、あたかも磯貝氏にむかって、避けがたい一つの殺人を示唆（しさ）しているもののようである。

「なるほど、それじゃ私も絞めつけようか」

磯貝氏は冗談めいた口調でもう一度同じことを繰り返して言ったが、少年の首をつかんだその指先には、とても冗談とも思えないほど、強い、真剣な力がこもっていた。

それに対して笛二はちょっと、白い眼をみひらいて、磯貝氏の面をみやったきりで、あえて抵抗を試みようともせず、聖者のように黙したまま、虚空の一方を凝視している。その面には何かしら、妙（たえ）なる音楽にでも聴きとれているような、安らかな、恍惚（こうこつ）とした表情がうかんでいた。

それを見ると磯貝氏は名状しがたい心の惑乱と動転とを感じた。ぎゅっと少年の首っ玉をつかんだ大きな掌の中で笛二の軟かい肉塊が、海綿のように収縮してゆく、その不可思議な感触、少しの抵抗を試みようともしないで、夢見るような眼差しで、じっと暗闇の中を凝視しながら、欣然として死んでいく少年の、生温かいゴム人形のような肉体。――磯貝氏は恐怖におびえたような眼でそれを見守りながら、しかも一方ではこの奇妙な原稿から眼を離すことができないのだ。

磯貝氏は乾いた唇を幾度となく舌でしめしながら、低い、嗄（しやが）れた声で次のように原稿を読んで行くのだった。

――磯貝氏の太い指は次第に私の肉の中に喰い入ってきます。そうでなくとも破れ腐れた私の肺臓に貯えられた乏しい酸素は、たちまち欠乏してしまい、全身の悪血がことごとく頭にのぼって、ガァーンと割れるような耳鳴りの中に、私は殷々としてとどろく大砲の音を聞きました。私の眼の前には、赤い血の筋の無数に走っている磯貝氏の野獣のような瞳と、噴火口のようにふくれあがった鼻孔と、赤くただれたような唇のしわと、それから月の表面のようにブツブツと突起している無数の毛孔が、おおいかぶさるように迫ってきましたが、間もなくそれが朦朧とぼやけてゆくと、後にはただ暗澹たる夜空の中に飛び交う無数の流星が私の前をよぎりました。ああ、今こそ私の生命は茫漠たる一団の焔と化し、わが肉体より離れて遥々たる天空のかなたに飛び去ろうとしているのです。しかしこれが果たして『死』というものであろうか。もしそうだとすると死ぬということは何という楽なことであろう。ああ、全身に浸みわたるようなこの快さ。阿片の夢にも似たるこの陶酔境。

――やがて私の眼前に飛び交う無数の流星は、次第に化して燦爛と降りそそぐ散華となり、私の耳底にはあの殷々たる砲声の代わりに、どこやらで誦する静かな陀羅尼の声と、えも言われぬ妙なる鈴の音が響いてまいりました。その鈴の音の美しさといったら、それに聞き恍れているうちに、いつしか胸の苦しさも打ち忘れ、清涼なる一陣の気の、わが魂を乗せ、飄飆として虚空遥かに飛び去って行くかと思われるばかりです。

――その時私はふと、降りそそぐ散華の中に玲瓏と冴え渡った美しい姉の面影を認めました。姉は普賢菩薩の如く白象に打ちまたがり、琅玕を貫いて成せるかと思われるその浄衣は、触れ合う度に珊々として響きを発し、馥郁たる芳香をあたりに撒き散らします。私が先ほど、鈴の音と聞き誤った妙音は実に琳琅たるその響きでありました。行願の表現にして慈悲を司り給うとか聞き及ぶ普賢菩薩はやがて玉の如き腕を私の方に差しのべると、さしまねくが如くおっしゃった。

——（笛二さん、笛二さん。何をあなたはそんなに遅疑しているのです。さあ、早く私のそばへおいでなさい。あなたをあの悩みの多い穢土からこの玉の浄土へお迎えしたのは、みんなこの私の業ですよ。ここにはあなたを苦しめる病気も、あなたを困らす人間もありません。さあ私と一緒にいつまでも、綾取りをしたり、お手玉をしたりして遊びましょう）

——私はあまりの有難さ、かたじけなさに思わずハラハラと落涙いたしました。そしてのどにからまる痰火をふっ切らんものをと、喝然と声をあげて叫んだのです。

——（お姉さん、お姉さん、私もすぐに参ります）——

磯貝三四郎氏はようやく原稿『蔵の中』を読み終わった。磯貝氏の額には今、何とも言えぬほど不愉快そうなしわが数条刻まれている。

不愉快なのは自分が殺人犯人に擬せられているということでなく、自分の私生活がかくも奇妙な方法でのぞかれていたかということである。この小説の中には半分のうそと半分の真実がある。磯貝氏が夫人を毒殺したの、愛人を絞殺したのというようなことは、むろん途方もないでたらめであるが、昨年夫人を失った氏が、近ごろお静さんという女となじんで、一週間に二、三度その家へ泊まりに行くということ、それからお静さんの境遇、磯貝氏との関係、それらのことはだいたい間違いはない。磯貝氏は今本郷の崖の上にある「清水の舞台」のようなというお静さんの家の座敷と、その座敷から見える有名な「ふきや」小間物店の土蔵の白壁とをはっきりと眼の前に思いうかべた。あの土蔵の小さい窓から、肺病患者特有の奇怪な妄想と、異常な幻想とをもって、自分たちの情痴の世界をのぞかれていたかと思うと、磯貝氏は何かしらいまわしい物にでも刺されたような悪寒を全身に感ずるのだった。しかしそれはまだ我慢ができる。磯貝氏のとうてい我慢できないのは、こういう原稿を麗々しく自分の眼の前につきつけようとする相手の不可思議な心事である。そればかりはさすがの磯貝氏もとうてい了解することができなかった。磯貝氏はふと、この間応接室で会った少年の、蜥蜴の腹のようにギラギラと光っている三方白の眼を思い出すと、何かしらゾーッとするようないまいましさを感じた。

「木村君、この原稿を大急ぎで送り返しといてくれ給え」

磯貝氏は給仕の木村にそう命ずると、自分は記事輻輳につき云々という、きまり文句の印刷してある葉書を取り上げて、それに相手の所書と名前とを書いて出させた。そして蕗谷笛二がやって来たら、こっぴどく叱りつけてやろうと身構えしていたが、どうしたものかその日はとうとうやって来なかった。いや、その日ばかりではなく、次の日もその次の日も何の音沙汰もなかった。さては原稿を送り返されてあきらめてしまったのかと、安心すると同時にいささか拍子抜けを感じていると、それから一週間ほど後のある朝のこと、「ふきや」小間物店のせがれが「長の病気を苦にした結果」自宅の蔵の中で自殺を遂げたという記事が新聞に出ていたので、磯貝氏は再び愕然とした。
笛二は生前彼があんなにも愛していた千鶴人形や、オルゴールのついた時計や、遠眼鏡や草双紙や、その他さまざまな過去の幻や魑魅魍魎に取り囲まれ、姉の形見の友禅の振り袖を身にまとい、最初に発見した婆やの言葉を借りていえば、『敦盛さまのように美しくお化粧』して、物の見事に頸動脈をかき斬って自殺を遂げていたのである。その姿自体がちょうど蔵の中いっぱいに繰りひろげられていた、錦絵の中から抜け出したように綺麗だった。どこかで遠雷の聞こえるような、物憂い、味気ない昼下りのことで、床の上に溜まったおびただしい血が、晩春の陽を吸って的皪と光っていたということである。

（昭和十年八月「新青年」）

海豹島

久生十蘭

小説の魔術師、十蘭である。小栗とはまた違って、どうしてこんなことを知っているのだろうと不思議なくらいに様ざまな分野に造詣が深い。手がけたジャンルも多岐に亘るので、これまた一作を選ぶのに迷うが、ここでもエイヤといちばんの偏愛作を選んだ。荒涼渺茫たる極寒の孤島の鬼気迫る描写。そして壮絶な極限状況のなかで浮き彫りにされるロマンティシズム。個人的にこんなものが書ければという憧れを掻き立ててやまないが、そのためにはこの登場人物と同じくらいに刻苦呻吟しなければならないのではないかと思わせられるのは、既に作者のマジックにかかっているのだろうか。なお、十蘭が純粋なミステリ・センスにおいてもいかに傑出していたか、未読の方は是非『顎十郎捕物帳』で確かめて戴きたい。（竹本健治）

【底本】『久生十蘭全集　I』（三一書房・一九六九年）

二日ほど前から近年にない強い北々風が吹き荒れ、今日もやまない。東京に住むようになってから十数年になるが、こんな猛烈な北風を経験するのははじめてである。北風独特の軋るような呻き声は、いまから二十数年前、氷と海霧にとざされた海豹島で遭遇したある出来事を思い出させる。子供たちはとっくに寝床にゆき、広すぎる書斎に私はひとりいる。虚空にみち満ちる北風の悲歌は、よしない記憶を掻きおこし、当事の事情をありのままに記述してみようと思いたたせた。

海豹島（露名、チェレニ島、ロッペン島）は樺太の東海岸、オホーツク海にうかぶ絶海の孤島で、敷香から海上八十浬、長さ二百五十間、幅三十間、全島第三紀の岩層からなる、テーブル状の小さな岩山の四周を、寂然たる砂浜がとり巻いている。

米領ブリビロッツ群島、露領コマンドルスキー群島とともに、世界に三つしかない膃肭獣（おっとせい）の蕃殖場で、この無人の砂浜は、毎年、五月の中旬から九月の末ごろまで、膃肭獣どもの産褥となり、逞しい情欲の寝床となる。匍匐し、挑み、相撃ち、逃惑い、追跡する暗褐色の数万のグロテスクな海獣どもの咆哮と叫喚は、劈（つんざ）くような無数の海鴉（ロッペン）の鳴声と交錯し、騒々囂々（ごうごう）、日夜、やむときなく島を揺りうごかす。

北海の水の上にまだ流氷の残塊が徂来（そらい）するころ、通例、成牡（ブル）と呼ばれる、四五十頭の、怪物のような巨大獣が先着し、上陸しやすい場所を占領してあとからくる成牝（カウ）を待つ。六月の上旬になって、頭の丸っこい、柔和な眼つきをした花嫁たちの大群が沖を黝(くろず)ましてやってくる。と、その争奪で浜辺は眼もあてられぬ修羅場になる。劇しい奪い合いのために、無数の牝が無惨にもひきさかれてしまうのである。

争闘が一段落になると、これら性欲の選手たちは、おのおの百匹ぐらいずつの牝を独占して広い閨室(ハーレム)をつくり、飽くことなく旺盛な媾合をくりかえす。そんなわけだから、勢い一人の愛人すら手に入れることのできない不幸な青年が沢山にできあがる。甲斐性のない、ひよわな奴めらは、悲しそうな眼つきで他人の寝室を偸(ぬす)み見ながら、すこし離れた砂浜の隅に集って、しょんぼりとやもめ暮しをすることになる。どうにもならぬ幼牝(ヴァージン)を追いつめて溺死させたり、無闇に魚を喰べちらしたりして、わずかに慰める。そうして、九月の末ごろになると、ほの暗い夜明け、または月のいい晩に、この役たたずめといって、一匹残らず撲殺夫に撲り殺されてしまうのである。銀座を散歩なされる夫人や令嬢の外套についている膃肭獣の毛皮は、もっぱら、この不幸な青年たちのかたみなのである。

明治三十八年、この特異な島が日本のものになると、猟獲を禁じ、樺太庁では、年々、この島に監視員を送って膃肭獣を保護していたが、四十四年に日米露間で条約（一九一一年の「膃肭獣保護条約」のこと）を締結する見通しがあったので、条約締結と同時に猟獲を開始することにし、同年夏、大工と土工を送り、膃肭獣計算櫓、看視所、剝皮場、獣皮塩蔵所、乾燥室などの急造にとりかかったが、航路の杜絶する、十一月下旬になっても、完成を見るにいたらない。翌年（大正元年）五月の開所式に間にあわせるため、やむなく各二名ずつの大工、土工と、一名の剝皮夫を残留越冬させて仕事を継続させることにし、監督に清水という水産技手をあたらせた。

当時、私は樺太庁農林部水産課の技師で、膃肭獣猟獲事業の主任の地位にあり、五月八日の開所式に先立ち、諸設備の完成を見届けるため、部下の技手を一名従え、三月上旬、その年最初の郵便船に便乗し、泛氷（はんひょう）の危険をおかして海豹島に赴くことになった。開所式には、米露の技術員も来臨するわけで、見苦しからぬよう諸般の整備をしておく必要があったのである。

海豹島滞留日誌

第一日

一、三月八日、大泊（おおとまり）港を出帆した第二小樽丸は、翌々十日、午前十時ごろ、海豹島の西海岸、四浬ほどの沖合に到着した。

風が変って海霧が流れ、雲とも煙ともつかぬ灰色の混濁の間から、雪を頂いた、生気（せいき）のない陰鬱な島の輪郭がぼんやりとあらわれだしてきた。しかし、それも束の間のことで、瘴気のような不気味な霧がまた朦朧と島の周りを立ち迷いはじめ、あたかも人間の眼に触れるのを厭うように、急速にそれを蔽い隠し、姿をあらわしたときとおなじように、漠々たる乳白色のなかへ沈んでしまった。

一、ひと眼その島を見るなり、私はなんともつかぬ深い憂愁の情にとらえられた。心は重く沈み、孤独の感じがつよく胸をしめつけた。唐突な憂愁はなにによってひき起されたのだろう。陰鬱な島の風景が心を傷ませたのだと思うほかはない。さもなくば、予感といったようなものだったのかも知れない。それは悲哀と不安と絶望にみちた、とらえどころのない情緒だった。

私は舷側に凭れ、島が幻のように消え失せたあたりを眺めていたが、精神の沈滞はいよいよ深まるばかりで、なにをするのも懶（ものう）くなった。この年は、例年になく寒気がきびしかったので、海氷の成長がいちじるしく、氷原の縁辺から海岸までは四浬以上もあり、島に行くには、橇か、徒歩によるほかない。この厄介な事情が、いっそう憂鬱をつのらせた。島の査察は重大な仕事だったが、さまざまに迷ったすえ、部下の技手に事務を代行させることに肚をきめ、正午近く、米、野菜、その他、若干の食糧を積んだ橇とともに島へ出発させた。

一、部下の復命を得次第、匆々、離島して、一旦、敷香まで行き、そこから陸路帰庁するつもりで、船長室の煖炉の傍に坐っていたが、まもなく帰船した部下の報告によって、この島に椿事のあったことを知り、予定した行動をとることができなくなった。

それは、今年一月四日の夜、乾燥室から火を失し、塩蔵所の一部と人夫小屋を除く以外、全部の建物が烏有（うゆう）に帰し、狭山良吉という剝皮夫が一名生き残ったほか、清水技手以下五名が焼死したという椿事である。それで、責任上、仔細に事件を調査し、その結果を上長ならびに警察部に報告すべき義務が生じたが、便乗して来た第二小樽丸は、逓信省命令航路の郵便船で、遠浅、遠内、敷香などの町に送達する郵便物を積んでいるため、調査が終るまで沖合に待たせて置くわけにはいかない。やむを得ず、敷香から電信で事件の大体を本庁に報告するように部下に命じ、帰航に島へ寄って貰う条件で、私が島に残ることにした。船は遅くも明後日の夕刻ごろ寄島することになろうから、非常な不便はなく、それまでに調査も滞りなく完了することと思った。

一、舷梯を伝って氷原に降り立つと、汽船は咽ぶような汽笛を長鳴させながら、朦朧たる海霧の中に船体を没し、私は重苦しい霧にとざされた、広漠たる氷原の上にただひとり残された。灰色の無限の空間は、なにひとつ物音もなく、しんとした静寂に充たされ、氷原は波のうねりがそのまま凍りついて、死滅した月の表面のような冷涼たる趣きを呈し、十尋の底まで透けるかと思われるほど透明で、ぞっとするような物凄い緑色をしていた。

私は孤独の感じと闘いながら、漂うように島のほうへ歩きだした。寒気は非常にきびしく、靴はたちまち石のように凍ってしまい、鋭い錐氷に爪先を打ちつけると、飛びあがるほど痛かった。普通の歩き方では一歩も歩まれない。氷の畝から畝へ、飛ぶようにして行くほかはない。爪先を極度に緊張させるので、ふくらはぎが痛み出し、長く歩行をつづけることができなかった。

幾度か転倒しながら進んで行くうちに、また霧が動いて、島の全景が唐突に眼の前に立ちあらわれた。

雲に蔽われた黒い岩山が、断崖をなして陰気に海岸のほうへ垂れさがり、その周りを、雪煙と灰色の霧が陰暗と匍いまわっている。岩と氷と雪がいっしょくたに凍てついてしまった地獄の島。その永劫の静寂の中で、海鴉が断崖の端でゆるい輪をかいている。

一、海岸に面した氷の斜面に足場を刻みながら、一歩一歩上って行くと、中腹の岩蔭に、人夫小屋が頑固な牡蠣殻のようにしがみついていた。入口に雪囲をつけた勘察加風の横長の木造小屋で、雪のうえに煙突と入口の一部だけをあらわし、沈没に瀕した難破船のような憐れなようすをしていた。

入口の土間は、十畳ほどの広さで、薄暗い片隅に、人夫達の合羽や、さまざまな木箱と樽、ペンキの剝げたオールや短艇のクラッチなどがごたごたとおいてあった。扉を叩きながら声をかけて見たが、ひっそりとしずまりかえって、返事がないので、形ばかりの押扉を押して部屋に入ってみた。

そこは奥行の深い棰木がむきだしになった、がらんとした粗末な部屋で、半ば以上窓が雪に埋まっているので薄暗く、もののかたちが朧気によろめいている。左右の板壁によせて、二段になった蚕棚式の木の寝台が八つほど造り附けになり、はるか奥の突当りに裏口の扉が見える。その右手が炊事場になっているようなので、行って覗きこんでみたが、炊事道具や罐詰の空罐などが乱雑に投げだしてあるばかりで、そこにも人の姿はなかった。

部屋の中央に据えられた鋳鉄製の大煖炉の傍まで戻って、そこの床几に腰をかけたが、煖炉はすっかり冷え切っていて、寒さと佗しさを感じさせるのに役立つばかりである。すぐそばに薪が置いてあるが、忌々しくて火を燃しつける気にもならない。歯の根を顫わせながら狭山良吉が帰って来るのを待っていたが、いつまでたっても姿を見せない。

一、私は寒気と疲労と空腹のために不機嫌になり、腕を組んでむずかしい顔をしていると、それから小一時間ほどたってから、裏口の方に跛をひくような重い足音がきこえ、ゆっくりと扉を開けて誰か入ってきた。薄暗がりをすかして眺めると、奥の入口一杯にはだかって大きな男が立っている。私は焦れ切っていたところだったのでいきなり、

「貴様、狭山か」と声をかけたが、こちらを見ながら、うっそりとしているばかりで返事もしない。

「そんなところで、のっそりしていないで、こっちへ来い」と怒鳴りつけると、狭山は小山がゆらぐように近づいてきて、食卓をへだてた向う側に突立った。

眼の前にふしぎな顔があった。前額というものがまったく欠失して、一本も毛のない扁平な顱頂につづき、薄い眉毛の下に犬のような濡れた大きな眼があった。丸い小さな、干貝のような耳がぴったりと顳顬にはりつき、たるんだような薄い唇がその下までまくれあがっている。顎には恐ろしい贅肉がついていて、三つぐらいにくびれて、いきなり厚い胸になっている。手足が鰭でないばかりで、膃肭獣そっくりというようすをしている。こうして向きあっているのは、たったいま海から上って来た膃肭獣なのではなかろうかという無意味な妄想につかれ、薄暗がりの中でこういう異相と向きあっているのが厭わしくなり、狭山にランプを持って来いと命じた。

狭山は足をひきずりながら炊事場の方へ行くと、七分芯のランプに灯をつけてきて棰木の釘にひっかけ、見ていても気が焦ら立つようなのろくさいしぐさで煖炉を燃やしつけ、のっそりと私と向きあう床几に掛けた。

ランプの光の中に浮きあがった狭山の顔は、悲惨きわまるものだった。狭山は壊血病にかかり、齦（はぐき）は紫色に腫れ、皮膚は出血斑で蔽われている。髪の毛はすっかり脱け落ちて、わずかに残った眉毛の毛根が血膿をためていた。これから推すと、膝関節にも腫脹がはじまっているのだろう。のろのろと動きまわるのがその証拠だった。

私は狭山が横着をしているのだと思い、人もなげな緩怠な態度に腹を立てていたが、誤解だったことがわかったので機嫌をなおし、

「貴様、いままでどこにいたのか」とたずねてみた。

狭山は沈鬱なようすでゆっくりと顔をあげると、唇の端をひきさげて眉の間を緊張させ、頬をピクピク痙攣（ひきつ）らせながら、私の顔を正視したまま、頑固におし黙っている。抑鬱病患者によく見る、癲癇性不機嫌といわれるあの顔である。私はつとめて口調をやわらげて、いろいろと問いを発してみたが、なにをたずねても返事をしない。

氷と霧にとじられた荒涼寂漠たる島に、長い間たった一人で暮らしていたため、この男は物をいうすべを忘れてしまったのかもしれない。極地で孤独な生活をしていると、次第に構言能力を失うようになるということが、ウイレム・バレンツの報告書に見えている。この島の恐ろしい寂寥のため、抑鬱病か、あるいはそれに近い精神障礙をひき起したのだと思った。

　私はすっかりもてあまし、撫然と狭山の顔を眺めていると、とつぜん狭山は口をあき、海洞に潮がさしこんでくるような妙に響のある声で、いつまでこの島にいるつもりかという意味のことをたずねた。私は、明後日、船が自分を迎えにくるまでこの島にいるとこたえ、愛想のつもりで、

「それだって、どうなるかわかったもんじゃない。船が途中で難船でもしたら、雪解けのころまでここにいるよりしようがないのだからな」というと狭山は瞬かぬ眼でじっとこちらを凝視していた。私のような地位のものが、伴もつれずに一人でこんな島へ残ったということが、なんとしても腑に落ちぬ体だった。

　一、島の椿事はこんな風にして起った。

　年越しの晩以来、島の一同は乾燥室に入りびたっていた。その日も夕方から酒盛りになり、間もなく酔いつぶれてしまったが、大晦日の晩にはじまって、三ヵ日の間、飲みつづけだったので、みな正体を失い、過熱された乾燥室のボイラーが、徐々に爆発点に達しようとしていることに気のつくものもなかった。

　噴火のようなありさまで、一瞬にして、人間も乾燥室もふっ飛んでしまった。人間どもは火山弾のように空中に投げあげられ、間もなく燃えさかる炎の中に落ちてきた。熱湯で茹られたうえ、念入りにもう一度焼かれたのである。恐らく眼をさます暇などはなかったろう、いわばこのうえもない最後だった。

　猛烈な火は北風に煽られてたちまち隣りの物置に移り、食料品、野菜、猟具、人夫どもの

雑多な私有品などを焼きつくしたうえ、剝皮場と看視人小屋に飛火してひと嘗めにし、獣皮塩蔵所を半焼したところで、ようやくおさまった。そのとき風が変ったのである。

狭山は乾燥室の奥まったところで酔いつぶれていた。爆発と同時に、狭山ももちろん吹き飛ばされた。しかし、このほうは火の中へ落ちずに氷の上に叩きつけられた。ちょっとしたことだが、これがたいへんな違いになった。腰を痛めただけで、命には別条がなかった。狭山自身はなんの自覚もなかった。よほどたってから、ゆっくりと眼をさました。しばらくの間、なにが起ったのか了解する事ができなかった。燃え狂う炎をぼんやりと眺めていたのである。

一、獣皮塩蔵所の建物は、崖下の雪の中に一種素朴なようすで焼け残っていた。疎らに立ち並んだ五六本の焼棒杭に氷雪がからみついて、樹氷のようにつらつらに光り、立木一本ない不毛の風景に、多少の詩趣をそえるのである。

五人の屍体は、焼け残った、申し訳ばかりの屋根の下の板壁に寄せ、塩と雪とが半々にまじりあった石のように堅い地べたに枕木のように無造作に投げだしてあった。

あわれを誘うようなものはなにも無い。どの屍体も極めて滑稽なようすで凝固していた。立膝をしているのもあり、ダンスのステップでも踏んでいるように片足をあげたのもあり、腕組みをして沈思しているようなのもある。いずれも燻製のように燻され、青銅色に薄黒く光っていた。

地面に落ちたとき、最初に雪に接した部分であろうか、どの屍体にも一ヵ所ずつ焼け残ったところがあって、そこだけが蒼白い蠟のような不気味な色をしていた。どれもこれもおし潰されたような歪んだ顔をし、海鳥に喙ばまれた傷の間から骨が白くのぞきだしている。

　私は狭山の投げやりな処置に腹を立て、

「なぜ穴を掘って埋めんのか。これでは鳥の餌になってしまうじゃないか」と詰（なじ）ると、狭山は自分の腰にさげたアイヌの小刀（マキリ）を示しながら、鶴嘴はみな焼けてしまい、この小刀一梃では、どうすることもできなかったのだとこたえた。

　一、小屋に帰ると、狭山は青磁に黒い斑のはいった海鴉（ロッペン）の卵を煮て喰わせ、じぶんは船から届いた大根や玉葱を生のままで貪り喰った。釣道具も、猟銃も、ひとつ残らず焼けてしまい、この二た月の間、海鴨と卵だけで命をつないでいたのだといった。

　一、八時頃になると、霧の中で雪が降りだし、沖から風が唸ってきてひどい吹雪に変った。島全体を雪の塊にしてしまうような猛烈な吹雪で、風は咆え、呻き、猛り狂い、轟くような波の音がこれに和した。小屋は絶えずミシミシと鳴り、いまにも吹き飛ばされてしまうかと思うほどだった。

　夜半近くなると、風はいよいよはげしくなって行ったが、天地の大叫喚の中で、なんとも形容し難い唸り声をきいた。暴風の怒号の間を縫いながら、地下の霊が悲しみ呻くようなかぼそい声が、途絶えてはつづき途切れてはまた聞こえ、糸を繰りだすように綿々と咽びつづける。得体の知れぬこの声が耳について、とうとう朝までまんじりともすることができなかった。

第二日

一、吹雪はやんでいたが、風の勢いはいっこうに衰えない。氷の上を掃きたて、岩の破片と氷屑(セラック)をいっしょくたに吹き飛ばしながら、錯乱したように吹きつづけている。この世の終りのような物凄い飈風(ひょう)だった。

朝食後、真赤に灼けた煖炉の傍に机をすえて報告書を書き出したが、船のことばかり気にかかって捗らない。この大時化では予定した日に島を離れることなどは望めない。氷と岩のほか、なにひとつ見るものもない荒涼たる孤島で、あてもなく幾日か暮さなければならぬと思うと、漂流者のように暗澹たる気持になり、仕事をつづける気にはなれない。

一、いつの間にか仮睡をし、眼をさますと夜になっていた。水を飲もうと炊事場の水槽(タンク)のあるほうへ行きかけ、ふと狭山の寝台の下に、茶褐色の犬のようなものが蹲っているのを発見した。しゃがみこんで眺めると、二歳ほどの膃肭獣の牝で、しなやかな背中をこちらへ向け、前鰭で頭を抱えるようにして、おとなしく眠っていた。これが昨夜の唸声の主なのであった。

どうしてこんなところに膃肭獣がいるのかとたずねると、狭山は、去年の秋、皆にはぐれ、海と反対の追込場の方へはいあがってきたのを捕えて飼っておいたのだが、子供のようになついているとこたえた。寝台の下に手を入れて膃肭獣の背中を軽く叩くと、膃肭獣は眼をさまし、伸びをするようなことをしてから、ヨチヨチと寝台の下から匍いだしてきた。しなしなと身体を撓わせると、屈折につれて天鵞絨のような毛のうえを素早く美しい光沢が走る。胸は思春期の少女のように嬌めかしい豊かな線を描き、手足のみずかきは春の霞のように薄桃色に透けていた。眼はおっとりと柔和に見ひらかれ、どんな動物のそれよりもやさし気だった。

狭山は可愛くてたまらぬというように、舐めまわす眼つきで惚れぼれと眺めていたが、異相の大男のどこからこんな声が出るかと思われるような甘ったるい声で、

「花子や、旦那にお辞儀しねえか」といった。膃肭獣はきょとんと狭山の顔を眺めていたが、その意味がわかったのだとみえ、いくども首をあげさげして、お辞儀をするような真似をした。狭山は首を振ったり、クックッと笑ったりしていたが、膃肭獣との愛情を誇示したくなったらしくいろいろな掛声をかけると、膃肭獣は遠いところを眺めるような眼つきをしながら、狭山の肩に凭れかかったり、膝のうえに這いあがったりした。恍けた、愛らしいともいうべきしぐさであるにもかかわらず、なぜか、それが私の心をうった。妙に心に残る情景だった。

第三日

一、風は依然として吹きつづけ、来るべき船は来ずに夜になった。

正午ごろから、膃肭獣はしょんぼりと首を垂れ、元気のないようすをしていたが、夕方近くになると、床の上に腹這いになって、苦しそうに呻きだした。狭山の悲嘆と狼狽ぶりはめざましいばかりで、ありったけの毛布と襤褸で膃肭獣を包み、人間にでもものをいうようにやさしい言葉をかけながら、錯乱したように膃肭獣の背中をさすりつづけていたが、膃肭獣はだんだんに弱って唸声もあげないようになり、呼吸をするたびに背筋が大きく波うち、切なさそうに手足の鰭で床を打った。

狭山は紫がかった赤い頬に涙を伝わらせ、膃肭獣がするように両手で胸を打って、しゃくりあげて泣いていたが、自由に曲がらぬ足をうしろに突きだし、両手を使って物狂わしく膃肭獣のまわりを匍いだした。しばらくの間、うそうそとよろめきまわっていたが、膃肭獣を腕の中に抱えこむと、突然、甲高い声で笑った。眼は狂暴な色を帯びて異様に輝き、首は発揚性昂奮ではげしく前後左右に揺れている。氷と岩で畳まれた孤島の一軒しかない小屋の中に、私は躁暴狂になりかけている巨人のような男と二人きりでいる。私の境遇はすこぶる危険なものになってきた。

小屋の外にはこの世の終りのような物凄い朔風が吹き荒れ、零下廿度の凛烈たる寒気が大地を凍りつかしている。ものの十分と立っているわけにはいくまい。結局、躁暴発作の難を避けるには、入口の土間にたてこもるほかないので、狭山を刺激しないように注意を払いながら、寝具と若干の食料をソロソロと土間に運びいれ、扉に鍵をかけたが、それだけでは安心できないので、扉の前に木箱と樽を積み重ねて障壁（バリケード）をつくり、万一のために武器を用意した。武器というのは一本の短艇（ボート）の鉄架（クラッチ）なので、これほど手頼りのない武器もすくない。非力な手に握られた一本のクラッチが、身を護るのにどれほどの力を貸してくれることか、心細いかぎりであった。

　土間の煖炉に火を燃しつけたうえで、不意の闖入に備えるために障壁に凭れて眠ることにした。狭山が無理に扉を押し開けようとすると、樽か木箱の一つが私の頭上に落下してくるはずで、それによって眼をさまし、いちはやく戸外に避難し得る便利があるからである。とはいえ、たとえ小屋をぬけだして島の端まで逃げのびることができたとしても、その末はどうなるのであろう。氷原の上には酷烈な寒気が私を待ちかまえ、その端にはオホーツク海の怒濤が轟くような音をたてて荒れ狂っている。私は鉄架を握りしめ、障壁に凭れて眼を閉じたが、恐怖と憂悶に胸をとざされ、とうとう一睡もすることができなかった。狭山の哄笑と咆哮は、夜明けまでつづいていた。

第四日

一、夜のひき明けごろから風が凪いで、島のまわりを海霧が匍い、水の底のようなほの明るい朝になった。

　そのころから狭山の咆哮がきこえなくなり、なにか手荒くガタピシさせる音がひびいてくる。隣の部屋にどんな変化が起ったか知りたく思い、扉に耳をおしつけていると、狭山の重い足音が近づいてき、扉越しに、あなたはそこでなにをしているのかとたずねた。意外にも沈着な体で、声も病的なところがなく、言辞も妥当である。

「貴様が泣いたり咆えたりして、うるさくて眠れないから、ここへ移ったのだ」とこたえると、狭山は、ちぢこまったように詫びてから、あいつが死んでしまうのかと思って悩乱したが、明け方ごろからおさまって、元気になった、という意味のことをくりかえし、飯の仕度ができたから、こっちへ出て来てくれといった。

狭山がほんとうに正気にかえったのか、中間状態にあるのか、危害を加えるつもりでおびき出そうとしているのか。ものの言い方には、なにか企らんでいるような不自然なところはないが、もし狭山がまだ中間状態にいるのなら、逆らうとかえって悪い結果を招く。勇気を鼓して朝飯を食いに行くことにきめたが、予想のつかぬ将来のために、避難所だけは保有しておかねばならぬと思い、把手（ノッブ）を握って、扉を揺すり、

「鍵をなくして、ここから出られないから、戸外をまわって、そちらへ行く」と、うまくいいつくろった。

小屋の横手をまわって裏口から入って行くと、食卓の上には朝食の仕度が出来、膃肭獣は煖炉のそばで毛布の中から顔だけ出し、なにごともなかったようにトホンと天井を見あげていた。狭山もあんな物凄い錯乱をした人間だとは思われぬような落着きかたで、何杯も飯を盛りつけては、ゆっくり喰っていた。

朝食がすむと、私は避難所にひき退ることにし、狭山に、

「向うの部屋で報告書を書くから、うるさくしてはならぬ」といい捨て、匇々に裏口から飛びだすと、小屋の裏側に、庇掛（さしかけ）になった薪置場があるのを見つけた。逃避はいつまでつづくかわからず、充分に薪を用意しておく必要があろうと思い、中へ入って薪を抱えとりながら隅のほうを見ると、六足の藁沓が並んでいた。狭山のとおなじもので、三足は棚の上に、三足は地べたに置いてあった。

私は薄暗い避難所へ戻って、なすことなく撫然と煖炉の傍に坐っていたが、狭山と五人の焼死者のほかに、この島に誰かもうひとり人間がいたのではないかという疑いをおこした。何気なく数を読取ってしまったが、たしかに六足の沓があった。藁沓は丈夫なもので、どんな長い冬でも、一足で充分に間にあうから、焼死した人間が五人である以上、藁沓は五足でなければならぬはずである。

さしたる意味もなく、眠りにつくまで、漠然たる疑問を心の隅に持ちつづけた。

第五日

一、正午近くなると、避難所の窓からぼんやりと蒼白い薄陽がさしこんできて、澱んだように暗かった土間の片隅を照らしはじめた。久しぶりに見る陽の光に心をひかれ、陽だまりの方へ眼をやると、なにか嬌めかしいほどの紅い色が強く眼をうった。そばへ行って見ると、それは匂いだすかと思われるばかりの真新しい真紅の薔薇の花簪（かんざし）であった。

荒涼たる岩山の孤島に真紅の薔薇の花簪とは、あまりにも唐突だが、これは一昨日の朝まで、木箱や樽の雑多な堆積のうしろに落ちていたので、障壁をつくるとき、それらを扉の前に移したため、偶然な事情によって、見得るはずもないものが眼に触れることになったわけである。

眠りにおちるとともに、とりとめのない疑念は消え、もうすっかり忘れていたが、花簪を見るなり、また思いだした。土間の古釘や木片にまじって小さな紙玉がひとつ落ちている。皺をのばして見ると、柱暦からひきちぎった紙で、櫛から拭きとった女の長い髪が十本ほど丸めこまれてあった。柱暦は昨年十二月廿七日の日附であった。

狭山と五人の焼死者のほかに、誰かもうひとり島にいたのではなかろうかという想像は、これで動かすべからざる事実になった。

残留を命じた六人のほかに、もう一人の人間が島にいた。七人目の人間はまだうら若い娘で、少くとも十二月二十七日まで、この島で生活していたのである。

十二月二十七日――

本島とこの島との交通は、昨年、十一月十四日に敷香を出帆した定期船、大成丸を最後に杜絶し、今年、三月八日、私が便乗してきた第二小樽丸で開始された。その間、いかなる汽船も島へ寄航していない。危険な流氷と濃霧のため、この近海へ近づくことが出来ないのである。

絶対に出て行く方法がないのだから、花簪の主はまだこの島に居なければならぬ理窟になるが、われわれの小屋は直接第三紀の岩盤の上に建てられたもので床下などなく、天井は椎木が剝きだしになっていて、下から天井裏を仰ぐことができる。四方の壁は裸の板壁、押入は一つもない。獣皮塩蔵所は焼棒杭の上に屋根の残片が載っているばかり、薪置小屋は屋根を差掛けた吹きぬけの板囲いである。

私は靴にカンジキをとりつけ、小屋の横手についた雪道を辿って上のほうへのぼって行った。

島は西海岸のほうで急な断崖になり、東側はややゆるい勾配で、夏期、膃肭獣の棲息場になる砂浜の方へなだれ、その岸から広漠たる氷原が霧の向うまでつづき、オホーツク海の水がうごめいている。海からあがった霧が巉岩に屍衣のようにぼんやりと纏いつき、黄昏のような色をした雪原の上に海鴨が喪章のように点々と散らばっている。悲哀にみちた風景であった。

骨を刺すような冷たい風が肋骨の間を吹きぬけてゆく。蹣跚たる足どりで頂上の小高いところまで行くと、岩蔭にアーエートの墓が蕭条たるようすで半ば氷に埋もれていた。墓銘は露西亜語でこんなふうに書かれてあった。

（動物学者ニコライ・アーエートの墓。学術調査中、この島にて死す。一九一六年三月×日）

ニコライ・アーエートの死の因由は今日もなお不明である。アーエートは西側の海岸の岩隙（チムニイ）の壁に凭れ、眼をあいたまま死んでいた。左手にパイプを持ち、右手は外套のポケットにさしこまれたままであった。なにか神秘な力が突然に襲いかかり、島の研究を中絶させたと思うほかはないような死にかただった。

　思いついて私はそのほうへ歩きだした。煙突を縦に切ったような割目が岩壁に深く喰いこみ、その奥はやや広い洞になっているので、小さな小屋ぐらいなら、外部から見あらわされることなく隠しおわせられるはずだと思ったからである。

　岩角に手をかけて降りて行って見ると、夏になれば、ししうばや、岩菊や、薄赤い雪罌粟などのわずかばかりの亜寒帯植物が、つつましい花を咲かせる優しげな岩隙も、いまはいちめんに氷と雪にとざされ、長い氷柱がいくつも鐘乳石のように垂れさがって洞の入口をふさいでいた。心をときめかしながら氷柱の隙間からその奥へ入って行くと、洞穴はあっけなく四五間で行きどまりになり、羊歯や馴鹿（となかい）苔が岩の腹に喰いついているのが認められるだけで、人が住んでいるようなしるしは、なにひとつ見あたらなかった。

　洞の中はうす暗く、おどんだような闇の中から、いまにもアーエートの亡霊が朦朧とよろめきだしてくるような気がする。洞穴のなかほどのところに立って、仔細らしくそこここと透かしていたが、ふとアーエートが死んだのは、五年前の今日ではなかったかというような気がし、恐怖に襲われて入口のほうへ走りだすと、岩の割目に手をかけて狂気のように断崖をよじのぼった。

　私は崖の端に腰をおろし、額から滴たりおちる冷汗をぬぐいながら息をはずませていた。見おろすと、塩蔵所の焼棒杭が弱々しい冬の陽に染まりながら寂然たる氷の渚に不吉なようすで林立している。丘の下には焼け焦げた五つの屍体……洞穴の薄明の中には横死をとげた不幸な魂……巻煙草を出して火をつけ、能うかぎりの悠長さで煙をふきながら、得体の知れぬ妄想をはらいのけようとつとめたが、この島にたいする嫌悪の念はいよいよ深まりゆくばかりであった。

南北に延びる岬の端まで行って見たが、そこにも氷の崖があるばかり。岬に近い丘の斜面を東側へ這いおり、海岸づたいに島を一周したのち西海岸から東海岸へ貫通する膃肭獣の追い込み用の地下道も入って見たが、斬りつけるような冷たい風が猛烈に吹きとおっているばかりで、人間が隠れひそみ得る横穴などなかった。

小屋に辿りついて裏口から入って行くと、息苦しいほどの氳気のたちこめた薄暗いランプの下で、狭山はこちらに背を見せて惘然と坐っていた。発揚状態はおさまったらしく、無感覚なようすでむっつりと腕を組み、私が入って行っても立ちあがろうともしない。

「のっそりしていないで、飯の仕度をしろ」というと、狭山はぶつぶつ呟きながら、不誠実なやりかたで食卓の上に食器をおきならべ、自分の寝台のある、薄暗い奥のほうへひきさがって行った。

空腹だったので、脇目もふらずに食事をつづけていたが、背後に視線を感じて振りかえってみると、狭山は寝台の上に片肱を立て、蚕棚から身体を乗りだすようにして、瞋恚と憎悪のいりまじったようなすさまじい眼ざしでこちらを睨んでいた。思わず床几から飛びあがろうとしたほど兇悪無惨な眼つきであった。

私が振りかえったのを見ると、狭山は急に眼を伏せ、いかにもわざとらしい慇懃さで、「薬罐はストーブの横にある」といいながらクルリと向うをむいてしまった。歯軋りする音がきこえた。

狭山にたいする高圧的な態度は、ひっきょう虚勢にすぎないのだが、狭山の感情を刺戟したのは失敗だった、なんとかして怒りを緩和しようと考え、背嚢から口を開けたばかりのウイスキーの角瓶をだし、

「そんなところにひっこんでいないで、こっちへ出てきてひと口やれ」というと、狭山は、渋々、寝台から離れ、向きあう床几にやってきた。

狭山は咽喉を鳴らして流しこむようにウイスキーをあおっていたが、追々、病的な上機嫌になり、高笑いをしながら、火災の前後の顚末や残留以来の島の出来事を、連絡もなくしゃべりだした。

狭山の話を綜合すると、あの災厄があるまで、この島で比類のない無頼放縦な生活がつづけられていたのである。四人の大工土工は撰りぬきのあぶれものぞろいで、土工の荒木と近藤は殺人未遂傷害の罪で、網走監獄で七年の懲治を受けた無智狂暴な人間であり、他の二名の大工はサガレンや沿海州を流れ歩き、砂金掘りや官林盗伐に従事していた無法粗雑な男どもで、看視員が島を引きあげると、たちまち本性をあらわし、仕事などはそっちのけに朝から飲酒と賭博にふけり、泥酔したあげく、かならず血みどろ騒ぎになるのだった。

技手の清水は、島の秩序を保つために酒樽の入っている倉庫に錠をおろし、銃器をとりまとめて看視員小屋に立て籠ったが、てもなく小屋からひきずりだされ、息の根のとまるほど胴上げをされた。技手を毛布の上に乗せ、四人の暴漢が四つ隅を持ち、毬のように高く放りあげては受けとめる。技手は逆さになったり斜になったり、両足をばたばたさせたり、息をつく暇もないほど、いそがしく空と毛布の間を行きかえりした。最初の間はかん高い悲鳴をあげていたが、しまいには呻き声も出さなくなった。劇動のために内臓がクタクタになり、息もしなくなったのを、泥酔した四人の暴漢は笑いながらいつまでも残酷な遊戯をつづけた。血を吐いただけで、殺されるところまでは行かなかったが、半月ほど床についたきり動けなかったといい、立ち上がって眼に見えるようにその光景を演じて見せたすえ、腹をかかえてとめどもなく笑った。そのうちに不気味な快戯性をあらわし、自分の寝台のほうへ這って行って膃肭獣をひきだすと、いとしくてたまらぬというふうに、ひき倒したり転がしたり、正視しかねるような狂態を演じはじめた。膃肭獣は腸を掻きむしるような悲しげな声で泣きたてた。私は居たたまらなくなって小屋を飛びだした。霧の中で遠雷がとどろいていた。

第六日

夜の十時ごろから強い北風が吹きだし、朝になると吹雪に変って、癇癪を起したように荒れまわった。今日あたりと思っていた離島の希望も、これでいっぺんに覆えされてしまった。

私は起きあがるのも懶くなり、木箱を並べた寝台にひっくりかえって吹雪の音をききながら、この三日以来の問題を考えてみた。

この島に人間が潜み得ないとすれば、簪の主は死んだと思うほかはないが、すると死体はどうなったのだろう。五人の焼死体だけがあって、なぜ簪の主の死体がないのか。

昨夜、狭山は残留以来の島の生活を物語ったが、そのうちにはとるにも足らぬような些細な事柄が多かったのである。この島に若い娘がいて、それがここで死亡したというのはこの島としては花々しい事件で、当然、話題にのぼせなければならないはずなのに、ひと言もそれには触れなかった。いろいろと考えているうちに、その娘は一月四日以前に殺害されたと信ずるようになった。

一九〇三年に英国で公表された「スウェルドルップの告解」（Confession of Swell-dorepp, London）は、北極クングネスト島探検の際、ジョンスン湾に残留したフラム号の乗組員十名が、一人の婦人を争って、全滅に瀕した惨劇の記録である。二名は発狂し、他の八名は猛獣のように殺傷しあった。その中に二組の父子がいたのである。争闘ははてしなくつづき、全員、死滅するかと思われた時、ひとりの気丈な船員は、生き残った同僚の命を救うために、ひそかにその婦人を絞殺し、死体を海中へ投げこんでしまった。この秘密は、その後、二十年の間、各自の厳重な緘黙によって保たれていたが、スウェルドルップの臨終の懺悔によって、はじめて明らかにされた。荒涼たる絶海の孤島に住む六人のあらくれ男の中に、ただ一人の若い娘……そのことは、当然、起るべくして起った。どのような光景だったか、想像するに難くない。比喩的な表現を用いれば、六人の男どもは、膃肭獣の島の気質にならって、劇しい争奪の末、無残にも雌をひき裂いてしまった。狭山がそれを口外せぬのは、共同の秘密にたいする仁義をまもっているので、そういうのが、この社会の良心なのである。

では死体はどんな風に始末したのか。すぐ考えつくのは、ボイラーの火室で焼却する方法だが、島の乾燥室にあるのは、横置焰管式のコーニッシュ罐で、簡単な装置で、充分に熱瓦斯を利用するため、水管が焰室の中に下垂し、粉炭を使用するので、焚口は小さく、二重に火格子を持つ特殊な構造になっているので、死体を寸断したとしても、火室で人間を焼却することは不可能である。

また、この島の氷の下は第三紀の岩盤になっているので、氷を穿って始末したかと考えるのは無意義だし、砂浜に埋めれば、解氷期の潮力の作用で、春先になって、ぽっかりと海面に浮かびだす危険がある。要するに、娘の死体は、海中に投げ入れたか、寸断して、海鳥に啄ばましてしまったのだろう。

昼食をするついでに、清水技手の気象日誌によって、結氷の時期を調べてみようと思い、正午ちかく、小屋へ出かけて行った。

狭山は、相変らず陰気なようすで床几にかけ、膃肭獣は、ひだるそうな顔をして寝そべっていた。私はランプの下に気象日誌を持ちだし、克明に頁を繰っていくうちに、十二月廿日の日附の下に、つぎのような記載があるのを発見した。

十二月廿日、晴天……昨十九日午後五時頃、本島ノ NWN ニ多数ノ漂氷ヲ見シガ、同夜半以来急速ニ発達シテ野氷ヲ形成ス。海岸ヨリ氷堤ノ縁辺マデ約五浬ニ及ベリ。

この記載によって私は屍体は海中に投棄されたのではないと断定を下した。娘はたしかに十二月廿七日まで生存していたはずだが、それより一週間前の十二月廿日に、海は五浬の沖まで結氷している。凸凹のはげしい氷原を五浬も屍体を運搬するのは困難な仕事であるばかりでなく、野氷の極限はつねに不正確なもので、表面から見ただけでは、浮遊する群氷と、堅固な野氷との区別がつかない。死体を海中に投棄するには、勢い氷原の極限まで行かなければならないが、自殺するつもりでなければ、実行は覚束ないからである。

私は塩蔵所の岩蔭になにか夥しい白骨が散乱していたことを思いだし、帰途、大廻りしてそこへ行き、胸をとどろかせながら掻きさがして見たが、海象や膃肭獣の骨があるばかりで、人骨などは見あたらなかった。

私は避難所の煖炉のそばに坐りこみ、血のように赤い薔薇の花簪を手のなかで弄びながら、いったい、どういう素性の娘であったろうと考えた。

第七日

午前九時ごろ、ふとした想念が心をかすめ、半睡のうちに微弱な意識でそれを保っていたが、覚醒すると同時に、きわめて明白なかたちになって心の上に定着した。

彼女はこの島に生存しているのではないのか。この島に若い娘がいたとしても、それは彼等の生活の権利内のことであって、格別、隠しだてしなければならぬような性質の事柄ではない。また、その娘を殺害したとしても、死体はたぶん無造作に放置されたであろうということである。

この樺太には（その当時）一人の人間の死を、とやかくと問題にするような神経過敏な風習はない。死はひとつの「措定」であるとして、原因まで詮索しないのである。必要があれば、崖から落ちて死んだとでも、脚気が衝心して死にましたとでも、いいたい放題のとぼけたことをいってすまされるのであるから、横着な彼等が、いかなる理由によっても、死体の湮滅などを企てようはずがない。

ところで、その死体はどこにもない。湮滅さるべき理由がないのに、この島のどこにも死体が見当らぬとすれば、死亡したと考えるより、まだこの島に生存していると考えるほうが妥当である。

感傷的な探検の結果、どこにも彼女がいないということが確実になったが、それにもかかわらず、論理的には、彼女は絶対にこの島に生存していなくてはならぬのである。

彼女はどこにいる？　生存可能の限界を条件とすれば、遮蔽物もない零下二〇―三〇度の凛烈たる大気の中に、持続的に人間が生活し得るはずがないから、どうしても人夫小屋の中でなければならない。しかるに、小屋の中には三個の生物しか住んでいない。私と狭山と膃朒獣である。

論理の必然に従って、この小屋の中に絶対に彼女が生存していなければならぬとすると、この三個の生物のうちのいずれかが彼女でなければならぬことになる。ところで、私はかくいう私で、狭山は依然として狭山以外のものではない。

私はものを思うことに疲れ、長くなったまま眼をとじていたが、なんともいいあらわしがたい率然たる感情に襲われ、急に木箱の上にはね起きた。

この島はなにか不可知な神秘力に支配されていて、ここに来るものは、みな膃朒獣に変形されてしまうのではなかろうかという考えが、なんの前触れもなく、秋の野末の稲妻のように私の脳底にきらめきいり、深い闇に包まれていたもののすがたを、一瞬にして蒼白く照らしだした。

そういえば、狭山は一日ごとに膃朒獣らしくなっていく。顱頂は次第に扁平になり、喉の贅肉は日増しに奇妙なふうに盛りあがってきて、いまはもう頤と胸のけじめをなくしかけている……わずかに、人間のかたちをとどめている手や足も、間もなく、五本の溝のついた、グロテスクな鰭に変形してしまうのだろう。とすれば、あの膃朒獣こそは、彼女のあさましい変容なのだと思うべきである。

幾万という膃朒獣が、毎年、夏になると、なぜこの島にばかり集ってくるのか、その謎をそのとき私ははっきりと解いた。この島の渚で悲し気に咆哮する海獣どもは、この島の呪いによって、生きながら膃朒獣に変えられた不幸な人間どもなのであった。そうして、一日も早く人間に転生しようと、撲殺されるためにははるばる南の海から、この不幸な故郷へやってくるというわけであった。

最初の朝、この島を一瞥するやいなや、救いがたい憂愁の情にとらえられたわけも、これで納得できる。なぜとも知らず、なにに由来する憂愁か、理解することができなかったが、今にして思えば、呪咀にみちた、この島の忌わしい形象（フィジィク）が私の官能に作用し、意識の深いところで逃れられぬ不幸な運命を感じていたのだった。

私は恐怖の念にかきたてられ、窓のそばへ走って行って、薄光りする窓ガラスに顔をうつして見た。

雪花をつけて凍（し）みあがったガラスの面に浮かびあがったのは、まさしく膃肭獣の顔であった。顱頂は平らべったくなり、鼻は顔に溶けこみ、耳はこめかみに貼りつき、唇は耳のほうまで不気味にひきつれている。

「やられた」

私は絶望して土間に坐りこみ、妻や、子供や、親しい友人の名をかわるがわるに呼びながら、声をあげて泣きだした。不思議にも、私の舌は上顎の裏に貼りついたようになり、なにか喋言ろうと焦れば焦るほど、あさましい咆哮になってしまうのだった。

泣き疲れて、いつの間にか眠ってしまったのだと見える。眼をさますと、もう夕方近くになっていた。

悲しい夢を見ていた。私は月の渚で、美しい一匹の牝と無心に戯れていた。銀の縁（ふち）取りをした黒檀色の波がたえず足もとに寄せてはかえし、湿った海風に海草や馴鹿苔の匂いがほのかにまじっていて、快く睡気をさそった。広い渚に何万とも知れぬ膃肭獣が匍ったり蠢めいたりし、濡れた身体に月の光が反射して発光虫のように燐色に光る。それが交錯して、蒼白い陽炎がゆらめくように見えるのだった。美しい肢態をもった私の愛人は、前鰭でやさしく私を抱えたり、私の胸にすべっこい丸い顔を凭せかけたりした。私は砂浜にはねあげられた銀色の魚を喰べて充ちたりた気持になり、膃肭獣の言葉でながながとしゃべった。

煖炉の火はすっかり消え落ち、部屋の中は薄暗くなっていた。私は起きあがって蠟燭に火をともし、本箱の端に腰をかけて腕組をした。適度の睡気と冷気は過敏な神経をほどよく鎮静してくれ、冷理にかえるにつれて、輪廻説の影響による転生だの転身だのということは、みなとるにも足らぬ妄説にすぎないと考えるようになった。

背嚢から小さな手鏡を出し、蠟燭の灯に近づけて顔をうつして見たが、そこにうつしだされたのは、熱にうかされたような、秀麗とはいいがたい平凡極まるいつもの顔で、昼すぎ、硝子窓にうつったゾッとするような異様な顔は、出来の悪いガラスの歪（ひずみ）や気泡の悪戯なのであった。

なんとしても馬鹿げた話だから、娘のことはもう考えないことにきめたが、そのとき、ふとした示唆がこの謎を解析してくれた。

この島の特質上、石膏末、コロジウム繃帯、縫合針、義眼など、剝製に必要な器具材料が、なにひとつ欠けることなく取揃えられてあり、そして狭山は熟練した剝皮夫である。目測したところでは、膃肭獣の身長は一・四米から一・五米の間であるから、小柄な女なら支障なくその中にひそみ、膃肭獣の皮をつけたままどのような人を馬鹿にした行動でもとり得るのである。

娘は膃肭獣の中にいる。私はうまくしてやられた思いで、

「ちくしょう」と舌打ちをしたが、なんのために娘を膃肭獣の中へなど入れてあるのか、理由を発見するのに苦しんだ。膃肭獣をひっとらえて、事実のところをたしかめて見たく好奇心の荷重で耐えがたいほどになった。決行するには狭山の留守をねらうほかはないが、一日に一回しか機会がない。狭山が薪小屋に薪をとりにゆく時だけだ。

私は扉の前に積んだ木箱や古机を、音のしないようにもとの壁ぎわに移し、鍵をあけ、いつでも飛びだせるように用意した。間もなく、いつものように薪箱に手鈎をひっかけてひきずり出す音がきこえ、裏口の扉がバタンと鳴って、狭山が戸外へ出て行った。私はひきちぎるように土間の扉をあけると、狭山の寝台のそばまで飛んで行った。

膃肭獣は嫋やかな背を見せて丸くなって眠っている。私は首筋を摑んで寝台の下からひきだした。膃肭獣はキョトンと私の顔を眺めていたが、身ぶるいをひとつすると、髯の生えた唇を釣りあげ、牙をむき出して私を寄せつけまいとしたが、委細かまわず背筋をこきおろし、あおのけにひっ繰りかえして腹部をあらためて見たが、どこにも縫合のあとはなく、生温い体温とじっとりとした膏じめりが掌につたわったばかりであった。まぎれもなく、現実の膃肭獣であった。美しいセピア色の密毛の下に感じられるのは、モッタリとした脂肪層と膃肭

獣特有の骨格で、鰭を動かすたびにかすかに関節が音をたてた。膃肭獣は鰭をバタバタさせ、私の手から逃れようと藻掻いていたが、口腔の奥まで見えるほど大きな口をあけて威嚇したのち、つと顔をのばして私の手を強く嚙んだ。口の中に牡丹の花弁のような赤い舌が見えた。

土間に駆け戻ると、昂奮も焦慮も一挙に醒めはて、途方に暮れたような気持で木箱の上に坐りこんでいた。もとはといえば、土間の花簪と柱暦に巻き込まれていた女の髪の毛から始まったことだった。が、考えて見ればその花簪は島の誰かが馴染みの娼婦からでも貰って来たのかも知れず、柱暦の日附も、昨年のものだとする理由はどこにもない。一昨年のかも一昨々年のかも知れなかった。

私は安堵と疲労と同時に感じ、この島へ来て以来、はじめて熟睡した。どのくらい眠ったか知らないが、騒がしい音で眠りからさまされた。狭山が悲痛な声で膃肭獣の名を呼びながらあわただしく走りまわっている。膃肭獣がまた病気になったのだ。

とるにも足らぬ妄想の閾に立って狭山をながめ、勝手に嫌悪したり怖れたりしていたが、ひとりよがりの独断をふり落してしまうと、狭山にたいする不快の念は拭い去ったようになり、この孤島に自分とこの男と二人っきりしかいないのだという、親愛の情のようなものさえ感じるようになった。この数日の友だった男の悲嘆を見過して置けず、自分に出来ることなら応分の手助けをしようと思い、上衣をひっかけて狭山のいるほうへ行った。

薄暗いランプの下に膃肭獣が長くなり、背筋を波うたせるように痙攣させながら、嘔吐をするようなそぶりをする。毛並みの艶がなくなり、髯は垂れさがり、素人の眼にさえ覚束なそうに見える。

　狭山は私が傍に立っているのさえ眼にはいらないようすで、赧黒い頬にとめどもなく涙をつたわらせながら、

「すぐおさまる」とか、「元気を出したり」とか、涙にくぐもった声で呼びかけ、口を割って水を飲ませ、掌を煖炉で温めては一心に膃肭獣の背をさすっている。膃肭獣は苦しそうに呻きながら、首をあげて狭山の顔を見あげ、前鰭を狭山の腕に絡ませて悲しげな愛想をする。すると、狭山はさする手をやめ、大きな声で泣きだしてしまうのだった。間歇的に劇痛がくるらしく、そうしているうちにも、弓のように背筋を反らせて爪先から頭の先まで顫わせ、そのたびに見る見る弱っていく。狭山はどうしようも才覚つかなくなったふうで、腕の中に膃肭獣を抱え、子供でもあやすようにただわけもなく揺りつづけるのだった。吹雪と北風の音にとざされた荒涼たる絶海の孤島で、膃肭獣だけを友にして生活していた狭山にとっては、この期の悲嘆はかくもあるのであろうか。人獣の差別を超えた純粋な精神の交流に心をうたれ、私は涙を流さんばかりだったが、追々ひく息ばかりになり、とうとうシャックリをするようになった。

　狭山は手の中のものを取られまいとする子供のように、執拗に膃肭獣を抱きしめていたが、どうせ助からぬものなら長く苦しませたくないと思ったのか、急にキッパリとした顔つきになり、腰の木鞘から魚剖刀(マキリ)を抜きだすと、鋭い切尖を膃肭獣の頸のあたりに突き刺した。直視するに耐えず、眼をそらそうとしたとき、狭山はマキリを投げ捨て、創口に両手をかけ、

貴婦人の手から手袋をぬがせるようにクルリと皮をひき剝いた。

一転瞬の変化だった。ちょうど幻影が消えうせるように膃肭獣の姿が消え、たったいま膃肭獣がいたその場所に、白い若い女の肉体が横たわっていた。すんなりと両手をのばし、うっすらと眼をとじている。その面ざしの美しさは思いうかべられる限りのいかなる形象よりもたちまさっていた。膚はいま降った淡雪のように白くほのかに、生れたばかりのように弱々しかった。美しい肢体はたえず陽炎のように揺れ、手を触れたらそのまま消えてしまいそうだった。狭山は床に跪まずいて合掌し、恍惚たる眼差でまたたきもせずに凝視していた。

霧の間から朝日の光が洩れ、八日目の朝が来た。狭山は蚕棚の端に腰をかけ、首をたれて悲嘆に沈んでいたが、静かに立ってきて向きあう床几に掛けると、こんな話をした。

Agrapha（陳述されざりし部分）

それは荒木の姪で山中はなともうしました。としは十八で、こころもちのいいそのくせちょっとひょうきんなところもあるむすめでした。十一がつのなかごろの定期でおじをたずねて敷香からこの島へやってまいりました。もちろんこの島で越年するつもりなどはなく、すぐつぎの船でかえるはずだったのですが、時化でさいごの定期がこず、いやおうなしに島にとまることになったのであります。たとえてもうしますなら、この岩ばかりの島にとつぜんうつくしい花がさきだしたようなものでありました。荒木はともかく、わしどもにはただもうまぶしくてうかつにそばへもよってゆけぬようなありさまだったのであります。花子はさっぱりしたわけへだてをしないむすめでありまして、たれにもおなじようにからみついたりじょうだんをいったり、そればかりか手まめにシャツのほころびをぬってくれたり、髪をかきあげたりしてくれまする。鬼のような島のやつらも、たれもかれもみな見ちがえるように奇麗になって、たがいに顔をみあわせてはあっ気にとられるのでありました。らんぼうばかりいたして手のつけられぬいんだらなやつらも、花子のまえへでると小犬のようにおとなしく、花子がかくべつ喰べたいともいわぬのに、夜なべをかけて釣に出るわ、華魁(おいらん)鴨をうつわ、雪のしたから浜菜や藜(あかざ)をほってくる、ロッペンの卵をあつめる。どんなうつくしい大家のおじょうさまでもこの島で花子がされたほどもてはやされることはよもありますまい。こんなふうにして、その年もつまり、ちょうど大晦日の夜のことでありました。夕方から年とりの酒もりをはじめましたが、すえにはみんなへべれけになって地金をだし、四方八方から花子にすけべえなじょうだんをいいかけ、近藤などは花子の手をとって寝にいこうなどともうします。わたしははじめから花子をあがめまつり、にくしんの妹のごとくにもちんちょうしておったのでありますが、こういうあんばいを見てはとてもかんべんがなりませず、いきなり突立って、花子はきょうからおれのものにするからくやしかったらどいつでもやってきやがれとたんかをきりました。ひごろ皮剝の、ももんじいのと馬鹿にされとおしていたうらみもてつだって、みなのやつらを前においていいたいほうだいなごたくをならべてやったのであります。すると荒木はごうせいに腹をたて、酒のいきおいもありましたろうが、狭山をやっつけたやつにァ花子をやるべとひどく叔父ぶってもったいぶったことをいいました。みないやおうはなく、もう花子の婿にでもなった気で大よろこびでありました。翌じつのあさ十時ごろ乾燥所のまえのひら地へあつまり、みなで冷酒をひと口ずつ飲みまわしまして、いよいよ決闘にとりかかりました。まぶしいように晴れた朝で、みな上きげんでニコニコ笑っておりました。さいしょの相手は鈴木でありまして、あいつは匕首をもち、わしはおっとせいを撲りころす太い大棍棒でむかいました。鈴木はもと長万部のばくちうちで、ひとをころしたおぼえのあるやつで、みなのほうへふりかえって舌をだしたり、じょうだんをいったりしました。匕首を鞭でもふるうようにうまくさばいてチョコチョコつけこんでまいりますが、わしには、こしゃくらしくてただおかしいばかりでした。しばらくあしらっていましたが、しちめんどうくさくなり、ひきのめらしておいて力まかせに頭のまんなかをぶち叩きますと、あおむけに、すてんと倒れてしまいました。なんともいえぬおかしな顔をしているので、みなで腹をかかえて大わらいしました。つぎに、早乙女がかかってきましたが、これも同じようにやっつけ、清水さんを最後にして、ひるごろまでにみなぶち撲ってしまいました。わしはただ花子をもませまいとして監獄にゆくかくごでやりだしたことだったのでありますが、こうしてみなが寝くたばっているのをみると、きゅうに欲がでて、なんとかして罪をのがれ、帯広へでも行って花子とくらしたいというような気になり、いろいろかんがえたすえ、みなの死がいをボイラー室へひきずりこみ、米や味噌や野菜を花子のぶんだけすこし引きだし、むやみに石炭をどしこんで食料倉もろとも乾燥室をぶっとばしてしまいました。なぜわしのぶんも米や青物をとっておかなかったかともうしますと、ことしの三がつの十日にあなたが見廻りにこられることがわかっていましたから、それまでにぜひとも壊血病になるつもりで、死ちた海鴨とロッペンの卵のほかは喰うまいとかくごをきめたのでございます。こんなふうにしたら、よもやわしがみなをやっつけたなぞとあやしまれることもあるまいとかんがえたからでございました。なにしろこんな小さな島のことでありますから、このさわぎを花子が知らぬわけはありません。いちぶしじゅうをさっして小屋でふるえておりました。はじめのうちはおそろしがってそばにもよせつけませんでしたが、そのうちにわしのこころがつうじたとみえ、だんだんうちとけてきましてみょうりにつきるほどやさしくいたし、とうとうふうふになって、この島でたった二人きりで二羽のインコのように仲よくくらしていたのであります。ところで、そのうちに私のくずれはだんだんひどくなり、髪も眉もぬけ、歯ぐきがくさってそこからくさい血がながれだし、かくごしたこととはいいながら、われながらあさましいなりになりました。娘ッ子というものはほんとうにがんぜないもので、こうなるとこわがってよりつかず、いま、あなたがいられまする土間にひっこもってぼんやり窓からそとばかりながめるようになりました。なんとかしてわしから逃げだしたいとかんがえていることは、そぶりにもさっしられるのでありますが、そうしているうちにあなたがこの島へおいでになる日がおいおいにちかづいてまいります。もし花子をあなたに引きあわしたら、花子はいっけんをバラし、わしから逃げる手段にするだろうということがさっしられましたので、なんとかしてあなたが帰られるまでのほんのいち二日をかわし、つぎの定期で花子をつれて北海道へ飛ぼうと花子をかくすてだてをいろいろかんがえました。なにしろ、この寒さではそとに隠しきれるものではありません。商売商売で、けっきょく膃肭獣の中へかくすことを思いつき、さっそくその仕度にかかりました。もちろん花子にはなにもうちあけず、郷土（くに）の手みやげにする皮だともうしておきました。どこから見ても見あらわされぬよう念をいれて剝製にし、裏側にはじゅうぶんに鋳掛けをし、コロジウムでくされをとめたうえ、石膏末ですべすべにし、ちょうどうす皮の上等の手袋のように仕上げてあなたの船がつくのをまっておりました。いよいよその日がきて、沖で汽笛がきこえましたので、わしはそこではじめて花子にはらをあかしさまざまいんがをふくめますと、花子もようやくわしのこころがわかり、膃肭獣の中にはいることをしょうちしました。あなたが小屋に来られたとき、わしがおりませんでしたのは、あのとき薪小屋の中で綿のつめものをしてかたちをこしらえたり、口あきを縫い合わしたり、いっしんにやっていたのでした。それにしても、ただの一日か二日のこととたかをくくって天候や時化のことをちっともけいさんに入れんかったのは、いかにもおろかなことであります。こういうのをたぶん摂理というのでありましょう。

あの夜、花子が苦しみはじめたとき、狭山はいくども私を殺そうと考えたといった。あまり身体の廻りに詰めものをかったので、皮膚の呼吸が充分でなくなり、それに不随意な恰好と冷えで胃痙攣を起したのであった。私がいい工合に土間にひきさがらなかったらたぶん私は狭山に殺されていたろう。神経過敏もこれで捨てたものでないと思った。

それにしても不審なことがある。それをたずねてみた。

「俺はじかに手でさわって見たが、たしかに本物の膃肭獣だったぞ」

するとは狭山は
「わしはもう一匹のやつを炊事場の水槽（タンク）の中に飼ってありましたで、薪小屋へ花子に息をつかせにいくときは、そいつを身代りに寝台の下に置いたのであります」と事もなげにこたえた。

夜の十一時頃でもあったろうか。急に息苦しくなり、パチパチとものがはぜる音がする。眼をさまして見ると、もう足元の床までチョロチョロと火が這ってきていた。仰天して小屋を飛びだし、夢中で渚まで駆け、ひと息ついてからうしろを振り返って見ると、小屋は一団の火のかたまりになっていた。炎の色が霧と雪にうつって、空も地面もいちめん朱金色にかがやきわたり、噴火でもはじまったようなすさまじいようすをしていた。たとえば大地が口をひらき、地獄の大業火が焰々とほむらをあげ、一切の不浄なもの、狭山とあの美しい人獣の死体を島もろとも焼き尽そうとしているかのように思われた。


（昭和十四年二月「大陸」）

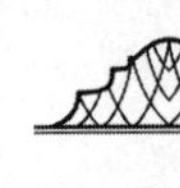

投票者からの偏愛コメント集③

小栗虫太郎

「合俥夢権妻殺し（あいばこゆめのごんさいごろし）」

●『ぷろふいる』一九三四年六月号。戯文扱いなので〈小栗虫太郎全作品〉に未収録。（新保博久）

「オフェリヤ殺し」

●本格ミステリと言うにはあまりにもいびつな、ほとんど幻想小説としかいえない作品ですが、そこが好き、ということで。（篠田真由美）

「失楽園殺人事件」

●いくら戦前とはいえやりたい放題にも程があるグロテスク曼荼羅。一応、本格探偵小説の体裁を取っているものの、身も蓋もないオチに至るまで変格のエッセンスだけで成立しているような一篇。（千街晶之）

●舞台や背景、不可解状況、多重推理の面白さ、また『黒死館殺人事件』への導入となる点から「聖アレキセイ寺院の惨劇」と迷いましたが、こちらのほうが短いなかに小栗ミステリの舞台やトリックの人工性や奇天烈性、事件を巡る状況の不可解さとその解釈の珍妙さ、また探偵役・法水の弄する衒学の多様さが凝縮されている点で、彼の作品の入門に適した一作と考えます。（根倉野蜜柑）

「後光殺人事件」

●国産ミステリ史に読者が推理に参加することを拒むように「探偵しか解きようがない謎」を導入した傑作。(森晶麿)

「紅毛傾城」

●奇妙なトリックと北方幻想、伝奇趣味が絡み合って、虫太郎ならではの論理的怪奇小説になっていると思います。わが偏愛の一編です。(朝宮運河)

木々高太郎

「網膜脈視症」

●一人の子供の問診を通じて、精神病学の教授が事件を見つけ出すという構造が魅力的であり、その精神分析の手法も名探偵による推理を思わせる部分が読みやすい作品。処女作ということで初めて読んだ木々作品だったこともあり、いまだに記憶に残っているため投票することにしました。(陸理明)

横溝正史

「鬼火」

●きわめて個人的な考えなのですが、ミステリーというのは文学の源流でありながらも現代にその力を弱めている詩歌、戯曲、叙事詩といった文学の「型」に代わり、人間が避けられぬ死や運命、自然の神秘といった『神話的な悲劇』を描くためのジャンル・ツールなのではないかと以前から思っています。(僕はそう考えてミステリーを執筆のジャンルに選びました)

その中でも「本格」は理屈で理解・説明できる因縁や因果による悲劇、「変格」はそういったものでは理解や解決が出来ない悲劇――と理解していて（きわめて独自の解釈かもしれませんが）、横溝の金田一耕助ものはまさに僕の理想とする「本格」、『鬼火』の暗さ、理屈のなさ、妖しさ、悲しさ、美しさは、まさにその対極にある「変格」の一つの極致なのではないかと考えています。（稲羽白菟）

久生十蘭

「昆虫図」

●乱歩の「蟲」よりあっさりしていますが、そこがまた倒錯的で、とことん気持ち悪い（賞賛）。特に最後の一文には、軽い目眩を感じます。（川辺純可）

大阪圭吉

「とむらい機関車」

●「変格」とは、戦前の日本探偵小説界において、謎解き要素を純化させ「本格」として確立する過程で切り離された要素――怪奇幻想、精神病理、非合理性、非論理性などを主題とする作品群だと理解できます。しかし、「本格」と「変格」はかけ離れたものではなく、紙一重だと見ることもできます。そもそもは同じ風土から生まれたものであり、同じ雰囲気を色濃く漂わせています。また、「本格」を追求する姿勢が「変格」への道に通じることもあります。極限まで突き詰められた合理性は、非合理性と区別がつきません。

それを具現する作家が大阪圭吉です。日常に潜む奇怪な要素を見つけて楽しむ「探偵趣味」は「変格」にも共有されるものですし、その作品の多くは、「本格」の追求がそのまま「変格」につながるようなものです。その中で、合理性を追求するあまりの非合理性と、哀切さを漂わせる奇妙な精神病理から、本作を偏愛しています。
（大山誠一郎）

「幽霊妻」
●切ないというか情念というか、当初の怖い怪異譚から、ラストで一気に「ギャグなのか?!」と落ちる落差がたまりません。でも、読み返すとギリギリアンフェアではないのも凄いな、と。（新井久幸）

小酒井不木

「痴人の復讐」
●短いながらも切れ味鋭い一編で好きです。変格に入るのかどうかわかりませんが……。
（青崎有吾）

真偽の間

孫了紅（そんりょうこう）（池田智恵　訳）

孫了紅は近代中国を代表とする探偵小説作家の一人である。彼が描いたのは、アルセーヌ・ルパンから派生した中国のアルセーヌ・ルパン「魯平（ろへい）」だ。近代中国では本格と変格の議論がほぼ存在しなかった。そこで一風変わった孫了紅の四〇年代の作品を選んだ。当時孫は独自の作風を切り開いた。カメラアイ的な視点や不思議な語り手の語るお芝居風の作品として小説世界が構成され、社会の欺瞞を裏の世界から見通す人間魯平が描かれていく。その合間に人々の欲望が去来する。今回の「真偽の間」は、そうした孫了紅の魅力が垣間見える作品だろう。これが果たしてミステリなのか、というとかなり不思議な気分になる方もおられるだろうが、魯平は当時の中国における社会の表と裏、光と影を渡り歩く人物として存在したようだ。誰が魯平か、読者の皆様一人一人にお考えいただきたい。（池田智恵）

【底本】『藍色響尾蛇』（大地出版社・一九四八年）

昨年のクリスマスの晩、暇人の集まりに呼ばれた。何か話をしてくれという。今年にも同じ余興を担当して欲しいとも頼まれた。ちょうどいい具合に、一席ぶっていた時に、なんと話のネタを得た。今年のためにその資料を残しておこうと思った。だが、自分の頭がなんでも忘れっぽいので、話をする時用の原稿も用意しておくことにした。少し格好をつけて、原稿用紙に書きつけておいた。今年機会があれば、この後ろの奇妙奇天烈な出来事を、何人かの登場人物たちの前で喋りたいものだ。

その年のクリスマスの夜、神様とやらは雪を降らしてはくれなかった。だが、金持ちどもに興を添えるためか、やたらに冷えはした。時代の寵児たちは、血気盛んで、脂肪たっぷり、暖を取る様々な設備のもと、夜通し大騒ぎして楽しむのだった。しかし、時代に踏み躙られている無数の人々は、衣食に窮し、眼前に希望もなく、心の奥底まで暖かさなどとは無縁で、酷寒から身を守りようもなかった。彼らとて、サンタクロースが米や炭を靴下に入れてプレゼントに持ってきてくれると考えるほど愚かではなかった。夜になれば、声もなく、冷気を嘆きとともに何回か吐き出してから、首を縮こめ、さっさと夢の世界に行き、必要なものを探し求めるのだった。

同一の銀灰色の都市において、異なる二つの世界が存在していた。三十三階以上にいる人間は、エレベーターの中で押し合いへし合いしながらまだ上に昇ろうとする。十八階以下にいる人間は、泥の穴を手で作らされながら、下に向かって埋もれていく。貧富と苦楽とが不均衡すぎるが故に、この異国からもたらされた、バカ騒ぎの一日は異様な物悲しさを漂わせていた。

もう十一時になろうとしていた。

巨大な満月が、深い藍色の大きな一枚のガラスに凍てつき、貧血して、やつれ、生気が少しもないように見えた。ぼうっとした白い月の光が寂しげな愚園路を塗りつぶしていた。静かだった。凍った川のようだ。

そのとき、小型車が一台、人気（ひとけ）のない道に音もなく滑り込んで来て、愚園路と憶定路の角の、ちょうど壁と樹木の葉が作る影の中に停まった。

車には二人乗っていた。ハンドルの前に一人、これは太った男で、スーツがまるで似合わず、その様子は少しばかり滑稽だった。もう一人は、背が高かった。アメリカ式の豪華なコートに身を包んでいた。帽子には幅広のつばが付いており、威風堂々とした雰囲気を漂わせていた。

背の高い男は、車からひらりと降りると、タバコを取り出し火をつけて、斜めに口に咥えた。道の明るい方にぼんやり目を向ける。先に停めてある何台かが見えた。そのうちの一台は、一九四七年製のビューイックだった。最新の車体は目を眩ませるばかりに美しく、運転手は、シートを抱きしめるようにして眠っていた。背の高い男は、その車のナンバープレートに目をやり、満足そうな笑みを一筋漏らした。頭を下げて、運転席の太ったのに言った。

「よし、レッサーパンダもきている。光栄なことだ！」

太ったのは、車の中で服の襟を引っ張って高くし、呼気で手をあたためながら、「誰のことを言っているんです？　女ですか？」

「その通り、周、大当たりだ」背の高い男が言った。「きれいな女さ、握手でもしたら、たちどころに羽が生えて天に昇って仙人になれそうなものさ」

太った男は肩をそびやかせた。「それなら、連れて行ってくれませんかね、俺も仙人にならせてくれやしませんか」

「だめだ。お前は車で待ってろ。俺がすぐに出てくるかもしれないだろ」

背の高い男はそう告げると、凍てつく月明かりのもと、夜目にも鮮やかなネクタイを整え、両手をコートのポケットに突っ込み、急ぎ足で屋敷を囲う長い壁がある方へ歩いて行った。

壁の内側には庭が広がっていた。面積はそう狭くない。冬のスズカケノキは禿げ上がった枝を不揃いに壁の外にまで伸ばしていた。中には、常緑樹の大木もあり、鬱蒼と葉を繁らせて、壁の外側の歩道に大きな影を落としていた。庭の真ん中には、大きな洋館が冷え冷えとした月光に浸り、荘厳さと美しさとを誇っていた。

西北の風に乗って洋館の中から笑い声が漏れ聞こえてくる。

古めかしい外観の洋館には、平穏とは言えない歴史があった。最初は、ロシアの領事館だった。それから、豪華な賭博場となり、日本軍に占領された時期には、侏儒どもに占拠されて名声を誇ったこともあった。戦争に勝利した後は、科学食品工場に改装された。だが、ちょうどその頃、アメリカからの輸入品が潮の如く押し寄せて、国産品の縄張りを押し流した。まもなくして工場の閉鎖で暇を持て余すことになった。そして今晩は、暇人たちが発案してクリスマスのパーティーをやろうというのだった。

　にぎにぎしい余興は、二時間前から続いていた。

　パーティーを主催した主役には全部で三名いた。そのうちの二人は、工場の持ち主だ。兄弟で、兄は荘承一（そうしょういち）と言い、大荘と呼ばれていた。弟は荘承三（そうしょうさん）と言い、小荘と呼ばれていた。もう一人の主役は広告業界の大物で、同時にこの銀灰色の都市で美術家として名を馳せていた。

　その才気あふれる青年美術家は、こう嘯いていた。特に趣味と言えるようなものはないが、強いて言うのならパーティーを開くのが好きなのだと。大小合わせて三十回余りのパーティーを主催した。お天道様に誓って、誰かがパーティーに参加してつまらないと感じたのなら、リゾールを飲み下して至らなさを罰する、と自賛していた。

　確かに、倪（げい）氏の告白は、真空管の中に牛が入るようなでたらめというわけではない。彼がクリスマスパーティーをやり始めてからもう三年になり、今年は四回目だった。今年のは、これまでのよりも力が入っているようだった。というのも、パーティーを主催する専門家という評判が響き渡って、参加したい人間の数はうなぎのぼり、特に今年の参加者は男は大概が金持ちで、女はほとんどがロマンチストだった。金は暇な時間を産み、暇な時間は珍しい遊びを産むのだった。金と暇を持て余した上に、女を加えれば、その数式から弾き出されるこの手の集まりが素晴らしくないはずはないだろう！　どうしてこんな道理が通ると言うのだろう！

全てのセッティングは専門家が大手腕をふるったものだった。会場は広いホールだった。ホールは三方向に窮門[1]があり開けていた。左右は四角く壁が切られており、ビロードの帷がかかっていた。正面は、より大きく、壁が円形に切り抜かれ、そこを抜けると休憩室があった。その真ん中に燦然と輝くクリスマスツリーが設えられていた。ホールはパーティーのために、薄いピンク色に新しく塗り直された。壁には赤いキャンドルの形の照明がつけられた。灯はほのかで、どこか異国の古典情緒を醸し出していた。長押の上には、色とりどりの紙玉が雨のように飾られ、豆電球がきらきら光る星のように広間の壁をぐるりと囲っていた。四方にはふかふかのソファと壁にくっついた形で小さなテーブルが配され、テーブルの上には珍しい磁器の花瓶が置かれていた。ちょうど季節のヤドリギが美しく生けてあった。火のように赤い葉が熱情と喜びを象徴していた。それは、かつて宮廷の堀に思いを乗せて赤い葉を流した話を想起させ、外の凍えるような西北の風を忘れさせた。

美しい娘たちがワゴンを押し、美味しいお菓子を届けた。みな自由に手にとって、誰にでもあげることができた。なんの束縛も受けず自由気ままに振る舞った。

音楽のステージはホールの一角を占め、丸くカーブを描く大窮門の向いにあった。その後ろには、六尺の高さの油絵がかかっていた。少女の半身像だった。薄い紗を羽織り、胸と肩

1　壁がアーチや四角に切り抜かれて出入りができるようになっている。

を半分晒していた。その表情は全世界の春が全て彼女の艶かしい瞳から発するかのようだった。起き抜けの眼差しで、自分がいつ誕生したのかすら忘れた人々にこんなふうに囁いているようだった。人生って本当につまらないわ！　早く接吻(キス)してちょうだい。どうしてダメだっていうの？

その絵がイエスの誕生と何の関係があるのか、誰一人として説明できなかった。享楽者たちの乱痴気騒ぎが、よりによってこの舶来品の祝日にどうして行われるのか誰も説明できないのと同じように。

今夜の会は、もっとも豪華なものではなかったが、いかなるものも楽しめた。西北の風を恐れ慄く人々がさらに身を震わせるほどだった！　では、どんな余興があるのか紹介してみよう。例のパーティーの専門家が全て取り決めたものだ。

夜十二時までは、参加者がかわるがわる余興をし、それ以降は、全員が参加する賑やかな仮面舞踏会となっていた。

仮面舞踏会は、一時以降に始まった。参加者はパーティーを盛り上げるために、ほとんど皆あらかじめ仮装をして、会場のそこかしこに座っていた。コルシカ島に生を受けたナポレオンから評劇[1]「小放牛」の牧童まで、歴史上の、戯曲の、小説の、どんな人物もいた。古から現在までの時間をこのひとときに濃縮したかのようだ。国内外の人物たちがひっくるめて一山になっていて、ちぐはぐであるが、それ故に不思議な面白さを生み出していた。

1　中国の北方の地方戯。

我々のパーティーの専門家である倪明は、今夜は会場で初めから終わりまで最も動き回っていた一人だった。

子供のようにはしゃぎ、赤い服に赤い帽子、白髪頭にふさふさの白い髭をつけ、さらに顔には皺も刻んでいた。彼が化けたのは、つまりは、かの靴下売りのサンタクロースというわけだ。

サンタクロースはこのクリスマスの夜は特に忙しかった。会場の中枢神経だった。招待客の一人一人をもてなし、余興の一つ一つを皆に告げ、パーティーの雑事もあれこれ指示を出さねばならなかった。大きな革靴を引きずりながら、あっちへふらふら、こっちへふらふら、どこかに行くたびに、笑い声が沸いた。みんながこう言った。倪明が行くところに光明あり。行く先々で引き止められた。金持ちが外に出るたびに誰かに引き止められるように。

ちょうど、ある大きな茶問屋が仮装をして会場に入ってきた。その顔は、ほとんど三寸ほどの白粉を塗り付けたかのように見えた。拍手と笑い声がその人物を迎えた。彼は、謝少卿といい、紙人間の「うすのろ」に扮していた。

「うすのろ」は、モダンなスタイルを目指しているようだった。ご時世にあうように改造された服を着ていた。それは、音のでるスーツだった。ネクタイやワイシャツさえも紙とノリで作られており、一歩踏み出しても、動いてもカサカサいった。いたずら好きの若い娘がマッチを片手に抜き足差し足で彼についていく。火をつけたくて仕方がないのだ。

背の高い「うすのろ」が、背の低いサンタクロースの行く手を阻んだ。そして、高らかに歌った。

「あなたはわたしの魂で、わたしの命だ！」

「魂を見間違えないで、彼は倪の奥さまの命よ！」誰かが続けて歌った。歌ったのは、軍装に身を包んだ、か弱き花木蘭であった。

大きな笑い声が沸き上がった。白い髭が人の群れの中で肩を揺らしていた。

他に、幾人かが、会場の別の一角に集まっていた。もう一人の重要人物を取り巻いて笑い声を立てていた。中心にいるのは、今日の会場で最も美しく、有名な若い女性だった。この銀灰色の都市の社交界に出入りしている人間で、景千里という女性を知らないのであれば、少なくともかわいそうだとは言えるだろう。

ミス景は、その名を千里といった。名前をひっくり返して、背後で、千里鏡とニックネームで呼ぶものもいた。[1]同時に、ほかの呼び名もあった。レッサーパンダ嬢というのだ。Miss Unite とも呼ばれた。

過去に、レッサーパンダ嬢の周囲には、旋風よろしく袖にされた紳士たちがいた。つまるところ、二名以上はいた。だが、今から三ヶ月前に、そうした旋風式の勇者たちは、突然希望を断ち切られた。というのは、レッサーパンダ嬢は、国は出なかったのだが、電撃結婚したのだ。

千里鏡は、遠くをみる目が利く。彼女の選択ははっきりしていた。幸運な良人は劉龍と

1　鏡と景は「jing」で同じ読み。

いい、政治にかまけることが好きな人物だった。その名はそこまで轟きわたっていたわけではないが、ＴＶＳ[1]を裏から取り仕切る一人で、二番手の重要人物と言って良かった。同時に、政治の他に商売にも手を出していた。いくつかの大企業を掌握していて、ある種の圧力を使うほか、凶悪かつ汚い手管で、金を貯め、毟り取った。彼の財布は際限なく膨らみ続け、はじけんばかりだった。

ミス景は自ら膨らみ続ける財布の中に入った後、その美しい姿を昔の社交場に見せなくなったが、伝え聞くところによれば、富豪の有閑マダムたちと最近賭博に熱くなり、五十二枚のトランプカードを食料にしていると言う。今日は、この美しいレッサーパンダが、会に引っ張り出されていた。我々のパーティー専門家にしてみれば、実に面子がたったと思っているだろう。

その時、サンタクロースを囲んでいた笑い声が、ミス景のところまで聞こえてきた。彼女はすかさず声をあげた。「一体何を笑っていらっしゃるの？　倪明、わたしのサンタクロースさん、あなたに当たってる明るい光を少し分けてくださらないかしら？　わたしが失明しても構わないと思っていらっしゃるの？」

「なんですって？　ミス景、失明それとも失恋とおっしゃいました？」かの茶問屋は、紙製の上着をカサカサさせながら近づいていった。手には、紙とノリで作ったキセルがあった。

「どいてちょうだい、『うすのろ』さん！」レッサーパンダが艶かしく諫めた。

1　ＴＶＳ：おそらく政府が関わった大規模なプロジェクトであろうと推測されるが、調査したものの不明。

その時、彼女のそばにいた男が言葉を継いだ。「本当に？　ミス景、あなたも失恋されたのですか？　何ゆえに？」嘴を突っ込んだのは、一九世紀の海賊に扮していた。彼は顔料商の息子で徐嵩といった。以前に、彼もレッサーパンダに、それは見事な男性的な精神病を発したことがあるが、紙幣の厚みが足りなかったがために、失敗したのだ。それから今まで恨みつらみでいっぱいで、発散するところがないのだった。

レッサーパンダ嬢は赤い唇を尖らせた。「安心してちょうだい。ずっと誰とも恋愛したりしないの、だから失恋する可能性は絶対ないの」

海賊は言った。「それなら劉氏は危ないな、そろそろ捨てようとでも？」

「どうして彼を捨てるっていうのよ？　少なくとも、彼は頼れる小切手帳だわ。わたしがどういう理由で、小切手を捨てるっていうの？」赤い唇がまた開いた。

海賊は黙り込んだ。

ちょうどその時、次の余興が始まろうとしていた。

サンタクロースが会場の中心に立ち、皆にこう報告した。「本日は大勢の方がお越しになっているということで、これから曹丞相の後継でおられる曹志憲氏が皆さんの前でマジックをご披露くださいます。皆様におかれましては盛大にご褒美を下さいますよう、車でもお屋敷でも！」

会場全体が拍手で沸いた。

曹丞相の後継はカバンを揺らしながら、熱烈な拍手の中、ゆったりとした歩調で登場した。

カクテルパーティーに参加するような美しい夜会服を身につけ、三十センチほどの高さのシルクハットをかぶっていた。鼻の頭を白く塗り、額には同じ色で「官」の字が書いてあった。例の鼻を木で括ったような、四角四面の感じが大いに会場の笑いを誘った。

曹氏は、会場の真ん中で、特別にしつらえられた小さなテーブルにカバンを置き、白い手袋を外した。観客にお辞儀し、両手でテーブルを摑みながら、「皆様、今日はステージに上がるにあたり、少し口上がございます。まずは一言ご挨拶申し上げます」

「ようこそ！」観衆は彼に向かって大声を上げた。その中には、楊貴妃に扮した張家の三人目の娘もいた。特に「ようこそ」に力が入っていた。

マジシャンは、咳払いをすると、しかつめらしく演説をぶち始めた。「マジックのやり方は人それぞれです。小官のやり方も違います。役人は投資をいたしますから、お金もどんどん入ってまいります。せせら笑いたいというのであればどうぞご自由に、わたくしめは無能でございます。上に行けば国内の貴人となり、引退すれば外国のマンションに住むことにいたしましょう。目ざとく足が長くて手が速い、頭が回り、面の皮は厚く、心は凶悪、出世をしては金を儲け、トリックは全てこの中にございます！」

またしても雨のような拍手が降り注いだ。

ミス景をこっそり見るのがいた。なぜなら彼女の例の龍は時に役人にも商人にもなる両生類だったからだ。だが彼女は拍手をしているところだった。

造反を夢見る阿Qに扮した洪蓼という男は、大きな声でマジシャンに「お役人様、あっしは愚かな一般人としてうかがいますが、何か大餅のようなものが貴方さまのシルクハットから飛び出して、こちらにいただけたりはしないのですか」

「申し訳ない、ありませんなあ！」マジシャンは、怒ってみせた。「わたくしめのマジックは、すでにあるものを変化させるだけで、何かを取り出すものではありません」彼は観衆に顔を向けた。

「さて、皆様、何か消して欲しいものはありませんか？　お金、通行証、ジュエリー、なんでも構いません。一番大きなものから一番小さなものまでなんでもマジックで消すことができます」

「人、人も消せるんですか？」誰かが尋ねた。

「決まってますさ！　あんたの肉も脂肪も骨も残らず消えてなくなりますよ！」阿Qがマジシャンに代わって言った。

そこで、札束をマジシャンの帽子の中に入れてどうやって消すのか見てやろうというのが現れた。マジシャンが、そっとシルクハットを一振りすると、瞬く間に消えた！　手技のなんと速いことよ！　そして、前もってテーブルに並べられていた、皿の上の小さな洋館や車など、同じようにシルクハットに入れて一振り、一振り、一振り、皆消えてしまった。消えてしまったのだ!!

「皆様の一番貴重なものをわたくしにお渡しください。最新の面白いマジックで、皆さんを

1　小麦粉と水でねったものを平たく伸ばして焼いたもの。

笑わせてみせましょう。どなたかお試しになりませんか？」

　みんな面白そうだと思ったが、誰も声をあげなかった。

　マジシャンは、まるで待ちきれないとでもいうように、出し抜けに胸元からもう一方の手を伸ばして、催促した。

　観衆の笑い声が起きた。

　楊貴妃がトルコ石をはめた指輪を抜き取った。「これはどうかしら？」

「いただきましょう」マジシャンが言った。

「いや、こっちだ、こっちに全部もらおう。そいつには渡すな！」

　突然、会場の一角から鋭い声が響き、会場の楽しげな空気を打ち破った！　場内の視線が、声がした方へ集まった。そこには、黒いマスクを被った人間がいた。厳密に言えば、左の窮門の帷の前に立っていた。手にはリボルバー銃があった。

　場内全員が動けなくなった。

　誰かが笑おうとしたが、笑えなかった。

　銃を手にした人物は、続けて命令した。冷たく厳しい声と言葉が、人々の頭に鉛の塊を突きつけているかのようだった。

「おお、それでいい！　お前らみたいな奴らは全くおめでたいったらない！　外の西北風は頭の中にはないし、その風が吹き荒んで、凍えて飢え死にしている奴らがいるってのによ！

よしよし、こっちにこい！」

男はリボルバー銃で指図した。

「これから、現金を持っている紳士の皆様、アクセサリーをお持ちの奥様お嬢様方、こちらにお並びください。並んだら、あちらの方へ行っていただきますよ。検査を待っていてください！　おい、そこ動くな！」

この新しく面白い局面が、本物なのかそれとも似非なのかわからなかった。だが、静まり返った広間の中で、皆の心が沈んだのは確かだった。沈んだのだ！

静寂の中、誰かが小さな声でハハと笑い、そばの女性の招待客を慰めていた。「倪明が言っていたのを忘れたのかい？　今夜はサプライズがあると言っていたじゃないか、慌てないで、全部似非だよ」

「わかった、似非なのね！」マスクをつけたやつが声の出所を見た、そのリボルバーはまるでトミーガンのように半円形になっていた。「この偽のリボルバーは六発入る。六人の身体に穴を開けられるが、誰か試してみるか？」

ピストルを前へと伸ばした。その弾道上に位置する娘が「ああ」と声をあげて後ろに下がった。しかし、銃口は突然上に向いた。キャンドル型の壁の照明が目標になった。

パン！

赤いキャンドルを模した壁のライトが消え、ガラスが粉々に砕けた。

どうやら、似非ではないようだ！

レッサーパンダ嬢は色を失った。

か弱き花木蘭は、荘澈嬢が扮していたのだが、甲冑を脱いで逃げようとした。楊貴妃は誰かの腕の中に倒れ込んだ。男性の招待客の中では、謝少卿が一番肝が小さかった。原因は、体に空気穴が空きでもして帰ったら、妻の呉吟秋氏に合わせる顔がないからだった。そのため、カサカサ、カサカサ、音の出るスーツを大いに震わせた。

混乱の最中、マスクを被ったそいつがまた言った。「状況を考えて、早くブツをだせ、いやか？　じゃあ見ろ！」

ピストルをまた上に向けた。

パン！　パン！

二発の銃声が耳をつんざくと、場内の全てのライトがにわかに落ちた。楽しみに満ちた天国が、真っ暗な地獄と化した！

女の金切声が漆黒の中に響き渡った。サプライズには十分すぎる刺激だった！

しかし、そのシーンはほんの数秒ほどだった。灯がすぐに明るさを取り戻したのだ。例のサンタクロースが、笑みを湛えて会場の中心に立っているのが見えた。「皆様どうぞお席にお戻りください。どうぞごゆっくり。我々の世界には虚偽と、暴力と、醜さが溢れています！　真・善・美が欠けています。特にこの三文字のうちの最初の字がね。ですから、皆さんをお慰めするために申し上げますが、先程の一幕は完全に偽の劇です。それでは、似非の侠盗魯平を皆様方にご紹介申し上げます」

サンタクロースが言い終えると、その偽強盗が、さっとマスクを取り去って、リボルバーをしまい、広間の真ん中にやってきた。俳優が観客に閉幕の挨拶をするのと同じく、にっこり笑って、お辞儀をした。

人の群れはまだ声を上げられないでいた。「なんてこった、あいつか！」

皆は一息吐き出さずにはいられなかった。お嬢さん方は行列の中で汗を拭った。

「うすのろ」の音の出るスーツは震えを止めた。

マジシャンの曹志憲は、急いで前に進み出て、胸の前に手を伸ばし、この偽魯平と握手をした。「Y・M、いい演技でしたよ」

侠盗魯平に化けていたのは、本名を栄猛と言い、知っている人間の中ではY・Mで通っていた。

栄猛は、マジシャンに向かって「あなたもなかなかですよ、今日はお役人に出世したのですね」

「あなたこそ今日は強盗ですね」

「どちらも時代の偉人というわけですな！　ハハハ」

か弱き花木蘭は、ようやく人心地がついたようだった。サンタクロースを捕まえて甘えた声を出した。「全く悪いことをする人ね！　どうしてまたこんな方法で驚かそうと思ったの？　もう来ないから！」

サンタクロースはその手を振り払った。「髭には触らないでください！　ミス荘、あなたは花木蘭でしょう。勇気を出してくださいな」

その近くでは、張家の三番目のお嬢さんが慌てて外したばかりのトルコ石の指輪を探していた。誰かが笑った。楊貴妃が宝玉のついた輪をなくしたのだから、面白いニュースと言うべきだろう。[1]結局、彼女の指輪は見つかった。指にはまっていたのだが、違う手にはめ間違えていたのだった。

この混乱ときたら、緊張極まりなかったが笑えるものでもあった。

拍子抜けした中、例のレッサーパンダは、最初こそ色を失ったものの、この活劇が偽だとわかるや落ち着きを取り戻し、ちらっと侠盗魯平に扮した男を見た。胸には、目にも鮮やかな赤いネクタイがやはり輝いていた。左手には、魚の形をした大きな指輪をはめていた。それらは全て聞いたことがある、本物の侠盗の目印だった。本物の侠盗の左耳には、赤いあざがあるはずだ。その男は耳に赤いシルクの布をつけて代わりにしていた。スーツに身を包んで、実におっとりしているように見えたが、その顔にはある特殊な表情を浮かべているのだった。笑っていない時には笑っているように見え、笑った時には何か人を威圧するような凄みがあった。

レッサーパンダ嬢は好奇心をそそられた。

彼女は、サンタクロースを手招きした。大きな声で「倪明、この謎に包まれた方を紹介してもらえるかしら？」

1　宝玉のついた輪、原文は「玉環」、「玉環」は玉の腕輪を指す。楊貴妃の本名は「玉環」。

サンタクロースが寄ってきて、振り返った。「侠盗殿、いらしてください。聞こえましたか？　こちらの名前が響き渡っているミス景があなたに会いたいそうですよ。なんたる栄誉ではありませんか」

「光栄に耐えません！」

強盗は、紳士的な優雅な足取りでレッサーパンダ嬢が座っている前までやってくると、彼女と握手をした。飄々とした様子だった。

レッサーパンダは、隣の席を指さした。「侠盗さん、一緒に座る栄誉をいただけないかしら？　お話ししましょう」

「仰せのままに」偽の強盗は優しく答えた。

そこで、彼は赤いネクタイを整えると、レッサーパンダ嬢が指示した通りの席に座った。しかし、座ると何かあったかのように、神経を張りつめさせた。それと言うのも、近くの低いソファに、誰かが座っていたからだ。ソファの背にもたれ、何か特殊な眼差しで彼を見ていた。その人物は、コートの襟を高くして、耳と顔の下半分を覆っていた。まるで冷えるのが嫌なように。見るからに立ち上がれば背はかなり高そうだった。見知った顔ではなかった。以前に倪明がやったパーティーの顔ぶれでもなかった。

その人物に見られているのを感じると、なんとはなしに不安になった。だがどうして不安になるのかわからなかった。

こちら側では、レッサーパンダ嬢が真夏の夜に露を帯びる花のように笑っていた。甘ったるい声で彼にこう言った。

「教えてあげるわ。あの不思議な人物の不思議な伝説を色々と聞くのがずっと好きなのよ」

「お嬢さん、こう言うべきじゃないですか。あなたがやってきたこと、ずっと訊いてみたいと思っていたのって」似非魯平が真面目に指摘した。

「そうね、言い間違えたわ。少なくとも今夜は、赤いネクタイをしているのはあなたですものね、あなたがあの不思議な人物なんでしょう？」レッサーパンダ嬢は笑いながら、「聞いたことがあるんだけど、あなたは人をさらったり、盗んだり、騙したり、脅したりする専門家なんですって？　やっていることは、強盗と同じことなのに、侠盗なんて美しい肩書きを受け入れているのは、何か理由でもあるのかしら？」

栄猛は笑った。「頭がいい人はみな耳あたりの良い言葉が好きですからね、自分の醜さを覆い隠すのは、わたしとて例外ではありません。誰かが『侠』という美しい字で『盗』と言う醜悪さを覆い隠してくれようと言うのなら、大歓迎ですよ。お嬢さん、そうでしょう？」

「口がうまいのね」レッサーパンダ嬢は頷き、微笑を浮かべた。「でも他にも聞いたことがあるんだけど、ピストルは使わないんですってね。今日はどうしてあんなおもちゃで脅したの？」

「なんですって！　お嬢さん！　人類は飛ぶような速さで進歩しているのですよ！　世界では武力だけが頼りになる時代なんですから、わたしだって昔の悪いところは変えていくつもりです。時代に適応しなくてはなりませんからね！」

似非魯平が侃々と訴えていると、そばにいた高襟の人物が肩をそびやかして、冷たく笑った。

まさにその時、会場の中がまた沸き上がり始めた。食品工場の主である荘承一が突然叫び声をあげたのだ。

「わたしの腕時計はどこだ？　ないぞ！」

曹志憲が、「本官はまだ受け取っておりません」

大荘の弟の小荘が、兄を嘲笑って「ショーウインドーの中で洋服を着ているだけのマネキンですら自分のものは管理できそうなのに、自分の腕についている腕時計を盗られるなんて、とんだお笑い種だ！」

似非魯平は騒ぎを聞きつけて、わざとらしく腕を曲げて時間を見た。そして大きな声で、「おや、どうして二つ腕時計がついているんだ？　誰がわたしの手につけ間違えたのだ？」

曹志憲がにやにやしながらそばにきた。「ミスター俠盗、あなたの手管はまったく素晴らしいですなあ、わたしよりも腕がいい！」

似非魯平は頭を掻いた。「少なくとも貴方様の偉大さにはかないません。お役人様は、マジックを使って沢山の脂肪を奪い取ります。その後に大手を振って立ち去ろうともこれっぽっちも責任を負いませんが、わたくしども強盗や掏摸は、バナナひと房盗みでもすれば、それで銃殺刑にもなりますからね！」

それを耳にすると皆笑い始めた。似非魯平は、しばし拝借した腕時計を持ち主に返した。

レッサーパンダ嬢は、魯平の粗悪品でもこんなに驚くような技を身につけているのを目の当たりにして、美しい瞳を大きく見開いた。言葉が出なかった。だが、その粗悪品は密かに笑っていた。お嬢さん、何をそんなにびっくりすることがあるのか、これだって、ただの偽の芝居にすぎない。世には、数え切れない程に素晴らしい能力の持ち主がいるが、実のところは、わたしのように、可愛い脇役たちを利用して、ぐるになって悪事を働いているに過ぎないのに。

つまるところ、会場は似非俠盗が舞台に上がってから、楽しげな笑い声がより盛り上がったのだった。

その時、会場のもう一角でまた余興が始まった。二人のお笑い芸人が北平[1]の掛け合い漫才をやり始めたのだ。

しかし、レッサーパンダ嬢は、似非魯平に興味津々になり、会場の余興には全く注意を払っていなかった。

美しい花のような笑みを浮かべ、えくぼをたたえて似非魯平に尋ねた。「栄さん、あなたの手捌きは、本当は、あの伝説の赤いネクタイの人物と大差ないでしょう」

「お褒めに預かり、恐縮です」似非魯平は頭を垂れて謙遜した。

隣の高襟の男が、また冷ややかな笑みを浮かべた。レッサーパンダ嬢は、もちろんそれには気づかなかったが、似非魯平は気づいた。嫌なやつだと思った。特に、そいつの深刻そう

1　現在の北京。

な視線が嫌でたまらなかった。

レッサーパンダ嬢の甘ったるい声が聞こえた。「栄さん、もしあなたが本当にあの侠盗なら、どれだけ嬉しいかしら！」

「それならわたしを本物と思えばよろしいのではないですか？」栄猛は言った。

「だめよ。本当に本物に会いたいんだもの」

「理由は？」

「本物の侠盗にうちのお得意様になって欲しいわ。なんでも持っていっていいから」

「何ですって？」

栄猛は、目を白黒させた。驚きに耐えないと言った様子だ。

高襟の男の鋭い目が光を放った。次に何が続くかと耳をそばだてていた。

栄猛は、「お嬢さん、あの不思議な人物にあなたのお屋敷のお得意さんになって欲しいとはどういう意味ですか？」

「聞いてくださる？」レッサーパンダ嬢は、小さくため息をついた。目尻が恨みがましくなった。「前は、わたしの名前はよく新聞に取り上げられていたわ。劉龍と結婚してからは、新聞はわたしのことを忘れてしまったみたい。生きるってことは、男女関係なく、自分を表現する機会があった方がいいと思っているの。でも今は忘れ去られた寂しさを感じてるわけ。もし我が家があの赤いネクタイの人物のおかげで注目を集めるのなら、記者の皆さんは、多分わたしのことをまた大きく書き立ててくれるでしょう」

栄猛は笑ってしまった。面白がらざるにはいられなかった。「それなら、お嬢さん、お屋敷には沢山お金がおありなんでしょう」

「そんなの言う必要あるかしら？」

レッサーパンダ嬢は、傲然として言った。「それに不思議だと思うのだけど、世の中にはこんなに沢山の低能な人たちがいて、あくせく働いているというのに大餅（ダービン）にすらありつけないなんて。でもうちのお金は、沢山ありすぎて黴が生えそうよ」

栄猛氏は半生を思い起こした。記憶の中でも、こんなヒステリックな女性に出会ったことはかつてなかった。しかも金が多すぎるから困っているとは。そこでまたからかって、「それは本当に残念ですね、残念ですが本当に侠盗魯平ではないのですよ！」

「もし、あなたが本物なら、わたしの小型金庫がどこにあるか教えてあげるのに。それに屋敷の見取り図を書いて差し上げるわ」

その時、栄猛は高襟の男が、両目を爛々とさせて、こちらをより注意しているのに気がついた。似非魯平は、鋭い視線を注がれて背中に悪寒が走った。慌ててライターを手に取り、そっとガラスのテーブルを叩いた。レッサーパンダ嬢に子供っぽい真似をさせないためだった。だがレッサーパンダときたら、周りの一切合切に注意を払わなかった。ほしいままに言葉を続けた。

彼女が言うには、小型金庫は彼女の寝室のベッドの近くにあるのだという。そこには夜用の照明器具があって、それを少し押すと秘密の小型金庫が姿を現すのだ。彼女はドアと階段の方向や位置を詳細に述べ、最後にこうまで言った。「もし本当に魯平なら、鍵の暗号もあわせて教えてあげるわ」

隣に座っている高襟の男が意識的にか、無意識にか、背筋をぴんと伸ばした。神経を尖らせてこちらに聞き入っていた！

栄猛は焦れてもう一度ガラステーブルを叩いた。テーブルの下で足を伸ばして、ハイヒールに触れた。しかし、当の本人、美しい話の箱はまるで何かが壊れでもしたかのように、スイッチが入ってからもう切れないようだった。天真爛漫に言葉を紡ぐ。

「それなら、最近使っているパスワードを教えてあげましょうか？　それはね――U、N、I、T、Eの五文字よ」

栄猛はチラリと隣の例の人物に視線を投げた。目を閉じて、体を椅子の背にもたれさせていた。栄猛は、不安そうにそっと息をついて、頭を左右に振った。神経質なお嬢さんから離れる準備を始めた。何かの間違いを引き起こすわけにはいかない。

しかし、レッサーパンダは、彼に向かってまた艶やかに言った。「どうしたの？　お話しするのが楽しくないのかしら？」

「拝聴していますよ」栄猛は小さく言った。「パスワードはUniteなんですね。ああ、Miss Unite、つまりはあなたの美しいニックネームなわけですね。ありがとうございます。そのような秘密を教えていただいて」

レッサーパンダは、目尻をどこか憂鬱に染めた。「でもこの秘密には興味を抱いてくれないはずよね。さもなければ、小型金庫の鍵もお渡ししたっていいわ」

「お気持ちだけいただきましょう」栄猛は肩をそびやかせた。「もしわたしが本物の魯平なら、鍵を使わないでしょうし、もし本物でないのなら、鍵をもらったところで使えませんね」

　そんなふうに二人がひそひそ話をしていると、周りから多くの嫉妬の視線が向けられた。彼らを引き離そうというのだ。特に、海賊の徐嵩は、過去の悲しみが蘇り、目の前の情景に悶々とし、それらがないまぜになって、網膜をうがって出てくるようで、視線は二本の怒りの炎になっていた。人生は実に不思議なものだ。こんなに楽しそうな場面で、人の感情は、こんなにもアンバランスさを見せるのだった。

　突如サンタクロースが声を張り上げた。「仮面舞踏の時間です。さあ準備を始めてください。みなさん用意はいいですか？」

　彼が楽隊に手招きすると、場内の照明は次第に薄暗くなっていって、ジャズの音色が聞こえてきた。

　最初のリズムはまるで夏の雨のように駆け足だった。人の生き様の慌ただしさや混乱、緊張、そしてその短さを象徴していた。

　似非魯平は、機会に乗じてレッサーパンダ嬢に別れを告げた。ゆっくりともう一人の女性の方へ向かった。その女性は、易紅霞（いこうか）といい、彼のかつての伴侶だった。彼は、最初のダンスを彼女に捧げた。

こちらでは、レッサーパンダ嬢が、その鮮やかな赤色のネクタイが、ボサボサ頭の粗末な服を着た漁師の家の娘の胸の前に張り付いて、ターンしながらダンスの渦の中へ身を投じるのを見ていた。

誰かがレッサーパンダの前に立ちダンスに誘った。彼女はしなやかな腰を伸ばしはしたが、立ち上がらなかった。

音楽が人々の狂騒を次第に最高潮へと盛り上げた！

ミス景は、今夜の狂騒の中で最も美しい花だった。だが、花はまっ盛りといえどもしおれるものだ。彼女は、赤いネクタイと別れた後、絢爛と咲き誇る時間から、いつもの状態へと戻ったようだった。

二曲目が始まった頃には、彼女は、億劫そうにサンタクロースにつれられてダンスの場へと向かった。彼女は、ダンスには興味がなさそうに、ずっと人の群れの中に視線を彷徨わせていた。

おかしなことだった！　それ以後、彼女は、会場の中で随分長いことあの赤いネクタイを見かけなかった。

あの赤いネクタイはどこへ行ってしまったというのだろう？

ミス景は心のなかにぽっかり穴が空いたように感じ、しかも、何だかおかしいと思った。実はあの赤いネクタイをしめた偽の侠盗も、同じように、心の中で別種のおかしさを感じていた。最初のダンスを踊った後、彼は、あのレッサーパンダの隣に座っていた男に視線をやった。そいつは、自身の襟を引っ張るような仕草をし、そっと広間を離れた。

怪しいと思うには十分だった！

そこで、彼はそっとその人物の跡をつけて外に出た。そうしなければならないと思ったのだ。

会場は盛り上がっていた。誰も気づかなかった。レッサーパンダ嬢以外は栄猛が会場を後にしたことに気づかなかった。

一時間後、栄猛は、そのレッサーパンダを腕の中に抱いて、続けざまに何曲も踊っていた。レッサーパンダ嬢の桃色の唇にようやく明るい微笑みが浮かんだ。まるで蕾が開くように。

その晩、会場の中の衣服の香りや、ライト、音楽、風船、色とりどりの紙など……それらが一人一人の頭の中で色とりどりの夢を作り上げた。夢の中の人は、明日があることを忘れ、その大騒ぎがずっと続くかのように思うのだ。

しかし、この話には明くる日が存在するのだ。

次の日になると、不思議なことが発生した。それは劉公館の中で起きた。

もう少し正確に言おう。その不思議なことは、前の晩に発生した。なんと劉公館の劉の若奥様の例の秘密の小型金庫が本当に盗みにあったのだ。夜用の照明器具は押し倒され、小型金庫が開いていた。中の全てのアクセサリーが、夜半の賓客によって盗み去られた。真珠の首飾りが主だったもので、そのほかに一千アメリカドルが盗まれていた。しかし、アメリカドルは大した額ではなく、盗まれたアクセサリーの価値に較べれば取るに足りなかった。

その日の新聞にそのニュースを掲載するのは当然間に合わなかったものの、耳の早い記者たちは、すでに二、三人が劉公館に足を運んでいた。記者の中に一人背の高いのがいた。誰も彼が前日のあの盛大なクリスマスパーティーに参加していたとは知らなかった。レッサーパンダ嬢すらその人物に気づかなかった。

レッサーパンダ嬢は、記者たちのひっきりなしの質問に答えた後、少しばかり疲労を感じた。隣室に入り、顎を手で支えて、ぼんやりりした。赤いネクタイの影が目の前をちらついていた。そして思った。

昨晩はもしかして、あの赤いネクタイの人が、本当に…………

電話のベルがその考えを断ち切った。メイドが声を張り上げた。「奥様お電話です」

レッサーパンダは、受話器を取った。すぐに誰の声かわかった。昨晩あの偽の侠盗魯平に扮していた栄猛だった。彼女はぼうっとした。ただ受話器からこう伝わってくるのを聞いていた。

「ミス景、ちょっとお話がしたいのですが、どうでしょう？」

「いつかしら？」

「今すぐに」

「どこで？」

「杜美公園の向かいに、緑のドアのカフェがあるのですが、そこで」

レッサーパンダ嬢は少し考え込み、それから訊いた。

「絶対に行かなくちゃいけないのかしら？」

「もちろんです」

　レッサーパンダ嬢は、小型金庫の中にあった沢山のアクセサリーがなくなったにも拘らず、受話器を置いてやや遠くを見ると、依然として五月の花のように艶やかに微笑んだ。

　彼女は慌ただしく鏡の前に行くと、女神のように飾り立てた。自家用車に飛び乗ると、運転手に杜美公園まで走らせた。

　もし車に目があったのなら、しかもそれが後ろについていたのなら、飛ぶように速い車があとをつけていたのがおそらく見えただろう。しかし、中に座っていたレッサーパンダには預かり知らぬことだった。

　十分後には、男女二人が、緑色のカフェに姿を見せた。まるで愛し合っている恋人同士のように、ベートーヴェン像の下の静かなテーブル席についた。

　周りの客は少なく、ラジオからはスペインの交響曲が流れていた。

　レッサーパンダ嬢は、一言も発さなかった。ただ栄猛に向かいあい、その顔を具に見ていた。そしてようやく、

「昨日わたしの家で何が起きたかご存知かしら？」

　相手は、首を縦にふって答えとした。

「昨日の夜、わたしの小型金庫が誰かに開けられたのよ」

「それなら、お祝いを申し上げなくてはなりませんね。だってそれがあなたの望みだったで

しょう」栄猛は微笑んだ。

　レッサーパンダ嬢は、栄猛の胸元をじっと見つめた。彼の胸元には、まだ昨日の赤いネクタイがあった。彼の左耳に目を凝らすと、赤いシルクが貼ってあった。そこで、彼女は、小さな声で、

「それなら、あなた、本当に……」

　栄猛は、さっと周りに視線を走らせて「そのことを話題にするのはやめませんか？」

　レッサーパンダ嬢は、うっすらと笑みを浮かべた。「それならこういうべきね。昨日の収穫は少なすぎるというわけではなかったでしょう？」

　栄猛は、スプーンでカップのコーヒーをかき回していた。笑っているような笑っていないような表情で聞き返した。「お嬢さん、昨晩の倪明の話を覚えておられますか？　彼はこう言ったのです。この世界には、真、善、美が欠けていると、特にこの三文字の中の最初の字がね。この言葉についてどう思われますか？」

「何をおっしゃっているかわからないわ」

「お嬢さん」栄猛は肩をそびやかせた。「まさか、まだあなたの沢山のアクセサリーが、あの目が眩むような美しい真珠のネックレスが全て本物だと思い込んでいるのではありませんよね？」

　レッサーパンダ嬢の両頬が、突如唇と同じくらいに赤くなった。頭を垂れ、何も言わなかった。

栄猛は、コーヒーを一口飲み、そして続けた。「昨晩、何か直感が働きましてね、あなたのお話は、ほとんど桃色のラブレターのようなものだったでしょう。誰かにあなたの家に盗みに入ってもらいたかったんですね。その一方で、あなたはあの美しくも、真なるものではない宝物を小型金庫の中に入れておいた。それを鑑賞しにくる人用にね。そうしたのにはもちろん理由がある。今日お話ししたいと思ったのは、その理由を教えてもらいたいからですよ」

その花はさらに赤さを増して、やはり首は垂れたまま、何も言わなかった。

しかし、栄猛は、彼女を見据えた。その視線は何か彼女が答えずにはいられなくするような力があった。

そうして、レッサーパンダ嬢はさっと頭をもたげ、あたりを見回すと、小さな声で「最近、賭けで大負けしたの。有り金どころか、アクセサリーの分まで全て負けたのよ。賭博の大負けを隠したくて、偽のアクセサリーを手に入れて、小型金庫に入れたの、煙幕をはったってわけ」

「誰が、あなたのアクセサリーを調べに来るのですか？」

「誰って決まっているわけではないわ。でも、わたしのアクセサリーについて誰にも気付かれたくはないの。何にもないってことになったら、具合が悪いんじゃなくて？」

「あなたのおっしゃりようだと、あなたのご夫君の劉氏に憚るところがあるようですね？」

栄猛は非難する目つきで彼女を見た。

「憚る？　どうしてわたしがそんなことを」赤い唇が開いた。「なんて言ったって、今のところ、まだ小切手帳を放棄する理由はないわ」

「しかし、あなたがその偽物を本物として使っていくのなら、結局、紙の包みでは火が抑えられない日がいつか来るでしょうな」

「だから焦ってるのよ」レッサーパンダは、小さくため息をついた。「本当に笑ってしまうような空想をいだいたの。察しのよい強盗がうちにやってきて、わたしの小型金庫を開けて、全部持っていってくれたらって。そうしたら、賭けの負けを全部その強盗にひっかぶせられるでしょ」

「お嬢さん、実に聡明でいらっしゃいますね！」栄猛は横目で彼女を見た。そして誇るような口調で、「そこで、昨夜はああいうふうにほのめかしたのですね、わたしがあなたの口座の清算に行くように！　違いますか？」

レッサーパンダは、男のネクタイに一瞬視線を注いだ。そして「あの時、あなたが本当にわたしの空想の中の人物であるとはもちろん思っていなかった。だから、そんなありえない手助けをしてほしいと本気で考えていたわけではないのよ。ただ冗談だったの。意識してなかったけど、わたしの焦った気持ちが出てしまったってわけ」

栄猛は肩をそびやかせた。「そうしたらわたしはとんだ間抜けですね。あなたにほのめかされて、本当に泥棒をやって、しかも偽物をつかまされたとあっては」

レッサーパンダは、美しい瞳をあげ、そしてそっと「でも収穫がまったくなかったわけでもないでしょう！　あの金庫の中には、お金にならないものの他にもまだあったじゃない、まだ……」

「一千アメリカドルですか？　あれは偽札ではないんでしょうな？」

どこか寒々とした声だった。音楽に紛れてつぎはぎに聞こえた。栄猛の頭の後ろから！

栄猛がぎょっとして振り向くと、隣の席に何者かが座っていた。しかもごく近くに座っていた。その人物は体を椅子の背もたれに斜めに預けて、彼の頭の後ろ側に向かってそっと話しかけていたのだった。

昨夜の例の高襟の男だと一目でわかった。

栄猛は、彼が一体いつこのカフェに入ってきて、背後に座ったのかまったく気づかなかった。

美しい女性の目の前で、思いもかけなかった攻撃を受けて、いささか気まずくなりながら、男に向かって、

「一体何者なんだ？」

「わたしのことはご存知でしょう。昨晩お会いしたではありませんか」男は堂々と答えた。

「お前が誰か聞いてるんだ！」栄猛は語気を強めた。

その人物は椅子の背もたれにもたれたまま動かなかった。ただ、堂々と彼は自分の胸元を指さした。その胸元には、同じように赤いネクタイが下がっていた。レッサーパンダ嬢はあっけに取られた。なんてこと、本物の赤いネクタイが現れるなんて！

しかし、栄猛はまだ問いかけていた。「まさか、お前……」

「そのとおり、わたしは……」その人物は周りに視線をやってから、「昨晩お前さんが扮した誰かさ！」

ハハハハハ！　栄猛が突然周りの目をものともせずに大笑いした。その笑い声の中、彼の目の玉が二つの鋼鉄のようになり、怒りの視線が向かいの人物に向けられた。「あんたは、舞台俳優になったことがあるか？　まだまだだな！　おい、こっちに来い！」

彼はその人物を他の空席に座らせて、ひそひそ声で何やら相談し始めた。

レッサーパンダ嬢は、花のような双眸をかげらせた。栄猛が心配だった。彼はどうやって、どこから現れたかわからない神秘極まりない人物とやりあうのだろう。

しかし、二人の交渉は、実に素早く終わった。電撃式とでも言えそうだった。

レッサーパンダは、その不思議な人物の顔つきをじっと観察していたが、奇妙なことに、最初は獅子のようだったが、だんだんと鼠のように、最後には、よくならされた羊のようになってしまった。

栄猛はどんなマジックを使ったというのだろう？　どうやったらあの男の態度がこんなに速く変わるというの？

やがて彼らは席を立った。栄猛は札を一巻き、男に投げるように渡した。犬でも叱るような口調で男に言った。「お前さんを失望はさせせんよ、いけ、俺を煩わせるな！」

その男は、レッサーパンダ嬢に視線をやり、一言も発さずにコーヒーの勘定を済ませると、静かに一礼して出ていった。

どうやら、栄猛が交渉には勝利したようだった。ミス景は、息を吐き出した。

栄猛が元の席に戻ると、彼女は甘えるように、「もうびっくりしたわ、わたしはてっきり彼が……」

「彼が誰だと……笑い話ですよ！」栄猛が彼女の話を断ち切った。

「それなら、一体誰だっていうの？」

「高貴なる自由職業者ですよ」栄猛は冷笑した。「彼の事務所は時に電車の中、時に映画館の入り口にあって、今日は、クルミの殻剝きの専門家になることにしたようです。ですが、クルミの殻剝きにも芸術が必要なのですよ。雰囲気も、修行もまだまだですがね」

「それなら、彼がどうして昨日のことを知っているの？」レッサーパンダが訝った。

「彼は、偶然に招待状をもらったのです。昨日のパーティーに参加して、何かの機会を得ようと思ったのでしょうね。そして予期せずあなたの話を聞くに至ったのです」

「それなら、彼はどうして今日現れたのよ？」

「それは、分かりかねますね。もういいでしょう、この話はやめませんか」

「アメリカドルはあの男に分けたの？」

「彼に？　どうしてです？　あの一千ドルは全てあなたにお返ししようと思っているのですがね」栄猛は気前のよいようなふりをしてこう言った。

「わたしに？　どうしてです？」レッサーパンダが言い方を真似た。

「あなたに賭けごとの資金をもう一度差し上げるためですよ」

「足りないわよ！」ミス景は、傲然と顔を上げた。「本当のことを言えば、そのお金はわたしに預けられていたものなの、そうでなければ、王様とそのお妃たちにあげてたわ。そして今となっては、わたしは全部劉にお願いできるのよ」

「愛すべき、かつ美しい小切手帳というべきですな」栄猛は戯けた。

「だから、この少しばかりのお金を、あなたに残して記念にしようと思うの。あなたは昨日わたしを大いに手伝ってくださったから」

「あなたの気前に感謝します」

ミス景は、相手が彼女のプレゼントを受けとったので、ほっとして、また五月の花のような笑顔を露わにした。「書物の中の英雄たちは、いつだって義侠の行いをして、金持ちから奪って貧しいものたちを救うけど、それなら、あなたはこれっぱかしのお金をどう使うつもりなの？」

「わたしですか、そのうちの一ドルで、安物の靴下を買って、裸足の乞食たちに送ろうと考えていますよ。サンタクロースからのプレゼントとしてね。これもわたしの義侠心の発露と言えるでしょう」

レッサーパンダ嬢は、失笑を禁じえなかった。「大慈善家でいらっしゃるのに、気前がずいぶん小さくていらっしゃるのでは？」

「世の中のお金持ちは、十中八九、気前もそう大きくないと思うのですがね？」栄猛は口を開いた。「ご覧なさい、外国の大富豪は死後に遺書を残して、財産を慈善活動に喜捨する気になるのです。一方、中国の富豪ときたら、牛には毛が生えなくなってようやく、たったの一、二本を痛い痛いと言いながら抜いて、しかもその抜いた一、二本を二つのやり方で使うのです。一つ目は、見栄を張るための準備です。天国に行くための入場券にするのですよ。もう一つは、慈善家という金色の字の看板にするための準備にするのです！　つまりは、この愛すべき世界は、こういう自己中心性に満ちているのです。できるだけ早くこの自己中心に満ちた世界の中で、本当に愛を知っていて、かついわゆる善行を本当に行える人を見つけられることを祈っていますよ」

レッサーパンダ嬢はそれを聞くと、目の前の奇妙な人物を無言のままじっと見つめた。

栄猛は微笑んで立ち上がった。「わたしはといえば、自分もまた一人の人間なので、自己中心的な美徳があるのですよ。わたしが儲けたのはたった一千ドルというちっぽけな額にすぎません。どうしてそんなケチな真似をして、大善人や義侠の人物のようになりすまそうとするのでしょう？」

ミス景は、赤いネクタイに視線を落としたまま、「その口ぶり、完全にあの伝説の中の人物みたいね、それなら、あなたがきっと……」

「シー！」栄猛は一本指で唇を押さえた。そして戯けた顔をした。「親愛なる小さな方よ！人生の全ては、お遊びにすぎません。どうしてそんなに真面目になることがありましょうか。そのことについて話すのはやめましょう」

その日、彼らは緑色のカフェの中で、恋人同士のような話をした。長い間親密に多くを話した。最後に、物憂げに立ち上がり、別れを惜しんだ。栄猛は後ろ髪を引かれながらも、彼に夢中な女性を車まで送り、密かにまた会う約束をした。

どうやら、一つのロマンスの種が沃土に蒔かれたようだ。

こんな喜劇は、銀灰色の都市にはもとよりありふれていた。まさに、眼前には劉龍のような類の人物が多すぎた。彼らは略奪の天才だった。いつでも貧しい人々から直接的に、または間接的にものを奪うのだった。そのためいつまでも、美しい細君たちの小切手帳になることができた。そして際限なく支払いの義務を果たすのだった。そこで、ああいう美しい細君、例えばミス景の類もいつまでも資本には事欠かず、好きなだけ賭け事にふけり、そして思うままにロマンスに耽溺するのだった。

これが我々の社会のある情景だった、なんと愛すべきなのだろう！

だが、昨晩のあの乱痴気騒ぎに参加した人は、もちろんミスター栄とミス景の間に何が起きたのか知る由もなかった。

誰かが劉公館の盗みについて知っていても、あのパーティーの中に、他に赤いネクタイの手下が、（もしくは例の本物の侠盗氏が）レッサーパンダ嬢の自分勝手な話を聞きつけて、盗みをしたと思うだけだった。黒い犬が災いを起こし、白い犬にひっかぶせる、紳士たちがものを盗めば、つまらない泥棒がその罪を被る。我々の社会では、おかしいと思われることもない。

つまり、その盗みと栄猛の関係について疑いを抱くものはいないのだ。

そして栄猛はと言えば、庭園の中で人々の合間を体を揺らしながら出入りしていた。何か面白そうなことに出会うと、やはり赤いネクタイをしめていた。

それなら、彼が、本当にあの伝説の不思議な人物なのだろうか？

それは、この話の語り手にすらわからない。

（一九四七年十月十日）

本書では、読者の方により手に取りやすく、読みやすい本にしたいとの編集方針から、作品中の旧字体・旧仮名遣いを新字体・新仮名遣いに改めています。また、現在の観点からすると不適切と見なされる表現が含まれるものもありますが、発表当時の時代背景や歴史的価値を鑑みるとともに、著者の意向を尊重し原文のままとしています。ご諒承ください。

中国における変格ミステリの受容史

劉臻（りゅうしん）
（阿井幸作　訳）

探偵小説の初訪中

一八九六年、清朝末期の有名な維新派新聞『時務報』にシャーロック・ホームズシリーズの「海軍条約文書事件」の中国語版「英包探勘盗密约案」が掲載されたことが、中国における翻訳探偵小説の始まりだ。外から来たこの小説のジャンルはたちまちはやった。その内容の新鮮さに多くの読者が引き付けられ、出版関係者の利益追求の需要を満たした一方、民主や法制を説き、科学を重視するそれは、当時の改革者が提起した大衆教化の呼び掛けと合致した。

日本における探偵小説の広がりも欧米作品の翻訳から始まっていて、この点は中国と似ているが、入ってきた時期は日本の方が早かった。中日両国には地理的・文化的に近いという利便性があり、当時の日本で探偵小説の翻訳ブームが相当盛んだったのも加え、和訳された西洋の探偵小説が中国語に重訳されるという現象が起きた。黒岩涙香が翻訳した『探偵』(原作不明)は披発生(羅普)[1]によって翻訳され、『離魂病』というタイトルで『新小説』(一九〇二～一九〇三年)に掲載された。

黒岩涙香は日本における翻訳探偵小説初期の重要人物であり、「探偵小説の元祖」と呼ばれている。大量の翻訳作品を残した他、一八八九年に探偵小説「無惨」を執筆。この小説は

1　() 内は翻訳者の本名。

「日本探偵小説の嚆矢」と評価された。一九〇四年、上海の開明書店は冷血（陳景韓）が翻訳した『偵探談三』を出版し、その中に黒岩涙香の「無惨」を「三縷髪（三筋の髪）」[1]というタイトルで収録している。面白いのは、翻訳者が翻訳中に原作の疑問点を見つけ、いくつかの「不明瞭な点」を付録として文末に載せ、こう書いたことだ。

翻訳者は文章を翻訳し終え、この作品が周到綿密で、反論は不可能だと思った。しかし、なおも頭を絞って考え、独断を厭わずあえて粗を探している。その一つ二つを取り上げ、その上に番号を付け、詳細を文末に述べ、読者の余興とする。

偵探談三

三縷髪　作者　日本涙香小史　譯者　冷……血

上篇（疑團）

世間。慘殺。之事。常有。即如今年七月初五早上。築地、海軍原旁、川中。有一死骸。見之令人毛骨悚慄。其明日東京各新聞紙。記其事如左。

慘殺、○昨朝六點鐘時。在築地三丁目（日地界名）川中。發見一年在三十四五歲之男屍。屍體遍有鱗傷。有打傷、擦剝傷、切傷、無數傷口出血。見肉。頭部。有一大穴。用大錐。突入穴深二寸。餘頭骨。破腦汁。流出。由醫師驗得。自上午二三點鐘時受傷致命。屍首身服紺茶縞布單衣。腰束博多帶。餘無別物。職業不明。兇手苦主姓名。尚未查出。目下正在嚴訪。（此段記事從東京

偵探談　一

欧米ミステリの翻訳のほか、日本の文学界に対するもう一つの「参考」は中国の近代翻訳文学、さらには創作文学のモデルチェンジを推し進める上でより重要な役割を果たした。それは小説のテーマとジャンルの分類だ。従来の中国小説のテーマによる分類分けは相当乏しくて狭く、これら欧米の新たな小説に全く対応できなかった。欧米には小説ジャンルの概念はあったが、発表あるいは

1　「無惨」は一八九三年日本で再版時に「三筋の髪」と改題。

出版時に小説のジャンルを明確に表記することは少なかった。清末に翻訳者や出版関係者は、関連する概念を全く持たない中国の読者に新たな小説を紹介するため、小説に対して細かく「分類」した。最初の分類に使用した名称は、主に日本の文壇が漢字で命名したものを踏襲した。康有為の『日本書目誌・小説門』（一八九八年）の中では、「探偵小説」と明記された作品タイトルをいくつか見掛ける。梁啓超は『新小説』（一九〇二年、日本の横浜で創刊）を創刊し、そこに掲載した「中国唯一の文学報『新小説』」という広告の中で「探偵小説」を挙げ、「その内容と奇抜な発想は常に予想を裏切る」と書いている。その後、「探偵」という言葉は徐々に中国語の言い方に合わせた「偵探」に改められ、「偵探小説」という言葉も文壇で定着した。[1]

探偵小説の翻訳で日本は中国に先んじていたが、創作は両国ともほぼ同時にスタートした。一九二三年、「日本探偵小説の父」江戸川乱歩が「二銭銅貨」を発表し、日本人の創作による探偵小説の基礎を打ち立てた。そして「中国探偵小説の父」程小青は一九一六年に「霍桑探案」シリーズ第一作目の「灯光人影」を発表し、一九一九年から同シリーズの長編や短編作品を立て続けに発表した。一九二三年、程小青らを編集長とする雑誌『偵探世界』が創刊。このような背景で、中国の探偵小説界隈が当時まだ創成期にあった日本の探偵小説作品を視野に入れていなかったことも理解できる。民国時期は、翻訳であれ創作であれ欧米の探偵小

1　「探偵小説」という呼び方をそのまま使った作品もある。一九〇七年に中国人留学生が日本で創刊した中国語の雑誌『河南』では「探偵小説」表記を採用していた。しかしだいたいにおいて、「偵探小説」の例が絶対多数を占める。

説が支配的な影響力を有する地位を占めていた。程小青が生み出した霍桑は「東方のホームズ」であり、もう一人の重要な作家孫了紅が生み出した魯平は「東方のアルセーヌ・ルパン」だった。その結果、この時期に日本の探偵小説が中国の雑誌に掲載されることはわずかで、単行本に至ってはいくらもなかった。

一九三一年、南京書局は江戸川乱歩の長編小説『蜘蛛男』を出版した。これは日本でもこの前年に連載が終わって単行本が出たばかりだった。これは民国時期に中国で出版された数少ない日本の長編探偵小説だ。一九三五年に乱歩の短編小説「芋虫」が上海の『新雑誌』に掲載。一九三七年、長編小説『大暗室』が天津の『警務月刊』に連載。[1] 一九三八～一九四〇年、少年探偵シリーズの『妖怪博士』『大金塊』が週刊『新児童』に連載。[2] 一九四〇年、短編小説「人間椅子」が南京の『国芸』誌に二回に分けられて掲載。

67　芋蟲

貞節的美名下，幹着世上最可怕的罪惡。』一般，感到滿身的寒慄。

G.Y.

想起來，連自己都不能相信般覺得人類心境之變化竟有這麼地快速。起初是個不明世故而靜淑的，確是十分貞節的她，到了現在，外見上雖沒有什麼變化，但心裏已居住着要令人悚然驚怖的情慾之魔鬼，而把那殘廢者（連殘廢兩字都不夠形容般的已不留人形的殘廢者）的丈夫——曾經是個忠勇無比的國家之干城的他，好像係爲滿足她的

取り立てて重要なことは、「芋虫」の最後に「翻訳者の見解」が掲載されていることだ。二段落しかないが中身は相当興味深い。乱歩の当時の創作過程

1　資料の不備によって連載が完結したか不明。しかし未完の可能性が高い。
2　資料の不備によって連載開始号と終了号が不明。

をまとめているだけではなく、各段階の特色も総括している。これは民国時期の読者が読むことができた、乱歩に対する最も優れた最も全面的な評価であり、その内容はここに引用する価値がある。

江戸川乱歩は現代日本探偵小説界の第一人者だ。彼の作品は大まかに三期に分けることができる。第一期の作品は、ほぼ純粋な探偵小説だ。複雑巧妙な犯罪、謎めいて奇抜なトリック、巧みな心理描写などをまとめた本格的な探偵小説で、この時期のほとんどの作品がこれに当たる。（中略）第二期の作品は変態的なものが多く、悪魔的かつ悲惨な色合いを放ち、グロテスクな描写の上に色情狂めいたエロティシズムで飾られている。テーマはほぼ空想的で非現実的だが、非凡な描写方法により潜在するリアリティを感じざるを得ない。言い換えると、テーマは虚構的だが描写方法は現実的だ。（中略）第三期の作品は、ほぼ趣味本位の大衆的な長編小説だ。

これは「本格」という定義が初めて中国の読者に紹介された文章だ。そして第二期作品の紹介は、「変格」の定義の紹介と言っていいだろう。翻訳者はさらにこう指摘している。「芋虫」はエドガー・アラン・ポーの「使いきった男」を思い起こさせ、奇怪で悲惨さにあふれている。さらに、乱歩の長所はこのような悲惨な描写の中にもユーモア要素を加えられること、または陰湿で暗い一面に愉快な朗らかさを見つけられることだ、としている。

戦前の探偵小説創作における もう一人の活躍者である小酒井不木もいくつかの作品が翻訳された。一九二九年、広州の『晨鐘』誌は二回に分けて小酒井不木の探偵小説「二十年後」を掲載した。一九三一年、南京の『橄欖月刊』は第17号と19号でそれぞれ氏の探偵小説「髭の謎」と「抱きつく瀕死者」を掲載した。前者は少年探偵塚原俊夫シリーズだ。この他、一九四四年に上海の『永安月刊』が氏の科学関連の文章「指紋之謎」を掲載した[1]。横溝正史の翻訳作品は、戦時中に発表された探偵小説だけしか見つかっていない。一九四五年、上海の『大衆』誌に「玄米食夫人」（原作は一九四三年に『新青年』で発表）が掲載された。

日本の探偵小説の翻訳の少なさは時代背景と非常に大きな関係がある。一九三七年に中日戦争が全面的に勃発し、中国で翻訳される日本の文学作品が激減、このような状況は第二次世界大戦終結後も続いた。実際、一九三八年に日本政府は戦時中であることを理由に探偵小説を「敵性文学」と見なして規制し、第二次世界大戦が勃発してからは探偵小説の執筆を全面的に禁止、このような状況も終戦まで続いた。このような要素が重なったことも、日本の探偵小説の輸出に影響を与えたのだろう。

だが例外もあった。日本占領区「満州国」（一九三二～一九四五年）は政府の支持を受けて日本文化が大量に輸入され、その中には日本の探偵小説も含まれていた。代表的なのは『同軌』誌に掲載された作品だ。この雑誌は一九三四年二月一日に瀋陽で創刊し、奉天鉄道

1　この他、一九三五年に上海の北新書局が小酒井不木の医学著作『闘病術』を出版している。

総局総務所により設立され、その編集者と発行人は日本人だった。『同軌』自体は鉄道文化を伝える中国語の定期刊行物であり、「鉄道は文化を伝えるだけでなく、文化も創造する」が「発刊の辞」だ。その内容の大半は鉄道関連だったが、文芸作品も数本掲載しており、基本的に毎号一、二作の日本の翻訳小説があった。雑誌に掲載されたことがある日本の探偵小説は、甲賀三郎の「哲学者と驢馬」（一九三九年掲載）、野崎昌寿の「春宵怪魔」（一九三九年掲載）、海野十三の「人造人間エフ氏」（一九三九年掲載）、大下宇陀児の「丘の家の殺人」（一九四二年掲載）などだ。[1]

上述の説明から、民国時期は日本の通俗文学作家が書いた探偵小説の翻訳作品数が少なく、しかもその多くが代表作ではないため、中国の読者にとって作者が持つ本当の持ち味が分かりにくかったことが容易にうかがえる。これらの作品は主に総合的な定期刊行物や一般的な文芸誌で発表されたため、中国の探偵小説読者が必ず見つけられるというわけでもなかった。そのため、この時期の日本の探偵小説に関する討論もほとんど見られない。

一方、この時期には日本の文壇に面白い現象が起きていた。通俗文学作家が探偵小説を執筆するだけでなく、純文学の有名作家も犯罪や探偵をテーマにした作品を書いていたことだ。これらの作品は作家の他の有名作品と共に翻訳されて中国にやって来て、意図せず中国の文

1　資料の不備によって、一九三四〜一九三九年の『同軌』の大部分が調査不能。「春宵怪魔」は中国語タイトル通りにしており、ほかの三編は中国語タイトルから推測したもの。劉暁麗・大久保明男編著『偽満洲国的文学雑誌』（ハルビン、北方文芸出版社、二〇一七年）参照。

壇で注目を集めることになった。その中には白樺派の志賀直哉、耽美主義の谷崎潤一郎や佐藤春夫らがいる。

白樺派はその人道主義や理想主義の特徴で中国の「新文化運動」の提唱者から称賛された。一九二九年、翻訳者の謝六逸は日本作家短編集『范某的犯罪』を翻訳・編纂した。表題に使われているのは、もともと『新生命』誌（一九二九年）に発表された、犯罪をテーマとした志賀直哉の「范の犯罪」だ。有名な作品とまではいかないが、謝六逸はこれをとても重視している。「作者の意図は、奇術師の范が演芸中に妻を殺したときの心の変化を書くことにあり……注目と称賛を受けるべき一篇だ」。また評論家の宮島新三郎の言葉（『大正文学十四講』）を引用してこう書いている。「彼は簡単な心理描写と細かな事件描写の中に、その心の動きを巧妙に書き込んでいる。……微妙な心理をつかむ際には鋭い観察力と直感力が欠かせない。幸いなことに志賀氏は観察力と直感力に恵まれている」。一九三五年、葉素（楼適夷）は志賀直哉作品集『焚火』を翻訳・編纂し、探偵小説「濁った頭」を収録した。

一九二〇、三〇年代は中国の文壇で明らかに耽美主義文学思潮が形成された。一九二八年から日本の耽美主義作品が大規模に翻訳され始め、その中の代表的な人物が谷崎潤一郎と佐藤春夫だった。谷崎潤一郎は単行本だけで十数種類あり、佐藤春夫も四、五種類あった。[1]

谷崎潤一郎の探偵・犯罪小説に対し、翻訳者の章克標は自身が翻訳・編纂した『谷崎潤一郎集』（一九二九年）の序文にこう書いている。

1　王向遠『日本文学漢訳史』（寧夏人民出版社、二〇〇七年）第2章第6節「耽美派の作家と作品の翻訳」。

（谷崎潤一郎の）神秘的な傾向は「二人の稚児」にも見ることができる。「魔術師」「ハッサン・カンの妖術」「人面疽」ではさらに顕著だ。これらの作品で表現されている世界は、日常生活とは根源から異にする不可思議で神秘的な生活における現象で、内容は全くファンタジカルで、読者に別の世界へ思いを馳せらせ、生存競争の過酷な現実生活を忘れさせ、童話の国のような場所に連れて行ってくれる。しかし谷崎氏には常に彼独自の特色がある。それは一般的な神秘の境地ではなくて、終始谷崎式だ。いわゆる神秘とは、彼が表現しようしている境地を表現するために借りたものにすぎず、決して神秘そのものではない。

一九三三年、李漱泉（田漢）は谷崎の作品集『神と人との間』を翻訳・編纂し、探偵趣味を帯びた小説「前科者」「人面疽」を収録している。一九二四年、『太平洋』誌に「或る罪の動機」が掲載された。探偵や犯罪を題材にした佐藤春夫の作品の中で翻訳されたものは比較的少なく、一九三〇年に『小説月報』に掲載された「指紋」の一作しか見つかっていない。作家の郁達夫は佐藤春夫を高く評価しており、「日本の現代小説家で私が最も尊敬しているのは佐藤春夫だ」と述べ、探偵小説の特色を持つ「指紋」を「優美な作品」だと指摘している（『海上通信』、一九二四年）。

耽美主義は中国の文壇に影響を与えたが、それに相応する創作流派を形成することなく、谷崎潤一郎や佐藤春夫の影響を受けた江戸川乱歩のような探偵作家が中国で生まれることもなかった。

本格と変格のブレ

一九四六年、日本で文字改革が行われ、「当用漢字表」から「偵」の文字が外され、「探偵小説」という名前も一時歴史の表舞台から退き、代わりに「推理小説」という言い方が用いられるようになった。日本の探偵（推理）小説の発展も新たな一ページを開いた。

新中国成立（一九四九年）後、およそ三十年間（一九四九〜一九七八年）はイデオロギーや政策方針が原因で、翻訳された日本文学の数は非常に少なく、まして推理小説はなおさらだった。唯一の関連翻訳書籍は、一九六五年に出版された松本清張の『日本の黒い霧』だ。「文化大革命」の終焉に伴い、中国が大きな門を開けると、たちまち西欧や日本の文化が押し寄せた。まずやって来たのは映画だ。一九七八年に『君よ憤怒の河を渉れ』が上映され、翌年には『人間の証明』が上映された。ミステリーを題材にしたこの二本の日本映画は中国で一大ブームを巻き起こし、誰もが知っていると言っても過言ではなかった。一九七九年、群衆出版社による松本清張の『点と線』の出版が、日本の推理小説輸入ブームの火付け役となる。これから九〇年代初期になるまで、[1] 中国は大量の日本の推理小説を出版した。だが問題は、この期間の出版が体系立てられていなかったことだ。戦前の探偵小説、戦後の本格ミステリー、社会派、トラベルミステリー、青春ミステリーなど全てを目の前に出された読者は、大きな庭園を見学するお上りさんのように何を読めば良いのか分からなかった。

戦前から探偵小説を執筆していた作家のうち、江戸川乱歩と横溝正史のみがこの翻訳ブームで一定数の作品が翻訳された。まず現れたのが横溝正史だった。一九七九年、映画シナリオ集『人間の証明』に収録された『犬神家の一族』の映画シナリオで、中国の読者は初めて名探偵金田一耕助を知った。一九八〇年、中短編集『迷宮の扉』に「迷宮の扉」「片耳の男」など五篇の小説が収録されたことは、横溝正史の作品が正式に中国に輸入されたといえる。その後、『犬神家の一族』（一九八二年）、『八つ墓村』（一九八六年）など金田一シリーズの代表作が立て続けに出版された。しかし横溝正史の翻訳書籍は基本的に戦後の金田一耕助シリーズに集中しており、翻訳された戦前作品は以下の数篇だけでとても少ない。

「三本の毛髪」（原作一九三二年発表）

「腕環」（原作一九三二年発表。以上は『迷宮の扉』〈一九八〇年〉に収録）

「芙蓉屋敷の秘密」（原作一九三〇年発表。『迷宮の扉』増訂版〈一九八八年〉に収録）

1　一九九二年、中国はベルヌ条約に加盟。その後、外国の作品は中国で著作権が保護され、翻訳作品を出版するには翻訳権の取得が必要になる。そのため、その後数年間は翻訳作品の数が大幅に減少した。

「殺人暦」（原作一九三一年発表。『殺人暦』〈一九八六年〉に収録）
「丹夫人の化粧台」（原作一九三二年発表。『左手で銃を撃つ人』〈一九八八年〉に収録）

このうち「丹夫人の化粧台」は典型的な怪奇耽美作品だ。

そしてこの時期の江戸川乱歩の中国語翻訳書籍は主に明智小五郎シリーズと通俗長編小説に集中していた。例えば『魔術師』[1]（一九八六年）や『化人幻戯』（一九九〇年）などだ。乱歩の戦前の短編作品の大量翻訳は、一九九九年から珠海出版社が『乱歩驚険偵探小説集』を立て続けに発売するまで待たねばならない。このセットは二〇〇二年に全十九巻の『乱歩偵探作品集』として再編集された。短編作品は十八、十九巻目に集中し、戦前の大部分の変格作品が収録されている。これは中国で乱歩の小説が最も揃っている叢書だ。

その他、この二人の巨匠を紹介する論文もいくつか出た。一九七九年、研究叢書『日文問題訳叢　第二輯』に、中島河太郎による「横溝正史」の一文が掲載された（『昭和国民文学全集』第16巻〈一九七七年〉から翻訳）。翻訳自体は若干固めだが、内容が豊富な文章の中で中島河太郎は、横溝正史の第二期執筆時期の耽美な作風について触れ、「鬼火」「蔵の中」『真珠郎』など変格を題材にした作品を簡略に挙げている。しかしより多かったのはやはり戦後の金田一シリーズに関する内容だった。一九八五年、『世界博覧』誌に翻訳・編集された「日本推理小説之父――江戸川乱歩」が掲載され、江戸川乱歩の生涯を三ページの中で簡

1　これは作品集であり、明智小五郎シリーズの『魔術師』と少年探偵団シリーズの『宇宙怪人』が収録されている。

単に振り返っている。文中では、乱歩の口癖だった「私の小説は夢と現実の結合だ」という言葉が取り上げられている。

八〇年代から始まった日本推理小説出版ブームで、さまざまな流派や異なる時期の作品に直面した読者や翻訳者、ひいては研究者に概念上の疑問が生じるのは避けられなかった。一九七九年三月、『読書』誌の第４号で翻訳者の葉渭渠による「日本的推理小説及其代表作家」が掲載され、初めて読者に日本の推理小説の発展状況を整理した。氏は戦前作品に関してこう書いている。

（戦前の探偵小説）から二つの流派が派生した。一つは江戸川乱歩や角田喜久雄に代表される本格派で、事件解決に向けた論理的な推理を書くことを重視すると主張するもの。もう一つは横溝正史や木々高太郎に代表される変格派で、神秘、冒険、幻想、変態心理などを書くことを強調するもの。後者が主導的な地位を占めている。

一九八一年出版の『日本短篇推理小説選』には翻訳者の李正倫による序文があり、そこで戦前の探偵小説の状況を簡単に紹介している。

当時、論理的な推理を書き続けた正統派と、幽霊、幻想、犯罪、変態心理、ＳＦ小説などを書く「変格派」に分けられた。第二次世界大戦前の作家の中で前者に属しているのは、江戸川乱歩、甲賀三郎、角田喜久雄、平林初之輔、浜尾四郎らだ。後者に属しているのは小酒井不木、大下宇陀児、水谷準、横溝正史、城昌幸、夢野久作、海野十三、小栗虫太郎、木々高太郎、久生十蘭らだ。

両者の意見はだいぶ一致しているが、葉渭渠の観点の方が影響が大きい。『中国大百科全書　外国文学2』（一九八二年）の「日本推理小説」の条項は氏によるもので、『読書』で発表した観点を完全に踏襲している。それから長期にわたり、日本の推理小説に関する文章はみなこの観点に準じている。葉渭渠の観点だろうが李正倫の観点だろうが、実際は大きな問題はない。これらの作家を適切な年代の中に組み込み、適切な作品を当てはめるとしたら確かにこのような分類になる。しかし、この時期の中国で翻訳された作品のうち、戦前作品が選ばれることはまれで、戦後は乱歩であれ横溝であれ作風に大きな変化が生じた。しかも戦後に「変格」のような言い方はなかった。上記の二分法的概念が戦後作品にまで引き継がれると、ちぐはぐで曖昧な状況が現れた。例えば『犬神家の一族』の「翻訳者の言葉」には次のように書かれている。

横溝の作品は「変格派」と呼ばれている。この流派の推理小説は科学ファンタジー、変態心理、怪奇グロの物語、陰惨で恐ろしげな筋立てを特色としている。我が国の読者にとって「本格派」作品は例えば『点と線』が挙げられ、「社会派」作品は『人間の証明』といったものが比較的親しまれている。『犬神家の一族』を読めばもう一つの流派を理解する手助けになるかもしれない。日本の小説評論家は常に「凄絶」の二文字で横溝の作風を説明しており、横溝の作品はうら悲しい描写、精巧なアイディア、悲しくも凄惨な雰囲気、奇抜で込み入ったプロットが組み込まれている。これはテーマを引き立たせることに一定の作用がある。だが一部は怖すぎるし陰鬱すぎる。これはおそらく「刺激」を求める一部の日本読者の需要を満たすためだろう。

『点と線』に対する誤った分類はここで取り上げないが、戦後の本格ミステリー『犬神家の一族』に「変格」のレッテルを貼り、「変格」の特徴の説明に用いているのは実に的はずれだ。いくつかの見解は誤解による誤読から来ている。例えば戦前の作家の中で、当時比較的多く翻訳されていたのが江戸川乱歩と横溝正史だけだったので、本格と変格を俎上に載せる際にはこの二人を両派の代表として挙げるしかなかった。探偵小説研究家の于洪笙はさらに『日本推理小説史話』(一九八九年)で、ある章のタイトルを「変格派の首領横溝正史」としている。

影響がより大きいのは一九九八年に出版された『世界偵探小説史略』だ。これはベテラン新聞編集者で評論家の曹正文が書いた、中国で探偵小説史をまとめた最初の本だ。同書の第七章「日本の初期探偵小説の二大流派」は、タイトルが「江戸川乱歩と『本格』探偵小説」と「横溝正史と『変格』探偵小説」に分かれている。これは二人の作家と二つの流派に「イコール」をつけているに等しい。タイトルばかりか内容にも誤解が少なくない。横溝正史に関する章ではこう書かれている。

> 横溝正史は創作において豊富な知識を持っているばかりか、自分の流派までつくり、陰鬱で奇妙な雰囲気をもって従来の探偵小説の風格を変えた。彼は小説に変態的な心理描写を加え、さらには幽霊や妖怪、死者の蘇生まで登場させた。江戸川乱歩が日本の探偵小説における現実主義派の代表なら、横溝正史は日本の探偵小説におけるロマン主義派の開祖だ。

氏はそれから「三本の毛髪」「片耳の男」『怪獣男爵』を例に挙げ、「ストーリーの筋は陰鬱で奇怪な描写にあふれているが、事件の解決方法には依然推理を使っている。これこそ『変格』探偵小説の特色だ」と指摘している。このような意見にはかなり誤りがある。実際、「三本の毛髪」は戦前の作品、「片耳の男」は戦後の本格もの、『怪獣男爵』は長編通俗小説に属しており、この三作品を一つのジャンルとして比較すること自体が不適当だ。

このような単純な分類方法は読者に深い印象を残し、当時の日本の推理小説の歴史と発展に関する資料がとても少なかったこともあり、「本格」と「変格」の呼び分けが長年続く結果になった。「変格派」という概念における時間の境界が大きく拡大され、もう特定時期の作品に限った話ではなくなった。少なくとも多くの場合において横溝正史の戦後の本格推理さえ「変格」として扱われた。

それに比べると、台湾地区はこのような概念上の混乱をほとんど経験していない。[1]これは日本の推理小説を深く理解していた島崎博に負うところが大きい。一九八七年、島崎博は台湾の希代出版社に『日本十大推理名著全集』の刊行を立案し、毎巻に解説を執筆した。『獄門島』の解説にはこう書いてある。

狭義の変格推理小説は謎解きを重点とすること以外の推理小説を指し、広義ではファンタジー、SF、ホラー小説などを含む。一九五七年以降、変格推理小説という言葉もだいぶ使われなくなった。

氏はまた、横溝正史が戦後発表した『本陣殺人事件』と『蝶々殺人事件』は純粋に謎解きを旨とする本格推理小説であり、これらは日本の推理小説の夜明けであるばかりか（中略）その上戦前主流だった変格推理小説の地位を変え、本格推理小説を戦後十年間の主流にさせたと指摘している。

乱歩について、島崎博は『黒蜥蜴』の解説でこう書いている。「江戸川乱歩は執筆当初、極

1　一九八〇、九〇年代、台湾では時々日本の戦前探偵小説が翻訳された。谷崎潤一郎の「途上」、乱歩の「人間椅子」、木々高太郎の「文学少女」が収録されたエラリー・クイーン編纂の『日本文芸推理12選&ONE』（光文社、一九七八年）は一九八一年に翻訳・出版された。

めて芸術性の高い短編推理小説（広義の意味で）を書くことのみを固持した。これらの短編は二つに分けられる。一つ目は謎解きを旨とする本格推理小説、二つ目は幻想・猟奇小説」まとめると、21世紀になるまで日本の戦前の探偵小説は中国に大規模に輸入されることはなかった。しかし中国の読者は日本の戦前の探偵小説に、漠然とした独断的とさえ言える概念を持っていた。この局面は小説そのものを本当に輸入するまで変えられなかったかもしれない。

新世紀における新たな受容

戦前の日本の探偵小説はどのような顔を持っていたのだろう。この疑問は二〇〇三年についにベールを暴かれた。同年九月から二〇〇四年八月、およそ一年の時間をかけて台湾の小知堂文化が全十一巻の『日本偵探小説選』シリーズを次々に出版した。

Ⅰ：黒岩涙香、小酒井不木作品集（前者は「無惨」「血の文字」の2篇、後者は「痴人の復讐」「恋愛曲線」など5篇収録）
Ⅱ：浜尾四郎作品集１（「誰が殺したか」「悪魔の弟子」など7篇収録）
Ⅲ：甲賀三郎作品集１（「琥珀のパイプ」「悪戯」など5篇収録）

Ⅳ：甲賀三郎作品集2（『支倉事件』収録）
Ⅴ：大阪圭吉作品集1（「とむらい機関車」「雪解」「坑鬼」など9篇の他、「随想鈔録」を収録）
Ⅵ：大阪圭吉作品集2（「花束の虫」「燈台鬼」「闖入者」など11篇収録）
Ⅶ：夢野久作作品集1（「あやかしの鼓」「瓶詰の地獄」「夫人探索」など13篇収録）
Ⅷ：浜尾四郎作品集2（長編『殺人鬼』収録）
Ⅸ：小栗虫太郎作品集1（「後光殺人事件」「聖アレキセイ寺院の惨劇」など7篇収録）
Ⅹ：夢野久作作品集2（「少女地獄」「氷の涯」「同定」「けむりを吐かぬ煙突」など6篇収録）
Ⅺ：夢野久作作品集3（「人間腸詰」「いなか、の、じけん」「死後の恋」など13篇収録）

夢野久作の三冊と大阪圭吉の二冊を除き、各巻の大部分の収録作品は東京創元社が出した『日本探偵小説全集』（一九八四～一九九六年）の各作家の作品集に基づいている。そして大阪圭吉の二冊は『とむらい機関車』と『銀座幽霊』（創元推理文庫、二〇〇一年）が出典だ。『日本偵探小説選』は毎巻に台湾の推理小説家既晴が解説を執筆、その巻の作家および作品を紹介し、さらに付録として作家の年表も付いている。この七本の解説は江戸川乱歩と横溝正史以外の戦前の代表的な作家を体系的に紹介している。「夢野久作に関して」では「本格」と「変格」を取り上げている。

小説家兼評論家の平林初之輔は論文「探偵小説壇の諸傾向」（一九二六年）で、精神病理的、変態心理的側面の探索において、謎を利用した方法で驚きと意外性を打ち出す小説は「不健全派」に分類でき、謎を解き推理する「健全派」とは若干区別されると指摘している。

甲賀三郎も同様の分類で異なる呼び方を採用している。すなわち「本格」と「変格」であり、今日にまで使われている。多くの作家、例えば江戸川乱歩、横溝正史、小酒井不木らは二つの種類を共に執筆した。当時の推理文壇の一般的な状態とも言える。

「小栗虫太郎に関して」で既晴は「変格」の時代的背景と特徴をこうまとめている。

一九三〇年代は日本推理の「エロ・グロ・ナンセンス時代」だった。ロジックを強調し謎解きに重きを置く従来の推理は、世界的な経済恐慌による読書ブームの衰退によって二度と重視されることはなかった。読者の嗜好に迎合するためだろうが作家自身の執筆に対する新たなチャレンジのためだろうが、市場には虚無的で現実離れした、エロを強調し猟奇的なテーマを描写し、残虐な心理状態を誇張した変格小説が大量に現れ、不安に満ちた現実生活から読者を逃避させた。

その他、この期間に小知堂はさらに『日本恐怖小説選』全三巻を出版した。「恐怖（ホラー）小説」と銘打っているが、実際は戦前の怪奇作品が主だ。前二巻計十三篇は鮎川哲也が編纂した『怪奇探偵小説集』（一九七六年、角川版一九九八年）が出典で、第三巻の八篇は『「ぷろふいる」傑作選――幻の探偵雑誌〈1〉』（光文社文庫、二〇〇〇年）が出典だ。『日本恐怖小説選』には中国語に翻訳された他の作品集では読めない変格作家の作品が収録されている。例えば渡辺温の「父を失う話」、西尾正の「骸骨」「陳情書」、橘外男の「逗子物語」などが収録されており、『日本偵探小説選』を補塡しているように見える。

『日本偵探小説選』シリーズとほぼ同時期の二〇〇三年九月から二〇〇四年五月に、台湾の今天出版社は島崎博が編纂した『日本近代推理小説選』全九巻を出版した。

小酒井不木『愚人の毒』（9篇収録）
大阪圭吉『三狂人』（8篇収録）
蘭郁二郎『夢鬼』（3篇収録）
蘭郁二郎『魔像』（5篇収録）
浜尾四郎『死者の権利』（4篇収録）
夢野久作『死後の恋』（4篇収録）
甲賀三郎『琥珀のパイプ』（7篇収録）
海野十三『振動魔』（5篇収録）
浜尾四郎、夢野久作、甲賀三郎『緑色の犯罪』（4篇収録）

この九冊はどれもページ数が少なく、収録作品も多くない。蘭郁二郎の二冊を除き、小知堂との重複も多い。島崎博は小酒井不木、大阪圭吉、蘭郁二郎、浜尾四郎に関する解説を執筆し、各作家および作品ごとの特色を紹介している。

『日本偵探小説選』の熱が冷めきらないうちに小知堂は有名な長編探偵小説を二冊出版した。「日本の推理小説の奇書」として知られる夢野久作の『ドグラ・マグラ』（二〇〇四年）と小栗虫太郎の『黒死館殺人事件』（二〇〇五年）だ。どちらも島崎博が解説を執筆している。この二冊の出版後の反響は大きく、台湾の野人文化はその後この二作品を再翻訳し、二〇一四年と二〇一七年にそれぞれ出版した。大作に相次いで再翻訳本が出ることは、推理文学翻訳の中ではあまり見かけない。

台湾の「戦前ブーム」の風は中国大陸にも吹いた。二〇〇九年、大陸の吉林出版社は小知堂の『日本偵探小説選』（大阪圭吉の二冊を除く）と『日本恐怖小説選』シリーズを大陸に引き入れた。大阪圭吉の二冊は大陸の新星出版社が引き入れた（二〇〇九年。共に二作品増補）。二冊の奇書も新星出版社が小知堂版（二〇〇九年）から輸入し、江蘇鳳凰文芸出版社が野人文化版（『黒死館殺人事件』が二〇一七年、『ドグラ・マグラ』が二〇一九年）を輸入した。

吉林出版社はこのブームに乗り、戦前の探偵作家の作品をいくつか出版したが、大部分が変格ものだった。

海野十三：作品集『三人の双生児』（二〇〇九年）、『地獄の使者』（二〇〇九年）、『蠅男』（二〇一〇年）、『深夜の市長』（二〇一一年）。計25篇。
小酒井不木：『恋愛曲線』（二〇一〇年。二〇一三年に再版した際のタイトルは『愚人の毒』）。収録作品は『怪奇探偵小説名作選〈1〉小酒井不木集』の第1収録作品から20篇。
山本禾太郎：長編『小笛事件』（二〇一〇年）、短編集『仙人掌の花』（二〇一〇年）と『抱茗荷の説』（二〇一〇年）。両短編集に計23篇収録。収録作品は論創社『山本禾太郎探偵小説選』第1、2巻（二〇〇六年）から。
久生十蘭：長編『魔都』（二〇一〇年）と『十字街』（二〇一〇年）。短編集『黒い手帳』（二〇一〇年、「黒い手帳」「湖畔」など7篇収録）と『地底獣国』（二〇一〇年、「白雪姫」「地底獣国」など11篇収録）。
小栗虫太郎：短編集『完全犯罪』（二〇一〇年、「完全犯罪」「白蟻」など5篇および山本禾太郎の「白蟻の魅力」を収録）、連作『人外魔境』（二〇一〇年、そのうちの8話を抜粋）。

ここに至り、戦前の作家の中で、黒岩涙香、小酒井不木、浜尾四郎、甲賀三郎、大阪圭吉、小栗虫太郎、夢野久作、蘭郁二郎、海野十三、山元禾太郎、久生十蘭の代表作（主に短編）の大部分が中国語訳された。そしてその中では変格ものが多数を占めていた。乱歩も忘れられていなかった。二〇一〇年から二〇一二年の間に台湾の独歩文化が島崎博編纂の『江戸川乱歩作品集』計十三巻を出版した。その後、新星出版社がこれを大陸に立て続けに輸入した（二〇一一～二〇一三年）。変格小説の大半は、第三巻『人間椅子』に収録されている。この他、第十三巻『幻影城主』には乱歩の評論や研究論文ばかり収録されている。これはこれまでなかったことだ。この作品集で最も特徴的なのは、各巻の後ろに島崎博が選んだ日本の評論家の乱歩に対する論述が載っている点であり、また島崎博が各巻に執筆した「解題」も、読者に乱歩やその作品、時代をより深く広く理解させている。

横溝正史の数少ない戦前作品も翻訳されている。二〇一四年、大陸の南海出版社が『双生児は囁く』と『喘ぎ泣く死美人』を、二〇一五年に『髑髏検校』（表題作と『神変稲妻車』収録）を出版した。最初の二冊の短編集に収録されているのはどれも今まで短編集として刊行された本に収録されたことのない作品であり、名作と呼ばれるような作品はない。そのためか、かつて中国の研究者に「変格派の首領」と呼ばれたこの作家は、代表的な変格作品が今も中国語に翻訳されていない。[1]

戦前の純文学作家の犯罪・探偵小説も作品集が編まれて出版されるようになった。二〇一六年、台湾の立緒文化が「柳湯の事件」「途中」など四篇を収録した『白昼鬼語：谷崎潤一郎犯罪小説集』を出版。台湾の日本文学研究家林水福による解説が掲載され、作品の探偵的手法や意義、価値を述べている。二〇一八年、大陸の広西師範大学出版社の『谷崎潤一郎作品集』叢書から「前科者」「柳湯の事件」など七篇を収録した『犯罪小説集』が出版された。

1　実際、乱歩と横溝の作品の多くに中国語版があるが、大部分は変格でないため、ここでは論じない。

二〇一九年、台湾の独歩文化は台湾の推理小説研究家曲辰の編纂による、夏目漱石、泉鏡花、谷崎潤一郎、芥川龍之介、佐藤春夫という五人の文豪の探偵小説（日本の探偵小説の栄華を築いた原点となる作品）計十篇を収録した『文豪偵探』を出版した。解説で曲辰はこう述べている。「五人の作家の探偵小説を総合的に見ると、日本がいかにして自我をアップデートさせていったのかという過程をかすかに感じることができるが、より注意しなければならない点は、当時の文豪がどのようにして慎重に己の美の基準と読者の好みとの距離を把握し、ジャンル化された叙述形式によって当時の人々の愛憎のもつれあいを表そうとしたかということだ」。氏はさらに興味深い分析をしている。夏目漱石の「琴のそら音」の二人は「ライトな京極堂と関口のコンビ」で、泉鏡花の「外科室」は「未来の連城三紀彦に影響を与えただろう」としている。二〇二〇年、大陸の果麦文化も同様のプロジェクトを進め、芥川龍之介、谷崎潤一郎、佐藤春夫、太宰治ら有名作家による探偵小説を収録した『推理要在本格前』を出版、日本の推理小説の「無から有へ、弱から強への変化」を示した。

筆者が主宰する同人誌プロジェクト「謎斗篷」は、二〇一五年に権田萬治作・張舟訳の『日本探偵作家論』を出版した。これは評論家の権田萬治による戦前の探偵作家に関する研究論文をまとめた評論集であり、ほとんどが雑誌『幻影城』に掲載されたものだ。同書の各作家論は戦前作家の作品それぞれと互いに呼応し、中国の読者に当時の作品の魅力を感じさせてくれる。中国語版は狭い範囲でしか知られていないが、読者から高い評価を得ている。

近年になって学術界にも変格小説研究の趨勢が生まれた。曹亜運の修士論文『江戸川乱歩文学中的怪誕美――「芋虫」和「蟲」為中心』[1]（二〇一五年）では、乱歩の変格の特徴を分析し、その中で次のように指摘している。「（江戸川乱歩は）論理至上の『本格派』を切り開いてそれを大いに広めたとともに、奇怪で誇張された『変格推理小説』執筆の上でも非凡な成績を収めた。彼は『変格派』の代表的な有名作家で（中略）、乱歩の変格派小説は独特過ぎてかつ極めて奇怪な現実世界の描写に長けており、主人公の屈折した変態心理をもって有名になった」

公維敏はその論文「解構、意識與存在：浅論夢野久作的『脳髄地獄』」[2]でこう述べている。「『ドグラ・マグラ』は日本文学独特の耽美主義と退廃的雰囲気を兼ね備えており（中略）、深層構造において（中略）集合的無意識と個人的無意識の関係、仏教における輪廻転生、地獄、色即是空などの観念を探求しており、それによって人類と動物の区別という生物的問題に移行し、ひいては人類の存在の起源という究極的な問題を深く問いただしている」。面白いのは、『ドグラ・マグラ』が難解なことによるものかもしれないが、中国のインターネットにも同作の構造や解読方法について研究した文章が掲載されていることだ。

「変格」という言葉は、中国で執筆される探偵小説で取り上げられることは極めて少ないが、ミステリーと関係がある他の創作形態においてはよく出てくる。それが「劇本殺（マーダーミステリー）」の分野だ。「マーダーミステリー」とは海外の「マーダーゲーム」を起源とす

1　表題の和訳：江戸川乱歩文学におけるグロテスクの美学――「芋虫」と「蟲」を中心に。
2　表題の和訳：脱構築と意識と存在：夢野久作の『ドグラ・マグラ』に関する私見。

るボードゲームの一種であり、シナリオのキャラになりきったプレイヤーがその中で起きる事件を巡って調査や推理をし、最後に犯人を当てるというものだ。シナリオは主に「本格」と「変格」に分けられる。本格シナリオは論理的で、殺害方法も現実で実現可能だ。そして変格シナリオは、タイムスリップ、憑依、悪霊、ＳＦなどほとんど現実で実現不可能な奇々怪々な手段を使い、おどろおどろしい背景と人物の変態心理を加味させている。その奇怪な特色によって、変格マーダーミステリーにも一定の市場がある。日本の戦前の探偵作家たちは、創作における自分たちの考え方がこのような形で21世紀の中国で受け継がれているなど想像もできなかったに違いない。

中国における日本文学の翻訳と受容の歴史を総括すると、一九八〇年代から読者は「変格」という言葉に触れ始めたが、対応する小説が少なかったために誤解や誤読が生じた。今日においてもネットには相変わらず「本格と変格の違いは？」といった質問が散見する。しかしここ十数年間で「変格」作品が翻訳されるに伴い、中国の読者は日本の初期探偵小説の独特な姿をますますはっきりと捉え、その上で読書の楽しみを広げている。今日、これら戦前の変格作品を再読すると、日本の探偵小説の変遷の歴史を目の当たりにするだけではなく、初期の作家たちが探偵小説という分野を開拓した際の多様性や無限の想像力を読み取ることができる。その中のいくつかのアイディアは、後世の人間がそこから新たな「命」を育むのを待っているかもしれない。

あとがき

竹本健治

　そもそもの発端はツイッター上で「変格ミステリ作家クラブ」なるものを立ちあげたことだった。

　一九八七年に起こった「新本格」ムーブメントからこちら、我が国は世界的にも稀有な本格ミステリの隆盛期を迎え、ミレニアムの二〇〇〇年には本格ミステリ作家クラブも設立されて、現在はまさに百花繚乱の爛熟期といえるだろうか。その影響が折り返し、西欧へ逆輸出されようというまでの状況だ。

　そんななかで僕はというと、作家デビュー以来四十余年、ミステリを中心に創作を続けてきたものの、常にミステリのメインストリームから大きくはずれたところを歩いてきたと自己評価しているし、多分客観的にもそうだろう。あえて区分けするなら、僕は変格作家という呼称がいちばん似合ってるんじゃないか。そんな想いがずっと頭の片隅から離れなかったし、近年ますますふくれあがるばかりだった。

　そうしたところに、倉野憲比古さんが一人でも変格探偵作家クラブを名乗ろうかとツイートしているのを見つけ、すかさず、では二人で立ちあげませんか、ついては本格のほうに名称も揃えて、「変格ミステリ作家クラブ」でどうでしょうと提案し、晴れて発足したのが二〇二〇年の八月十三日（なお、このユニットに会長は存在せず、僕は単なる世話係に過ぎない）。以降、ぽつぽつとまわりにお誘いをかけたり、自主的な参加希望もあったりで、あれよあれよとメンバー数がふくれあがり、一年足らずの二〇二一年七月二十二日現在で百八十名に達したのは、必ずしも会費が無料でノルマがゼロ、変なものが好きな物書きさんなら資格ありという極限に近い敷居の低さばかりでなく、そもそも「変格」という響きに仄かな郷愁やシンパシーを感じていた物書きが少なくなかったことを示しているのではないだろうか。

また、僕自身、変格に関して少しは勉強しておかなければと、手にしたのが谷口基の『変格探偵小説入門　奇想の遺産』で、ここで繰りひろげられている、「変格」とは単なる「本格」の対概念ではなく、ミステリのあらゆる可能性や豊饒さを開示するものだという立論には膝を打ち、おおいに力づけられた。その意味では、今やミステリ・ジャンルでは世界共通語になりつつある「本格」ばかりでなく、「変格」というキャッチーで魅力的な言葉も用意してくれていた甲賀三郎にいくら感謝しても足りない気持ちだ。

さらにあげれば、長山靖生の『モダニズム・ミステリの時代』は、大正から昭和初期にかけて吹き渡ったモダニズムの風が、草創期にあった我が国のミステリにいかなる影響をもたらしたかを詳細に掬い取り、鈴木優作の『探偵小説と〈狂気〉』は、ミステリにとって狂気とは何か、また狂気にとってミステリとは何であったかを多角的に分析・考察して、ともにミステリ史の新たな側面のみならず、ミステリそのものの意義を再発見させてくれる良書として推薦しておこう。

はてさて、そうこうしているうちに、複数の編集者さんからも応援したいという声があり、とりわけ行舟文化の菊池篤さんから変格ミステリのアンソロジーをという具体的な申し出を受けたのは全く瓢箪から駒の驚きだった。

とりあえず戦前の変格ミステリの傑作選を編み、好評なら戦後篇、現代篇、海外篇、そして書き下ろしアンソロジーと繋げていきたいということで企画がスタート。とはいえ、アンソロジストというのはまるっきりの初仕事。まして僕もそれほど過去の変格作品を数多く、幅広く読んでいるわけではない。編集サイドから候補作をあげてもらい、こちらも急ごしらえに過去の幾多の探偵小説傑作選を読み漁るいっぽう、変格ミステリ作家クラブのメンバーからも偏愛する変格作を投票してもらうイベントを行なって、おおいに選定の参考にさせて戴いたのだが、その際の各人の偏愛コメントはこの集に収録されている通りである。

ともあれ、限られた時間内だが、あれやこれやで百篇ほどは読んだだろうか。各作家のなかでもなるべく変格味の濃いものをという方針を押さえつつ、単に珍奇なものを集めるのでなく、あくまで「傑作」集であることを最優先とした。当初から念頭にあったように、漱石の「趣味の遺伝」からはじまり、探偵小説が抑圧されていく開戦前の時期にかけて、各作品をなるべくバランスよく年代順に並べ、そのままミステリ史を概観できるようにとも心がけた。他方で既存のアンソロジーとの重複も考慮しつつ、もちろん枚数のかねあいもありで、選定には本当に悩まされた。できれば志賀直哉「濁った頭」、小酒井不木「痴人の復讐」、平林初之輔「犠牲者」、佐藤春夫「オカアサン」、大阪圭吉「気狂い機関車」といったあたりも収録したかったが、残念ながら見送らざるを得なかった。ただ、それだけに結果としてのラインナップは選りすぐりの傑作揃いになったと思う。とりわけ川端の「散りぬるを」を収録できたのは手柄だと自負しているのだが、どうだろうか。

これに前述の谷口基氏による、変格とは何かを明解に繙いた序文がつき、またボーナス・トラックとして、並行した時期の中国ミステリである孫了紅の「真偽の間」と、劉臻氏による、日本ミステリが中国側からどう捉えられてきたかを通観できる論考が収録されて、この集はさらに完璧なものとなった。

さて、立ち戻って——。

考証的にはどうあれ、今この現在、僕は「変格」にあまり厳密な定義は必要ないと思っている。ユニットの名称に「変格探偵小説」ではなく「変格ミステリ」を使ったのもその意味あいをこめてだった。

「何だかとても変テコなミステリ」

「ミステリのふりをした異形のもの」

「こんなミステリ書くの、変態だな」

そんな主観的な判定でおおむね間違いはないだろう。そしてこれだけ「本格」が隆盛を誇っている今だからこそ、「変格」にもますます新たな存在意義が高まっているのではないだろうか。まして、「本格」をぎりぎり突き詰め、濃縮していくと、「変格」としかいえない領域に踏みこんでいくというベクトルもあることだし。
——少なくとも僕にはそう思えてならないのだ。

【著者略歴】

夏目漱石（なつめそうせき）　**一八六七年〜一九一六年**

江戸・牛込馬場下横町（現・東京都新宿区）生れ。本名＝夏目金之助。俳号は愚陀仏。漱石の号は『晋書』にある故事「漱石枕流」から取ったもので、親友・正岡子規も同じ筆名を使っており、後に譲り受けたという。

東京帝国大学英文科卒。高等師範学校、愛媛県尋常中学校、旧制第五高等学校で英語教師を務める。地方への赴任は、神経症の療養を兼ねていたとも言われる。愛媛時代には、子規とともに俳句に没頭した。

一九〇〇（明治三十三）年より文部省の国費留学生として渡英するも、留学中はストレスから神経衰弱に陥り帰国。東京帝国大学と第一高等学校の講師となる。高浜虚子より神経症治療の一環として創作を勧められ、〇五年、『吾輩は猫である』が「ホトトギス」に掲載されデビュー。以後、立て続けに作品を発表し人気作家としての地歩を固める。初期においては世俗に距離を取って人生を眺めようという「低徊趣味（漱石の造語）」に根差した作品が多く、「余裕派」と呼ばれた。

〇七年、一切の教職を辞して朝日新聞社に入社。職業作家の道を歩み始める。毎週木曜日の午後に漱石の家に友人や教え子、後輩が集まる「木曜会」はその晩年に至るまで開催されており、鈴木三重吉や内田百閒、芥川龍之介といった才能がつどった。

一六（大正五）年末、『明暗』の執筆中に自宅で逝去。

谷崎潤一郎（たにざきじゅんいちろう）　一八八六年～一九六五年

東京市日本橋区蛎殻町（現・東京都中央区）生れ。本名同じ。英文学者・作家の谷崎精二は弟。

旧制一高を経て東京帝国大学国文科中退。在学中の一九一〇（明治四十三）年、和辻哲郎らと同人誌『新思潮』（第二次）を創刊し、処女作となる戯曲『誕生』や短編小説「刺青」などを発表する。早くから永井荷風に激賞され、新進作家としての地歩を固める。ロマン派的な立場から、唯美的・退廃的で物語の筋を重視した作品を書きつぎ、当時全盛だった自然主義に背を向けた作風で文壇の寵児となった。また、大正時代には探偵小説の分野に新境地を見出し、当時最新のメディアであった映画に強い関心を寄せた。

関東大震災を契機に兵庫県へ居を移す。関西移住後は、大正以来のモダニズムと伝統的な「日本の美」を両端として旺盛な執筆活動を続ける。

戦中には軍部による検閲による削除や出版差し止めに遭いながらも大作『細雪』と『源氏物語』現代語訳の執筆を続け、戦後、完全版が発表された両作によって文豪・谷崎の名声は揺るぎないものとなった。四九（昭和二十四）年、文化勲章受章。

晩年は熱海に定住した。六四年、日本人で初めて全米芸術院・米国文学芸術アカデミー名誉会員に選出。翌六五年、逝去。

芥川龍之介（あくたがわりゅうのすけ）　一八九二年～一九二七年

東京市京橋区入船町（現・東京都中央区）生れ。本名同じ。別号に澄江堂主人など。

旧制一高を経て東京帝国大学英文科卒。一高時代の同級生に菊池寛、久米正雄、土屋文明、恒藤恭、松岡譲らがいる。帝大在学中、菊池・久米らと同人誌『新思潮』（第三・第四次）を刊行。同誌に寄稿した「鼻」が夏目漱石に絶賛される。卒業後は海軍機関学校の嘱託英語教官として教鞭を執る傍ら創作を続け、一九一七（大正六）年、処女短編集『羅生門』、第二短編集『煙草と悪魔』を発刊。一九年には大阪毎日新聞に出社の義務のない記者として入社し、以降は執筆に専念する。『今昔物語集』『宇治拾遺物語』といった古典に題を取った作品が多く、短編の名手として知られる。二七（昭和二）年二月から友人の谷崎潤一郎と「小説の芸術性は筋の面白さによって高まるか」を巡る有名な論争を『改造』誌上で展開するが、同年七月、服毒自殺により逝去。

自分を見出し、応援してくれた漱石のことを「先生」と呼んで終生、尊敬していたという。

夢野久作（ゆめのきゅうさく）　一八八九年〜一九三六年

福岡県福岡市小姓町（現・福岡市中央区）生れ。本名＝杉山直樹。父は政界の黒幕と呼ばれた政治運動家の杉山茂丸。福岡県立修猷館を経て慶應義塾大学予科文科に進むも、父の命で中退し帰郷。農園の経営を始めるも失敗。その後、東京文京区本郷の喜福寺にて出家し、泰道と名を改め修業するが、二年ほどで還俗し農園に戻る。一九一九（大正八）年、『九州日報』（後の『西日本新聞』）に入社し、ルポルタージュや童話を発表するようになる。二二年には杉山萠圓名義で童話『白髪小僧』を刊行。二六年、『新青年』の懸賞に応募した「あやかしの鼓」が二等入選。同作を読んだ父の

「夢の久作の書いたごたる小説じゃね」という感想から、筆名を「夢野久作」とする。「夢の久作」とは福岡の方言で「夢想家の変わり者」を意味する言葉だという。独白体や書簡形式を巧みに駆使した怪奇と幻想の色濃い作風で名高い。推理小説の「三大奇書」のひとつと称される代表作『ドグラ・マグラ』を発表した翌年、脳溢血で急逝。

甲賀三郎（こうがさぶろう）　一八九三年～一九四五年

滋賀県蒲生郡日野町生れ。本名＝春田能為。筆名は郷土の伝説上の英雄「甲賀三郎兼家」に由来。

東京帝国大学工科大学卒後、和歌山県の染料会社の技師を経て農商務省臨時窒素研究所に奉職。研究所の同僚に大下宇陀児がいた。一九二三（大正十二）年、雑誌『新趣味』の懸賞小説に応募した『真珠塔の秘密』が一等入選しデビュー。昭和初期にかけ、探偵小説黎明期の人気作家となる。純粋に謎解きの面白さを追求する作品を探偵小説ジャンルの王道とすべきと主張し、「本格」「変格」という呼称を提唱。大下や木々高太郎らと論争を展開したが、本人は読者や出版社の要請から通俗スリラーや冒険小説の類も書き続けた。『新青年』編集長で盟友だった森下雨村と疎遠になった三七（昭和十二）年以降は探偵小説を離れ、熱心に戯曲を発表した。

戦時体制が本格化すると執筆の機会を失い、日本文学報国会事務局総務部長などを歴任するも四五年二月、急性肺炎で逝去。

乱歩は後年、『陰獣』の主人公の探偵小説家「寒川」のモデルは甲賀だと明かしている。

地味井平造（じみいへいぞう）　一九〇四年〜一九八八年

北海道函館市生れ。本名＝長谷川濬二郎。本名で画家として活躍。牧逸馬・林不忘・谷譲次の三つの筆名を用いた作家・翻訳家の長谷川海太郎は兄。「地味井平造」の筆名は、海太郎につけられた英語名「ジミー・ヘイズ」に由来。

旧制函館中学卒業後の一九二四（大正十三）年に上京し、川端画学校でデッサンを学ぶも数か月で中退、以後は独学で油彩画を修める。水谷準は同郷で中学の同級生であり、上京後の数年は同じ下宿で共同生活を送っていた。探偵小説を書き始めたのは、『探偵趣味』『新青年』の編集を歴任した水谷の勧めがあったためで、長谷川にとっては画業の傍らの趣味にすぎず作品はすべて短編である。他の作家との交流も、水谷の他は下宿の大家だった松本泰と、中学の先輩である久生十蘭と付き合いがあるくらいだったという。

渡辺温（わたなべおん）　一九〇二年〜一九三〇年

北海道上磯郡谷好村（現・北斗市）生まれ。本名は同字で読みは「ゆたか」。作家の渡辺啓助は兄。啓助に創作を勧めたのは温だったという。

幼少期に東京、次いで茨城に転居。慶應義塾高等部在学中の一九二四（大正十三）年、プラトン社の映画原案公募に投稿した「影」が、選者の谷崎潤一郎の激賞を受けて一等入選。

卒業後の二七年に博文館に入社。当時編集長だった横溝正史の右腕として『新青年』に携わり、同誌の〝モダニズム〟雑誌化の立役者となる。その傍ら、自身も各誌に短編小説を発表。幻想的でツイストの効いた作風で知られた。

三〇（昭和五）年二月、兵庫在住の谷崎のもとへ『新青年』掲載予定の随筆原稿の催促のために同僚の長谷川修二とともに赴いた日の晩、乗っていたタクシーが踏切で貨物列車に衝突する大事故を起こし、脳挫傷により逝去。

谷崎は、渡辺を悼む思いから『新青年』の連載依頼を受け、『武州公秘話』を書いたと言われている。

浜尾四郎（はまおしろう）　**一八九六年～一九三五年**

東京市麹町区（現・東京都千代田区）生れ。本名同じ。コメディアンの古川ロッパは弟。旧制一高を経て東京帝国大学法学部卒。在学中に浜尾新子爵の娘・操と結婚し婿養子となる。卒業後は東京地方裁判所検事局に奉職。子爵を襲爵後の二八（昭和三）年、検事を辞職し弁護士を開業。二九年、『新青年』の編集長だった横溝正史の勧めで同誌に短編「彼が殺したか」を発表しデビュー。横溝は小酒井不木より手紙で浜尾を紹介され、華族で法律家という社会的地位の高い人物を文壇に引き入れることで、探偵小説ジャンルの地位向上を望んだのだとも言われる。

ヴァン・ダイン流のロジカルな本格探偵小説を志向した。作品は短編が中心で、多くは専門家としての知見を活かし「人が人を裁くことの限界」を描いている。

三五年、長編『平家殺人事件』の連載中に脳溢血で急逝。

江戸川乱歩（えどがわらんぽ）　**一八九四年～一九六五年**

三重県名賀郡名張町（現・名張市）生れ。本名＝平井太郎。筆名はエドガー・アラン・

ポーに由来。

早稲田大学政経学部卒。貿易商社、新聞記者、支那そば屋など職を転々とし、日本最古の探偵事務所「岩井三郎事務所」に在籍していた経験もある。一九二三（大正十二）年、「二銭銅貨」を『新青年』に発表しデビュー。森下雨村、小酒井不木らの激賞を得る。

欧米の探偵小説から強い影響を受け、本格探偵小説を志す一方で怪奇趣味やフェティズムといった要素を含んだ作品も数多く執筆し、『新青年』の掲載号が三刷されるほどのヒットとなった『陰獣』など、探偵小説をポピュラーな文芸ジャンルに押し上げた功績はあまりに大きい。三六（昭和十一）年より執筆を始めた「少年探偵団」シリーズは、熱狂的な少年少女ファンを生み出した。オーガナイザーとしても活躍し、小説誌『宝石』の創刊に携わり新人発掘に力を注ぎ、日本探偵作家クラブの創立・財団法人化に尽力して初代会長となった。六三年に社団法人日本推理作家協会に改組後は初代理事長に就任したが、病気のため半年で退任。六五年逝去。

海野十三（うんのじゅうざ）　一八九七年〜一九四九年

徳島県徳島市生れ。本名＝佐野昌一。別名義に丘丘十郎など。

早稲田大学理工科卒。専攻は電気工学で、卒業後は逓信省電務局電気試験所に勤務する傍ら、同人誌に短編小説を発表していた。一九二八（昭和三）年、当時『新青年』の編集長だった横溝正史の依頼で執筆した短編「電気風呂の怪死事件」でデビュー。以降、科学者としての知識を基にした奔放な奇想で探偵小説・科学小説・少年少女向け小説に多くの作品を残し、後進に大きな影響を与え「日本SFの父」と称される。三七年には小栗虫太郎、木々高太郎らと探偵小説誌『シュピオ』を創刊。太平洋戦争時には海軍報道班員として活動し、戦後、公職追放指定を受ける。四九年、結核で逝去。敗戦と盟友・小栗の急逝のショックが、その死期を早めたとも語られる。

小栗虫太郎（おぐりむしたろう）　一九〇一年〜一九四六年

東京市神田旅籠町（現・東京都千代田区）生れ。本名＝小栗栄次郎。

旧制京華中学卒業後、電機会社に勤務。のち一九二二（大正十一）年より亡父の遺産を元手に印刷所を起業・経営。探偵小説に目覚め、印刷所を閉鎖するまでの四年間にのちに発表される多くの長短編を執筆する。三三（昭和八）年、短編「完全犯罪」が中学の先輩である甲賀三郎（面識はなかった）の推薦を受けて『新青年』に持ち込まれ、当時、結核の悪化で執筆ができなかった横溝正史の代理原稿として掲載されデビュー。

代表作であり、推理小説の「三大奇書」のひとつと称される『黒死館殺人事件』をはじめ、浮世離れした舞台・人物設定と奇抜なトリック、多岐にわたる膨大な知識が横溢する衒学趣味的（ペダンティック）な独特の作風で知られる。

太平洋戦争時は一時、陸軍報道班員としてマレーに赴任したが、帰国後は長野県に疎開。終戦後、長編『悪霊』の執筆に取り組むが、その矢先の四六年に脳溢血のため急逝。同作を連載予定だった『ロック』誌の依頼で、横溝正史は「完全犯罪」の時の恩返し、小栗の弔い合戦のつもりで『蝶々殺人事件』の連載を始めたという。

木々高太郎（きぎたかたろう）　一八九七年〜一九六九年

山梨県西山梨郡山城村（現・甲府市）生れ。本名＝林髞（はやしたかし）。慶應義塾大学医学部卒。医学博士。専門は大脳生理学。

一九三二（昭和七）年よりソ連に留学し、イワン・パブロフの元で条件反射の研究に従事。帰国後、科学知識普及会評議員となり、大学の職務の傍ら医学随筆の新聞への寄稿等を行う。普及会の同僚であった海野十三の勧めで書いた「網膜脈視症」が『新青年』に掲載されデビュー。甲賀三郎との「探偵小説芸術論争」を受け、三六年に自身の探偵小説観を実践する意図で『人生の阿呆』を発表。直木賞を受賞した。

四一年、陸軍科学研究所嘱託。終戦後の四六年に慶應義塾大学医学部教授。翌年に監修した叢書の題を、江戸川乱歩と水谷準の提案から『推理小説叢書』とし、「探偵小説」に代わるジャンル名として定着するきっかけとなる。

五一年より「三田文学」の編集委員となり、松本清張を見出す。五三年には大下宇陀児の後を継ぎ、日本探偵作家クラブ第三代会長となった。六九年、心筋梗塞で逝去。

川端康成（かわばたやすなり）　一八九九年〜一九七二年

大阪府大阪市生れ。本名同じ。旧制一高を経て東京帝国大学国文科卒。

中学時代より小説家を志し、帝大在学中の一九二一（大正十）年に第六次『新思潮』を刊行。その企画に際して菊池寛の知遇を得、短編「招魂祭一景」が菊池に高く評価されたことが商業デビューの契機となる。文芸時評などで頭角を現したのち、卒業後の二四年には盟友・横光利一らと同人誌『文藝時代』を立ち上げ、「新感覚派」の作家として注目される。以降、抒情的作品、浅草を舞台にした都市小説、少女小説と幅広いテーマ・作風を巧みに使い分け「奇術師」と称される。代表作『伊豆の踊子』『雪国』など自身の経験に根差して「日本の美」を描いた作品がことに名高く、戦後には作品が次々と英訳され海外に紹介される。志賀直哉から継いだ第四代日本ペンクラブ会長として、五七（昭和三十二）年国際ペンクラブ東京大会の開催に尽力。翌五八年には国際ペンクラブ副会長に選出されるなど、世界的作家となる。六八年、日本人初のノーベル文学賞受賞。七二年、逗子の仕事部屋マンションにてガス自殺により逝去。

横溝正史（よこみぞせいし）　**一九〇二年〜一九八一年**

兵庫県神戸市東川崎（現・中央区）生れ。本名は同字で読みは「まさし」。神戸二中を卒業後、第一銀行神戸支店に勤務。一九二一（大正十）年、十八歳の時に執筆した短編「恐ろしき四月馬鹿」が『新青年』の懸賞に入選。二四年、大阪薬学専門学校を卒業し実家の生薬店に勤めていたが、二六年に江戸川乱歩の招きで上京。博文館に入社し『新青年』の編集長となる。編集業の傍ら創作を続けていたが、三二（昭和七）年に博文館を退社し専業作家となる。三四年以降は肺結核の悪化に、戦時体制下の探偵小説の統制が重なり創作は停滞。不遇の時代が続く。四五年の春から三年間、岡山県岡田村（現・倉敷市）に疎開。

戦後、探偵小説が自由に発表できる時代になると本領を発揮し、『本陣殺人事件』『蝶々殺人事件』を皮切りに本格推理の傑作を次々に著し、人気作家となる。六〇年以降の松本清張に代表される社会派推理の台頭に伴い、一時的に低迷したこともあったが、七〇年代に入ると再評価が進み、相次ぐ映像化など一大ブームが巻き起こる。横溝が生みだした名探偵・金田一耕助は国民的キャラクターとなった。八一年、結腸がんで逝去。

久生十蘭（ひさおじゅうらん）　**一九〇二年～一九五七年**

北海道函館市生れ。本名＝阿部正雄。筆名はシャルル・デュランのもじりとも、「久しく生きとらん」の洒落とも言われるが定かではない。

北海道庁立函館中学校から東京の聖学院中学に編入するも中退、帰郷して函館新聞社に勤務。記者業の傍ら、劇団に参加したり、文芸同人グループを結成するなどの活動にいそしむ。一九二八（昭和三）年に上京し岸田國士に師事。二九年から四年間、パリに遊学し演劇を学ぶ。帰国後、中学の後輩の水谷準が編集長を務めていた縁で『新青年』に小説や翻訳を発表。ジゴマやファントマなどのフランスの探偵小説を日本に紹介した。三七年、岸田を発起人として結成された文学座に演出家として参加。三九年、「キャラコさん」が新青年読者賞に選ばれる。戦後の五二年には「鈴木主水」で直木賞受賞。五五年、「母子像」が『ニューヨーク・ヘラルド・トリビューン』紙主催の第二回国際短篇小説コンクールで一席入選。探偵小説、時代小説、ノンフィクションなど執筆ジャンルは多岐にわたり、技巧的な文体で「小説の魔術師」と呼ばれた。五七年、食道がんにより逝去。

孫了紅（そんりょうこう）　**一八九七年～一九五八年**

一八九七年に、浙江寧波の呉淞鎮（ごしょうちん）（現在の上海の宝山区）に生まれた。本名を孫詠雪、幼名を雪官と言った。文壇に登場したのは一九二〇年代である。探偵小説雑誌『偵探世界』に「東方アルセーヌ・ルパン」ものの「傀儡劇」などの作品を発表、「魯平」のキャラクターを生み出した。一九二五年に大東書局から出版された『亜森羅蘋案（アルセーヌ・ルパン）全集』にも翻訳者として名前を連ねている。一九四〇年代には雑誌に魯平ものを発表する。一九四五年には雑誌『大偵探』の編集もしたが、病気のため辞した。また演劇界にも縁が深く、一九五二年には浙江省の地方劇である越劇団などにシナリオなどを書いている。一九五八年病死。

【編者略歴】

竹本健治（たけもとけんじ）

一九五四年兵庫県生れ。佐賀県在住。東洋大学文学部哲学科中退。中井英夫の推薦を受け、大学在学中に『匣の中の失楽』を探偵小説専門誌「幻影城」上で連載。デビュー作となった同書は三大奇書になぞらえ「第四の奇書」と呼ばれた。

ミステリ・SF・ホラーと作風は幅広く、代表作には『囲碁殺人事件』『将棋殺人事件』『トランプ殺人事件』の「ゲーム三部作」をはじめとする天才囲碁棋士・牧場智久を探偵役としたシリーズや、自身を含む実在の作家たちが登場するメタ小説「ウロボロス」シリーズなどがある。近著に大作『闇に用いる力学』。

【寄稿者略歴】

谷口基（たにぐちもとい）

一九六四年東京都生れ。茨城大学人文社会科学部教授。専門は日本近現代文学、大衆文学。立教大学大学院文学研究科博士後期課程満期退学。二〇一〇年『戦前戦後異端文学論』で第十回本格ミステリ大賞（評論・研究部門）、一四年『変格探偵小説入門』で第六十七回日本推理作家協会賞（評論その他の部門）受賞。

劉臻（りゅうしん）**（ペンネーム：ellry）**

探偵小説研究家、編集者兼出版人。訳書に、ジュリアン・シモンズ『ブラッディ・マーダー―探偵小説から犯罪小説への歴史』、レスリー・S・クリンガー『The New Annotated Sherlock Holmes』。著書に『ホームズ解読』。『クイーン百年記念文集』編集主幹。同人誌プロジェクト「謎斗篷」(Murder Pen) を創設・主宰し、黄金時代を中心とする多くの小説及び関連研究著書を翻訳という形で世に送り出している。その他、各種刊行物で探偵小説の紹介や批評を数多く発表し、出版企画に携わるなどしている。

【訳者略歴】

池田智恵（いけだともえ）

関西大学文学部准教授。専門は中国の近現代通俗小説。

早稲田大学文学研究科博士課程後期単位取得満期退学。博士（文学）。

著書に『近代中国における探偵小説の誕生と変遷』、翻訳に孫了紅「歯を盗む話」（『中国現代文学傑作セレクション』所収）。

阿井幸作（あいこうさく）

北海学園大学卒業。中国北京市の中国人民大学に語学留学してから今日まで北京市暮らし。留学中に中国のミステリー小説などに興味を持ったことがきっかけで、今はライターや翻訳者としても活動中。訳書に九把刀『あの頃、君を追いかけた』（泉京鹿と共訳・講談社）、紫金陳『知能犯之罠』（行舟文化）。

変格ミステリ傑作選【戦前篇】
2021 年 8 月 26 日初版第一刷発行

編者　竹本健治
著者　夏目漱石　谷崎潤一郎　芥川龍之介　夢野久作
　　　甲賀三郎　地味井平造　渡辺温　浜尾四郎
　　　江戸川乱歩　海野十三　小栗虫太郎　木々高太郎
　　　川端康成　横溝正史　久生十蘭　孫了紅
寄稿　谷口基　劉臻
訳者　池田智恵　阿井幸作
企画　菊池篤
編集　張舟　秋好亮平

発行所　(株) 行舟文化
発行者　シュウ　ヨウ
福岡県福岡市東区土井 2-7-5
HP： http://www.gyoshu.co.jp
E-mail： info@gyoshu.co.jp
TEL： 092-982-8463　FAX： 092-982-3372

印刷・製本　株式会社シナノ印刷
落丁乱丁のある場合は送料小社負担でお取替え致します。

ISBN 978-4-909735-06-5　C0193
Printed and bound in Japan